LE TEMPS RETROUVÉ

A la recherche du temps perdu

est publié intégralement dans la collection
GF-Flammarion

DU CÔTÉ DE CHEZ SWANN.
À L'OMBRE DES JEUNES FILLES EN FLEURS (2 volumes).
LE CÔTÉ DE GUERMANTES (2 volumes).
SODOME ET GOMORRHE (2 volumes).
LA PRISONNIÈRE.
LA FUGITIVE.
LE TEMPS RETROUVÉ.

Dans la collection GF-Dossier

UN AMOUR DE SWANN.

MARCEL PROUST

A LA RECHERCHE
DU TEMPS PERDU

LE TEMPS
RETROUVÉ

Édition réalisée sous la direction de
Jean MILLY

Édition du texte,
Introduction, Bibliographie
par
Bernard BRUN

GF Flammarion

Cette édition est publiée
avec l'autorisation de Madame MANTE-PROUST
et des ÉDITIONS GALLIMARD.
© 1986, FLAMMARION, Paris.
ISBN 2-08-070449-4

INTRODUCTION

Le dernier volume de la série romanesque *A la recherche du temps perdu* formait, dans le projet original, une moitié de l'œuvre. C'est la prolifération du récit amoureux, mondain, homosexuel et l'introduction du cycle d'Albertine qui amenèrent l'écrivain à sacrifier cette dernière partie. Par ailleurs, Proust aimait à expliquer dans sa correspondance qu'il avait rédigé ensemble le début et la fin de son roman. C'est dire l'importance du *Temps retrouvé*, qui représentait au départ beaucoup plus qu'une conclusion ou qu'une fin.

C'est d'abord une rupture. Même si la continuité narrative, par rapport au cycle d'Albertine, est subtilement assurée par l'intermédiaire du séjour à Tansonville où, chez Gilberte, se perpétue le souvenir d'Albertine et se confirme le soupçon de l'homosexualité, le lecteur se trouve bien vite confronté à un effet narratif comparable à celui qu'utilise Gustave Flaubert à la fin de *L'Éducation sentimentale*. Trois phénomènes successifs sont associés : le découragement à écrire qu'apporte la lecture du *Journal* de Goncourt, les différents séjours dans différentes maisons de santé et la Grande Guerre coupent la vie du héros et éloignent le narrateur de l'univers romanesque qu'il était en train de construire.

La fin du volume, après cette rupture, peut ainsi

introduire trois moments importants : une peinture de l'homosexualité qui fait pendant à *Sodome et Gomorrhe* et au cycle d'Albertine, mais que la guerre rend plus sulfureuse encore. Une découverte inopinée et un exposé de la philosophie esthétique qui soutient l'œuvre entière, depuis son origine, mais que la réclusion, la maladie, l'âge et le découragement du narrateur rendent à la fois plus inattendue et plus explicable. Une dernière matinée mondaine qui, après avoir montré au narrateur que l'essence de son art littéraire était intemporelle, lui fait prendre conscience de sa précarité temporelle, et de la nécessité d'écrire.

Cette série de ruptures est la condition nécessaire à ce qui forme la structure du *Temps retrouvé :* des effets de reprises, de rappels, de symétries. Tout, dans le dernier volume, et par la volonté de l'écrivain, est un rappel, un complément, des éléments narratifs ou thématiques qui figurent dans les précédentes parties de l'œuvre. Mais il s'agit d'une série de rappels successifs, multiples et complexes. Oriane des Laumes puis de Guermantes apparaît chez Mme de Saint-Euverte (« Un amour de Swann ») comme elle apparaît ensuite chez Mme de Villeparisis *(Le Côté de Guermantes I)*, puis chez Mme Verdurin *(Le Temps retrouvé)*. Mais Mme Verdurin est alors devenue la princesse de Guermantes, et Mme de Saint-Euverte est réincarnée sous une autre forme, dans une autre personne.

Ce n'est pas l'organisation d'un effet de symétrie au sens simple. Le séjour à Tansonville reprend la description de Combray et l'amour pour Gilberte développé dans « Nom de Pays : Le Nom » et « Autour de Mme Swann » ; mais aussi le cycle d'Albertine pour les nombreuses allusions qui sont faites à celle-ci, ou encore les problèmes homosexuels de Saint-Loup, dévoilés dans *La Fugitive* (p. 681). Le pastiche de Goncourt rejoint l'épisode des clochers de Martinville, auto-pastiche du narrateur dans « Combray », mais aussi et surtout s'oppose à toutes les descriptions du milieu Verdurin que l'on a pu lire dans « Un amour de Swann », *Sodome et Gomorrhe* ou *La Prisonnière*. Il s'agit en fait de la comparaison critique de morceaux de littérature, de projets littéraires différents, et l'on peut y ajouter le pastiche des glaces que fait Albertine dans *La Prisonnière*, et qui est aussi un pastiche du narrateur écrivant. La guerre renvoie aux entretiens du héros avec Saint-Loup, à Doncières, mais aussi à ceux avec Charlus, deux fois dans *Le Côté de Guermantes* (en sortant de chez Mme de Villeparisis et de chez la duchesse de Guermantes). L'hôtel de Jupien rappelle le Paris de *Sodome et Gomorrhe*, mais aussi l'hôtel de Balbec dans *La Fugitive*. L'exposé esthétique apparaît comme la solution, trouvée *in extremis*, de l'énigme quasi policière exposée à travers le roman dans son entier : le héros comprend enfin ce qu'il doit faire, comment il doit écrire, ce qui est déjà compris et écrit par le narrateur dès le départ de l'œuvre. Les deux personnages peuvent alors se confondre. Enfin, la dernière matinée mondaine impose, dans sa dimension temporelle, une seconde lecture des divers événements mondains qui ont précédé dans le roman.

Le Temps retrouvé donne l'explication des différents volumes qui précèdent, ou une explication pour toutes les péripéties d'*A la recherche du temps perdu*. Et c'est une cascade de solutions ou de reproductions de situations similaires, pareilles ou analogues. L'amour du héros pour Albertine reproduit, bien sûr, celui de Swann pour Odette, mais celui-ci est à son tour reproduit par la passion sénile du duc de Guermantes pour la même Mme de Forcheville. En même temps, c'est comme si Mme Swann devait forcément porter un jour le nom de l'amant jalousé par son futur mari, dans « Un amour de Swann ». Mme Verdurin voit son ascension sociale et mondaine consacrée, mais elle trouve au bout de sa route les mêmes situations, les mêmes personnages : les Guermantes, Mme de Saint-Euverte, Gilberte, Rachel. Gilberte explique les sacrifices de son père, mais elle les renie en même temps, par sa fille qui disparaît bien vite et délibérément de la scène mondaine. On pourrait multiplier les exemples. *Le Temps retrouvé* reproduit les situations, plutôt qu'il n'apporte de solution. C'est une redistribution des éléments du récit qui a précédé, plutôt qu'un renouvellement.

Mais cette résolution de l'œuvre dans son dernier volume, par un redéploiement, une réduplication qui tend à suggérer que le récit ne s'arrêtera pas là, qu'il n'a aucune raison de s'arrêter, pose le problème de la dimension temporelle d'*A la recherche du temps perdu*. L'écrivain tente-t-il dans *Le Temps retrouvé* de détruire cette temporalité dans laquelle s'inscrit son roman ? Temporalité discontinue et problématique dès le départ, dès le télescopage entre l'histoire de « Combray » et celle d' « Un amour de Swann » dont les événements se passent avant, mais sont racontés après la première partie du *Côté de chez Swann*. L'esthétique proustienne, en action, tente de répondre à cette question, dès les œuvres de jeunesse, *Les Plaisirs et les Jours*, *Jean Santeuil*, les traductions de Ruskin, les pastiches. Il s'agissait d'abord de l'invention d'un style poétique, qui doit beaucoup au romantisme, mais aussi au décadentisme. Ce style progressivement s'affine, et l'évolution est sensible dans les brouillons, pour devenir l'écriture de la réalité, de ce que Proust appelait la « vraie réalité », c'est-à-dire pour exposer le rapport entre le sujet et la nature, rapport qui restitue l'intégrité menacée du sujet par rapport au temps. Le roman de Proust est un roman philosophique. Mais quel est le statut de la temporalité ? L'expression « temps retrouvé » désigne-t-elle l'épisode de la révélation esthétique, ou la peinture finale d'une société qui se trouve apparemment en pleine décomposition ?

Nous avons déjà répondu à la question. Le temps, par la dimension subjective de la mémoire, par le souvenir involontaire, est la condition indispensable pour que se révèlent la vérité, le rapport du sujet au réel et, comme l'écrivain le souligne dans son exposé, les accidents romanesques ne sont là que pour servir de matière à cette connaissance véritable. La matinée finale du *Temps retrouvé* n'explique pas le déclin des Guermantes, elle redistribue dans un ordre différent et tout aussi précaire les fragments de personnages et de situations romanesques qui figuraient dès le départ de l'œuvre.

En définitive, ce qui étonne dans ce roman philosophique, c'est qu'il est constamment exprimé en termes narratifs, romanesques. Le récit l'emporte sur le discours, même pour le monologue intérieur du narrateur, dans son exposé esthétique qui renvoie constamment aux incidents, aux accidents, aux événements de son passé, de ses souvenirs. Ses références littéraires ne sont que ses lectures, ses idées ne sont que ses expériences remémorées, revécues. Ce récit dans *Le Temps retrouvé* porte en lui, et grâce à son explication philosophique, les germes d'un développement à l'infini. L'inachèvement du roman (le dernier volume est posthume, mais c'était le cas des deux précédents) signifie aussi peut-être l'impossibilité d'interrompre, de s'interrompre. L'analyse de la genèse du *Temps retrouvé* tente de répondre à ces interrogations, à deux niveaux différents, en étudiant comment l'écrivain a composé son œuvre, et comment le dernier volume, pour ses différentes parties, s'inscrit dans ce projet d'ensemble, à travers les lents progrès d'une organisation qui ne se veut jamais définitive.

Genèse du « Temps retrouvé »

Les documents conservés

Les avant-textes du *Temps retrouvé* que l'on peut consulter comportent principalement un manuscrit autographe avec quelques parties copiées ou dactylographiées, les Cahiers XV à XX (1918) ; et par ailleurs des brouillons contenus dans les Cahiers 51, 58, 57, 13 et 11, pour les classer dans l'ordre de leur rédaction, et qui sont beaucoup plus anciens. Le Cahier 51, en effet (1909), raconte sur son endroit la vieillesse du futur baron de Charlus, sur son envers et rédigé d'une écriture sans doute plus tardive, deux soirées où le narrateur retrouve ses personnages vieillis ou ridicules. Mais les Cahiers 58 et 57 (1911) lient de façon plus décisive l'angoisse de la mort et de la stérilité littéraire à la vocation artistique, à la révélation esthétique et ils constituent avec quelques lignes du Cahier 13 et quelques pages du Cahier 11 le premier état suivi du *Temps retrouvé* sous son aspect actuel, en ce qui concerne les deux dernières parties que Proust appelait l' « Adoration perpétuelle » et le « Bal de têtes ». Encore manque-t-il alors des éléments essentiels : le séjour à Tansonville, qui était à peine esquissé dans des brouillons anciens sous la forme d'un retour à Combray, la Grande Guerre et la rencontre avec Charlus, qui avait une autre signification dans le Cahier 51 et qui dans le Cahier 58 est remplacée, si l'on peut dire, par une discussion avec Bloch, l'écrivain selon Sainte-Beuve, c'est-à-dire l'archétype du mauvais écrivain selon le narrateur. Il faudra bien encore dix années de travail pour coller ensemble, dans une construction à peu près cohérente, ces divers éléments et pour former un manuscrit au net.

Les documents font défaut, justement, entre ces brouillons conservés et le manuscrit. Le Cahier que Proust appelait « Babouche », et qui vient d'être retrouvé, prolonge les nombreuses notes ajoutées sur les versos du Cahier 57 ; le Cahier 55 contient d'autres notes sur Tansonville ainsi qu'un premier brouillon du pastiche de Goncourt, une autre pièce maîtresse qui manquait[1]. Après 1918, les Cahiers 59 à 62 apportent d'autres additions, cette fois pour le manuscrit qui était achevé, et certaines y ont été reportées. Mais la Bibliothèque nationale ne garde pas d'autres traces de ce travail de genèse. D'autre part, l'histoire du « dernier volume », de « la dernière partie de mon livre » comme écrivait Proust, ne devait pas s'arrêter là. La publication du *Temps retrouvé* est posthume (1927), la dactylographie fut établie sous la direction de Robert Proust et Jacques Rivière à partir d'un manuscrit qui posait des problèmes, les éditions successives ont corrigé ce travail en introduisant des variantes parfois importantes.

Mais en remontant dans l'autre sens, il est facile d'observer que *Le Temps retrouvé* n'est qu'un dernier état du *Contre Sainte-Beuve*, projet de critique littéraire et d'esthétique sur lequel Proust a travaillé pendant deux ans au moins (1908-1909), mais qu'il n'a jamais achevé. Cette filiation problématique entre un essai et un roman explique la persistance, dans les brouillons de la *Recherche,* des notes de critique et d'esthétique qui poursuivent la réflexion du *Sainte-Beuve* dans le même temps que l'écrivain affirme son intention de les intégrer à son roman en chantier. En

---

1. Il faut ajouter des notes sur Charlus dans le Carnet 2, ff[os] 19v°, 56r° sqq, et dans le Carnet 3, ff[os] 5r°, 22r°, 28v° et 37r°.

dehors des rédactions suivies, plus ou moins cohérentes, du *Temps retrouvé*, et compte tenu des lacunes dans la documentation, il existe en effet, tout au long des cahiers d'écolier sur lesquels Proust rédigeait son œuvre, un ensemble de remarques sur la littérature et sur l'art, sur des écrivains jugés par Sainte-Beuve et sur des écrivains contemporains, qui pose d'emblée les problèmes essentiels : la place accordée à cette réflexion et la définition, la délimitation du dernier volume.

La délimitation du Temps retrouvé

Sous sa forme actuelle, dans ses versions imprimées, *Le Temps retrouvé* comprend un séjour à Tansonville, la description de l'état de guerre et la matinée chez la princesse de Guermantes. Les critiques ont pris l'habitude de privilégier la dernière partie, tirant avantage de la coupure représentée par les différents séjours du narrateur en maison de santé pour distinguer le temps du souvenir du récit de la révélation. Certains ont avancé que, dans cette dernière partie, seul le « Bal de têtes » méritait le titre du volume. Entre l'édition de la N.R.F. (1927) et celle de la Bibliothèque de la Pléiade (1954), quelques pages de différence au début du séjour à Tansonville soulignent, en l'absence de toute solution de continuité dans le manuscrit, la difficulté de la délimitation[1]. Mais c'est oublier les liens que les différents chapitres entretiennent avec le projet romanesque : la réunion symbolique des deux côtés pendant le dernier séjour à Combray, la lecture de Goncourt, les bouleversements de la guerre et la promenade avec Charlus introduisent les dernières étapes d'une initiation dont la matinée de révélation constitue le terme. C'est oublier que dès *La Prisonnière* et dans *La Fugitive* se préparait la transformation du héros en narrateur. La division actuelle du

---

1. Voir la discussion de ce point dans l'Introduction à *La Fugitive* (GF).

roman est le résultat de contingences éditoriales et des
augmentations et transformations qu'a subies l'œuvre
après 1914. Face à ces contraintes, Proust avait
souvent changé la disposition des différents volumes.
Quand il proposait à Grasset, en 1913, une publication
à compte d'auteur, le roman en comprenait deux, et
Le Temps retrouvé formait à lui seul la seconde moitié.
Les extensions successives en ont simplement réduit la
part, modifié les proportions, et de toute façon Proust
avait au départ imaginé une œuvre en un volume
unique. Dans ces conditions, existe-t-il un critère
interne incontestable pour délimiter *Le Temps
retrouvé* ?

Proust a essayé de concilier l'inconciliable : l'exposé
d'une conception de la critique et de la littérature, et le
refus du dogmatisme. L'emploi du genre autobiographique, du roman d'apprentissage, du récit rétrospectif et syncopé, devait l'aider à illustrer cette esthétique
dans la forme même de son œuvre. Chaque page est un
manifeste, plus ou moins achevé, de ce qu'il voulait
dire. A cet effet, il introduit un système narratif
particulier, qui peut servir de critère pour définir *Le
Temps retrouvé*. L'*incipit* du roman, sous sa forme
actuelle (« Longtemps, je me suis couché de bonne
heure ») voile au dernier moment un système d'énonciation qui apparaissait plus clairement dans la dactylographie de « Combray » (1909 et 1911) :

> A l'époque de cette matinée dont je voudrais fixer le
> souvenir, j'étais déjà malade ; j'étais obligé de passer toute la
> nuit levé et n'étais couché que le jour. Mais alors le temps
> n'était pas très lointain et j'espérais encore qu'il pourrait
> revenir où je me couchais tous les soirs de bonne heure et,
> avec quelques réveils plus ou moins longs, dormais jusqu'au
> matin [1].
>
> Pendant les deux derniers mois que je passai dans la
> banlieue de Paris avant d'aller vivre à l'étranger, le médecin
> me fit mener une vie de repos. Le soir je me couchais de
> bonne heure [2].

---

1. Tout ce début est barré.
2. Cette reprise est barrée elle aussi.

Longtemps, je me suis couché de bonne heure. Parfois, à peine ma bougie éteinte [etc.]

Cette dactylographie montre la structure narrative originellement en place : le narrateur de la Matinée, malade, ne dort plus que le jour (la Matinée n'est donc qu'une exception, un événement dans une série d'habitudes passées). Mais il se souvient du temps où il était sain de corps, et dormait la nuit avec des insomnies qui lui permettaient de se remémorer son passé, par un phénomène analogue au souvenir involontaire. Le narrateur évoque ainsi un dormeur éveillé, dormeur qui lui-même évoque le héros du roman. Et c'est au moment où disparaît ce dormeur, où il cède la place au narrateur, que commence *Le Temps retrouvé*. La correction autographe de cette dactylographie fixe d'abord ce moment après le séjour dans la maison de santé, mais elle est ensuite supprimée par une formule plus indéfinie.

Structurellement, *Le Temps retrouvé* est en effet le moment du narrateur, l'instant déterminé où le dormeur lui passe le relais d'un récit qui glisse d'une rétrospection double au souvenir simple. Cette définition technique, narrative, est plus large que celle qui se fonde sur la révélation, mais elle permet de saisir le lien entre les dernières scènes, l'organisation générale du roman et l'esthétique qui le soutient. Celui qui raconte le héros n'est pas le même que celui qui donne un sens au récit, mais il se sert de tout ce qu'il sait pour raconter. C'est en effet une distinction entre trois temps plutôt qu'entre trois personnes qui disent « je ». Pour raconter d'abord ce qu'il expliquait ensuite, Proust avait besoin d'un subterfuge, de quelqu'un qui n'était ni le héros ignorant d'un roman d'apprentissage, ni le narrateur omniscient d'un roman autobiographique. Cet artifice lui permettait de construire son œuvre sur une esthétique qui n'était révélée qu'à la fin.

Mais dans la version imprimée du roman, la position du narrateur par rapport à ce système énonciatif devient problématique, car le sujet intermédiaire s'efface rapidement. Encore ne faudrait-il pas trop sous-estimer sa présence latente. De la formule originale exposée dans l'Ouverture (l'évocation des chambres et des nuits entraîne celle des matinées correspondantes du passé, contagion du souvenir itératif qui prépare le récit d'une matinée particulière), le roman conserve tout au long les motifs conjugués de la chambre-poste d'observation et des sensations matinales. *La Prisonnière* commence au matin, tout comme *Guermantes*. Le séjour à Tansonville fait partie du récit du dormeur éveillé, du souvenir au second degré, en ce sens que la chambre est la dernière sur la liste évoquée au début du roman. Mais le visiteur y passe ses journées, pour ne sortir qu'à la nuit tombante : il est donc malade. Proust a simplement estompé, dans les derniers volumes, une formule trop rigide qui mettait mal en valeur l'idée d'apprentissage littéraire. Il fallait que la distance entre le héros et le narrateur s'amenuise progressivement pour que soit souligné le terme d'une initiation : la déception de la vie, l'angoisse de la maladie et de la mort, et l'appel de la vocation. Les séjours dans les maisons de santé marquaient alors la rupture nécessaire pour introduire les dernières scènes (l' « Adoration perpétuelle » et le « Bal de têtes »). Le dormeur éveillé a fait les frais de cette nouvelle organisation, linéaire et syncopée, qui venait doubler celle qui était prévue au départ.

Le Contre Sainte-Beuve

C'est dans les brouillons du *Contre Sainte-Beuve* inachevé que commence l'histoire du *Temps retrouvé*. De l'un à l'autre la technique narrative utilisée, la théorie esthétique qui soutient le récit ne varient guère. La matinée chez la princesse de Guermantes vient simplement remplacer une matinée de conversation avec maman qui était déjà chargée de développer les idées de l'écrivain.

La filiation ne concerne pas uniquement un message esthétique à délivrer, explication du récit à la fin de l'essai qui se serait transformée en révélation à la fin du roman. Elle engage la genèse tout entière de celui-ci, et particulièrement l'imbrication entre des permanences théoriques, techniques et textuelles. Fin 1908, Proust rédige, sur des feuilles volantes, une mise au point de son esthétique, dont on trouverait les premiers éléments dans ses « œuvres de jeunesse », mais qui se trouve cette fois développée à partir d'un point très précis : une lecture critique de Sainte-Beuve, une conception de la littérature et des vérités artistiques. Une première liste de souvenirs involontaires est ainsi fixée (biscotte de Combray, pavés de Venise, arbres vus du train, morceau de toile verte, chambres du dormeur brusquement éveillé, arbres isolés dans la campagne). Elle ne variera guère quand Proust la réutilisera pour la disperser dans son roman, et elle apparaissait déjà partiellement dans le Carnet 1, de la même époque. L'invention, très ancienne donc, et la persistance de ces expériences privilégiées, en nombre réduit et de forme immuable, jusqu'à leur fixation dans *Le Temps retrouvé*, devrait induire à ne pas sous-estimer ce point de départ d'une genèse compliquée, même si l'argument paraît mince : pourquoi Saint-Beuve ?

C'est que ces feuilles volantes ne résument pas uniquement une vérité de la littérature ni une esthétique de la mémoire, mais une théorie de la connaissance, c'est-à-dire des rapports entre le moi profond et la nature. C'est là où Proust tire d'une critique de Sainte-Beuve la distinction célèbre entre le sujet superficiel et socialisé, et celui qui peut connaître la réalité des choses, réalité qui n'est pas saisie par l'intelligence, par la volonté ni par l'imagination, mais à un autre niveau. La vérité est une recréation intime de la réalité, un impact profond du monde extérieur qui dépasse les sensations, qui les mette en rapport, en écho. Le souvenir est simplement la meilleure intériorisation et mise en relation possible, dans cette redéfinition du réalisme qui assigne son but à la littérature. Proust a continué cette réflexion, dans ses premiers cahiers de brouillon (début 1909), à travers ses notes de lecture sur des écrivains contemporains (Henri de Régnier par exemple) ou sur des écrivains critiqués par Sainte-Beuve (Nerval, Balzac, Baudelaire). Mais il esquissait en même temps un récit qui servirait d'introduction à l'essai contre Sainte-Beuve, sous la forme d'une discussion avec maman, à partir d'un article que le narrateur avait fait paraître dans *Le Figaro*. Ce récit devenait bien vite une illustration de son esthétique, montrant le lien entre l'art et la vie, avant l'exposé final. Ainsi était-il conduit à inventer la structure narrative que nous avons soulignée, un triple passé qui concilie des données autobiographiques (le narrateur est malade et maman encore en vie) avec une forme privilégiée de réminiscence (souvenirs des chambres) et avec un récit de la vie du héros. La double analepse n'a ici d'autre signification que de distinguer les évocations nocturnes (itératives) du récit matinal (singulatif). Mais le récit nocturne se développe démesurément, car la formule inventée est riche de ressources narratives : confusion de l'itératif et du singulatif, des nuits et des matinées passées, de la mémoire volontaire du narrateur et des réminiscences du dormeur. Les Cahiers Sainte-Beuve voient donc se développer parallèlement un essai et un récit qui prend l'extension d'un roman au cours du premier semestre 1909.

Un premier état du roman

Le roman naissait ainsi d'une double prise de conscience : une énonciation qui dégageait des possibilités narratives infinies, mais aussi une dramatisation de l'exposé final. A partir du printemps 1909, Proust travaille très vite et on peut dire qu'en 1912, il existe dans les cahiers de brouillon un premier état, jusqu'au *Temps retrouvé* compris, et même une copie et une dactylographie pour les premières parties. En quoi consistent-ils ?

Les papiers Sainte-Beuve (feuilles volantes et Cahiers 3, 2, 5, 1, 4, 31 et 36, 7 et 6, 51) développaient rapidement plusieurs histoires différentes : des vacances à Combray, au bord de la mer et en Italie, un roman de Swann et un roman parisien, une description des salons mondains et de l'inversion, etc. L'exposé d'une critique littéraire et d'une esthétique fondée sur le souvenir involontaire venait à la fin. Au contraire, dans les premiers brouillons du roman, Proust hésite sur la place à accorder à ces développements essentiels. Dans les cahiers de préparation (Cahiers 25, 26 et 12, 32, 27, 23, 29 et 8), il poursuit son travail sur les deux côtés de Combray, sur la station balnéaire, sur Gilberte et sur sa mère. En même temps, il développe ses notes de critique littéraire et d'esthétique, en leur donnant une forme de plus en plus romanesque, autour des motifs de la lecture (l'écrivain et le lecteur), de la peinture (le peintre et l'amateur d'art), de la musique (le musicien et ses auditeurs), du théâtre (la comédienne et le spectateur). Mais s'il garde le titre *Contre Sainte-Beuve, Souvenirs d'une matinée*, jusqu'en 1910, il ne sait plus très bien comment va se terminer son roman. Il a, en effet, intégré les souvenirs involontaires et leur explication esthétique dans le fil de son récit : le dormeur éveillé raconte des phénomènes de mémoire involontaire dont Proust réservait la liste, dans le projet Sainte-Beuve, à l'essai et peut-être à la conversation finale. En même temps, la signification de ces phénomènes est immédiatement expliquée : les arbres vus du train arrêté dans le Cahier 26, *François le Champi* dans le Cahier 10, les petites madeleines dans les Cahiers 8 et 25. Mais on pourrait multiplier les exemples, dont tous ne sont pas passés dans le roman. Ce phénomène est très sensible à partir du Cahier 8, premier brouillon suivi de « Combray », des Cahiers 9 et 10 qui avec d'autres récemment retrouvés et des feuilles volantes forment un manuscrit complet pour la première partie du premier volume.

Pour reconstituer le premier état complet du roman, il faut donc considérer une double série de phénomènes : dans le temps du récit comme dans celui de l'écriture, pour le romancier comme pour le narrateur, un mélange de réflexions critiques et d'explications esthétiques. Et dans la fabrication de ce roman de 1912, un mélange ou plutôt une interaction des différentes étapes : les brouillons, les manuscrits et les dactylographies. Tout s'est passé très vite et par un travail simultané sur les différentes parties de l'œuvre, à partir de la fin de 1909 : un manuscrit est destiné à « Combray » dans les trois Cahiers mentionnés et des feuilles volantes (ce manuscrit avait été lui-même préparé au coup par coup par des cahiers de compléments : 28, 14, 30, 37, 38, 13, 11 et d'autres qui ne sont pas encore catalogués) ; un autre manuscrit, à « Un amour de Swann », dans les Cahiers 15 à 19 principalement et d'autres feuilles volantes ; au reste du premier volume qui primitivement se terminait à la fin du séjour à Balbec, dans les Cahiers 24, 20, 21 et 35 (sans compter deux cahiers disparus) ; à un premier *Guermantes* que Proust appelait à cette époque « IVe partie » et qui comprenait les différentes scènes mondaines auxquelles participait le narrateur et qui seront réparties ensuite dans tout le roman, jusqu'à *Sodome* (dans les Cahiers 39 à 43). Une dernière partie enfin, rédigée de façon beaucoup plus informe et indécise, couvrait les Cahiers 47, 48, 50, 58, 57, 11 et un fragment de 13. La description en a été souvent faite, et elle se trouve résumée dans l'annonce qui est parue en 1913 dans l'édition Grasset du *Côté de chez Swann* (ce qui montre à quel point cette dernière partie était encore bien peu élaborée, même l'année suivante :

Le Temps retrouvé (A l'ombre des jeunes filles en fleurs. — La princesse de Guermantes. — M. de Charlus et les Verdurin. — Mort de ma grand-mère. — Les Intermittences du cœur. — Les « Vices et les Vertus » de Padoue et

de Combray. — Madame de Cambremer. — Mariage de
Robert de Saint-Loup. — L'Adoration perpétuelle.)

Les Cahiers 47 et 48 concernent M. de Charlus chez
les Verdurin, la mort de la grand-mère, les intermittences du cœur, les vices et les vertus de Padoue et de
Combray. Il est plus intéressant de faire un sort au
Cahier 50. Il termine le récit rétrospectif, les évocations solitaires du dormeur éveillé dans sa chambre
nocturne, par un brouillon qui à ce stade devait servir
de pendant à l'ouverture du roman dans les Cahiers 8
et 9. Proust tente de concilier une structure narrative
double et contradictoire, centrée, au début du roman,
sur le dormeur qui raconte la vie du héros, et à la fin
sur les révélations qui donnent au narrateur le sens de
cette vie. La nuit du narrateur malade, avant la
matinée, a depuis longtemps glissé vers l'évocation des
nuits du dormeur qui entraîne à son tour, par un
nouveau glissement vers l'itératif, celle des matinées
suivant ces nuits. Ces matinées contiennent, elles
aussi, des souvenirs de sensations. Mais un nouveau
glissement s'opère, des matinées du dormeur en
bonne santé à celles du narrateur malade. Le glissement vers un autre temps que celui de la vie normale
est la transition que Proust cherchait pour introduire
Le Temps retrouvé, passant insensiblement mais
consciemment, volontairement, des nuits et des matinées d'autrefois, toutes deux génératrices de souvenirs, aux matinées d'aujourd'hui, qui préparent la
matinée particulière de la révélation. Dans ce brouillon, imperceptiblement, le dormeur éveillé devient de
plus en plus malade, il devient le narrateur. A partir
de là, la conclusion de l'ouverture du roman fonc-
tionne aussi comme ouverture pour *Le Temps retrouvé*.
En développant pendant la Guerre les dernières
parties de son roman, Proust rompra ce cercle qui se
referme ici impeccablement. Une partie avait déjà été
réutilisée pour former la conclusion de « Combray ».
Le reste formera la structure profonde de *La Prisonnière* et de *La Fugitive*. Cette suppression gomme la

figure du dormeur éveillé, mais accentue l'idée d'un long cheminement, à travers le temps perdu, vers les désillusions et vers la mort, avant la révélation ultime.

Un premier état du Temps retrouvé

La fin de ce premier état du roman était mise au point dès la fin de 1910 (Cahier 58), mais reprise ensuite en 1911 avec la relecture des brouillons et la correction des dactylographies pour le premier volume. C'est que les différentes parties étaient rédigées simultanément, dans le désordre, et un ordre précaire ne fut pas donné à l'ensemble avant 1912. Mais parler d'ensemble est erroné. Nous l'avons vu : la révision du début oblige l'écrivain à modifier la fin, et vice versa. Étudier la genèse n'équivaut pas à analyser le récit : dans le temps de l'écriture, la ligne qui s'écrit modifie ou même annule la précédente. Il y a une rupture très nette entre le Cahier 58 et le 57, qui avec le 11 forme un premier état du *Temps retrouvé*. En relisant la dactylographie de « Combray » établie en 1909 et en 1911, Proust déplace les parties explicatives de l'épisode de *François le Champi* et des petites madeleines. Ces cahiers ont été publiés et ces phénomènes expliqués dans différents articles [1]. Nous n'y revenons pas. Mais il faut bien en voir la signification : l' « Adoration perpétuelle » et le « Bal de têtes » forment alors le pendant des parties qui précèdent, principalement « Combray » et les scènes mondaines du futur *Guermantes :* les épisodes d'initiation sont repris et expliqués, le personnel mondain est le même.

Les phénomènes de transfert sont extrêmement complexes, car ils se produisent à la faveur d'une relecture des brouillons, des copies manuscrites, mais aussi des dactylographies. Dans le Cahier 10, la lecture que maman faisait de *François le Champi* était immédiatement suivie du souvenir explicatif et purifi-

---

1. Voir Bibliographie.

cateur de cette lecture. Proust fait taper ce texte, puis il se sert de la deuxième partie pour rédiger le début du Cahier 57, et finalement colle la dactylographie découpée dans le manuscrit du *Temps retrouvé*. Mais il faut bien voir que le transfert ne concerne pas uniquement les instants privilégiés du souvenir involontaire ni des impressions poétiques qui jalonnent le roman. Les notes de lecture sur des écrivains contemporains (Henri de Régnier, Romain Rolland, etc.) ou sur des écrivains jugés par Sainte-Beuve (Chateaubriand et Balzac, Nerval et Baudelaire) sont aussi déplacées. Des éléments structuraux du récit sont également gommés, de la même manière : le parallèle entre Combray et Venise, la réunion des deux côtés de Combray. De plus, ces phénomènes de transferts et d'échanges, au cours de la rédaction du début et de la fin de l'œuvre, ne fonctionnent pas en sens unique. Dans *Le Temps retrouvé* (p. 257), le narrateur doit attendre dans la bibliothèque du prince la fin d'un morceau de musique. Dans les brouillons de la fin de 1910, cet épisode était davantage explicité et l'audition musicale faisait partie de la révélation esthétique : il s'agissait de *Parsifal,* avec des références à *Tristan*, et l'*Enchantement du Vendredi saint* participait au système de valeurs artistiques dévoilées au narrateur :

« N'était-ce pas une de ces créatures, n'appartenant à aucune des espèces de réalités, à aucun des règnes de la nature que nous puissions concevoir que ce motif de l'Enchantement du Vendredi saint qui sans doute par une porte du grand salon entrouverte à cause de la chaleur, me parvenait depuis un moment, fournissant un appui à mon idée si même elle ne venait pas de m'être suggérée par lui [...] Sans doute de telles vérités inintelligibles, immédiatement senties, sont trop rares pour qu'une œuvre d'art ne soit faite que d'elles ; il faut les enchâsser dans une matière moins pure. » (Cahier 58, ffos 29 à 31.)

C'est là toute la problématique d'un roman fondé sur les rapports d'un sujet au monde qui l'entoure ; mais cette révélation musicale du premier *Temps retrouvé*, fin 1910, se trouve transposée et transférée dans le manuscrit d' « Un amour de Swann » et pendant l'audition de la sonate de Berget (le futur Vinteuil) :

« Ces idées d'un autre ordre que sont les motifs musicaux, idées volées, inconnues de l'intelligence, imperçables par elle, n'en sont pas moins chacune parfaitement distinctes, de valeur et de signification inégales ; [...] la petite phrase de la sonate de Berget était de celles-là. Pour celui qui l'avait entendue et comprise, elle était une de ces notions sans équivalent si précieuses pour nous à acquérir, si utiles à conserver, qui nous plaisent par ce qu'elles révèlent en nous de semblable à elles, combien notre âme est plus variée et plus riche que nous ne croyons [1]. »

C'est autour de l'amour de Swann que se trouve ainsi reportée, en 1911, la théorie musicale proustienne. Mais on sait comment elle sera dévoyée, mal interprétée par le dilettante qui n'entendait dans la sonate que l'hymne national de son amour. Ainsi s'explique que la sonate soit absente du *Temps retrouvé* et que Charles Swann n'entende jamais le septuor de Vinteuil [2]. La démonstration était faite dès « Un amour de Swann ». Le lien entre la musique et les vérités qui échappent à l'intelligence ne sera pas perçu par Swann.

La réalité génétique de ce motif est plus complexe. Si l'on prend la définition la plus extensive du *Temps retrouvé*, on remarque que le narrateur entend le septuor de Vinteuil pendant la soirée chez les Verdurin [3]. L'audition de Wagner dans le Cahier 58 est reprise et mise au compte de Vinteuil dans le Cahier 57, deux brouillons pour *Le Temps retrouvé*. C'est dans les brouillons (1915) et dans les manuscrits de *La Prisonnière* (1917) qu'un nouveau déplacement se fait. Le narrateur entend le septuor, comprend le lien entre la musique et les vérités inintelligibles, et Albertine

---

1. Cahier 19, f° 2r°. Voir les articles de Françoise Leriche, B.I.P., n° 16, 1985, n° 18, 1987 et sa thèse, 1988.
2. *La Prisonnière*, GF, p 350.
3 *Ibid.*, p. 350.

joue pour lui du Vinteuil[1]. Une correspondance
s'établit alors avec « Un amour de Swann » : Swann
entend la sonate et Odette la jouait pour lui
(*sw.*, p. 357). Cette correspondance entre Swann et le
narrateur, Odette et Albertine, trahit le conflit entre
l'amour et l'art. Mais elle n'est pas la seule dans le
roman. Les frontières entre les différentes parties de
l'œuvre s'estompent, une fois encore. A partir des
brouillons du *Temps retrouvé*, l'audition de Vinteuil se
dédouble et s'organise, dans « Un amour de Swann »
et dans *La Prisonnière*, tandis qu'Odette et Albertine
le répètent maladroitement, au piano. Mais cette fois,
le jeu de va-et-vient s'organise au détriment du *Temps
retrouvé* : la musique ne fait plus partie de la révélation
finale, pas plus que les autres beaux-arts.

Nous n'avons pas cherché à étudier la genèse de la
philosophie proustienne (nous renvoyons à la bibliographie), mais plutôt celle des formes narratives : le
support énonciatif qui fonde *Le Temps retrouvé*, qui
empêche sa disparition totale en dépit du développement extraordinaire du roman pendant la guerre, et
l'hésitation constante de Proust sur la place à réserver
à l'exposé de critique et d'esthétique : à la fin ou dans
le cours du récit. Ce sont les deux leçons que donne
l'examen des papiers Sainte-Beuve et du premier état
du roman. Cette philosophie, liée à la philosophie
romantique allemande[2], mais aussi et surtout à la
critique des écrivains contemporains de Sainte-Beuve
ou de Proust, à un refus de la littérature symboliste,
réaliste ou simplement engagée, c'est à l'analyse
matérielle, historique et génétique du manuscrit, de la
façon dont il a été fabriqué à partir de pièces
rapportées et des phénomènes de réécriture qui carac-
térisent la manière proustienne de composer, que nous
allons demander d'en dégager les grandes lignes.

1. *La Prisonnière*, *op. cit.* p. 481.
2. Voir les ouvrages d'Anne Henry, dans la bibliographie, p. 524.

Analyse du « Temps retrouvé »

Le manuscrit du Temps retrouvé

L'œuvre formant dans la genèse un tout organisé, il faut, à chaque étape de la composition du *Temps retrouvé*, examiner le récit qui précède et qui lui correspond. Au stade du Cahier 51 (1909), correspondaient un récit combraysien, balnéaire, parisien, des descriptions mondaines et des notes littéraires et esthétiques dans les Cahiers Sainte-Beuve. En 1912, à la rédaction du premier état continu pour la fin de l'œuvre, correspondaient des phénomènes de transfert et tout un récit à peu près cohérent qui allait de « Combray » à *Sodome et Gomorrhe*. Les personnages sont les mêmes et le réseau des correspondances devient plus dense. Des éléments de « Combray » sont déplacés vers l' « Adoration perpétuelle », tandis que des symétries s'affirment entre *Guermantes* et le « Bal de têtes ». Nous avons étudié un phénomène semblable pour « Un amour de Swann ».

Avec le manuscrit rédigé à la fin de la Première Guerre mondiale et complété jusqu'à la mort de l'écrivain (1922), les problèmes sont plus complexes. Mais avant même de les aborder, il faut examiner les documents conservés pour les années intermédiaires.

Les documents préparatoires

Le Cahier 57, qui est le plus important brouillon pour *Le Temps retrouvé*, a d'abord été rédigé sur les pages de droite, comme c'est souvent le cas chez Proust, à partir d'un montage que nous avons essayé d'expliquer, des Cahiers 51, 58 et de déplacements narratifs, critiques, esthétiques, organisés à travers tout ce qui avait été déjà rédigé. Mais pendant les années qui ont suivi, les marges et les pages de gauche ont été noircies de nombreuses additions et notes, qui changent complètement la portée de ce premier état de l' « Adoration perpétuelle » et du « Bal de têtes ». Entre 1912 et le début de la rédaction du manuscrit, beaucoup de choses se sont passées : la publication des premiers volumes du roman, l'évolution de la vie personnelle de l'écrivain, la Guerre, le développement du roman, événements et personnages, et l'approfondissement de la réflexion esthétique. Ces feuillets de verso révèlent un élargissement de la perspective que l'on retrouve dans le Cahier appelé « Babouche », de la même époque, qui contient lui aussi de nombreuses notes pour le futur *Temps retrouvé* et des « paperoles », c'est-à-dire des papiers collés aux feuilles des cahiers quand la place manquait pour écrire. C'est peut-être une de ces paperoles accidentellement détachées du Cahier « Babouche » que Denise Mayer a publiée dans la revue *Commentaire* [1]. Elle contient entre autres des révélations sur une liaison entre Cottard et Odette, faites après la mort de celui-là, une présentation du fils de Vaugoubert, des notes sur Bergotte et des allusions à des cahiers non identifiés. Nous n'avons pas pu la situer dans le manuscrit. Mais d'autres brouillons fragmentaires préparent ce manuscrit au net du *Temps retrouvé* : le Cahier 55 a dû précéder immédiatement la rédaction définitive. D'autres documents doivent

---

1. Denise Mayer, « Un chapitre inédit du *Temps retrouvé* », *Commentaire*, nº 22, Julliard, 1983.

manquer à l'appel, et ce sont peut-être les plus nombreux : les brouillons pour le retour à Tansonville et pour la Guerre font presque défaut. Il reste dans le manuscrit des feuillets collés qui sont des fragments repris de ces cahiers disparus. Et, d'autre part, ce même manuscrit apparaît souvent constitué de recopiages rapides de documents intermédiaires qui ne nous sont pas encore parvenus. Sans postuler l'existence d'un état intermédiaire complet entre les Cahiers 58, 57, etc. et le manuscrit, il faut bien imaginer la présence hypothétique de rédactions fragmentaires qui ont préparé celui-ci et que nous ne possédons pas. Des maillons de la chaîne manquent, à l'évidence.

Description du manuscrit

Le manuscrit proprement dit se compose de six petits cahiers remplis d'additions dans les marges, sur les versos et sur de nombreuses paperoles. Ils forment la suite du manuscrit de *La Fugitive*, sans solution de continuité, rappelons-le. La discontinuité est, cependant, le phénomène le plus frappant pour qui examine ce manuscrit, avec son caractère inachevé. De nombreux fragments sont recopiés des cahiers de brouillon que nous possédons ou qui ont disparu, avec de nombreuses modifications. Ces fragments sont souvent séparés par des blancs : le bas des pages reste vide, avant de passer à la page suivante. Des feuillets sont collés parfois, arrachés à ces brouillons ; ou bien, une fois décollés, on lit sur l'envers qui n'a pas été réutilisé une rédaction primitive qui appartenait à un brouillon. De nombreuses additions (elles triplent le contenu des cahiers) viennent souder ensemble ces fragments et leur donner un semblant d'homogénéité. On peut alors distinguer deux campagnes principales de rédaction : un premier jet (mais résultat de recopiages, nous l'avons dit) sur les pages de droite ; une relecture entraînant une réécriture constante, dans les marges, sur les pages de gauche et sur les paperoles. Il est difficile de dater précisément ces deux rédactions successives, sauf pour les allusions nombreuses à l'état de guerre. 1917-1918 pour la première, 1918-1922 pour la seconde, ou plus exactement pour les autres qui se sont succédé.

Il est plus important d'essayer de systématiser ces différentes additions. Certaines assurent la cohésion narrative ou même simplement syntaxique de l'ensemble. D'autres élargissent la réflexion de l'écrivain sur l'état de guerre, sur ses personnages, sur la critique et l'esthétique développées dans les dernières parties, sur l'évolution de la société. Elles ne font souvent que reprendre les notes des cahiers de brouillon. Les plus importantes peut-être sont celles qui adaptent le manuscrit originel au développement des différentes parties antérieures du roman, à mesure de leur publication. Il faut bien voir, en effet, que ce roman en plusieurs volumes, dont la publication s'est étalée sur plus de dix ans, n'est pas donné en un seul bloc. La publication des premières parties (avec la correction du manuscrit, des dactylographies et des épreuves) modifie l'organisation de ce qui suit. L'introduction d'Albertine, à partir de 1914, le développement de *Sodome et Gomorrhe*, de *La Prisonnière* et de *La Fugitive*, justifient de nombreux remaniements au *Temps retrouvé*. Si le manuscrit en était terminé dans ses grandes lignes en 1918, la publication des premiers volumes à partir de cette date obligeait Proust à remanier, modifier et adapter indéfiniment son dernier volume, pour maintenir et fortifier le système de correspondances qui fonde l'ensemble de son œuvre. Le développement du roman n'est jamais linéaire, les différentes parties entrent constamment dans un système d'interférences, et il fallait adapter la dernière à l'évolution de l'ensemble. C'est ce que nous allons essayer d'examiner de plus près pour chacun des épisodes du *Temps retrouvé*, conjuguant ainsi l'analyse matérielle avec celle du contenu. On découvrira ainsi peut-être un visage paradoxal de l'écrivain. La première rédaction est souvent schématique, elle correspond à l'effort démonstratif, philosophique, dogmatique du roman à thèse. C'est dans les additions que Proust s'essaie à introduire du récit, des événements, des péripéties. Proust, au départ, n'est pas un romancier, mais un moraliste, un législateur des vérités humaines.

Tansonville

Il faut reposer le problème de la délimitation du *Temps retrouvé*, en termes matériels cette fois, et non plus simplement narratifs. Il n'existe pas de véritable solution de continuité dans le Cahier XV, le premier du manuscrit, qui se présente de toute façon comme un ensemble de fragments raboutés par des additions elles-mêmes plus ou moins cohérentes. D'un cahier à l'autre de ce manuscrit, les raccords sont difficiles : le temps du récit ne rejoint pas celui de la rédaction. Où commence *Le Temps retrouvé ?* Le retour de Venise marque un moment important dans une des dernières étapes de la désillusion : la réunion des deux côtés de Combray, le mariage de Saint-Loup et de la nièce de Jupien. Tout le matériel des précédents volumes continue à être repris et repensé. Le séjour à Tansonville confirme cette étape, mais il est d'abord constamment retardé, puis coupé en deux dans le manuscrit. La coupure choisie par Robert Proust et Jacques Rivière dans l'édition de la N.R.F. (1927) n'a pas été retenue par André Ferré, qui ne s'en explique guère [1]. Elle s'impose cependant, commençant le dernier volume par une ouverture qui reprend celles qui structurent l'ensemble de l'œuvre depuis « Combray » : la chambre matinale. Les deux *Guermantes*, *La Prisonnière* conservaient ce schéma primitif du dormeur éveillé dans une chambre nocturne ou matinale et qui évoque tout le récit. *Le Temps retrouvé* résume ces ouvertures : « Toute la journée, dans cette demeure un peu trop campagne [...] »

Cette ouverture apparaît comme une addition mar-

---

1. Une note de cinq lignes, Pléiade, 1954, III, p. 1118.

ginale, en haut d'une page. La dactylographie de *La Fugitive* avait été partiellement revue et corrigée par l'écrivain. Etait-elle entière quand il a commencé ce travail ? Avait-il donné à son frère des indications sur la coupure ? Les premiers éditeurs ne semblent pas s'être posé de questions, mais le problème reste entier et nous prenons l'épisode de Tansonville dans son entier pour notre commentaire.

Cet épisode n'a pas d'antécédent direct dans les brouillons. Mais dans le Cahier 1 apparaît un motif de promenades avec une châtelaine, qui est Mme de Guermantes et non Gilberte, promenades nocturnes, oniriques et érotiques. Elles forment comme une antithèse avec le Combray innocent et diurne des autres cahiers Sainte-Beuve, où apparaît le thème d'un retour au pays de l'enfance après des années d'absence. Dans les premiers brouillons du roman, en 1909-1910, le héros rêve à nouveau de promenades amicales et de discussions littéraires avec Mme de Guermantes. La fin du Cahier XV reprend ces brouillons et ces différents motifs. Mais la promenade au clair de lune, avec Gilberte cette fois, est biffée, occultée, après une première rédaction. Le retour au pays s'accompagne de nouvelles désillusions : la réunion des deux côtés, les sources de la Vivonne, qui sont reprises des Cahiers et des dactylographies de « Combray » pour être recopiées ici. Le thème littéraire prend une tout autre valeur : la vocation est mise en doute, la lecture tournée en dérision. *La Fille aux yeux d'or* est liée à l'homosexualité, et le pastiche de Goncourt à l'impuissance de l'écrivain, à l'insuffisance des milieux intellectuels et artistes.

Les additions au premier jet de la rédaction sont très significatives. Les promenades sont développées et mises en parallèle avec « Combray ». On pourrait suivre pas à pas les éléments narratifs que Proust a déplacés de l'un à l'autre, par la relecture de tous les documents préparatoires. Se trouve développé également tout ce qui concerne la vie sentimentale, le vice et l'homosexualité : les allusions à Albertine, la rencontre de Léa, le parallèle entre Saint-Loup et Morel, Charlus et Jupien, Gilberte et Albertine, Gilberte et Rachel. Plusieurs de ces effets de symétrie proviennent du Cahier 55, qui outre le pastiche de Goncourt esquissait quelques brouillons pour le séjour à Tansonville. Enfin, les discussions avec Saint-Loup, sur la stratégie militaire comme métaphore de la stratégie amoureuse, appartiennent également à une seconde campagne de rédaction.

Le pastiche de Goncourt

Proust avait longtemps hésité à rédiger l'épisode de Tansonville, comme on peut le voir dans le Cahier 50 et surtout dans le 57. Mais le problème se trouve résolu dans les notes du Cahier 55, où il tente de situer le pastiche à l'intérieur de la fin de son roman et par rapport à des discussions avec Gilberte. Il ne doit pas être confondu avec un précédent pastiche des Goncourt déjà publié[1]. Sa place dans les cahiers du manuscrit est hésitante, non pas qu'elle ait varié réellement, mais il a été rédigé après coup à la fin d'un cahier et au début d'un autre, et Proust a eu du mal a faire le raccord. Nous l'expliquons dans les notes.

La fonction du pastiche de Goncourt à cet endroit du roman, c'est-à-dire au début du *Temps retrouvé,* est complexe. Il marque le découragement littéraire du héros à un degré paroxystique, mais ce point de vue est tout à fait extérieur. Le simple lecteur, si l'on peut dire, est frappé au contraire par son contenu, par la disproportion entre le milieu des Verdurin tel qu'il a été peint par le narrateur au fil du roman, et tel qu'il l'est maintenant par des gens de lettres. C'est donc à une critique des Goncourt que se livre le romancier, dénonçant un défaut de contact avec la réalité. Il l'avait fait déjà pour Sainte-Beuve par une critique directe. Il l'avait fait encore, mais d'une manière plus romancée, pour Mme de Villeparisis dont le salon

---

1. Jean Milly, *Les Pastiches de Proust,* Armand Colin, 1970.

médiocre passera à la postérité par l'effet magique de
ses propres *Mémoires*[2]. Par une volonté de symétrie
qui caractérise l'œuvre, il le fait ici enfin, dénonçant la
médiocrité du salon Verdurin comme du salon Villeparisis, et le mensonge de la littérature qui glorifie ces
salons.

S'il s'agit d'un pastiche en effet, ce n'est pas le
meilleur de Marcel Proust. Il est très chargé, et déjà
dans le brouillon du Cahier 55. Mais c'est une parodie,
une charge, des Verdurin et des Goncourt, plus même
que du héros qui n'a pas encore défini sa conception
de la littérature. Dans le « Bal de têtes », le narrateur
fera sa propre description de la mondanité. C'est une
parodie des Verdurin, de la grande bourgeoisie intellectuelle, artiste, d'où sont issus les Elstir, les Bergotte, les Brichot, les Cottard. C'est aussi une parodie
des Goncourt, de la littérature réaliste et précieuse à la
fois, d'un dilettantisme que le narrateur critiquera
plus loin encore, dans l' « Adoration perpétuelle », en
même temps que d'autres types d'écrivains. Il faut
donc lire ce pastiche sur plusieurs plans à la fois : le
héros qui croit n'avoir rien compris à la vie mondaine
et à la littérature, le narrateur qui analyse l'erreur du
héros, la réalité du clan Verdurin, et qui critique la
fausse littérature, et le romancier qui continue à régler
ses comptes avec Sainte-Beuve et ses conceptions
littéraires.

La Grande Guerre

Les épisodes qui concernent la guerre sont beaucoup moins bien représentés dans les brouillons : pas
de version continue avant le manuscrit. Il ne reste que
des notes fragmentaires sur les feuillets verso du
Cahier 57, dans le Cahier « Babouche » et dans le
Cahier 55 (Bergotte journaliste pendant les événements). Cet indice laisse supposer la perte de docu-

1. Brian G. Rogers, « Deux Sources littéraires d'*A la recherche du temps
perdu* : L'Évolution d'un Personnage », *Francofonia*, Bologne, 1983.

ments intermédiaires. Mais il faut remarquer par ailleurs que l'épisode comporte un très grand nombre d'additions par rapport au premier jet, qui se présentait beaucoup plus simplement que l'enchevêtrement de décrochements chronologiques et narratifs qui perdent maintenant le lecteur, plus ou moins consciemment, dans les rets de l'espace-temps proustien. On peut subdiviser ce très long épisode, un des plus augmentés, de façon arbitraire dans un manuscrit qui se présente sans coupure. Les retours du héros à Paris, la promenade avec Charlus et la visite à l'hôtel de Jupien en marquent les temps forts.

La Grande Guerre tient une importance si prépondérante dans le manuscrit, et dans les additions, qu'elle ne doit pas être considérée simplement comme une concession aux événements contemporains ni un moyen d'expliquer l'évolution sociale des personnages mondains. Les volumes manuscrits du roman ont commencé à paraître à un rythme régulier à partir de 1919, avec le retour des anciens combattants et la découverte de ce qu'avait été le front. Marcel Proust est aussi courageux qu'Apollinaire et il brosse les différentes attitudes possibles devant le conflit : le journalisme (Norpois ou Brichot : Proust hésite après avoir pensé à Bergotte), la lâcheté (Bloch, Morel), l'héroïsme (Saint-Loup, le fils Vaugoubert), l'arrière (les Verdurin, etc.), la stratégie (les conversations avec Saint-Loup, dont beaucoup sont reprises de Doncières, des brouillons, manuscrits et épreuves de *Du côté de Guermantes I*, selon la loi de symétrie que nous avons déjà décrite), le défaitisme (Charlus, etc.). C'est un tableau de la France qui est dressé. La comparaison avec *Les Croix de bois* s'impose, même si Proust n'a pu lire Roland Dorgelès, son rival malheureux du Prix Goncourt, qu'après la rédaction de son manuscrit, du moins dans son premier jet. Il ne s'agit pas d'une description du front mais de l'arrière. La guerre a ici le rôle important qu'elle a depuis le début dans le roman : la diplomatie (Norpois aurait pu empêcher la Guerre de 1870), la stratégie (depuis Doncières), l'affaire Dreyfus liée au nationalisme, au militarisme, les transformations sociales. L'art militaire tient une grande place dans le roman, dès le début, avec le défilé des troupes à Combray, à Doncières. Il est un miroir de l'art d'aimer (le héros va à Doncières pour tenter une manœuvre d'encerclement de Mme de Guermantes). La stratégie de Saint-Loup, celle qu'il expose au héros à Doncières puis dans *Le Temps retrouvé,* est aussi une forme de la critique de l'intelligence. Elle est enfin en liaison étroite avec l'homosexualité : l'héroïsme de Saint-Loup, le défaitisme de Charlus, les clients dans l'hôtel de Jupien, et surtout les ciels éclairés par les alertes aériennes opposés au métro ténébreux, dans une description apocalyptique, sont tous réunis par l'écrivain sous le signe de Sodome.

La guerre est aussi une réalité. Il faut lire la littérature militaire rédigée après la défaite de 1870, qui détermine tout le climat d'une époque. Elle est décrite de l'arrière, et comme par un embusqué. Proust avait terminé le manuscrit de son roman, dans ses grandes lignes, en 1918. D'où l'aspect étrangement artificiel de la société évoquée pendant le conflit — comparée à celle du Directoire — et surtout celle de l'après-guerre.

Les retours à Paris

Les différents séjours du héros dans deux maisons de santé justifient un décrochement chronologique qui fonde *Le Temps retrouvé* et qui peut être évalué à une période de quinze ans. A Tansonville, il ne semble pas que Gilberte ait d'enfant. Elle est pourtant enceinte dans *La Fugitive* (GF, p. 344). Dans le « Bal de têtes », elle présente au héros sa fille adolescente (voir les notes). Mais ces décrochements concernent également les retours à Paris et les rencontres avec Charlus. Sont-ils l'effet d'une volonté délibérée de l'auteur ou, involontaire, des nombreuses additions ? Le second retour du héros à Paris (en 1916) est évoqué en premier lieu (p. 89). Le héros se rend chez Mme

Verdurin et découvre une société qui ressemble à celle du Directoire. Les additions concernent et amplifient les changements introduits par la guerre et l'incidence de l'affaire Dreyfus. Le premier retour (p. 105) comporte de nombreuses additions complétant le tableau de la société et des transformations qu'elle subit : le legs de Nissim Bernard à son protégé, le divorce possible d'Oriane, la conduite de Bloch pendant la guerre, les théories militaires de Saint-Loup, les discussions entre Françoise et le maître d'hôtel. Doncières est réutilisé dans un effet de symétrie déjà analysé. Mais à nouveau, Proust évoque le second retour (p. 125) et, cette fois, il souligne à plaisir les décrochements temporels de son récit : « Le lendemain du jour où j'avais reçu cette lettre, c'est-à-dire l'avant-veille de celui où, cheminant dans l'obscurité j'entendais sonner le bruit de mes pas [...] » (p. 127). Cette structure faite de retours en arrière et d'anticipations se développe principalement autour de la rencontre avec Charlus, quand le héros se rend chez les Verdurin : p. 137, 158-159, 189. Loin d'être une maladresse liée aux remaniements successifs du manuscrit inachevé, elle semble bien correspondre au schéma proustien de la promenade. A Combray, l'évocation des deux côtés était ainsi brisée par de fréquentes incidentes. Les promenades à Tansonville aussi rompent avec le rythme spatio-temporel attendu. Quant à la promenade avec le baron de Charlus, en vertu du principe de symétrie exposé, elle reprend celle du *Côté de Guermantes II*. Les additions à ces scènes qui concernent Charlus, puis les Verdurin font allusion à la guerre, aux attaques contre Charlus (qui reprennent la brouille du baron et des Verdurin dans *La Prisonnière*), à Saint-Loup, à Norpois, à la société du Directoire et de 1815 et à la mort de M. Verdurin, qui annonce une des principales péripéties du *Temps retrouvé* : l'union de Mme Verdurin et du prince de Guermantes (une autre addition).

L'hôtel de Jupien

Cet épisode, long et pénible, qui fait définitivement basculer ce volume dans un univers nocturne et souterrain, délétère, alors que la nuit éclairée par les fusées pendant la discussion avec Saint-Loup avait une atmosphère aérienne et magique, est celui qui a été le plus augmenté par les additions. Par rapport à un premier jet assez simple et qui ne faisait que rappeler les relations de Charlus et de Jupien, ainsi que le voyeurisme du héros, exposés déjà au début de *Sodome et Gomorrhe*, se trouvent multipliés les personnages pervertis (le député de l'Action libérale, etc.) et les explications morales du narrateur et de Jupien. Les liens entre Charlus et Morel, le souvenir d'Albertine, des détails sur la guerre forment également l'essentiel des additions. La scène du métro et l'alerte qui retient le héros chez Jupien prolongent la scène, comme par un effort du romancier pour conclure Sodome par une évocation épique, du ciel embrasé par les alertes aux profondeurs chthoniennes d'un Paris libéré par la guerre.

Le rappel de *Sodome* n'est pas la seule signification de cet épisode. Les effets de symétrie, le système des correspondances avec le reste de l'œuvre (ce qui précède) deviennent ici prépondérants. Tansonville rappelait Combray (mais le clocher fait un dernier signe désespéré au héros qui n'ira pas le voir). Le tableau de la société proustienne ou parisienne par les Goncourt rappelait l'évolution des Verdurin (mais ce tableau est jugé erroné). Les discussions avec Saint-Loup évoquent Doncières (mais Saint-Loup se trompe dans ses théories sur la guerre). Le roman se noircit et toutes les étapes en sont dégradées. Avec l'épisode de l'hôtel de Jupien, on retrouve ainsi le Proust moraliste, qui ne fait pas porter l'essentiel de son travail sur le récit (réduit à une succession linéaire d'apparitions fantomatiques et vicieuses), mais sur la dimension éthique de ses descriptions. Le roman parisien se double d'un roman sur l'homosexualité. Les additions successives tentent simplement d'enrichir d'éléments narratifs et romanesques cette trame primitive, de Sodome comme de Gomorrhe, qui apparaissait dès les brouillons du *Contre Sainte-Beuve*.

A regarder de plus près, tous ces épisodes de la guerre introduisent une autre série de correspondances, à l'intérieur du dernier volume cette fois. Trois retours à Paris, marqués par trois séries identiques de rencontres (Bloch, Saint-Loup, Charlus, Verdurin), par trois descriptions de Paris (en 1914, en 1916 et après la guerre). Trois moments importants du roman parisien comme de la vie du narrateur et de ses personnages. Autant que la description morale, la description sociologique et culturelle de l'hôtel de Jupien trouve ainsi sa place, entre l'évocation anticipée du salon Verdurin et sa réincarnation, après la guerre, dans l'hôtel du prince de Guermantes.

L' « Adoration perpétuelle »

Pour la troisième fois, le héros retourne à Paris. L'angoisse de la vocation ratée d'écrivain et du temps perdu se cristallisent autour de la halte du train (la contemplation des arbres est retirée du Carnet 1 et du Cahier 26) et d'une dernière rencontre avec Charlus (tirée du Cahier 51). Mais en pénétrant dans la cour de l'hôtel des Guermantes, et en attendant dans la bibliothèque du prince, le héros fait une nouvelle série d'expériences, ou plutôt le romancier l'oblige à subir les étapes ultimes de son initiation d'écrivain, préparées de longue date. Il ne fait en effet que reprendre, nous l'avons dit, le matériau accumulé dans de nombreux articles, dans les papiers Sainte-Beuve, et dans tous les documents qui préparaient la publication du roman jusqu'en 1918. Nous signalons dans les notes ces déplacements. Il reste à les systématiser, ce qui est plus complexe car il faut distinguer plusieurs étapes. Mettons à part les nombreux articles de

critique qui jalonnent la carrière de Proust depuis
Ruskin et les pastiches. Le projet de Sainte-Beuve
devait se terminer par une conversation sur des sujets
de critique et d'esthétique qui intégrait tous les
phénomènes de remémoration qui fondent la philosophie proustienne. Dans une première étape du roman,
ces phénomènes étaient redistribués au fil du récit : la
révélation jalonnait l'itinéraire du héros. La madeleine
en est le principal vestige, prenant le relais des
souvenirs des chambres pour amorcer le développement narratif. A partir de la fin de 1910, Proust
esquisse un premier état de l'Adoration perpétuelle
dans les Cahiers 58 et 57 en recopiant les parties
correspondantes des Cahiers Sainte-Beuve, du roman,
pour ce qui est des notes de critique et d'esthétique, et
même les dactylographies du premier volume. Le
phénomène est plus large en 1918, quand Proust
rédige le manuscrit. Il ne se contente pas de reprendre
les brouillons du *Temps retrouvé*. Il relit et récupère ses
brouillons, manuscrits, dactylographies et épreuves
pour *Swann* et pour *Guermantes*. Depuis le début de la
guerre, il accumule des notes en même temps qu'il
rédige les brouillons et les manuscrits des autres
parties du roman, qui paraîtront à la fin du conflit.

On peut ainsi reconstituer les motifs clefs de cette
esthétique qui se cristallise autour de quelques expériences de mémoire du corps, déplacées d'un document à l'autre dans le processus de genèse. Mais la
récupération des notes de critique littéraire, dispersées
jusque dans les cahiers de brouillon du roman, est
aussi importante : tout ce qui tourne autour de Sainte-
Beuve (Chateaubriand, Nerval, Balzac, Baudelaire), la
littérature symboliste (Régnier) et la littérature engagée (Romain Rolland), que Proust renvoie dos à dos.
Mais ce qui frappe dans le manuscrit, c'est l'effacement de la critique, en contraste avec toutes les notes
accumulées : les références aux écrivains contemporains sont gommées, au profit de l'exposé esthétique.
Mais en quoi consiste cette esthétique ?

Nous ne pouvons qu'en reconstituer la genèse, à

travers ces déplacements successifs, ces répétitions incessantes. Le rapport du sujet et de la nature fonde le but à atteindre, par les moyens de la réminiscence, du rêve et de la métaphore. La recherche de l'expression adéquate de cette « vraie réalité » se traduit dans chaque page du roman ; la théorisation n'apparaît ensuite que comme un éclairage rétrospectif. A force de répéter et de recopier ces morceaux de bravoure dont certains éléments sont plus anciens que le projet Sainte-Beuve, on peut se demander si Proust y croyait encore. Dans une addition, c'est Mme de Cambremer qui devient la disciple de Schopenhauer. La question reste ouverte. Mais on peut faire remarquer que la musique disparaît du manuscrit, ainsi que les autres beaux-arts : la peinture, l'art dramatique, Bergotte lui-même a disparu. Il ne reste que les valeurs littéraires d'un individu qui a tout à refaire, à recréer. L'enfance, l'amour, la société se sont effondrés : l'écrivain a à réinventer le monde. C'est le sens des additions qui, dans un mouvement de va-et-vient, sautent souvent par-dessus les brouillons des Cahiers 58 et 57, récupèrent les nombreuses notes accumulées depuis pour élargir le débat, autour de la problématique de l'artiste et du Livre à venir.

De ses articles de jeunesse, de ses traductions annotées de Ruskin, de son projet d'essai contre Sainte-Beuve, Proust tire une conception de la littérature fondée à la fois sur une critique de la critique littéraire et sur une philosophie. Un refus des valeurs de l'intelligence fonde son subjectivisme, tiré de la philosophie romantique allemande, mais par l'intermédiaire des romantiques français, de Chateaubriand, de Nerval, de Baudelaire. Ce subjectivisme n'est pas intégral. Dans le souvenir, c'est le rapport des sensations, passées et présentes, la relation du Sujet au Monde, qui fonde la réalité, objet de la littérature, par le travail du style. La sensibilité, le rêve, l'imagination sont des valeurs ambiguës, auxquelles l'écrivain préfère substituer la mémoire involontaire, définie comme un rapport, comme une métaphore.

La critique littéraire de Sainte-Beuve est ainsi refusée au nom de cette théorie, comme faisant appel au sujet superficiel, social, et non pas au moi profond de l'artiste. En voie de conséquence, Proust est amené à critiquer également une certaine forme de littérature : le roman du XIXe siècle et principalement Balzac. Son roman parisien et mondain est un anti-Balzac. Il est aussi amené à critiquer explicitement la littérature contemporaine : le symbolisme, mais aussi le roman réaliste, la littérature engagée. Un « Contre Romain Rolland » se dessine rapidement dans les brouillons.

Mais ce Livre que le narrateur invente dans l' « Adoration perpétuelle » est-il une projection au futur, ou la théorisation de ce qui est déjà écrit et que nous avons lu ? Nous penchons pour la dernière solution, mais le narrateur reste ambigu. Il décrit son Livre au futur, comme s'il devait être écrit. La mort l'angoisse, comme si elle pouvait l'empêcher d'écrire. Mais quand il évoque Françoise, la vieille servante, collant ses paperoles et déplorant leur état de vétusté, il se réfère forcément à des documents rédigés depuis longtemps, à la rédaction qui précède. Nulle part la confusion temporelle n'est plus vive, ni sans doute plus délibérée.

Le « Bal de têtes »

Par rapport au Cahier de brouillon 57, l'importance du « Bal de têtes » est singulièrement réduite dans le manuscrit, au profit de l' « Adoration perpétuelle ». Mais il faut rappeler à nouveau les différentes étapes de la rédaction, et les trois brouillons successifs de la dernière matinée qui correspondent à trois états distincts du roman. La soirée du Cahier 51 correspondait aux papiers Sainte-Beuve et la représentation à l'Opéra qui la suivait à l'audition musicale du Cahier 49 (1909). Les Cahiers 57 et 11, deux ans plus tard, alignent le « Bal de têtes » sur les situations romanesques et sur les personnages qui ont été développés.

Les notes qui préparent la rédaction du manuscrit élargissent encore ce personnel et le font évoluer à partir de la situation de guerre. Dans le manuscrit, deux campagnes de rédaction se distinguent nettement. La première est centrée autour de la duchesse de Guermantes. Mais il fallait à nouveau, en relisant, établir un système de correspondances avec le reste de l'œuvre, rédigé sur manuscrit et en cours de publication. Ainsi, à partir du premier canevas centré sur les Guermantes (p. 326) et ce qui a rapport aux couches les plus anciennes du roman : Mme de Forcheville, Gilberte, Bloch, Rachel devenue l'amie de la duchesse, à partir du double motif de la vieillesse des femmes et de la blancheur des cheveux des hommes, se développent de nombreuses additions qui ajustent le personnel mondain à la nouvelle situation. Situation de l'après-guerre, encore que nous ayons dit à quel point cette société participait peu de la révolution sociale des années 20. Situation, bien plutôt, du dernier état du roman sur manuscrit, avec tous ses développements, toutes les parties étant maintenant composées. Argencourt, Létourville, Mme Cambremer et Mme d'Arpajon, Mme Leroi, les changements de Bloch et de Legrandin, la liaison du duc et d'Odette, Mme Verdurin devenue princesse de Guermantes, le déclin de la Berma, apparaissent dans les marges ou sur les paperoles comme autant de réajustement nécessaire à l'extension nouvelle de l'œuvre.

Le parallèle est soigneusement établi avec les scènes mondaines qui ont précédé, dans les différents volumes antérieurs. Mais en dépit de l'apparition de noms aristocratiques nouveaux, c'est sur les personnages du baron de Charlus, du prince de Guermantes, de la duchesse, de Robert défunt, que l'attention se porte. Mme Verdurin devenue princesse de Guermantes n'apparaît qu'en addition, sous forme d'allusions dérisives, Gilberte quitte l'orbite des Guermantes par sa fille, et c'est là une anticipation comme pour Odette, un instant momifiée et qui devient gâteuse. C'est l'étroit milieu Guermantes qui est la

colonne vertébrale de cette description d'un monde en
pleine transformation. Mais le narrateur présente cette
transformation, non pas seulement comme un déclin,
mais comme un phénomène cyclique. Rachel remplace la Berma, comme le néophyte Bloch se substitue
au héros, introduit dans un milieu étrange dont il
devra apprendre toutes les lois.

Il reste des problèmes essentiels à poser. Proust
avait à peu près fini ce manuscrit en 1918. La société
décrite ne pouvait pas être celle de l'après-guerre. La
théorie que développe le narrateur est d'ailleurs celle
du kaléidoscope mondain : le personnel change, vieillit ou se renouvelle, mais les valeurs fondamentales
demeurent. La société est faite d'unités dont la
position respective évolue, mais qui restent permanentes. Plus important est de savoir si cette dernière
partie représente le véritable *Temps retrouvé*. C'est ce
que pensait Beckett, mais la réponse dépend du lien
qui peut unir l'« Adoration perpétuelle » et le « Bal de
têtes ». L'angoisse de la mort et l'impossibilité de
créer sont toujours réunies dans l'ensemble de l'œuvre. Ici, la mise en rapport est encore plus dramatique. Elle s'achève sur cette métaphore épique des
hommes montés sur les tours ou sur les échasses
fragiles du Temps, reprise du Cahier 11 mais qui
prend maintenant la même valeur cosmique que
l'autre évocation épique de ce volume : la guerre, qui
éclaire le ciel et qui assombrit la sexualité coupable.
Le narrateur doit écarter ces deux dangers inhibiteurs
de l'écriture.

L'inachèvement

Le Temps retrouvé n'est pas le dernier volume du
roman proustien. Proust avait toujours déclaré avoir
rédigé ensemble le début et la fin de son livre. Nous
avons vu comment. Il en est la clé, le mode d'emploi,
et il se situe logiquement à l'origine de l'œuvre. C'est
ce que montre la genèse. Les erreurs du temps perdu
se trouvent, à seconde lecture, réinterprétées et justi-
fiées par le narrateur : les illusions de l'enfance (l'âge

des noms, des lieux et des personnes), de l'imagination, de l'intelligence et des arts, de l'amitié, du monde et de l'amour, la mort et les intermittences du cœur. Repassant sur sa vie, le narrateur y découvre la vérité qu'il peut transformer en œuvre d'art, bouclant une boucle paradoxale sur le plan des rapports entre le vécu et l'écriture. Tout était écrit dès le départ : le narrateur interprète à tout moment les épisodes de la vie de son héros. Le roman d'apprentissage est ainsi détourné par l'omniprésence du sujet écrivant. La théorie esthétique et littéraire qui fonde cette relecture, et cette écriture, a été souvent explicitée (voir la bibliographie). Nous avons essayé de l'éclairer différemment, par la genèse complexe de l'œuvre, par l'examen des documents de rédaction (brouillons et manuscrits). Elle est liée à une structure narrative particulière, à une écriture fragmentée et à des phénomènes constants de relecture et de réécriture. Manière irrationnelle de composer, mais qui répondait sans doute à la logique du projet. Le Livre de Proust n'est pas celui de Mallarmé. Le narrateur refuse le symbolisme autant que la littérature engagée : Henri de Régnier et Romain Rolland sont renvoyés dos à dos. Mais il n'est pas non plus un projet impossible : il est ce que nous lisons et qui n'a été interrompu que par la mort.

A partir de ces constatations, cependant, s'introduit la problématique de l'inachevé. Une rédaction première du manuscrit du *Temps retrouvé*, suivie de réécritures et d'additions successives sur les espaces blancs laissés dans les cahiers, voilà le travail de Proust, interrompu. Des incohérences sans cesse, dues à un travail trop rapide de remaniement. Un trait de plume très assuré attache une addition au premier jet où elle ne s'insère pas et où elle n'a que faire. Quand on connaît la manière de composer de l'écrivain, qui tenait ses dactylographies et ses épreuves pour autant de nouveaux brouillons, on est forcé de constater que nous publions un texte inachevé, une rédaction interrompue. Tout aurait été transformé,

mais en quel sens ? L'interrompu n'est pas l'inachevé
de toute manière, et l'on peut imaginer, Proust au
travail pendant quelques années de plus, une plus
grande intégration du *Temps retrouvé* au reste de
l'œuvre publiée, comme des additions au texte de
base. Mais on peut imaginer aussi une dégénérescence
de l'écriture, une impossibilité de terminer, une
impasse que laisse entrevoir la prolifération du texte et
de ses additions successives. La dernière phrase du
manuscrit, indéfiniment refaite et retardée, illustre
assez bien ce problème.

L'établissement du texte

Cette édition du *Temps retrouvé* essaie de rendre compte du phénomène d'interruption ou d'inachèvement. Le texte de base est le seul manuscrit autographe (Cahier XV à XX, Bibliothèque nationale, N.A. fr. 16723 à 16727). Parmi les brouillons, le Cahier 55 est sollicité une fois, selon les indications de l'écrivain. Les Cahiers 59 à 62 fournissent d'importantes additions ou des compléments pour le manuscrit. Mais le statut de ces notes « A ajouter à la dernière partie » est particulièrement ambigu. L'écrivain pouvait les ajouter effectivement au manuscrit, sous la forme d'additions marginales ou de papiers collés (paperoles). Il ne l'a pas fait, ou il l'a fait en les réécrivant complètement. De toute façon le point d'insertion de ces notes dans le manuscrit est rarement ou vaguement indiqué. Nous ne les utilisons donc pas pour établir le texte, et nous les donnons simplement en annexe, à la fin de cette édition, car elles apparaissent plus comme des fragments de manuscrit que comme des brouillons. Et nous ne les donnons pas toutes, mais seulement un choix qui montre la manière proustienne de composer.

Le manuscrit proprement dit comprend plusieurs couches de rédaction. Nous essayons de distinguer le premier jet des additions successives par un système d'alinéas et par des notes. Faire autrement ruinerait la lisibilité du texte. Mais il faut répéter qu'il s'agit d'un volume inachevé. C'est de la rédaction et non pas du récit. Les incohérences ou les répétitions ne doivent pas être envisagées d'un point de vue narratif ou discursif, mais sur le plan de la genèse. Cette impression parfois que Proust répète un argument ou une scène est illusoire. Il faut imaginer deux rédactions successives là où on croit lire un doublet ou une redite. Les notes, dans une certaine mesure, tentent d'aider le lecteur.

Les divisions du manuscrit sont rares. Elles tiennent au changement de cahier principalement. Les alinéas sont rares, c'est nous qui les introduisons pour les raisons que nous avons dites. Souvent, après avoir fini de recopier un fragment de brouillon, Proust laisse la fin de la page en blanc. Aucune conclusion ne peut en être tirée. Nous aérons la présentation de ce manuscrit en le reproduisant, par des alinéas et par des blancs. Aucune autre intervention n'a paru possible sur le texte, qui reste compact.

La disposition des divers fragments ajoutés dans les marges ou sur les paperoles fait problème. Il n'est qu'à comparer l'édition de la N.R.F. avec celle de la Pléiade. Leur insertion est délicate, mais l'analyse du manuscrit et son collationnement avec les deux éditions nous amènent à préférer souvent les leçons de la première, comme pour la coupure entre *La Fugitive* et *Le Temps retrouvé*.

On l'aura compris, la reproduction fidèle du manuscrit est impossible. Il faudrait une édition à trois dimensions, dont la plus importante serait le temps de l'écriture. On a préféré la lisibilité. Les incohérences syntaxiques et les *lapsus calami* sont rectifiés autant que possible. L'onomastique est normalisée : Charlie Morel est encore Bobby Santois dans le manuscrit, Norpois et Brichot sont parfois confondus. Nous unifions la présentation de ces personnages. Nous respectons en revanche les incohérences narratives, les lacunes et… les passages illisibles.

Le respect du manuscrit entraîne celui de la ponctuation proustienne. Mais ce ne sera pas un respect aveugle. Proust n'a pas de théorie de la ponctuation, mais seulement quelques habitudes qui ne sont pas celles de la grammaire normative. Encore peut-on remarquer que lorsqu'il recopie un passage déjà rédigé ailleurs, il soigne sa ponctuation selon les règles du bon usage, dans le souci d'être lisible. Nous ne résistons cependant pas au plaisir de reproduire sa manière de disposer la virgule, dans la mesure où le sens ne se perd pas, ni à la nécessité de respecter scrupuleusement sa ponctuation forte.

Pour résumer ces principes, qui n'en sont guère, les répétitions (« ajoutages » ou « paperoles ») et les incohérences nées de la double rédaction sont respectées. Proust relit son manuscrit du *Temps retrouvé* avec *Swann, Guermantes* et, pour le reste de l'œuvre, ses cahiers d'ébauches sous la main. Le lecteur pourra reconnaître les rappels narratifs et les effets de symétrie, ainsi que les erreurs de l'écrivain, trop pressé par le temps : des anachronismes, des personnages défunts qui réapparaissent, des comtesses qui deviennent marquises, etc.

Mais souvent Proust se trompe lorsqu'il place une addition ou un papier collé. Son système de béquets n'est pas fiable. Tout se passe comme s'il introduisait au hasard ses additions dans le premier jet de la rédaction, réservant à une dernière relecture ou à une dernière rédaction, sur dactylographie sans doute, le soin de justifier ces inexactitudes. Nous justifions notre disposition des additions par les notes de régie de l'écrivain, nombreuses, que nous transcrivons en fin de volume. Le pragmatisme est ici de rigueur, pour donner une petite idée de ce à quoi peut ressembler ce manuscrit inachevé, à mi-chemin entre les exigences de l'érudition et celles d'une lecture moderne.

Bernard BRUN.

Rappels sur « La Fugitive »

·Albertine s'enfuit, puis meurt accidentellement. Le temps fait lentement son œuvre sur la jalousie, sur la douleur et sur le deuil. La mère semble gagner contre la maîtresse disparue et le héros, qui vivait malade et reclus dans *La Prisonnière*, trouve paradoxalement la force de l'accompagner à Venise. Mais les intermittences du cœur l'y rejoignent, comme lui-même poursuit d'autres femmes, plus jeunes, sur les canaux de la ville magique. Le passé revient en force : dans la comparaison entre Venise et Combray, dans les liens qui se tissent maintenant entre le côté de chez Swann et celui de Guermantes. Au retour de ce dernier voyage, la frontière s'estompe entre ce qui était au départ une partie de *Sodome et Gomorrhe* et *Le Temps retrouvé*. Robert de Saint-Loup épouse Gilberte Swann. Le héros est invité à Tansonville. Il y découvre l'inversion de Saint-Loup. Il reçoit d'autres révélations, sur Combray, sur la géographie de son enfance, sur l'amour que Gilberte lui portait, sur sa vocation d'écrivain.

B. B.

LE TEMPS RETROUVÉ

Toute la journée, dans cette demeure un peu trop campagne qui n'avait l'air que d'un lieu de sieste entre deux promenades ou pendant l'averse, une de ces demeures où chaque salon a l'air d'un cabinet de verdure, et où sur la tenture des chambres les roses du jardin dans l'une, les oiseaux des arbres dans l'autre, vous ont rejoints et vous tiennent compagnie, — isolés du moins — car c'étaient de vieilles tentures où chaque rose était assez séparée pour qu'on eût pu si elle avait été vivante la cueillir, chaque oiseau le mettre en cage et l'apprivoiser, sans rien de ces grandes décorations des chambres d'aujourd'hui où sur un fond d'argent, tous les pommiers de Normandie sont venus se profiler en style japonais pour halluciner les heures que vous passez au lit ; toute la journée, je la passais dans ma chambre qui donnait sur les belles verdures du parc et les lilas de l'entrée, les feuilles vertes des grands arbres au bord de l'eau, étincelants de soleil, et la forêt de Méséglise. Je ne regardais en somme tout cela avec plaisir que parce que je me disais : « C'est joli d'avoir tant de verdure dans la fenêtre de ma chambre », jusqu'au moment où dans ce vaste tableau verdoyant je reconnus peint lui au contraire en bleu sombre, simplement parce qu'il était plus loin, le clocher de l'église de Combray. Non pas une figuration de ce clocher, ce clocher lui-même,

qui, mettant ainsi sous mes yeux la distance des lieues
et des années était venu, au milieu de la lumineuse
verdure et d'un tout autre ton, si sombre qu'il
paraissait presque seulement dessiné, s'inscrire dans le
carreau de ma fenêtre. Et si je sortais un moment de
ma chambre, au bout du couloir, j'apercevais, parce
qu'il était orienté autrement, comme une bande
d'écarlate, la tenture d'un petit salon qui n'était
qu'une simple mousseline mais rouge, et prête à
s'incendier si y donnait un rayon de soleil[1].

Pendant ces promenades Gilberte me parlait de
Robert comme se détournant d'elle, mais pour aller
auprès d'autres femmes. Et il est vrai que beaucoup
encombraient sa vie, et comme certaines camaraderies
masculines pour les hommes qui aiment les femmes,
avec ce caractère de défense inutilement faite et de
place vainement usurpée qu'ont dans la plupart des
maisons les objets qui ne peuvent servir à rien.

Il vint plusieurs fois à Tansonville pendant que j'y
étais. Il était bien différent de ce que je l'avais connu.
Sa vie ne l'avait pas épaissi, alenti, comme M. de
Charlus mais tout au contraire, mais opérant en lui un
changement inverse lui avait donné l'aspect désinvolte
d'un officier de cavalerie — et bien qu'il eût donné sa
démission au moment de son mariage — à un point
qu'il n'avait jamais eu. Au fur et à mesure que M. de
Charlus s'était alourdi, Robert (et sans doute il était
infiniment plus jeune mais on sentait qu'il ne ferait
que se rapprocher davantage de cet idéal avec l'âge),
comme certaines femmes qui sacrifient résolument
leur visage à leur taille et à partir d'un certain moment
ne quittent plus Marienbad (pensant que, ne pouvant
garder à la fois plusieurs jeunesses, c'est encore celle
de la tournure qui sera le plus capable de représenter
les autres), était devenu plus élancé, plus rapide, effet
contraire d'un même vice. Cette vélocité avait d'ailleurs diverses raisons psychologiques, la crainte d'être
vu, le désir de ne pas sembler avoir cette crainte, la
fébrilité qui naît du mécontentement de soi et de
l'ennui. Il avait l'habitude d'aller dans certains mau-

vais lieux où comme il aimait qu'on ne le vît ni entrer,
ni sortir, il s'engouffrait pour offrir aux regards
malveillants de passants hypothétiques le moins de
surface possible, comme on monte à l'assaut. Et cette
allure de coup de vent lui était restée. Peut-être aussi
schématisait-elle l'intrépidité apparente de quelqu'un
qui veut montrer qu'il n'a pas peur et ne veut pas se
donner le temps de penser. Pour être complet il
faudrait faire entrer en ligne de compte le désir plus il
vieillissait de paraître jeune et même l'impatience de
ces hommes toujours ennuyés, toujours blasés, que
sont les gens trop intelligents pour la vie relativement
oisive qu'ils mènent, et où leurs facultés ne se réalisent
pas. Sans doute l'oisiveté même de ceux-là peut se
traduire par de la nonchalance. Mais, surtout depuis la
faveur dont jouissent les exercices physiques, l'oisiveté a pris une forme, sportive même en dehors des
heures de sport et qui se traduit par une vivacité
fébrile qui croit ne pas laisser à l'ennui le temps ni la
place de se développer et non plus par de la nonchalance.

Ma mémoire avait, la mémoire involontaire elle-
même, perdu l'amour d'Albertine. Mais il semble
qu'il y ait une mémoire involontaire des membres,
pâle et stérile imitation de l'autre, qui vive plus
longtemps, comme certains animaux ou végétaux
inintelligents vivent plus longtemps que l'homme. Les
jambes, les bras sont pleins de souvenirs engourdis.
Une fois que j'avais quitté Gilberte assez tôt, je
m'éveillai au milieu de la nuit dans la chambre de
Tansonville, et encore à demi endormi j'appelai :
« Albertine ». Ce n'était pas que j'eusse pensé à elle,
ni rêvé d'elle, ni que je la prisse pour Gilberte : c'est
qu'une réminiscence éclose en mon bras m'avait fait
chercher derrière mon dos la sonnette comme dans ma
chambre de Paris. Et ne la trouvant pas j'avais
appelé : « Albertine » croyant que mon amie défunte
était couchée auprès de moi, comme elle faisait
souvent le soir et que nous nous endormions ensemble, comptant au réveil sur le temps qu'il faudrait à

Françoise avant d'arriver, pour qu'Albertine pût sans imprudence tirer la sonnette que je ne trouvais pas[2].

Devenant — du moins durant cette phase fâcheuse — beaucoup plus sec, il ne faisait presque plus preuve vis-à-vis de ses amis, par exemple vis-à-vis de moi, d'aucune sensibilité. Et en revanche il avait avec Gilberte des affectations de sensiblerie poussées jusqu'à la comédie, qui déplaisaient. Ce n'est pas qu'en réalité Gilberte lui fût indifférente. Non, Robert l'aimait. Mais il lui mentait tout le temps ; son esprit de duplicité, sinon le fond même de ses mensonges, était perpétuellement découvert. Et alors il ne croyait pouvoir s'en tirer qu'en exagérant dans des proportions ridicules la tristesse réelle qu'il avait de peiner Gilberte. Il arrivait à Tansonville, obligé disait-il de repartir le lendemain matin pour une affaire avec un certain monsieur du pays qui était censé l'attendre à Paris et qui précisément rencontré dans la soirée près de Combray dévoilait involontairement le mensonge au courant duquel Robert avait négligé de le mettre, en disant qu'il était venu dans le pays se reposer pour un mois et ne retournerait pas à Paris d'ici là. Robert rougissait, voyait le sourire mélancolique et fin de Gilberte, se dépêtrait en l'insultant du gaffeur, rentrait avant sa femme, lui faisait remettre un mot désespéré où il lui disait qu'il avait fait ce mensonge pour ne pas lui faire de peine, pour qu'en le voyant repartir pour une raison qu'il ne pouvait pas lui dire, elle ne crût pas qu'il ne l'aimait pas (et tout cela bien qu'il l'écrivît comme un mensonge était en somme vrai), puis faisait demander s'il pouvait entrer chez elle et là, moitié tristesse réelle, moitié énervement de cette vie, moitié simulation chaque jour plus audacieuse, sanglotait, s'inondait d'eau froide, parlait de sa mort prochaine, quelquefois s'abattait sur le parquet comme s'il se fût trouvé mal. Gilberte ne savait pas dans quelle mesure elle devait le croire, le supposait menteur en chaque cas particulier, mais que d'une façon générale elle était aimée et s'inquiétait de ce pressentiment d'une mort prochaine, pensant qu'il avait peut-être une maladie qu'elle ne savait pas et n'osait pas à cause de cela le contrarier et lui demander de renoncer à ses voyages.

Je comprenais du reste d'autant moins pourquoi il en faisait que Morel était reçu comme l'enfant de la maison, avec Bergotte partout où étaient les Saint-Loup, à Paris, à Tansonville[3]. Morel imitait Bergotte à ravir. Il n'y eut même plus besoin au bout de quelque temps de lui demander d'en faire une imitation. Comme ces hystériques qu'on n'est plus obligé d'endormir pour qu'ils deviennent telle ou telle personne, de lui-même il entrait tout d'un coup dans la [...].

Françoise qui avait déjà vu tout ce que M. de Charlus avait fait pour Jupien et tout ce que Robert de Saint-Loup faisait pour Morel n'en concluait pas que c'était un trait qui reparaissait à certaines générations chez les Guermantes, mais plutôt — comme Legrandin aidait beaucoup Théodore elle avait fini, elle personne si morale et si pleine de préjugés par croire que c'était une coutume que son universalité rendait respectable. Elle disait toujours d'un jeune homme, que ce fût Morel ou Théodore : « Il a trouvé un Monsieur qui s'est toujours intéressé à lui et qui lui a bien aidé. » Et comme en pareil cas les protecteurs sont ceux qui aiment, qui souffrent, qui pardonnent, Françoise, entre eux et les mineurs qu'ils détournaient n'hésitait pas à leur donner le beau rôle, à leur trouver « bien du cœur ». Elle blâmait sans hésiter Théodore qui avait joué bien des tours à Legrandin, et semblait pourtant ne pouvoir guère avoir de doutes sur la nature de leurs relations car elle ajoutait : « Alors le petit a compris qu'il fallait y mettre un peu du sien et y a dit : Prenez-moi avec vous, je vous aimerai bien, je vous cajolerai bien, et ma foi ce Monsieur a tant de cœur que bien sûr que Théodore est sûr de trouver près de lui peut-être bien plus qu'il ne mérite, car c'est une tête brûlée, mais ce Monsieur est si bon que j'ai souvent dit à Jeannette (la fiancée de Théodore) : Petite, si jamais vous êtes dans la peine, allez vers ce

Monsieur. Il coucherait plutôt par terre et vous
donnerait son lit. Il a trop aimé le petit (Théodore)
pour le mettre dehors. Bien sûr qu'il ne l'abandonnera
jamais. »

Par politesse je demandai à sa sœur le nom de
Théodore qui vivait maintenant dans le Midi. « Mais
c'était lui qui m'avait écrit pour mon article du
Figaro » m'écriai-je en apprenant qu'il s'appelait
Sanilon.

De même estimait-elle plus Saint-Loup que Morel
et jugeait-elle que, malgré tous les coups que le petit
(Morel) avait faits, le Marquis ne le laisserait jamais
dans la peine, car c'est un homme qui avait trop de
cœur, ou alors il faudrait qu'il lui soit arrivé à lui-
même de grands revers.

Il insistait pour que je restasse à Tansonville et
laissa échapper une fois, bien qu'il ne cherchât
visiblement plus à me faire plaisir, que ma venue avait
été pour sa femme une joie telle qu'elle en était restée,
à ce qu'elle lui avait dit, transportée de joie tout un
soir, un soir où elle se sentait si triste que je l'avais en
arrivant à l'improviste, miraculeusement sauvée du
désespoir, « peut-être du pis », ajouta-t-il. Il me
demandait de tâcher de la persuader qu'il l'aimait, me
disant que la femme qu'il aimait aussi, il l'aimait
moins qu'elle et romprait bientôt. « Et pourtant,
ajoutait-il avec une telle fatuité et un tel besoin de
confidence que je croyais par moments que le nom de
Charlie, allait malgré Robert, « sortir » comme le
numéro d'une loterie, j'avais de quoi être fier. Cette
femme qui me donne tant de preuves de sa tendresse
et que je vais sacrifier à Gilberte, jamais elle n'avait
fait attention à un homme, elle se croyait elle-même
incapable· d'être amoureuse. Je suis le premier. Je
savais qu'elle s'était tellement refusée à tout le monde
que quand j'ai reçu la lettre adorable où elle me disait
qu'il ne pouvait y avoir de bonheur pour elle qu'avec
moi, je n'en revenais pas. Évidemment il y aurait de
quoi me griser, si la pensée de voir cette pauvre petite
Gilberte en larmes ne m'était pas intolérable. Ne

trouves-tu pas qu'elle a quelque chose de Rachel ? »
me disait-il.

Et en effet j'avais été frappé d'une vague ressemblance qu'on pouvait à la rigueur trouver maintenant
entre elles. Peut-être tenait-elle à une similitude réelle
de quelques traits (dus par exemple à l'origine hébraï-
que pourtant si peu marquée chez Gilberte) à cause de
laquelle Robert quand sa famille avait voulu qu'il se
mariât, s'était, à conditions de fortune égales, senti
plus attiré vers Gilberte. Elle tenait aussi à ce que
Gilberte ayant surpris des photographies de Rachel
dont elle avait ignoré jusqu'au nom, cherchait pour
plaire à Robert, à imiter certaines habitudes chères à
l'actrice, comme d'avoir toujours des nœuds rouges
dans les cheveux, un ruban de velours noir au bras, et
se teignait les cheveux pour paraître brune. Puis
sentant que ses chagrins lui donnaient mauvaise mine,
elle essayait d'y remédier. Elle le faisait parfois sans
mesure. Un jour où Robert devait venir pour vingt-
quatre heures à Tansonville, je fus stupéfait de la voir
venir se mettre à table si étrangement différente non
seulement de ce qu'elle était autrefois, mais même les
jours habituels, que je restai stupéfait comme si j'avais
eu devant moi une actrice, une espèce de Théodora [4].
Je sentais que malgré moi je la regardais trop fixe-
ment, dans ma curiosité de savoir ce qu'elle avait de
changé. Cette curiosité fut d'ailleurs bientôt satisfaite
quand elle se moucha et malgré toutes les précautions
qu'elle y mit. Par toutes les couleurs qui restèrent sur
le mouchoir, en faisant une riche palette, je vis qu'elle
était complètement peinte. C'était cela qui lui faisait
cette bouche sanglante et qu'elle s'efforçait de rendre
rieuse en croyant que cela lui allait bien tandis que
l'heure du train qui s'approchait, sans que Gilberte sût
si son mari arriverait vraiment ou s'il n'enverrait pas
une de ces dépêches dont M. de Guermantes avait
spirituellement fixé le modèle : « Impossible venir,
mensonge suit », pâlissait ses joues sous la sueur
violette du fard et cernait ses yeux.

« Ah ! vois-tu » me disait-il avec un air volontaire-

ment tendre qui contrastait tant avec sa tendresse
spontanée d'autrefois, avec une voix d'alcoolique et
des modulations d'acteur ; « Gilberte heureuse, il n'y a
rien que je ne donnerais pour cela. Elle a tant fait pour
moi. Tu ne peux pas savoir. » Et ce qui était le plus
déplaisant dans tout cela était encore l'amour-propre,
car il était flatté d'être aimé par Gilberte, et sans oser
dire que c'était Charlie qu'il aimait, donnait pourtant
sur l'amour que le violoniste était censé avoir pour lui,
des détails que Saint-Loup savait bien exagérés sinon
inventés de toutes pièces, lui à qui Charlie demandait
chaque jour plus d'argent. Et c'était en me confiant
Gilberte qu'il repartait pour Paris.

J'eus du reste l'occasion (pour anticiper un peu
puisque je suis encore à Tansonville) de l'y apercevoir
une fois dans le monde, et de loin, où sa parole malgré
tout vivante et charmante me permettait de retrouver
le passé, je fus frappé combien il changeait. Il
ressemblait de plus en plus à sa mère, la manière de
sveltesse hautaine qu'il avait héritée d'elle et qu'elle
avait parfaite chez lui grâce à l'éducation la plus
accomplie, elle s'exagérait, se figeait ; la pénétration
du regard propre aux Guermantes lui donnait l'air
d'inspecter tous les lieux au milieu desquels il passait,
mais d'une façon quasi inconsciente, par une sorte
d'habitude et de particularité animale ; même immobile, la couleur qui était la sienne plus que de tous les
Guermantes, d'être seulement l'ensoleillement d'une
journée d'or devenu solide, lui donnait comme un
plumage si étrange, faisait de lui une espèce si rare, si
précieuse, qu'on aurait voulu le posséder pour une
collection ornithologique ; mais quand de plus cette
lumière changée en oiseau se mettait en mouvement,
en action, quand par exemple je voyais Robert de
Saint-Loup entrer dans une soirée où j'étais, il avait
des redressements de sa tête si soyeusement et fière-
ment huppée sous l'aigrette d'or de ses cheveux un
peu déplumés, des mouvements de cou tellement plus
souples, plus fiers et plus coquets que n'en ont les
humains, que devant la curiosité et l'admiration

moitié mondaine, moitié zoologique qu'il vous inspirait on se demandait si c'était dans le faubourg Saint-Germain qu'on se trouvait ou au Jardin des Plantes et si on regardait traverser un salon ou se promener dans sa cage un grand seigneur ou un oiseau [...] [5]. Pour peu qu'on y mît un peu d'imagination, le ramage ne se prêtait pas moins à cette interprétation que le plumage. Il commençait à dire des phrases qu'il croyait grand siècle et par là il imitait les manières de Guermantes. Mais un rien indéfinissable faisait qu'elles devenaient les manières de M. de Charlus.

« Je te quitte un instant me dit-il dans cette soirée où Mme de Marsantes était un peu plus loin. Je vais faire un doigt de cour à ma mère. » Quant à cet amour dont il me parlait sans cesse, il n'était pas que celui pour Charlie bien que ce fût le seul qui comptât pour lui. Quel que soit le genre d'amours d'un homme on se trompe toujours sur le nombre des personnes avec qui il a des liaisons parce qu'on interprète faussement des amitiés comme des liaisons, ce qui est une erreur par addition, mais aussi parce qu'on croit qu'une liaison prouvée en exclut une autre, ce qui est un autre genre d'erreurs. Deux personnes peuvent dire : « La maîtresse de X je la connais », prononcer deux noms différents, et ne se tromper ni l'une ni l'autre. Une femme qu'on aime suffit rarement à tous nos besoins et on la trompe avec une femme qu'on n'aime pas. Quant au genre d'amours que Saint-Loup avait hérités de M. de Charlus un mari qui y est enclin fait habituellement le bonheur de sa femme. C'est une règle générale à laquelle les Guermantes trouvaient le moyen de faire exception parce que ceux qui avaient ce goût voulaient faire croire qu'ils avaient au contraire celui des femmes. Ils s'affichaient avec l'une ou l'autre et désespéraient la leur. Les Courvoisier en usaient plus sagement. Le jeune Vicomte de Courvoisier se croyait seul sur la terre et depuis l'origine du monde à être tenté par quelqu'un de son sexe. Supposant que ce penchant lui venait du diable il lutta contre lui, épousa une femme ravissante, lui fit des enfants. Puis un de ses cousins lui enseigna que ce penchant est assez répandu, poussa la bonté jusqu'à le mener dans des lieux où il pouvait le satisfaire. M. de Courvoisier n'en aima que plus sa femme, redoubla de zèle prolifique et elle et lui étaient cités comme le meilleur ménage de Paris. On n'en disait point autant de celui de Saint-Loup parce que Robert au lieu de se contenter de l'inversion, faisait mourir sa femme de jalousie en entretenant, sans plaisir, des maîtresses.

Il est possible que Morel étant excessivement noir, fût nécessaire à Saint-Loup comme l'ombre l'est au rayon de soleil. On imagine très bien dans cette famille si ancienne un grand seigneur blond doré, intelligent, doué de tous les prestiges et recélant à fond de cale un goût secret, ignoré de tous, pour les nègres.

Robert d'ailleurs ne laissait jamais la conversation toucher à ce genre d'amours qui était le sien. Si j'en disais un mot : « Ah ! je ne sais pas, répondait-il avec un détachement si profond qu'il en laissait tomber son monocle, je n'ai pas soupçon de ces choses-là. Si tu désires des renseignements là-dessus, *mon cher,* je te conseille de t'adresser ailleurs. Moi, je suis un soldat, un point c'est tout. Autant que ces choses-là m'indiffèrent autant je suis avec passion la guerre balkanique. Autrefois cela t'intéressait l'étymologie des batailles. Je te disais alors qu'on reverrait même dans les conditions les plus différentes, les batailles typiques par exemple le grand essai d'enveloppement par l'aile, la bataille d'Ulm. Hé bien si spéciales que soient ces guerres balkaniques, Loullé-Bourgas c'est encore Ulm, l'enveloppement par l'aile [6]. Voilà les sujets dont tu peux me parler. Mais pour le genre de choses auxquelles tu fais allusion je m'y connais autant qu'en sanscrit. »

Ces sujets que Robert dédaignait ainsi, Gilberte au contraire quand il était reparti les abordait volontiers en causant avec moi. Non certes relativement à son mari car elle ignorait, ou feignait d'ignorer, tout. Mais elle s'étendait volontiers sur eux en tant qu'ils concernaient les autres soit qu'elle y vît une sorte d'excuse

indirecte pour Robert, soit que celui-ci, partagé
comme son oncle entre un silence sévère à l'égard de
ces sujets et un besoin de s'épancher et de médire,
l'eût instruite pour beaucoup. Entre tous, M. de
Charlus n'était pas épargné ; c'était sans doute que
Robert sans parler de Charlie à Gilberte, ne pouvait
s'empêcher avec elle, de lui répéter, sous une forme ou
une autre, ce que le violoniste lui avait appris. Et il
poursuivait son ancien bienfaiteur de sa haine. Ces
conversations que Gilberte affectionnait, me permi-
rent de lui demander si, dans un genre parallèle,
Albertine dont c'est par elle que jadis j'avais la
première fois entendu le nom, quand elles étaient
amies de cours, avait de ces goûts. Gilberte ne put me
donner ce renseignement. Au reste il y avait longtemps qu'il eût cessé d'offrir quelque intérêt pour
moi. Mais je continuais à m'en enquérir machinalement comme un vieillard ayant perdu la mémoire qui
demande de temps à autre des nouvelles du fils qu'il a
perdu.

Ce qui est curieux et ce sur quoi je ne peux
m'étendre c'est à quel point, vers cette époque-là
toutes les personnes qu'aimait Albertine, toutes celles
qui auraient pu lui faire faire ce qu'elles auraient
voulu, demandèrent, implorèrent, j'oserai dire men-
dièrent, à défaut de mon amitié, quelques relations
avec moi. Il n'y aurait plus eu besoin d'offrir de
l'argent à Mme Bontemps pour qu'elle me renvoyât
Albertine. Ce retour de la vie se produisant quand il
ne servait plus à rien, m'attristait profondément, non
à cause d'Albertine que j'eusse reçue sans plaisir si elle
m'eût été ramenée non plus de Touraine, mais de
l'autre monde, mais à cause d'une jeune femme que
j'aimais et que je ne pouvais arriver à voir. Je me disais
que si elle mourait, ou si je ne l'aimais plus, tous ceux
qui eussent pu me rapprocher d'elle tomberaient à
mes pieds. En attendant j'essayais en vain d'agir sur
eux, n'étant pas guéri par l'expérience qui aurait dû
m'apprendre — si elle apprenait jamais rien —
qu'aimer est un mauvais sort comme ceux qu'il y a

dans les contes contre quoi on ne peut rien jusqu'à ce que l'enchantement ait cessé.

« Justement le livre que je tiens là parle de ces choses, me dit-elle. C'est un vieux Balzac que je pioche pour me mettre à la hauteur de mes oncles, *La Fille aux yeux d'or*. Mais c'est absurde, invraisemblable, un beau cauchemar. D'ailleurs, une femme peut peut-être être surveillée ainsi par une autre femme, jamais par un homme. » — « Vous vous trompez, j'ai connu une femme qu'un homme qui l'aimait était arrivé véritablement à séquestrer, elle ne pouvait jamais voir personne, et sortir seulement avec des serviteurs dévoués. » — « Hé bien cela devrait vous faire horreur à vous qui êtes si bon. Justement nous disions avec Robert que vous devriez vous marier. Votre femme vous guérirait et vous feriez son bonheur. » — « Non parce que j'ai trop mauvais caractère. » — « Quelle idée ! » — « Je vous assure. J'ai du reste, été fiancé, mais je n'ai pas pu me décider à l'épouser (et elle y a renoncé elle-même) à cause de mon caractère indécis et tracassier. » C'était en effet sous cette forme trop simple que je jugeais mon aventure avec Albertine, maintenant que je ne voyais plus cette aventure que du dehors.

J'étais triste en remontant dans ma chambre de penser que je n'avais pas été une seule fois revoir l'église de Combray qui semblait m'attendre au milieu des verdures dans une fenêtre, toute violacée. Je me disais : Tant pis ce sera pour une autre année, si je ne meurs pas d'ici là, ne voyant pas d'autre obstacle que ma mort et n'imaginant pas celle de l'église qui me semblait devoir durer longtemps après ma mort comme elle avait duré longtemps avant ma naissance.

Un jour pourtant je parlai à Gilberte d'Albertine et lui demandai si celle-ci aimait les femmes. « Oh ! pas du tout. » — « Mais vous disiez autrefois qu'elle avait mauvais genre. » — « J'ai dit cela, moi ? vous devez vous tromper. En tout cas si je l'ai dit, mais vous faites erreur, je parlais au contraire d'amourettes avec des jeunes gens. A cet âge-là du reste cela n'allait d'ailleurs

probablement pas bien loin. » Gilberte disait-elle cela
pour me cacher qu'elle-même, selon ce qu'Albertine
m'avait dit, aimait les femmes, et avait fait à Albertine
des propositions ? Ou bien (car les autres sont souvent
plus renseignés sur notre vie que nous ne croyons)
savait-elle que j'avais aimé, que j'avais été jaloux
d'Albertine et (les autres pouvant savoir plus de vérité
sur nous que nous ne croyons, mais l'étendre aussi
trop loin, et être dans l'erreur par des suppositions
excessives, alors que nous les avions espérés dans
l'erreur par l'absence de toute supposition) s'imagi-
nait-elle que je l'étais encore et me mettait-elle sur les
yeux, par bonté, ce bandeau qu'on a toujours tout prêt
pour les jaloux ? En tout cas les paroles de Gilberte
depuis « le mauvais genre » d'autrefois jusqu'au certi-
ficat de bonne vie et mœurs d'aujourd'hui suivaient
une marche inverse des affirmations d'Albertine qui
avait fini presque par avouer de demi-rapports avec
Gilberte. Albertine m'avait étonné en cela, comme sur
ce que m'avait dit Andrée, car pour toute cette petite
bande si j'avais d'abord cru avant de la connaître à sa
perversité, je m'étais rendu compte de mes fausses
suppositions, comme il arrive si souvent quand on
trouve une honnête fille et presque ignorante des
réalités de l'amour dans le milieu qu'on avait cru à tort
le plus dépravé. Puis j'avais refait le chemin en sens
contraire, reprenant pour vraies mes suppositions du
début. Mais peut-être Albertine avait-elle voulu me
dire cela pour avoir l'air plus expérimentée qu'elle
n'était et pour m'éblouir à Paris du prestige de sa
perversité comme la première fois à Balbec par celui
de sa vertu. Et tout simplement quand je lui avais
parlé des femmes qui aimaient les femmes, pour ne
pas avoir l'air de ne pas savoir ce que c'était, comme
dans une conversation on prend un air entendu si on
parle de Fourier ou de Tobolsk[7], encore qu'on ne
sache pas ce que c'est. Elle avait peut-être vécu près de
l'amie de Mlle Vinteuil et d'Andrée, séparée par une
cloison étanche d'elles qui croyaient qu'elle « n'en
était pas », ne s'était renseignée ensuite — comme une

femme qui épouse un homme de lettres cherche à se
cultiver — qu'afin de me complaire en se rendant
capable de répondre à mes questions, jusqu'au jour où
elle avait compris qu'elles étaient inspirées par la
jalousie et où elle avait fait machine en arrière. A
moins que ce fût Gilberte qui me mentît. L'idée même
me vint que c'était pour avoir appris d'elle, au cours
d'un flirt qu'il aurait conduit dans le sens qui l'intéressait, qu'elle ne détestait pas les femmes que Robert
l'avait épousée, espérant des plaisirs qu'il n'avait pas
dû trouver chez lui puisqu'il les prenait ailleurs.
Aucune de ces hypothèses n'était absurde, car chez
des femmes comme la fille d'Odette ou les jeunes filles
de la petite bande il y a une telle diversité, un tel
cumul de goûts alternants si même ils ne sont pas
simultanés, qu'elles passent aisément d'une liaison
avec une femme à un grand amour pour un homme, si
bien que définir le goût réel et dominant reste difficile.

Je ne voulus pas emprunter à Gilberte sa *Fille aux
yeux d'or* puisqu'elle la lisait [8]. Mais elle me prêta pour
lire avant de m'endormir ce dernier soir que je passai
chez elle, un livre qui me produisit une impression
assez vive et mêlée, qui d'ailleurs ne devait pas être
durable. C'était un volume du journal inédit des
Goncourt. Et quand avant d'éteindre ma bougie je lus
le passage que je transcris plus bas, mon absence de
dispositions pour les lettres, pressentie jadis du côté
de Guermantes, confirmée durant ce séjour dont
c'était le dernier soir — ce soir des veilles de départ
où, l'engourdissement des habitudes qui vont finir
cessant on essaie de se juger — me parut quelque
chose de moins regrettable, comme si la littérature ne
révélait pas de vérité profonde ; et en même temps il
me semblait triste que la littérature ne fût pas ce que
j'avais cru. D'autre part moins regrettable me paraissait l'état maladif qui allait me confiner dans une
maison de santé, si les belles choses dont parlent les
livres n'étaient pas plus belles que ce que j'avais vu.
Mais par une contradiction bizarre, maintenant que ce
livre en parlait, j'avais envie de les voir. Voici les pages

que je lus jusqu'à ce que la fatigue me fermât les yeux [9]

Avant-hier tombe ici pour m'emmener dîner chez lui Verdurin, l'ancien critique de *La Revue*, l'auteur de ce livre sur Whistler où vraiment le faire, le coloriage artiste de l'original Américain, est souvent rendu avec une grande délicatesse par l'amoureux de tous les raffinements, de toutes les *joliesses* de la chose peinte qu'est Verdurin. Et tandis que je m'habille pour le suivre c'est de sa part, tout un récit où il y a par moments comme l'épellement apeuré d'une confession sur le renoncement à écrire aussitôt après son mariage avec la « Madeleine » de Fromentin, renoncement qui serait dû à l'habitude de la morphine et aurait eu cet effet au dire de Verdurin, que la plupart des habitués du salon de sa femme ne sauraient même pas que le mari a jamais écrit, et lui parleraient de Charles Blanc, de Saint-Victor, de Sainte-Beuve, de Burty comme d'individus auxquels ils le croient, lui, tout à fait inférieur. « Voyons, vous Goncourt, vous savez bien et Gautier le savait aussi, que mes *Salons* étaient autre chose que ces piteux *Maîtres d'autrefois* crus un chef-d'œuvre dans la famille de ma femme. » Puis par un crépuscule où il y a près des tours du Trocadéro comme le dernier allumement d'une lueur qui en fait des tours absolument pareilles aux tours enduites de gelée de groseille des anciens pâtissiers la causerie continue dans la voiture qui doit nous conduire quai Conti où est leur hôtel, que son possesseur prétend être l'ancien hôtel des Ambassadeurs de Venise et où il y aurait un fumoir dont Verdurin me parle comme d'une salle transportée telle quelle, à la façon des *Mille et Une Nuits*, d'un célèbre *palazzo* dont j'oublie le nom, *palazzo* à la margelle du puits représentant un couronnement de la Vierge que Verdurin soutient être absolument du plus beau Sansovino et qui servirait pour leurs invités, à jeter la cendre de leurs cigares. Et ma foi quand nous arrivons, dans le glauque et le diffus d'un clair de lune

vraiment semblable à ceux dont la peinture classique
abrite Venise, et sur lequel la coupole silhouettée de
l'Institut fait penser à la Salute dans les tableaux de
Guardi [10], j'ai un peu l'illusion d'être au bord du
Grand Canal. Et l'illusion entretenue par la construction de l'hôtel où du premier étage on ne voit pas le
quai et par le dire évocateur du maître de maison
affirmant que le nom de la rue du Bac — du diable si
j'y avais jamais pensé — viendrait du bac sur lequel
des religieuses d'autrefois, les Miramiones, se rendaient aux offices de Notre-Dame. Tout un quartier
où a flâné mon enfance quand ma tante de Courmont
l'habitait et que je me prends à *raimer* en retrouvant,
presque contiguë à l'hôtel des Verdurin, l'enseigne du
« Petit Dunkerque », une des rares boutiques survi-
vant ailleurs que vignettées dans le crayonnage et les
frottis de Gabriel de Saint-Aubin, où le XVIIIe siècle
curieux venait asseoir ses moments d'oisiveté pour le
marchandage des jolités françaises et étrangères et
« tout ce que les arts produisent de plus nouveau »,
comme dit une facture de ce Petit Dunkerque, facture
dont nous sommes seuls, je crois, Verdurin et moi à
posséder une épreuve et qui est bien un des volants
chefs-d'œuvre de papier ornementé sur lequel le règne
de Louis XV faisait ses comptes, avec son en-tête
représentant une mer toute vagueuse, chargée de
vaisseaux, une mer aux vagues ayant l'air d'une
illustration dans l'Édition des Fermiers Généraux, de
« l'Huître et les Plaideurs ». La maîtresse de la maison
qui va me placer à côté d'elle me dit aimablement
avoir fleuri sa table rien qu'avec des chrysanthèmes
japonais mais des chrysanthèmes disposés en des vases
qui seraient de rarissimes chefs-d'œuvre, l'un entre
autres, fait d'un bronze sur lequel des pétales en
cuivre rougeâtre sembleraient être la vivante effeuillai-
son de la fleur. Il y a là Cottard le docteur, sa femme,
le sculpteur polonais Viradobetski, Swann le collectionneur, une grande dame russe, une princesse au
nom en of qui m'échappe et Cottard me souffle à
l'oreille que c'est elle qui aurait tiré à bout portant sur

l'archiduc Rodolphe [11] et d'après qui j'aurais en Gali-
cie et dans tout le nord de la Pologne une situation
absolument exceptionnelle, une jeune fille ne consentant jamais à promettre sa main sans savoir si son
fiancé est un admirateur de *La Faustin*. « Vous ne
pouvez pas comprendre cela, vous autres Occiden-
taux, jette en manière de conclusion la Princesse, qui
me fait ma foi l'effet d'une intelligence tout à fait
supérieure, cette pénétration par un écrivain de l'intimité de la femme. » Un homme au menton et aux
lèvres rasés, aux favoris de maître d'hôtel, débitant sur
un ton de condescendance des plaisanteries de professeur de seconde qui fraye avec les premiers de sa classe
pour la Saint-Charlemagne et c'est Brichot, l'universitaire. A mon nom prononcé par Verdurin il n'a pas
une parole qui connaisse nos livres et c'est en moi un
découragement colère éveillé par cette conspiration
qu'organise contre nous la Sorbonne, apportant jusque dans l'aimable logis où je suis fêté la contradiction, l'hostile, d'un silence voulu. Nous passons à
table et c'est alors un extraordinaire défilé d'assiettes
qui sont tout bonnement des chefs-d'œuvre de l'art du
porcelainier, celui dont, pendant un repas délicat,
l'attention chatouillée d'un amateur écoute le plus
complaisamment le bavardage artiste, — des assiettes
des Yung-Tsching à la couleur capucine de leurs
rebords, au bleuâtre, à l'effeuillé turgide de leurs iris
d'eau, à la traversée, vraiment décoratoire, par l'aurore d'un vol de martins-pêcheurs et de grues, aurore
ayant tout à fait ces tons matutinaux qu'entre-regarde
quotidiennement, boulevard Montmorency, mon
réveil, — des assiettes de Saxe plus mièvres dans le
gracieux de leur faire, à l'endormement, à l'anémie de
leurs roses tournées au violet, au déchiquetage lie-de-
vin d'une tulipe, au rococo d'un œillet ou d'un
myosotis, — des assiettes de Sèvres engrillagées par le
fin guillochis de leurs cannelures blanches, verticillées
d'or, ou que noue, sur l'à-plat crémeux de la pâte, le
galant relief d'un ruban d'or, — enfin toute une
argenterie où courent ces myrtes de Luciennes que

reconnaîtrait la Dubarry. Et ce qui est peut-être aussi
rare, c'est la qualité vraiment tout à fait remarquable
des choses qui sont servies là-dedans, un manger
finement mijoté, tout un fricoté comme les Parisiens il
faut le dire bien haut, n'en ont jamais dans les plus
grands dîners, et qui me rappelle certains cordons
bleus de Jean d'Heurs [12]. Même le foie gras n'a aucun
rapport avec la fade mousse qu'on sert habituellement
sous ce nom et je ne sais pas beaucoup d'endroits où la
simple salade de pommes de terre est faite ainsi de
pommes de terre ayant la fermeté de boutons d'ivoire
japonais, le patiné de ces petites cuillers d'ivoire avec
lesquelles les Chinoises versent l'eau sur le poisson
qu'elles viennent de pêcher. Dans le verre de Venise
que j'ai devant moi une riche bijouterie de rouges est
mise par un extraordinaire léoville acheté à la vente de
M. Montalivet et c'est un amusement pour l'imagination de l'œil et aussi je ne crains pas de le dire pour
l'imagination de ce qu'on appelait autrefois la gueule
de voir apporter une barbue qui n'a rien des barbues
pas fraîches qu'on sert sur les tables les plus luxueuses
et qui ont pris dans les retards du voyage le modelage
sur leur dos de leurs arêtes, une barbue qu'on sert non
avec la colle à pâte que préparent sous le nom de sauce
blanche tant de chefs de grande maison, mais avec de
la véritable sauce blanche faite avec du beurre à cinq
francs la livre, de voir apporter cette barbue dans un
merveilleux plat Tching-Hon traversé par les pourpres
rayages d'un coucher de soleil sur une mer où passe la
navigation drolatique d'une bande de langoustes, au
pointillis grumeleux si extraordinairement rendu
qu'elles semblent avoir été moulées sur des carapaces
vivantes, plat dont le marli est fait de la pêche à la
ligne par un petit Chinois d'un poisson qui est un
enchantement de nacreuse couleur par l'argentement
azuré de son ventre. Comme je dis à Verdurin le
délicat plaisir que ce doit être pour lui que cette
raffinée mangeaille dans cette collection comme aucun
prince n'en possède pas à l'heure actuelle derrière ses
vitrines : « On voit bien que vous ne le connaissez

pas », me jette mélancolieusement la maîtresse de maison. Et elle me parle de son mari comme d'un original maniaque, indifférent à toutes ces jolités, « un maniaque, répète-t-elle, oui, absolument cela, un maniaque qui aurait plutôt l'appétit d'une bouteille de cidre, bue dans la fraîcheur un peu encanaillée d'une ferme normande ». Et la charmante femme à la parole vraiment amoureuse des colorations d'une contrée, nous parle avec un enthousiasme débordant de cette Normandie qu'ils ont habitée, une Normandie qui serait un immense parc anglais, à la fragrance de ses hautes futaies à la Lawrence[13], au velours cryptomeria dans leur bordure porcelainée d'hortensias roses de ses pelouses naturelles, au chiffonnage de roses soufre dont la retombée sur une porte de paysans où l'incrustation de deux poiriers enlacés simule une enseigne tout à fait ornementale, fait penser à la libre retombée d'une branche fleurie dans le bronze d'une applique de Gouthière, une Normandie qui serait absolument insoupçonnée des Parisiens en vacances et que protège la barrière de chacun de ses *clos*, barrières que les Verdurin me confessent ne s'être pas fait faute de lever toutes. A la fin du jour dans un éteignement sommeilleux de toutes les couleurs où la lumière ne serait plus donnée que par une mer presque caillée ayant le bleuâtre du petit lait — « Mais non, rien de la mer que vous connaissez proteste frénétiquement ma voisine en réponse à mon dire que Flaubert nous avait menés, mon frère et moi à Trouville, rien absolument, rien, il faudra venir avec moi, sans cela vous ne saurez jamais » — ils rentraient, à travers les vraies forêts en fleurs de tulle rose que faisaient les rhododendrons, tout à fait grisés par l'odeur des sardineries qui donnaient au mari d'abominables crises d'asthme — « oui insiste-t-elle c'est cela, de vraies crises d'asthme ». Là-dessus, l'été suivant, ils revenaient, logeant toute une colonie d'artistes dans une admirable habitation moyenâgeuse que leur faisait un ancien cloître loué par eux, pour rien. Et ma foi en entendant cette femme qui en passant par tant de milieux

vraiment distingués, a gardé pourtant dans sa parole
un peu de la verdeur de la parole d'une femme du
peuple, une parole qui vous montre les choses avec la
couleur que votre imagination y voit, l'eau me vient à
la bouche de la vie qu'elle me confesse avoir menée là-
bas, chacun travaillant dans sa cellule, et où dans le
salon si vaste qu'il possédait deux cheminées, tout le
monde venait avant déjeuner pour des causeries tout à
fait supérieures, mêlées de petits jeux, me faisant
penser à celle qu'évoque ce chef-d'œuvre de Diderot,
les *Lettres à Mademoiselle Volland*. Puis après le
déjeuner tout le monde sortait, même les jours de
grains, dans le coup de soleil, le rayonnement d'une
ondée, d'une ondée lignant de son filtrage lumineux
les nodosités d'un magnifique départ de hêtres cente-
naires qui mettaient devant la grille le *beau* végétal
affectionné par le XVIIIe siècle, et d'arbustes ayant
pour boutons fleurissants dans la suspension de leurs
rameaux des gouttes de pluie. On s'arrêtait pour
écouter le délicat barbotis, enamouré de fraîcheur,
d'un bouvreuil se baignant dans la mignonne baignoire minuscule de Nymphenbourg [14] qu'est la
corolle d'une rose blanche. Et comme je parle à
Mme Verdurin des paysages et des fleurs de là-bas
délicatement pastellisés par Elstir — « Mais c'est moi
qui lui ai fait connaître tout cela, jette-t-elle avec un
redressement colère de la tête, tout, vous entendez
bien, tout, les coins curieux, tous les motifs, je le lui ai
jeté à la face quand il nous a quittés, n'est-ce pas,
Auguste ? tous les motifs qu'il a peints. Les objets, il
les a toujours connus, cela il faut être juste, il faut le
reconnaître. Mais les fleurs, il n'en avait jamais vu, il
ne savait pas distinguer un althæa d'une passe-rose.
C'est moi qui lui ai appris à reconnaître, vous n'allez
pas me croire, à reconnaître le jasmin. » Et il faut
avouer qu'il y a quelque chose de curieux à penser que
le peintre des fleurs que les amateurs d'art nous citent
aujourd'hui comme le premier comme supérieur
même à Fantin-Latour n'aurait peut-être jamais, sans
la femme qui est là, su peindre un jasmin. « Oui, ma

parole, le jasmin; toutes les roses qu'il a faites, c'est chez moi, ou bien c'est moi qui les lui apportais. On ne l'appelait chez nous que Monsieur Tiche; demandez à Cottard, à Brichot, à tous les autres, si on le traitait ici en grand homme. Lui-même en aurait ri. Je lui apprenais à disposer ses fleurs, au commencement il ne pouvait pas en venir à bout. Il n'a jamais su faire un bouquet. Il n'avait pas de goût naturel pour choisir, il fallait que je lui dise : « Non ne peignez pas cela, cela n'en vaut pas la peine, peignez ceci. » Ah! s'il nous avait écoutés aussi pour l'arrangement de sa vie comme pour l'arrangement de ses fleurs, et s'il n'avait pas fait ce sale mariage. » Et brusquement, les yeux enfiévrés par l'absorption d'une rêverie tournée vers le passé, avec le nerveux taquinage, dans l'allongement maniaque de ses phalanges, du floche [15] des manches de son corsage, c'est dans le contournement de sa pose endolorie, comme un admirable tableau qui n'a je crois jamais été peint, et où se liraient toute la révolte contenue, toutes les susceptibilités rageuses d'une amie outragée dans les délicatesses, dans la pudeur de la femme. Là-dessus elle nous parle de l'admirable portrait qu'Elstir a fait pour elle, le portrait de la famille Cottard, portrait donné par elle au Luxembourg au moment de sa brouille avec le peintre, confessant que c'est elle qui a donné au peintre l'idée d'avoir fait l'homme en habit pour obtenir tout ce beau bouillonnement du linge, et qui a choisi la robe de velours de la femme, robe faisant un appui au milieu de tout le papillotage des nuances claires des tapis, des fleurs, des fruits, des robes de gaze des fillettes pareilles à des tutus de danseuses; ce serait elle aussi qui aurait donné l'idée de ce coiffage, idée dont on a fait ensuite honneur à l'artiste, idée qui consistait en somme à peindre la femme non pas en représentation mais surprise dans l'intime de sa vie de tous les jours. « Je lui disais, mais dans la femme qui se coiffe, qui s'essuie la figure, qui se chauffe les pieds, quand elle ne croit pas être vue, il y a un tas de mouvements intéressants, des mouvements d'une

grâce tout à fait léonardesque. » Mais sur un signe de
Verdurin, indiquant le réveil de ces indignations
comme malsain pour la grande nerveuse que serait au
fond sa femme, Swann me fait admirer le collier de
perles noires porté par la maîtresse de la maison et
acheté par elle, toutes blanches, à la vente d'un
descendant de Mme de La Fayette à qui elles auraient
été données par Henriette d'Angleterre, perles devenues noires à la suite d'un incendie qui détruisit une
partie de la maison que les Verdurin habitaient dans
une rue dont je ne me rappelle plus le nom, incendie
après lequel fut retrouvé le coffret où étaient ces perles
mais devenues entièrement noires. « Et je connais leur
portrait de ces perles, aux épaules mêmes de Mme de
La Fayette, oui parfaitement leur portrait insiste
Swann devant les exclamations des convives un brin
ébahis, leur portrait authentique, dans la collection du
Duc de Guermantes. Une collection qui n'a pas son
égale au monde proclame Swann, et que je devrais
aller voir, une collection héritée par le célèbre Duc
qui était son neveu préféré, de Mme de Beausergent,
sa tante, de Mme de Beausergent depuis
Mme d'Hazfeld, la sœur de la Marquise de Villeparisis et de la Princesse de Hanovre, où mon frère et moi
nous l'avons tant aimé autrefois sous les traits du
charmant bambin appelé Basin, qui est bien en effet le
prénom du Duc. » Là-dessus le docteur Cottard avec
une finesse qui décèle chez lui l'homme tout à fait
distingué ressaute à l'histoire des perles et nous
apprend que des catastrophes de ce genre produisent
dans le cerveau des gens des altérations tout à fait
pareilles à celles qu'on remarque dans la matière
inanimée, et cite d'une façon vraiment plus philosophique que ne feraient bien des médecins le propre
valet de chambre de Mme Verdurin, qui dans l'épouvante de cet incendie où il avait failli périr était devenu
un autre homme, ayant une écriture tellement changée
qu'à la première lettre que ses maîtres alors en
Normandie reçurent de lui leur annonçant l'événement, ils crurent à la mystification d'un farceur. Et

pas seulement une autre écriture selon Cottard qui
prétend que de sobre cet homme était devenu si
abominablement pochard que Mme Verdurin avait été
obligée de le renvoyer. Et la suggestive dissertation
passe, sur un signe gracieux de la maîtresse de maison,
de la salle à manger au fumoir vénitien dans lequel
Cottard nous dit avoir assisté à de véritables dédouble-
ments de la personnalité, nous citant ce cas d'un de ses
malades qu'il s'offre aimablement à m'amener chez
moi et à qui il suffirait qu'il touche les tempes pour
l'éveiller à une seconde vie, vie pendant laquelle il ne
se rappellerait rien de la première si bien que très
honnête homme dans celle-là, il y aurait été plusieurs
fois arrêté pour des vols commis dans l'autre où il
serait tout simplement un abominable gredin. Sur
quoi Mme Verdurin remarque finement que la médecine pourrait fournir des sujets plus vrais à un théâtre
où la cocasserie de l'imbroglio reposerait sur des
méprises pathologiques, ce qui de fil en aiguille amène
Mme Cottard à narrer qu'une donnée toute semblable
a été mise en œuvre par un conteur qui est le favori des
soirées de ses enfants, l'Écossais Stevenson, un nom
qui met dans la bouche de Swann cette affirmation
péremptoire : « Mais c'est tout à fait un grand écrivain, Stevenson, je vous assure, M. de Goncourt, un
très grand, l'égal des plus grands. » Et comme sur
mon émerveillement des plafonds à caissons écusson-
nés provenant de l'ancien palazzo Barberini [16], de la
salle où nous fumons, je laisse percer mon regret du
noircissement progressif d'une certaine vasque par la
cendre de nos « londrès », Swann ayant raconté que
des taches pareilles attestent sur les livres ayant
appartenu à Napoléon Ier, livres possédés, malgré ses
opinions antibonapartistes par le Duc de Guermantes,
que l'empereur chiquait, Cottard qui se révèle un
curieux vraiment pénétrant en toutes choses, déclare
que ces taches ne viennent pas du tout de cela, mais là
pas du tout insiste-t-il avec autorité, mais de l'habitude qu'il avait d'avoir toujours dans la main, même
sur les champs de bataille, des pastilles de réglisse,

pour calmer ses douleurs de foie. « Car il avait une maladie de foie et c'est de cela qu'il est mort » conclut le docteur [17].

Je m'arrêtai là, car je partais le lendemain. Et d'ailleurs, c'était l'heure où me réclamait l'autre maître au service de qui nous sommes chaque jour, pour une moitié de notre temps. La tâche à laquelle il nous astreint, nous l'accomplissons les yeux fermés. Tous les matins il nous rend à notre autre maître, sachant que sans cela nous nous livrerions mal à la sienne. Curieux quand notre esprit a rouvert ses yeux, de savoir ce que nous avons bien pu faire chez le maître qui étend ses esclaves avant de les mettre à une besogne précipitée, les plus malins à peine la tâche de finie tâchent de subrepticement regarder. Mais le sommeil lutte avec eux de vitesse pour faire disparaître les traces de ce qu'ils voudraient voir. Et depuis tant de siècles nous ne savons pas grand-chose là-dessus.

Je fermai donc le journal des Goncourt. Prestige de la littérature ! J'aurais voulu revoir les Cottard, leur demander tant de détails sur Elstir, aller voir la boutique du Petit Dunkerque si elle existait encore, demander la permission de visiter cet hôtel des Verdurin où j'avais dîné. Mais j'éprouvais un vague trouble. Certes je ne m'étais jamais dissimulé que je ne savais pas écouter ni, dès que je n'étais plus seul, regarder. Une vieille femme ne montrait à mes yeux aucune espèce de collier de perles et ce qu'on en disait n'entrait pas dans mes oreilles. Tout de même ces êtres-là je les avais connus dans la vie quotidienne, j'avais souvent dîné avec eux, c'était les Verdurin, c'était le Duc de Guermantes, c'était les Cottard, chacun d'eux m'avait paru aussi commun qu'à ma grand-mère ce Basin dont elle ne se doutait guère qu'il était le neveu chéri, le jeune héros délicieux, de Mme de Beausergent, chacun d'eux m'avait semblé insipide ; je me rappelais les vulgarités sans nombre dont chacun était composé...

Et que tout cela fasse un astre dans la nuit !!

Je résolus de laisser provisoirement de côté les objections qu'avaient pu faire naître en moi contre la littérature les pages de Goncourt lues la veille de mon départ de Tansonville. Même en mettant de côté l'indice individuel de naïveté qui est frappant chez ce mémorialiste je pouvais d'ailleurs me rassurer à divers points de vue. D'abord en ce qui me concernait personnellement mon incapacité de regarder et d'écouter, que le journal cité avait si péniblement illustrée pour moi, n'était pourtant pas totale. Il y avait en moi un personnage qui savait, plus ou moins bien, regarder, mais c'était un personnage intermittent, ne reprenant vie que quand se manifestait quelque essence générale, commune à plusieurs choses, qui faisait sa nourriture et sa joie. Alors le personnage regardait et écoutait mais à une certaine profondeur seulement, de sorte que l'observation n'en profitait pas. Comme un géomètre qui dépouillant les choses de leurs qualités sensibles ne voit que leur substratum linéaire, ce que racontaient les gens m'échappait, car ce qui m'intéressait, c'était non ce qu'ils voulaient dire mais la manière dont ils le disaient, en tant qu'elle était révélatrice de leur caractère ou de leurs ridicules; ou plutôt c'était un objet qui avait toujours été plus particulièrement le but de ma recherche parce qu'il me donnait un plaisir spécifique, le point qui était commun à un être et à un autre. Ce n'était que quand je l'apercevais que mon esprit — jusque-là sommeillant, même derrière l'activité apparente de ma conversation dont l'animation masquait pour les autres un total engourdissement spirituel — se mettait tout à coup joyeusement en chasse, mais ce qu'il poursuivait alors — par exemple l'identité du salon Verdurin dans divers lieux et divers temps — était situé à mi-profondeur, au-delà de l'apparence elle-même, dans une zone un peu plus en retrait. Aussi le charme apparent, copiable, des êtres m'échappait parce que je n'avais pas la faculté de m'arrêter à lui, comme un chirurgien qui sous le poli

d'un ventre de femme verrait le mal interne qui le
ronge. J'avais beau dîner en ville, je ne voyais pas les
convives, parce que quand je croyais les regarder, je
les radiographiais.

Il en résultait qu'en réunissant toutes les remarques
que j'avais pu faire dans un dîner sur les convives, le
dessin des lignes tracées par moi figurait un ensemble
de lois psychologiques où l'intérêt propre qu'avait eu
dans ses discours le convive ne tenait presque aucune
place. Mais cela enlevait-il tout mérite à mes portraits
puisque je ne les donnais pas pour tels ? Si l'un dans le
domaine de la peinture met en évidence certaines
vérités relatives au volume, à la lumière, au mouvement, cela fait-il qu'il soit nécessairement inférieur à
tel portrait ne lui ressemblant aucunement de la même
personne, dans lequel mille détails qui sont omis dans
le premier seront minutieusement relatés, deuxième
portrait d'où l'on pourra conclure que le modèle était
ravissant tandis qu'on l'eût cru laid dans le premier, ce
qui peut avoir une importance documentaire et même
historique, mais n'est pas nécessairement une vérité
d'art.

Puis ma frivolité dès que je n'étais pas seul me
faisait désireux de plaire, plus désireux d'amuser en
bavardant que de m'instruire en écoutant, à moins que
je ne fusse allé dans le monde pour interroger sur
quelque point d'art, ou quelque soupçon jaloux qui
m'avait occupé l'esprit avant. Mais j'étais incapable de
voir ce dont le désir n'avait pas été éveillé en moi par
quelque lecture, ce dont je n'avais pas d'avance
dessiné moi-même le croquis que je désirais ensuite
confronter avec la réalité. Que de fois, je le savais bien
même si cette page de Goncourt ne me l'eût appris, je
suis resté incapable d'accorder mon attention à des
choses ou à des gens qu'ensuite, une fois que leur
image m'avait été présentée dans la solitude par un
artiste, j'aurais fait des lieues, risqué la mort pour
retrouver. Alors mon imagination était partie, avait
commencé à peindre. Et ce devant quoi j'avais bâillé
l'année d'avant, je me disais avec angoisse, le contem-

plant d'avance, le désirant : « Sera-t-il vraiment impossible de le voir ? Que ne donnerais-je pas pour cela ! »

Quand on lit des articles sur des gens, même simplement des gens du monde, qualifiés de « derniers représentants d'une société dont il n'existe plus aucun témoin », sans doute on peut s'écrier : « Dire que c'est d'un être si insignifiant qu'on parle avec tant d'abondance et d'éloges, c'est cela que j'aurais déploré de ne pas avoir connu si je n'avais fait que lire les journaux et les revues et si je n'avais pas vu l'homme. » Mais j'étais plutôt tenté en lisant de telles pages dans les journaux de penser : « Quel malheur que — alors que j'étais seulement préoccupé de retrouver Gilberte ou Albertine — je n'aie pas fait plus attention à ce monsieur. Je l'avais pris pour un raseur du monde, pour un simple figurant, c'était une *Figure !* »

Cette disposition-là les pages de Goncourt que je lus me la firent regretter. Car peut-être j'aurais pu conclure d'elles que la vie apprend à rabaisser le prix de la lecture, et nous montre que ce que l'écrivain nous vante ne valait pas grand-chose ; mais je pouvais tout aussi bien en conclure que la lecture au contraire nous apprend à relever la valeur de la vie, valeur que nous n'avons pas su apprécier et dont nous nous rendons compte seulement par le livre combien elle était grande. A la rigueur nous pouvons nous consoler de nous être peu plu dans la société d'un Vinteuil, d'un Bergotte. Le bourgeoisisme pudibond de l'un, les défauts insupportables de l'autre, même la prétentieuse vulgarité d'un Elstir à ses débuts ne prouvent rien contre eux puisque leur génie est manifesté par leurs œuvres.

Puisque le Journal des Goncourt m'avait fait découvrir qu'il n'était autre que le « Monsieur Tiche » qui avait tenu jadis de si exaspérants discours à Swann, chez les Verdurin. Mais quel est l'homme de génie qui n'a pas adopté les irritantes façons de parler des artistes de sa bande, avant d'arriver (comme c'était venu pour Elstir et comme cela arrive rarement) à un bon goût supérieur ? Les lettres de Balzac par exemple ne sont-elles pas semées de tours vulgaires que Swann eût souffert mille morts d'employer ? Et cependant il est probable que Swann si fin, si purgé de tout ridicule haïssable eût été incapable d'écrire *la Cousine Bette* et *le Curé de Tours*.

Pour eux que ce soit les Mémoires ou nous qui aient tort quand ils donnent du charme à leur société qui nous a déplu est un problème de peu d'importance, puisque même si c'était l'écrivain de Mémoires qui avait tort, cela ne prouverait rien contre la valeur de la vie qui produit de tels génies.

Tout à l'autre extrémité de l'expérience, quand je voyais que les plus curieuses anecdotes, qui font la matière inépuisable, divertissement des soirées solitaires pour le lecteur, du Journal de Goncourt, lui avaient été contées par ces convives que nous eussions à travers ses pages envié de connaître, et qui ne m'avaient pas laissé à moi trace d'un souvenir intéressant, cela n'était pas trop inexplicable encore. Malgré la naïveté de Goncourt qui concluait de l'intérêt de ces anecdotes à la distinction probable de l'homme qui les contait, il pouvait très bien se faire que des hommes médiocres eussent vu dans leur vie, ou entendu raconter, des choses curieuses et les contassent à leur tour. Goncourt savait écouter, comme il savait voir, je ne le savais pas. D'ailleurs tous ces faits auraient eu besoin d'être jugés un à un. M. de Guermantes ne m'avait certes pas donné l'impression de cet adorable modèle des grâces juvéniles que ma grand-mère eût tant voulu connaître et me proposait comme modèle inimitable d'après les Mémoires de Mme de Beausergent. Mais il faut songer que Basin avait alors sept ans, que l'écrivain était sa tante et que même les maris qui doivent divorcer quelques mois après vous font un grand éloge de leur femme. Une des plus jolies poésies de Sainte-Beuve est consacrée à l'apparition devant une fontaine d'une jeune enfant couronnée de tous les dons et de toutes les grâces, la jeune Mlle de

Champlâtreux, qui ne devait pas avoir alors dix ans [18].
Malgré toute la tendre vénération que le poète de
génie qu'est la Comtesse de Noailles portait à sa belle-
mère, la Duchesse de Noailles née Champlâtreux, il
est possible si elle avait eu à en faire le portrait, que
celui-ci eût contrasté assez vivement avec celui que
Sainte-Beuve en traçait cinquante ans plus tôt.

Ce qui eût peut-être été plus troublant, c'était
l'entre-deux, c'était ces gens desquels ce qu'on dit
implique, chez eux, plus que la mémoire qui a su
retenir une anecdote curieuse, sans que pourtant on
ait, comme pour les Vinteuil, les Bergotte, le recours
de les juger sur leur œuvre, car ils n'en ont pas créé, ils
en ont seulement — à notre grand étonnement à nous
qui les trouvions si médiocres — inspiré. Passe encore
que le salon qui dans les musées donnera la plus
grande impression d'élégance depuis les grandes peintures de la Renaissance, soit celui de la petite bourgeoisie ridicule que j'eusse, si je ne l'avais pas connue,
rêvé devant le tableau de pouvoir approcher dans la
réalité, espérant apprendre d'elle les secrets les plus
précieux de l'art du peintre que sa toile ne me donnait
pas, et de qui la pompeuse traîne de velours et de
dentelles est un morceau de peinture comparable aux
plus beaux de Titien. Si j'avais compris jadis que ce
n'est pas le plus spirituel, le plus instruit, le mieux
relationné des hommes, mais celui qui sait devenir
miroir et peut refléter ainsi sa vie fût-elle médiocre,
qui devient un Bergotte (les contemporains le tinssent-
ils pour moins homme d'esprit que Swann et moins
savant que Bréauté), on pouvait à plus forte raison en
dire autant des modèles de l'artiste. Dans l'éveil de
l'amour de la beauté chez l'artiste qui peut tout
peindre, l'élégance où il pourra trouver de si beaux
motifs, le modèle lui en sera fourni par des gens un
peu plus riches que lui chez qui il trouvera ce qu'il n'a
pas d'habitude dans son atelier d'homme de génie
méconnu qui vend ses toiles cinquante francs, un
salon avec des meubles recouverts de vieille soie,
beaucoup de lampes, de belles fleurs de beaux fruits,

de belles robes — gens modestes relativement ou qui
le paraîtraient à des gens vraiment brillants (qui ne
connaissent même pas leur existence) mais qui à cause
de cela sont plus à portée de connaître l'artiste obscur,
de l'apprécier, de l'inviter, de lui acheter ses toiles,
que les gens de l'aristocratie qui se font peindre
comme le Pape et les chefs d'État par les peintres
académiciens. La poésie d'un élégant foyer et de belles
toilettes de notre temps ne se trouvera-t-elle pas plutôt
pour la postérité dans le salon de l'éditeur Charpentier [19] par Renoir que dans le portrait de la Princesse
de Sagan ou de la Comtesse de La Rochefoucauld par
Cotte ou Chaplin ? Les artistes qui nous ont donné les
plus grandes visions d'élégance en ont recueilli les
éléments chez des gens qui étaient rarement les grands
élégants de leur époque lesquels se font rarement
peindre par l'inconnu porteur d'une beauté qu'ils ne
peuvent pas distinguer sur ses toiles, dissimulée
qu'elle est par l'interposition d'un poncif de grâce
surannée qui flotte dans l'œil du public comme ces
visions subjectives que le malade croit effectivement
posées devant lui. Mais que ces modèles médiocres
que j'avais connus eussent en outre inspiré, conseillé
certains arrangements qui m'avaient enchanté, que la
présence de tel d'entre eux dans les tableaux fût plus
que celle d'un modèle, mais d'un ami qu'on veut faire
figurer dans ses toiles, c'était à se demander si tous les
gens que nous regrettons de ne pas avoir connus parce
que Balzac les peignait dans ses livres ou les leur
dédiait en hommage d'admiration, sur lesquels Sainte-
Beuve ou Baudelaire firent leurs plus jolis vers, à plus
forte raison si toutes les Récamier, toutes les Pompa-
dour ne m'eussent pas paru d'insignifiantes personnes, soit par une infirmité de ma nature, ce qui me
faisait alors enrager d'être malade et de ne pouvoir
retourner voir tous les gens que j'avais méconnus, soit
qu'elles ne dussent leur prestige qu'à une magie
illusoire de la littérature, ce qui forçait à changer de
dictionnaire pour lire, et me consolait de devoir d'un
jour à l'autre, à cause des progrès que faisait mon état

maladif, rompre avec la société, renoncer au voyage, aux musées, pour aller me soigner dans une maison de santé [...] [20].

Ces idées [21] tendant, les unes à diminuer, les autres à accroître mon regret de ne pas avoir de dons pour la littérature, ne se présentèrent jamais à ma pensée pendant les longues années, où d'ailleurs j'avais tout à fait renoncé au projet d'écrire, et que je passai à me soigner, loin de Paris dans une maison de santé, jusqu'à ce que celle-ci ne pût plus trouver de personnel médical, au commencement de 1916. Je rentrai alors dans un Paris bien différent de celui où j'étais revenu une première fois comme on le verra tout à l'heure, en août 1914 pour subir une visite médicale, après quoi j'avais rejoint ma maison de santé.

Un des premiers soirs de mon nouveau retour en 1916, ayant envie d'entendre parler de la seule chose qui m'intéressait alors, la guerre, je sortis après le dîner pour aller voir Mme Verdurin car elle était avec Mme Bontemps une des Reines de ce Paris de la guerre qui faisait penser au Directoire. Comme par l'ensemencement d'une petite quantité de levure, en apparence de génération spontanée, des jeunes femmes allaient tout le jour coiffées de hauts turbans cylindriques comme aurait pu l'être une contemporaine de Mme Tallien, par civisme, ayant des tuniques égyptiennes droites, sombres, très « guerre », sur des jupes très courtes ; elles chaussaient des lanières rappelant le cothurne selon Talma, ou de hautes guêtres rappelant celles de nos chers combattants ; c'est disaient-elles, parce qu'elles n'oubliaient pas qu'elles devaient réjouir les yeux de ces combattants qu'elles se paraient encore, non seulement de toilettes « floues », mais encore de bijoux évoquant les armées par leur thème décoratif, si même leur matière ne venait pas des armées, n'avait pas été travaillée aux armées ; au lieu d'ornements égyptiens rappelant la campagne d'Égypte, c'était des bagues ou des bracelets faits avec des fragments d'obus ou des ceintures de

75, des allume-cigarettes composés de deux sous anglais auxquels un militaire était arrivé à donner, dans sa cagna, une patine si belle que le profil de la Reine Victoria y avait l'air tracé par Pisanello ; c'est encore parce qu'elles y pensaient sans cesse, disaient-elles, qu'elles en portaient, quand l'un des leurs tombait, à peine le deuil, sous le prétexte qu'il était « mêlé de fierté » ; ce qui permettait un bonnet de crêpe anglais blanc (du plus gracieux effet et « autorisant tous les espoirs », dans l'invincible certitude du triomphe définitif), de remplacer le cachemire d'autrefois par le satin et la mousseline de soie, et même de garder ses perles, « tout en observant le tact et la correction qu'il est inutile de rappeler à des Françaises ».

Le Louvre, tous les musées étaient fermés et quand on lisait en tête d'un article de journal : « Une Exposition sensationnelle » on pouvait être sûr qu'il s'agissait d'une exposition non de tableaux, mais de robes, de robes destinées d'ailleurs à « ces délicates joies d'art dont les Parisiennes étaient depuis trop longtemps sevrées ».

C'est ainsi que l'élégance et le plaisir avaient repris ; l'élégance, à défaut des arts, cherchant à s'excuser comme ceux-ci en 1793 année où les artistes exposant au Salon révolutionnaire proclamaient qu'il paraîtrait à tort « étrange à d'austères républicains que nous nous occupions des arts quand l'Europe coalisée assiège le territoire de la liberté ». Ainsi faisaient en 1916 les couturiers qui d'ailleurs, avec une orgueilleuse conscience d'artistes avouaient que « chercher du nouveau, s'écarter de la banalité, affirmer une personnalité, préparer la victoire, dégager pour les générations d'après la guerre une formule nouvelle de beau, telle était l'ambition qui les tourmentait, la chimère qu'ils poursuivaient ainsi qu'on pouvait s'en rendre compte en venant visiter leurs salons délicieusement installés rue de la [...] où effacer par une note lumineuse et gaie les lourdes tristesses de l'heure, semble être le mot d'ordre, avec la discrétion toutefois qu'imposent les circonstances. »

« Les tristesses de l'heure », il est vrai, « pourraient avoir raison des énergies féminines si nous n'avions tant de hauts exemples de courage et d'endurance à méditer. Aussi, en pensant à nos combattants qui au fond de leur tranchée, rêvent de plus de confort et de coquetterie pour la chère absente laissée au foyer, ne cesserons-nous pas d'apporter toujours plus de recherche dans la création de robes répondant aux nécessités du moment. La vogue », cela se conçoit, « est surtout aux maisons anglaises, donc alliées, et on raffole cette année de la robe-tonneau dont le joli abandon nous donne à toutes un amusant petit cachet de rare distinction. Ce sera même une des plus heureuses conséquences de cette triste guerre ajoutait le charmant chroniqueur que (on attendait : la reprise des provinces perdues, le réveil du sentiment national) ce sera même une des plus heureuses conséquences de cette guerre que d'avoir obtenu de jolis résultats en fait de toilette, sans luxe inconsidéré et de mauvais aloi, avec très peu de chose, d'avoir créé de la coquetterie avec des riens. A la robe du grand couturier éditée à plusieurs exemplaires, on préfère en ce moment les robes faites chez soi, parce qu'affirmant l'esprit, le goût et les tendances individuelles de chacun. »

Quant à la charité, en pensant à toutes les misères nées de l'invasion, à tant de mutilés, il était bien naturel qu'elle fût obligée de se faire « plus ingénieuse encore » ce qui obligeait à passer la fin de l'après-midi dans les « thés » autour d'une table de bridge en commentant les nouvelles du « front » tandis qu'à la porte les attendaient leurs automobiles ayant sur le siège un beau militaire qui bavardait avec le chasseur, les dames à hauts turbans. Ce n'était pas du reste seulement les coiffures surmontant les visages de leur étrange cylindre qui étaient nouvelles. Les visages l'étaient aussi. Ces dames à nouveaux chapeaux étaient des jeunes femmes venues on ne savait trop d'où et qui étaient la fleur de l'élégance, les unes depuis six mois, les autres depuis deux ans, les autres depuis quatre.

Ces différences avaient d'ailleurs pour elles autant d'importance qu'au temps où j'avais débuté dans le monde en avaient entre deux familles comme les Guermantes et les La Rochefoucauld trois ou quatre siècles d'ancienneté prouvée. La dame qui connaissait les Guermantes depuis 1914 regardait comme une parvenue celle qu'on présentait chez eux en 1916, lui faisait un bonjour de douairière, la dévisageait de son face-à-main et avouait dans une moue qu'on ne savait même pas au juste si cette dame était ou non mariée. « Tout cela est assez nauséabond » concluait la dame de 1914 qui eût voulu que le cycle des nouvelles admissions s'arrêtât après elle. Ces personnes nouvelles que les jeunes gens trouvaient fort anciennes, et que d'ailleurs certains vieillards qui n'avaient pas été que dans le grand monde croyaient bien reconnaître pour ne pas être si nouvelles que cela, n'offraient pas seulement à la société les divertissements de conversation politique et de musique dans l'intimité qui lui convenaient ; il fallait encore que ce fussent elles qui les offrissent, car pour que les choses paraissent nouvelles, même si elles sont anciennes, et même si elles sont nouvelles, il faut en art, comme en médecine, comme en mondanité, des noms nouveaux. (Ils étaient d'ailleurs nouveaux en certaines choses. Ainsi Mme Verdurin était allée à Venise pendant la guerre, mais comme ces gens qui veulent éviter de parler chagrin et sentiment, quand elle disait que c'était épatant, ce qu'elle admirait ce n'était ni Venise, ni Saint-Marc, ni les palais, tout ce qui m'avait tant plu et dont elle faisait bon marché mais l'effet des projecteurs dans le ciel, projecteurs sur lesquels elle donnait des renseignements appuyés de chiffres. Ainsi d'âge en âge renaît un certain réalisme en réaction contre l'art admiré jusque-là.)

Le salon Saint-Euverte était une étiquette défraîchie sous laquelle la présence des plus grands artistes, des ministres les plus influents, n'eût attiré personne. On courait au contraire pour écouter un mot prononcé par le secrétaire des uns, ou le sous-chef de cabinet des autres, chez les nouvelles dames à turban dont l'invasion ailée et jacassante emplissait Paris. Les dames du premier Directoire avaient une Reine qui était jeune et belle et s'appelait Madame Tallien. Celles du second en avaient deux qui étaient vieilles et laides et s'appelaient Mme Verdurin et Mme Bontemps. Qui eût pu tenir rigueur à Mme Bontemps que son mari eût joué un rôle, âprement critiqué par *l'Écho de Paris*, dans l'affaire Dreyfus ? Toute la Chambre étant à un certain moment devenue révisionniste, c'était forcément parmi d'anciens révisionnistes, comme parmi d'anciens socialistes, qu'on avait été obligé de recruter le parti de l'ordre social, de la tolérance religieuse, de la préparation militaire. On aurait détesté autrefois M. Bontemps parce que les antipatriotes avaient alors le nom de dreyfusards. Mais bientôt ce nom avait été oublié et remplacé par celui d'adversaire de la loi de trois ans. M. Bontemps était au contraire un des auteurs de cette loi, c'était donc un patriote.

Dans le monde (et ce phénomène social n'est d'ailleurs qu'une application d'une loi psychologique bien plus générale) les nouveautés, coupables ou non n'excitent l'horreur que tant qu'elles ne sont pas assimilées et entourées d'éléments rassurants. Il en était du dreyfusisme comme du mariage de Saint-Loup avec la fille d'Odette mariage qui avait d'abord fait crier. Maintenant qu'on voyait chez les Saint-Loup tous les gens « qu'on connaissait », Gilberte aurait pu avoir les mœurs d'Odette elle-même, que malgré cela on y serait « allé » et qu'on eût approuvé Gilberte de blâmer comme une douairière des nouveautés morales non assimilées. Le dreyfusisme était maintenant intégré dans une série de choses respectables et habituelles. Quant à se demander ce qu'il valait en soi, personne n'y songeait pas plus pour l'admettre maintenant qu'autrefois pour le condamner. Il n'était plus *shocking*. C'était tout ce qu'il fallait. A peine se rappelait-on qu'il l'avait été comme on ne sait plus au bout de quelque temps si le père d'une jeune fille était un voleur ou non. Au besoin, on peut dire : « Non c'est du beau-frère, ou d'un homonyme que vous parlez. Mais contre celui-là il n'y a jamais eu rien à dire. » De même il y avait certainement eu dreyfusisme et dreyfusisme et celui qui allait chez la Duchesse de Montmorency et faisait passer la loi de trois ans ne pouvait être le mauvais. En tout cas à tout péché miséricorde. Cet oubli qui était octroyé au dreyfusisme l'était *a fortiori* aux dreyfusards. Il n'y en avait plus du reste dans la politique, puisque tous à un moment l'avaient été s'ils voulaient être du gouvernement même ceux qui représentaient le contraire de ce que le dreyfusisme, dans sa choquante nouveauté avait incarné (au temps où Saint-Loup était sur une mauvaise pente), l'antipatriotisme, l'irréligion, l'anarchie etc. Aussi le dreyfusisme de M. Bontemps, invisible et constitutif comme celui de tous les hommes politiques ne se voyait pas plus que les os sous la peau. Personne ne se fût rappelé qu'il avait été dreyfusard car les gens du monde sont distraits et oublieux, parce qu'aussi il y avait de cela un temps fort long, et qu'ils affectaient de croire plus long, car c'était une des idées les plus à la mode de dire que l'avant-guerre était séparé de la guerre par quelque chose d'aussi profond, simulant autant de durée qu'une période géologique et Brichot lui-même, ce nationaliste, quand il faisait allusion à l'affaire Dreyfus disait : « Dans ces temps préhistoriques ».

(A vrai dire ce changement profond opéré par la guerre était en raison inverse de la valeur des esprits touchés, du moins à partir d'un certain degré. Tout en bas, les purs sots, les purs gens de plaisir, ne s'occupaient pas qu'il y eût la guerre. Mais tout en haut, ceux qui se sont fait une vie intérieure ambiante, ont peu égard à l'importance des événements. Ce qui modifie profondément pour eux l'ordre des pensées c'est bien plutôt quelque chose qui semble en soi n'avoir aucune importance et qui renverse pour eux l'ordre du temps en les faisant contemporains d'un autre temps de leur vie. On peut s'en rendre compte pratiquement à la beauté des pages qu'il inspire : un chant d'oiseau dans le parc de Montboissier [22], ou une brise chargée de l'odeur de réséda, sont évidemment des événements de moindre conséquence que les plus grandes dates de la Révolution et de l'Empire. Ils ont cependant inspiré à Chateaubriand dans les *Mémoires d'Outre-tombe*, des pages d'une valeur infiniment plus grande.) Les mots de dreyfusard et d'antidreyfusard n'avaient plus de sens disaient les mêmes gens qui eussent été stupéfaits et révoltés si on leur avait dit que probablement dans quelques siècles, et peut-être moins celui de boche n'aurait plus que la valeur de curiosité des mots sans-culotte ou chouan ou bleu.

M. Bontemps ne voulait pas entendre parler de paix avant que l'Allemagne eût été réduite au même morcellement qu'au moyen âge, la déchéance de la maison de Hohenzollern prononcée, et Guillaume ayant reçu douze balles dans la peau. En un mot il était ce que Brichot appelait un « jusqu'auboutiste », c'était le meilleur brevet de civisme qu'on pouvait lui donner. Sans doute les trois premiers jours Mme Bontemps avait été un peu dépaysée au milieu des personnes qui avaient demandé à Mme Verdurin à la connaître et ce fut d'un ton légèrement aigre que Mme Verdurin répondit : « Le Comte, ma chère », à Mme Bontemps qui lui disait : « C'est bien le Duc d'Haussonville que vous venez de me présenter », soit par entière ignorance et absence de toute association entre le nom d'Haussonville et un titre quelconque, soit au contraire par excessive instruction et association d'idées avec le « Parti des Ducs » dont on lui avait dit que M. d'Haussonville était un des membres à l'Académie [23].

A partir du quatrième jour elle avait commencé d'être solidement installée dans le faubourg Saint-Germain. Quelquefois on voyait encore autour d'elle les fragments inconnus d'un monde qu'on ne connaissait pas et qui n'étonnaient pas plus que des débris de coquille autour du poussin, ceux qui savaient l'œuf d'où Mme Bontemps était sortie. Mais dès le quin-

zième jour elle les avait secoués, et avant la fin du
premier mois quand elle disait : « Je vais chez les
Lévy », tout le monde comprenait sans qu'elle eût
besoin de préciser qu'il s'agissait des Lévis-Mire-
poix [24], et pas une duchesse ne se serait couchée sans
avoir appris de Mme Bontemps ou de Mme Verdurin,
au moins par téléphone, ce qu'il y avait dans le
communiqué du soir, ce qu'on y avait omis, où on en
était avec la Grèce, quelle offensive on préparait, en
un mot tout ce que le public ne saurait que le
lendemain ou plus tard, et dont elle avait ainsi comme
une sorte de répétition des couturières. Dans la
conversation Mme Verdurin, pour communiquer les
nouvelles disait : « nous » en parlant de la France.
« Hé bien voici : nous exigeons du Roi de Grèce qu'il
retire du Péloponnèse, etc. [25], nous lui envoyons etc. »
Et dans tous ses récits revenait tout le temps le G.Q.G.
(« j'ai téléphoné au G.Q.G. »), abréviation qu'elle
avait à prononcer le même plaisir qu'avaient naguère
les femmes qui ne connaissaient pas le Prince d'Agrigente, à demander en souriant, quand on parlait de lui
et pour montrer qu'elles étaient au courant : « Grigri ? » un plaisir qui dans les époques peu troublées
n'est connu que par les mondains mais que dans ces
grandes crises le peuple même connaît. Notre maître
d'hôtel par exemple si on parlait du Roi de Grèce était
capable grâce aux journaux de dire comme Guillaume II : « Tino ? » tandis que jusque-là sa familiarité
avec les rois était restée plus vulgaire, avait été
inventée par lui, comme quand jadis pour parler du
Roi d'Espagne il disait : « Fonfonse ». On put remarquer d'ailleurs qu'au fur et à mesure qu'augmenta le
nombre des gens brillants qui firent des avances à
Mme Verdurin, le nombre de ceux qu'elle appelait les
« ennuyeux » diminua. Par une sorte de transformation magique, tout « ennuyeux » qui était venu lui
faire une visite et avait sollicité une invitation devenait
subitement quelqu'un d'agréable, d'intelligent. Bref,
au bout d'un an le nombre des ennuyeux était réduit
dans une proportion tellement forte, que « la peur et

l'impossibilité de s'ennuyer », qui avaient tenu une si grande place dans la conversation et joué un si grand rôle dans la vie de Mme Verdurin, avaient presque entièrement disparu. On eût dit que sur le tard cette impossibilité de s'ennuyer (qu'autrefois d'ailleurs elle assurait ne pas avoir éprouvée dans sa prime jeunesse) la faisait moins souffrir comme certaines migraines, certains asthmes nerveux qui perdent de leur force quand on vieillit. Et l'effroi de s'ennuyer eût sans doute entièrement abandonné Mme Verdurin, faute d'ennuyeux si elle n'avait dans une faible mesure remplacé ceux qui ne l'étaient plus, par d'autres recrutés parmi les anciens fidèles. Du reste[26] pour en finir avec les duchesses qui fréquentaient maintenant chez Mme Verdurin, elles venaient y chercher sans qu'elles s'en doutassent, exactement la même chose que les dreyfusards autrefois, c'est-à-dire un plaisir mondain composé de telle manière que sa dégustation assouvît les curiosités politiques et rassasiât le besoin de commenter entre soi les incidents lus dans les journaux. Mme Verdurin disait : « Vous viendrez à 5 heures parler de la guerre », comme autrefois parler « de l'affaire » et dans l'intervalle : « Vous viendrez entendre Morel. »

Or Morel n'aurait pas dû être là pour la raison qu'il n'était nullement réformé. Simplement il n'avait pas rejoint et était déserteur mais personne ne le savait.

Les choses étaient tellement les mêmes qu'on retrouvait tout naturellement les mots d'autrefois : « bien pensants, mal pensants ». Et comme elles paraissaient différentes, comme les anciens communards avaient été antirévisionnistes, les plus grands dreyfusards voulaient faire fusiller tout le monde et avaient l'appui des généraux, comme ceux-ci au temps de l'Affaire avaient été contre Gallifet. A ces réunions, Mme Verdurin invitait quelques dames un peu récentes, connues par les œuvres, et qui les premières fois venaient avec des toilettes éclatantes, de grands colliers de perles qu'Odette, qui en avait un aussi beau de l'exhibition duquel elle-même avait abusé, regardait, maintenant qu'elle était en « tenue de guerre » à l'imitation des dames du Faubourg, avec sévérité. Mais les femmes savent s'adapter. Au bout de trois ou quatre fois elles se rendaient compte que les toilettes qu'elles avaient crues chics étaient précisément proscrites par les personnes qui l'étaient, elles mettaient de côté leurs robes d'or et se résignaient à la simplicité.

Une des étoiles du salon était « Dans les choux » qui malgré ses goûts sportifs s'était fait réformer. Il était devenu tellement pour moi l'auteur d'une œuvre admirable à laquelle je pensais constamment que ce n'est que par hasard, quand j'établissais un courant transversal entre deux séries de souvenirs, que je songeais qu'il était le même qui avait amené le départ d'Albertine de chez moi. Et encore ce courant transversal aboutissait, en ce qui concernait ces reliques de souvenirs d'Albertine, à une voie s'arrêtant en pleine friche, à plusieurs années de distance. Car je ne pensais plus jamais à elle. C'était une voie de souvenirs, une ligne que je n'empruntais plus jamais. Tandis que les œuvres de « Dans les choux » étaient récentes et cette ligne de souvenirs perpétuellement fréquentée et utilisée par mon esprit.

Je dois dire que la connaissance du mari d'Andrée n'était ni très facile ni très agréable à faire, et que l'amitié qu'on lui vouait était promise à bien des déceptions. Il était en effet à ce moment déjà fort malade et s'épargnait les fatigues autres que celles qui lui paraissaient peut-être lui donner du plaisir. Or il ne classait parmi celles-là que les rendez-vous avec des gens qu'il ne connaissait pas encore et que son ardente imagination lui représentait sans doute comme ayant une chance d'être différents des autres. Mais pour ceux qu'il connaissait déjà, il savait trop bien comment ils étaient, comment ils seraient, ils ne lui paraissaient plus valoir la peine d'une fatigue dangereuse pour lui peut-être mortelle. C'était en somme un très mauvais ami. Et peut-être dans son goût pour des gens nouveaux se retrouvait-il quelque chose de l'audace frénétique qu'il portait jadis, à Balbec, aux sports, au jeu, à tous les excès de table.

Quant à Mme Verdurin, elle voulait chaque fois me faire faire la connaissance d'Andrée, ne pouvant admettre que je la connaissais. D'ailleurs Andrée venait rarement avec son mari. Elle était pour moi une amie admirable et sincère, et, fidèle à l'esthétique de son mari qui était en réaction des Ballets russes, elle disait du Marquis de Polignac : « Il a sa maison décorée par Bakst ; comment peut-on dormir là-dedans ! J'aimerais mieux Dubuffe. » D'ailleurs les Verdurin par le progrès fatal de l'esthétisme qui finit par se manger la queue, disaient ne pas pouvoir supporter le modern style (de plus c'était munichois) ni les appartements blancs et n'aimaient plus que les vieux meubles français dans un décor sombre.

Je vis à cette époque beaucoup Andrée [27]. Nous ne savions que nous dire, et une fois je pensai à ce nom de Juliette qui était monté du fond du souvenir d'Albertine comme une fleur mystérieuse. Mystérieuse alors, mais qui aujourd'hui n'excitait plus rien : au lieu que de tant de sujets indifférents je parlais, de celui-là je me tus, non qu'il le fût plus qu'un autre, mais il y a une sorte de sursaturation des choses auxquelles on a trop pensé. Peut-être la période où je voyais en cela tant de mystères était-elle la vraie. Mais comme ces périodes ne dureront pas toujours, on ne doit pas sacrifier sa santé, sa fortune, à la découverte de mystères qui un jour n'intéresseront plus.

On fut très étonné à cette époque, où Mme Verdurin pouvait voir chez elle qui elle voulait de lui voir faire indirectement des avances à une personne qu'elle avait complètement perdue de vue, Odette. On trouvait qu'elle ne pourrait rien ajouter au brillant milieu qu'était devenu le petit groupe. Mais une séparation prolongée, en même temps qu'elle apaise les rancunes, réveille quelquefois l'amitié. Et puis le phénomène qui amène non pas seulement les mourants à ne prononcer que des noms familiers autrefois, mais les vieillards à se complaire dans leurs souvenirs d'enfance, ce phéno-

mène a son équivalent social. Pour réussir dans
l'entreprise de faire revenir Odette chez elle, Mme
Verdurin n'employa pas bien entendu les « ultras »
mais les habitués moins fidèles qui avaient gardé un
pied dans l'un et l'autre salon. Elle leur disait : « Je ne
sais pas pourquoi on ne la voit plus ici. Elle est peut-
être brouillée, moi pas, en somme, qu'est-ce que je lui
ai fait ? C'est chez moi qu'elle a connu ses deux maris.
Si elle veut revenir, qu'elle sache que les portes lui
sont ouvertes. » Ces paroles qui auraient dû coûter à la
fierté de la Patronne si elles ne lui avaient pas été
dictées par son imagination, furent redites, mais sans
succès. Mme Verdurin attendit Odette sans la voir
venir, jusqu'à ce que des événements qu'on verra plus
loin amenassent pour de tout autres raisons ce que
n'avait pu l'ambassade pourtant zélée des lâcheurs.
Tant il est peu et de réussites faciles, et d'échecs
définitifs.

Mme Verdurin disait : « C'est désolant, je vais
téléphoner à Bontemps de faire le nécessaire pour
demain, on a encore *caviardé* toute la fin de l'article de
Norpois et simplement parce qu'il laissait entendre
qu'on avait *limogé* Percin. » Car la bêtise courante
faisait que chacun tirait gloire d'user des expressions
courantes, et croyait montrer qu'elle était à la mode
comme faisait une bourgeoise en disant quand on
parlait de MM. de Bréauté, d'Agrigente ou de
Charlus : « Qui ? Babal de Bréauté, Grigri, Mémé de
Charlus ? » Les duchesses font de même d'ailleurs et
avaient le même plaisir à dire « limoger » car chez les
duchesses c'est — pour les roturiers un peu poètes —
le nom qui diffère, mais elles s'expriment selon la
catégorie d'esprit à laquelle elles appartiennent et où il
y a aussi énormément de bourgeoises. Les classes
d'esprit n'ont pas égard à la naissance.

Tous ces téléphonages de Mme Verdurin n'étaient
pas d'ailleurs sans inconvénient. Quoique nous ayons
oublié de le dire le « salon » Verdurin, s'il continuait
en esprit et en vérité, s'était transporté momentanément dans un des plus grands hôtels de Paris, le

manque de charbon et de lumière rendant plus
difficile les réceptions de Verdurin dans l'ancien logis,
fort humide des Ambassadeurs de Venise. Le nouveau
salon ne manquait pas, du reste, d'agrément. Comme,
à Venise, la place comptée à cause de l'eau commande
la forme des palais, comme un bout de jardin dans
Paris ravit plus qu'un parc en province, l'étroite salle à
manger qu'avait Mme Verdurin à l'hôtel faisait une
sorte de losange aux murs éclatants de blancheur
comme un écran sur lequel se détachaient à chaque
mercredi, et presque tous les jours, tous les gens les
plus intéressants, les plus variés, les femmes les plus
élégantes de Paris, ravis de profiter du luxe des
Verdurin, qui avec leur fortune allait croissant à une
époque où les plus riches se restreignaient faute de
toucher leurs revenus. La forme donnée aux réceptions se trouvait modifiée sans qu'elles cessassent
d'enchanter Brichot, qui au fur et à mesure que les
relations des Verdurin allaient s'étendant y trouvait
des plaisirs nouveaux et accumulés dans un petit
espace comme des surprises dans un chausson de
Noël. Enfin certains jours les dîneurs étaient si
nombreux que la salle à manger de l'appartement
privé était trop petite, on donnait le dîner dans la salle
à manger immense d'en bas, où les fidèles tout en
feignant hypocritement de déplorer l'intimité d'en
haut comme jadis la nécessité d'inviter les Cambremer
faisait dire à Mme Verdurin qu'on serait trop serré
étaient ravis au fond, tout en faisant bande à part,
comme jadis dans le petit chemin de fer — d'être un
objet de spectacle et d'envie pour les tables voisines.
Sans doute, dans les temps habituels de la paix, une
note mondaine subrepticement envoyée au *Figaro* ou
au *Gaulois* aurait fait savoir à plus de monde que n'en
pouvait tenir la salle à manger du Majestic que Brichot
avait dîné avec la Duchesse de Duras. Mais depuis la
guerre, les courriéristes mondains ayant supprimé ce
genre d'informations (s'ils se rattrapaient sur les
enterrements, les citations et les banquets franco-
américains), la publicité ne pouvait plus exister que

par ce moyen enfantin et restreint, digne des premiers
âges, et antérieur à la découverte de Gutenberg : être
vu à la table de Mme Verdurin. Après le dîner on
montait dans les salons de la Patronne, puis les
téléphonages commençaient. Mais beaucoup de
grands hôtels étaient à cette époque peuplés d'espions
qui notaient les nouvelles téléphonées par Bontemps
avec une indiscrétion que corrigeait seulement, par
bonheur, le manque de sûreté de ses informations,
toujours démenties par l'événement.

Avant l'heure où les thés d'après-midi finissaient, à
la tombée du jour, dans le ciel encore clair, on voyait
de loin de petites taches brunes qu'on eût pu prendre,
dans le soir bleu, pour des moucherons, ou pour des
oiseaux. Ainsi quand on voit de très loin une mon-
tagne on pourrait croire que c'est un nuage. Mais on
est ému parce qu'on sait que ce nuage est immense, à
l'état solide, et résistant. Ainsi étais-je ému — que la
tache brune dans le ciel d'été ne fût ni un moucheron,
ni un oiseau, mais un aéroplane monté par des
hommes qui veillaient sur Paris. (Le souvenir des
aéroplanes que j'avais vus avec Albertine dans notre
dernière promenade, près de Versailles, n'entrait pour
rien dans cette émotion, car le souvenir de cette
promenade m'était devenu indifférent.)

A l'heure du dîner les restaurants étaient pleins ; et
si passant dans la rue je voyais un pauvre permission-
naire, échappé pour six jours au risque permanent de
la mort, et prêt à repartir pour les tranchées, arrêter
un instant ses yeux devant les vitres illuminées, je
souffrais comme à l'hôtel de Balbec quand des
pêcheurs nous regardaient dîner, mais je souffrais
davantage parce que je savais que la misère du soldat
est plus grande que celle du pauvre, les réunissant
toutes, et plus touchante encore parce qu'elle est plus
résignée, plus noble et que c'est d'un hochement de
tête philosophe, sans haine, que prêt à repartir pour la
guerre il disait en voyant se bousculer les embusqués
retenant leurs tables : « On ne dirait pas que c'est la
guerre ici. » Puis à 9 h 30, alors que personne n'avait

encore eu le temps de finir de dîner, à cause des ordonnances de police on éteignait brusquement toutes les lumières, et la nouvelle bousculade des embusqués arrachant leurs pardessus aux chasseurs du restaurant où j'avais dîné avec Saint-Loup un soir de brume, avait lieu à 9 h 35 dans une mystérieuse pénombre de chambre où l'on montre la lanterne magique, de salle de spectacle servant à exhiber les films d'un de ces cinémas vers lesquels allaient se précipiter dîneurs et dîneuses. Mais après cette heure-là, pour ceux qui, comme moi, le soir dont je parle étaient restés à dîner chez eux, et sortaient pour aller voir des amis, Paris était au moins dans certains quartiers, encore plus noir que n'était le Combray de mon enfance ; les visites qu'on se faisait prenaient un air de visites de voisins de campagne.

Ah ! si Albertine avait vécu, qu'il eût été doux, les soirs où j'aurais dîné en ville de lui donner rendez-vous dehors, sous les arcades ! D'abord je n'aurais rien vu, j'aurais l'émotion de croire qu'elle avait manqué au rendez-vous, quand tout à coup j'eusse vu se détacher du mur noir une de ses chères robes grises, ses yeux souriants qui m'avaient aperçu et nous aurions pu nous promener enlacés sans que personne nous distinguât, nous dérangeât et rentrer ensuite à la maison. Hélas j'étais seul et je me faisais l'effet d'aller faire une visite de voisin à la campagne, de ces visites comme Swann venait nous en faire après le dîner, sans rencontrer plus de passants dans l'obscurité de Tansonville, par le petit chemin de halage, jusqu'à la rue du Saint-Esprit, que je n'en rencontrais maintenant dans les rues devenues de sinueux chemins rustiques, de Sainte-Clotilde à la rue Bonaparte. D'ailleurs comme ces fragments de paysage que le temps fait voyager, n'étaient plus contrariés par un cadre devenu invisible, les soirs où le vent chassait un grain glacial, je me croyais bien plus au bord de la mer furieuse dont j'avais jadis tant rêvé que je ne m'y étais senti à Balbec ; et même d'autres éléments de nature qui n'existaient pas jusque-là à Paris, faisaient croire

qu'on venait, descendant du train, d'arriver pour les
vacances en pleine campagne : par exemple le
contraste de lumière et d'ombre qu'on avait à côté de
soi par terre les soirs au clair de lune. Celui-ci donnait
de ces effets que les villes ne connaissent pas, et même
en plein hiver ; ses rayons s'étalaient sur la neige
qu'aucun travailleur ne déblayait plus, boulevard
Haussmann, comme ils eussent fait sur un glacier des
Alpes. Les silhouettes des arbres se reflétaient nettes
et pures sur cette neige d'or bleuté, avec la délicatesse
qu'elles ont dans certaines peintures japonaises ou
dans certains fonds de Raphaël ; elles étaient allongées
à terre au pied de l'arbre lui-même, comme on les voit
souvent dans la nature au soleil couchant quand celui-
ci inonde et rend réfléchissantes les prairies où des
arbres s'élèvent à intervalles réguliers. Mais par un
raffinement d'une délicatesse délicieuse la prairie sur
laquelle se développaient ces ombres d'arbres, légères
comme des âmes, était une prairie paradisiaque, non
pas verte mais d'un blanc si éclatant à cause du clair de
lune qui rayonnait sur la neige de jade, qu'on aurait
dit que cette prairie était tissue seulement avec des
pétales de poiriers en fleurs. Et sur les places les
divinités des fontaines publiques tenant en main un jet
de glace avaient l'air de statues d'une matière double
pour l'exécution desquelles l'artiste avait voulu marier
exclusivement le bronze au cristal. Par ces jours
exceptionnels toutes les maisons étaient noires. Mais
au printemps au contraire, parfois de temps à autre,
bravant les règlements de la police un hôtel particulier, ou seulement un étage d'un hôtel, ou même
seulement une chambre d'un étage, n'ayant pas fermé
ses volets, apparaissait ayant l'air de se soutenir tout
seul sur d'impalpables ténèbres, comme une projection purement lumineuse, comme une apparition sans
consistance. Et la femme qu'en levant les yeux bien
haut, on distinguait dans cette pénombre dorée,
prenait dans cette nuit où l'on était perdu et où elle-
même semblait recluse, le charme mystérieux et voilé
d'une vision d'Orient. Puis on passait et rien n'inter-

rompait plus l'hygiénique et monotone piétinement rustique dans l'obscurité.

Je songeais[28] que je n'avais pas revu depuis bien longtemps aucune des personnes dont il a été question dans cet ouvrage. En 1914 seulement pendant les deux mois que j'avais passés à Paris j'avais aperçu M. de Charlus et vu Bloch et Saint-Loup, ce dernier seulement deux fois. La seconde fois était certainement celle où il s'était le plus montré lui-même, il avait effacé toutes les impressions peu agréables d'insincérité qu'il m'avait produites pendant le séjour à Tansonville que je viens de rapporter, et j'avais reconnu en lui toutes les belles qualités d'autrefois. La première fois que je l'avais vu après la déclaration de guerre, c'est-à-dire au début de la semaine qui suivit, tandis que Bloch faisait montre des sentiments les plus chauvins, Saint-Loup une fois que Bloch nous avait eu quittés, n'avait pas assez d'ironie pour lui-même qui ne reprenait pas de service et j'avais été presque choqué de la violence de son ton.

Saint-Loup revenait de Balbec. J'appris plus tard indirectement qu'il avait fait de vaines tentatives auprès du Directeur du restaurant. Ce dernier devait sa situation à ce qu'il avait hérité de M. Nissim Bernard. Il n'était autre en effet que cet ancien jeune servant que l'oncle de Bloch « protégeait ». Mais la richesse lui avait apporté la vertu. De sorte que c'est en vain que Saint-Loup avait essayé de le séduire. Ainsi par compensation tandis que des jeunes gens vertueux s'abandonnent, l'âge venu, aux passions dont ils ont enfin pris conscience, des adolescents faciles deviennent des hommes à principes contre lesquels des Charlus venus sur la foi d'anciens récits mais trop tard, se heurtent désagréablement. Tout est affaire de chronologie.

« Non s'écria-t-il avec force et gaité, tous ceux qui ne se battent pas, quelque raison qu'ils donnent, c'est qu'ils n'ont pas envie d'être tués, c'est par *peur*. » Et avec le même geste d'affirmation plus énergique

encore que celui avec lequel il avait souligné la peur
des autres, il ajouta : « Et moi si je ne reprends pas de
service, c'est tout bonnement par *peur, na !* » J'avais
déjà remarqué chez différentes personnes que l'affectation des sentiments louables n'est pas la seule
couverture des mauvais, mais qu'une plus nouvelle est
l'exhibition de ces mauvais, de sorte qu'on n'ait pas
l'air au moins de s'en cacher. De plus chez Saint-Loup
cette tendance était fortifiée par son habitude quand il
avait commis une indiscrétion, fait une gaffe, et qu'on
aurait pu les lui reprocher, de les proclamer en disant
que c'était exprès. Habitude qui, je crois bien, devait
lui venir de quelque professeur à l'École de Guerre
dans l'intimité de qui il avait vécu, pour qui il
professait une grande admiration. Je n'eus donc aucun
embarras pour interpréter cette boutade comme la
ratification verbale d'un sentiment que, comme il
avait dicté la conduite de Saint-Loup et son abstention
dans la guerre qui commençait, celui-ci aimait mieux
proclamer.

« Est-ce que tu as entendu dire me demanda-t-il en
me quittant, que ma tante Oriane divorcerait ? Personnellement je n'en sais absolument rien. On dit cela de
temps en temps et je l'ai entendu annoncer si souvent
que j'attendrai que ce soit fait pour le croire. J'ajoute
que ce serait très compréhensible ; mon oncle est un
homme charmant non seulement dans le monde mais
pour ses amis, pour ses parents. Même d'une façon il a
beaucoup plus de cœur que ma tante qui est une
sainte, mais qui le lui fait terriblement sentir. Seulement c'est un mari terrible, qui n'a jamais cessé de
tromper sa femme, de l'insulter, de la brutaliser, de la
priver d'argent. Ce serait si naturel qu'elle le quitte
que c'est une raison pour que ce soit vrai mais aussi
pour que cela ne le soit pas parce que c'en est une pour
qu'on en ait l'idée et qu'on le dise. Et puis du moment
qu'elle l'a supporté si longtemps. Maintenant je sais
bien qu'il y a tant de choses qu'on annonce à tort,
qu'on dément, et puis qui plus tard deviennent
vraies. » Cela me fit penser à lui demander s'il avait

jamais été question qu'il épousât Mlle de Guermantes. Il sursauta et m'assura que non, que ce n'était qu'un de ces bruits du monde, qui naissent de temps à autre on ne sait pourquoi, s'évanouissent de même et dont la fausseté ne rend pas ceux qui ont cru en eux plus prudents dès que naît un bruit nouveau, de fiançailles, de divorce, ou un bruit politique, pour y ajouter foi et le colporter.

Quarante-huit heures n'étaient pas passées que certains faits que j'appris, me prouvèrent que je m'étais absolument trompé dans l'interprétation des paroles de Robert : « Tous ceux qui ne sont pas au front, c'est qu'ils ont peur. » Saint-Loup avait dit cela pour briller dans la conversation, pour faire de l'originalité psychologique, tant qu'il n'était pas sûr que son engagement serait accepté. Mais il faisait pendant ce temps-là des pieds et des mains pour qu'il le fût, étant en cela moins original, au sens qu'il croyait qu'il fallait donner à ce mot, mais plus profondément français de Saint-André-des-Champs, plus en conformité avec tout ce qu'il y avait à ce moment-là de meilleur chez les Français de Saint-André-des-Champs, seigneurs, bourgeois et serfs respectueux des seigneurs ou révoltés contre les seigneurs, deux divisions également françaises de la même famille, sous-embranchement Françoise et sous-embranchement Morel d'où deux flèches se dirigeaient, pour se réunir à nouveau, dans une même direction, qui était la frontière. Bloch avait été enchanté d'entendre l'aveu de lâcheté d'un « nationaliste » (qui l'était d'ailleurs si peu) et comme Saint-Loup lui avait demandé si lui-même devait partir, avait pris une figure de grand-prêtre pour répondre : « Myope. »

Mais Bloch avait complètement changé d'avis sur la guerre quelques jours après, où il vint me voir affolé. Quoique « myope » il avait été reconnu bon pour le service. Je le ramenais chez lui quand nous rencontrâmes Saint-Loup qui avait rendez-vous pour être présenté au ministère de la Guerre, à un colonel, avec

un ancien officier, « M. de Cambremer me dit-il. Ah !
mais c'est vrai, c'est d'une ancienne connaissance que
je te parle. Tu connais aussi bien que moi Cancan. » Je
lui répondis que je le connaissais en effet et sa femme
aussi que je ne les appréciais qu'à demi. Mais j'étais
tellement habitué depuis que je les avais vus pour la
première fois à considérer la femme comme une
personne malgré tout remarquable connaissant à fond
Schopenhauer, et ayant accès en somme dans un
milieu intellectuel qui était fermé à son grossier époux
que je fus d'abord étonné d'entendre Saint-Loup me
répondre : « Sa femme est idiote je te l'abandonne.
Mais lui est un excellent homme qui était doué et qui
est resté fort agréable. » Par l' « idiotie » de la femme
Saint-Loup entendait sans doute le désir éperdu de
celle-ci de fréquenter le grand monde ce que le grand
monde juge le plus sévèrement. Par les qualités du
mari, sans doute quelque chose de celles que lui
reconnaissait sa mère, quand elle le trouvait le mieux
de la famille. Lui du moins ne se souciait pas des
duchesses mais à vrai dire c'est là une « intelligence »
qui diffère autant de celle qui caractérise les penseurs,
que « l'intelligence » reconnue par le public à tel
homme riche « d'avoir su faire sa fortune ». Mais les
paroles de Saint-Loup ne me déplaisaient pas en ce
qu'elles rappelaient que la prétention avoisine la bêtise
et que la simplicité a un goût un peu caché mais
agréable. Je n'avais pas eu il est vrai l'occasion de
savourer celle de M. de Cambremer. Mais c'est
justement ce qui fait qu'un être est tant d'êtres
différents selon les personnes qui le jugent en dehors
même des différences de jugement. De M. de Cambremer je n'avais connu que l'écorce. Et sa saveur, qui
me fut attestée par d'autres m'était inconnue.

Bloch nous quitta devant sa porte, débordant
d'amertume contre Saint-Loup, lui disant qu'eux
autres « beaux fils » galonnés, paradant dans les États-
Majors ne risquaient rien, et que lui simple soldat de
2ᵉ classe, n'avait pas envie de se faire « trouer la peau
pour Guillaume ». — « Il paraît qu'il est gravement

malade, l'Empereur Guillaume », répondit Saint-Loup. Bloch qui comme tous les gens qui tiennent de près à la Bourse, accueillait avec une facilité particulière les nouvelles sensationnelles, ajouta : « On dit même beaucoup qu'il est mort. » A la Bourse tout souverain malade que ce soit Édouard VII ou Guillaume II est mort, toute ville sur le point d'être assiégée est prise. « On ne le cache ajouta Bloch que pour ne pas déprimer l'opinion chez les Boches. Mais il est mort dans la nuit d'hier. Mon père le tient d'une source de tout premier ordre. » Les sources de tout premier ordre étaient les seules dont tînt compte M. Bloch le père soit que, par la chance qu'il avait, grâce à de « hautes relations », d'être en communication avec elles, il en reçût la nouvelle encore secrète que l'Extérieure allait monter ou la de Beers fléchir. D'ailleurs si à ce moment précis se produisait une hausse sur la de Beers, ou des « offres » sur l'Extérieure, si le marché de la première était « ferme » et « actif », celui de la seconde « hésitant », « faible » et qu'on s'y tînt « sur la réserve », la source de premier ordre n'en restait pas moins une source de premier ordre. Aussi Bloch nous annonça-t-il la mort du Kaiser d'un air mystérieux et important, mais aussi rageur. Il était particulièrement exaspéré d'entendre Robert dire « l'Empereur Guillaume ». Je crois que sous le couperet de la guillotine Saint-Loup et M. de Guermantes n'auraient pas pu dire autrement. Deux hommes du monde restant seuls vivants dans une île déserte où ils n'auraient à faire preuve de bonnes façons pour personne se reconnaîtraient à ces traces d'éducation, comme deux latinistes citeraient correctement du Virgile. Saint-Loup n'eût jamais pu, même torturé par les Allemands dire autrement que « l'Empereur Guillaume ». Et ce savoir-vivre est malgré tout l'indice de grandes entraves pour l'esprit. Celui qui ne sait pas les rejeter reste un homme du monde. Cette élégante médiocrité est d'ailleurs délicieuse — surtout avec tout ce qui s'y allie de générosité cachée et d'héroïsme inexprimé — à côté de la vulgarité de

Bloch, à la fois pleutre et fanfaron, qui criait à Saint-Loup : « Tu ne pourrais pas dire Guillaume tout court. C'est ça tu as la frousse, déjà ici tu te mets à plat ventre devant lui ! Ah ! ça nous fera de beaux soldats à la frontière, ils lécheront les bottes des Boches. Vous êtes des galonnés qui savez parader dans un carrousel. Un point, c'est tout. »

« Ce pauvre Bloch veut absolument que je ne fasse que parader » me dit Saint-Loup en souriant quand nous eûmes quitté notre camarade. Et je sentis bien que parader n'était pas du tout ce que désirait Robert, bien que je ne me rendisse pas compte alors de ses intentions aussi exactement que je le fis plus tard, quand la cavalerie restant inactive, il obtint de servir comme officier d'infanterie, puis de chasseurs à pied, et enfin quand vint la suite qu'on lira plus loin. Mais du patriotisme de Robert Bloch ne se rendait pas compte simplement parce que Robert ne l'exprimait nullement. Si Bloch nous avait fait des professions de foi méchamment antimilitaristes une fois qu'il avait été reconnu « bon », il avait eu préalablement les déclarations les plus chauvines quand il se croyait réformé pour myopie. Mais ces déclarations, Saint-Loup eût été incapable de les faire ; d'abord par une espèce de délicatesse morale qui empêche d'exprimer les sentiments trop profonds et qu'on trouve tout naturels. Ma mère autrefois non seulement n'eût pas hésité une seconde à mourir pour ma grand-mère mais aurait horriblement souffert si on l'avait empêchée de le faire. Néanmoins il m'est impossible d'imaginer rétrospectivement dans sa bouche une phrase telle que : « Je donnerais ma vie pour ma mère. » Aussi tacite était dans son amour de la France, Robert qu'en ce moment je trouvais beaucoup plus Saint-Loup (autant que je pouvais me représenter son père) que Guermantes. Il eût été préservé aussi d'exprimer ces sentiments-là, par la qualité en quelque sorte morale de son intelligence. Il y a chez les travailleurs intelligents et vraiment sérieux une certaine aversion pour ceux qui mettent en littérature ce qu'ils font, le font valoir. Nous n'avions été ensemble ni au lycée ni à la Sorbonne, mais nous avions séparément suivi certains cours des mêmes maîtres, et je me rappelle le sourire de Saint-Loup [pour ceux] qui, faisant un cours remarquable, comme quelques autres veulent se faire passer pour hommes de génie, en donnant un nom ambitieux à leurs théories. Pour un peu que nous en parlions, Robert riait de bon cœur. Naturellement notre prédilection n'allait pas d'instinct aux Cottard ou aux Brichot, mais enfin nous avions une certaine considération pour les gens qui savaient à fond le grec ou la médecine et ne se croyaient pas autorisés pour cela à faire les charlatans. J'ai dit que si toutes les actions de maman reposaient jadis sur le sentiment qu'elle eût donné sa vie pour sa mère, elle ne s'était jamais formulé ce sentiment à elle-même et qu'en tout cas elle eût trouvé non pas seulement inutile et ridicule, mais choquant et honteux de l'exprimer aux autres, de même il me serait impossible d'imaginer dans la bouche de Saint-Loup, me parlant de son équipement, des courses qu'il avait à faire, de nos chances de victoire, du peu de valeur de l'armée russe, de ce que ferait l'Angleterre, il m'est impossible d'imaginer dans sa bouche la phrase même la plus éloquente dite par le Ministre même le plus sympathique aux députés debout et enthousiastes. Je ne peux cependant pas dire que dans ce côté négatif qui l'empêchait d'exprimer les beaux sentiments qu'il ressentait il n'y avait pas un effet de l' « esprit des Guermantes » comme on en a vu tant d'exemples chez Swann. Car si je le trouvais Saint-Loup surtout, il restait Guermantes aussi et par là parmi les nombreux mobiles qui excitaient son courage, il y en avait qui n'étaient pas les mêmes que ceux de ses amis de Doncières, ces jeunes gens épris de leur métier avec qui j'avais dîné chaque soir et dont tant se firent tuer à la bataille de la Marne ou ailleurs en entraînant leurs hommes.

Les jeunes socialistes qu'il pouvait y avoir à Doncières quand j'y étais mais que je ne connaissais pas parce qu'ils ne fréquentaient pas le milieu de Saint-Loup, purent se rendre compte que les officiers de ce milieu n'étaient nullement des « aristos » dans l'acception hautainement fière et bassement jouisseuse que le « populo », les officiers sortis du rang, les francs-maçons donnaient au surnom d' « aristo ». Et pareillement d'ailleurs, ce même patriotisme les officiers nobles le rencontrèrent pleinement chez les socialistes que je les avais entendu accuser pendant que j'étais à Doncières, en pleine affaire Dreyfus, d'être des « sans-patrie ». Le patriotisme des militaires aussi sincère, aussi profond avait pris une forme définie qu'ils croyaient intangible et sur laquelle ils s'indignaient de voir jeter l'opprobre, tandis que les patriotes en quelque sorte inconscients, indépendants, sans religion patriotique définie, qu'étaient les radicaux-socialistes, n'avaient pas su comprendre quelle réalité profonde vivait dans ce qu'ils croyaient de vaines et haineuses formules.

Sans doute Saint-Loup comme eux s'était habitué à développer en lui, comme la partie la plus vraie de lui-même la recherche et la conception des meilleures manœuvres en vue des plus grands succès stratégiques et tactiques de sorte que pour lui comme pour eux la vie de son corps était quelque chose de relativement peu important qui pouvait être facilement sacrifié à cette partie intérieure véritable noyau vital chez eux autour duquel l'existence personnelle n'avait de valeur que comme un épiderme protecteur. Dans le courage de Saint-Loup il y avait des éléments plus caractéristiques et où on eût aisément reconnu la générosité qui avait fait au début le charme de notre amitié, et aussi le vice héréditaire qui s'était éveillé plus tard chez lui et qui joint à un certain niveau intellectuel qu'il n'avait pas dépassé, lui faisait non seulement admirer le courage, mais pousser l'horreur de l'efféminement jusqu'à une certaine ivresse au contact de la virilité. Il trouvait, chastement sans doute, à vivre à la belle étoile avec des Sénégalais qui faisaient à tout instant le sacrifice de leur vie une volupté cérébrale où il entrait

beaucoup de mépris pour les « petits messieurs mus-
qués », et qui si opposée qu'elle lui semble n'était pas
si différente de celle que lui donnait cette cocaïne dont
il avait abusé à Tansonville et dont l'héroïsme —
comme un remède qui supplée à un autre — le
guérissait. Dans son courage il y avait d'abord cette
double habitude de politesse qui d'une part le faisait
louanger les autres mais pour soi-même se contenter
de bien faire sans en rien dire, au contraire d'un Bloch
qui lui avait dit dans notre rencontre : « Naturellement vous canneriez » et qui ne faisait rien ; et d'autre
part le poussait à tenir pour rien ce qui était à lui, sa
fortune, son rang, sa vie même, à les donner. En un
mot, la vraie noblesse de sa nature. Mais tant de
sources se confondent dans l'héroïsme que le goût
nouveau qui s'était déclaré en lui, et aussi la médiocrité intellectuelle qu'il n'avait pu dépasser y avaient
leur part. En prenant les habitudes de M. de Charlus,
Robert s'était trouvé prendre aussi, quoique sous une
forme fort différente, son idéal de virilité.

   « En avons-nous pour longtemps ? » dis-je à Saint-
Loup. « Non, je crois à une guerre très courte », me
répondit-il. Mais ici, comme toujours, ses arguments
étaient livresques. « Tout en tenant compte des pro-
phéties de Moltke relis me dit-il, comme si je l'avais
déjà lu le décret du 28 octobre 1913 sur la conduite des
grandes unités, tu verras que le remplacement des
réserves du temps de paix n'est pas organisé, ni même
prévu, ce qu'on n'eût pas manqué de faire si la guerre
devait être longue. » Il me semblait qu'on pouvait
interpréter le décret en question non comme une
preuve que la guerre serait courte, mais comme
l'imprévoyance qu'elle le serait, et de ce qu'elle serait,
chez ceux qui l'avaient rédigé, et qui ne soupçonnaient
ni ce que serait dans une guerre stabilisée l'effroyable
consommation du matériel de tout genre, ni la solida-
rité de divers théâtres d'opérations.

   En dehors de l'homosexualité, chez les gens les plus
opposés par nature à l'homosexualité, il existe un
certain idéal conventionnel de virilité, qui si l'homo-

sexuel n'est pas un être supérieur, se trouve à sa disposition, pour qu'il le dénature d'ailleurs. Cet idéal — de certains militaires, de certains diplomates — est particulièrement exaspérant. Sous sa forme la plus basse, il est simplement la rudesse du cœur d'or qui ne veut pas avoir l'air d'être ému, et qui au moment d'une séparation avec un ami qui va peut-être être tué, a au fond une envie de pleurer dont personne ne se doute parce qu'il la recouvre sous une colère grandissante qui finit par cette explosion au moment où on se quitte : « Allons tonnerre de Dieu bougre d'idiot embrasse-moi donc et prends donc cette bourse qui me gêne, espèce d'imbécile. » Le diplomate, l'officier, l'homme qui sent que seule une grande œuvre nationale compte, mais qui a tout de même eu une affection pour le « petit » qui était à la légation ou au bataillon et qui est mort des fièvres ou d'une balle, présente le même goût de virilité sous une forme plus habile, plus savante mais au fond aussi haïssable. Il ne veut pas pleurer le « petit », il sait que bientôt on n'y pensera pas plus que le chirurgien bon cœur qui pourtant le soir de la mort d'une petite malade contagieuse, a du chagrin qu'il n'exprime pas. Pour peu que le diplomate soit écrivain et raconte cette mort, il ne dira pas qu'il a eu du chagrin ; non ; d'abord par « pudeur virile », ensuite par habileté artistique qui fait naître l'émotion en la dissimulant. Un de ses collègues et lui veilleront le mourant. Pas un instant ils ne diront qu'ils ont du chagrin. Ils parleront des affaires de la légation ou du bataillon, même avec plus de précision que d'habitude.

« B. me dit : « Vous n'oublierez pas qu'il y a demain revue du général ; tâchez que vos hommes soient propres. » Lui qui était d'habitude si doux avait un ton plus sec que d'habitude, je remarquai qu'il évitait de me regarder. Moi-même je me sentais nerveux aussi. » Et le lecteur comprend que ce ton sec c'est le chagrin chez des êtres qui ne veulent pas avoir l'air d'avoir du chagrin, ce qui serait simplement ridicule, mais ce qui est aussi assez désespérant et hideux, parce que c'est la manière d'avoir du chagrin d'êtres qui croient que le chagrin ne compte pas, que la vie est plus sérieuse que les séparations, etc., de sorte qu'ils donnent dans les morts cette impression de mensonge, de néant, que donne au jour de l'an le monsieur qui en vous apportant des marrons glacés dit : « Je vous la souhaite bonne et heureuse » en ricanant, mais le dit tout de même.

Pour finir le récit de l'officier ou du diplomate veillant, la tête couverte parce qu'on a transporté le blessé en plein air, le moribond, à un moment donné tout est fini. « Je pensais : il faut retourner préparer les choses pour l'astiquage mais je ne sais vraiment pas pourquoi au moment où le docteur lâcha le pouls, B. et moi, il se trouva que sans nous être entendus, le soleil tombait d'aplomb peut-être avions-nous chaud, debout devant le lit, nous enlevâmes nos képis. » Et le lecteur sent bien que ce n'est pas à cause de la chaleur du soleil mais par émotion devant la majesté de la mort que les deux hommes virils qui jamais n'ont le mot tendresse ou chagrin à la bouche, se sont découverts.

L'idéal de virilité des homosexuels à la Saint-Loup n'est pas le même mais aussi conventionnel et aussi mensonger. Le mensonge gît pour eux dans le fait de ne pas vouloir se rendre compte que le désir physique est à la base des sentiments auxquels ils donnent une autre origine. M. de Charlus détestait l'efféminement. Saint-Loup admire le courage des jeunes hommes, l'ivresse des charges de cavalerie, la noblesse intellectuelle et morale des amitiés d'homme à homme, entièrement pures, où on sacrifie sa vie l'un pour l'autre. La guerre qui fait des capitales où il n'y a plus que des femmes, le désespoir des homosexuels, est au contraire le roman passionné des homosexuels, s'ils sont assez intelligents pour se forger des chimères, pas assez pour savoir les percer à jour, reconnaître leur origine, se juger. De sorte qu'au moment où certains jeunes gens s'engagèrent simplement par esprit d'imitation sportive, comme une année tout le monde joue au « diabolo », pour Saint-Loup la guerre fut davantage l'idéal même qu'il s'imaginait poursuivre dans ses désirs beaucoup plus concrets mais ennuagés d'idéologie, cet idéal servi en commun avec les êtres qu'il préférait, dans un ordre de chevalerie purement masculine, loin des femmes, où il pourrait exposer sa vie pour sauver son ordonnance, et mourir en inspirant un amour fanatique à ses hommes. Et ainsi quoiqu'il y eût bien d'autres choses dans son courage, le fait qu'il était un grand seigneur s'y retrouvait, et s'y retrouvait aussi, sous une forme méconnaissable et idéalisée, l'idée de M. de Charlus que c'était de l'essence d'un homme de n'avoir rien d'efféminé. D'ailleurs de même qu'en philosophie et en art deux idées analogues ne valent que par la manière dont elles sont développées et peuvent différer grandement, si elles sont exposées par Xénophon ou par Platon, de même tout en reconnaissant combien ils tiennent en faisant cela l'un de l'autre, j'admire Saint-Loup demandant à partir au point le plus dangereux infiniment plus que M. de Charlus évitant de porter des cravates claires.

Je parlai à Saint-Loup de mon ami le directeur du Grand Hôtel de Balbec qui paraît-il avait prétendu qu'il y avait eu au début de la guerre dans certains régiments français des défections qu'il appelait des « défectuosités » et avait accusé de les avoir provoquées ce qu'il appelait le « militariste prussien » ; il avait même cru, à un certain moment, à un débarquement simultané des Japonais des Allemands et des Cosaques à Rivebelle, menaçant Balbec et avait dit qu'il n'y avait plus qu'à « décrépir ». Ce germanophobe disait en riant à propos de son frère : « Il est dans les tranchées, à vingt-cinq mètres des Boches ! » jusqu'à ce qu'ayant appris qu'il l'était lui-même, on l'eût mis dans un camp de concentration. « A propos de Balbec, te rappelles-tu l'ancien liftier de l'hôtel ? » me dit en me quittant Saint-Loup sur le ton de quelqu'un qui n'avait pas trop l'air de savoir qui c'était et qui comptait sur moi pour l'éclairer. « Il s'engage et m'a écrit pour le faire « rentrer dans

l'aviation. » Sans doute le lift était-il las de monter
dans la cage captive de l'ascenseur et les hauteurs de
l'escalier du Grand Hôtel ne lui suffisaient plus. Il
allait « prendre ses galons » autrement que comme
concierge, car notre destin n'est pas toujours ce que
nous avions cru. « Je vais sûrement appuyer sa
demande, me dit Saint-Loup. Je le disais encore à
Gilberte ce matin, jamais nous n'aurons assez
d'avions. C'est avec cela qu'on verra ce que prépare
l'adversaire. C'est cela qui lui enlèvera le bénéfice le
plus grand d'une attaque, celui de la surprise, l'armée
la meilleure sera peut-être celle qui aura les meilleurs
yeux. Eh bien et la pauvre Françoise a-t-elle réussi à
faire réformer son neveu ? » Mais Françoise qui avait
fait depuis longtemps tous ses efforts pour que son
neveu fût réformé et qui quand on lui avait proposé
une recommandation, par la voie des Guermantes,
pour le général de Saint-Joseph, avait répondu d'un
ton désespéré : « Oh ! non ça ne servirait à rien, il n'y
a rien à faire avec ce vieux bonhomme-là, c'est tout ce
qu'il y a de pis, il est patriotique », Françoise dès qu'il
avait été question de la guerre, et quelque douleur
qu'elle en éprouvât, trouvait qu'on ne devait pas
abandonner les « pauvres Russes » puisqu'on était
« alliancé ». Le maître d'hôtel, persuadé d'ailleurs que
la guerre ne durerait que dix jours et se terminerait par
la victoire éclatante de la France, n'aurait pas osé, par
peur d'être démenti par les événements, et n'aurait
même pas eu assez d'imagination pour prédire une
guerre longue et indécise. Mais cette victoire complète
et immédiate, il tâchait au moins d'en extraire
d'avance tout ce qui pouvait faire souffrir Françoise.
« Ça pourrait bien faire du vilain parce qu'il paraît
qu'il y en a beaucoup qui ne veulent pas marcher, des
gars de seize ans qui pleurent. » Et lui dire ainsi pour
la « vexer » des choses désagréables, c'est ce qu'il
appelait « lui jeter un pépin, lui lancer une apos-
trophe, lui envoyer un calembour ». « De seize ans
Vierge Marie ! », disait Françoise et un instant
méfiante : « On disait pourtant qu'on ne les prenait

qu'après vingt ans, c'est encore des enfants. » —
« Naturellement les journaux ont l'ordre de ne pas
dire ça. Du reste c'est toute la jeunesse qui sera en
avant, il n'en reviendra pas lourd. D'un côté ça fera du
bon, une bonne saignée, là, c'est utile de temps en
temps ça fera marcher le commerce. Ah ! dame s'il y a
des gosses trop tendres qui ont une hésitation, on les
fusille immédiatement douze balles dans la peau vlan.
D'un côté il faut ça. Et puis les officiers qu'est-ce que
ça peut leur faire ? Ils touchent leurs pesetas, c'est tout
ce qu'ils demandent. » Françoise pâlissait tellement
pendant chacune de ces conversations qu'on craignait
que le maître d'hôtel ne la fît mourir d'une maladie de
cœur.

Elle ne perdait pas ses défauts pour cela. Quand une
jeune fille venait me voir, si mal aux jambes qu'eût la
vieille servante, m'arrivait-il de sortir un instant de ma
chambre, je la voyais au haut d'une échelle, dans la
penderie, en train disait-elle de chercher quelque
paletot à moi pour voir si les mites ne s'y mettaient
pas, en réalité pour nous écouter. Elle gardait malgré
toutes mes critiques sa manière insidieuse de poser des
questions d'une façon indirecte pour laquelle elle avait
utilisé depuis quelque temps un certain « parce que
sans doute ». N'osant pas me dire : « Est-ce que cette
dame a un hôtel ? » elle me disait les yeux timidement
levés comme ceux d'un bon chien : « Parce que sans
doute cette dame a son hôtel particulier... » évitant
l'interrogation flagrante moins pour être polie que
pour ne pas sembler curieuse.

Enfin, comme les domestiques que nous aimons le
plus — et surtout s'ils ne nous rendent presque plus
les services et les égards de leur emploi — restent hélas
des domestiques et marquent plus nettement les
limites (que nous voudrions effacer) de leur caste au
fur et à mesure qu'ils croient le plus pénétrer dans la
nôtre, Françoise avait souvent à mon endroit (« pour
me piquer », eût dit le maître d'hôtel) de ces propos
étranges qu'une personne du monde n'aurait pas :
avec une joie dissimulée mais aussi profonde que si

c'eût été une maladie grave si j'avais chaud et que la
sueur — je n'y prenais pas garde — perlât à mon
front : « Mais vous êtes en nage », me disait-elle,
étonnée comme devant un phénomène étrange, souriant un peu avec le mépris que cause quelque chose
d'indécent (« vous sortez mais vous avez oublié de
mettre votre cravate »), prenant pourtant la voix
préoccupée qui est chargée d'inquiéter quelqu'un sur
son état. On aurait dit que moi seul dans l'univers
avait jamais été en nage. Enfin elle ne parlait plus bien
comme autrefois. Car dans son humilité, dans sa
tendre admiration pour des êtres qui lui étaient
infiniment inférieurs elle adoptait leur vilain tour de
langage. Sa fille s'étant plainte d'elle à moi et m'ayant
dit (je ne sais de qui elle l'avait reçu) : « Elle a toujours
quelque chose à dire, que je ferme mal les portes, et
patatipatali et patatatipatala », Françoise crut sans
doute que son incomplète éducation seule l'avait
jusqu'ici privée de ce bel usage. Et sur ces lèvres où
j'avais vu fleurir jadis le français le plus pur j'entendis
plusieurs fois par jour : « Et patati patatali et patatatipatala. » Il est du reste curieux combien non seulement les expressions mais les pensées varient peu chez
une même personne. Le maître d'hôtel ayant pris
l'habitude de déclarer que M. Poincaré était mal
intentionné, pas pour l'argent, mais parce qu'il avait
voulu absolument la guerre, il redisait cela sept à huit
fois par jour devant le même auditoire habituel et
toujours aussi intéressé. Pas un mot n'était modifié,
pas un geste, une intonation. Bien que cela ne durât
que deux minutes c'était invariable comme une représentation. Ses fautes de français corrompaient le
langage de Françoise tout autant que les fautes de sa
fille. Il croyait que ce que M. de Rambuteau avait été
si froissé un jour d'entendre appeler par le Duc de
Guermantes « les édicules Rambuteau », s'appelait
des pistières. Sans doute dans son enfance n'avait-il
pas entendu l'o et cela lui était resté. Il prononçait
donc ce mot incorrectement mais perpétuellement.
Françoise gênée d'abord finit par le dire aussi, pour se

plaindre qu'il n'y eût pas de ce genre de choses pour les femmes comme pour les hommes. Mais son humilité et son admiration pour le maître d'hôtel faisaient qu'elle ne disait jamais pissotières, mais — avec une légère concession à la coutume — pissetières.

Elle ne dormait plus, ne mangeait plus, se faisait lire les communiqués auxquels elle ne comprenait rien, par le maître d'hôtel qui n'y comprenant guère davantage et chez qui le désir de tourmenter Françoise étant souvent dominé par une allégresse patriotique disait avec un rire sympathique, parlant des Allemands : « Ça doit chauffer, notre vieux Joffre est en train de leur tirer des plans sur la comète. » Françoise ne comprenait pas trop de quelle comète il s'agissait, mais n'en sentait pas davantage que cette phrase faisait partie des aimables et originales extravagances auxquelles une personne bien élevée doit répondre avec bonne humeur, par urbanité, et haussant gaiement les épaules d'un air de dire : « Il est bien toujours le même », elle tempérait ses larmes d'un sourire. Au moins était-elle heureuse que son nouveau garçon boucher qui malgré son métier était assez craintif (il avait cependant commencé dans les abattoirs) ne fût pas d'âge à partir. Sans quoi elle eût été capable d'aller trouver le Ministre de la Guerre pour le faire réformer.

Le maître d'hôtel n'eût pas pu imaginer que les communiqués n'étaient pas excellents et qu'on ne se rapprochait pas de Berlin puisqu'il lisait : « Nous avons repoussé, avec de fortes pertes pour l'ennemi, etc. », actions qu'il célébrait comme de nouvelles victoires. J'étais cependant effrayé de la rapidité avec laquelle le théâtre de ces victoires se rapprochait de Paris, et je fus même étonné que le maître d'hôtel ayant vu dans un communiqué qu'une action avait eu lieu près de Lens n'eût pas été inquiet en voyant dans le journal du lendemain que ses suites avaient tourné à notre avantage à Jouy-le-Vicomte dont nous tenions solidement les abords. Le maître d'hôtel connaissait pourtant bien le nom, Jouy-le-Vicomte qui n'était pas tellement éloigné de Combray. Mais on lit les journaux comme on aime, un bandeau sur les yeux. On ne cherche pas à comprendre les faits. On écoute les douces paroles du rédacteur en chef comme on écoute les paroles de sa maîtresse. On est battu et content parce qu'on ne se croit pas battu mais vainqueur.

Je n'étais pas du reste demeuré longtemps à Paris et j'avais regagné assez vite ma maison de santé. Bien qu'en principe le docteur vous traitât par l'isolement on m'y avait remis à deux époques différentes une lettre de Gilberte et une lettre de Robert. Gilberte m'écrivait (c'était à peu près en septembre 1914) que quelque désir qu'elle eût de rester à Paris pour avoir plus facilement des nouvelles de Robert, les raids perpétuels de taubes[29] au-dessus de Paris lui avaient causé une telle épouvante surtout pour sa petite fille, qu'elle s'était enfuie de Paris par le dernier train qui partait encore pour Combray, que le train n'était même pas allé jusqu'à Combray et que ce n'était que grâce à la charrette d'un paysan sur laquelle elle avait fait dix heures d'un trajet atroce, qu'elle avait pu gagner Tansonville ! « Et là, imaginez-vous ce qui attendait votre vieille amie, m'écrivait en finissant Gilberte. J'étais partie de Paris pour fuir les avions allemands me figurant qu'à Tansonville je serais à l'abri de tout. Je n'y étais pas depuis deux jours que vous n'imaginerez jamais ce qui arrivait, les Allemands qui envahissaient la région après avoir battu nos troupes près de La Fère, et un état-major allemand suivi d'un régiment qui se présentait à la porte de Tansonville, et que j'étais obligée d'héberger et pas moyen de fuir, plus un train, rien. » L'état-major allemand s'était-il en effet bien conduit, ou fallait-il voir dans la lettre de Gilberte un effet, par contagion de l'esprit des Guermantes, lesquels étaient de souche bavaroise, apparentés à la plus haute aristocratie d'Allemagne, mais Gilberte ne tarissait pas sur la parfaite éducation de l'état-major, et même des soldats qui lui avaient seulement demandé « la permission de cueillir un des ne-m'oubliez-pas qui poussaient auprès de l'étang », bonne éducation qu'elle opposait à la violence désordonnée des fuyards français, qui avaient traversé la propriété en saccageant tout, avant l'arrivée des généraux allemands. En tout cas, si la lettre de Gilberte était par certains côtés imprégnée de l'esprit des Guermantes — d'autres diraient de l'internationalisme juif ce qui n'aurait probablement pas été juste comme on verra — la lettre que je reçus pas mal de mois plus tard de Robert était elle beaucoup plus Saint-Loup que Guermantes, reflétant de plus toute la culture libérale qu'il avait acquise, et, en somme, entièrement sympathique. Malheureusement il ne me parlait pas de stratégie comme dans ses conversations de Doncières et ne me disait pas dans quelle mesure il estimait que la guerre confirmait ou infirmait les principes qu'il m'avait alors exposés.

Tout au plus me dit-il que depuis 1914 s'étaient en réalité succédé plusieurs guerres, les enseignements de chacune influant sur la conduite de la suivante. Et par exemple la théorie de la « percée » avait été complétée par cette thèse qu'il fallait avant de percer bouleverser entièrement par l'artillerie le terrain occupé par l'adversaire. Mais ensuite on avait constaté qu'au contraire ce bouleversement rendait impossible l'avance de l'infanterie et de l'artillerie dans des terrains dont des milliers de trous d'obus ont fait autant d'obstacles. « La guerre me disait-il n'échappe pas aux lois de notre vieil Hegel. Elle est en état de perpétuel devenir. »

C'était peu auprès de ce que j'aurais voulu savoir. Mais ce qui me fâchait davantage encore c'est qu'il n'avait pas le droit de me citer de noms de généraux. Et d'ailleurs par le peu que me disait le journal, ce n'était pas ceux dont j'étais à Doncières si préoccupé de savoir lesquels montreraient le plus de valeur dans une guerre, qui conduisaient celle-ci. Geslin de Bourgogne, Galliffet, Négrier étaient morts. Pau avait quitté le service actif presque au début de la guerre. De Joffre, de Foch, de Castelnau, de Pétain, nous n'avions jamais parlé[30]. « Mon petit m'écrivait Robert, je reconnais que des mots comme « passeront

pas » ou « on les aura » ne sont pas agréables ; ils
m'ont fait longtemps aussi mal aux dents que « poilu »
et le reste et sans doute c'est ennuyeux de construire
une épopée sur des termes qui sont pis qu'une faute de
grammaire ou une faute de goût, qui sont cette chose
contradictoire et atroce, une affectation, une prétention vulgaires que nous détestons tellement comme
par exemple les gens qui croient spirituel de dire « de
la coco » pour « de la cocaïne ». Mais si tu voyais tout
ce monde, surtout les gens du peuple, les ouvriers, les
petits commerçants qui ne se doutaient pas de ce qu'ils
recélaient en eux d'héroïsme et seraient morts dans
leur lit sans l'avoir soupçonné courir sous les balles
pour secourir un camarade, pour emporter un chef
blessé, et frappés eux-mêmes, sourire au moment où
ils vont mourir parce que le médecin-chef leur
apprend que la tranchée a été reprise aux Allemands,
je t'assure mon cher petit que cela donne une belle
idée des Français et que ça fait comprendre les
époques historiques qui nous paraissaient un peu
extraordinaires dans nos classes.

L'épopée est tellement belle que tu trouverais
comme moi que les mots ne font plus rien. Rodin ou
Maillol pourraient faire un chef-d'œuvre avec une
matière affreuse qu'on ne reconnaîtrait pas. Au
contact d'une telle grandeur « poilu » est devenu pour
moi quelque chose dont je ne sens même pas plus s'il a
pu contenir d'abord une allusion ou une plaisanterie
que quand nous lisons « chouans » par exemple. Mais
je sens « poilu » déjà prêt pour de grands poètes
comme les mots déluge, ou Christ ou Barbares qui
étaient déjà pétris de grandeur avant que s'en fussent
servis Hugo, Vigny ou les autres.

Je dis que le peuple, les ouvriers, est ce qui il y a de
mieux, mais tout le monde est bien. Le pauvre petit
Vaugoubert le fils de l'ambassadeur, a été sept fois
blessé avant d'être tué et chaque fois qu'il revenait
d'une expédition sans avoir écopé, il avait l'air de
s'excuser et de dire que ce n'était pas sa faute. C'était
un être charmant. Nous nous étions beaucoup liés, les

pauvres parents ont eu la permission de venir à
l'enterrement à condition de ne pas être en deuil et de
ne rester que cinq minutes à cause du bombardement.
La mère, un grand cheval que tu connais peut-être,
pouvait avoir beaucoup de chagrin on ne distinguait
rien. Mais le pauvre père était dans un tel état que je
t'assure que moi qui ai fini par devenir tout à fait
insensible, à force de prendre l'habitude de voir la tête
du camarade qui est en train de me parler subitement
labourée par une torpille ou même détachée du tronc,
je ne pouvais pas me contenir en voyant l'effondre-
ment du pauvre Vaugoubert qui n'était plus qu'une
espèce de loque. Le général avait beau lui dire que
c'était pour la France, que son fils s'était conduit en
héros cela ne faisait que redoubler les sanglots du
pauvre homme qui ne pouvait pas se détacher du
corps de son fils. Enfin, et c'est pour cela qu'il faut
s'habituer à « passeront pas », tous ces gens-là comme
mon pauvre valet de chambre, comme Vaugoubert,
ont empêché les Allemands de passer. Tu trouves
peut-être que nous n'avançons pas beaucoup, mais il
ne faut pas raisonner, une armée se sent victorieuse
par une impression intime, comme un mourant se sent
foutu. Or nous savons que nous aurons la victoire et
nous le voulons pour dicter une paix juste, je ne veux
pas dire seulement juste pour nous, vraiment juste,
juste pour les Français, juste pour les Allemands. »
    Bien entendu, le « fléau » n'avait pas élevé l'intelli-
gence de Saint-Loup au-dessus d'elle-même. De
même que les héros d'un esprit médiocre et banal,
écrivant des poèmes pendant leur convalescence se
plaçaient pour décrire la guerre non au niveau des
événements qui en eux-mêmes ne sont rien mais de la
banale esthétique dont ils avaient suivi les règles
jusque-là, parlant comme ils eussent fait dix ans plus
tôt de la « sanglante aurore », du « vol frémissant de la
victoire » etc., Saint-Loup lui beaucoup plus intelligent et artiste, restait intelligent et artiste, et notait
avec goût pour moi des paysages, pendant qu'il était
immobilisé à la lisière d'une forêt marécageuse mais

comme si ç'avait été pour une chasse au canard. Pour me faire comprendre certaines oppositions d'ombre et de lumière qui avaient été « l'enchantement de sa matinée » il me citait certains tableaux que nous aimions l'un et l'autre et ne craignait pas de faire allusion à une page de Romain Rolland, voire de Nietzsche[31], avec cette indépendance des gens du front qui n'avaient pas la même peur de prononcer un nom allemand que ceux de l'arrière, et même avec cette pointe de coquetterie à citer un ennemi que mettait par exemple le colonel du Paty de Clam dans la salle des témoins de l'affaire Zola, à réciter en passant devant Pierre Quillard poète dreyfusard de la plus extrême violence et que d'ailleurs il ne connaissait pas, des vers de son drame symboliste : *La Fille aux mains coupées*. Saint-Loup me parlait-il d'une mélodie de Schumann il n'en donnait le titre qu'en allemand et ne prenait aucune circonlocution pour me dire que quand à l'aube il avait entendu un premier gazouillis à la lisière de cette forêt il avait été enivré comme si lui avait parlé l'oiseau de ce « sublime *Siegfried* » qu'il espérait bien entendre après la guerre.

Et maintenant, à mon second retour à Paris[32], j'avais reçu, dès le lendemain de mon arrivée, une nouvelle lettre de Gilberte qui sans doute avait oublié celle, ou du moins le sens de celle, que j'ai rapportée car son départ de Paris à la fin de 1914 y était représenté rétrospectivement d'une manière assez différente. « Vous ne savez peut-être pas mon cher ami me disait-elle que voilà bientôt deux ans que je suis à Tansonville. J'y suis arrivée en même temps que les Allemands ; tout le monde avait voulu m'empêcher de partir. On me traitait de folle. Comment me disait-on vous êtes en sûreté à Paris et vous partez pour ces régions envahies, juste au moment où tout le monde cherche à s'en échapper. » Je ne méconnaissais pas tout ce que ce raisonnement avait de juste. Mais que voulez-vous. Je n'ai qu'une seule qualité je ne suis pas lâche, ou, si vous aimez mieux je suis fidèle, et quand j'ai su mon cher Tansonville menacé, je n'ai pas voulu

que notre vieux régisseur restât seul à le défendre. Il
m'a semblé que ma place était à ses côtés. Et c'est du
reste grâce à cette résolution que j'ai pu sauver à peu
près le château quand tous les autres dans le voisinage,
abandonnés par leurs propriétaires affolés, ont été
presque tous détruits de fond en comble, et non
seulement sauver le château, mais les précieuses
collections auxquelles mon cher Papa tenait tant. » En
un mot Gilberte était persuadée maintenant qu'elle
n'était pas allée à Tansonville comme elle me l'avait
écrit en 1914 pour fuir les Allemands et pour être à
l'abri, mais au contraire pour les rencontrer et défendre contre eux son château. Ils n'étaient pas restés à
Tansonville d'ailleurs, mais elle n'avait plus cessé
d'avoir chez elle un va-et-vient constant de militaires
qui dépassait beaucoup celui qui tirait des larmes à
Françoise dans la rue de Combray, de mener comme
elle disait cette fois en toute vérité, la vie du front.
Aussi parlait-on dans les journaux avec les plus grands
éloges de son admirable conduite et il était question de
la décorer. La fin de sa lettre était entièrement exacte.
« Vous n'avez pas idée de ce que c'est que cette
guerre, mon cher ami, et de l'importance qu'y prend
une route, un pont, une hauteur. Que de fois j'ai
pensé à vous, aux promenades grâce à vous rendues
délicieuses que nous faisions ensemble dans tout ce
pays aujourd'hui ravagé, alors que d'immenses
combats se livraient pour la possession de tel chemin,
de tel coteau que vous aimiez, où nous sommes allés si
souvent ensemble. Probablement vous comme moi,
vous ne vous imaginiez pas que l'obscur Roussainville
et l'assommant Méséglise d'où on nous portait nos
lettres, et où on était allé chercher le docteur quand
vous avez été souffrant seraient jamais des endroits
célèbres. Hé bien mon cher ami ils sont à jamais entrés
dans la gloire au même titre qu'Austerlitz ou Valmy.
La bataille de Méséglise a duré plus de huit mois, les
Allemands y ont perdu plus de six cent mille hommes,
ils ont détruit Méséglise mais ils ne l'ont pas pris. Le
petit chemin que vous aimiez tant, que nous appelions

le raidillon aux aubépines et où vous prétendez que vous êtes tombé dans votre enfance amoureux de moi alors que je vous assure en toute vérité que c'était moi qui étais amoureuse de vous, je ne peux pas vous dire l'importance qu'il a prise. L'immense champ de blé auquel il aboutit c'est la fameuse cote 307 dont vous avez dû voir le nom revenir si souvent dans les communiqués. Les Français ont fait sauter le petit pont sur la Vivonne qui disiez-vous ne vous rappelait pas votre enfance autant que vous l'auriez voulu, les Allemands en ont jeté d'autres, pendant un an et demi ils ont eu une moitié de Combray et les Français l'autre moitié. »

Le lendemain du jour où j'avais reçu cette lettre, c'est-à-dire l'avant-veille de celui où cheminant dans l'obscurité j'entendais sonner le bruit de mes pas, tout en remâchant tous ces souvenirs, Saint-Loup venu du front, sur le point d'y retourner m'avait fait une visite de quelques secondes seulement dont l'annonce seule m'avait violemment ému. Françoise avait voulu se précipiter sur lui, espérant qu'il pourrait faire réformer le timide garçon boucher dont, dans un an, la classe allait partir. Mais elle fut arrêtée d'elle-même par l'inutilité de cette démarche car depuis longtemps le timide tueur d'animaux avait changé de boucherie. Et soit que la nôtre craignît de perdre notre clientèle, soit qu'elle fût de bonne foi, elle déclara à Françoise qu'elle ignorait où ce garçon qui d'ailleurs ne ferait jamais un bon boucher, était employé. Françoise alors avait bien cherché partout. Mais Paris est grand, les boucheries nombreuses, et elle avait eu beau entrer dans un grand nombre elle n'avait pu retrouver le jeune homme timide et sanglant.

Quand il était entré dans ma chambre, je l'avais approché avec ce sentiment de timidité, avec cette impression de surnaturel que donnaient au fond tous les permissionnaires et qu'on éprouve quand on est introduit auprès d'une personne atteinte d'un mal mortel et qui cependant se lève, s'habille, se promène encore. Il semblait (il avait surtout semblé au début

car pour qui n'avait pas vécu comme moi loin de Paris,
l'habitude était venue qui retranche aux choses que
nous avons vues plusieurs fois la racine d'impression
profonde et de pensée qui leur donne leur sens réel)
presque qu'il y eût quelque chose de cruel, dans ces
permissions données aux combattants. Aux premières, on se disait : « Ils ne voudront pas repartir ils
déserteront. » Et en effet ils ne venaient pas seulement
de lieux qui nous semblaient irréels parce que nous
n'en avions entendu parler que par les journaux et que
nous ne pouvions nous figurer qu'on eût pris part à ces
combats titaniques et revenir avec seulement une
contusion à l'épaule, c'était des rivages de la mort vers
lesquels ils allaient retourner qu'ils venaient un instant
parmi nous, incompréhensibles pour nous, nous rem-
plissant de tendresse, d'effroi et d'un sentiment de
mystère, comme ces morts que nous évoquons, qui
nous apparaissent une seconde, que nous n'osons pas
interroger et qui du reste pourraient tout au plus nous
répondre : « Vous ne pourriez pas vous figurer. » Car
il est extraordinaire à quel point chez les rescapés du
feu que sont les permissionnaires, chez les vivants ou
les morts qu'un médium hypnotise ou évoque, le seul
effet du contact avec le mystère soit d'accroître s'il est
possible, l'insignifiance des propos. Tel j'abordai
Robert qui avait encore au front une cicatrice, plus
auguste et plus mystérieuse pour moi que l'empreinte
laissée sur la terre par le pied d'un géant. Et je n'avais
pas osé lui poser de question et il ne m'avait dit que de
simples paroles. Encore étaient-elles fort peu différentes de ce qu'elles eussent été avant la guerre,
comme si les gens, malgré elle, continuaient à être ce
qu'ils étaient ; le ton des entretiens était le même, la
matière seule différait et encore.

Je crus comprendre qu'il avait trouvé aux armées
des ressources qui lui avaient fait peu à peu oublier
que Morel s'était aussi mal conduit avec lui qu'avec
son oncle. Pourtant il lui gardait une grande amitié et
était pris de brusques désirs de le revoir qu'il ajournait
sans cesse. Je crus plus délicat envers Gilberte de ne

pas indiquer à Robert que pour retrouver Morel il n'avait qu'à aller chez Mme Verdurin.

Je dis avec humilité à Robert combien on sentait peu la guerre à Paris. Il me dit que même à Paris c'était quelquefois « assez inouï ». Il faisait allusion à un raid de zeppelins qu'il y avait eu la veille et il me demanda si j'avais bien vu, mais comme il m'eût parlé autrefois de quelque spectacle d'une grande beauté esthétique. Encore au front comprend-on qu'il y ait une sorte de coquetterie à dire : « C'est merveilleux, quel rose, et ce vert pâle » au moment où on peut à tout instant être tué, mais ceci n'existait pas chez Saint-Loup, à Paris, à propos d'un raid insignifiant mais qui de notre balcon dans ce silence d'une nuit où il y avait eu tout à coup une fête *vraie* avec fusées utiles et protectrices, appels de clairons qui n'étaient pas que pour la parade, etc. Je lui parlai de la beauté des avions qui montaient dans la nuit. « Et peut-être encore plus de ceux qui descendent me dit-il. Je reconnais que c'est très beau le moment où ils montent où ils vont *faire constellation* et obéissent en cela à des lois tout aussi précises que celles qui régissent les constellations car ce qui te semble un spectacle est le ralliement des escadrilles, les commandements qu'on leur donne, leur départ en chasse, etc. Mais est-ce que tu n'aimes pas mieux le moment où définitivement assimilés aux étoiles, ils s'en détachent pour partir en chasse ou rentrer après la berloque, le moment où ils *font apocalypse,* même les étoiles ne gardant plus leur place ? Et ces sirènes, était-ce assez wagnérien, ce qui du reste était bien naturel pour saluer l'arrivée des Allemands, ça faisait très hymne national, avec le Kronprinz et les princesses dans la loge impériale, *Wacht am Rhein;* c'était à se demander si c'était bien des aviateurs et pas plutôt des Walkyries qui montaient. » Il semblait avoir plaisir à cette assimilation des aviateurs et des Walkyries, et l'expliqua d'ailleurs par des raisons purement musicales : « Dame c'est que la musique des sirènes était d'un *Chevauchée !* Il faut décidément l'arrivée des Allemands pour qu'on puisse entendre du Wagner à Paris. »

Et d'ailleurs à certains points de vue la comparaison n'était pas fausse. De notre balcon la ville semblait un monstre informe et noir et qui tout d'un coup passait, des profondeurs et de la nuit, dans la lumière et dans le ciel où un à un les aviateurs s'élançaient à l'appel déchirant des sirènes, cependant que d'un mouvement plus lent, mais plus insidieux, plus alarmant, car ce regard faisait penser à l'objet invisible encore et peut-être déjà proche qu'il cherchait, les projecteurs se remuaient sans cesse, flairant l'ennemi, le cernant de leurs lumières jusqu'au moment où les avions aiguillés bondiraient en chasse pour le saisir. Et escadrille après escadrille, chaque aviateur s'élançait ainsi de la ville transportée maintenant dans le ciel, pareil à une Walkyrie. Pourtant des coins de la terre, au ras des maisons, s'éclairaient et je dis à Saint-Loup que s'il avait été à la maison la veille il aurait pu tout en contemplant l'apocalypse dans le ciel, voir sur la terre (comme dans *l'Enterrement du comte d'Orgaz* du Greco où ces différents plans sont parallèles) un vrai vaude-ville joué par des personnages en chemise de nuit, lesquels à cause de leurs noms célèbres eussent mérité d'être envoyés à quelque successeur de ce Ferrari [33] dont les notes mondaines nous avaient si souvent amusés, Saint-Loup et moi que nous nous amusions pour nous-mêmes à en inventer. Et c'est ce que nous avions fait encore ce jour-là comme s'il n'y avait pas la guerre, bien que sur un sujet fort « guerre », la peur des Zeppelins : « Reconnu : la Duchesse de Guer-mantes superbe en chemise de nuit, le Duc de Guermantes inénarrable en pyjama rose et peignoir de bain, etc., etc. »

« Je suis sûr, me dit-il, que dans tous les grands hôtels on a dû voir les juives américaines en chemise, serrant sur leurs seins décatis le collier de perles qui leur permettra d'épouser un duc décavé. L'hôtel Ritz, ces soirs-là, doit ressembler à l'Hôtel du libre échange. »

Je demandai à Saint-Loup si cette guerre avait confirmé ce que nous disions des guerres passées à Doncières. Je lui rappelai des propos que lui-même avait oubliés par exemple sur les pastiches des batailles par les généraux à venir. « La feinte lui dis-je n'est plus guère possible dans ces opérations qu'on prépare d'avance avec de telles accumulations d'artillerie. Et ce que tu m'as dit depuis sur les reconnaissances par avion, qu'évidemment tu ne pouvais pas prévoir empêche l'emploi des ruses napoléoniennes. » — « Comme tu te trompes me répondit-il, cette guerre évidemment est nouvelle par rapport aux autres et se compose elle-même de guerres successives dont la dernière est une innovation par rapport à celle qui l'a précédée. Il faut s'adapter à une formule nouvelle de l'ennemi pour se défendre contre elle, et alors lui recommence à innover. Mais dans tous les arts, ce qui a été beau reste toujours beau et comme en toutes choses humaines les vieux trucs prennent toujours. Pas plus tard qu'hier soir, le plus intelligent des critiques militaires écrivait : « Quand les Allemands ont voulu délivrer la Prusse orientale ils ont commencé l'opération par une puissante démonstration fort au sud, contre Varsovie, sacrifiant dix mille hommes pour tromper l'ennemi. Quand ils ont créé au début de 1915 la masse de manœuvre de l'Archiduc Eugène pour dégager la Hongrie menacée ils ont répandu le bruit que cette masse était destinée à une opération contre la Serbie. C'est ainsi qu'en 1800 l'armée qui allait opérer contre l'Italie était essentiellement qualifiée d'armée de réserve, et semblait destinée non à passer les Alpes mais à appuyer les armées engagées sur les théâtres septentrionaux. La ruse d'Hindenburg attaquant Varsovie pour masquer l'attaque véritable sur les lacs de Mazurie est imitée d'un plan de Napoléon en 1812. » Tu vois que M. Bidou reproduit presque les paroles que tu te rappelles et que j'avais oubliées. Et comme la guerre n'est pas finie ces ruses-là se reproduiront encore et réussiront, car on ne perce jamais rien à jour, ce qui a pris une fois a pris

parce què c'était bon, et prendra toujours. » Et en
effet bien longtemps après cette conversation avec
Saint-Loup, pendant que les regards des Alliés étaient
fixés sur Pétrograd, contre laquelle capitale on croyait
que les Allemands commençaient leur marche, ils
préparaient la plus puissante offensive contre l'Italie.
Saint-Loup me cita bien d'autres exemples de pastiches militaires, ou si l'on croit qu'il n'y a pas un art
mais une science militaire, d'applications des lois
permanentes. Mettre ici tout ce qui est le pendant des
conversations de Doncières et peut-être tout ce que je
faisais dire à la fin du livre à Gilberte. « Je ne veux pas
dire, il y aurait contradiction dans les mots, ajouta
Saint-Loup, que l'art de la guerre soit une science. Et
s'il y a une science de la guerre, il y a diversité, dispute
et contradiction entre les savants. Diversité projetée
pour une part dans la catégorie du temps. Ceci est
assez rassurant car pour autant que cela est, cela
n'indique pas forcément erreur mais vérité qui évolue.
Vois dans cette guerre, sur la possibilité de la percée
par exemple. On y croit d'abord, puis on vient à la
doctrine de l'invulnérabilité des fronts, puis de la
percée possible mais dangereuse, de la nécessité de ne
pas faire un pas en avant sans que l'objectif soit
d'abord détruit (un journaliste péremptoire dira que
prétendre le contraire est la plus grande sottise qu'on
puisse dire), puis au contraire d'avancer avec une très
faible préparation d'artillerie, puis à faire remonter
l'invulnérabilité des fronts à la guerre de 1870, et à
prétendre que c'est une idée fausse pour la guerre
actuelle, donc une idée d'une vérité relative. Fausse
dans la guerre actuelle à cause de l'accroissement des
masses et du perfectionnement des engins (voir Bidou
du 2 juillet 1918), accroissement qui d'abord avait fait
croire que la prochaine guerre serait courte, puis très
longue, et enfin a fait croire de nouveau à la possibilité
des décisions victorieuses. Bidou cite les Alliés sur la
Somme, les Allemands vers Paris (1918). De même à
chaque conquête des Allemands on dit d'abord : le
terrain n'est rien, les villes ne sont rien, ce qu'il faut

c'est détruire la force militaire de l'adversaire. Puis les Allemands à leur tour adoptent cette théorie en 1918 et alors Bidou explique curieusement (2 juillet 1918) comment certains points vitaux, certains espaces essentiels s'ils sont conquis, décident de la victoire. C'est d'ailleurs une tournure de son esprit. Il a montré comment si la Russie était bouchée sur mer elle serait défaite (?) et qu'une armée enfermée dans une sorte de camp d'emprisonnement est destinée à périr. »

Il faut dire pourtant que si la guerre n'avait pas grandi l'intelligence de Saint-Loup, cette intelligence conduite par une évolution où l'hérédité entrait pour une grande part, avait pris un brillant que je ne lui avais jamais vu. Quelle distance entre le jeune blondin qui jadis était courtisé par les femmes chics ou aspirant à le devenir, et le discoureur, le doctrinaire qui ne cessait de jouer avec les mots. A une autre génération sur une autre tige, comme un acteur qui reprend le rôle joué jadis par Bressant [34] ou Delaunay, il était comme un successeur — rose, blond et doré, alors que l'autre était mi-partie très noir et tout blanc — de M. de Charlus. Il avait beau ne pas s'entendre avec son oncle sur la guerre, s'étant rangé dans cette fraction de l'aristocratie qui faisait passer la France avant tout, tandis que M. de Charlus était au fond défaitiste, il pouvait montrer à celui qui n'avait pas vu le « créateur du rôle » comment on pouvait exceller dans l'emploi de raisonneur. « Il paraît que Hindenburg c'est une révélation lui dis-je. » — « Une vieille révélation, me répondit-il du tac au tac ou une future révolution. Il aurait fallu au lieu de ménager l'ennemi laisser faire Mangin, abattre l'Autriche et l'Allemagne et européaniser la Turquie au lieu de monténégriser la France. » — « Mais nous aurons l'aide des États-Unis lui dis-je. » — « En attendant, je ne vois ici que le spectacle des États désunis. Pourquoi ne pas faire des concessions plus larges à l'Italie par la peur de déchristianiser la France ? » — « Si ton oncle Charlus t'entendait lui dis-je. Au fond tu ne serais pas fâché qu'on offense encore un peu plus le Pape, et lui pense avec désespoir au mal qu'on peut faire au trône de François-Joseph. Il se dit d'ailleurs en cela dans la tradition de Talleyrand et du Congrès de Vienne. » — « L'ère du Congrès de Vienne est révolue me répondit-il ; à la diplomatie secrète, il faut opposer la diplomatie concrète. Mon oncle est au fond un monarchiste impénitent à qui on ferait avaler des carpes comme Mme Molé ou des escarpes comme Arthur Meyer, pourvu que carpes et escarpes fussent à la Chambord. Par haine du drapeau tricolore, je crois qu'il se rangerait plutôt sous le torchon du *Bonnet rouge* qu'il prendrait de bonne foi pour le Drapeau blanc. » Certes ce n'était que des mots et Saint-Loup était loin d'avoir l'originalité quelquefois profonde de son oncle. Mais il était aussi affable et charmant de caractère que l'autre était soupçonneux et jaloux. Et il était resté charmant et rose comme à Balbec, sous tous ses cheveux d'or. La seule chose où son oncle ne l'eût pas dépassé était cet état d'esprit du faubourg Saint-Germain dont sont empreints ceux qui croient s'en être le plus détachés et qui leur donne à la fois ce respect des hommes intelligents pas nés (qui ne fleurit vraiment que dans la noblesse et rend les révolutions si injustes) mêlé à une niaise satisfaction de soi. De par ce mélange d'humilité et d'orgueil, de curiosités d'esprit acquises et d'autorité innée, M. de Charlus et Saint-Loup par des chemins différents, et avec des opinions opposées étaient devenus à une génération d'intervalle des intellectuels que toute idée nouvelle intéresse et des causeurs de qui aucun interrupteur ne peut obtenir le silence. De sorte qu'une personne un peu médiocre pouvait les trouver l'un et l'autre selon la disposition où elle se trouvait éblouissants ou raseurs.

« Tu te rappelles lui dis-je nos conversations de Doncières. » — « Ah ! c'était le bon temps. Quel abîme nous en sépare. Ces beaux jours renaîtront-ils seulement jamais

>   du gouffre interdit à nos sondes,
> Comme montent au ciel les soleils rajeunis
> Après s'être lavés au fond des mers profondes ? »

— « Ne pensons à ces conversations que pour en évoquer la douceur, lui dis-je. Je cherchais à y atteindre un certain genre de vérité. La guerre actuelle qui a tout bouleversé, et surtout me dis-tu, l'idée de la guerre rend-elle caduc ce que tu me disais alors relativement à ces batailles, par exemple aux batailles de Napoléon qui seraient imitées dans les guerres futures ? » — « Nullement ! me dit-il. La bataille napoléonienne se retrouve toujours et d'autant plus dans cette guerre qu'Hindenburg est imbu de l'esprit napoléonien. Ses rapides déplacements de troupes, ses feintes soit qu'il ne laisse qu'un mince rideau devant un de ses adversaires pour tomber toutes forces réunies sur l'autre (Napoléon 1814), soit qu'il pousse à fond une diversion qui force l'adversaire à maintenir ses forces sur le front qui n'est pas le principal (ainsi la feinte d'Hindenburg devant Varsovie grâce à laquelle les Russes trompés portèrent là leur résistance et furent battus sur les lacs de Mazurie), ses replis analogues à ceux par lesquels commencèrent Austerlitz, Arcole, Eckmühl, tout chez lui est napoléonien et ce n'est pas fini. J'ajoute si loin de moi tu essayes au fur et à mesure d'interpréter les événements de cette guerre, de ne pas te fier trop exclusivement à cette manière particulière d'Hindenburg pour y trouver le sens de ce qu'il fait, la clef de ce qu'il va faire. Un général est comme un écrivain qui veut faire une certaine pièce, un certain livre, et que le livre lui-même, avec les ressources inattendues qu'il révèle ici, l'impasse qu'il présente là, fait dévier extrêmement du plan préconçu. Comme une diversion par exemple ne doit se faire que sur un point qui a lui-même assez d'importance, suppose que la diversion réussisse au-delà de toute espérance, tandis que l'opération principale se solde par un échec, c'est la diversion qui peut devenir l'opération principale. J'attends Hindenburg à un des types de la bataille napoléoniene, celle qui

consiste à séparer deux adversaires, les Anglais et
nous. »

Tout en me rappelant ainsi la visite de Saint-Loup
j'avais marché, fait un trop long crochet ; j'étais
presque au pont des Invalides. Les lumières, assez peu
nombreuses (à cause des gothas), étaient allumées, un
peu trop tôt car le « changement d'heures » avait été
fait un peu trop tôt quand la nuit venait encore assez
vite mais stabilisé pour toute la belle saison (comme
les calorifères sont allumés et éteints à partir d'une
certaine date) et au-dessus de la ville nocturnement
éclairée dans toute une partie du ciel — du ciel
ignorant de l'heure d'été et de l'heure d'hiver et qui ne
daignait pas savoir que 8 h 30 était devenu 9 h 30 —
dans toute une partie du ciel bleuâtre il continuait à
faire un peu jour. Dans toute la partie de la ville que
dominent les tours du Trocadéro le ciel avait l'air
d'une immense mer nuance de turquoise qui se retire
laissant déjà émerger toute une ligne légère de rochers
noirs, peut-être même de simples filets de pêcheurs
alignés les uns après les autres, et qui étaient de petits
nuages. Mer en ce moment couleur turquoise et qui
emporte avec elle sans qu'ils s'en aperçoivent les
hommes entraînés dans l'immense révolution de la
terre, de la terre sur laquelle ils sont assez fous pour
continuer leurs révolutions à eux, et leurs vaines
guerres, comme celle qui ensanglantait en ce moment
la France. Au reste à force de regarder le ciel
paresseux et trop beau qui ne trouvait pas digne de lui
de changer son horaire et au-dessus de la ville allumée
prolongeait mollement, en ces tons bleuâtres, sa
journée qui s'attardait, le vertige prenait, ce n'était
plus une mer étendue mais une gradation verticale de
bleus glaciers. Et les tours du Trocadéro qui semblaient si proches des degrés de turquoise devaient en
être extrêmement éloignées, comme ces deux tours de
certaines villes de Suisse qu'on croirait dans le lointain
voisiner avec la pente des cimes.

Je revins sur mes pas, mais une fois quitté le pont

des Invalides il ne faisait plus jour dans le ciel, il n'y avait même guère de lumière dans la ville et butant çà et là contre des poubelles, prenant un chemin pour un autre, je me trouvai sans m'en douter, en suivant machinalement un dédale de rues obscures, arrivé sur les boulevards. Là l'impression d'Orient que je venais d'avoir se renouvela et d'autre part à l'évocation du Paris du Directoire succéda celle du Paris de 1815. Comme en 1815 c'était le défilé le plus disparate des uniformes des troupes alliées; et parmi elles des Africains en jupe-culotte rouge, des Hindous enturbannés de blanc suffisaient pour que de ce Paris où je me promenais je fisse toute une imaginaire cité exotique, dans un Orient à la fois minutieusement exact en ce qui concernait les costumes et la couleur des visages, arbitrairement chimérique en ce qui concernait le décor, comme de la ville où il vivait Carpaccio fit une Jérusalem ou une Constantinople en y assemblant une foule dont la merveilleuse bigarrure n'était pas plus colorée que celle-ci. Marchant derrière deux zouaves qui ne semblaient guère se préoccuper de lui j'aperçus un homme grand et gros, en feutre mou, en longue houppelande et sur la figure mauve duquel j'hésitai si je devais mettre le nom d'un acteur ou d'un peintre également connus pour d'innombrables scandales sodomistes. J'étais certain en tout cas que je ne connaissais pas le promeneur, aussi fus-je bien surpris quand ses regards rencontrèrent les miens de voir qu'il avait l'air gêné et fit exprès de s'arrêter et de venir à moi comme un homme qui veut montrer que vous ne le surprenez nullement en train de se livrer à une occupation qu'il eût préféré laisser secrète. Une seconde je me demandai qui me disait bonjour : c'était M. de Charlus. On peut dire que pour lui l'évolution de son mal ou la révolution de son vice était à ce point extrême où la petite personnalité primitive de l'individu, ses qualités ancestrales, sont entièrement interceptées par le passage en face d'elles du défaut ou du mal générique dont ils sont accompagnés. M. de Charlus était arrivé aussi loin qu'il était

possible de soi-même, ou plutôt il était lui-même si
parfaitement masqué par ce qu'il était devenu et qui
n'appartenait pas à lui seul mais à beaucoup d'autres
invertis qu'à la première minute je l'avais pris pour un
autre d'entre eux, derrière ces zouaves, en plein
boulevard, pour un autre d'entre eux qui n'était pas
M. de Charlus, qui n'était pas un grand seigneur, qui
n'était pas un homme d'imagination et d'esprit et qui
n'avait pour toute ressemblance avec le Baron que cet
air commun à tous, qui maintenant chez lui au moins
avant qu'on se fût appliqué à bien regarder, couvrait
tout.

C'est ainsi qu'ayant voulu aller chez Mme Verdurin
j'avais rencontré M. de Charlus. Et certes je ne l'eusse
pas, comme autrefois trouvé chez elle ; leur brouille
n'avait fait que s'aggraver et Mme Verdurin se servait
même des événements présents pour le discréditer
davantage. Ayant dit depuis longtemps qu'elle le
trouvait usé, fini, plus démodé dans ses prétendues
audaces que les plus pompiers, elle résumait maintenant cette condamnation et dégoûtait de lui toutes les
imaginations en disant qu'il était « avant-guerre ». La
guerre avait mis entre lui et le présent, selon le petit
clan, une coupure qui le reculait dans le passé le plus
mort. D'ailleurs — ceci s'adressant plutôt au monde
politique qui était moins informé — elle le représentait comme aussi « toc », aussi « à côté » comme
situation mondaine que comme valeur intellectuelle.
« Il ne voit personne, personne ne le reçoit » disait-elle
à M. Bontemps qu'elle persuadait aisément. Il y avait
d'ailleurs du vrai dans ces paroles. La situation de
M. de Charlus avait changé. Se souciant de moins en
moins du monde, s'étant brouillé par caractère quin-
teux et ayant par conscience de sa valeur sociale,
dédaigné de se réconcilier avec la plupart des personnes qui étaient la fleur de la société, il vivait dans
un isolement relatif qui n'avait pas comme celui où
était morte Mme de Villeparisis, l'ostracisme de
l'aristocratie pour cause, mais qui aux yeux du public
paraissait pire pour deux raisons. La mauvaise réputa-

tion maintenant connue de M. de Charlus faisait croire aux gens peu renseignés que c'était pour cela que ne le fréquentaient point les gens que de son propre chef il refusait de fréquenter. De sorte que ce qui était l'effet de son humeur atrabilaire semblait celui du mépris des personnes à l'égard de qui elle s'exerçait. D'autre part Mme de Villeparisis avait eu un grand rempart : la famille. Mais M. de Charlus avait multiplié entre elle et lui les brouilles. Elle lui avait d'ailleurs — surtout côté vieux Faubourg, côté Courvoisier — semblé inintéressante. Et il ne se doutait guère lui qui avait fait vers l'art, par opposition aux Courvoisier, des pointes si hardies, que ce qui eût intéressé le plus en lui un Bergotte, par exemple, c'était sa parenté avec tout ce vieux Faubourg, c'eût été de pouvoir lui décrire la vie quasi provinciale menée par ses cousines de la rue de la Chaise à la place du Palais-Bourbon et à la rue Garancière.

Puis se plaçant à un autre point de vue moins transcendant et plus pratique, Mme Verdurin affectait de croire qu'il n'était pas français. « Quelle est sa nationalité exacte, est-ce qu'il n'est pas autrichien ? » demandait innocemment M. Verdurin. — « Mais non pas du tout » répondait la Comtesse Molé dont le premier mouvement obéissait plutôt au bon sens qu'à la rancune. — « Mais non il est prussien disait la Patronne. Mais je vous le dis, je le sais, il nous l'a assez répété qu'il était membre héréditaire de la Chambre des Seigneurs de Prusse et Durchlaucht. » — « Pourtant la Reine de Naples m'avait dit... » — « Vous savez que c'est une affreuse espionne » s'écriait Mme Verdurin qui n'avait pas oublié l'attitude que la souveraine déchue avait eue un soir chez elle. « Je le sais et d'une façon précise, elle ne vivait que de ça. Si nous avions un gouvernement plus énergique, tout ça devrait être dans un camp de concentration. Et allez donc ! En tout cas, vous ferez bien de ne pas recevoir ce joli monde parce que je sais que le Ministre de l'Intérieur a l'œil sur eux, votre hôtel serait surveillé. Rien ne m'enlèvera de l'idée que pendant deux ans

Charlus n'a pas cessé d'espionner chez moi. » Et pensant probablement qu'on pouvait avoir un doute sur l'intérêt que pouvaient présenter pour le gouvernement allemand les rapports les plus circonstanciés sur l'organisation du petit clan, Mme Verdurin d'un air doux et perspicace, en personne qui sait que la valeur de ce qu'elle dit ne paraîtra que plus précieuse si elle n'enfle pas la voix pour le dire : « Je vous dirai que dès le premier jour j'ai dit à mon mari : Ça ne me va pas la façon dont cet homme-là s'est introduit chez moi. Ça a quelque chose de louche. Nous avions une propriété au fond d'une baie, sur un point très élevé. Il était sûrement chargé par les Allemands de préparer là une base pour leurs sous-marins. Il y avait des choses qui m'étonnaient et que maintenant je comprends. Ainsi au début il ne voulait pas venir par le train avec mes autres habitués. Moi, je lui avais très gentiment proposé une chambre dans le château. Hé bien non il avait préféré habiter Doncières où il y a énormément de troupe. Tout ça sentait l'espionnage à plein nez. »

Pour la première des accusations dirigées contre le Baron de Charlus, celle d'être passé de mode, les gens du monde ne donnaient que trop aisément raison à Mme Verdurin. En fait ils étaient ingrats car M. de Charlus était en quelque sorte leur poète, celui qui avait su dégager de la mondanité ambiante une sorte de poésie où il entrait de l'histoire, de la beauté, du pittoresque, du comique, de la frivole élégance. Mais les gens du monde incapables de comprendre cette poésie, n'en voyaient aucune dans leur vie, la cherchaient ailleurs, et mettaient à mille pics au-dessus de M. de Charlus des hommes qui lui étaient infiniment inférieurs mais qui prétendaient mépriser le monde et en revanche professaient des théories de sociologie et d'économie politique. M. de Charlus s'enchantait à raconter des mots involontairement lyriques, et à décrire les toilettes savamment gracieuses, de la Duchesse de Montmorency, la traitant de femme sublime, ce qui le faisait considérer comme une espèce d'imbécile par des femmes du monde qui trouvaient la Duchesse de Montmorency une sotte sans intérêt, que les robes sont faites pour être portées mais sans qu'on ait l'air d'y faire aucune attention, et qui elles, plus intelligentes, couraient à la Sorbonne ou à la Chambre, si Deschanel devait parler.

Bref les gens du monde s'étaient désengoués de M. de Charlus, non pas pour avoir trop pénétré, mais sans avoir pénétré jamais sa rare valeur intellectuelle. On le trouvait « avant-guerre », démodé, car ceux-là mêmes qui sont le plus incapables de juger les mérites sont ceux qui pour les classer adoptent le plus l'ordre de la mode. Ils n'ont pas épuisé, pas même effleuré les hommes de mérite qu'il y avait dans une génération et maintenant il faut les condamner tous en bloc car voici l'étiquette d'une génération nouvelle, qu'on ne comprendra pas davantage.

Quant à la deuxième accusation celle de germanisme, l'esprit juste-milieu des gens du monde la leur faisait repousser, mais elle avait trouvé un interprète inlassable et particulièrement cruel en Morel qui, ayant su garder dans les journaux et même dans le monde la place que M. de Charlus, en prenant les deux fois autant de peine, avait réussi à lui faire obtenir, mais non pas ensuite à lui faire retirer, poursuivait le Baron d'une haine d'autant plus coupable que, quelles qu'eussent été ses relations exactes avec le Baron, Morel avait connu de lui ce qu'il cachait à tant de gens, sa profonde bonté. M. de Charlus avait été avec le violoniste d'une telle générosité, d'une telle délicatesse, lui avait montré de tels scrupules de ne pas manquer à sa parole, qu'en le quittant l'idée que Charlie avait emportée de lui n'était nullement l'idée d'un homme vicieux (tout au plus considérait-il le vice du Baron comme une maladie), mais de l'homme ayant le plus d'idées élevées qu'il eût jamais connu, un homme d'une sensibilité extraordinaire, une manière de saint. Il le niait si peu que, même brouillé avec lui, il disait sincèrement à des parents : « Vous pouvez lui confier votre fils, il ne peut avoir sur lui que la

meilleure influence. » Aussi quand il cherchait par ses
articles à le faire souffrir, dans sa pensée ce qu'il
bafouait en lui ce n'était pas le vice c'était la vertu.

Un peu avant la guerre de petites chroniques,
transparentes pour ce qu'on appelait les initiés avaient
commencé à faire le plus grand tort à M. de Charlus.
De l'une intitulée : « Les mésaventures d'une douairière en us, les vieux jours de la Baronne », Mme Verdurin avait acheté cinquante exemplaires pour pouvoir
la prêter à ses connaissances, et M. Verdurin, déclarant que Voltaire même n'écrivait pas mieux, en
donnait lecture à haute voix. Depuis la guerre le ton
avait changé. L'inversion du Baron n'était pas seule
dénoncée mais aussi sa prétendue nationalité germanique : « Frau Bosch », « Frau van den Bosch » étaient
les surnoms habituels de M. de Charlus. Un morceau
d'un caractère poétique avait ce titre emprunté à
certains airs de danse dans Beethoven : « Une Allemande ». Enfin deux nouvelles : « Oncle d'Amérique
et Tante de Frankfort » et « Gaillard d'arrière » lues
en épreuves dans le petit clan, avaient fait la joie de
Brichot lui-même qui s'était écrié : « Pourvu que très
haute et très puissante dame Anastasie ne nous
caviarde pas ! »

Les articles eux-mêmes étaient plus fins que ces
titres ridicules. Leur style dérivait de Bergotte, mais
d'une façon à laquelle seul peut-être j'étais sensible et
voici pourquoi. Les écrits de Bergotte n'avaient
nullement influé sur Morel. La fécondation s'était
faite d'une façon toute particulière et si rare que c'est à
cause de cela seulement que je la rapporte ici. J'ai
indiqué en son temps la manière si spéciale que
Bergotte avait quand il parlait de choisir ses mots, de
les prononcer. Morel qui l'avait longtemps rencontré
chez les Saint-Loup, avait fait de lui alors des
« imitations » où il contrefaisait parfaitement sa voix,
usant des mêmes mots qu'il eût pris. Or maintenant
Morel pour écrire transcrivait des conversations à la
Bergotte, mais sans leur faire subir cette transposition
qui en eût fait du Bergotte écrit. Peu de personnes

ayant causé avec Bergotte, on ne reconnaissait pas le
ton, qui différait du style. Cette fécondation orale est
si rare que j'ai voulu la citer ici. Elle ne produit
d'ailleurs que des fleurs stériles.

Morel qui était au bureau de la presse trouvait
d'ailleurs, son sang français bouillant dans ses veines
comme le jus des raisins de Combray, que c'était peu
de chose que d'être dans un bureau pendant la guerre
et il finit par s'engager, bien que Mme Verdurin fît
tout ce qu'elle put pour lui persuader de rester à Paris.
Certes elle était indignée que M. de Cambremer, à son
âge, fût dans un état-major, elle qui de tout homme
qui n'allait pas chez elle disait : « Où est-ce qu'il a
encore trouvé le moyen de se cacher celui-là ? » et si on
affirmait que celui-là était en première ligne depuis le
premier jour, répondait sans scrupule de mentir ou
peut-être par habitude de se tromper : « Mais pas du
tout, il n'a pas bougé de Paris, il fait quelque chose d'à
peu près aussi dangereux que de promener un ministre, c'est moi qui vous le dis, je vous en réponds, je le
sais par quelqu'un qui l'a vu » ; mais pour les fidèles
ce n'était pas la même chose, elle ne voulait pas les
laisser partir, considérant la guerre comme une grande
« ennuyeuse » qui les faisait lâcher. Aussi faisait-elle
toutes les démarches pour qu'ils restassent, ce qui lui
donnerait le double plaisir de les avoir à dîner et
quand ils n'étaient pas encore arrivés ou déjà partis de
flétrir leur inaction. Encore fallait-il que le fidèle se
prêtât à cet embusquage et elle était désolée de voir
Morel s'y montrer récalcitrant ; aussi lui avait-elle dit
longtemps et vainement : « Mais si, vous servez dans
ce bureau et plus qu'au front. Ce qu'il faut c'est être
utile, faire vraiment partie de la guerre, en être. Il y a
ceux qui en sont, et les embusqués. Eh bien vous,
vous en êtes, et soyez tranquille, tout le monde le sait
personne ne vous jette la pierre. » Telle dans des
circonstances différentes, quand pourtant les hommes
n'étaient pas aussi rares, et qu'elle n'était pas obligée
comme maintenant d'avoir surtout des femmes, si l'un
d'eux perdait sa mère, elle n'hésitait pas à lui persua-

der qu'il pouvait sans inconvénient continuer à venir à ses réceptions. « Le chagrin se porte dans le cœur. Vous voudriez aller au bal (elle n'en donnait pas) je serais la première à vous le déconseiller, mais ici à mes petits mercredis ou dans une baignoire, personne ne s'en étonnera. On le sait bien, que vous avez du chagrin. » Maintenant les hommes étaient plus rares, les deuils plus fréquents, inutiles même à les empêcher d'aller dans le monde, la guerre suffisant. Mme Verdurin se raccrochait aux restants. Elle voulait leur persuader qu'ils étaient plus utiles à la France en restant à Paris comme elle leur eût assuré autrefois que le défunt eût été plus heureux de les voir se distraire. Malgré tout, elle avait peu d'hommes ; peut-être regrettait-elle parfois d'avoir consommé avec M. de Charlus une rupture sur laquelle il n'y avait plus à revenir.

Mais si M. de Charlus et Mme Verdurin ne se fréquentaient plus, ils n'en continuaient pas moins, Mme Verdurin à recevoir, M. de Charlus à aller à ses plaisirs, comme si rien n'avait changé — avec quelques petites différences sans grande importance : par exemple chez Mme Verdurin Cottard assistait maintenant aux réceptions dans un uniforme de colonel de *L'Île du Rêve,* assez semblable à celui d'un amiral haïtien et sur le drap duquel un large ruban bleu ciel rappelait celui des « Enfants de Marie » ; M. de Charlus se trouvant dans une ville d'où les hommes déjà faits qui avaient été jusqu'ici son goût avaient disparu, faisaient comme certains Français, amateurs de femmes en France et vivant aux colonies : il avait par nécessité d'abord pris l'habitude, et ensuite le goût des petits garçons.

Encore le premier de ces traits caractéristiques s'effaça-t-il assez vite car Cottard mourut bientôt « face à l'ennemi » dirent les journaux bien qu'il n'eût pas quitté Paris, mais se fût en effet surmené pour son âge, suivi bientôt par M. Verdurin dont la mort chagrina une seule personne qui fut le croirait-on Elstir. J'avais pu étudier son œuvre à un point de vue en quelque sorte absolu. Mais lui, surtout au fur et à mesure qu'il vieillissait lui la reliait superstitieusement à la société qui avait fourni ses modèles ; et après s'être ainsi par l'alchimie des impressions, transformée chez lui en œuvre d'art, lui avait donné son public, ses spectateurs. De plus en plus enclin à croire matérialistement qu'une part notable de la beauté réside dans les choses, ainsi que pour commencer, il avait adoré en Mme Elstir, le type de beauté un peu lourde qu'il avait poursuivi, caressé dans ses peintures, des tapisseries, il voyait disparaître avec M. Verdurin un des derniers vestiges du cadre social, du cadre périssable, aussi vite caduc que les modes vestimentaires elles-mêmes qui en font partie — qui soutient un art, certifie son authenticité, comme la Révolution en détruisant les élégances du XVIIIe siècle aurait pu désoler un peintre de Fêtes galantes, ou affliger Renoir la disparition de Montmartre et du Moulin de la Galette ; mais surtout en M. Verdurin il voyait disparaître les yeux, le cerveau, qui avaient eu de sa peinture la vision la plus juste, où cette peinture, à l'état de souvenir aimé, résidait en quelque sorte.

Sans doute des jeunes gens avaient surgi qui aimaient aussi la peinture mais une autre peinture, et qui n'avaient pas comme Swann, comme M. Verdurin, reçu des leçons de goût de Whistler, des leçons de vérité de Monet, leur permettant de juger Elstir avec justice. Aussi celui-ci se sentait-il plus seul à la mort de M. Verdurin avec lequel il était pourtant brouillé depuis tant d'années, et ce fut pour lui comme un peu de la beauté de son œuvre qui s'éclipsait avec un peu de ce qui existait, dans l'univers, de conscience de cette beauté.

Quant au changement qui avait affecté les plaisirs de M. de Charlus, il resta intermittent. Entretenant une nombreuse correspondance avec le « front », il ne manquait pas de permissionnaires assez mûrs.

En somme d'une manière générale Mme Verdurin continuait à recevoir et M. de Charlus à aller à ses plaisirs comme si rien n'avait changé. Et pourtant

depuis deux ans l'immense Être humain appelé
France et dont même au point de vue purement
matériel on ne ressent la beauté colossale que si on
aperçoit la cohésion des millions d'individus qui
comme des cellules aux formes variées remplissent
comme autant de petits polygones intérieurs, jusqu'au
bord extrême de son périmètre, et si on le voit à
l'échelle où un infusoire, une cellule, verrait un corps
humain, c'est-à-dire grand comme le mont Blanc,
s'était affronté en une gigantesque querelle collective,
avec cet autre immense conglomérat d'individus
qu'est l'Allemagne.

Au temps où je croyais ce qu'on disait, j'aurais été
tenté, en entendant l'Allemagne, puis la Bulgarie, puis
la Grèce protester de leurs intentions pacifiques d'y
ajouter foi. Mais depuis que la vie avec Albertine et
avec Françoise m'avait habitué à soupçonner chez
elles des pensées, des projets qu'elles n'exprimaient
pas, je ne laissais aucune parole juste en apparence de
Guillaume II, de Ferdinand de Bulgarie [35], de
Constantin de Grèce, tromper mon instinct qui devinait ce que machinait chacun d'eux. Et sans doute mes
querelles avec Françoise, avec Albertine, n'avaient été
que des querelles particulières, n'intéressant que la vie
de cette petite cellule spirituelle qu'est un être. Mais
de même qu'il est des corps d'animaux, des corps
humains, c'est-à-dire des assemblages de cellules dont
chacun par rapport à une seule, est grand comme le
mont Blanc, de même il existe d'énormes entasse-
ments organisés d'individus qu'on appelle nations ;
leur vie ne fait que répéter en les amplifiant la vie des
cellules composantes ; et qui n'est pas capable de
comprendre le mystère, les réactions, les lois de celle-
ci, ne prononcera que des mots vides quand il parlera
des luttes entre nations. Mais s'il est maître de la
psychologie des individus, alors ces masses colossales
d'individus conglomérés s'affrontant l'une l'autre
prendront à ses yeux une beauté plus puissante que la
lutte naissant seulement du conflit de deux caractères ;
et il les verra à l'échelle où verraient le corps d'un

homme de haute taille des infusoires dont il faudrait
plus de dix mille pour remplir un cube d'un millimè-
tre de côté. Telles depuis quelque temps la grande
figure France remplie jusqu'à son périmètre de millions de petits polygones aux formes variées et la
figure remplie d'encore plus de polygones, Allemagne, avaient entre elles deux de ces querelles. Ainsi
à ce point de vue, le corps Allemagne et le corps
France, et les corps alliés et ennemis se comportaient-
ils dans une certaine mesure, comme des individus.
Mais les coups qu'ils échangeaient étaient réglés par
cette boxe innombrable dont Saint-Loup m'avait
exposé les principes ; et parce que même en les
considérant du point de vue des individus ils en
étaient de géants assemblages, la querelle prenait des
formes immenses et magnifiques, comme le soulève-
ment d'un océan aux millions de vagues qui essaye de
rompre une ligne séculaire de falaises, comme des
glaciers gigantesques qui tentent dans leurs oscilla-
tions lentes et destructrices de briser le cadre de
montagnes où ils sont circonscrits.

Malgré cela la vie continuait presque semblable
pour bien des personnes qui ont figuré dans ce récit et
notamment pour M. de Charlus et pour les Verdurin
comme si les Allemands n'avaient pas été aussi près
d'eux, la permanence menaçante bien qu'actuellement
enrayée d'un péril nous laissant entièrement indifférent si nous ne nous le représentons pas. Les gens vont
d'habitude à leurs plaisirs sans penser jamais que si les
influences étiolantes et modératrices venaient à cesser
la prolifération des infusoires atteignant son maximum, c'est-à-dire faisant en quelques jours un bond
de plusieurs millions de lieues passerait d'un millimè-
tre cube à une masse un million de fois plus grande
que le soleil, ayant en même temps détruit tout
l'oxygène, toutes les substances dont nous vivons ; et
qu'il n'y aurait plus ni humanité, ni animaux, ni terre,
ou sans songer qu'une irrémédiable et fort vraisembla-
ble catastrophe pourra être déterminée dans l'éther
par l'activité incessante et frénétique que cache l'appa-

rente immutabilité du soleil, ils s'occupent de leurs affaires sans penser à ces deux mondes, l'un trop petit, l'autre trop grand pour qu'ils aperçoivent les menaces cosmiques qu'ils font planer autour de nous.

Tels les Verdurin donnaient des dîners (puis bientôt Mme Verdurin seule, car M. Verdurin mourut à quelque temps de là) et M. de Charlus allait à ses plaisirs sans guère songer que les Allemands fussent — immobilisés il est vrai par une sanglante barrière toujours renouvelée — à une heure d'automobile de Paris. Les Verdurin y pensaient pourtant dira-t-on puisqu'ils avaient un salon politique où on discutait chaque soir de la situation non seulement des armées, mais des flottes. Ils pensaient en effet à ces hécatombes de régiments anéantis, de passagers engloutis ; mais une opération inverse multiplie à tel point ce qui concerne notre bien-être et divise par un chiffre tellement formidable ce qui ne le concerne pas, que la mort de millions d'inconnus nous chatouille à peine et presque moins désagréablement qu'un courant d'air. Mme Verdurin, souffrant pour ses migraines de ne plus avoir de croissant à tremper dans son café au lait avait fini par obtenir de Cottard une ordonnance qui lui permit de s'en faire faire dans certain restaurant dont nous avons parlé. Cela avait été presque aussi difficile à obtenir des pouvoirs publics que la nomination d'un général. Elle reprit son premier croissant le matin où les journaux narraient le naufrage du *Lusitania*. Tout en trempant le croissant dans le café au lait, et donnant des pichenettes à son journal pour qu'il pût se tenir grand ouvert sans qu'elle eût besoin de détourner son autre main des trempettes, elle disait : « Quelle horreur ! Cela dépasse en horreur les plus affreuses tragédies. » Mais la mort de tous ces noyés ne devait lui apparaître que réduite au milliardième, car tout en faisant la bouche pleine ces réflexions désolées, l'air qui surnageait sur sa figure, amené là probablement par la saveur du croissant, si précieux contre la migraine, était plutôt celui d'une douce satisfaction.

Quant à M. de Charlus, son cas était un peu différent mais pire encore, car il allait plus loin que ne pas souhaiter passionnément la victoire de la France, il souhaitait plutôt, sans se l'avouer, que l'Allemagne sinon triomphât, du moins ne fût pas écrasée comme tout le monde le souhaitait. La cause en était que dans ces querelles les grands ensembles d'individus appelés nations se comportent eux-mêmes dans une certaine mesure comme des individus. La logique qui les conduit est tout intérieure et perpétuellement refondue par la passion, comme celle de gens affrontés dans une querelle amoureuse ou domestique, comme la querelle d'un fils avec son père, d'une cuisinière avec sa patronne, d'une femme avec son mari. Celle qui a tort croit cependant avoir raison — comme c'était le cas pour l'Allemagne — et celle qui a raison donne parfois de son bon droit des arguments qui ne lui paraissent irréfutables que parce qu'ils répondent à sa passion. Dans ces querelles d'individus pour être convaincu du bon droit de n'importe laquelle des parties le plus sûr est d'être cette partie-là, un spectateur ne l'approuvera jamais aussi complètement. Or dans les nations l'individu s'il fait vraiment partie de la nation, n'est qu'une cellule de l'individu nation. Le bourrage de crâne est un mot vide de sens. Eût-on dit aux Français qu'ils allaient être battus qu'aucun Français ne se fût plus désespéré que si on lui avait dit qu'il allait être tué par les berthas. Le véritable bourrage de crâne on se le fait à soi-même par l'espérance, qui est une figure de l'instinct de conservation d'une nation, si l'on est vraiment membre vivant de cette nation. Pour rester aveugle sur ce qu'a d'injuste la cause de l'individu Allemagne, pour reconnaître à tout instant ce qu'a de juste la cause de l'individu France, le plus sûr n'était pas pour un Allemand de n'avoir pas de jugement, pour un Français d'en avoir, le plus sûr pour l'un ou pour l'autre c'était d'avoir du patriotisme. M. de Charlus qui avait de rares qualités morales, qui était accessible à la pitié, généreux, capable d'affection, de dévoue-

ment, en revanche pour des raisons diverses parmi
lesquelles celle d'avoir eu une mère Duchesse de
Bavière pouvait jouer un rôle — n'avait pas de
patriotisme. Il était par conséquent du corps France
comme du corps Allemagne. Si j'avais été moi-même
dénué de patriotisme, au lieu de me sentir une des
cellules du corps France, il me semble que ma façon
de juger la querelle n'eût pas été la même qu'elle eût
pu être autrefois. Dans mon adolescence où je croyais
exactement ce qu'on me disait, j'aurais sans doute, en
entendant le gouvernement allemand protester de sa
bonne foi, été tenté de ne pas la mettre en doute ; mais
depuis longtemps je savais que nos pensées ne s'accordent pas toujours avec nos paroles ; non seulement
j'avais un jour, de la fenêtre de l'escalier, découvert un
Charlus que je ne soupçonnais pas, mais surtout chez
Françoise, puis hélas chez Albertine j'avais vu des
jugements, des projets se former, si contraires à leurs
paroles, que je n'eusse, même simple spectateur, laissé
aucune des paroles justes en apparence de l'Empereur
d'Allemagne, du Roi de Bulgarie, tromper mon
instinct qui eût deviné comme pour Albertine ce qu'ils
machinaient en secret. Mais enfin je ne peux que
supposer ce que j'aurais fait si je n'avais pas été acteur,
si je n'avais pas été une partie de l'acteur France
comme dans mes querelles avec Albertine mon regard
triste ou ma gorge oppressée étaient une partie de mon
individu passionnément intéressé à ma cause, je ne
pouvais arriver au détachement. Celui de M. de
Charlus était complet. Or, dès lors qu'il n'était plus
qu'un spectateur, tout devait le porter à être germanophile du moment que n'étant pas véritablement français, il vivait en France. Il était très fin [36], les sots sont
en tout pays les plus nombreux ; nul doute que vivant
en Allemagne les sots allemands défendant avec sottise
et passion une cause injuste ne l'eussent irrité ; mais
vivant en France les sots français défendant avec
sottise et passion une cause juste ne l'irritaient pas
moins. La logique de la passion fût-elle au service du
meilleur droit n'est jamais irréfutable pour celui qui

n'est pas passionné. M. de Charlus relevait avec finesse chaque faux raisonnement des patriotes. La satisfaction que cause à un imbécile son bon droit et la certitude du succès vous laissent particulièrement irrité. M. de Charlus l'était par l'optimisme triomphant de gens qui ne connaissaient pas comme lui l'Allemagne et sa force, qui croyaient chaque mois à son écrasement pour le mois suivant, et au bout d'un an n'étaient pas moins assurés dans un nouveau pronostic, comme s'ils n'en avaient pas porté avec tout autant d'assurance d'aussi faux, mais qu'ils avaient oubliés, disant, si on le leur rappelait, que ce n'était pas la même chose. Or M. de Charlus qui avait certaines profondeurs dans l'esprit, n'eût peut-être pas compris en Art le « ce n'est pas la même chose » opposé par les détracteurs de Manet à ceux qui leur disent « on a dit la même chose pour Delacroix ».

Enfin M. de Charlus était pitoyable, l'idée d'un vaincu lui faisait mal, il était toujours pour le faible, il ne lisait pas les chroniques judiciaires pour ne pas avoir à souffrir dans sa chair des angoisses du condamné et de l'impossibilité d'assassiner le juge, le bourreau, et la foule ravie de voir que « justice est faite ». Il était certain en tout cas que la France ne pouvait plus être vaincue, et en revanche il savait que les Allemands souffraient de la famine, seraient obligés un jour ou l'autre de se rendre à merci. Cette idée elle aussi lui était rendue plus désagréable par le fait qu'il vivait en France. Ses souvenirs de l'Allemagne étaient malgré tout lointains, tandis que les Français qui parlaient de l'écrasement de l'Allemagne avec une joie qui lui déplaisait c'était des gens dont les défauts lui étaient connus, la figure antipathique. Dans ces cas-là on plaint plus ceux qu'on ne connaît pas, ceux qu'on imagine, que ceux qui sont tout près de nous dans la vulgarité de la vie quotidienne, à moins alors d'être tout à fait ceux-là, de ne faire qu'une chair avec eux ; le patriotisme fait ce miracle on est pour son pays comme on est pour soi-même dans une querelle amoureuse.

Aussi la guerre était-elle pour M. de Charlus une culture extraordinairement féconde de ces haines qui chez lui naissaient en un instant, avaient une durée très courte mais pendant laquelle il se fût livré à toutes les violences. En lisant les journaux, l'air de triomphe des chroniqueurs présentant chaque jour l'Allemagne à bas, « la Bête aux abois, réduite à l'impuissance », alors que le contraire n'était que trop vrai, l'enivrait de rage par leur sottise allègre et féroce. Les journaux étaient en partie rédigés à ce moment-là par des gens connus qui trouvaient là une manière de « reprendre du service », par des Brichot, par des Norpois, par Morel même et Legrandin. M. de Charlus rêvait de les rencontrer, de les accabler des plus amers sarcasmes. Toujours particulièrement instruit des tares sexuelles, il les connaissait chez quelques-uns qui pensant qu'elles étaient ignorées chez eux, se complaisaient à les dénoncer chez les souverains des Empires de « proie », chez Wagner, etc. Il brûlait de se trouver face à face avec eux, de leur mettre le nez dans leur propre vice devant tout le monde et de laisser ces insulteurs d'un vaincu, déshonorés et pantelants.

M. de Charlus enfin avait encore des raisons plus particulières d'être ce germanophile. L'une était qu'homme du monde, il avait beaucoup vécu parmi les gens du monde, parmi les gens honorables, parmi les hommes d'honneur, les gens qui ne serreront pas la main à une fripouille, il connaissait leur délicatesse et leur dureté ; il les savait insensibles aux larmes d'un homme qu'ils font chasser d'un cercle ou avec qui ils refusent de se battre, dût leur acte de « propreté morale » amener la mort de la mère de la brebis galeuse. Malgré lui, quelque admiration qu'il eût pour l'Angleterre, pour la façon admirable dont elle était entrée dans la guerre, cette Angleterre impeccable, incapable de mensonge, empêchant le blé et le lait d'entrer en Allemagne c'était un peu cette nation d'homme d'honneur, de témoin patenté, d'arbitre en affaires d'honneur ; tandis qu'il savait que des gens tarés, des fripouilles comme certains personnages de

Dostoïevsky peuvent être meilleurs, et je n'ai jamais pu comprendre pourquoi il leur identifiait les Allemands, le mensonge et la ruse ne suffisant pas pour faire préjuger un bon cœur qu'il ne semble pas que les Allemands aient montré.

Enfin un dernier trait complétera cette germanophilie de M. de Charlus, il la devait, et par une réaction très bizarre, à son « charlisme ». Il trouvait les Allemands fort laids, peut-être parce qu'ils étaient un peu trop près de son sang ; il était fou des Marocains, mais surtout des Anglo-Saxons en qui il voyait comme des statues vivantes de Phidias. Or chez lui le plaisir n'allait pas sans une certaine idée cruelle dont je ne savais pas encore à ce moment-là toute la force ; l'homme qu'il aimait lui apparaissait comme un délicieux bourreau. Il eût cru en prenant parti contre les Allemands agir comme il n'agissait que dans les heures de volupté, c'est-à-dire en sens contraire de sa nature pitoyable, c'est-à-dire enflammé pour le mal séduisant, et écrasant la vertueuse laideur. Ce fut encore ainsi au moment du meurtre de Raspoutine, meurtre auquel on fut surpris d'ailleurs de trouver un si fort cachet de couleur russe, dans un souper à la Dostoïevsky (impression qui eût été encore bien plus forte si le public n'avait pas ignoré de tout cela ce que savait parfaitement M. de Charlus), parce que la vie nous déçoit tellement que nous finissons par croire que la littérature n'a aucun rapport avec elle et que nous sommes stupéfaits de voir que les précieuses idées que les livres nous ont montrées s'étalent, sans peur de s'abîmer, gratuitement, naturellement, en pleine vie quotidienne, et par exemple qu'un souper, un meurtre, événements russes, ont quelque chose de russe.

La guerre se prolongeait indéfiniment et ceux qui avaient annoncé de source sûre, il y avait déjà plusieurs années, que les pourparlers de paix étaient commencés, spécifiant les clauses du traité, ne prenaient pas la peine quand ils causaient avec vous de s'excuser de leurs fausses nouvelles. Ils les avaient

oubliées, et étaient prêts à en propager sincèrement
d'autres qu'ils oublieraient aussi vite. C'était l'époque
où il y avait continuellement des raids de gothas, l'air
grésillait perpétuellement d'une vibration vigilante et
sonore d'aéroplanes français. Mais parfois retentissait
la sirène, comme un appel déchirant de Walkure,
seule musique allemande qu'on eût entendue depuis la
guerre — jusqu'à l'heure où les pompiers annonçaient
que l'alerte était finie tandis qu'à côté d'eux la
berloque, comme un invisible gamin commentait à
intervalles réguliers la bonne nouvelle et jetait en l'air
son cri de joie.

M. de Charlus était étonné de voir que même des
gens comme Brichot [37] qui avant la guerre avaient été
militaristes, reprochaient surtout à la France de ne pas
l'être assez, ne se contentaient pas de reprocher les
excès de son militarisme à l'Allemagne mais même son
admiration de l'armée. Sans doute ils changeaient
d'avis dès qu'il s'agissait de ralentir la guerre contre
l'Allemagne et dénonçaient avec raison les pacifistes.
Mais par exemple Brichot, ayant accepté malgré ses
yeux, de rendre compte dans des conférences de
certains ouvrages parus chez les neutres, exalta le
roman d'un Suisse où sont raillés, comme semence de
militarisme, deux enfants tombant d'une admiration
symbolique à la vue d'un dragon. Cette raillerie avait
de quoi déplaire pour d'autres raisons à M. de Charlus
lequel estimait qu'un dragon peut être quelque chose
de fort beau. Mais surtout il ne comprenait pas
l'admiration de Brichot, sinon pour le livre, que le
Baron n'avait pas lu, du moins pour son esprit, si
différent de celui qui animait Brichot avant la guerre.
Alors tout ce que faisait un militaire était bien, fût-ce
les irrégularités du général de Boisdeffre, les travestis-
sements et machinations du colonel du Paty de Clam,
le faux du colonel Henry. Par quelle volte-face
extraordinaire (et qui n'était en réalité qu'une autre
face de la même passion fort noble, la passion
patriotique, obligée de militariste qu'elle était quand
elle luttait contre le dreyfusisme, lequel était de

tendance antimilitariste, à se faire presque antimilitariste puisque c'était maintenant contre la Germanie,
sur-militariste qu'elle luttait) Brichot s'écriait-il : « O
le spectacle bien mirifique et digne d'attirer la jeunesse d'un siècle tout de brutalité, ne connaissant que
le culte de la force : un dragon ! On peut juger ce que
sera la vile soldatesque d'une génération élevée dans le
culte de ces manifestations de force brutale ». Aussi
Spitteler, ayant voulu l'opposer à cette hideuse
conception du sabre par-dessus tout, a exilé symboliquement au profond des bois, raillé, calomnié, soli-
taire, le personnage rêveur appelé par lui le Fol
Étudiant en qui l'auteur a délicieusement incarné la
douceur hélas démodée, bientôt oubliée pourra-t-on
dire si le règne atroce de leur vieux Dieu n'est pas
brisé, la douceur adorable des époques de paix [38].

« Voyons me dit M. de Charlus, vous connaissez
Cottard et Cambremer. Chaque fois que je les vois, ils
me parlent de l'extraordinaire manque de psychologie
de l'Allemagne. Entre nous, croyez-vous que jusqu'ici
ils avaient eu grand souci de la psychologie, et que
même maintenant ils soient capables d'en faire
preuve ? Mais croyez bien que je n'exagère pas. Qu'il
s'agisse du plus grand Allemand, de Nietzsche, de
Gœthe, vous entendrez Cottard dire : « avec l'habituel
manque de psychologie qui caractérise la race teu-
tonne ». Il y a évidemment dans la guerre des choses
qui me font plus de peine, mais avouez que c'est
énervant. Norpois est plus fin, je le reconnais, bien
qu'il n'ait pas cessé de se tromper depuis le commencement. Mais qu'est-ce que ça veut dire que ces
articles qui excitent l'enthousiasme universel ? Mon
cher Monsieur vous savez aussi bien que moi ce que
vaut Brichot, que j'aime beaucoup, même depuis le
schisme qui m'a séparé de sa petite église, à cause de
quoi je le vois beaucoup moins. Mais enfin j'ai une
certaine considération pour ce régent de collège beau
parleur et fort instruit, et j'avoue que c'est fort
touchant qu'à son âge, et diminué comme il est, car il
l'est très sensiblement depuis quelques années, il se

soit remis comme il dit à « servir ». Mais enfin la
bonne intention est une chose, le talent en est une
autre et Brichot n'a jamais eu de talent. J'avoue que je
partage son admiration pour certaines grandeurs de la
guerre actuelle. Tout au plus est-il étrange qu'un
partisan aveugle de l'Antiquité comme Brichot, qui
n'avait pas assez de sarcasmes pour Zola trouvant plus
de poésie dans un ménage d'ouvriers, dans la mine,
que dans les palais historiques ou pour Goncourt
mettant Diderot au-dessus d'Homère et Watteau au-
dessus de Raphaël ne cesse de nous répéter que les
Thermopyles, qu'Austerlitz même, ce n'était rien à
côté de Vauquois. Cette fois du reste le public qui
avait résisté aux modernistes de la littérature et de l'art
suit ceux de la guerre parce que c'est une mode
adoptée de penser ainsi et puis que les petits esprits
sont écrasés, non par la beauté, mais par l'énormité de
l'action. On n'écrit plus Kolossal qu'avec un K, mais
au fond, ce devant quoi on s'agenouille c'est bien du
colossal. A propos de Brichot, avez-vous vu Morel, on
me dit qu'il désire me revoir. Il n'a qu'à faire les
premiers pas, je suis le plus vieux, ce n'est pas à moi à
commencer. »

Malheureusement dès le lendemain, disons-le pour
anticiper, M. de Charlus se trouva dans la rue face à
face avec Morel ; celui-ci pour exciter sa jalousie le prit
par le bras, lui raconta des histoires plus ou moins
vraies et quand M. de Charlus éperdu, ayant besoin
que Morel restât cette soirée auprès de lui, n'allât pas
ailleurs, l'autre apercevant un camarade dit adieu à
M. de Charlus qui espérant que cette menace que bien
entendu il n'exécuterait jamais, ferait rester Morel lui
dit : « Prends garde, je me vengerai », et Morel riant,
partit en tapotant sur le cou et en enlaçant par la taille
son camarade étonné.

Sans doute les paroles que me disait M. de Charlus à
l'égard de Morel témoignaient combien l'amour — et
il fallait que celui du Baron fût bien persistant — rend
(en même temps que plus imaginatif et plus suscepti-
ble) plus crédule et moins fier. Mais quand M. de

Charlus ajoutait : « C'est un garçon fou de femmes et qui ne pense qu'à cela », il disait plus vrai qu'il ne croyait. Il le disait par amour-propre, par amour, pour que les autres pussent croire que l'attachement de Morel pour lui n'avait pas été suivi d'autres du même genre. Certes je n'en croyais rien moi qui avais vu ce que M. de Charlus ignora toujours Morel donner pour cinquante francs une de ses nuits au Prince de Guermantes. Et si voyant passer M. de Charlus, Morel (excepté les jours où par besoin de confession, il le heurtait pour avoir l'occasion de lui dire tristement : « Oh pardon, je reconnais que j'ai agi infectement avec vous »), assis à une terrasse de café avec ses camarades poussait avec eux de petits cris, montrait le Baron du doigt et poussait ces gloussements par lesquels on se moque d'un vieil inverti, j'étais persuadé que c'était pour cacher son jeu, que, pris à part par le Baron chacun de ces dénonciateurs publics eût fait tout ce qu'il lui eût demandé. Je me trompais. Si un mouvement singulier avait conduit à l'inversion — et cela dans toutes les classes — des êtres comme Saint-Loup qui en étaient le plus éloignés, un mouvement en sens inverse avait détaché de ces pratiques ceux chez qui elles étaient le plus habituelles. Chez certains le changement avait été opéré par de tardifs scrupules religieux, par l'émotion éprouvée quand avaient éclaté certains scandales, ou la crainte de maladies inexistantes auxquelles les avaient, en toute sincérité, fait croire des parents qui étaient souvent concierges ou valets de chambre, sans sincérité des amants jaloux qui avaient cru par là garder pour eux seuls un jeune homme qu'ils avaient au contraire détaché d'eux-mêmes aussi bien que des autres. C'est ainsi que l'ancien liftier de Balbec n'aurait plus accepté ni pour or ni pour argent des propositions qui lui paraissaient maintenant aussi graves que celles de l'ennemi. Pour Morel son refus à l'égard de tout le monde, sans exception, en quoi M. de Charlus avait dit à son insu une vérité qui justifiait à la fois ses illusions et détruisait ses espérances, venait de ce que deux ans après avoir quitté M. de Charlus il s'était épris d'une femme avec laquelle il vivait et qui ayant plus de volonté que lui avait su lui imposer une fidélité absolue. De sorte que Morel qui au temps où M. de Charlus lui donnait tant d'argent avait donné pour cinquante francs une nuit au Prince de Guermantes, n'aurait pas accepté du même ou de tout autre quoi que ce fût, lui offrît-on cinquante mille francs. A défaut d'honneur et de désintéressement, sa « femme » lui avait inculqué un certain respect humain, qui ne détestait pas d'aller jusqu'à la bravade et à l'ostentation que tout l'argent du monde lui était égal quand il lui était offert dans certaines conditions. Ainsi le jeu des différentes lois psychologiques s'arrange à compenser dans la floraison de l'espèce humaine tout ce qui dans un sens ou dans l'autre amènerait par la pléthore ou la raréfaction son anéantissement. Ainsi en est-il chez les fleurs où une même sagesse, mise en évidence par Darwin, règle les modes de fécondation en les opposant successivement les uns aux autres.

« C'est du reste une étrange chose ajouta M. de Charlus de la petite voix pointue qu'il prenait par moments. J'entends des gens qui ont l'air très heureux toute la journée, qui prennent d'excellents cocktails, déclarer qu'ils ne pourront pas aller jusqu'au bout de la guerre, que leur cœur n'aura pas la force, qu'ils ne peuvent pas penser à autre chose, qu'ils mourront tout d'un coup. Et le plus extraordinaire, c'est que cela arrive en effet. Comme c'est curieux ! Est-ce une question d'alimentation, parce qu'ils n'ingèrent plus que des choses mal préparées, ou parce que pour prouver leur zèle ils s'attellent à des besognes vaines mais qui détruisent le régime qui les conservait ? Mais enfin j'enregistre un nombre étonnant de ces étranges morts prématurées, prématurées au moins au gré du défunt. Je ne sais plus ce que je vous disais, que Norpois admirait cette guerre. Mais quelle singulière manière d'en parler. D'abord avez-vous remarqué ce pullulement d'expressions nouvelles qui quand elles ont fini par s'user à force d'être employées tous les jours — car vraiment Norpois est infatigable, je crois que c'est la mort de ma tante Villeparisis qui lui a donné une seconde jeunesse — sont immédiatement remplacées par d'autres lieux communs. Autrefois je me rappelle que vous vous amusiez à noter ces modes de langage qui apparaissaient, se maintenaient, puis disparaissaient : « Celui qui sème le vent récolte la tempête », « les chiens aboient, la caravane passe », « faites-moi de bonne politique et je vous ferai de bonnes finances, disait le baron Louis », « il y a là des symptômes qu'il serait exagéré de prendre au tragique mais qu'il convient de prendre au sérieux », « travailler pour le Roi de Prusse » (celle-là a d'ailleurs ressuscité, ce qui était infaillible [39]). Hé bien depuis hélas que j'en ai vu mourir ! Nous avons eu « le chiffon de papier », « les empires de proie », « la fameuse Kultur qui consiste à assassiner des femmes et des enfants sans défense », « la victoire appartient comme disent les Japonais à celui qui sait souffrir un quart d'heure de plus que l'autre », « les Germano-Touraniens », « la barbarie scientifique », « si nous voulons gagner la guerre, selon la forte expression de M. Lloyd George », enfin ça ne se compte plus, et « le mordant des troupes », et « le cran des troupes ». Même la syntaxe de l'excellent Norpois subit du fait de la guerre, une altération aussi profonde que la fabrication du pain ou la rapidité des transports. Avez-vous remarqué que l'excellent homme tenant à proclamer ses désirs comme une vérité sur le point d'être réalisée, n'ose pas tout de même employer le futur pur et simple, qui risquerait d'être contredit par les événements, mais a adopté comme signe de ce temps le verbe savoir ? » J'avouai à M. de Charlus que je ne comprenais pas bien ce qu'il voulait dire.

Il me faut noter ici que le Duc de Guermantes ne partageait nullement le pessimisme de son frère. Il était de plus aussi anglophile que M. de Charlus était anglophobe. Enfin il tenait M. Caillaux pour un traître qui méritait mille fois d'être fusillé. Quand son frère

lui demandait des preuves de cette trahison M. de
Guermantes répondait que s'il ne fallait condamner
que les gens qui signent un papier où ils déclarent
« j'ai trahi », on ne punirait jamais le crime de
trahison. Mais pour le cas où je n'aurais pas l'occasion
d'y revenir, je noterai aussi que deux ans plus tard, le
Duc de Guermantes animé du plus pur anticaillau-
tisme, rencontra un attaché militaire anglais et sa
femme, couple remarquablement lettré avec lequel il
se lia comme au temps de l'affaire Dreyfus avec les
trois dames charmantes, que dès le premier jour il eut
la stupéfaction, parlant de Caillaux dont il estimait la
condamnation certaine et le crime patent, d'entendre
le couple lettré et charmant dire : « Mais il sera
probablement acquitté, il n'y a absolument rien contre
lui. » M. de Guermantes essaya d'alléguer que M. de
Norpois dans sa déposition avait dit en regardant
Caillaux atterré : « Vous êtes le Giolitti de la France,
oui monsieur Caillaux, vous êtes le Giolitti de la
France. » Mais le couple lettré et charmant avait
souri, tourné M. de Norpois en ridicule, cité des
preuves de son gâtisme et conclu qu'il avait dit cela
« devant M. Caillaux atterré » disait *Le Figaro*, mais
probablement en réalité devant M. Caillaux narquois.
Les opinions du Duc de Guermantes n'avaient pas
tardé à changer. Attribuer ce changement à l'influence
d'une Anglaise n'est pas aussi extraordinaire que cela
eût pu paraître si on l'eût prophétisé même en 1919,
où les Anglais n'appelaient les Allemands que les
Huns et réclamaient une féroce condamnation contre
les coupables. Leur opinion à eux aussi avait changé et
toute décision était approuvée par eux qui pouvait
contrister la France et venir en aide à l'Allemagne.

Pour revenir à M. de Charlus : « Mais si répondit-il
à l'aveu que je ne le comprenais pas, mais si :
« savoir » dans les articles de Norpois, est le signe du
futur, c'est-à-dire le signe des désirs de Norpois et des
désirs de nous tous d'ailleurs ajouta-t-il peut-être sans
une complète sincérité. Vous comprenez bien que si
« savoir » n'était pas devenu le simple signe du futur,

on comprendrait à la rigueur que le sujet de ce verbe pût être un pays, par exemple chaque fois que Norpois dit : « L'Amérique ne saurait rester indifférente à ces violations répétées du droit », « la monarchie bicéphale ne saurait manquer de venir à résipiscence » il est clair que de telles phrases expriment les désirs de Norpois (comme les miens, comme les vôtres), mais enfin là le verbe peut encore garder malgré tout son sens ancien, car un pays peut « savoir », l'Amérique peut « savoir », la monarchie « bicéphale » elle-même peut « savoir » (malgré l'éternel « manque de psychologie »). Mais le doute n'est plus possible quand Norpois écrit : « Ces dévastations systématiques ne sauraient persuader aux neutres », « la région des Lacs ne saurait manquer de tomber à bref délai aux mains des Alliés », « les résultats de ces élections neutralistes ne sauraient refléter l'opinion de la grande majorité du pays ». Or il est certain que ces dévastations, ces régions et ces résultats de votes sont des choses inanimées qui ne peuvent pas « savoir ». Par cette formule Norpois adresse simplement aux neutres l'injonction (à laquelle j'ai le regret de constater qu'ils ne semblent pas obéir) de sortir de la neutralité ou aux régions des Lacs de ne plus appartenir aux « Boches » (M. de Charlus mettait à prononcer le mot « boche » le même genre de hardiesse que jadis dans le tram de Balbec à parler des hommes dont le goût n'est pas pour les femmes).

D'ailleurs [40] avez-vous remarqué avec quelles ruses Norpois a toujours commencé, dès 1914 ses articles aux neutres ? Il commence par déclarer que certes la France n'a pas à s'immiscer dans la politique de l'Italie (ou de la Roumanie ou de la Bulgarie, etc.). Seules c'est à ces puissances qu'il convient de décider en toute indépendance et en ne consultant que l'intérêt national si elles doivent ou non sortir de la neutralité. Mais, si ces premières déclarations de l'article (ce qu'on eût appelé autrefois l'exorde) sont si désintéressées, la suite l'est généralement beaucoup moins. « Toutefois, dit en substance Norpois il est bien clair que seules tireront un bénéfice matériel de la lutte, les nations qui se seront rangées du côté du Droit et de la Justice. On ne peut attendre que les Alliés récompensent, en leur octroyant les territoires d'où s'élève depuis des siècles la plainte de leurs frères opprimés, les peuples qui, suivant la politique de moindre effort, n'auront pas mis leur épée au service des Alliés. » Ce premier pas fait vers un conseil d'intervention, rien n'arrête plus Norpois, ce n'est plus seulement le principe mais l'époque de l'intervention sur lesquels il donne des conseils de moins en moins déguisés. « Certes, dit-il en faisant ce qu'il appellerait lui-même le bon apôtre, c'est à l'Italie, à la Roumanie seules de décider de l'heure opportune et de la forme sous laquelle il leur conviendra d'intervenir. Elles ne peuvent pourtant ignorer qu'à trop tergiverser elles risquent de laisser passer l'heure. Déjà les sabots des cavaliers russes font frémir la Germanie traquée d'une indicible épouvante. Il est bien évident que les peuples qui n'auront fait que voler au secours de la victoire dont on voit déjà l'aube resplendissante n'auront nullement droit à cette même récompense qu'ils peuvent encore en se hâtant, etc. » C'est comme au théâtre quand on dit : « Les dernières places qui restent ne tarderont pas à être enlevées. Avis aux retardataires. » Raisonnement d'autant plus stupide que Norpois le refait tous les six mois, et dit périodiquement à la Roumanie : « L'heure est venue pour la Roumanie de savoir si elle veut ou non réaliser ses aspirations nationales. Qu'elle attende encore, il risque d'être trop tard. » Or depuis trois ans qu'il le dit, non seulement le « trop tard » n'est pas encore venu, mais on ne cesse de grossir les offres qu'on fait à la Roumanie. De même il invite la France, etc., à intervenir en Grèce en tant que puissance protectrice parce que le traité qui liait la Grèce à la Serbie n'a pas été tenu. Or de bonne foi, si la France n'était pas en guerre et ne souhaitait pas le concours ou la neutralité bienveillante de la Grèce, aurait-elle l'idée d'intervenir en tant que puissance protectrice, et le sentiment moral qui la pousse à se révolter parce que la Grèce n'a pas tenu ses engagements avec la Serbie, ne se tait-il pas aussi dès qu'il s'agit de la violation tout aussi flagrante de la Roumanie et de l'Italie qui, avec raison je le crois, comme la Grèce aussi, n'ont pas rempli leurs devoirs, moins impératifs et étendus qu'on ne dit, d'alliés de l'Allemagne ? La vérité c'est que les gens voient tout par leur journal, et comment pourraient-ils faire autrement puisqu'ils ne connaissent pas personnellement les gens ni les événements dont il s'agit ? Au temps de l'Affaire qui vous passionnait si bizarrement à une époque dont il est convenu de dire que nous sommes séparés par des siècles, car les philosophes de la guerre ont accrédité que tout lien est rompu avec le passé, j'étais choqué de voir des gens de ma famille accorder toute leur estime à des anticléricaux anciens communards que leur journal leur avait présentés comme antidreyfusards, et honnir un général bien né et catholique mais révisionniste. Je ne le suis pas moins de voir tous les Français exécrer l'Empereur François-Joseph qu'ils vénéraient, avec raison je peux vous le dire moi qui l'ai beaucoup connu et qu'il veut bien traiter en cousin. Ah je ne lui ai pas écrit depuis la guerre, ajouta-t-il comme avouant hardiment une faute qu'il savait très bien qu'on ne pouvait blâmer. Si, la première année, et une seule fois. Mais qu'est-ce que vous voulez, cela ne change rien à mon respect pour lui, mais j'ai ici beaucoup de jeunes parents qui se battent dans nos lignes et qui trouveraient je le sais fort mauvais que j'entretienne une correspondance suivie avec le chef d'une nation en guerre avec nous. Que voulez-vous ? me critique qui voudra, ajouta-t-il comme s'exposant hardiment à mes reproches, je n'ai pas voulu qu'une lettre signée Charlus arrivât en ce moment à Vienne. La plus grande critique que j'adresserais au vieux souverain c'est qu'un seigneur de son rang, chef d'une des maisons les plus anciennes et les plus illustres d'Europe, se soit laissé mener par ce petit hobereau fort intelligent d'ailleurs, mais enfin par un simple parvenu comme Guillaume de Hohenzollern. Ce n'est pas une des anomalies les moins choquantes de cette guerre. » Et comme dès qu'il se replaçait au point de vue nobiliaire qui pour lui au fond dominait tout, M. de Charlus arrivait à d'extraordinaires enfantillages, il me dit du même ton qu'il m'eût parlé de la Marne ou de Verdun qu'il y avait des choses capitales et fort curieuses que ne devrait pas omettre celui qui écrirait l'histoire de cette guerre. « Ainsi me dit-il, par exemple, tout le monde est si ignorant que personne n'a fait remarquer cette chose si marquante : le Grand Maître de l'ordre de Malte qui est un pur boche, n'en continue pas moins de vivre à Rome où il jouit, en tant que Grand Maître de notre ordre, du privilège de l'exterritorialité. C'est intéressant ajouta-t-il d'un air de me dire : « Vous voyez que vous n'avez pas perdu votre soirée en me rencontrant. » Je le remerciai et il prit l'air modeste de quelqu'un qui n'exige pas de salaire. « Qu'est-ce que j'étais donc en train de vous dire ? Ah ! oui que les gens haïssaient maintenant François-Joseph, d'après leur journal. Pour le Roi Constantin de Grèce et le Tzar de Bulgarie, le public a oscillé, à diverses reprises entre l'aversion et la sympathie, parce qu'on disait tour à tour qu'ils se mettraient du côté de l'Entente ou de ce que Brichot appelle les Empires centraux. C'est comme quand Brichot nous répète à tout moment que « l'heure de Venizelos va sonner ». Je ne doute pas que M. Venizelos ne soit un homme d'État plein de capacité mais qui nous dit que les Grecs désirent tant que cela Venizelos ? Il voulait nous dit-on que la Grèce tînt ses engagements envers la Serbie. Encore faudrait-il savoir quels étaient ses engagements et s'ils étaient plus étendus que ceux que l'Italie et la Roumanie ont cru pouvoir violer. Nous avons de la façon dont la Grèce exécute ses traités et respecte sa constitution un souci que nous n'aurions certainement pas si ce n'était pas notre intérêt. Qu'il n'y ait pas eu la guerre, croyez-vous que les puissances « garantes » auraient même fait attention à la dissolution des Chambres ? Je vois simplement qu'on retire un à un ses appuis au Roi de Grèce pour pouvoir le jeter dehors ou l'enfermer le jour où il n'aura plus d'armée pour le défendre. Je vous disais que le public ne juge le Roi de Grèce et le Roi des Bulgares que d'après les journaux. Et comment pourraient-ils penser sur eux autrement que par le journal puisqu'ils ne les connaissent pas ? Moi je les ai vus énormément, j'ai beaucoup connu, quand il était diadoque, Constantin de Grèce, qui était une pure merveille. J'ai toujours pensé que l'Empereur Nicolas avait eu un énorme sentiment pour lui. En tout bien tout honneur bien entendu. La Princesse Christian en parlait ouvertement mais c'est une gale. Quant au Tzar des Bulgares, c'est une pure coquine, une vraie affiche, mais très intelligent, un homme remarquable. Il m'aime beaucoup. »

M. de Charlus qui pouvait être si agréable devenait odieux quand il abordait ces sujets. Il y apportait la satisfaction qui agace déjà chez un malade qui vous fait tout le temps valoir sa bonne santé. J'ai souvent pensé que dans le tortillard de Balbec, les fidèles qui souhaitaient tant les aveux devant lesquels il se dérobait, n'auraient peut-être pas pu supporter cette espèce d'ostentation d'une manie et mal à l'aise, respirant mal comme dans une chambre de malade ou devant un morphinomane qui tirerait devant vous sa seringue, ce fussent eux qui eussent mis fin aux confidences qu'ils croyaient désirer. De plus on était agacé d'entendre accuser tout le monde, et probablement bien souvent sans aucune espèce de preuves, par quelqu'un qui s'omettait lui-même de la catégorie spéciale à laquelle on savait pourtant qu'il appartenait et où il rangeait si volontiers les autres. Enfin lui si intelligent, s'était fait à cet égard une petite philosophie étroite (à la base de laquelle il y avait peut-être un rien des curiosités que Swann trouvait dans « la vie »), expliquant tout par ces causes spéciales et où, comme chaque fois qu'on verse dans son défaut, il était non seulement au-dessous de lui-même mais exceptionnellement satisfait de lui. C'est ainsi que lui si grave, si noble, eut le sourire le plus niais pour achever la phrase que voici : « Comme il y a de fortes présomptions du même genre que pour Ferdinand de Cobourg à l'égard de l'Empereur Guillaume, cela pourrait être la cause pour laquelle le Tzar Ferdinand s'est mis du côté des « Empires de proie ». Dame au fond c'est très compréhensible, on est indulgent pour une *sœur*, on ne lui refuse rien. Je trouve que ce serait très joli comme explication de l'alliance de la Bulgarie avec l'Allemagne. » Et de cette explication stupide M. de Charlus rit longuement comme s'il l'avait vraiment trouvée très ingénieuse et qui même si elle avait reposé sur des faits vrais était aussi puérile que les réflexions que M. de Charlus faisait sur la guerre quand il la jugeait en tant que féodal ou que Chevalier de Saint-Jean de Jérusalem. Il finit par une remarque plus juste : « Ce qui est étonnant dit-il c'est que ce public qui ne juge ainsi des hommes et des choses de la guerre que par les journaux est persuadé qu'il juge par lui-même. »

En cela M. de Charlus avait raison. On m'a raconté qu'il fallait voir les moments de silence et d'hésitation qu'avait Mme de Forcheville, pareils à ceux qui sont nécessaires, non pas même seulement à l'énonciation, mais à la formation d'une opinion personnelle, avant de dire, sur le ton d'un sentiment intime : « Non, je ne crois pas qu'ils prendront Varsovie », « je n'ai pas l'impression qu'on puisse passer un second hiver », « ce que je ne voudrais pas, c'est une paix boiteuse », « ce qui me fait peur, si vous voulez que je vous le dise, c'est la Chambre », « si, j'estime tout de même qu'on pourra percer. » Et pour dire cela Odette prenait un air mièvre qu'elle poussait à l'extrême quand elle disait : « Je ne dis pas que les armées allemandes ne se battent pas bien, mais il leur manque ce qu'on appelle le cran. » Pour prononcer « le cran » (et même simplement pour le « mordant ») elle faisait avec sa main le geste de pétrissage et avec ses yeux le clignement des rapins employant un terme d'atelier. Son langage à elle était pourtant plus encore qu'autrefois la trace de son admiration pour les Anglais, qu'elle n'était plus obligée de se contenter d'appeler comme autrefois « nos voisins d'outre-Manche », ou tout au plus « nos amis les Anglais », mais « nos loyaux alliés ». Inutile de dire qu'elle ne se faisait pas faute de citer à tout propos l'expression de *fair play* pour montrer les Anglais trouvant les Allemands des joueurs incorrects, et « ce qu'il faut c'est gagner la guerre, comme disent nos braves alliés ». Tout au plus associait-elle assez maladroitement le nom de son gendre à tout ce qui touchait les soldats anglais et au plaisir qu'il trouvait à vivre dans l'intimité des Australiens aussi bien que des Écossais, des Néo-Zélandais et des Canadiens. « Mon gendre Saint-Loup connaît maintenant l'argot de tous les braves *tommies*, il sait se faire entendre de ceux des plus lointaines *dominions* et aussi bien qu'avec le général commandant la base, fraternise avec le plus humble *private*. »

Que cette parenthèse sur Mme de Forcheville, tandis que je descends les boulevards côte à côte avec M. de Charlus, m'autorise à une autre plus longue encore, mais utile pour décrire cette époque, sur les rapports de Mme Verdurin avec Brichot. En effet si le pauvre Brichot était ainsi jugé sans indulgence par M. de Charlus (parce que celui-ci était à la fois très fin et plus ou moins inconsciemment germanophile), il était encore bien plus maltraité par les Verdurin. Sans doute ceux-ci étaient chauvins ; ce qui eût dû les faire se plaire aux articles de Brichot, lesquels d'autre part n'étaient pas inférieurs à bien des écrits où se délectait Mme Verdurin. Mais d'abord on se rappelle peut-être que déjà à la Raspelière Brichot était devenu pour les Verdurin du grand homme qu'il leur avait paru être autrefois, sinon une tête de Turc comme Saniette, du moins l'objet de leurs railleries à peine déguisées. Du moins restait-il à ce moment-là un fidèle entre les fidèles ce qui lui assurait une part des avantages prévus tacitement par les statuts à tous les membres fondateurs ou associés du petit groupe. Mais au fur et à mesure que, à la faveur de la guerre peut-être, ou par

la rapide cristallisation d'une élégance si longtemps
retardée mais dont tous les éléments nécessaires et
restés invisibles saturaient depuis longtemps le salon
des Verdurin, celui-ci s'était ouvert à un monde
nouveau et que les fidèles, appâts d'abord de ce
monde nouveau, avaient fini par être de moins en
moins invités, un phénomène parallèle se produisait
pour Brichot. Malgré la Sorbonne, malgré l'Institut,
sa notoriété n'avait pas jusqu'à la guerre dépassé les
limites du salon Verdurin. Mais quand il se mit à
écrire presque quotidiennement des articles parés de
ce faux brillant qu'on l'a vu si souvent dépenser sans
compter pour les fidèles, riches d'autre part d'une
érudition fort réelle, et qu'en vrai sorbonien il ne
cherchait pas à dissimuler de quelques formes plai-
santes qu'il l'entourât, le « grand monde » fut littéralement ébloui. Pour une fois d'ailleurs il donnait sa
faveur à quelqu'un qui était loin d'être une nullité et
qui pouvait retenir l'attention par la fertilité de son
intelligence et les ressources de sa mémoire. Et
pendant que trois duchesses allaient passer la soirée
chez Mme Verdurin, trois autres se disputaient l'honneur d'avoir chez elles à dîner le grand homme, lequel
acceptait chez l'une se sentant d'autant plus libre que
Mme Verdurin, exaspérée du succès que ses articles
rencontraient auprès du faubourg Saint-Germain avait
soin de ne jamais avoir Brichot chez elle, quand il
devait s'y trouver quelque personne brillante qu'il ne
connaissait pas encore et qui se hâterait de l'attirer. Ce
fut ainsi que le journalisme (dans lequel Brichot se
contentait en somme de donner tardivement, avec
honneur et en échange d'émoluments superbes, ce
qu'il avait gaspillé toute sa vie gratis et incognito dans
le salon des Verdurin, car ses articles ne lui coûtaient
pas plus de peine, tant il était disert et savant, que ses
causeries) eût conduit, et parut même un moment
conduire Brichot à une gloire incontestée... s'il n'y
avait pas eu Mme Verdurin. Certes les articles de
Brichot étaient loin d'être aussi remarquables que le
croyaient les gens du monde. La vulgarité de l'homme

apparaissait à tout instant sous le pédantisme du lettré. Et à côté d'images qui ne voulaient rien dire du tout (« Les Allemands ne pourront plus regarder en face la statue de Beethoven ; Schiller a dû frémir dans son tombeau ; l'encre qui avait paraphé la neutralité de la Belgique était à peine séchée ; Lénine parle mais autant en emporte le vent de la steppe »), c'étaient des trivialités telles que : « Vingt mille prisonniers, c'est un chiffre ; notre commandement saura ouvrir l'œil et le bon ; nous voulons vaincre, un point c'est tout. » Mais mêlé à tout cela tant de savoir, tant d'intelligence, de si justes raisonnements ! Or Mme Verdurin ne commençait jamais un article de Brichot sans la satisfaction préalable de penser qu'elle allait y trouver des choses ridicules, et le lisait avec l'attention la plus soutenue pour être certaine de ne les pas laisser échapper. Or il était malheureusement certain qu'il y en avait quelques-unes. On n'attendait même pas de les avoir trouvées. La citation la plus heureuse d'un auteur vraiment peu connu, au moins dans l'œuvre à laquelle Brichot se reportait, était incriminée comme preuve du pédantisme le plus insoutenable et Mme Verdurin attendait avec impatience l'heure du dîner pour déchaîner les éclats de rire de ses convives. « Hé bien, qu'est-ce que vous avez dit du Brichot de ce soir ? J'ai pensé à vous en lisant la citation de Cuvier. Ma parole, je crois qu'il devient fou. » — « Je ne l'ai pas encore lu, disait Cottard. » — « Comment, vous ne l'avez pas encore lu. Mais vous ne savez pas les délices que vous vous refusez. C'est-à-dire que c'est d'un ridicule à mourir. » Et, contente au fond que quelqu'un n'eût pas encore lu le Brichot pour avoir l'occasion d'en mettre elle-même en lumière les ridicules, Mme Verdurin disait au maître d'hôtel d'apporter *Le Temps,* et faisait elle-même la lecture à haute voix, en faisant sonner avec emphase les phrases les plus simples. Après le dîner pendant toute la soirée, cette campagne anti-brichotiste continuait, mais avec de fausses réserves. « Je ne le dis pas trop haut parce que j'ai peur que là-bas disait-elle en

montrant la Comtesse Molé[41], on n'admire assez cela.
Les gens du monde sont plus naïfs qu'on ne croit. »
Mme Molé, à qui on tâchait de faire entendre en
parlant assez fort qu'on parlait d'elle, tout en s'effor-
çant de lui montrer par des baissements de voix, qu'on
n'aurait pas voulu être entendu d'elle, reniait lâche-
ment Brichot qu'elle égalait en réalité à Michelet. Elle
donnait raison à Mme Verdurin, et pour terminer
pourtant par quelque chose qui lui paraissait incontestable disait : « Ce qu'on ne peut pas lui retirer c'est
que c'est bien écrit. » — « Vous trouvez ça bien écrit
vous disait Mme Verdurin, moi je trouve ça écrit
comme par un cochon », audace qui faisait rire les
gens du monde, d'autant plus que Mme Verdurin,
comme effarouchée elle-même par le mot de cochon,
l'avait prononcé en le chuchotant la main rabattue sur
les lèvres. Sa rage contre Brichot croissait d'autant
plus que celui-ci étalait naïvement la satisfaction de
son succès, malgré les accès de mauvaise humeur que
provoquait chez lui la censure, chaque fois que,
comme il le disait avec son habitude d'employer les
mots nouveaux pour montrer qu'il n'était pas trop
universitaire, elle avait « caviardé » une partie de son
article. Devant lui Mme Verdurin ne laissait pas trop
voir, sauf par une maussaderie qui eût averti un
homme plus perspicace le peu de cas qu'elle faisait de
ce qu'écrivait Chochotte. Elle lui dit seulement une
fois qu'il avait tort d'écrire si souvent « je ». Et il avait
en effet l'habitude de l'écrire continuellement,
d'abord parce que par habitude de professeur, il se
servait constamment d'expressions comme « j'accorde
que » et même pour dire « je veux bien que », « je
veux que » : « Je veux que l'énorme développement
des fronts nécessite, etc. » mais surtout parce que
ancien antidreyfusard militant qui flairait la préparation germanique bien longtemps avant la guerre, il
s'était trouvé écrire très souvent : « J'ai dénoncé dès
1897 », « j'ai signalé en 1901 », « j'ai averti dans ma
petite brochure aujourd'hui rarissime (*habent sua fata
libelli*) », et ensuite l'habitude lui était restée. Il rougit

fortement de l'observation de Mme Verdurin, observation qui lui fut faite d'un ton aigre. « Vous avez
raison, Madame. Quelqu'un qui n'aimait pas plus les
jésuites que M. Combes encore qu'il n'ait pas eu de
préface de notre doux maître en scepticisme délicieux,
Anatole France, qui fut si je ne me trompe mon
adversaire... avant le Déluge, a dit que le Moi est
toujours haïssable. » A partir de ce moment Brichot
remplaça *je* par *on*, mais *on* n'empêchait pas le lecteur
de voir que l'auteur parlait de lui et permit à l'auteur
de ne plus cesser de parler de lui, de commenter la
moindre de ses phrases, de faire un article sur une
seule négation, toujours à l'abri de *on*. Par exemple
Brichot avait-il dit fût-ce dans un autre article que les
armées allemandes avaient perdu de leur valeur, il
commençait ainsi : « On ne camoufle pas ici la vérité.
On a dit que les armées allemandes avaient perdu de
leur valeur. On n'a pas dit qu'elles n'avaient plus une
grande valeur. Encore moins, écrira-t-on, qu'elles
n'ont plus aucune valeur. On ne dira pas non plus que
le terrain gagné, s'il n'est pas, etc. » Bref rien qu'à
énoncer tout ce qu'il ne dirait pas, à rappeler tout ce
qu'il avait dit il y avait quelques années, et ce que
Clausewitz, Jomini, Ovide, Apollonius de Tyane, etc.
avaient dit il y avait plus ou moins de siècles, Brichot
aurait pu constituer aisément la matière d'un fort
volume. Il est à regretter qu'il n'en ait pas publié, car
ces articles si nourris, sont maintenant difficiles à
retrouver. Le faubourg Saint-Germain chapitré par
Mme Verdurin commença par rire de Brichot chez
elle, mais continua, une fois sorti du petit clan, à
admirer Brichot. Puis se moquer de lui devint une
mode comme ç'avait été de l'admirer, et celles mêmes
qu'il continuait d'intéresser en secret, dans le temps
qu'elles lisaient son article, s'arrêtaient et riaient dès
qu'elles n'étaient plus seules, pour ne pas avoir l'air
moins fines que les autres. Jamais on ne parla tant de
Brichot qu'à cette époque dans le petit clan, mais par
dérision. On prenait comme critérium de l'intelligence
de tout nouveau ce qu'il pensait des articles de

Brichot ; s'il répondait mal la première fois, on ne se faisait pas faute de lui enseigner à quoi l'on reconnaît que les gens sont intelligents[42].

« Enfin[43] mon pauvre ami tout cela est épouvantable et nous avons plus que d'ennuyeux articles à déplorer. On parle de vandalisme, de statues détruites. Mais est-ce que la destruction de tant de merveilleux jeunes gens, qui étaient des statues polychromes incomparables, n'est pas du vandalisme aussi. Est-ce qu'une ville qui n'aura plus de beaux hommes ne sera pas comme une ville dont toute la statuaire aurait été brisée ? Quel plaisir puis-je avoir à aller dîner au restaurant quand j'y suis servi par de vieux bouffons moussus qui ressemblent au Père Didon, si ce n'est pas par des femmes en cornette qui me font croire que je suis entré au bouillon Duval ? Parfaitement mon cher, et je crois que j'ai le droit de parler ainsi parce que le Beau est tout de même le Beau dans une matière vivante. Le grand plaisir d'être servi par des êtres rachitiques, portant binocle, dont le cas d'exemption se lit sur le visage. Contrairement à ce qui arrivait toujours jadis, si l'on veut reposer ses yeux sur quelqu'un de bien dans un restaurant, il ne faut plus regarder parmi les garçons qui servent mais parmi les clients qui consomment. Mais on pouvait revoir un servant, bien qu'ils changeassent souvent, mais allez donc savoir qui est, quand reviendra ce lieutenant anglais qui vient peut-être pour la première fois et sera peut-être tué demain. Quand Auguste de Pologne comme raconte le charmant Morand, l'auteur délicieux de *Clarisse*, échangea un de ses régiments contre une collection de potiches chinoises, il fit à mon avis une mauvaise affaire. Pensez que tous ces grands valets de pied qui avaient deux mètres de haut et qui ornaient les escaliers monumentaux de nos plus belles amies ont tous été tués, engagés pour la plupart parce qu'on leur répétait que la guerre durerait deux mois. Ah ! ils ne savaient pas comme moi la force de l'Allemagne, la vertu de la race prussienne » dit-il en s'oubliant.

Et puis[44], remarquant qu'il avait trop laissé apercevoir son point de vue : « Ce n'est pas tant l'Allemagne que je crains pour la France, que la guerre elle-même. Les gens de l'arrière s'imaginent que la guerre est seulement un gigantesque match de boxe, auquel ils assistent de loin, grâce aux journaux. Mais cela n'a aucun rapport. C'est une maladie qui quand elle semble conjurée sur un point reprend sur un autre. Aujourd'hui Noyon sera délivré, demain on n'aura plus ni pain ni chocolat, après-demain celui qui se croyait bien tranquille et accepterait au besoin une balle qu'il n'imagine pas, s'affolera parce qu'il lira dans les journaux que sa classe est rappelée. Quant aux monuments un chef-d'œuvre unique comme Reims par la qualité n'est pas tellement ce dont la disparition m'épouvante, c'est surtout de voir anéantis une telle quantité d'ensembles vivants qui rendaient le moindre village de France instructif et charmant. »

Je pensai aussitôt à Combray, mais autrefois j'avais cru me diminuer aux yeux de Mme de Guermantes en avouant la petite situation que ma famille occupait à Combray. Je me demandai si elle n'avait pas été révélée aux Guermantes et à M. de Charlus, soit par Legrandin, ou Swann, ou Saint-Loup, ou Morel. Mais cette prétérition même était moins pénible pour moi que des explications rétrospectives. Je souhaitai seulement que M. de Charlus ne parlât pas de Combray.

« Je ne veux pas dire de mal des Américains, Monsieur continua-t-il, il paraît qu'ils sont inépuisablement généreux, et comme il n'y a pas eu de chef d'orchestre dans cette guerre, que chacun est entré dans la danse longtemps après l'autre, et que les Américains ont commencé quand nous étions quasiment finis, ils peuvent avoir une ardeur que quatre ans de guerre ont pu calmer chez nous. Mais avant la guerre ils aimaient notre pays, notre art, ils payaient fort cher nos chefs-d'œuvre. Beaucoup sont chez eux maintenant. Mais précisément cet art déraciné comme dirait M. Barrès est tout le contraire de ce qui faisait l'agrément délicieux de la France. Le château expli-

quait l'église qui elle-même parce qu'elle avait été un
lieu de pèlerinage, expliquait la chanson de geste. Je
n'ai pas à surfaire l'illustration de mes origines et de
mes alliances et d'ailleurs ce n'est pas de cela qu'il
s'agit. Mais dernièrement j'ai eu, pour régler une
question d'intérêts, et malgré un certain refroidisse-
ment qu'il y a entre le ménage et moi à aller faire une
visite à ma nièce Saint-Loup qui habite à Combray.
Combray n'était qu'une toute petite ville comme il y
en a tant. Mais nos ancêtres étaient représentés en
donateurs dans certains vitraux, dans d'autres étaient
inscrites nos armoiries. Nous y avions notre chapelle,
nos tombeaux. Cette église a été détruite par les
Français et par les Anglais parce qu'elle servait
d'observatoire aux Allemands. Tout ce mélange d'histoire survivante et d'art qui était la France se détruit,
et ce n'est pas fini. Et bien entendu je n'ai pas le
ridicule de comparer, pour des raisons de famille, la
destruction de l'église de Combray à celle de la
cathédrale de Reims, qui était comme le miracle d'une
cathédrale gothique retrouvant naturellement la
pureté de la statuaire antique, ou de celle d'Amiens. Je
ne sais si le bras levé de saint Firmin est aujourd'hui
brisé. Dans ce cas la plus haute affirmation de la foi et
de l'énergie a disparu de ce monde. » — « Son
symbole, Monsieur lui répondis-je. Et j'adore autant
que vous certains symboles. Mais il serait absurde de
sacrifier au symbole la réalité qu'il symbolise. Les
cathédrales doivent être adorées jusqu'au jour où pour
les préserver il faudrait renier les vérités qu'elles
enseignent. Le bras levé de saint Firmin dans un geste
de commandement presque militaire disait : Que nous
soyons brisés, si l'honneur l'exige. Ne sacrifiez pas des
hommes à des pierres dont la beauté vient justement
d'avoir un moment fixé des vérités humaines. » —
« Je comprends ce que vous voulez dire me répondit
M. de Charlus et M. Barrès qui nous a fait faire hélas
trop de pèlerinages à la statue de Strasbourg et au
tombeau de M. Déroulède, a été touchant et gracieux
quand il a écrit que la cathédrale de Reims elle-même

nous était moins chère que la vie de nos fantassins. Assertion qui rend assez ridicule la colère de nos journaux contre le général allemand qui commandait là-bas et qui disait que la cathédrale de Reims lui était moins précieuse que celle d'un soldat allemand[45]. C'est du reste ce qui est exaspérant et navrant, c'est que chaque pays dit la même chose. Les raisons pour lesquelles les associations industrielles de l'Allemagne déclarent la possession de Belfort indispensable à préserver leur nation contre nos idées de revanche, sont les mêmes que celles de Barrès exigeant Mayence pour nous protéger contre les velléités d'invasion des Boches. Pourquoi la restitution de l'Alsace-Lorraine a-t-elle paru à la France un motif insuffisant pour faire la guerre, un motif suffisant pour la continuer, pour la redéclarer à nouveau chaque année ? Vous avez l'air de croire que la victoire est désormais promise à la France, je le souhaite de tout mon cœur, vous n'en doutez pas. Mais enfin depuis qu'à tort ou à raison les Alliés se croient sûrs de vaincre (pour ma part je serais naturellement enchanté de cette solution mais je vois surtout beaucoup de victoires sur le papier, de victoires à la Pyrrhus avec un coût qui ne nous est pas dit) et que les Boches ne se croient plus sûrs de vaincre, on voit l'Allemagne chercher à hâter la paix, la France à prolonger la guerre, la France qui est la France juste et a raison de faire entendre des paroles de justice, mais est aussi la douce France et devrait faire entendre des paroles de pitié fût-ce seulement pour ses propres enfants et pour qu'à chaque printemps les fleurs qui renaîtront aient à éclairer autre chose que des tombes. Soyez franc mon cher ami vous-même m'aviez fait une théorie sur les choses qui n'existent que grâce à une création perpétuellement recommencée. La création du monde n'a pas eu lieu une fois pour toutes, me disiez-vous, elle a nécessairement lieu tous les jours. Hé bien si vous êtes de bonne foi, vous ne pouvez pas excepter la guerre de cette théorie. Notre excellent Norpois a beau écrire (en sortant un des accessoires de rhétorique qui lui sont aussi chers que « l'aube de la

victoire » et le « Général Hiver ») : « Maintenant que
l'Allemagne a voulu la guerre, les dés en sont jetés »,
la vérité c'est que chaque matin on déclare à nouveau
la guerre. Donc celui qui veut la continuer est aussi
coupable que celui qui l'a commencée, plus peut-être,
car ce premier n'en prévoyait peut-être pas toutes les
horreurs.

Or rien ne dit qu'une guerre aussi prolongée même
si elle doit avoir une issue victorieuse ne soit pas sans
péril. Il est difficile de parler de choses qui n'ont point
de précédent et des répercussions sur l'organisme
d'une opération qu'on tente pour la première fois.
Généralement, il est vrai, les nouveautés dont on
s'alarme se passent fort bien. Les républicains les plus
sages pensaient qu'il était fou de faire la séparation de
l'Église. Elle a passé comme une lettre à la poste.
Dreyfus a été réhabilité. Picquart ministre de la
Guerre sans qu'on crie ouf. Pourtant que ne peut-on
pas craindre d'un surmenage pareil à celui d'une
guerre ininterrompue pendant plusieurs années. Que
feront les hommes au retour, la fatigue les aura-t-elle
rompus ou affolés. Tout cela pourrait mal tourner,
sinon pour la France, au moins pour le gouvernement,
peut-être même pour la forme du gouvernement.
Vous m'avez fait lire autrefois l'admirable *Aimée de
Coigny* de Maurras. Je serais fort surpris que quelque
Aimée de Coigny n'attendît pas du développement de
la guerre que fait la République ce qu'en 1812 Aimée
de Coigny attendait de la guerre que faisait l'Empire.
Si l'Aimée actuelle existe, ses espérances se réalise-
ront-elles. Je ne le désire pas.

Pour en revenir à la guerre elle-même, ce premier
qui l'a commencée est-il l'Empereur Guillaume. J'en
doute fort. Et si c'est lui, qu'a-t-il fait autre chose que
Napoléon par exemple, chose que moi je trouve
abominable mais que je m'étonne de voir inspirer tant
d'horreurs aux thuriféraires de Napoléon, aux gens
qui le jour de la déclaration de guerre se sont écriés
comme le général Pau : « J'attendais ce jour-là depuis
quarante ans. C'est le plus beau jour de ma vie. » Dieu

sait si personne a protesté avec plus de force que moi quand on a fait dans la société une place disproportionnée aux nationalistes, aux militaires, quand tout ami des arts était accusé de s'occuper de choses funestes à la patrie, toute civilisation qui n'était pas belliqueuse étant délétère ! C'est à peine si un homme du monde authentique comptait auprès d'un général. Une folle a failli me présenter à M. Syveton. Vous me direz que ce que je m'efforçais de maintenir n'était que les règles mondaines. Mais malgré leur frivolité apparente, elles eussent peut-être empêché bien des excès. J'ai toujours honoré ceux qui défendent la grammaire ou la logique. On se rend compte cinquante ans après qu'ils ont conjuré de grands périls. Or nos nationalistes sont les plus germanophobes, les plus jusqu'auboutistes des hommes. Mais après quinze ans leur philosophie a changé entièrement. En fait ils poussent bien à la continuation de la guerre. Mais ce n'est que pour exterminer une race belliqueuse et par amour de la paix. Car une civilisation guerrière ce qu'ils trouvaient si beau il y a quinze ans leur fait horreur. Non seulement ils reprochent à la Prusse d'avoir fait prédominer chez elle l'élément militaire, mais en tout temps ils pensent que les civilisations militaires furent destructrices de tout ce qu'ils trouvent maintenant précieux, non seulement les arts, mais même la galanterie. Il suffit qu'un de leurs critiques se soit converti au nationalisme pour qu'il soit devenu du même coup un ami de la paix. Il est persuadé que dans toutes les civilisations guerrières, la femme avait un rôle humilié et bas. On n'ose lui répondre que les « Dames » des chevaliers, au moyen âge et la Béatrice de Dante, étaient peut-être placées sur un trône aussi élevé que les héroïnes de M. Becque [46]. Je m'attends un de ces jours à me voir placé à table après un révolutionnaire russe ou simplement après un de nos généraux faisant la guerre par horreur de la Guerre et pour punir un peuple de cultiver un idéal qu'eux-mêmes jugeaient le seul tonifiant il y a quinze ans. Le malheureux Czar était encore honoré il y a quelques mois parce qu'il avait réuni la conférence de La Haye. Mais maintenant qu'on salue la Russie libre, on oublie le titre qui permettait de le glorifier. Ainsi tourne la Roue du monde.

Et pourtant l'Allemagne emploie tellement les mêmes expressions que la France que c'est à croire qu'elle la cite, elle ne se lasse pas de dire qu'elle « lutte pour l'existence ». Quand je lis : « Nous luttons contre un ennemi implacable et cruel jusqu'à ce que nous ayons obtenu une paix qui nous garantisse à l'avenir de toute agression et pour que le sang de nos braves soldats n'ait pas coulé en vain », ou bien : « Qui n'est pas pour nous est contre nous », je ne sais pas si cette phrase est de l'Empereur Guillaume ou de M. Poincaré car ils l'ont à quelques variantes près prononcée vingt fois l'un et l'autre, bien qu'à vrai dire je doive confesser que l'Empereur ait été en ce cas l'imitateur du Président de la République. La France n'aurait peut-être pas tenu tant à prolonger la guerre si elle était restée faible mais surtout l'Allemagne n'aurait peut-être pas été si pressée de la finir si elle n'avait pas cessé d'être forte. D'être aussi forte, car forte, vous verrez qu'elle l'est encore. »

Il avait pris l'habitude de crier très fort en parlant [47], par nervosité, par recherche d'issues pour des impressions dont il fallait — n'ayant jamais cultivé aucun art — qu'il se débarrassât, comme un aviateur de ses bombes, fût-ce en plein champ, là où ses paroles n'atteignaient personne, et surtout dans le monde où elles tombaient aussi au hasard, et où il était écouté par snobisme, de confiance, et tant il tyrannisait les auditeurs, on peut dire de force et même par crainte. Sur les boulevards cette harangue était de plus une marque de mépris à l'égard des passants pour qui il ne baissait pas plus la voix qu'il n'eût dévié son chemin. Mais elle y détonnait, y étonnait et surtout rendait intelligibles à des gens qui se retournaient des propos qui eussent pu nous faire prendre pour des défaitistes. Je le fis remarquer à M. de Charlus sans réussir qu'à exciter son hilarité. « Avouez que ce serait bien drôle, dit-il. Après tout ajouta-t-il on ne sait jamais, chacun de nous risque chaque soir d'être le fait divers du lendemain. En somme pourquoi ne serai-je pas fusillé dans les fossés de Vincennes. La même chose est bien arrivée à mon grand-oncle le Duc d'Enghien. La soif du sang noble affole une certaine populace qui en cela se montre plus raffinée que les lions. Vous savez que, pour ces animaux il suffirait pour qu'ils se jetassent sur elle que Mme Verdurin eût une écorchure sur son nez. Sur ce que dans ma jeunesse on eût appelé son pif ! » Et il se mit à rire à gorge déployée comme si nous avions été seuls dans un salon.

Par moments, voyant des individus assez louches extraits de l'ombre par le passage de M. de Charlus et se conglomérer à quelque distance de lui, je me demandais si je lui serais plus agréable en le laissant seul ou en ne le quittant pas. Tel celui qui a rencontré un vieillard sujet à de fréquentes crises épileptiformes et qui voit par l'incohérence de la démarche l'imminence probable d'un accès, se demande si sa compagnie est plutôt désirée comme celle d'un soutien, ou redoutée comme celle d'un témoin à qui on voudrait cacher la crise et dont la présence seule peut-être, quand le calme absolu réussirait peut-être à l'écarter, suffira à la hâter. Mais la possibilité de l'événement dont on ne sait si l'on doit s'écarter ou non est révélée, chez le malade, par les circuits qu'il fait comme un homme ivre. Tandis que pour M. de Charlus ces diverses positions divergentes signe d'un incident possible dont je n'étais pas bien sûr s'il souhaitait ou redoutait que ma présence l'empêchât de se produire, étaient comme par une ingénieuse mise en scène, occupées non par le baron lui-même qui marchait fort droit mais par tout un cercle de figurants. Tout de même, je crois qu'il préférait éviter la rencontre, car il m'entraîna dans une rue de traverse, plus obscure que le boulevard, et où cependant celui-ci ne cessait de déverser à moins que ce ne fût vers lui qu'ils affluassent, des soldats de toute arme et de toute

nation influx juvénile compensateur et consolant pour
M. de Charlus, de ce reflux de tous les hommes à la
frontière qui avait fait pneumatiquement le vide dans
Paris aux premiers temps de la mobilisation. M. de
Charlus ne cessait pas d'admirer les brillants uniformes qui passaient devant nous et qui faisaient de
Paris une ville aussi cosmopolite qu'un port, aussi
irréelle qu'un décor de peintre qui n'a dressé quelques
architectures que pour avoir un prétexte à grouper les
costumes les plus variés et les plus chatoyants.

Il gardait tout son respect et toute son affection à de
grandes dames accusées de défaitisme, comme jadis à
celles qui avaient été accusées de dreyfusisme. Il
regrettait seulement qu'en s'abaissant à faire de la
politique elles eussent donné prise « aux polémiques
des journalistes ». Pour lui, à leur égard, rien n'était
changé. Car sa frivolité était si systématique, que la
naissance, unie à la beauté et à d'autres prestiges, était
la chose durable — et la guerre, comme l'affaire
Dreyfus, des modes vulgaires et fugitives. Eût-on
fusillé la Duchesse de Guermantes pour essai de paix
séparée avec l'Autriche, qu'il l'eût considérée comme
toujours aussi noble et pas plus dégradée que ne nous
apparaît aujourd'hui Marie-Antoinette d'avoir été
condamnée à la décapitation. En parlant à ce moment-
là M. de Charlus noble comme une espèce de Saint-
Vallier[48] ou de Saint-Mégrin, était droit rigide, solen-
nel, parlait gravement ne faisait pour un moment
aucune des manières où se révèlent ceux de sa sorte.
Et pourtant pourquoi ne peut-il y en avoir aucun dont
la voix soit jamais absolument juste. Même en ce
moment où elle approchait le plus du grave, elle était
fausse encore et aurait eu besoin de l'accordeur.
D'ailleurs M. de Charlus ne savait littéralement où
donner de la tête et il la levait souvent avec le regret de
ne pas avoir une jumelle qui d'ailleurs ne lui eût pas
servi à grand-chose, car en plus grand nombre que
d'habitude, à cause du raid de zeppelins de l'avant-
veille qui avait réveillé la vigilance des pouvoirs
publics, il y avait des militaires jusque dans le ciel. Les

aéroplanes que j'avais vus quelques heures plus tôt faire comme des insectes des taches brunes sur le soir bleu, passaient maintenant dans la nuit qu'approfondissait encore l'extinction partielle des réverbères, comme de lumineux brûlots. La plus grande impression de beauté que nous faisaient éprouver ces étoiles humaines et filantes, était peut-être surtout de faire regarder le ciel vers lequel on lève peu les yeux d'habitude. Dans ce Paris dont, en 1914, j'avais vu la beauté presque sans défense, attendre la menace de l'ennemi qui se rapprochait, il y avait certes maintenant comme alors la splendeur antique inchangée d'une lune cruellement, mystérieusement sereine, qui versait aux monuments encore intacts l'inutile beauté de sa lumière, mais comme en 1914, et plus qu'en 1914, il y avait aussi autre chose, des lumières différentes, des feux intermittents que, soit de ces aéroplanes, soit de projecteurs de la tour Eiffel on savait dirigés par une volonté intelligente, par une vigilance amie qui donnait ce même genre d'émotion, inspirait cette même sorte de reconnaissance et de calme que j'avais éprouvés dans la chambre de Saint-Loup, dans la cellule de ce cloître militaire où s'exerçaient, avant qu'ils consommassent, un jour, sans une hésitation, en pleine jeunesse, leur sacrifice, tant de cœurs fervents et disciplinés.

Après le raid de l'avant-veille, où le ciel avait été plus mouvementé que la terre, il s'était calmé comme la mer après une tempête. Mais comme la mer après une tempête, il n'avait pas encore repris son apaisement absolu. Des aéroplanes montaient encore comme des fusées rejoindre les étoiles, et des projecteurs promenaient lentement, dans le ciel sectionné, comme une pâle poussière d'astres, d'errantes voies lactées. Cependant les aéroplanes venaient s'insérer au milieu des constellations et on aurait pu se croire dans un autre hémisphère en effet, en voyant ces « étoiles nouvelles ».

M. de Charlus me dit son admiration pour ces aviateurs et comme il ne pouvait pas plus s'empêcher

de donner libre cours à sa germanophilie qu'à ses
autres penchants tout en niant l'une comme les
autres : « D'ailleurs j'ajoute que j'admire tout autant
les Allemands qui montent dans des gothas. Et sur des
zeppelins, pensez le courage qu'il faut. Mais ce sont
des héros tout simplement. Qu'est-ce que ça peut faire
que ce soit sur des civils puisque des batteries tirent
sur eux. Est-ce que vous avez peur des gothas et du
canon ? » J'avouai que non et peut-être je me trompais. Sans doute ma paresse m'ayant donné l'habitude
pour mon travail de le remettre jour par jour au
lendemain, je me figurais qu'il pouvait en être de
même pour la mort. Comment aurait-on peur d'un
canon dont on est persuadé qu'il ne vous frappera pas
ce jour-là ? D'ailleurs formées isolément, ces idées de
bombes lancées, de mort possible n'ajoutaient pour
moi rien de tragique à l'image que je me faisais du
passage des aéronefs allemands, jusqu'à ce que de l'un
d'eux ballotté, segmenté à mes regards par les flots de
brume d'un ciel agité, d'un aéroplane que bien que je
le susse meurtrier, je n'imaginais que stellaire et
céleste, j'eusse vu un soir le geste de la bombe lancée
vers nous. Car la réalité originale d'un danger n'est
perçue que dans cette chose nouvelle, irréductible à ce
qu'on sait déjà, qui s'appelle une impression, et qui
est souvent, comme ce fut le cas là, résumée par une
ligne, une ligne qui décrivait une intention, une ligne
où il y avait la puissance latente d'un accomplissement
qui la déformait, tandis que sur le pont de la
Concorde, autour de l'aéroplane menaçant et traqué,
et comme si s'étaient reflétées dans les nuages les
fontaines des Champs-Élysées, de la place de la
Concorde et des Tuileries, les jets d'eau lumineux des
projecteurs s'infléchissaient dans le ciel, lignes pleines
d'intentions aussi, d'intentions prévoyantes et protectrices, d'hommes puissants et sages auxquels comme
une nuit au quartier de Doncières, j'étais reconnaissant que leur force daignât prendre avec cette précision si belle la peine de veiller sur nous.

La nuit était aussi belle qu'en 1914, comme Paris

était aussi menacé[49]. Le clair de lune semblait comme un doux magnésium continu permettant de prendre une dernière fois des images nocturnes de ces beaux ensembles comme la place Vendôme, la place de la Concorde auxquels l'effroi que j'avais des obus qui allaient peut-être les détruire donnait par contraste, dans leur beauté encore intacte, une sorte de plénitude, et comme si elles se tendaient en avant, offrant aux coups leurs architectures sans défense. « Vous n'avez pas peur répéta M. de Charlus. Les Parisiens ne se rendent pas compte. On me dit que Mme Verdurin donne des réunions tous les jours. Je ne le sais que par les on-dit, moi je ne sais absolument rien d'eux, j'ai entièrement rompu », ajouta-t-il en baissant non seulement les yeux comme si avait passé un télégraphiste, mais aussi la tête, les épaules, et en levant le bras avec le geste qui signifie sinon « je m'en lave les mains », du moins « je ne peux rien vous dire » (bien que je ne lui demandasse rien). « Je sais que Morel y va toujours beaucoup, me dit-il (c'était la première fois qu'il m'en reparlait). On prétend qu'il regrette beaucoup le passé, qu'il désire se rapprocher de moi », ajouta-t-il, faisant preuve à la fois de cette même crédulité d'homme du Faubourg qui dit : « On dit beaucoup que la France cause plus que jamais avec l'Allemagne et que les pourparlers sont même engagés » et de l'amoureux que les pires rebuffades n'ont pas persuadé. « En tout cas s'il le veut, il n'a qu'à le dire, je suis plus vieux que lui, ce n'est pas à moi à faire les premiers pas[50]. » Et sans doute il était bien inutile de le dire, tant c'était évident. Mais de plus ce n'était même pas sincère et c'est pour cela qu'on était si gêné pour M. de Charlus car on sentait qu'en disant que ce n'était pas à lui de faire les premiers pas, il en faisait au contraire un et attendait que j'offrisse de me charger du rapprochement.

Certes[51] je connaissais cette naïve ou feinte crédulité des gens qui aiment quelqu'un, ou simplement ne sont pas reçus chez quelqu'un, et imputent à ce quelqu'un un désir qu'il n'a pourtant pas manifesté,

malgré des sollicitations fastidieuses. Mais à l'accent
soudain tremblant avec lequel M. de Charlus scanda
ces paroles, au regard trouble qui vacillait au fond de
ses yeux, j'eus l'impression qu'il y avait autre chose
qu'une banale insistance. Je ne me trompais pas et je
dirai tout de suite les deux faits qui me le prouvèrent
rétrospectivement (j'anticipe de beaucoup d'années
pour le second de ces faits, postérieur à la mort de
M. de Charlus. Or elle ne devait se produire que bien
plus tard, et nous aurons l'occasion de le revoir
plusieurs fois bien différent de ce que nous l'avons
connu, et en particulier la dernière fois, à une époque
où il avait entièrement oublié Morel). Quant au
premier de ces faits, il se produisit deux ou trois ans
seulement après le soir où je descendis ainsi les
boulevards avec M. de Charlus. Donc environ deux
ans après cette soirée je rencontrai Morel. Je pensai
aussitôt à M. de Charlus, au plaisir qu'il aurait à revoir
le violoniste, et j'insistai auprès de lui pour qu'il allât
le voir, fût-ce une fois. « Il a été bon pour vous, dis-je
à Morel, il est déjà vieux, il peut mourir, il faut
liquider les vieilles querelles et effacer les traces de la
brouille. » Morel parut être entièrement de mon avis
quant à un apaisement désirable, mais il n'en refusa
pas moins catégoriquement de faire même une seule
visite à M. de Charlus. « Vous avez tort, lui dis-je.
Est-ce par entêtement, par paresse, par méchanceté,
par amour-propre mal placé, par vertu (soyez sûr
qu'elle ne sera pas attaquée), par coquetterie ? » Alors
le violoniste tordant son visage pour un aveu qui lui
coûtait sans doute extrêmement me répondit en
frissonnant : « Non ce n'est par rien de tout cela, la
vertu je m'en fous, la méchanceté au contraire je
commence à le plaindre, ce n'est pas par coquetterie,
elle serait inutile, ce n'est pas par paresse, il y a des
journées entières où je reste à me tourner les pouces,
non, ce n'est à cause de rien de tout cela, c'est, ne le
dites jamais à personne et je suis fou de vous le dire,
c'est, c'est... c'est... par peur ! » Il se mit à trembler
de tous ses membres. Je lui avouai que je ne le

comprenais pas. « Non ne me demandez pas, n'en parlons plus, vous ne le connaissez pas comme moi, je peux dire que vous ne le connaissez pas du tout. » — « Mais quel tort peut-il vous faire, il cherchera d'ailleurs d'autant moins à vous en faire qu'il n'y aura plus de rancune entre vous. Et puis, au fond, vous savez qu'il est très bon. » — « Parbleu ! si je le sais qu'il est bon ! Et la délicatesse et la droiture. Mais laissez-moi, ne m'en parlez plus, je vous en supplie, c'est honteux à dire, j'ai peur ! »

Le second fait date d'après la mort de M. de Charlus. On m'apporta quelques souvenirs qu'il m'avait laissés et une lettre à triple enveloppe, écrite au moins dix ans avant sa mort. Mais il avait été gravement malade, avait pris ses dispositions, puis s'était rétabli avant de tomber plus tard dans l'état où nous le verrons le jour d'une matinée chez la Princesse de Guermantes — et la lettre restée dans un coffre-fort avec les objets qu'il léguait à quelques amis était restée là sept ans, sept ans pendant lesquels il avait entièrement oublié Morel. La lettre, tracée d'une écriture fine et ferme était ainsi conçue :

« Mon cher ami, les voies de la Providence sont inconnues. Parfois c'est du *défaut* d'un être médiocre qu'elle use pour empêcher de faillir la suréminence d'un juste. Vous connaissez Morel, d'où il est sorti, à quel faîte j'ai voulu l'élever, autant dire à mon niveau. Vous savez qu'il a préféré retourner non pas à la poussière et à la cendre d'où tout homme, c'est-à-dire le véritable phœnix, peut renaître, mais à la boue où rampe la vipère. Il s'est laissé choir, ce qui m'a préservé de déchoir. Vous savez que mes armes contiennent la devise même de Notre-Seigneur : *Inculcabis super leonem et aspidem,* avec un homme représenté comme ayant à la plante de ses pieds, comme support héraldique, un lion et un serpent. Or si j'ai pu fouler ainsi le propre lion que je suis, c'est grâce au serpent et à sa prudence que j'appelais trop légèrement tout à l'heure un défaut, car la profonde sagesse de l'Évangile en fait une vertu ; au moins une

vertu pour les autres. Notre serpent aux sifflements
jadis harmonieusement modulés, quand il avait un
charmeur — fort charmé du reste — n'était pas
seulement musical et reptile, il avait jusqu'à la lâcheté
cette vertu que je tiens maintenant pour divine, la
Prudence. C'est cette divine prudence qui l'a fait
résister aux appels que je lui ai fait transmettre de
revenir me voir, et je n'aurai de paix en ce monde et
d'espoir de pardon dans l'autre que si je vous en fais
l'aveu. C'est lui qui a été en cela l'instrument de la
Sagesse divine, car, je l'avais résolu, il ne serait pas
sorti de chez moi vivant. Il fallait que l'un de nous
deux disparût. J'étais décidé à le tuer. Dieu lui a
conseillé la prudence pour me préserver d'un crime.
Je ne doute pas que l'intercession de l'Archange
Michel, mon saint patron, n'ait joué là un grand rôle
et je le prie de me pardonner de l'avoir tant négligé
pendant plusieurs années et d'avoir si mal répondu
aux innombrables bontés qu'il m'a témoignées, tout
spécialement dans ma lutte contre le mal. Je dois à ce
Serviteur de Dieu, je le dis dans la plénitude de ma foi
et de mon intelligence, que le Père céleste ait inspiré à
Morel de ne pas venir. Aussi, c'est moi maintenant qui
me meurs. Votre fidèlement dévoué. (*Semper idem*)

P. G. Charlus. »

Alors je compris la peur de Morel ; certes il y avait
dans cette lettre bien de l'orgueil et de la littérature.
Mais l'aveu était vrai. Et Morel savait mieux que moi
que le « côté presque fou » que Mme de Guermantes
trouvait chez son beau-frère, ne se bornait pas, comme
je l'avais cru jusque-là, à ces dehors momentanés de
rage superficielle et inopérante.

Mais il faut revenir en arrière. Je descends les
boulevards à côté de M. de Charlus lequel vient de me
prendre comme vague intermédiaire pour des ouvertures de paix entre lui et Morel. Voyant que je ne lui
répondais pas : « Je ne sais pas du reste pourquoi il ne
joue pas, on ne fait plus de musique sous prétexte que
c'est la guerre, mais on danse, on dîne en ville, les

femmes inventent « l'Ambrine » pour leur peau. Les fêtes remplissent ce qui sera peut-être si les Allemands avancent encore les derniers jours de notre Pompéi. Et c'est ce qui le sauvera de la frivolité. Pour peu que la lave de quelque Vésuve allemand (leurs pièces de marine ne sont pas moins terribles qu'un volcan) vienne les surprendre à leur toilette et éternise leur geste en l'interrompant, les enfants s'instruiront plus tard en regardant dans des livres de classe illustrés Mme Molé qui allait mettre une dernière couche de fard avant d'aller dîner chez une belle-sœur, ou Sosthène de Guermantes qui finissait de peindre ses faux sourcils. Ce sera matière à cours pour les Brichot de l'avenir, la frivolité d'une époque quand dix siècles ont passé sur elle est matière de la plus grave érudition surtout si elle a été conservée intacte par une éruption volcanique ou des matières analogues à la lave projetées par bombardement. Quels documents pour l'histoire future, quand des gaz asphyxiants analogues à ceux qu'émettait le Vésuve et des écroulements comme ceux qui ensevelirent Pompéi garderont intactes toutes les demeures imprudentes qui n'ont pas fait encore filer pour Bayonne leurs tableaux et leurs statues. D'ailleurs n'est-ce pas déjà depuis un an un Pompéi par fragments, chaque soir, que ces gens se sauvent dans les caves, non pas pour en rapporter quelque vieille bouteille de mouton rothschild ou de saint-émilion mais pour cacher avec eux ce qu'ils ont de plus précieux, comme les prêtres d'Herculanum surpris par la mort au moment où ils emportaient les vases sacrés ? C'est toujours l'attachement à l'objet qui amène la mort du possesseur. Paris lui ne fut pas comme Herculanum fondé par Hercule. Mais que de ressemblances s'imposent ; et cette lucidité qui nous est donnée n'est pas que de notre époque, chacune l'a possédée. Si je pense que nous pouvons avoir demain le sort des villes du Vésuve, celles-ci sentaient qu'elles étaient menacées du sort des villes maudites de la Bible. On a retrouvé sur les murs d'une maison de Pompéi cette inscription révélatrice : *Sodoma,*

Gomora. » Je ne sais si ce fut ce nom de Sodome et les
idées qu'il éveilla en lui, ou celle du bombardement
qui firent que M. de Charlus leva un instant les yeux
au ciel, mais il les ramena bientôt sur la terre.
« J'admire tous les héros de cette guerre, dit-il.
Tenez [52] mon cher les soldats anglais que j'ai un peu
légèrement considérés au début de la guerre comme de
simples joueurs de football assez présomptueux pour
se mesurer avec des professionnels — et quels professionnels. Hé bien rien qu'esthétiquement ce sont tout
simplement des athlètes de la Grèce, vous entendez
bien de la Grèce, mon cher, ce sont les jeunes gens de
Platon, ou plutôt des Spartiates. J'ai un ami qui est
allé à Rouen où ils ont leur camp, il a vu des
merveilles, de pures merveilles dont on n'a pas idée.
Ce n'est plus Rouen c'est une autre ville. Évidemment
il y a aussi l'ancien Rouen, avec les saints émaciés de la
cathédrale. Bien entendu c'est beau aussi, mais c'est
autre chose. Et nos poilus ! Je ne peux pas pas vous
dire quelle saveur je trouve à nos poilus, aux petits
Parigots, tenez comme celui qui passe là, avec son air
dessalé, sa mine éveillée et drôle. Il m'arrive souvent
de les arrêter, de faire un brin de causette avec eux,
quelle finesse, quel bon sens ; et les gars de province,
comme ils sont amusants et gentils avec leur roulement d'*r* et leur jargon patoiseur. Moi j'ai toujours
beaucoup vécu à la campagne, couché dans les fermes,
je sais leur parler, mais notre admiration pour les
Français ne doit pas nous faire déprécier nos ennemis,
ce serait nous diminuer nous-mêmes. Et vous ne savez
pas quel soldat est le soldat allemand, vous qui ne
l'avez pas vu comme moi défiler au pas de parade, au
pas de l'oie, *unter den Linden.* » Et revenant à l'idéal de
virilité qu'il m'avait esquissé à Balbec et qui avec le
temps avait pris chez lui une forme plus philosophique, usant d'ailleurs de raisonnements absurdes, qui
par moments, même quand il venait d'être supérieur,
laissaient voir la trame trop mince du simple homme
du monde, bien qu'homme du monde intelligent :
« Voyez-vous me dit-il le superbe gaillard qu'est le

soldat boche est un être fort, sain, ne pensant qu'à la grandeur de son pays. *Deutschland über alles,* ce qui n'est pas si bête, tandis que nous tandis qu'ils se préparaient virilement, nous nous sommes abîmés dans le dilettantisme. » Ce mot signifiait probablement pour M. de Charlus quelque chose d'analogue à la littérature car aussitôt, se rappelant sans doute que j'aimais les lettres et avais eu un moment l'intention de m'y adonner, il me tapa sur l'épaule (profitant du geste pour s'y appuyer jusqu'à me faire aussi mal qu'autrefois, quand je faisais mon service militaire le recul contre l'omoplate du « 76 »), il me dit comme pour adoucir le reproche : « Oui nous nous sommes abîmés dans le dilettantisme, nous tous, vous aussi, rappelez-vous, vous pouvez faire comme moi votre *mea culpa,* nous avons été trop dilettantes. » Par surprise du reproche, manque d'esprit de repartie, déférence envers mon interlocuteur, et attendrissement pour son amicale bonté, je répondis comme si, ainsi qu'il m'y invitait, j'avais aussi à me frapper la poitrine, ce qui était parfaitement stupide, car je n'avais pas l'ombre de dilettantisme à me reprocher.

« Allons me dit-il je vous quitte (le groupe qui l'avait escorté de loin ayant fini par nous abandonner) je m'en vais me coucher comme un très vieux monsieur, d'autant plus qu'il paraît que la guerre a changé toutes nos habitudes, un de ces aphorismes idiots qu'affectionne Norpois[53]. » Je savais du reste qu'en rentrant chez lui M. de Charlus ne cessait pas pour cela d'être au milieu de soldats car il avait transformé son hôtel en hôpital militaire, cédant du reste, je le crois, aux besoins bien moins de son imagination que de son bon cœur.

Il faisait une nuit transparente et sans un souffle ; j'imaginais que la Seine coulant entre ses ponts circulaires, faits de leur tablier et de son reflet devait ressembler au Bosphore. Et, symbole soit de cette invasion que prédisait le défaitisme de M. de Charlus, soit de la coopération de nos frères musulmans avec les armées de la France, la lune étroite et recourbée

comme un sequin semblait mettre le ciel parisien sous
le signe oriental du croissant.

Pourtant un instant encore en me disant adieu il me
serra la main à me la broyer ce qui est une particularité
allemande chez les gens qui sentent comme le Baron,
et en continuant pendant quelques instants à me la
malaxer, eût dit Cottard, comme si M. de Charlus
avait voulu rendre à mes articulations une souplesse
qu'elles n'avaient point perdue. Chez certains
aveugles, le toucher supplée dans une certaine mesure
à la vue. Je ne sais trop de quel sens il prenait la place
ici. Il croyait peut-être seulement me serrer la main,
comme il crut sans doute ne faire que voir un
Sénégalais qui passait dans l'ombre et ne daigna pas
s'apercevoir qu'il était admiré. Mais dans ces deux cas
le Baron se trompait, il péchait par excès de contact et
de regards.

« Est-ce que tout l'Orient de Decamps, de Fromentin, d'Ingres, de Delacroix n'est pas là-dedans ? me
dit-il, encore immobilisé par le passage du Sénégalais.
Vous savez, moi je ne m'intéresse jamais aux choses et
aux êtres qu'en peintre, en philosophe. D'ailleurs je
suis trop vieux. Mais quel malheur, pour compléter le
tableau, que l'un de nous deux ne soit pas une
odalisque. » Ce ne fut pas l'Orient de Decamps ni
même de Dalacroix qui commença de hanter mon
imagination quand le Baron m'eut quitté, mais le vieil
Orient de ces *Mille et une Nuits* que j'avais tant aimées,
et me perdant peu à peu dans le lacis de ces rues
noires, je pensais au calife Haroun Al Raschid en
quête d'aventures dans les quartiers perdus de Bagdad. D'autre part la chaleur du temps et de la marche
m'avait donné soif, mais depuis longtemps tous les
bars étaient fermés, et à cause de la pénurie d'essence,
les rares taxis que je rencontrais conduits par des
Levantins ou des nègres, ne prenaient même pas la
peine de répondre à mes signes. Le seul endroit où
j'aurais pu me faire servir à boire et reprendre des
forces pour rentrer chez moi eût été un hôtel. Mais
dans la rue assez éloignée du centre où j'étais parvenu

tous depuis que sur Paris les gothas lançaient leurs
bombes avaient fermé. Il en était de même de presque
toutes les boutiques de commerçants lesquels faute
d'employés ou eux-mêmes pris de peur, avaient fui à
la campagne et laissé sur la porte un avertissement
habituel écrit à la main et annonçant leur réouverture
pour une époque éloignée, et d'ailleurs problématique. Les autres établissements qui avaient pu survivre
encore annonçaient de la même manière qu'ils n'ou-
vraient que deux fois par semaine. On sentait que la
misère, l'abandon, la peur habitaient tout ce quartier.
Je n'en fus que plus surpris de voir qu'entre ces
maisons délaissées, il y en avait une où la vie au
contraire semblant avoir vaincu l'effroi, la faillite,
entretenait l'activité et la richesse. Derrière les volets
clos de chaque fenêtre la lumière, tamisée à cause des
ordonnances de police décelait pourtant un insouci
complet de l'économie. Et à tout instant la porte
s'ouvrait pour laisser entrer ou sortir quelque visiteur
nouveau. C'était un hôtel par qui la jalousie de tous les
commerçants voisins (à cause de l'argent que ses
propriétaires devaient gagner) devait être excitée ; et
ma curiosité le fut aussi quand je vis sortir rapidement, à une quinzaine de mètres de moi, c'est-à-dire
trop loin pour que dans l'obscurité profonde je pusse
le distinguer, un officier [54].

Quelque chose pourtant me frappa qui n'était pas sa
figure que je ne voyais pas, ni son uniforme dissimulé
dans une grande houppelande, mais la disproportion
extraordinaire entre le nombre de points différents par
où passa son corps et le petit nombre de secondes
pendant lesquelles cette sortie, qui avait l'air de la
sortie tentée par un assiégé, s'exécuta. De sorte que je
pensai, si je ne le reconnus pas formellement — je ne
dirai pas même à la tournure, ni à la sveltesse, ni à
l'allure, ni à la vélocité de Saint-Loup — mais à
l'espèce d'ubiquité qui lui était si spéciale. Le militaire
capable d'occuper en si peu de temps tant de positions
différentes dans l'espace avait disparu sans m'avoir
aperçu dans une rue de traverse, et je restais à me

demander si je devais ou non entrer dans cet hôtel
dont l'apparence modeste me fit fortement douter que
c'était Saint-Loup qui en était sorti.

Je me rappelai involontairement que Saint-Loup
avait été injustement mêlé à une affaire d'espionnage
parce qu'on avait trouvé son nom dans les lettres
saisies sur un officier allemand. Pleine justice lui avait
d'ailleurs été rendue par l'autorité militaire. Mais
malgré moi je rapprochai ce souvenir de ce que je
voyais. Cet hôtel servait-il de lieu de rendez-vous à des
espions ? L'officier avait depuis un moment disparu
quand je vis entrer de simples soldats de plusieurs
armes, ce qui ajouta encore à la force de ma supposition. J'avais d'autre part extrêmement soif. Il était
probable que je pourrais trouver à boire ici et j'en
profitai pour tâcher d'assouvir, malgré l'inquiétude
qui s'y mêlait, ma curiosité.

Je ne pense donc pas que ce fut la curiosité de cette
rencontre qui me décida à monter le petit escalier de
quelques marches au bout duquel la porte d'une
espèce de vestibule était ouverte, sans doute à cause de
la chaleur. Je crus d'abord que cette curiosité je ne
pourrais la satisfaire car, de l'escalier où je restais dans
l'ombre je vis plusieurs personnes venir demander une
chambre à qui on répondit qu'il n'y en avait plus une
seule. Or elles n'avaient évidemment contre elles que
de ne pas faire partie du nid d'espionnage car un
simple marin s'étant présenté un moment après on se
hâta de lui donner le n° 28. Je pus apercevoir sans être
vu dans l'obscurité quelques militaires et deux
ouvriers qui causaient tranquillement dans une petite
pièce étouffée, prétentieusement ornée de portraits en
couleurs de femmes découpés dans des magazines et
des revues illustrées.

Ces gens causaient tranquillement, en train d'exposer des idées patriotiques : « Qu'est-ce que tu veux on
fera comme les camarades », disait l'un. « Ah ! pour
sûr que je pense bien ne pas être tué », répondait à un
vœu que je n'avais pas entendu, un autre qui à ce que
je compris repartait le lendemain pour un poste

dangereux. « Par exemple à vingt-deux ans, en n'ayant encore fait que six mois, ce serait fort », criait-il avec un ton où perçait encore plus que le désir de vivre longtemps la conscience de raisonner juste et comme si le fait de n'avoir que vingt-deux ans devait lui donner plus de chances de ne pas être tué et que ce dût être une chose impossible qu'il le fût. « A Paris c'est épatant disait un autre on ne dirait pas qu'il y a la guerre. Et toi Julot tu t'engages toujours. » — « Pour sûr que je m'engage, j'ai envie d'aller y taper un peu dans le tas à tous ces sales Boches. » — « Mais Joffre c'est un homme qui couche avec les femmes des ministres, c'est pas un homme qui a fait quelque chose. » — « C'est malheureux d'entendre des choses pareilles », dit un aviateur un peu plus âgé, et, se tournant vers l'ouvrier qui venait de faire entendre cette proposition : « Je vous conseillerais pas de causer comme ça en première ligne, les poilus vous auraient vite expédié. » La banalité de ces conversations ne me donnait pas grande envie d'en entendre davantage et j'allais entrer ou redescendre quand je fus tirer de mon indifférence en entendant ces phrases qui me firent frémir : « C'est épatant, le patron qui ne revient pas, dame à cette heure-ci je ne sais pas trop où il trouvera des chaînes. » — « Mais puisque l'autre est déjà attaché. » — « Il est attaché, bien sûr, il est attaché et il ne l'est pas, moi je serais attaché comme ça que je pourrais me détacher. » — « Mais le cadenas est fermé. » — « C'est entendu qu'il est fermé, mais ça peut s'ouvrir à la rigueur. Ce qu'il y a, c'est que les chaînes ne sont pas assez longues. Tu vas pas m'expliquer à moi ce que c'est, j'y ai tapé dessus hier pendant toute la nuit que le sang m'en coulait sur les mains. » — « C'est toi qui taperas ce soir ? » — « Non, c'est pas moi. C'est Maurice. Mais ça sera moi dimanche, le patron me l'a promis. » Je compris maintenant pourquoi on avait eu besoin des bras solides du marin. Si on avait éloigné de paisibles bourgeois, ce n'était donc pas qu'un nid d'espions que cet hôtel. Un crime atroce allait y être consommé si on n'arrivait pas à temps

pour le découvrir et faire arrêter les coupables. Tout
cela pourtant dans cette nuit paisible et menacée
gardait une apparence de rêve, de conte, et c'est à la
fois avec une fierté de justicier et une volupté de poète
que j'entrai délibérément dans l'hôtel.

Je touchai légèrement mon chapeau et les personnes
présentes sans se déranger, répondirent plus ou moins
poliment à mon salut. « Est-ce que vous pourriez me
dire à qui il faut m'adresser ? Je voudrais avoir une
chambre et qu'on m'y monte à boire. » — « Attendez
une minute, le patron est sorti. » — « Mais il y a le
chef là-haut, insinua un des causeurs. » — « Mais tu
sais bien qu'on ne peut pas le déranger. » — « Croyez-
vous qu'on me donnera une chambre ? » —
« J'crois. » — « Le 43 doit être libre », dit le jeune
homme qui était sûr de ne pas être tué parce qu'il avait
vingt-deux ans. Et il se poussa légèrement sur le sofa
pour me faire place. « Si on ouvrait un peu la fenêtre,
il y a une fumée ici ! », dit l'aviateur ; et en effet
chacun avait sa pipe ou sa cigarette. « Oui mais alors
fermez d'abord les volets, vous savez bien que c'est
défendu d'avoir de la lumière à cause des zeppelins. »
— « Il n'en viendra plus de zeppelins. Les journaux
ont même fait allusion sur ce qu'ils avaient été tous
descendus. » — « Il n'en viendra plus, il n'en viendra
plus, qu'est-ce que tu en sais ? Quand tu auras comme
moi quinze mois de front et que tu auras abattu ton
cinquième avion boche, tu pourras en causer. Faut pas
croire les journaux. Ils sont allés hier sur Compiègne,
ils ont tué une mère de famille avec ses deux enfants. »
— « Une mère de famille avec ses deux enfants ! » dit
avec des yeux ardents et un air de profonde pitié le
jeune homme qui espérait bien ne pas être tué et qui
avait du reste une figure énergique, ouverte et des plus
sympathiques. « On n'a pas de nouvelles du grand
Julot [55]. Sa marraine n'a pas reçu de lettre de lui
depuis huit jours et c'est la première fois qu'il reste si
longtemps sans lui en donner. » — « Qui c'est, sa
marraine ? » — « C'est la dame qui tient le chalet de
nécessité un peu plus bas que l'Olympia. » — « Ils

couchent ensemble ? » — « Qu'est-ce que tu dis là ?
C'est une femme mariée, tout ce qu'il y a de sérieuse.
Elle lui envoie de l'argent toutes les semaines parce
qu'elle a bon cœur. Ah ! c'est une chic femme. » —
« Alors tu le connais, le grand Julot ? » — « Si je le
connais ! reprit avec chaleur le jeune homme de vingt-
deux ans. C'est un de mes meilleurs amis intimes. Il
n'y en a pas beaucoup que j'estime comme lui, et bon
camarade, toujours prêt à rendre service, ah ! tu parles
que ce serait un rude malheur s'il lui était arrivé
quelque chose. » Quelqu'un proposa une partie de dés
et à la hâte fébrile avec laquelle le jeune homme de
vingt-deux ans retournait les dés et criait les résultats,
les yeux hors de la tête, il était aisé de voir qu'il avait
un tempérament de joueur. Je ne saisis pas bien ce que
quelqu'un lui dit ensuite mais il s'écria d'un ton de
profonde pitié : « Julot un maquereau ! C'est-à-dire
qu'il dit qu'il est un maquereau. Mais il n'est pas
foutu de l'être. Moi je l'ai vu payer sa femme, oui, la
payer. C'est-à-dire que je ne dis pas que Jeanne
l'Algérienne ne lui donnait pas quelque chose, mais
elle ne lui donnait pas plus de cinq francs, une femme
qui était en maison, qui gagnait plus de cinquante
francs par jour. Se faire donner que cinq francs, il faut
qu'un homme soit trop bête. Et maintenant qu'il est
sur le front, elle a une vie dure, je veux bien, mais elle
gagne ce qu'elle veut, eh bien elle ne lui envoie rien.
Ah ! un maquereau, Julot ? Il y en a beaucoup qui
pourraient se dire maquereaux à ce compte-là. Non
seulement c'est pas un maquereau, mais à mon avis
c'est même un imbécile. » Le plus vieux de la bande,
et que le patron avait sans doute à cause de son âge
chargé de lui faire garder une certaine tenue, n'entendit, étant allé un moment jusqu'aux cabinets que la fin
de la conversation. Mais il ne put s'empêcher de me
regarder et parut visiblement contrarié de l'effet
qu'elle avait dû produire sur moi. Sans s'adresser
spécialement au jeune homme de vingt-deux ans qui
venait pourtant d'exposer cette théorie de l'amour
vénal, il dit, d'une façon générale : « Vous causez trop

et trop fort, la fenêtre est ouverte, il y a des gens qui dorment à cette heure-ci. Vous savez bien que si le patron rentrait et vous entendait causer comme ça, il ne serait pas content. »

Précisément en ce moment on entendit la porte s'ouvrir et tout le monde se tut croyant que c'était le patron, mais ce n'était qu'un chauffeur d'auto étranger auquel tout le monde fit grand accueil. Mais en voyant une chaîne de montre superbe qui s'étalait sur la veste du chauffeur, le jeune homme de vingt-deux ans lui lança un coup d'œil interrogatif et rieur, suivi d'un froncement de sourcil et d'un clignement d'œil sévère dirigé de mon côté. Et je compris que le premier regard voulait dire : « Qu'est-ce que c'est que ça, tu l'as volée ? Toutes mes félicitations. » Et le second : « Ne dis rien à cause de ce type que nous ne connaissons pas. » Tout d'un coup le patron entra chargé de plusieurs mètres de grosses chaînes de fer capables d'attacher plusieurs forçats, suant, et dit : « J'en ai une charge si vous n'étiez pas si fainéants, je ne devrais pas être obligé d'y aller moi-même. » Je lui dis que je demandais une chambre. « Pour quelques heures seulement, je n'ai pas trouvé de voiture et je suis un peu malade. Mais je voudrais qu'on me monte à boire. » — « Pierrot, va à la cave chercher du cassis et dis qu'on mette en état le numéro 43. Voilà le 7 qui sonne encore. Ils disent qu'ils sont malades. Malades je t'en fiche, c'est des gens à prendre de la coco, ils ont l'air à moitié piqués, il faut les foutre dehors. A-t-on mis une paire de draps au 22 ? Bon ! Voilà le 7 qui sonne, cours-y voir. Allons, Maurice, qu'est-ce que tu fais là ? tu sais bien qu'on t'attend, monte au 14 *bis*. Et plus vite que ça. » Et Maurice sortit rapidement suivant le patron qui un peu ennuyé que j'eusse vu ses chaînes, disparut en les emportant. « Comment que tu viens si tard ? » demanda le jeune homme de vingt-deux ans au chauffeur. « Comment si tard je suis d'une heure en avance. Mais il fait trop chaud marcher. J'ai rendez-vous qu'à minuit. » — « Pour qui donc est-ce que tu viens ? » — « Pour Pamela la charmeuse » dit le chauffeur oriental dont le rire découvrit les belles dents blanches. « Ah ! » dit le jeune homme de vingt-deux ans.

Bientôt on me fit monter dans la chambre 43, mais l'atmosphère était si désagréable et ma curiosité si grande que, mon « cassis » bu, je redescendis l'escalier, puis pris d'une autre idée, le remontai et dépassant l'étage de la chambre 43, allai jusqu'en haut. Tout d'un coup d'une chambre qui était isolée au bout d'un couloir me semblèrent venir des plaintes étouffées. Je marchai vivement dans cette direction et appliquai mon oreille à la porte. « Je vous en supplie, grâce, grâce, pitié, détachez-moi, ne me frappez pas si fort, disait une voix. Je vous baise les pieds, je m'humilie, je ne recommencerai pas. Ayez pitié. » — « Non, crapule répondit une autre voix et puisque tu gueules et que tu te traînes à genoux on va t'attacher sur le lit, pas de pitié », et j'entendis le bruit du claquement d'un martinet, probablement aiguisé de clous car il fut suivi de cris de douleur. Alors je m'aperçus qu'il y avait dans cette chambre un œil-de-bœuf latéral dont on avait oublié de tirer le rideau ; cheminant à pas de loup dans l'ombre je me glissai jusqu'à cet œil-de-bœuf, et là enchaîné sur un lit comme Prométhée sur son rocher, recevant les coups d'un martinet en effet planté de clous que lui infligeait Maurice, je vis, déjà tout en sang, et couvert d'ecchymoses qui prouvaient que le supplice n'avait pas lieu pour la première fois, je vis devant moi M. de Charlus.

Tout d'un coup la porte s'ouvrit et quelqu'un entra qui heureusement ne me vit pas, c'était Jupien[56]. Il s'approcha du Baron avec un air de respect et un sourire d'intelligence : « Hé bien, vous n'avez pas besoin de moi ? » Le Baron pria Jupien de faire sortir un moment Maurice. Jupien le mit dehors avec la plus grande désinvolture. « On ne peut pas nous entendre ? » dit le Baron à Jupien qui lui affirma que non. Le Baron savait que Jupien, intelligent comme un homme de lettres, n'avait aucunement l'esprit pratique, parlait toujours devant les intéressés avec des sous-entendus qui ne trompaient personne et des surnoms que tout le monde connaissait.

« Une seconde » interrompit Jupien qui avait entendu une sonnette retentir à la chambre n° 3 [57]. C'était un député de l'Action libérale qui sortait. Jupien n'avait pas besoin de voir le tableau car il connaissait son coup de sonnette, le député venant en effet tous les jours après déjeuner. Il avait été obligé ce jour-là de changer ses heures, car il avait marié sa fille à midi à Saint-Pierre de Chaillot. Il était donc venu le soir mais tenait à partir de bonne heure à cause de sa femme, vite inquiète quand il rentrait tard, surtout par ces temps de bombardement. Jupien tenait à accompagner sa sortie pour témoigner de la déférence qu'il portait à la qualité d'honorable, sans aucun intérêt personnel d'ailleurs. Car bien que ce député qui répudiait les exagérations de *l'Action française* (il eût d'ailleurs été incapable de comprendre une ligne de Charles Maurras ou de Léon Daudet), fût bien avec les ministres, flattés d'être invités à ses chasses, Jupien n'aurait pas osé lui demander le moindre appui dans ses démêlés avec la police. Il savait que s'il s'était risqué à parler de cela au législateur fortuné et froussard, il n'aurait pas évité la plus inoffensive des « descentes », mais eût instantanément perdu le plus généreux de ses clients. Après avoir reconduit jusqu'à la porte le député qui avait rabattu son chapeau sur ses yeux, relevé son col, et glissant rapidement comme il faisait dans ses programmes électoraux, croyait cacher son visage, Jupien remonta près de M. de Charlus à qui il dit : « C'était monsieur Eugène. » Chez Jupien comme dans les maisons de santé, on n'appelait les gens que par leur prénom tout en ayant soin d'ajouter à l'oreille, pour satisfaire la curiosité de l'habitué, ou augmenter le prestige de la maison, leur nom véritable. Quelquefois cependant Jupien ignorait la personnalité vraie de ses clients, s'imaginait et disait que c'était tel boursier, tel noble, tel artiste, erreurs passagères et charmantes pour ceux qu'on nommait à tort, et finissait par se résigner à ignorer toujours qui était monsieur Victor. Jupien avait ainsi l'habitude pour plaire au Baron, de faire l'inverse de ce qui est de mise dans certaines réunions. « Je vais vous présenter M. Lebrun » (à l'oreille : « Il se fait appeler M. Lebrun mais en réalité c'est le Grand-Duc de Russie »). Inversement Jupien sentait que ce n'était pas encore assez de présenter à M. de Charlus un garçon laitier. Il lui murmurait en clignant de l'œil : « Il est garçon laitier mais au fond c'est surtout un des plus dangereux apaches de Belleville » (il fallait voir le ton grivois dont Jupien disait « apache »). Et comme si ces références ne suffisaient pas, il tâchait d'ajouter quelques « citations ». « Il a été condamné plusieurs fois pour vol et cambriolage de villas, il a été à Fresnes pour s'être battu (même air grivois) avec des passants qu'il a à moitié estropiés et il a été au bat' d'Af. Il a tué son sergent. »

Le Baron en voulait même légèrement à Jupien car il savait que dans cette maison qu'il avait chargé son factotum d'acheter pour lui et de faire gérer par un sous-ordre, tout le monde, par les maladresses de l'oncle de Mlle d'Oloron [58] connaissait plus ou moins sa personnalité et son nom (beaucoup seulement croyaient que c'était un surnom et le prononçant mal l'avaient déformé, de sorte que la sauvegarde du baron avait été leur propre bêtise et non la discrétion de Jupien). Mais il trouvait plus simple de se laisser rassurer par ses assurances, et tranquillisé de savoir qu'on ne pouvait les entendre, le Baron lui dit : « Je ne voulais pas parler devant ce petit qui est très gentil et fait de son mieux. Mais je ne le trouve pas assez brutal. Sa figure me plaît, mais il m'appelle crapule comme si c'était une leçon apprise. » — « Oh ! non personne ne lui a rien dit, répondit Jupien sans s'apercevoir de l'invraisemblance de cette assertion. Il a du reste été compromis dans le meurtre d'une concierge de la Villette. » — « Ah ! cela c'est assez intéressant », dit avec un sourire le baron. — « Mais j'ai justement là le tueur de bœufs, l'homme des abattoirs qui lui ressemble ; il a passé par hasard.

Voulez-vous en essayer ? » — « Ah oui, volontiers. »
Je vis entrer l'homme des abattoirs, il ressemblait en
effet un peu à « Maurice » mais chose plus curieuse,
tous deux avaient quelque chose d'un type, que
personnellement je n'avais jamais dégagé, mais que je
me rendis très bien compte exister dans la figure de
Morel, avaient une certaine ressemblance sinon avec
Morel tel que je l'avais vu, au moins avec un certain
visage que des yeux voyant Morel autrement que moi,
avaient pu composer avec ses traits. Dès que je me fus
fait intérieurement, avec des traits empruntés à mes
souvenirs de Morel, cette maquette de ce qu'il pouvait
représenter à un autre, je me rendis compte que ces
deux jeunes gens dont l'un était un garçon bijoutier et
l'autre un employé d'hôtel étaient de vagues succédanés de Morel. Fallait-il en conclure que M. de Charlus
au moins en une certaine forme de ses amours était
toujours fidèle à un même type et que le désir qui lui
avait fait choisir l'un après l'autre ces deux jeunes gens
était le même qui lui avait fait arrêter Morel sur le quai
de la gare de Doncières, que tous trois ressemblaient
un peu à l'éphèbe dont la forme intaillée dans le saphir
qu'étaient les yeux de M. de Charlus donnait à son
regard ce quelque chose de si particulier qui m'avait
effrayé le premier jour à Balbec. Ou que son amour
pour Morel ayant modifié le type qu'il cherchait pour
se consoler de son absence il cherchait des hommes
qui lui ressemblassent. Une supposition que je fis
aussi fut que peut-être il n'avait jamais existé entre
Morel et lui malgré les apparences que des relations
d'amitié, et que M. de Charlus faisait venir chez
Jupien des jeunes gens qui ressemblassent assez à
Morel pour qu'il pût avoir auprès d'eux l'illusion de
prendre du plaisir avec lui. Il est vrai qu'en songeant à
tout ce que M. de Charlus a fait pour Morel, cette
supposition eût semblé peu probable si l'on ne savait
que l'amour nous pousse non seulement aux plus
grands sacrifices pour l'être que nous aimons mais
parfois jusqu'au sacrifice de notre désir lui-même qui
d'ailleurs est d'autant moins facilement exaucé que

l'être que nous aimons sent que nous aimons davantage.

Ce qui enlève aussi [59] à une telle supposition l'invraisemblance qu'elle semble avoir au premier abord (bien qu'elle ne corresponde sans doute pas à la réalité) est dans le tempérament nerveux, dans le caractère profondément passionné de M. de Charlus, pareil en cela à celui de Saint-Loup, et qui avait pu jouer au début de ses relations avec Morel le même rôle en plus décent, et négatif qu'au début des relations de son neveu avec Rachel. Les relations avec une femme qu'on aime (et cela peut s'étendre à l'amour pour un jeune homme) peuvent rester platoniques pour une autre raison que la vertu de la femme ou que la nature peu sensuelle de l'amour qu'elle inspire. Cette raison peut être que l'amoureux trop impatient par l'excès même de son amour ne sait pas attendre avec une feinte suffisante d'indifférence le moment où il obtiendra ce qu'il désire. Tout le temps il revient à la charge, il ne cesse d'écrire à celle qu'il aime, il cherche tout le temps à la voir, elle le lui refuse, il est désespéré. Dès lors elle a compris que si elle lui accorde sa compagnie, son amitié, ces biens paraîtront déjà tellement considérables à celui qui a cru en être privé, qu'elle peut se dispenser de donner davantage, et profiter d'un moment où il ne peut plus supporter de ne pas la voir, où il veut à tout prix terminer la guerre, en lui imposant une paix qui aura pour première condition le platonisme des relations. D'ailleurs pendant tout le temps qui a précédé ce traité, l'amoureux tout le temps anxieux, sans cesse à l'affût d'une lettre, d'un regard, a cessé de penser à la possession physique dont le désir l'avait tourmenté d'abord mais qui s'est usé dans l'attente et a fait place à des besoins d'un autre ordre, plus douloureux d'ailleurs s'ils ne sont pas satisfaits. Alors le plaisir qu'on avait le premier jour espéré des caresses, on le reçoit plus tard, tout dénaturé sous la forme de paroles amicales, de promesses de présence qui après les effets de l'incertitude, quelquefois simplement après un regard embrumé de tous les brouillards de la froideur et qui recule si loin la personne qu'on croit qu'on ne la reverra jamais, amènent de délicieuses détentes. Les femmes devinent tout cela et savent qu'elles peuvent s'offrir le luxe de ne se donner jamais à ceux dont elles sentent, s'ils ont été trop nerveux pour le leur cacher les premiers jours, l'inguérissable désir qu'ils ont d'elles. La femme est trop heureuse que sans rien donner, elle reçoive beaucoup plus qu'elle n'a l'habitude quand elle se donne. Les grands nerveux croient ainsi à la vertu de leur idole. Et l'auréole qu'ils mettent autour d'elle est ainsi un produit, mais comme on voit fort indirect, de leur excessif amour. Il existe alors chez la femme ce qui existe à l'état inconscient chez les médicaments à leur insu rusés, comme sont les soporifiques, la morphine. Ce n'est pas à ceux à qui ils donnent le plaisir du sommeil ou un véritable bien-être qu'ils sont absolument nécessaires, ce n'est pas par ceux-là qu'ils seraient achetés à prix d'or, échangés contre tout ce que le malade possède ; c'est par ces autres malades (d'ailleurs peut-être les mêmes mais, à quelques années de distance, devenus autres) que le médicament ne fait pas dormir, à qui il ne cause aucune volupté, mais qui tant qu'ils ne l'ont pas sont en proie à une agitation qu'ils veulent faire cesser à tout prix fût-ce en se donnant la mort.

Pour M. de Charlus, dont le cas en somme avec cette légère différenciation due à la similitude du sexe, rentre dans les lois générales de l'amour, il avait beau appartenir à une famille plus ancienne que les Capétiens, être riche, être vainement recherché par une société élégante, et Morel n'être rien, il aurait eu beau dire à Morel comme il m'avait dit à moi-même : « Je suis Prince, je veux votre bien », encore était-ce Morel qui avait le dessus s'il ne voulait pas se rendre. Et pour qu'il ne le voulût pas, il suffisait peut-être qu'il se sentît aimé. L'horreur que les grands ont pour les snobs qui veulent à toute force se lier avec eux, l'homme viril l'a pour l'inverti, la femme pour tout homme trop amoureux. M. de Charlus non seulement avait tous les avantages mais en eût proposé d'immenses à Morel. Mais il est possible que tout cela se fût brisé contre une volonté. Il en eût été dans ce cas de M. de Charlus comme de ces Allemands, auxquels il appartenait du reste par ses origines, et qui dans la guerre qui se déroulait à ce moment étaient bien comme le Baron le répétait un peu trop volontiers, vainqueurs sur tous les fronts. Mais à quoi leur servait leur victoire, puisque après chacune ils trouvaient les Alliés plus résolus à leur refuser la seule chose qu'eux, les Allemands eussent souhaité d'obtenir, la Paix et la réconciliation ? Ainsi Napoléon entrait en Russie et demandait magnanimement aux autorités de venir vers lui. Mais personne ne se présentait.

Je descendis et rentrai dans la petite antichambre où Maurice incertain si on le rappellerait et à qui Jupien avait à tout hasard dit d'attendre, était en train de faire une partie de cartes avec un de ses camarades. On était très agité d'une croix de guerre qui avait été trouvée par terre, et on ne savait pas qui l'avait perdue, à qui la renvoyer pour éviter au titulaire une punition. Puis on parla de la bonté d'un officier qui s'était fait tuer pour tâcher de sauver son ordonnance. « Il y a tout de même du bon monde chez les riches. Moi je me ferais tuer avec plaisir pour un type comme ça », dit Maurice, qui évidemment n'accomplissait ses terribles fustigations sur le Baron, que par une habitude mécanique, les effets d'une éducation négligée, le besoin d'argent et un certain penchant à le gagner d'une façon qui était censée donner moins de mal que le travail et en donnait peut-être davantage. Mais, ainsi que l'avait craint M. de Charlus c'était peut-être un très bon cœur et c'était paraît-il un garçon d'une admirable bravoure. Il avait presque les larmes aux yeux en parlant de la mort de cet officier et le jeune homme de vingt-deux ans n'était pas moins ému. « Ah ! oui ce sont de chics types. Des malheureux comme nous encore ça n'a pas grand-chose à perdre, mais un monsieur qui a des tas de larbins, qui peut aller prendre son apéro tous les jours à 6 heures, c'est

vraiment chouette ! On peut charrier tant qu'on veut,
mais quand on voit des types comme ça mourir, ça fait
vraiment quelque chose. Le bon Dieu ne devrait pas
permettre que des riches comme ça, ça meurt, d'abord
ils sont trop utiles à l'ouvrier. Rien qu'à cause d'une
mort comme ça, faudra tuer tous les Boches jusqu'au
dernier ; et ce qu'ils ont fait à Louvain, et couper des
poignets de petits enfants ; non je ne sais pas moi je ne
suis pas meilleur qu'un autre, mais je me laisserais
envoyer des pruneaux dans la gueule plutôt que
d'obéir à des barbares comme ça ; car c'est pas des
hommes, c'est des vrais barbares, tu ne me diras pas le
contraire. » Tous ces garçons étaient en somme
patriotes. Un seul, légèrement blessé au bras, ne fut
pas à la hauteur des autres, car il dit, comme il devait
bientôt repartir : « Dame, ça n'a pas été la bonne
blessure » (celle qui fait réformer), comme
Mme Swann disait jadis : « J'ai trouvé le moyen
d'attraper la fâcheuse influenza. »

La porte se rouvrit sur le chauffeur qui était allé un
instant prendre l'air. « Comment c'est déjà fini, ça n'a
pas été long », dit-il en apercevant Maurice qu'il
croyait en train de frapper celui qu'on avait sur-
nommé, par allusion à un journal qui paraissait à cette
époque : « l'Homme enchaîné[60]. » — « Ce n'est pas
long, pour toi qui es allé prendre l'air, répondit
Maurice froissé qu'on vît qu'il avait déplu là-haut.
Mais si tu étais obligé de taper à tour de bras comme
moi par cette chaleur ! Si c'était pas les cinquante
francs qu'il donne. » — « Et puis, c'est un homme qui
cause bien on sent qu'il a de l'instruction. Dit-il que ce
sera bientôt fini ? » — « Il dit qu'on ne pourra pas les
avoir, que ça finira sans que personne ait le dessus. »
— « Bon sang de bon sang, mais c'est donc un
Boche... » — « Je vous ai déjà dit que vous causiez
trop haut, dit le plus vieux aux autres en m'apercevant. Vous avez fini avec la chambre ? » — « Ah ! ta
gueule tu n'es pas le maître ici. » — « Oui j'ai fini et je
venais pour payer. » — « Il vaut mieux que vous
payiez au patron. Maurice, va donc le chercher. » —

« Mais je ne veux pas vous déranger. » — « Ça ne me dérange pas. » Maurice monta et revint en me disant : « Le patron descend. » Je lui donnai deux francs pour son dérangement. Il rougit de plaisir. « Ah ! merci bien. Je les enverrai à mon frère qui est prisonnier. Non, il n'est pas malheureux. Ça dépend beaucoup des camps. »

Pendant ce temps, deux clients très élégants[61], en habit et cravate blanche sous leurs pardessus — deux Russes, me sembla-t-il à leur très léger accent, se tenaient sur le seuil et délibéraient s'ils devaient entrer. C'était visiblement la première fois qu'ils venaient là, on avait dû leur indiquer l'endroit, et ils semblaient partagés entre le désir, la tentation et une extrême frousse. L'un des deux — un beau jeune homme — répétait toutes les deux minutes à l'autre avec un sourire mi-interrogateur, mi-destiné à persuader : « Quoi ! Après tout on s'en fiche ? » Mais il avait beau vouloir dire par là qu'après tout on se fichait des conséquences, il est probable qu'il ne s'en fichait pas tant que cela car cette parole n'était suivie d'aucun mouvement pour entrer mais d'un nouveau regard vers l'autre, suivi du même sourire et du même *après tout on s'en fiche.* C'était, ce *après tout on s'en fiche,* un exemplaire entre mille de ce magnifique langage, si différent de celui que nous parlons d'habitude, et où l'émotion fait dévier ce que nous voulions dire et épanouir à la place une phrase tout autre émergée d'un lac inconnu où vivent ces expressions sans rapport avec la pensée et qui par cela même la révèlent. Je me souviens qu'une fois Albertine comme Françoise, que nous n'avions pas entendue, entrait au moment où mon amie était toute nue contre moi, dit malgré elle, voulant me prévenir : « Tiens, voilà la belle Françoise. » Françoise qui n'y voyait plus très clair et ne faisait que traverser la pièce assez loin de nous ne se fût sans doute aperçue de rien. Mais les mots si anormaux de « belle Françoise » qu'Albertine n'avait jamais prononcés de sa vie, montrèrent d'eux-mêmes leur origine, elle les sentit cueillis au hasard par l'émotion, n'eut pas besoin de regarder rien pour comprendre tout et s'en alla en murmurant dans son patois le mot de « poutana ». Une autre fois, bien plus tard, quand Bloch devenu père de famille eut marié une de ses filles à un catholique, un monsieur mal élevé dit à celle-ci qu'il croyait avoir entendu dire qu'elle était fille d'un juif et lui en demanda le nom. La jeune femme qui avait été Mlle Bloch depuis sa naissance, répondit, en prononçant à l'allemande comme eût fait le Duc de Guermantes, « Bloch » (en prononçant le *ch* non pas comme un *c* ou un *k* mais avec le *ch* germanique).

Le patron, pour en revenir à la scène de l'hôtel (dans lequel les deux Russes s'étaient décidés à pénétrer : « après tout on s'en fiche »), n'était pas encore venu que Jupien entra se plaindre qu'on parlait trop fort et que les voisins se plaindraient. Mais il s'arrêta stupéfait en m'apercevant. « Allez-vous-en tous sur le carré. » Déjà tous se levaient quand je lui dis : « Il serait plus simple que ces jeunes gens restent là et que j'aille avec vous un instant dehors. » Il me suivit, fort troublé. Je lui expliquai pourquoi j'étais venu. On entendait des clients qui demandaient au patron s'il ne pouvait pas leur faire connaître un valet de pied, un enfant de chœur, un chauffeur nègre. Toutes les professions intéressaient ces vieux fous, dans la troupe toutes les armes, et les alliés de toutes nations. Quelques-uns réclamaient surtout des Canadiens, subissant peut-être à leur insu le charme d'un accent si léger qu'on ne sait pas si c'est celui de la vieille France ou de l'Angleterre. A cause de leur jupon et parce que certains rêves lacustres s'associent souvent à de tels désirs, les Écossais faisaient prime. Et, comme toute folie reçoit des circonstances des traits particuliers, sinon même une aggravation, un vieillard dont toutes les curiosités avaient sans doute été assouvies demandait avec insistance si on ne pourrait pas lui faire faire la connaissance d'un mutilé. On entendit des pas lents dans l'escalier. Par une indiscrétion qui était dans sa nature Jupien ne put se retenir de me dire que c'était le Baron qui descendait, qu'il ne fallait à aucun prix qu'il me vît mais que si je voulais entrer dans la chambre contiguë au vestibule où étaient les jeunes gens, il allait ouvrir le vasistas, truc qu'il avait inventé pour que le Baron pût voir et entendre sans être vu, et qu'il allait, me disait-il, retourner en ma faveur contre lui. « Seulement, ne bougez pas. » Et après m'avoir poussé dans le noir, il me quitta. D'ailleurs il n'avait pas d'autre chambre à me donner, son hôtel malgré la guerre étant plein. Celle que je venais de quitter avait été prise par le Vicomte de Courvoisier qui ayant pu quitter la Croix-Rouge de xxx pour deux jours, était venu se délasser une heure à Paris avant d'aller retrouver au château de Courvoisier la Vicomtesse à qui il dirait n'avoir pas pu prendre le bon train. Il ne se doutait guère que M. de Charlus était à quelques mètres de lui, et celui-ci ne s'en doutait pas davantage, n'ayant jamais rencontré son cousin chez Jupien lequel ignorait la personnalité soigneusement dissimulée du Vicomte.

Bientôt en effet le Baron entra, marchant assez difficilement à cause des blessures dont il devait sans doute pourtant avoir l'habitude. Bien que son plaisir fût fini et qu'il n'entrât d'ailleurs que pour donner à Maurice l'argent qu'il lui devait, il dirigeait en cercle sur tous ces jeunes gens réunis un regard tendre et curieux et comptait bien avoir avec chacun le plaisir d'un bonjour tout platonique mais amoureusement prolongé. Je lui retrouvai de nouveau, dans toute la sémillante frivolité dont il fit preuve devant ce harem qui semblait presque l'intimider, ces hochements de taille et de tête, ces affinements du regard qui m'avaient frappé le soir de sa première entrée à la Raspelière, grâces héritées de quelque grand-mère que je n'avais pas connue, et que dissimulaient dans l'ordinaire de la vie sur sa figure des expressions plus viriles, mais qu'y épanouissait coquettement, dans certaines circonstances où il tenait à plaire à un milieu inférieur, le désir de paraître grande dame.

Jupien les avait recommandés à la bienveillance du

Baron [62] en lui jurant que c'étaient tous des « barbeaux » de Belleville et qu'ils marcheraient avec leur propre sœur pour un louis. Au reste Jupien mentait et disait vrai à la fois. Meilleurs, plus sensibles qu'il ne disait au Baron, ils n'appartenaient pas à une race sauvage. Mais ceux qui les croyaient tels leur parlaient néanmoins avec la plus entière bonne foi, comme si ces terribles eussent dû avoir la même. Un sadique a beau se croire avec un assassin son âme pure à lui sadique, n'est pas changée pour cela, et il reste stupéfait devant le mensonge de ces gens, pas assassins du tout, mais qui désirent gagner facilement une « thune », et dont le père ou la mère ou la sœur ressuscitent et remeurent tour à tour, parce qu'ils se coupent dans la conversation qu'ils ont avec le client à qui ils cherchent à plaire. Le client est stupéfié, dans sa naïveté car, avec son arbitraire conception du gigolo, ravi des nombreux assassinats dont il le croit coupable, il s'effare d'une contradiction et d'un mensonge qu'il surprend dans ses paroles.

Tous semblaient le connaître, et M. de Charlus s'arrêtait longuement à chacun leur parlant ce qu'il croyait leur langage, à la fois par une affectation prétentieuse de couleur locale et aussi par un plaisir sadique de se mêler à une vie crapuleuse. « Toi c'est dégoûtant je t'ai aperçu devant l'Olympia avec deux cartons. C'est pour te faire donner du pèze. Voilà comme tu me trompes. » Heureusement pour celui à qui s'adressait cette phrase, il n'eut pas le temps de déclarer qu'il n'eût jamais accepté de « pèze » d'une femme, ce qui eût diminué l'excitation de M. de Charlus, et réserva sa protestation pour la fin de la phrase en disant : « Oh ! non, je ne vous trompe pas. » Cette parole causa à M. de Charlus un vif plaisir, et comme malgré lui le genre d'intelligence qui était naturellement le sien ressortait d'à travers celui qu'il affectait, il se retourna vers Jupien : « Il est gentil de me dire ça. Et comme il le dit bien. On dirait que c'est la vérité. Après tout, qu'est-ce que ça fait que ce soit la vérité ou non puisqu'il arrive à me le faire croire ?

Quels jolis petits yeux il a. Tiens, je vais te donner deux gros baisers pour la peine, mon petit gars. Tu penseras à moi dans les tranchées. C'est pas trop dur ? » — « Ah ! dame il y a des jours, quand une grenade passe à côté de vous... » Et le jeune homme se mit à faire des imitations du bruit de la grenade, des avions, etc. « Mais il faut bien faire comme les autres, et vous pouvez être sûr et certain qu'on ira jusqu'au bout. » — « Jusqu'au bout ! Si on savait seulement jusqu'à quel bout ! » dit mélancoliquement le Baron qui était « pessimiste ». — « Vous n'avez pas vu que Sarah Bernhardt l'a dit sur les journaux : La France, elle ira jusqu'au bout. Les Français ils se feront plutôt tuer jusqu'au dernier. » — « Je ne doute pas un seul instant que les Français ne se fassent bravement tuer jusqu'au dernier », dit M. de Charlus comme si c'était la chose la plus simple du monde et bien qu'il n'eût lui-même l'intention de faire quoi que ce soit, mais pensant par là corriger l'impression de pacifisme qu'il donnait quand il s'oubliait. « Je n'en doute pas, mais je me demande jusqu'à quel point *madame* Sarah Bernhardt est qualifiée pour parler au nom de la France... Mais il me semble que je ne connais pas ce charmant, ce délicieux jeune homme », ajouta-t-il en avisant un autre qu'il ne reconnaissait pas ou qu'il n'avait peut-être jamais vu.

Il le salua comme il eût salué un prince à Versailles [63] et pour profiter de l'occasion d'avoir en supplément un plaisir gratis, comme quand j'étais petit et que ma mère venait de faire une commande chez Boissier ou chez Gouache, je prenais, sur l'offre d'une des dames du comptoir un bonbon extrait d'un des vases de verre entre lesquels elles trônaient, prenant la main du charmant jeune homme et la lui serrant longuement à la prussienne, le fixant des yeux en souriant pendant le temps interminable que mettaient autrefois à vous faire poser les photographes quand la lumière était mauvaise : « Monsieur, je suis charmé, je suis enchanté de faire votre connaissance. » « Il a de jolis cheveux », dit-il en se tournant vers Jupien. Il s'approcha ensuite de Maurice pour lui remettre ses cinquante francs mais le prenant d'abord par la taille : « Tu ne m'avais jamais dit que tu avais suriné une pipelette de Belleville. » Et M. de Charlus râlait d'extase et approchait sa figure de celle de Maurice : « Oh ! Monsieur le Baron, dit le gigolo qu'on avait oublié de prévenir, pouvez-vous croire une chose pareille ? » Soit qu'en effet le fait fût faux, ou que, vrai, son auteur le trouvât pourtant abominable et de ceux qu'il convient de nier : « Moi toucher à mon semblable ? A un Boche, oui parce que c'est la guerre, mais à une femme, et à une vieille femme encore ! » Cette déclaration de principes vertueux fit l'effet d'une douche d'eau froide sur le Baron qui s'éloigna sèchement de Maurice en lui remettant toutefois son argent, mais de l'air dépité de quelqu'un qu'on a floué, qui ne veut pas faire d'histoires, qui paye, mais n'est pas content. La mauvaise impression du Baron fut d'ailleurs accrue par la façon dont le bénéficiaire le remercia, car il dit : « Je vais envoyer ça à mes vieux et j'en garderai aussi un peu pour mon frangin qui est sur le front. » Ces sentiments touchants désappointèrent presque autant M. de Charlus que l'agaça leur expression, d'une paysannerie un peu conventionnelle. Jupien parfois les prévenait qu'il fallait être plus pervers. Alors l'un, de l'air de confesser quelque chose de satanique, aventurait : « Dites donc Baron vous n'allez pas me croire mais quand j'étais gosse, je regardais par le trou de la serrure mes parents s'embrasser. C'est vicieux, pas ? Vous avez l'air de croire que c'est un bourrage de crâne, mais non, je vous jure, tel que je vous le dis. » Et M. de Charlus était à la fois désespéré et exaspéré par cet effort factice vers la perversité qui n'aboutissait qu'à révéler tant de sottise et tant d'innocence. Et même le voleur, l'assassin le plus déterminés ne l'eussent pas contenté car ils ne parlent pas de leur crime ; et il y a d'ailleurs chez le sadique — si bon qu'il puisse être, bien plus d'autant meilleur qu'il est — une soif de mal que les méchants agissant dans d'autres buts ne peuvent contenter.

Le jeune homme eut beau comprenant trop tard son erreur dire qu'il ne blairait pas les flics et pousser l'audace jusqu'à dire au Baron : « Fous-moi un rencart » (un rendez-vous), le charme était dissipé. On sentait le chiqué comme dans les livres des auteurs qui s'efforcent pour parler argot. C'est en vain que le jeune homme détailla toutes les « saloperies » qu'il faisait avec sa femme. M. de Charlus fut seulement frappé combien ces saloperies se bornaient à peu de chose. Au reste ce n'était pas seulement par insincérité. Rien n'est plus limité que le plaisir et le vice. On peut vraiment, dans ce sens-là, en changeant le sens de l'expression, dire qu'on tourne toujours dans le même cercle vicieux.

Si on croyait M. de Charlus prince[64], en revanche on regrettait beaucoup dans l'établissement la mort de quelqu'un dont les gigolos disaient : « Je ne sais pas son nom, il paraît que c'est un baron » et qui n'était autre que le Prince de Foix (le père de l'ami de Saint-Loup). Passant chez sa femme pour vivre beaucoup au cercle, en réalité il passait des heures chez Jupien à bavarder, à raconter des histoires du monde devant des voyous. C'était un grand bel homme comme son fils. Il est extraordinaire que M. de Charlus, sans doute parce qu'il l'avait toujours connu dans le monde ignorât qu'il partageait ses goûts. On allait même jusqu'à dire qu'il les avait autrefois portés jusque sur son propre fils, encore collégien (l'ami de Saint-Loup) ce qui était probablement faux. Au contraire très renseigné sur des mœurs que beaucoup ignorent il veillait beaucoup aux fréquentations de son fils. Un jour qu'un homme d'ailleurs de basse extraction, avait suivi le jeune Prince de Foix jusqu'à l'hôtel de son père où il avait jeté un billet par la fenêtre, le père l'avait ramassé. Mais le suiveur, bien qu'il ne fût pas, aristocratiquement du même monde que M. de Foix le père, l'était à un autre point de vue. Il n'eut pas de peine à trouver dans de communs complices un intermédiaire qui fit taire M. de Foix en lui prouvant que c'était le jeune homme qui avait provoqué lui-même cette audace d'un homme âgé. Et c'était possible. Car le Prince de Foix avait pu réussir à préserver son fils des mauvaises fréquentations au dehors mais non de l'hérédité. Au reste le jeune Prince de Foix resta comme son père ignoré à ce point de vue des gens de son monde, bien qu'il allât plus loin que personne avec ceux d'un autre.

« Comme il est simple, jamais on ne dirait un baron », dirent quelques habitués quand M. de Charlus fut sorti, reconduit jusqu'en bas par Jupien auquel le Baron ne laissa pas de se plaindre de la vertu du jeune homme. A l'air mécontent de Jupien qui avait dû styler le jeune homme d'avance, on sentit que le faux assassin recevrait tout à l'heure un fameux savon de Jupien. « C'est tout le contraire de ce que tu m'as dit », ajouta le Baron pour que Jupien profitât de la leçon pour une autre fois. « Il a l'air d'une bonne nature, il exprime des sentiments de respect pour sa famille. » — « Il n'est pourtant pas bien avec son père, objecta Jupien pris au dépourvu, ils habitent ensemble, mais ils servent chacun dans un bar différent. » C'était évidemment faible comme crime auprès de l'assassinat, mais Jupien se trouvait pris au dépourvu. Le Baron n'ajouta rien car s'il voulait qu'on préparât ses plaisirs il voulait se donner à lui-même l'illusion que ceux-ci n'étaient pas préparés. « C'est un vrai bandit, il vous a dit cela pour vous tromper, vous êtes trop naïf », ajouta Jupien pour se disculper, et ne faisant que froisser l'amour-propre de M. de Charlus.

« Il paraît qu'il a un million à manger par jour » dit le jeune homme de vingt-deux ans auquel l'assertion qu'il émettait ne semblait pas invraisemblable. On entendit bientôt le roulement de la voiture qui était venue chercher M. de Charlus. A ce moment j'aperçus entrer avec une démarche lente, à côté d'un militaire qui évidemment sortait avec elle d'une chambre voisine, une personne qui me parut une dame assez âgée en jupe noire. Je reconnus bientôt mon erreur, c'était un prêtre. C'était cette chose si rare et en France absolument exceptionnelle qu'est un mauvais prêtre. Évidemment le militaire était en train de railler son compagnon au sujet du peu de conformité que sa conduite offrait avec son habit, car celui-ci d'un air grave, et levant vers son visage hideux un doigt de docteur en théologie, dit sentencieusement : « Que voulez-vous, je ne suis pas (j'attendais « un saint ») une ange. » D'ailleurs il n'avait plus qu'à s'en aller et prit congé de Jupien qui ayant accompagné le Baron, venait de remonter, mais par étourderie le mauvais prêtre oublia de payer sa chambre. Jupien que son esprit n'abandonnait jamais agita le tronc dans lequel il mettait la contribution de chaque client, et le fit sonner en disant : « Pour les frais du culte, Monsieur l'abbé ! » Le vilain personnage s'excusa, donna sa pièce et disparut.

Jupien vint me chercher dans l'antre obscur où je n'osai faire un mouvement. « Entrez un moment dans le vestibule où mes jeunes gens font banquette, pendant que je monte fermer la chambre ; puisque vous êtes locataire, c'est tout naturel. » Le patron y était, je le payai. A ce moment un jeune homme en smoking entra et demanda d'un air d'autorité au patron : « Pourrai-je avoir Léon demain matin à onze heures moins le quart, au lieu d'onze heures parce que je déjeune en ville ? » — « Cela dépend répondit le patron, du temps que le gardera l'abbé. » Cette réponse ne parut pas satisfaire le jeune homme en smoking qui semblait déjà prêt à invectiver contre l'abbé, mais sa colère prit un autre cours quand il m'aperçut ; marchant droit au patron : « Qui est-ce ? Qu'est-ce que ça signifie ? » murmura-t-il d'une voix basse mais courroucée. Le patron très ennuyé expliqua que ma présence n'avait aucune importance que j'étais un locataire. Le jeune homme en smoking ne parut nullement apaisé par cette explication. Il ne cessait de répéter. « C'est excessivement désagréable, ce sont des choses qui ne devraient pas arriver ; vous savez que je déteste ça et vous ferez si bien que je ne remettrai plus les pieds ici. » L'exécution de cette menace ne parut pas cependant imminente car il partit furieux mais en recommandant que Léon tâchât d'être libre à 11 h moins 15, 10 h 30 si possible. Jupien revint me chercher et descendit avec moi jusque dans la rue.

« Je ne voudrais pas que vous me jugiez mal[65] me dit-il cette maison ne me rapporte pas autant d'argent que vous croyez, je suis forcé d'avoir des locataires honnêtes, il est vrai qu'avec eux seuls on ne ferait que manger de l'argent. Ici c'est le contraire des Carmels, c'est grâce au vice que vit la vertu. Non si j'ai pris cette maison, ou plutôt si je l'ai fait prendre au gérant que vous avez vu, c'est uniquement pour rendre service au Baron et distraire ses vieux jours. » Jupien ne voulait pas parler que de scènes de sadisme comme celles auxquelles j'avais assisté et de l'exercice même du vice du Baron. Celui-ci, même pour la conversation, pour lui tenir compagnie, pour jouer aux cartes, ne se plaisait plus qu'avec des gens du peuple qui l'exploitaient. Sans doute le snobisme de la canaille peut se comprendre aussi bien que l'autre. Ils avaient d'ailleurs été longtemps unis, alternant l'un avec l'autre, chez M. de Charlus qui ne trouvait personne d'assez élégant pour ses relations mondaines, ni de frisant assez l'apache pour les autres. « Je déteste le genre moyen, disait-il, la comédie bourgeoise est guindée, il me faut ou les princesses de la tragédie classique ou la grosse farce. Pas de milieu, *Phèdre* ou *Les Saltimbanques*. » Mais enfin l'équilibre entre ces deux snobismes avait été rompu. Peut-être fatigue de vieillard, ou extension de la sensualité aux relations les plus banales le Baron ne vivait plus qu'avec des « inférieurs » prenant ainsi sans le vouloir la succession de tel de ses grands ancêtres, le Duc de La Rochefoucauld, le Prince d'Harcourt, le Duc de Berry que Saint-Simon nous montre passant leur vie avec leurs laquais, qui tiraient d'eux des sommes énormes, partageant leurs jeux au point qu'on était gêné pour ces grands seigneurs, quand il fallait les aller voir, de les trouver installés familièrement à jouer aux cartes ou à boire avec leur domesticité. « C'est surtout, ajouta Jupien, pour lui éviter des ennuis parce que le Baron, voyez-vous c'est un grand enfant. Même maintenant où il a ici tout ce qu'il peut désirer, il va encore à l'aventure faire le vilain. Et généreux comme il est ça pourrait souvent par le temps qui court avoir des conséquences. N'y a-t-il pas l'autre jour un chasseur d'hôtel qui mourait de peur à cause de tout l'argent que le Baron lui offrait pour venir chez lui ? (Chez lui, quelle imprudence !) Ce garçon qui pourtant aime seulement les femmes a été rassuré quand il a compris ce qu'on voulait de lui. En entendant toutes ces promesses d'argent il avait pris le Baron pour un espion. Et il s'est senti bien à l'aise quand il a vu qu'on ne lui demandait pas de livrer sa patrie, mais son corps ce qui n'est peut-être pas plus moral, mais ce qui est moins dangereux et surtout plus facile. » Et en écoutant Jupien, je me disais : « Quel malheur que M. de Charlus ne soit pas romancier ou poète ! Non pas pour décrire ce qu'il verrait, mais le point où se trouve un Charlus par rapport au désir fait naître autour de lui les scandales, le force à prendre la vie sérieusement, à mettre des émotions dans le plaisir, l'empêche de s'arrêter, dé s'immobiliser dans une vue ironique et extérieure des choses, rouvre sans cesse en lui un courant douloureux. Presque chaque fois qu'il adresse une déclaration il essuie une avanie, s'il ne risque pas même la prison. » Ce n'est pas que l'éducation des enfants, c'est celle des poètes qui se fait à coups de gifles. Si M. de Charlus avait été romancier, la maison que lui avait aménagée Jupien, en réduisant dans de telles proportions les risques, du moins (car une descente de police était toujours à craindre) les risques à l'égard d'un individu des dispositions duquel, dans la rue, le Baron n'eût pas été assuré, eût été pour lui un malheur. Mais M. de Charlus n'était en art qu'un dilettante, qui ne songeait pas à écrire et n'était pas doué pour cela.

« D'ailleurs, vous avouerais-je, reprit Jupien, que je

n'ai pas un grand scrupule à avoir ce genre de gains ?
La chose elle-même qu'on fait ici, je ne peux plus vous
cacher que je l'aime, qu'elle est le goût de ma vie. Or,
est-il défendu de recevoir un salaire pour des choses
qu'on ne juge pas coupables ? Vous êtes plus instruit
que moi, et vous me direz sans doute que Socrate ne
croyait pas pouvoir recevoir d'argent pour ses leçons.
Mais de notre temps les professeurs de philosophie ne
pensent pas ainsi, ni les médecins, ni les peintres, ni
les dramaturges, ni les directeurs de théâtre. Ne
croyez pas que ce métier ne fait fréquenter que des
canailles. Sans doute le directeur d'un établissement
de ce genre, comme une grande cocotte, ne reçoit que
des hommes, mais il reçoit des hommes marquants
dans tous les genres et qui sont généralement, à
situation égale, parmi les plus fins, les plus sensibles,
les plus aimables de leur profession. Cette maison se
transformerait vite, je vous l'assure, en un bureau
d'esprit et une agence de nouvelles. » Mais j'étais
encore sous l'impression des coups que j'avais vu
recevoir à M. de Charlus.

Et à vrai dire [66] quand on connaissait bien M. de
Charlus, son orgueil, sa satiété des plaisirs mondains,
ses caprices changés facilement en passions pour des
hommes de dernier ordre et de la pire espèce, on peut
très bien comprendre que la même grosse fortune qui
échue à un parvenu l'eût charmé en lui permettant de
marier sa fille à un duc et d'inviter des altesses à ses
chasses, M. de Charlus était content de la posséder
parce qu'elle lui permettait d'avoir ainsi la haute main
sur un, peut-être sur plusieurs établissements où
étaient en permanence des jeunes gens avec lesquels il
se plaisait. Peut-être n'y eût-il eu même pas besoin de
son vice pour cela. Il était l'héritier de tant de grands
seigneurs, princes du sang ou dùcs, dont Saint-Simon
nous raconte qu'ils ne fréquentaient personne « qui se
pût nommer » et passaient leur temps à jouer aux
cartes avec les valets auxquels ils donnaient des
sommes énormes.

« En attendant, dis-je à Jupien, cette maison est

tout autre chose, plus qu'une maison de fous, puisque la folie des aliénés qui y habitent est mise en scène, reconstituée, visible, c'est un vrai pandemonium. J'avais cru comme le calife des *Mille et une Nuits* arriver à point au secours d'un homme qu'on frappait, et c'est un autre conte des *Mille et une Nuits* que j'ai vu réalisé devant moi, celui où une femme transformée en chienne, se fait frapper volontairement pour retrouver sa forme première. » Jupien paraissait fort troublé par mes paroles, car il comprenait que j'avais vu frapper le Baron. Il resta un moment silencieux, tandis que j'arrêtais un fiacre qui passait ; puis tout d'un coup, avec le joli esprit qui m'avait si souvent frappé chez cet homme qui s'était fait lui-même, quand il avait pour m'accueillir Françoise ou moi dans la cour de notre maison, de si gracieuses paroles : « Vous parlez de bien des contes des *Mille et une Nuits*, me dit-il. Mais j'en connais un qui n'est pas sans rapport avec le titre d'un livre que je crois avoir aperçu chez le Baron (il faisait allusion à une traduction de *Sésame et les Lys* de Ruskin que j'avais envoyée à M. de Charlus). Si jamais vous étiez curieux un soir de voir je ne dis pas quarante, mais une dizaine de voleurs, vous n'avez qu'à venir ici ; pour savoir si je suis là vous n'avez qu'à regarder la fenêtre de là-haut, je laisse ma petite fenêtre ouverte et éclairée, cela veut dire que je suis venu, qu'on peut entrer ; c'est mon Sésame à moi. Je dis seulement Sésame. Car pour les Lys, si c'est eux que vous voulez, je vous conseille d'aller les chercher ailleurs. »

Et me saluant assez cavalièrement car une clientèle aristocratique et une clique de jeunes gens qu'il menait comme un pirate, lui avaient donné une certaine familiarité, il allait prendre congé de moi, quand le bruit d'une détonation, une bombe que les sirènes n'avaient pas devancée fit qu'il me conseilla de rester un moment avec lui. Bientôt les tirs de barrage commencèrent, et si violents qu'on sentait que c'était tout auprès juste au-dessus de nous que l'avion allemand se tenait.

En un instant, les rues devinrent entièrement

noires. Parfois seulement un avion ennemi qui volait assez bas éclairait le point où il voulait jeter une bombe. Je ne retrouvais plus mon chemin. Je pensais à ce jour en allant à la Raspelière où j'avais rencontré comme un dieu qui avait fait se cabrer mon cheval un avion. Je pensais que maintenant la rencontre serait différente et que le dieu du mal me tuerait. Je pressais le pas pour le fuir comme un voyageur poursuivi par le mascaret, je tournais en cercle dans les places noires, d'où je ne pouvais plus sortir. Enfin les flammes d'un incendie m'éclairèrent et je pus retrouver mon chemin cependant que crépitaient sans arrêt les coups de canons. Mais ma pensée s'était détournée vers un autre objet. Je pensais à la maison de Jupien, peut-être réduite en cendres maintenant, car une bombe était tombée tout près de moi comme je venais seulement d'en sortir, cette maison sur laquelle M. de Charlus eût pu prophétiquement écrire « Sodoma » comme avait fait, avec non moins de prescience ou peut-être au début de l'éruption volcanique et de la catastrophe déjà commencée, l'habitant inconnu de Pompéi. Mais qu'importaient sirène et gothas à ceux qui étaient venus chercher leur plaisir. Le cadre social, le cadre de la nature, qui entoure nos amours, nous n'y pensons presque pas. La tempête fait rage sur mer, le bateau tangue de tous côtés, du ciel se précipitent des avalanches tordues par le vent, et tout au plus accordons-nous une seconde d'attention pour parer à la gêne qu'elle nous cause, à ce décor immense où nous sommes si peu de chose, et nous et le corps que nous essayons d'approcher. La sirène, annonciatrice des bombes ne troublait pas plus les habitués de Jupien que n'eût fait un iceberg. Bien plus le danger physique menaçant les délivrait de la crainte dont ils étaient maladivement persécutés depuis longtemps. Or il est faux de croire que l'échelle des craintes correspond à celle des dangers qui les inspirent. On peut avoir peur de ne pas dormir et nullement d'un duel sérieux, d'un rat et pas d'un lion. Pendant quelques heures les agents de police ne s'occuperaient que de la vie des habitants, chose si peu importante et ne risqueraient pas de les déshonorer. Plusieurs, plus que de retrouver leur liberté morale, furent tentés par l'obscurité qui s'était soudain faite dans les rues. Quelques-uns même de ces Pompéiens sur qui pleuvait déjà le feu du ciel descendirent dans les couloirs du métro, noirs comme des catacombes. Ils savaient en effet n'y être pas seuls. Or l'obscurité qui baigne toute chose comme un élément nouveau a pour effet, irrésistiblement tentateur pour certaines personnes de supprimer le premier stade du plaisir et de nous faire entrer de plain-pied dans un domaine de caresses où l'on n'accède d'habitude qu'après quelque temps. Que l'objet convoité soit en effet une femme ou un homme, même à supposer que l'abord soit simple et inutiles les marivaudages qui s'éterniseraient dans un salon (du moins en plein jour), le soir (même dans une rue si faiblement éclairée qu'elle soit) il y a du moins un préambule où les yeux seuls mangent le blé en herbe, où la crainte des passants, de l'être recherché lui-même, empêchent de faire plus que de regarder, de parler. Dans l'obscurité tout ce vieux jeu se trouve aboli les mains, les lèvres, les corps peuvent entrer en jeu les premiers. Il reste l'excuse de l'obscurité même et des erreurs qu'elle engendre si l'on est mal reçu. Si on l'est bien cette réponse immédiate du corps qui ne se retire pas, qui se rapproche, nous donne de celle (ou celui) à qui nous nous adressons silencieusement, une idée qu'elle est sans préjugés, pleine de vice, idée qui ajoute un surcroît au bonheur d'avoir pu mordre à même le fruit sans le convoiter des yeux et sans demander de permission. Cependant l'obscurité persiste ; plongés dans cet élément nouveau les habitués de Jupien croyant avoir voyagé, être venus assister à un phénomène naturel comme un mascaret ou comme une éclipse, et goûter au lieu d'un plaisir tout préparé et sédentaire celui d'une rencontre fortuite dans l'inconnu, célébraient, aux grondements volcaniques des bombes, au pied d'un mauvais lieu pompéien, des rites secrets dans les ténèbres des catacombes.

Dans une même salle beaucoup d'hommes qui
n'avaient pas voulu fuir, s'étaient réunis. Ils ne se
connaissaient pas entre eux, mais on voyait qu'ils
étaient pourtant à peu près du même monde, riche et
aristocratique. L'aspect de chacun avait quelque chose
de répugnant qui devait être la non-résistance à des
plaisirs dégradants. L'un, énorme avait la figure
couverte de taches rouges comme un ivrogne. J'appris
qu'au début il ne l'était pas et prenait seulement son
plaisir à faire boire des jeunes gens. Mais effrayé par
l'idée d'être mobilisé (bien qu'il semblât avoir dépassé
la cinquantaine), comme il était très gros, il s'était mis
à boire sans arrêter pour tâcher de dépasser le poids de
cent kilos, au-dessus duquel on était réformé. Et
maintenant ce calcul s'étant changé en passion où
qu'on le quittât, tant qu'on le surveillait, on le
retrouvait chez un marchand de vins. Mais dès qu'il
parla, je vis que médiocre d'ailleurs d'intelligence,
c'était un homme de beaucoup de savoir, d'éducation
et de culture. Un autre homme du grand monde,
celui-là fort jeune et d'une extrême distinction physique, entra aussi. Chez lui à vrai dire il n'y avait encore
aucun stigmate extérieur d'un vice, mais ce qui était
plus troublant, d'intérieurs. Très grand, d'un visage
charmant, son élocution décelait une tout autre intelligence que celle de son voisin l'alcoolique, et sans
exagérer, vraiment remarquable. Mais à tout ce qu'il
disait était ajoutée une expression qui eût convenu à
une phrase différente. Comme si tout en possédant le
trésor complet des expressions du visage humain il eût
vécu dans un autre monde, il mettait à jour ces
expressions dans l'ordre qu'il ne fallait pas, il semblait
effeuiller au hasard des sourires et des regards sans
rapport avec le propos qu'il entendait. J'espère pour
lui si comme il est certain il vit encore, qu'il était la
proie, non d'une maladie durable, mais d'une intoxication passagère. Il est probable que si l'on avait
demandé leur carte de visite à tous ces hommes on eût
été surpris de voir qu'ils appartenaient à une haute
classe sociale. Mais quelque vice, et le plus grand de

tous, le manque de volonté qui empêche de résister à aucun, les réunissait là, dans des chambres isolées il est vrai, mais chaque soir me dit-on, de sorte que si leur nom était connu des femmes du monde, celles-ci avaient peu à peu perdu de vue leur visage, et n'avaient plus jamais l'occasion de recevoir leur visite. Ils recevaient encore des invitations, mais l'habitude les ramenait au mauvais lieu composite. Ils s'en cachaient peu du reste, au contraire des petits chasseurs, ouvriers, etc. qui servaient à leur plaisir. Et en dehors de beaucoup de raisons que l'on devine, cela se comprend par celle-ci. Pour un employé d'industrie, pour un domestique, aller là c'était, comme pour une femme qu'on croyait honnête, aller dans une maison de passe. Certains qui avouaient y être allés se défendaient d'y être plus jamais retournés et Jupien lui-même, mettant pour protéger leur réputation ou éviter des concurrences affirmait : « Oh ! non, il ne vient pas chez moi, il ne voudrait pas y venir. » Pour des hommes du monde c'est moins grave, d'autant plus que les autres gens du monde qui n'y vont pas, ne savent pas ce que c'est et ne s'occupent pas de votre vie. Tandis que dans une maison d'aviation, si certains ajusteurs y sont allés, leurs camarades les espionnant pour rien au monde ne voudraient y aller de peur que cela fût appris.

Tout en me rapprochant de ma demeure, je songeais combien la conscience cesse vite de collaborer à nos habitudes qu'elle laisse à leur développement sans plus s'occuper d'elles, et combien dès lors nous pourrions être étonnés si nous constations simplement du dehors, et en supposant qu'elles engagent tout l'individu, les actions d'hommes dont la valeur morale ou intellectuelle peut se développer indépendamment dans un sens tout différent. C'était évidemment un vice d'éducation, ou l'absence de toute éducation, joints à un penchant à gagner de l'argent de la façon sinon la moins pénible (car beaucoup de travaux devaient en fin de compte être plus doux, mais le

malade par exemple ne se tisse-t-il pas, avec des
manies, des privations et des remèdes, une existence
beaucoup plus pénible que ne la ferait la maladie,
souvent légère, contre laquelle il croit ainsi lutter), du
moins la moins laborieuse possible, qui avait amené
ces « jeunes gens » à faire pour ainsi dire en toute
innocence et pour un salaire médiocre, des choses qui
ne leur causaient aucun plaisir et avaient dû leur
inspirer au début une vive répugnance. On aurait pu
les croire d'après cela foncièrement mauvais, mais ce
ne furent pas seulement à la guerre des soldats
merveilleux, d'incomparables « braves », ç'avaient été
aussi souvent dans la vie civile de bons cœurs sinon
tout à fait de braves gens. Ils ne se rendaient plus
compte depuis longtemps de ce que pouvait avoir de
moral ou d'immoral la vie qu'ils menaient, parce que
c'était celle de leur entourage. Ainsi, quand nous
étudions certaines périodes de l'histoire ancienne,
nous sommes étonnés de voir des êtres individuellement bons participer sans scrupule à des assassinats en
masse, à des sacrifices humains, qui leur semblaient
probablement des choses naturelles. Notre époque
sans doute pour celui qui en lira l'histoire dans deux
mille ans ne semblera pas moins baigner certaines
consciences tendres et pures dans un milieu vital qui
apparaîtra alors comme monstrueusement pernicieux
et dont elles s'accommodaient.

Les peintures pompéiennes de la maison de
Jupien[67] convenaient d'ailleurs bien, en ce qu'elles
rappelaient la fin de la Révolution française, à l'époque assez semblable au Directoire qui allait commencer. Déjà, anticipant sur la paix, se cachant dans
l'obscurité pour ne pas enfreindre trop ouvertement
les ordonnances de la police, partout des danses
nouvelles s'organisaient, se déchaînaient toute la nuit.
A côté de cela certaines opinions artistiques, moins
antigermaniques que pendant les premières années de
la guerre, se donnaient cours pour rendre la respira-
tion aux esprits étouffés, mais il fallait pour qu'on les
osât présenter un brevet de civisme. Un professeur

écrivait un livre remarquable sur Schiller et on en rendait compte dans les journaux. Mais avant de parler de l'auteur du livre, on inscrivait comme un permis d'imprimer qu'il avait été à la Marne, à Verdun, qu'il avait eu cinq citations, deux fils tués. Alors on louait la clarté, la profondeur de son ouvrage sur Schiller, qu'on pouvait qualifier de grand pourvu qu'on dît, au lieu de « ce grand Allemand », « ce grand Boche ». C'était le mot d'ordre pour l'article, et aussitôt on le laissait passer.

D'autre part je connaissais peu d'hommes, je peux même dire que je ne connaissais pas d'homme qui sous le rapport de l'intelligence et de la sensibilité fût aussi doué que Jupien; car cet « acquis » délicieux qui faisait la trame spirituelle de ses propos ne lui venait d'aucune de ces instructions de collège, d'aucune de ces cultures d'Université qui auraient pu faire de lui un homme si remarquable quand tant de jeunes gens du monde ne tirent d'elles aucun profit. C'était son simple sens inné, son goût naturel, qui de rares lectures faites au hasard, sans guide, à des moments perdus, lui avaient fait composer ce parler si juste où toutes les symétries du langage se laissaient découvrir et montraient leur beauté. Or, le métier qu'il faisait pouvait à bon droit passer, certes pour un des plus lucratifs, mais pour le dernier de tous. Quant à M. de Charlus quelque dédain que son orgueil aristocratique eût pu lui donner pour le « qu'en-dira-t-on », comment un certain sentiment de dignité personnelle et de respect de soi-même ne l'avait-il pas forcé à refuser à sa sensualité certaines satisfactions dans lesquelles il semble qu'on ne pourrait avoir comme excuse que la démence complète ? Mais chez lui comme chez Jupien l'habitude de séparer la moralité, de tout un ordre d'actions (ce qui du reste doit arriver aussi dans beaucoup de fonctions, quelquefois celle de juge, quelquefois celle d'homme d'État, et bien d'autres encore) devait être prise depuis si longtemps que l'habitude (sans plus jamais demander son opinion au sentiment moral) était allée en s'aggravant de jour en

jour, jusqu'à celui où ce Prométhée consentant s'était
fait clouer par la Force au rocher de la pure Matière.

Sans doute[68] je sentais bien que c'était là un
nouveau stade de la maladie de M. de Charlus,
laquelle depuis que je m'en étais aperçu, et à en juger
par les diverses étapes que j'avais eues sous les yeux,
avait poursuivi son évolution avec une vitesse croissante. Le pauvre Baron ne devait pas être maintenant
fort éloigné du terme, de la mort, si même celle-ci
n'était pas précédée, selon les prédictions et les vœux
de Mme Verdurin, par un emprisonnement qui à son
âge ne pourrait d'ailleurs que hâter la mort.

Pourtant j'ai peut-être inexactement dit : rocher de
la pure Matière. Dans cette pure Matière il est
possible qu'un peu d'Esprit surnageât encore. Ce fou
savait bien, malgré tout, qu'il était la proie d'une folie
et jouait tout de même, dans ces moments-là, puisqu'il
savait bien que celui qui le battait n'était pas plus
méchant que le petit garçon qui dans les jeux de
bataille est désigné au sort pour faire le « Prussien »,
et sur lequel tout le monde se rue dans une ardeur de
patriotisme vrai et de haine feinte. La proie d'une folie
où entrait tout de même un peu de la personnalité de
M. de Charlus. Même dans ces aberrations la nature
humaine (comme elle fait dans nos amours, dans nos
voyages) trahit encore le besoin de croyance par des
exigences de vérité. Françoise, quand je lui parlais
d'une église de Milan — ville où elle n'irait probablement jamais — ou de la cathédrale de Reims — fût-ce
même de celle d'Arras ! — qu'elle ne pourrait voir
puisqu'elles étaient plus ou moins détruites, enviait les
riches qui peuvent s'offrir le spectacle de pareils
trésors, et s'écriait avec un regret nostalgique : « Ah !
comme cela devait être beau ! », elle qui habitant
maintenant Paris depuis tant d'années, n'avait jamais
eu la curiosité d'aller voir Notre-Dame. C'est que
Notre-Dame faisait précisément partie de Paris, de la
ville où se déroulait la vie quotidienne de Françoise et
où en conséquence il était difficile à notre vieille
servante — comme il l'eût été à moi si l'étude de

l'architecture n'avait pas corrigé en moi sur certains points les instincts de Combray — de situer les objets de ses songes. Dans les personnes que nous aimons, il y a, immanent à elles, un certain rêve que nous ne savons pas toujours discerner mais que nous poursuivons. C'était ma croyance en Bergotte, en Swann qui m'avait fait aimer Gilberte, ma croyance en Gilbert le Mauvais qui m'avait fait aimer Mme de Guermantes. Et quelle large étendue de mer avait été réservée dans mon amour même le plus douloureux, le plus jaloux, le plus individuel semblait-il, pour Albertine ! Du reste à cause justement de cet individuel auquel on s'acharne, les amours pour les personnes sont déjà un peu des aberrations. (Et les maladies du corps elles-mêmes, du moins celles qui tiennent d'un peu près au système nerveux ne sont-elles pas des espèces de goûts particuliers ou d'effrois particuliers contractés par nos organes, nos articulations, qui se trouvent ainsi avoir pris pour certains climats une horreur aussi inexplicable et aussi têtue que le penchant que certains hommes trahissent pour les femmes par exemple qui portent un lorgnon, ou pour les écuyères ? Ce désir que réveille chaque fois la vue d'une écuyère, qui dira jamais à quel rêve durable et inconscient il est lié, inconscient et aussi mystérieux que l'est par exemple pour quelqu'un qui avait souffert toute sa vie de crises d'asthme, l'influence d'une certaine ville, en apparence pareille aux autres, et où pour la première fois il respire librement ?)

Or les aberrations sont comme des amours où la tare maladive a tout recouvert, tout gagné. Même dans la plus folle, l'amour se reconnaît encore. L'insistance de M. de Charlus à demander qu'on lui passât aux pieds et aux mains des anneaux d'une solidité éprouvée, à réclamer la barre de justice, et à ce que me dit Jupien, des accessoires féroces [69] qu'on avait la plus grande peine à se procurer, même en s'adressant à des matelots — car ils servaient à infliger des supplices dont l'usage est aboli même là où la discipline est la plus rigoureuse, à bord des navires — au fond de tout cela il y avait chez M. de Charlus tout son rêve de virilité, attesté au besoin par des actes brutaux, et toute l'enluminure intérieure, invisible pour nous, mais dont il projetait ainsi quelques reflets, de croix de justice, de tortures féodales, que décorait son imagination moyenâgeuse. C'est dans le même sentiment que, chaque fois qu'il arrivait, il disait à Jupien : « Il n'y aura pas d'alerte ce soir au moins, car je me vois d'ici calciné par ce feu du ciel comme un habitant de Sodome. » Et il affectait de redouter les gothas non qu'il en éprouvât l'ombre de peur mais pour avoir le prétexte dès que les sirènes retentissaient, de se précipiter dans les abris du métropolitain où il espérait quelque plaisir des frôlements dans la nuit, avec de vagues rêves de souterrains moyenâgeux et d'*in pace*. En somme son désir d'être enchaîné, d'être frappé, trahissait, dans sa laideur, un rêve aussi poétique que, chez d'autres, le désir d'aller à Venise ou d'entretenir des danseuses. Et M. de Charlus tenait tellement à ce que ce rêve lui donnât l'illusion de la réalité, que Jupien dut vendre le lit de bois qui était dans la chambre 43 et le remplacer par un lit de fer qui allait mieux avec les chaînes.

Enfin la berloque sonna comme j'arrivais à la maison. Le bruit des pompiers était commenté par un gamin. Je rencontrai Françoise remontant de la cave avec le maître d'hôtel. Elle me croyait mort. Elle me dit que Saint-Loup était passé, en s'excusant pour voir s'il n'avait pas, dans la visite qu'il m'avait faite le matin, laissé tomber sa croix de guerre. Car il venait de s'apercevoir qu'il l'avait perdue et devant rejoindre son corps le lendemain matin avait voulu à tout hasard voir si ce n'était pas chez moi. Il avait cherché partout avec Françoise et n'avait rien trouvé. Françoise croyait qu'il avait dû la perdre avant de venir me voir, car disait-elle il lui semblait bien, elle aurait pu jurer qu'il ne l'avait pas quand elle l'avait vu. En quoi elle se trompait. Et voilà la valeur des témoignages et des souvenirs. Du reste cela n'avait pas grande importance. Saint-Loup était aussi estimé de ses officiers

qu'il était aimé de ses hommes, et la chose s'arrange-
rait aisément.

Cependant si Saint-Loup s'était distrait ce soir-là de
cette manière, ce n'était qu'en attendant, car repris du
désir de revoir Morel, il avait usé de toutes ses
relations militaires pour savoir dans quel corps Morel
se trouvait, afin de l'aller voir et n'avait reçu jusqu'ici
que des centaines de réponses contradictoires.

D'ailleurs je sentis tout de suite à la façon peu
enthousiaste dont ils parlèrent de lui, que Saint-Loup
avait produit une médiocre impression sur Françoise
et sur le maître d'hôtel. Sans doute tous les efforts que
le fils du maître d'hôtel et le neveu de Françoise
avaient faits pour s'embusquer, Saint-Loup avait fait
en sens inverse et avec succès ces mêmes efforts pour
être en plein danger. Mais cela, jugeant d'après eux-
mêmes, Françoise et le maître d'hôtel ne pouvaient
pas le croire. Ils étaient convaincus que les riches sont
toujours mis à l'abri. Du reste, eussent-ils su la vérité
relativement au courage héroïque de Robert, qu'elle
ne les eût pas touchés. Il ne disait pas « Boches », il
leur avait fait l'éloge de la bravoure des Allemands, il
n'attribuait pas à la trahison que nous n'eussions pas
été vainqueurs dès le premier jour. Or, c'est cela qu'ils
eussent voulu entendre, c'est cela qui leur eût semblé
le signe du courage. Aussi bien qu'ils continuassent à
chercher la croix de guerre, les trouvai-je froids au
sujet de Robert. Moi qui me doutais où cette croix
avait été oubliée, je conseillai à Françoise et au maître
d'hôtel d'aller se coucher. Mais celui-ci n'était jamais
pressé de quitter Françoise depuis que grâce à la
guerre il avait trouvé un moyen plus efficace encore
que l'expulsion des sœurs et l'affaire Dreyfus, de la
torturer. Ce soir-là et chaque fois que j'allai auprès
d'eux pendant les quelques jours que je passai encore à
Paris avant de partir pour une autre maison de santé,
j'entendais le maître d'hôtel dire à Françoise épouvan-
tée : « Ils ne se pressent pas c'est entendu, ils
attendent que la poire soit mûre, mais ce jour-là ils
prendront Paris, et ce jour-là pas de pitié ! » —

« Seigneur, Vierge Marie s'écriait Françoise, ça ne leur suffit pas d'avoir conquéri la pauvre Belgique. Elle a assez souffert celle-là au moment de son envahition. » — « La Belgique, Françoise, mais ce qu'ils ont fait en Belgique ne sera rien à côté ! » Et même la guerre ayant jeté sur le marché de la conversation des gens du peuple une quantité de termes dont ils n'avaient fait la connaissance que par les yeux, par la lecture des journaux et dont en conséquence ils ignoraient la prononciation, le maître d'hôtel ajoutait : « Je ne peux pas comprendre comment que le monde est assez fou... Vous verrez ça, Françoise, ils préparent une nouvelle attaque d'une plus grande enverjure que toutes les autres. » M'étant insurgé sinon au nom de la pitié pour Françoise et du bon sens stratégique, au moins de la grammaire, et ayant déclaré qu'il fallait prononcer « envergure » je n'y gagnai qu'à faire redire à Françoise la terrible phrase, chaque fois que j'entrais à la cuisine, car le maître d'hôtel presque autant que d'effrayer sa camarade était heureux de montrer à son maître que bien qu'ancien jardinier de Combray et simple maître d'hôtel, tout de même bon Français selon la règle de Saint-André-des-Champs, il tenait de la Déclaration des droits de l'homme, le droit de prononcer « enverjure », en toute indépendance, et de ne pas se laisser commander sur un point qui ne faisait pas partie de son service, et où par conséquent depuis la Révolution, personne n'avait rien à lui dire puisqu'il était mon égal.

J'eus donc le chagrin de l'entendre parler à Françoise d'une opération de grande « enverjure », avec une insistance qui était destinée à me prouver que cette prononciation était l'effet non de l'ignorance, mais d'une volonté mûrement réfléchie. Il confondait le gouvernement, les journaux, dans un même « on » plein de méfiance, disant : « *On* nous parle des pertes des Boches, on ne nous parle pas des nôtres, il paraît qu'elles sont dix fois plus grandes. On nous dit qu'ils sont à bout de souffle, qu'ils n'ont plus rien à manger, moi je crois qu'ils en ont cent fois comme nous, à manger. Faut pas tout de même nous bourrer le crâne. S'ils n'avaient rien à manger, ils ne se battraient pas comme l'autre jour où ils nous ont tué cent mille jeunes gens de moins de vingt ans. » Il exagérait ainsi à tout instant les triomphes des Allemands, comme il avait fait jadis ceux des radicaux ; il narrait en même temps leurs atrocités afin que ces triomphes fussent plus pénibles encore à Françoise, laquelle ne cessait plus de dire : « Ah ! Sainte Mère des Anges. Ah ! Marie Mère de Dieu », et parfois, pour lui être désagréable d'une autre manière, disait : « Du reste nous ne valons pas plus cher qu'eux, ce que nous faisons en Grèce [70] n'est pas plus beau que ce qu'ils ont fait en Belgique. Vous allez voir que nous allons mettre tout le monde contre nous et que nous serons obligés de nous battre avec toutes les nations », alors que c'était exactement le contraire. Les jours où les nouvelles étaient bonnes il prenait sa revanche en assurant à Françoise que la guerre durerait trente-cinq ans, et en prévision d'une paix possible, assurait que celle-ci ne durerait pas plus de quelques mois et serait suivie de batailles auprès desquelles celles-ci ne seraient qu'un jeu d'enfant, et après lesquelles il ne resterait rien de la France.

La victoire des Alliés semblait sinon rapprochée, du moins à peu près certaine, et il faut malheureusement avouer que le maître d'hôtel en était désolé. Car, ayant réduit la guerre « mondiale », comme tout le reste, à celle qu'il menait sourdement contre Françoise (qu'il aimait du reste malgré cela, comme on peut aimer la personne qu'on est content de faire rager tous les jours en la battant aux dominos), la Victoire se réalisait à ses yeux sous les espèces de la première conversation où il aurait la souffrance d'entendre Françoise lui dire : « Enfin c'est fini, et il va falloir qu'ils nous donnent plus que nous ne leur avons donné en 70. » Il croyait du reste toujours que cette échéance fatale arrivait, car un patriotisme inconscient lui faisait croire, comme tous les Français victimes du même mirage que moi

depuis que j'étais malade, que la victoire — comme
ma guérison — était pour le lendemain. Il prenait les
devants en annonçant à Françoise que cette victoire
arriverait peut-être mais que son cœur en saignait, car
la révolution la suivrait aussitôt, puis l'invasion. « Ah !
cette bon sang de guerre, les Boches seront les seuls à
s'en relever vite, Françoise, ils y ont déjà gagné des
centaines de milliards. Mais qu'ils nous crachent un
sou à nous, quelle farce. On le mettra peut-être sur les
journaux, ajoutait-il par prudence et pour parer à tout
événement, pour calmer le peuple, comme on dit
depuis trois ans que la guerre sera finie le lendemain. » Françoise était d'autant plus troublée de ces
paroles qu'en effet après avoir cru les optimistes plutôt
que le maître d'hôtel, elle voyait que la guerre qu'elle
avait cru devoir finir en quinze jours malgré « l'envahition de la pauvre Belgique » durait toujours, qu'on
n'avançait pas, phénomène de fixation des fronts dont
elle comprenait mal le sens, et qu'enfin un des
innombrables « filleuls », à qui elle donnait tout ce
qu'elle gagnait chez nous lui racontait qu'on avait
caché telle chose, telle autre. « Tout cela retombera
sur l'ouvrier, concluait le maître d'hôtel. On vous
prendra votre champ, Françoise. » — « Ah ! Seigneur
Dieu. » Mais à ces malheurs lointains, il en préférait
de plus proches et dévorait les journaux dans l'espoir
d'annoncer une défaite à Françoise. Il attendait les
mauvaises nouvelles comme des œufs de Pâques,
espérant que cela irait assez mal pour épouvanter
Françoise, pas assez pour qu'il pût matériellement en
souffrir. C'est ainsi qu'un raid de zeppelins [71] l'eût
enchanté pour voir Françoise se cacher dans les caves,
et parce qu'il était persuadé que dans une ville aussi
grande que Paris les bombes ne viendraient pas juste
tomber sur notre maison.

Du reste Françoise commençait à être reprise par
moments de son pacifisme de Combray. Elle avait
presque des doutes sur les « atrocités allemandes ».
« Au commencement de la guerre on nous disait que
ces Allemands c'était des assassins, des brigands, de

vrais bandits, des bbboches... » (Si elle mettait plusieurs *b* à *boches*, c'est que l'accusation que les
Allemands fussent des assassins lui semblait après tout
plausible, mais celle qu'ils fussent des Boches, presque invraisemblable à cause de son énormité. Seulement il était assez difficile de comprendre quel sens
mystérieusement effroyable Françoise donnait au mot
de « Boche » puisqu'il s'agissait du début de la guerre,
et aussi à cause de l'air de doute avec lequel elle
prononçait ce mot. Car le doute que les Allemands
fussent des criminels pouvait être mal fondé en fait,
mais ne renfermait pas en soi, au point de vue logique,
de contradiction. Mais comment douter qu'ils fussent
des Boches, puisque ce mot, dans la langue populaire,
veut dire précisément Allemand ? Peut-être ne faisait-
elle que répéter en style indirect, les propos violents
qu'elle avait entendus alors et dans lesquels une
particulière énergie accentuait le mot *boche*.) « J'ai cru
tout cela disait-elle, mais je me demande tout à l'heure
si nous ne sommes pas aussi fripons comme eux. »
Cette pensée blasphématoire avait été sournoisement
préparée chez Françoise par le maître d'hôtel, lequel
voyant que sa camarade avait un certain penchant
pour le Roi Constantin de Grèce n'avait cessé de le lui
représenter comme privé par nous de nourriture
jusqu'au jour où il céderait. Aussi l'abdication du
souverain avait-elle fortement ému Françoise qui allait
jusqu'à déclarer : « Nous ne valons pas mieux qu'eux.
Si nous étions en Allemagne, nous en ferions autant. »
   Je la vis peu du reste pendant ces quelques jours,
car elle allait beaucoup chez ces cousins dont maman
m'avait dit un jour : « Mais tu sais qu'ils sont plus
riches que toi. » Or on avait vu cette chose si belle, qui
fut si fréquente à cette époque-là dans tout le pays et
qui témoignerait s'il y avait un historien pour en
perpétuer le souvenir, de la grandeur de la France, de
sa grandeur d'âme, de sa grandeur selon Saint-André-
des-Champs, et que ne révélèrent pas moins tant de
civils survivants à l'arrière que les soldats tombés à la
Marne. Un neveu de Françoise avait été tué à Berry-

au-Bac[72] qui était aussi le neveu de ces cousins millionnaires de Françoise, anciens grands cafetiers retirés depuis longtemps après fortune faite. Il avait été tué lui tout petit cafetier sans fortune qui parti à la mobilisation âgé de vingt-cinq ans avait laissé sa jeune femme seule pour tenir le petit bar qu'il croyait regagner quelques mois après. Il avait été tué. Et alors on avait vu ceci. Les cousins millionnaires de Françoise et qui n'étaient rien à la jeune femme, veuve de leur neveu, avaient quitté la campagne où ils étaient retirés depuis dix ans et s'étaient remis cafetiers, sans vouloir toucher un sou ; tous les matins à six heures, la femme millionnaire, une vraie dame, était habillée ainsi que « sa demoiselle » prêtes à aider leur nièce et cousine par alliance. Et depuis près de trois ans, elles rinçaient ainsi des verres et servaient des consommations depuis le matin jusqu'à neuf heures et demie du soir, sans un jour de repos. Dans ce livre où il n'y a pas un seul fait qui ne soit fictif, où il n'y a pas un seul personnage « à clefs », où tout a été inventé par moi selon les besoins de ma démonstration, je dois dire à la louange de mon pays que seuls les parents millionnaires de Françoise ayant quitté leur retraite pour aider leur nièce sans appui, que seuls ceux-là sont des gens réels, qui existent. Et persuadé que leur modestie ne s'en offensera pas pour la raison qu'ils ne liront jamais ce livre, c'est avec un enfantin plaisir et une profonde émotion que ne pouvant citer les noms de tant d'autres qui durent agir de même et par qui la France a survécu, je transcris ici leur nom véritable : ils s'appellent, d'un nom si français d'ailleurs, Larivière. S'il y a eu quelques vilains embusqués comme l'impérieux jeune homme en smoking que j'avais vu chez Jupien et dont la seule préoccupation était de savoir s'il pourrait avoir Léon à 10 h 30 « parce qu'il déjeunait en ville », ils sont rachetés par la foule innombrable de tous les Français de Saint-André-des-Champs, par tous les soldats sublimes auxquels j'égale les Larivière.

Le maître d'hôtel, pour attiser les inquiétudes de

Françoise, lui montrait de vieilles *Lectures pour tous* qu'il avait retrouvées et sur la couverture desquelles (ces numéros dataient d'avant la guerre) figurait la « famille impériale d'Allemagne ». « Voilà notre maître de demain », disait le maître d'hôtel à Françoise en lui montrant « Guillaume ». Elle écarquillait les yeux, puis passait au personnage féminin placé à côté de lui et disait : « Voilà la Guillaumesse. »

Mon départ de Paris se trouva retardé par une nouvelle qui, par le chagrin qu'elle me causa, me rendit pour quelque temps incapable de me mettre en route. J'appris, en effet, la mort de Robert de Saint-Loup, tué le surlendemain de son retour au front, en protégeant la retraite de ses hommes[73]. Jamais homme n'avait eu moins que lui la haine d'un peuple (et quant à l'Empereur, pour des raisons particulières, et peut-être fausses, il pensait que Guillaume II avait plutôt cherché à empêcher la guerre qu'à la déchaîner). Pas de haine du germanisme non plus, les derniers mots que j'avais entendus sortir de sa bouche, il y avait six jours, c'étaient ceux qui commencent un lied de Schumann et que sur mon escalier il me fredonnait, en allemand, si bien qu'à cause des voisins je l'avais fait taire. Habitué par une bonne éducation suprême à émonder sa conduite de toute apologie, de toute invective, de toute phrase, il avait évité devant l'ennemi, comme au moment de la mobilisation, ce qui aurait pu assurer sa vie, par cet effacement de soi devant les autres que symbolisaient toutes ses manières, jusqu'à sa manière de fermer la portière de mon fiacre quand il me reconduisait, tête nue, chaque fois que je sortais de chez lui. Pendant plusieurs jours je restai enfermé dans ma chambre, pensant à lui. Je me rappelais son arrivée, la première fois, à Balbec[74], quand, en lainages blanchâtres, avec ses yeux verdâtres et bougeants comme la mer, il avait traversé le hall attenant à la grande salle à manger dont les vitrages donnaient sur la mer. Je me rappelais l'être si spécial qu'il m'avait paru être alors, l'être dont ç'avait été un si grand souhait de ma part d'être l'ami. Ce souhait s'était réalisé au-delà de ce que j'aurais jamais pu croire, sans me donner pourtant presque aucun plaisir alors, et ensuite je m'étais rendu compte de tous les grands mérites et d'autre chose aussi que cachait cette apparence élégante. Tout cela, le bon comme le mauvais, il l'avait donné sans compter, tous les jours, et le dernier, en allant attaquer une tranchée, par générosité, par mise au service des autres de tout ce qu'il possédait, comme il avait un soir couru sur les canapés du restaurant pour ne pas me déranger. Et l'avoir vu si peu en somme, en des sites si variés, dans des circonstances si diverses et séparées par tant d'intervalles, dans ce hall de Balbec, au café de Rivebelle, au quartier de cavalerie et aux dîners militaires de Doncières, au théâtre où il avait giflé un journaliste, chez la Princesse de Guermantes, ne faisait que me donner de sa vie des tableaux plus frappants, plus nets, de sa mort un chagrin plus lucide, que l'on n'en a souvent pour des personnes aimées davantage mais fréquentées si continuellement que l'image que nous gardons d'elles n'est plus qu'une espèce de vague moyenne entre une infinité d'images insensiblement différentes, et aussi que notre affection rassasiée, n'a pas comme pour ceux que nous n'avons vus que pendant des moments limités au cours de rencontres inachevées malgré eux et malgré nous, l'illusion de la possibilité d'une affection plus grande dont les circonstances seules nous auraient frustrés. Peu de jours après celui où je l'avais aperçu courant après son monocle, et l'imaginant alors si hautain, dans ce hall de Balbec, il y avait une autre forme vivante que j'avais vue pour la première fois sur la plage de Balbec et qui maintenant n'existait non plus qu'à l'état de souvenir, c'était Albertine, foulant le sable ce premier soir, indifférente à tous, et marine, comme une mouette. Elle, je l'avais si vite aimée que pour pouvoir sortir avec elle tous les jours je n'étais jamais allé voir Saint-Loup, de Balbec. Et pourtant l'histoire de mes relations avec lui portait aussi le témoignage qu'un temps j'avais cessé d'aimer Albertine, puisque si j'étais allé m'installer quelque temps auprès de Robert, à Doncières c'était dans le chagrin de voir que ne m'était pas rendu le sentiment que j'avais pour Mme de Guermantes. Sa vie et celle d'Albertine, si tard connues de moi, toutes deux à Balbec, et si vite terminées, s'étaient croisées à peine ; c'était lui, me redisais-je en voyant que les navettes agiles des années tissent des fils entre ceux de nos souvenirs qui semblaient d'abord les plus indépendants, c'était lui que j'avais envoyé chez Mme Bontemps quand Albertine m'avait quitté. Et puis il se trouvait que leurs deux vies avaient chacune un secret parallèle et que je n'avais pas soupçonné. Celui de Saint-Loup me causait peut-être maintenant plus de tristesse que celui d'Albertine, dont la vie m'était devenue si étrangère. Mais je ne pouvais me consoler que la sienne comme celle de Saint-Loup eussent été si courtes. Elle et lui me disaient souvent, en prenant soin de moi : « Vous qui êtes malade ». Et c'était eux qui étaient morts, eux dont je pouvais, séparées par un intervalle en somme si bref, mettre en regard l'image ultime, devant la tranchée, dans la rivière, de l'image première qui même pour Albertine ne valait plus pour moi que par son association avec celle du soleil couchant sur la mer.

Quant à Françoise[75], sa haine pour les Allemands était extrême ; elle n'était tempérée que par celle que lui inspiraient nos ministres. Et je ne sais pas si elle souhaitait plus ardemment la mort d'Hindenburg ou de Clemenceau.

Sa mort fut accueillie par Françoise avec plus de pitié que celle d'Albertine. Elle prit immédiatement son rôle de pleureuse et commenta la mémoire du mort de lamentations, de thrènes désespérés. Elle exhibait son chagrin et ne prenait un visage sec en détournant la tête que lorsque malgré moi je laissais voir le mien, qu'elle voulait avoir l'air de ne pas avoir vu. Car comme beaucoup de personnes nerveuses la nervosité des autres, trop semblable sans doute à la sienne, l'horripilait. Elle aimait maintenant à faire remarquer ses moindres torticolis, un étourdissement, qu'elle s'était cognée. Mais si je parlais d'un de mes maux, redevenue stoïque et grave, elle faisait semblant de n'avoir pas entendu.

« Pauvre Marquis », disait-elle, bien qu'elle ne pût s'empêcher de penser qu'il eût fait l'impossible pour ne pas partir et, une fois mobilisé, pour fuir devant le danger. « Pauvre dame disait-elle en pensant à Mme de Marsantes, qu'est-ce qu'elle a dû pleurer quand elle a appris la mort de son garçon ! Si encore elle avait pu le revoir, mais il vaut peut-être mieux qu'elle n'ait pas pu, parce qu'il avait le nez coupé en deux, il était tout dévisagé. » Et les yeux de Françoise se remplissaient de larmes, mais à travers lesquelles perçait la curiosité cruelle de la paysanne. Sans doute Françoise plaignait la douleur de Mme de Marsantes de tout son cœur, mais elle regrettait de ne pas connaître la forme que cette douleur avait prise et de ne pouvoir s'en donner le spectacle et l'affliction. Et comme elle aurait bien aimé pleurer et que je la visse pleurer, elle dit pour s'entraîner : « Ça m'a fait quelque chose ! » Sur moi aussi elle épiait les traces du chagrin avec une avidité qui me fit simuler une certaine sécheresse en parlant de Robert. Et plutôt sans doute par esprit d'imitation et parce qu'elle avait entendu dire cela car il y a des clichés dans les offices aussi bien que dans les cénacles, elle répétait, non sans y mettre pourtant la satisfaction d'un pauvre : « Toutes ses richesses ne l'ont pas empêché de mourir comme un autre, et elles ne lui servent plus à rien. » Le maître d'hôtel profita de l'occasion pour dire à Françoise que sans doute c'était triste mais que cela ne comptait guère auprès des millions d'hommes qui tombaient tous les jours malgré tous les efforts que faisait le gouvernement pour le cacher. Mais cette fois le maître d'hôtel ne réussit pas à augmenter la douleur de Françoise comme il avait cru. Car celle-ci lui répondit : « C'est vrai qu'ils meurent aussi pour la France, mais c'est des inconnus ; c'est toujours plus intéressant quand c'est des *genss* qu'on connaît. » Et

Françoise qui trouvait du plaisir à pleurer ajouta encore : « Il faudra bien prendre garde de m'avertir si on cause de la mort du Marquis sur le journal. »

Robert m'avait souvent dit avec tristesse, bien avant la guerre : « Oh ! ma vie, n'en parlons pas, je suis un homme condamné d'avance. » Faisait-il allusion au vice qu'il avait réussi jusqu'alors à cacher à tout le monde mais qu'il connaissait, et dont il s'exagérait peut-être la gravité, comme les enfants qui font pour la première fois l'amour, ou même avant cela cherchent seuls le plaisir, s'imaginent pareils à la plante qui ne peut disséminer son pollen sans mourir tout de suite après ? Peut-être cette exagération tenait-elle pour Saint-Loup comme pour les enfants, ainsi qu'à l'idée du péché avec laquelle on ne s'est pas encore familiarisé, à ce qu'une sensation toute nouvelle a une force presque terrible qui ira ensuite en s'atténuant. Ou bien avait-il, le justifiant au besoin par la mort de son père enlevé assez jeune, le pressentiment de sa fin prématurée ? Sans doute un tel pressentiment semble impossible. Pourtant la mort paraît assujettie à certaines lois [76]. On dirait souvent par exemple que les êtres nés de parents qui sont morts très vieux ou très jeunes sont presque forcés de disparaître au même âge, les premiers traînant jusqu'à la centième année des chagrins et des maladies incurables, les autres malgré une existence heureuse et hygiénique, emportés à la date inévitable et prématurée par un mal si opportun et si accidentel (quelques racines profondes qu'il puisse avoir dans le tempérament) qu'il semble seulement la formalité nécessaire à la réalisation de la mort. Et ne serait-il pas possible que la mort accidentelle elle-même — comme celle de Saint-Loup, liée d'ailleurs à son caractère de plus de façons peut-être que je n'ai cru devoir le dire — fût elle aussi inscrite d'avance, connue seulement des dieux, invisible aux hommes, mais révélée par une tristesse à demi inconsciente, à demi consciente (et même, dans cette dernière mesure, exprimée aux autres avec cette sincérité complète qu'on met à annoncer des malheurs auxquels on croit dans son for intérieur échapper et qui pourtant arriveront), particulière à celui qui la porte et l'aperçoit sans cesse, en lui-même, comme une devise, une date fatale ?

Il avait dû être bien beau en ces dernières heures. Lui qui toujours dans cette vie avait semblé même assis, même marchant dans un salon, contenir l'élan d'une charge en dissimulant d'un sourire la volonté indomptable qu'il y avait dans sa tête triangulaire, enfin il avait chargé. Débarrassée de ses livres, la tourelle féodale était redevenue militaire. Et ce Guermantes était mort plus lui-même, ou plutôt plus de sa race en laquelle il se fondait, en laquelle il n'était plus qu'un Guermantes, comme ce fut symboliquement visible à son enterrement dans l'église Saint-Hilaire de Combray, toute tendue de tentures noires où se détachait en rouge sous la couronne fermée, sans initiales de prénoms ni titres, le G du Guermantes que par la mort il était redevenu.

Même avant d'aller à cet enterrement qui n'eut pas lieu tout de suite, j'écrivis à Gilberte. J'aurais peut-être dû écrire à la Duchesse de Guermantes, je me disais qu'elle accueillerait la mort de Robert avec la même indifférence que je lui avais vu manifester pour celle de tant d'autres qui avaient semblé tenir si étroitement à sa vie, et que peut-être même avec son tour d'esprit Guermantes, elle chercherait à montrer qu'elle n'avait pas la superstition des liens du sang. J'étais trop souffrant pour écrire à tout le monde. J'avais cru autrefois qu'elle et Robert s'aimaient bien dans le sens où l'on dit cela dans le monde, c'est-à-dire que l'un auprès de l'autre ils se disaient des choses tendres qu'ils ressentaient à ce moment-là[77]. Mais loin d'elle il n'hésitait pas à la déclarer idiote, et, si elle éprouvait parfois à le voir un plaisir égoïste je l'avais vue incapable de se donner la plus petite peine, d'user si légèrement que ce fût de son crédit pour lui rendre un service, même pour lui éviter un malheur. La méchanceté dont elle avait fait preuve à son égard, en refusant de le recommander au général de Saint-

Joseph, quand Robert allait repartir pour le Maroc, prouvait que le dévouement qu'elle lui avait montré à l'occasion de son mariage n'était qu'une sorte de compensation qui ne lui coûtait guère[78]. Aussi fus-je bien étonné d'apprendre, comme elle était souffrante au moment où Robert fut tué, qu'on s'était cru obligé de lui cacher pendant plusieurs jours sous les plus fallacieux prétextes les journaux qui lui eussent appris cette mort, afin de lui éviter le choc qu'elle en ressentirait. Mais ma surprise augmenta quand j'appris qu'après qu'on eut été obligé enfin de lui dire la vérité, la Duchesse pleura toute une journée, tomba malade, et mit longtemps — plus d'une semaine, c'était longtemps pour elle — à se consoler. Quand j'appris ce chagrin j'en fus touché. Il fit que tout le monde put dire, et que je peux assurer qu'il existait entre eux une grande amitié. Mais en me rappelant combien de petites médisances, de mauvaise volonté à se rendre service celle-là avait enfermées, je pense au peu de chose que c'est qu'une grande amitié dans le monde.

D'ailleurs un peu plus tard dans une circonstance, plus importante historiquement, si elle touchait moins mon cœur, Mme de Guermantes se montra à mon avis sous un jour encore plus favorable. Elle qui jeune fille avait fait preuve de tant d'impertinente audace si l'on s'en souvient, à l'égard de la famille impériale de Russie et qui mariée leur avait toujours parlé avec une liberté qui la faisait parfois accuser de manque de tact, fut peut-être seule après la Révolution russe à faire preuve à l'égard des grandes-duchesses et des grands-ducs d'un dévouement sans bornes. Elle avait l'année même qui avait précédé la guerre, considérablement agacé la Grande-Duchesse Wladimir en appelant toujours la Comtesse de Hohenfelsen, femme morganatique du Grand-Duc Paul, « la Grande-Duchesse Paul ». Il n'empêche que la Révolution russe n'eut pas plutôt éclaté que notre ambassadeur à Pétersbourg, M. Paléologue (« Paléo » pour le monde diplomatique qui a ses abréviations prétendues spirituelles comme l'autre), fut harcelé des dépêches de la Duchesse de Guermantes, qui voulait avoir des nouvelles de la Grande-Duchesse Marie Pavlovna. Et pendant long-temps les seules marques de sympathie et de respect que reçut sans cesse cette Princesse lui vinrent exclusi-vement de Mme de Guermantes.

Saint-Loup causa, sinon par sa mort, du moins par ce qu'il avait fait dans les semaines qui l'avaient précédée des chagrins plus grands que celui de la Duchesse[79]. En effet, le lendemain même du soir où je l'avais vu, et deux jours après que le Baron avait dit à Morel : « Je me vengerai », les démarches que Saint-Loup avait faites pour retrouver Morel avaient abouti, c'est-à-dire qu'elles avaient abouti à ce que le général sous les ordres de qui aurait dû être Morel, s'était rendu compte qu'il était déserteur, l'avait fait recher-cher et arrêter et pour s'excuser auprès de Saint-Loup du châtiment qu'allait subir quelqu'un à qui il s'inté-ressait, avait écrit à Saint-Loup pour l'en avertir. Morel ne douta pas que son arrestation n'eût été provoquée par la rancune de M. de Charlus. Il se rappela les paroles : « Je me vengerai », pensa que c'était là cette vengeance, et demanda à faire des révélations. « Sans doute déclara-t-il, j'ai déserté. Mais si j'ai été conduit sur le mauvais chemin, est-ce tout à fait ma faute ? » Il raconta sur M. de Charlus et sur M. d'Argencourt avec lequel il s'était brouillé aussi des histoires ne le touchant pas à vrai dire directement mais que ceux-ci avec la double expansion des amants et des invertis, lui avaient racontées, ce qui fit arrêter à la fois M. de Charlus et M. d'Argencourt. Cette arrestation causa peut-être moins de douleur à tous deux que d'apprendre à chacun qui l'ignorait que l'autre était son rival, et l'instruction révéla qu'ils en avaient énormément d'obscurs, de quotidiens ramas-sés dans la rue. Ils furent bientôt relâchés, d'ailleurs. Morel le fut aussi parce que la lettre écrite à Saint-Loup par le général lui fut renvoyée avec cette mention : « Décédé, mort au champ d'honneur. » Le général voulut faire pour le défunt que Morel fût simplement envoyé sur le front ; il s'y conduisit bravement, échappa à tous les dangers et revint, la guerre finie avec la croix que M. de Charlus avait jadis vainement sollicitée pour lui, et que lui valut indirectement la mort de Saint-Loup.

J'ai souvent pensé depuis, en me rappelant cette croix de guerre égarée chez Jupien, que si Saint-Loup avait survécu il eût pu facilement se faire élire député dans les élections qui suivirent la guerre, l'écume de niaiserie et le rayonnement de gloire qu'elle laissa après elle, et où si un doigt de moins, abolissant des siècles de préjugés, permettait d'entrer par un brillant mariage dans une famille aristocratique, la croix de guerre, eût-elle été gagnée dans les bureaux, suffisait pour entrer dans une élection triomphale, à la Chambre des Députés, presque à l'Académie française. L'élection de Saint-Loup, à cause de sa « sainte » famille eût fait verser à M. Arthur Meyer des flots de larmes et d'encre. Mais peut-être aimait-il trop sincèrement le peuple pour arriver à conquérir les suffrages du peuple, lequel pourtant lui aurait sans doute en faveur de ses quartiers de noblesse pardonné ses idées démocratiques. Saint-Loup les eût exposées sans doute avec succès devant une chambre d'aviateurs. Certes ces héros l'auraient compris ainsi que quelques très rares hauts esprits. Mais grâce à l'enfarinement du Bloc national on avait aussi repêché les vieilles canailles de la politique qui sont toujours réélues. Celles qui ne purent entrer dans une chambre d'aviateurs, quémandèrent au moins pour entrer à l'Académie française les suffrages des maréchaux, d'un président de la République, d'un président de la Chambre, etc. Elles n'eussent pas été favorables à Saint-Loup, mais l'étaient à un autre habitué de Jupien, le député de l'Action libérale qui fut réélu sans concurrent. Il ne quittait pas l'uniforme d'officier de territoriale, bien que la guerre fût finie depuis longtemps. Son élection fut saluée avec joie par tous les journaux qui avaient fait l'« union » sur son nom, par les dames nobles et riches qui ne portaient plus que des guenilles par un sentiment de convenances et la peur des impôts, tandis que les hommes de la Bourse achetaient sans arrêter des diamants non pour leurs femmes mais parce qu'ayant perdu toute confiance dans le crédit d'aucun peuple ils se réfugiaient vers cette richesse palpable, et faisaient ainsi monter la de Beers de mille francs. Tant de niaiserie agaçait un peu, mais on en voulut moins au Bloc national quand on vit tout d'un coup les victimes du bolchevisme, des grandes-duchesses en haillons, dont on avait assassiné les maris dans une brouette, les fils en jetant des pierres dessus après les avoir laissés sans manger, fait travailler au milieu des huées, jetés dans des puits parce qu'on croyait qu'ils avaient la peste et pouvaient la communiquer. Ceux qui étaient arrivés à s'enfuir reparurent tout à coup [...] [80].

La nouvelle maison de santé dans laquelle je me retirai ne me guérit pas plus que la première ; et beaucoup d'années passèrent avant que je la quittasse. Durant le trajet en chemin de fer que je fis pour rentrer enfin à Paris [81], la pensée de mon absence de dons littéraires, que j'avais cru découvrir jadis du côté de Guermantes, que j'avais reconnue avec plus de tristesse encore dans mes promenades quotidiennes avec Gilberte avant de rentrer dîner, fort avant dans la nuit à Tansonville, et qu'à la veille de quitter cette propriété, j'avais à peu près identifiée, en lisant quelques pages du journal des Goncourt, à la vanité, au mensonge de la littérature, cette pensée, moins douloureuse peut-être, plus morne encore, si je lui donnais comme objet non ma propre infirmité, mais l'inexistence de l'idéal auquel j'avais cru, cette pensée qui ne m'était pas depuis bien longtemps revenue à l'esprit, me frappa de nouveau et avec une force plus lamentable que jamais. C'était je me le rappelle à un arrêt du train en pleine campagne [82]. Le soleil éclairait jusqu'à la moitié de leur tronc une ligne d'arbres qui suivait la voie du chemin de fer. « Arbres pensai-je vous n'avez plus rien à me dire, mon cœur refroidi ne vous entend plus. Je suis pourtant ici en pleine nature, eh bien, c'est avec froideur, avec ennui que mes yeux constatent la ligne qui sépare votre front lumineux de votre tronc d'ombre. Si j'ai jamais pu me croire poète, je sais maintenant que je ne le suis pas. Peut-être dans la nouvelle partie de ma vie, si desséchée qui s'ouvre, les hommes pourraient-ils m'inspirer ce que ne me dit plus la nature. Mais les années où j'aurais peut-être été capable de la chanter ne reviendront jamais. » Mais en me donnant cette consolation d'une observation humaine possible venant prendre la place d'une inspiration impossible, je savais que je cherchais seulement à me donner une consolation, et que je savais moi-même sans valeur. Si j'avais vraiment une âme d'artiste quel plaisir n'éprouverais-je pas devant ce rideau d'arbres éclairé par le soleil couchant, devant ces petites fleurs du talus qui se haussent presque jusqu'au marchepied du wagon, dont je pourrais compter les pétales, et dont je me garderais bien de décrire la couleur comme feraient tant de bons lettrés car peut-on espérer transmettre au lecteur un plaisir qu'on n'a pas ressenti ?

Un peu plus tard j'avais vu avec la même indifférence les lentilles d'or et d'orange dont il criblait les fenêtres d'une maison ; et enfin comme l'heure avait avancé, j'avais vu une ´autre maison qui semblait construite en une substance d'un rose assez étrange. Mais j'avais fait ces diverses constatations avec la même absolue indifférence que si me promenant dans un jardin avec une dame, j'avais vu une feuille de verre et un peu plus loin un objet d'une matière analogue à l'albâtre dont la couleur inaccoutumée ne m'aurait pas tiré du plus languissant ennui mais si, par politesse pour la dame, pour dire quelque chose et aussi pour montrer que j'avais remarqué cette couleur, j'avais désigné en passant le verre coloré et le morceau de stuc. De la même manière, par acquit de conscience, je me signalais à moi-même comme à quelqu'un qui m'eût accompagné et qui eût été capable d'en tirer plus de plaisir que moi, les reflets de feu dans les vitres et la transparence rose de la maison. Mais le compagnon à qui j'avais fait constater ces effets curieux était d'une nature moins enthousiaste sans doute que beaucoup de gens bien disposés qu'une telle vue ravit, car il avait pris connaissance de ces couleurs sans aucune espèce d'allégresse.

Ma longue absence de Paris n'avait pas empêché d'anciens amis de continuer, comme mon nom restait sur leurs listes, à m'envoyer fidèlement des invitations, et quand j'en trouvai en rentrant, avec une pour un goûter donné par la Berma en l'honneur de sa fille et de son gendre, une autre pour une matinée qui devait avoir lieu le lendemain chez le Prince de Guermantes, les tristes réflexions que j'avais faites dans le train ne furent pas un des moindres motifs qui me conseillèrent de m'y rendre. Ce n'est vraiment pas la peine de me priver de mener la vie de l'homme du monde m'étais-je dit, puisque, le fameux « travail » auquel depuis si longtemps j'espère chaque jour me mettre le lendemain, je ne suis pas, ou plus fait pour lui, et que peut-être même il ne correspond à aucune réalité. A vrai dire, cette raison était toute négative et ôtait simplement leur valeur à celles qui auraient pu me détourner de ce concert mondain. Mais celle qui m'y fit aller fut ce nom de Guermantes depuis assez longtemps sorti de mon esprit pour que, lu sur la carte d'invitation, il réveillât un rayon de mon attention, allât prélever au fond de ma mémoire une coupe de leur passé, accompagné de toutes les images de forêt domaniale où de hautes fleurs qui l'escortaient alors et pour qu'il reprît pour moi le charme et la signification que je lui trouvais à Combray quand passant, avant de rentrer, dans la rue de l'Oiseau, je voyais du dehors comme une laque obscure le vitrail de Gilbert le Mauvais, Sire de Guermantes. Pour un moment les Guermantes m'avaient semblé de nouveau entièrement différents des gens du monde, incomparables avec eux, avec tout être vivant fût-il souverain ; des êtres issus de la fécondation de cet air aigre et venteux de cette sombre ville de Combray où s'était passée mon enfance, et du passé qu'on y percevait dans la petite rue, à la hauteur du vitrail. J'avais eu envie d'aller chez les Guermantes, comme si cela avait dû me rapprocher de mon enfance et des profondeurs de ma mémoire où je l'apercevais. Et j'avais continué à relire l'invitation jusqu'au moment où révoltées, les lettres qui composaient ce nom si familier et si mystérieux, comme celui même de Combray, eussent repris leur indépendance et eussent dessiné devant mes yeux fatigués comme un nom que je ne connaissais pas. Maman allant justement à un petit thé chez Mme Sazerat, réunion qu'elle savait d'avance être fort ennuyeuse, je n'eus aucun scrupule à aller chez la Princesse de Guermantes [83].

Je pris une voiture pour aller chez le Prince de Guermantes qui n'habitait plus son ancien hôtel mais un magnifique qu'il s'était fait construire avenue du Bois. C'est un des torts des gens du monde de ne pas comprendre que s'ils veulent que nous croyions en eux, il faudrait d'abord qu'ils y crussent eux-mêmes, ou au moins qu'ils respectassent les éléments essentiels de notre croyance. Au temps où je croyais, même si je savais le contraire, que les Guermantes habitaient tel palais en vertu d'un droit héréditaire, pénétrer dans le palais du sorcier ou de la fée, faire s'ouvrir devant moi les portes qui ne cèdent pas tant qu'on n'a pas prononcé la formule magique, me semblait aussi malaisé que d'obtenir un entretien du sorcier ou de la fée eux-mêmes. Rien ne m'était plus facile que de me faire croire à moi-même que le vieux domestique engagé de la veille ou fourni par Potel et Chabot était fils, petit-fils, descendant de ceux qui servaient la famille bien avant la Révolution, et j'avais une bonne volonté infinie à appeler portrait d'ancêtre le portrait qui avait été acheté le mois précédent chez Bernheim jeune. Mais un charme ne se transvase pas, les souvenirs ne peuvent se diviser et du Prince de Guermantes maintenant qu'il avait percé lui-même à jour les illusions de ma croyance en étant aller habiter avenue du Bois, il ne restait plus grand-chose. Les

plafonds que j'avais craint de voir s'écrouler quand on
avait annoncé mon nom, et sous lesquels eût flotté
encore pour moi beaucoup du charme et des craintes
de jadis couvraient les soirées d'une Américaine sans
intérêt pour moi. Naturellement les choses n'ont pas
en elles-mêmes de pouvoir, et puisque c'est nous qui
le leur conférons, quelque jeune collégien bourgeois
devait en ce moment avoir devant l'hôtel de l'avenue
du Bois les mêmes sentiments que moi jadis devant
l'ancien hôtel du Prince de Guermantes. C'est qu'il
était encore à l'âge des croyances mais je l'avais
dépassé, et j'avais perdu ce privilège, comme après la
première jeunesse on perd le pouvoir qu'ont les
enfants de dissocier en fractions digérables le lait
qu'ils ingèrent. Ce qui force les adultes à prendre pour
plus de prudence, le lait par petites quantités, tandis
que les enfants peuvent le téter indéfiniment sans
reprendre haleine. Du moins le changement de rési-
dence du Prince de Guermantes eut cela de bon pour
moi, que la voiture qui était venue me chercher pour
me conduire et dans laquelle je faisais ces réflexions
dut traverser les rues qui vont vers les Champs-
Élysées. Elles étaient fort mal pavées à ce moment-là,
mais dès le moment où j'y entrai, je n'en fus pas moins
détaché de mes pensées par cette sensation d'une
extrême douceur qu'on a quand tout d'un coup la
voiture roule plus facilement, plus doucement, sans
bruit, comme quand les grilles d'un parc s'étant
ouvertes, on glisse sur les allées couvertes d'un sable
fin ou de feuilles mortes. Matériellement il n'en était
rien ; mais je sentis tout d'un coup la suppression des
obstacles extérieurs parce qu'il n'y avait plus pour moi
l'effort d'adaptation ou d'attention que nous faisons,
même sans nous en rendre compte, devant les choses
nouvelles : les rues par lesquelles je passais en ce
moment étaient celles, oubliées depuis si longtemps
que je prenais jadis avec Françoise pour aller aux
Champs-Élysées. Le sol de lui-même savait où il
devait aller ; sa résistance était vaincue. Et comme un
aviateur qui a jusque-là péniblement roulé à terre,

« décollant » brusquement, je m'élevais lentement vers les hauteurs silencieuses du souvenir. Dans Paris, ces rues-là se détacheront toujours pour moi, en une autre matière que les autres. Quand j'arrivai au coin de la rue Royale où était jadis le marchand en plein vent des photographies aimées de Françoise, il me sembla que la voiture, entraînée par des centaines de tours anciens, ne pourrait pas faire autrement que de tourner d'elle-même. Je ne traversais pas les mêmes rues que les promeneurs qui étaient dehors ce jour-là mais un passé glissant, triste et doux. Il était d'ailleurs fait de tant de passés différents qu'il m'était difficile de reconnaître la cause de ma mélancolie, si elle était due à ces marches au-devant de Gilberte et dans la crainte qu'elle ne vînt pas, à la proximité d'une certaine maison où on m'avait dit qu'Albertine était allée avec Andrée, à la signification de vanité philosophique que semble prendre un chemin qu'on a suivi mille fois, avec une passion qui ne dure plus, et qui n'a pas porté de fruit, comme celui où après le déjeuner je faisais des courses si hâtives, si fiévreuses, pour regarder, toutes fraîches encore de colle, l'affiche de *Phèdre* et celle du *Domino noir*. Arrivé aux Champs-Élysées, comme je n'étais pas très désireux d'entendre tout le concert qui était donné chez les Guermantes, je fis arrêter la voiture et j'allais m'apprêter à descendre pour faire quelques pas à pied quand je fus frappé par le spectacle d'une voiture qui était en train de s'arrêter aussi [84]. Un homme, les yeux fixes, la taille voûtée était plutôt posé qu'assis dans le fond, et faisait pour se tenir droit les efforts qu'aurait faits un enfant à qui on aurait recommandé d'être sage. Mais son chapeau de paille laissait voir une forêt indomptée de cheveux entièrement blancs ; une barbe blanche, comme celle que la neige fait aux statues des fleuves dans les jardins publics, coulait de son menton. C'était, à côté de Jupien qui se multipliait pour lui, M. de Charlus convalescent d'une attaque d'apoplexie que j'avais ignorée (on m'avait seulement dit qu'il avait perdu la vue. Or il ne s'était agi que de troubles passagers. Car il voyait de nouveau fort clair) et qui, à moins que jusque-là il se fût teint et qu'on lui eût interdit de continuer à en prendre la fatigue, avait plutôt comme en une sorte de précipité chimique rendu visible et brillant tout le métal que lançaient et dont étaient saturées comme autant de geysers, les mèches maintenant de pur argent, de sa chevelure et de sa barbe, cependant qu'elle avait imposé au vieux Prince déchu la majesté shakespearienne d'un roi Lear. Les yeux n'étaient pas restés en dehors de cette convulsion totale, de cette altération métallurgique de la tête mais par un phénomène inverse, ils avaient perdu tout leur éclat. Mais le plus émouvant est qu'on sentait que cet éclat perdu était la fierté morale, et que par là la vie physique et même intellectuelle de M. de Charlus survivait à l'orgueil aristocratique qu'on avait pu croire un moment faire corps avec elles. Ainsi à ce moment, se rendant sans doute aussi chez le Prince de Guermantes, passa en victoria Mme de Saint-Euverte, que le Baron ne trouvait pas assez chic pour lui. Jupien qui prenait soin de lui comme d'un enfant lui souffla à l'oreille que c'était une personne de connaissance, Mme de Saint-Euverte. Et aussitôt avec une peine infinie mais toute l'application d'un malade qui veut se montrer capable de tous les mouvements qui lui sont encore difficiles, M. de Charlus se découvrit, s'inclina, et salua Mme de Saint-Euverte avec le même respect que si elle avait été la Reine de France. Peut-être y avait-il dans la difficulté même que M. de Charlus avait à faire un tel salut une raison pour lui de le faire, sachant qu'il toucherait davantage par un acte qui, douloureux pour un malade, devenait doublement méritoire de la part de celui qui le faisait et flatteur pour celle à qui il s'adressait, les malades exagérant la politesse, comme les rois. Peut-être aussi y avait-il encore dans les mouvements du Baron cette incoordination consécutive aux troubles de la moelle et du cerveau, et ses gestes dépassaient-ils l'intention qu'il avait. Pour moi, j'y vis plutôt une sorte de douceur quasi physique, de détachement des réalités

de la vie, si frappants chez ceux que la mort a déjà fait
entrer dans son ombre. La mise à nu des gisements
argentés de la chevelure décelait un changement
moins profond que cette inconsciente humilité mondaine qui intervertissait tous les rapports sociaux,
humiliait devant Mme de Saint-Euverte, eût humilié
devant la dernière des Américaines (qui eût pu enfin
s'offrir la politesse, jusque-là inaccessible pour elle du
Baron) le snobisme qui semblait le plus fier. Car le
Baron vivait toujours, pensait toujours, son intelligence n'était pas atteinte. Et plus que n'eût fait tel
chœur de Sophocle sur l'orgueil abaissé d'Œdipe, plus
que la mort même et toute oraison funèbre sur la
mort, le salut empressé et humble du Baron à Mme de
Saint-Euverte proclamait ce qu'a de fragile et de
périssable l'amour des grandeurs de la terre et tout
l'orgueil humain. M. de Charlus, qui jusque-là n'eût
pas consenti à dîner avec Mme de Saint-Euverte, la
saluait maintenant jusqu'à terre.

Il saluait peut-être par ignorance du rang de la
personne qu'il saluait (les articles du code social
pouvant être emportés par une attaque comme toute
autre partie de la mémoire), peut-être par une incoordination des mouvements qui transposait dans le plan
de l'humilité apparente l'incertitude sans cela hautaine
qu'il aurait eue de l'identité de la dame qui passait. Il
la salua avec cette politesse des enfants venant timidement dire bonjour aux grandes personnes, sur l'appel
de leur mère. Et un enfant, sans la fierté qu'ils ont
c'était ce qu'il était devenu.

Recevoir l'hommage de M. de Charlus pour elle
c'était tout le snobisme, comme ç'avait été tout le
snobisme du Baron de le lui refuser. Or cette nature
inaccessible et précieuse qu'il avait réussi à faire croire
à une Mme de Saint-Euverte être essentielle à lui-
même, M. de Charlus l'anéantit d'un seul coup, par la
timidité appliquée, le zèle peureux avec lequel il ôta
un chapeau d'où les torrents de sa chevelure d'argent
ruisselèrent, tout le temps qu'il laissa sa tête découverte par déférence, avec l'éloquence d'un Bossuet.

Quand Jupien eut aidé le Baron à descendre et que
j'eus salué celui-ci il me parla très vite d'une voix si
imperceptible que je ne pus distinguer ce qu'il me
disait ce qui lui arracha, quand pour la troisième fois
je le fis répéter un geste d'impatience qui m'étonna
par l'impassibilité qu'avait d'abord montrée le visage
et qui était due sans doute à un reste de paralysie.
Mais quand je fus enfin habitué à ce pianissimo des
paroles susurrées, je m'aperçus que le malade gardait
absolument intacte son intelligence.

Il y avait d'ailleurs deux M. de Charlus, sans
compter les autres. Des deux, l'intellectuel passait son
temps à se plaindre qu'il allait à l'aphasie, qu'il
prononçait constamment un mot, une lettre pour une
autre. Mais dès qu'en effet il lui arrivait de le faire,
l'autre M. de Charlus, le subconscient [85], lequel
voulait autant faire envie que l'autre pitié et avait des
coquetteries dédaignées par le premier, arrêtait immédiatement comme un chef d'orchestre dont les musi-
ciens pataugent la phrase commencée, et avec une
ingéniosité infinie rattachait ce qui venait ensuite au
mot dit en réalité pour un autre mais qu'il semblait
avoir choisi. Même sa mémoire était intacte, d'où il
mettait du reste une coquetterie qui n'allait pas sans la
fatigue d'une application des plus ardues à faire sortir
tel souvenir ancien, peu important, se rapportant à
moi et qui me montrerait qu'il avait gardé ou recouvré
toute sa netteté d'esprit. Sans bouger la tête ni les
yeux, ni varier d'une seule inflexion son débit, il me
dit par exemple : « Voici un poteau où il y a une
affiche pareille à celle devant laquelle j'étais la première fois que je vous vis à Avranches, non je me
trompe à Balbec. » Et c'était en effet une réclame pour
le même produit.

J'avais à peine au début distingué ce qu'il disait, de
même qu'on commence par ne voir goutte dans une
chambre dont tous les rideaux sont clos. Mais comme
des yeux dans la pénombre, mes oreilles s'habituèrent
bientôt à ce pianissimo. Je crois aussi qu'il s'était
graduellement renforcé pendant que le Baron parlait,

soit que la faiblesse de sa voix provînt en partie d'une
appréhension nerveuse qui se dissipait quand distrait
par un tiers, il ne pensait plus à elle; soit qu'au
contraire cette faiblesse correspondît à son état véritable et que la force momentanée avec laquelle il parlait
dans la conversation fût provoquée par une excitation
factice, passagère et plutôt funeste, qui faisait dire aux
étrangers : « Il est déjà mieux, il ne faut pas qu'il
pense à son mal », mais augmentait au contraire celui-
ci qui ne tardait pas à reprendre. Quoi qu'il en soit le
Baron à ce moment (et même en tenant compte de
mon adaptation) jetait ses paroles plus fort, comme la
marée les jours de mauvais temps, ses petites vagues
tordues. Et ce qui lui restait de sa récente attaque
faisait entendre au fond de ses paroles comme un bruit
de cailloux roulés. D'ailleurs continuant à me parler
du passé, sans doute pour bien me montrer qu'il
n'avait pas perdu la mémoire, il l'évoquait d'une façon
funèbre, mais sans tristesse. Il ne cessait d'énumérer
tous les gens de sa famille ou de son monde qui
n'étaient plus, moins semblait-il avec la tristesse qu'ils
ne fussent plus en vie qu'avec la satisfaction de leur
survivre. Il semblait en rappelant leur trépas prendre
mieux conscience de son retour vers la santé. C'est
avec une dureté presque triomphale qu'il répétait sur
un ton uniforme, légèrement bégayant et aux sourdes
résonances sépulcrales : « Hannibal de Bréauté,
mort! Antoine de Mouchy, mort! Charles Swann,
mort! Adalbert de Montmorency, mort! Boson de
Talleyrand, mort! Sosthène de Doudeauville, mort! »
Et chaque fois ce mot « mort » semblait tomber sur
ces défunts comme une pelletée de terre plus lourde,
lancée par un fossoyeur qui tenait à les river plus
profondément à la tombe [86].

La Duchesse de Létourville qui n'allait pas à la
matinée de la Princesse de Guermantes, parce qu'elle
venait d'être longtemps malade, passa à ce moment à
pied à côté de nous et apercevant le Baron dont elle
ignorait la récente attaque s'arrêta pour lui dire
bonjour. Mais la maladie qu'elle venait d'avoir ne

faisait pas qu'elle comprenait mieux, mais supportait plus impatiemment, avec une mauvaise humeur nerveuse où il y avait peut-être beaucoup de pitié, la maladie des autres. Entendant le Baron prononcer difficilement et à faux certains mots, bouger difficilement le bras, elle jeta les yeux tour à tour sur Jupien et sur moi comme pour nous demander l'explication d'un phénomène aussi choquant. Comme nous ne lui dîmes rien ce fut à M. de Charlus lui-même qu'elle adressa un long regard plein de tristesse mais aussi de reproches. Elle avait l'air de lui faire grief d'être avec elle dehors dans une attitude aussi peu usuelle que s'il fût sorti sans cravate ou sans souliers. A une nouvelle faute de prononciation que commit le Baron, la douleur et l'indignation de la Duchesse augmentant ensemble, elle dit au Baron : « Palamède ! » sur le ton interrogatif et exaspéré des gens trop nerveux qui ne peuvent supporter d'attendre une minute et si on les fait entrer tout de suite en s'excusant d'achever sa toilette vous disent amèrement, non pour s'excuser mais pour accuser : « Mais alors, je vous dérange ! » comme si c'était un crime de la part de celui qu'on dérange. Finalement, elle nous quitta d'un air de plus en plus navré en disant au Baron : « Vous feriez mieux de rentrer. »

Il demanda à s'asseoir sur un fauteuil pour se reposer pendant que Jupien et moi ferions quelques pas et tira péniblement de sa poche un livre qui me sembla être un livre de prières. Je n'étais pas fâché de pouvoir apprendre par Jupien bien des détails sur l'état de santé du Baron. « Je suis bien content de causer avec vous, Monsieur, me dit Jupien, mais nous n'irons pas plus loin que le Rond-Point. Dieu merci le Baron va bien maintenant, mais je n'ose pas le laisser longtemps seul, il est toujours le même, il a trop bon cœur, il donnerait tout ce qu'il a aux autres ; et puis ce n'est pas tout, il est resté coureur comme un jeune homme, et je suis obligé d'ouvrir les yeux. » — « D'autant plus qu'il a retrouvé les siens répondis-je, on m'avait beaucoup attristé en me disant qu'il avait perdu la vue. » — « Sa paralysie s'était en effet portée là, il ne voyait absolument plus. Pensez que pendant la cure qui lui a fait du reste tant de bien, il est resté plusieurs mois sans voir plus qu'un aveugle de naissance. » — « Cela devait au moins rendre inutile toute une partie de votre surveillance ? » — « Pas le moins du monde, à peine arrivé dans un hôtel il me demandait comment était telle personne de service. Je l'assurais qu'il n'y avait que des horreurs. Mais il sentait bien que cela ne pouvait pas être universel, que je devais quelquefois mentir. Voyez-vous ce petit polisson ! Et puis il avait une espèce de flair, d'après la voix peut-être, je ne sais pas. Alors il s'arrangeait pour m'envoyer faire d'urgence des courses. Un jour, vous m'excuserez de vous dire cela, mais vous êtes venu une fois par hasard dans le Temple de l'Impudeur, je n'ai rien à vous cacher (d'ailleurs, il avait toujours une satisfaction assez peu sympathique à faire étalage des secrets qu'il détenait), je rentrais d'une de ces courses soi-disant pressées, d'autant plus vite que je me figurais bien qu'elle avait été arrangée à dessein quand au moment où j'approchais de la chambre du Baron, j'entendis une voix qui disait : « Quoi ? » — « Comment, répondit le Baron, c'était donc la première fois ? » J'entrai sans frapper, et quelle ne fut pas ma peur. Le Baron, trompé par la voix qui était en effet plus forte qu'elle n'est d'habitude à cet âge-là (et à cette époque-là le Baron était complètement aveugle), était, lui qui aimait plutôt autrefois les personnes mûres, avec un enfant qui n'avait pas dix ans. »

On m'a raconté qu'à cette époque-là il était en proie presque chaque jour à des crises de dépression mentale caractérisée non pas positivement par de la divagation, mais par la confession à haute voix, devant des tiers dont il oubliait la présence ou la sévérité, d'opinions qu'il avait l'habitude de cacher, sa germanophilie par exemple. Si longtemps après la guerre, il gémissait de la défaite des Allemands, parmi lesquels il se comptait et disait orgueilleusement : « Et pourtant il ne se peut pas que nous ne prenions pas notre revanche car nous avons prouvé que c'est nous qui étions capables de la plus grande résistance, et qui avons la meilleure organisation. » Ou bien ses confidences prenaient un autre ton, et il s'écriait rageusement : « Que Lord X ou le Prince de [...] ne viennent pas redire ce qu'ils disaient hier, car je me suis tenu à quatre pour ne pas leur répondre : Vous savez bien que vous en êtes au moins autant que moi. » Inutile d'ajouter que quand M. de Charlus faisait ainsi dans les moments où comme on dit il n'était pas très « présent » des aveux germanophiles ou autres, les personnes de l'entourage qui se trouvaient là, que ce fût Jupien ou la Duchesse de Guermantes, avaient l'habitude d'interrompre les paroles imprudentes et d'en donner pour les tiers moins intimes et plus indiscrets une interprétation forcée mais honorable.

« Mais mon Dieu s'écria Jupien, j'avais bien raison de vouloir que nous ne nous éloignions pas, le voilà qui a trouvé déjà le moyen d'entrer en conversation avec un garçon jardinier. Adieu Monsieur, il vaut mieux que je vous quitte et que je ne laisse pas un instant seul mon malade qui n'est plus qu'un grand enfant. »

Je descendis de nouveau de voiture un peu avant d'arriver chez la Princesse de Guermantes et je recommençai à penser à cette lassitude et à cet ennui avec lesquels j'avais essayé, la veille, de noter la ligne qui, dans une des campagnes réputées les plus belles de France, séparait sur les arbres l'ombre de la lumière. Certes les conclusions intellectuelles que j'en avais tirées n'affectaient pas aujourd'hui aussi cruellement ma sensibilité. Elles restaient les mêmes. Mais comme chaque fois que je me trouvais arraché à mes habitudes, sortir à une autre heure, dans un lieu nouveau, j'éprouvais un vif plaisir. Ce plaisir me semblait aujourd'hui un plaisir purement frivole, celui d'aller à une matinée chez Mme de Guermantes. Mais puisque je savais maintenant que je ne pouvais rien atteindre de plus que des plaisirs frivoles, à quoi bon me les refuser. Je me redisais que je n'avais éprouvé, en essayant cette description, rien de cet enthousiasme qui n'est pas le seul mais qui est un premier critérium du talent. J'essayais maintenant de tirer de ma mémoire d'autres « instantanés », notamment des instantanés qu'elle avait pris à Venise, mais rien que ce mot me la rendait ennuyeuse comme une exposition de photographies, et je ne me sentais pas plus de goût, plus de talent, pour décrire maintenant ce que j'avais vu autrefois qu'hier ce que j'observais d'un œil minutieux et morne, au moment même[87]. Dans un instant, tant d'amis que je n'avais pas vus depuis si longtemps allaient sans doute me demander de ne plus m'isoler ainsi, de leur consacrer mes journées. Je n'avais aucune raison de le leur refuser puisque j'avais maintenant la preuve que je n'étais plus bon à rien, que la littérature ne pouvait plus me causer aucune joie, soit par ma faute étant trop peu doué, soit par la sienne, si elle était en effet moins chargée de réalité que je n'avais cru.

Quand je pensais à ce que Bergotte m'avait dit : « Vous êtes malade, mais on ne peut vous plaindre car vous avez les joies de l'esprit[88] », comme il s'était trompé sur moi. Comme il y avait peu de joie dans cette lucidité stérile. J'ajoute même que si quelquefois j'avais peut-être des plaisirs — non de l'intelligence — je les dépensais toujours pour une femme différente ; de sorte que, le Destin m'eût-il accordé cent ans de vie de plus, et sans infirmités, il n'eût fait qu'ajouter des rallonges successives à une existence toute en longueur, dont on ne voyait même pas l'intérêt qu'elle se prolongeât davantage, à plus forte raison longtemps encore. Quant aux « joies de l'intelligence » pouvais-je appeler ainsi ces froides constatations que mon œil clairvoyant ou mon raisonnement juste relevaient sans aucun plaisir et qui restaient infécondes ?

Mais c'est quelquefois au moment où tout nous semble perdu que l'avertissement arrive qui peut nous sauver ; on a frappé à toutes les portes qui ne donnent sur rien, et la seule par où on peut entrer et qu'on

aurait cherchée en vain pendant cent ans, on y heurte
sans le savoir et elle s'ouvre. En roulant les tristes
pensées que je disais il y a un instant j'étais entré dans
la cour de l'hôtel de Guermantes et dans ma distraction je n'avais pas vu une voiture qui s'avançait ; au cri
du wattman je n'eus que le temps de me ranger
vivement de côté, et je reculai assez pour buter malgré
moi contre les pavés assez mal équarris derrière
lesquels était une remise. Mais au moment où me
remettant d'aplomb, je posai mon pied sur un pavé
qui était un peu moins élevé que le précédent, tout
mon découragement s'évanouit devant la même félicité qu'à diverses époques de ma vie m'avaient donnée
la vue d'arbres que j'avais cru reconnaître dans une
promenade en voiture autour de Balbec, la vue des
clochers de Martinville, la saveur d'une madeleine
trempée dans une infusion, tant d'autres sensations
dont j'ai parlé et que les dernières œuvres de Vinteuil
m'avaient paru synthétiser [89]. Comme au moment où
je goûtais la madeleine, toute inquiétude sur l'avenir,
tout doute intellectuel étaient dissipés. Ceux qui
m'assaillaient tout à l'heure au sujet de la réalité de
mes dons littéraires, et même de la réalité de la
littérature se trouvaient levés comme par enchantement.

Sans que j'eusse fait aucun raisonnement nouveau,
trouvé aucun argument décisif, les difficultés, insolu-
bles tout à l'heure, avaient perdu toute importance.
Mais cette fois j'étais bien décidé à ne pas me résigner
à ignorer pourquoi, comme je l'avais fait le jour où
j'avais goûté d'une maleleine trempée dans une infusion. La félicité que je venais d'éprouver était bien en
effet la même que celle que j'avais éprouvée en
mangeant la madeleine et dont j'avais alors ajourné de
rechercher les causes profondes. La différence purement matérielle était dans les images évoquées ; un
azur profond enivrait mes yeux, des impressions de
fraîcheur, d'éblouissante lumière tournoyaient près de
moi et dans mon désir de les saisir, sans oser plus
bouger que quand je goûtais la saveur de la madeleine

en tâchant de faire parvenir jusqu'à moi ce qu'elle me rappelait, je restais quitte à faire rire la foule innombrable des wattmen, à tituber comme j'avais fait tout à l'heure, un pied sur le pavé plus élevé, l'autre pied sur le pavé plus bas. Chaque fois que je refaisais rien que matériellement ce même pas, il me restait inutile ; mais si je réussissais, oubliant la matinée Guermantes, à retrouver ce que j'avais senti en posant ainsi mes pieds, de nouveau la vision éblouissante et indistincte me frôlait comme si elle m'avait dit : « Saisis-moi au passage si tu en as la force, et tâche à résoudre l'énigme de bonheur que je te propose. » Et presque tout de suite je la reconnus, c'était Venise dont mes efforts pour la décrire et les prétendus instantanés pris par ma mémoire ne m'avaient jamais rien dit et que la sensation que j'avais ressentie jadis sur deux dalles inégales du baptistère de Saint-Marc, m'avait rendue avec toutes les autres sensations jointes ce jour-là à cette sensation-là, et qui étaient restées dans l'attente, à leur rang d'où un brusque hasard les avait impérieusement fait sortir, dans la série des jours oubliés. De même le goût de la petite madeleine m'avait rappelé Combray. Mais pourquoi les images de Combray et de Venise m'avaient-elles à l'un et à l'autre moment donné une joie pareille à une certitude et suffisante sans autres preuves à me rendre la mort indifférente.

Tout en me le demandant et en étant résolu aujourd'hui à trouver la réponse, j'entrai dans l'hôtel de Guermantes, parce que nous faisons toujours passer avant la besogne intérieure que nous avons à faire le rôle apparent que nous jouons et qui, ce jour-là était celui d'un invité. Mais arrivé au premier étage, un maître d'hôtel me demanda d'entrer un instant dans un petit salon-bibliothèque attenant au buffet, jusqu'à ce que le morceau qu'on jouait fût achevé, la Princesse ayant défendu qu'on ouvrît les portes pendant son exécution. Or à ce moment même un second avertissement vint renforcer celui que m'avaient donné les deux pavés inégaux et m'exhorter à persévérer dans ma tâche [90]. Un domestique en effet venait dans ses efforts infructueux pour ne pas faire de bruit, de cogner une cuiller contre une assiette. Le même genre de félicité que m'avaient donné les dalles inégales m'envahit ; les sensations étaient de grande chaleur encore mais toutes différentes, mêlée d'une odeur de fumée, apaisée par la fraîche odeur d'un cadre forestier ; et je reconnus que ce qui me paraissait si agréable était la même rangée d'arbres que j'avais trouvée ennuyeuse à observer et à décrire, et devant laquelle, débouchant la canette de bière que j'avais dans le wagon, je venais de croire un instant dans une sorte d'étourdissement, que je me trouvais tant le bruit identique de la cuiller contre l'assiette m'avait donné, avant que j'eusse eu le temps de me ressaisir, l'illusion du bruit du marteau d'un employé qui avait arrangé quelque chose à une roue du train pendant que nous étions arrêtés devant ce petit bois. Alors on eût dit que les signes qui devaient ce jour-là me tirer de mon découragement et me rendre la foi dans les lettres, avaient à cœur de se multiplier, car, un maître d'hôtel depuis longtemps au service du Prince de Guermantes m'ayant reconnu, et m'ayant apporté dans la bibliothèque où j'étais pour m'éviter d'aller au buffet, un choix de petits fours, un verre d'orangeade, je m'essuyai la bouche avec la serviette qu'il m'avait donnée ; mais aussitôt comme le personnage des *Mille et une Nuits* qui sans le savoir accomplissait précisément le rite qui faisait apparaître visible pour lui seul, un docile génie prêt à le transporter au loin, une nouvelle vision d'azur passa devant mes yeux ; mais il était pur et salin, il se gonfla en mamelles bleuâtres ; l'impression fut si forte que le moment que je vivais me sembla être le moment actuel, plus hébété que le jour où je me demandais si j'allais vraiment être accueilli par la Princesse de Guermantes ou si tout n'allait pas s'effondrer, je croyais que le domestique venait d'ouvrir la fenêtre sur la plage et que tout m'invitait à descendre me promener le long de la digue à marée haute ; la serviette que j'avais prise pour m'essuyer la bouche avait précisément le genre de raideur et d'empesé de celle avec laquelle j'avais eu tant de peine à me sécher devant la fenêtre, le premier jour de mon arrivée à Balbec, et, maintenant, devant cette bibliothèque de l'hôtel de Guermantes, elle déployait, réparti dans ses pans et dans ses cassures, le plumage d'un océan vert et bleu comme la queue d'un paon. Et je ne jouissais pas que de ces couleurs, mais de tout un instant de ma vie qui les soulevait, qui avait été sans doute aspiration vers elles, dont quelque sentiment de fatigue ou de tristesse m'avait peut-être empêché de jouir à Balbec, et qui maintenant, débarrassé de ce qu'il y a d'imparfait dans la perception extérieure, pur et désincarné me gonflait d'allégresse.

Le morceau qu'on jouait pouvait finir d'un moment à l'autre, et je pouvais être obligé d'entrer au salon. Aussi je m'efforçais de tâcher de voir clair le plus vite possible dans la nature des plaisirs identiques que je venais par trois fois en quelques minutes de ressentir, et ensuite de dégager l'enseignement que je devais en tirer. Sur l'extrême différence qu'il y a entre l'impression vraie que nous avons eue d'une chose et l'impression factice que nous nous en donnons quand volontairement nous essayons de nous la représenter, je ne m'arrêtais pas ; me rappelant trop avec quelle indifférence relative Swann avait pu parler autrefois des jours où il était aimé, parce que sous cette phrase il voyait autre chose qu'eux, et la douleur subite que lui avait causée la petite phrase de Vinteuil en lui rendant ces jours eux-mêmes, tels qu'il les avait jadis sentis, je comprenais trop que ce que la sensation des dalles inégales, la raideur de la serviette, le goût de la madeleine avaient réveillé en moi n'avait aucun rapport avec ce que je cherchais souvent à me rappeler de Venise, de Balbec, de Combray, à l'aide d'une mémoire uniforme ; et je comprenais que la vie pût être jugée médiocre bien qu'à certains moments elle parût si belle, parce que dans les premiers c'est sur tout autre chose qu'elle-même, sur des images qui ne gardent rien d'elle qu'on la juge et qu'on la déprécie.

Tout au plus notais-je accessoirement que la différence qu'il y a entre chacune des impressions réelles
— différences qui expliquent qu'une peinture uniforme de la vie ne puisse être ressemblante — tenait
probablement à cette cause que la moindre parole que
nous avons dite à une époque de notre vie, le geste le
plus insignifiant que nous avons fait était entouré,
portait sur lui le reflet de choses qui logiquement ne
tenaient pas à lui, en ont été séparées par l'intelligence
qui n'avait rien à faire d'elles pour les besoins du
raisonnement, mais au milieu desquelles — ici reflet
rose du soir sur le mur fleuri d'un restaurant champêtre, sensation de faim, désir des femmes, plaisir du
luxe — là volutes bleues de la mer matinale envelop-
pant des phrases musicales qui en émergent partiellement comme les épaules des ondines — le geste, l'acte
le plus simple reste enfermé comme dans mille vases
clos dont chacun serait rempli de choses d'une couleur, d'une odeur, d'une température absolument
différentes ; sans compter que ces vases disposés sur
toute la hauteur de nos années pendant lesquelles nous
n'avons cessé de changer, fût-ce seulement de rêve et
de pensée, sont situés à des altitudes bien diverses, et
nous donnent la sensation d'atmosphères singulièrement variées. Il est vrai que ces changements nous les
avons accomplis insensiblement ; mais entre le souvenir qui nous revient brusquement et notre état actuel,
de même qu'entre deux souvenirs d'années, de lieux,
d'heures différentes, la distance est telle que cela
suffirait en dehors même d'une originalité spécifique à
les rendre incomparables les uns aux autres. Oui si le
souvenir grâce à l'oubli, n'a pu contracter aucun lien,
jeter aucun chaînon entre lui et la minute présente, s'il
est resté à sa place, à sa date, s'il a gardé ses distances,
son isolement dans le creux d'une vallée ou à la pointe
d'un sommet, il nous fait tout à coup respirer un air
nouveau précisément parce que c'est un air qu'on a
respiré autrefois, cet air plus pur que les poètes ont
vainement essayé de faire régner dans le Paradis et qui
ne pourrait donner cette sensation profonde de renou-

vellement que s'il avait été respiré déjà, car les vrais
paradis sont les paradis qu'on a perdus.

Et au passage je remarquais qu'il y aurait là dans
l'œuvre d'art que je me sentais prêt déjà sans m'y être
consciemment résolu à entreprendre de grandes difficultés. Car j'en devrais exécuter les parties successives
dans une matière qui serait bien différente de celle qui
conviendrait aux souvenirs de matins au bord de la
mer ou d'après-midi à Venise, si je voulais peindre ces
soirs de Rivebelle où dans la salle à manger ouverte sur
le jardin la chaleur commençait à se décomposer, à
retomber, à déposer, où une dernière lueur éclairait
encore les roses sur les murs du restaurant tandis que
les dernières aquarelles du jour étaient encore visibles
au ciel, dans une matière distincte, nouvelle, d'une
transparence, d'une sonorité spéciales, compacte, fraî-
chissante et rose.

Je glissais rapidement sur tout cela plus impérieusement sollicité que j'étais de chercher la cause de cette
félicité, du caractère de certitude avec lequel elle
s'imposait, recherche ajournée autrefois. Or cette
cause je la devinais en comparant entre elles ces
diverses impressions bienheureuses et qui avaient
entre elles ceci de commun que je les éprouvais à la
fois dans le moment actuel et dans un moment
éloigné, jusqu'à faire empiéter le passé sur le présent,
à me faire hésiter à savoir dans lequel des deux je me
trouvais ; au vrai, l'être qui alors goûtait en moi cette
impression la goûtait en ce qu'elle avait de commun
dans un jour ancien et maintenant, dans ce qu'elle
avait d'extra-temporel, un être qui n'apparaissait que
quand, par une de ces identités entre le présent et le
passé, il pouvait se trouver dans le seul milieu où il pût
vivre, jouir de l'essence, des choses, c'est-à-dire en
dehors du temps. Cela expliquait que mes inquiétudes
au sujet de ma mort eussent cessé au moment où
j'avais reconnu inconsciemment le goût de la petite
madeleine puisqu'à ce moment-là l'être que j'avais été
était un être extra-temporel, par conséquent insou-
cieux des vicissitudes de l'avenir. Cet être-là n'était

jamais venu à moi, ne s'était jamais manifesté, qu'en dehors de l'action, de la jouissance immédiate, chaque fois que le miracle d'une analogie m'avait fait échapper au présent. Seul, il avait le pouvoir de me faire retrouver les jours anciens, le temps perdu, devant quoi les efforts de ma mémoire et de mon intelligence échouaient toujours.

Et peut-être, si tout à l'heure je trouvais que Bergotte avait dit faux en parlant des joies de la vie spirituelle, c'était parce que j'appelais « vie spirituelle » à ce moment-là des raisonnements logiques qui étaient sans rapport avec elle, avec ce qui existait en moi en ce moment — exactement comme j'avais pu trouver le monde et la vie ennuyeux parce que je les jugeais d'après des souvenirs sans vérité, alors que j'avais un tel appétit de vivre maintenant que venait de renaître en moi, à trois reprises, un véritable moment du passé.

Rien qu'un moment du passé[91] ? Beaucoup plus peut-être ; quelque chose qui commun à la fois au passé et au présent, est beaucoup plus essentiel qu'eux deux. Tant de fois, au cours de ma vie la réalité m'avait déçu parce qu'au moment où je la percevais mon imagination qui était mon seul organe pour jouir de la beauté ne pouvait s'appliquer à elle, en vertu de la loi inévitable qui veut qu'on ne puisse imaginer que ce qui est absent. Et voici que soudain l'effet de cette dure loi s'était trouvé neutralisé, suspendu, par un expédient merveilleux de la nature, qui avait fait miroiter une sensation — bruit de la fourchette et du marteau, même titre de livre, etc. — à la fois dans le passé, ce qui permettait à mon imagination de la goûter, et dans le présent où l'ébranlement effectif de mes sens par le bruit, le contact du linge, etc. avait ajouté aux rêves de l'imagination ce dont ils sont habituellement dépourvus, l'idée d'existence — et grâce à ce subterfuge, avait permis à mon être d'obtenir, d'isoler, d'immobiliser — la durée d'un éclair — ce qu'il n'appréhende jamais : un peu de temps à l'état pur. L'être qui était rené en moi quand avec un tel frémissement de bonheur, j'avais entendu le bruit commun à la fois à la cuiller qui touche l'assiette et au marteau qui frappe sur la roue, à l'inégalité pour les pas des pavés de la cour Guermantes et du baptistère de Saint-Marc, etc., cet être-là ne se nourrit que de l'essence des choses, en elle seulement il trouve sa subsistance, ses délices. Il languit dans l'observation du présent où les sens ne peuvent la lui apporter, dans la considération d'un passé que l'intelligence lui dessèche, dans l'attente d'un avenir que la volonté construit avec des fragments du présent et du passé auxquels elle retire encore de leur réalité en ne conservant d'eux que ce qui convient à la fin utilitaire, étroitement humaine qu'elle leur assigne. Mais qu'un bruit, qu'une odeur, déjà entendu ou respirée jadis, le soient de nouveau, à la fois dans le présent et dans le passé, réels sans être actuels, idéaux sans être abstraits, aussitôt l'essence permanente et habituellement cachée des choses se trouve libérée et notre vrai moi qui parfois depuis longtemps, semblait mort, mais ne l'était pas entièrement, s'éveille, s'anime en recevant la céleste nourriture qui lui est apportée. Une minute affranchie de l'ordre du temps a recréé en nous pour la sentir l'homme affranchi de l'ordre du temps. Et celui-là on comprend qu'il soit confiant dans sa joie, même si le simple goût d'une madeleine ne semble pas contenir logiquement les raisons de cette joie, on comprend que le mot de « mort » n'ait pas de sens pour lui ; situé hors du temps que pourrait-il craindre de l'avenir ?

Mais ce trompe-l'œil qui mettait près de moi un moment du passé, incompatible avec le présent, ce trompe-l'œil ne durait pas. Certes on peut prolonger les spectacles de la mémoire volontaire qui n'engage pas plus des forces de nous-même que feuilleter un livre d'images. Ainsi jadis, par exemple le jour où je devais aller pour la première fois chez la Princesse de Guermantes, de la cour ensoleillée de notre maison de Paris j'avais paresseusement regardé à mon choix, tantôt la place de l'Église à Combray, ou la plage de

Balbec, comme j'aurais illustré le jour qu'il faisait en
feuilletant un cahier d'aquarelles prises dans les divers
lieux où j'avais été et où avec un plaisir égoïste de
collectionneur je m'étais dit en cataloguant ainsi les
illustrations de ma mémoire : « J'ai tout de même vu
de belles choses dans ma vie. » Alors ma mémoire
affirmait sans doute la différence des sensations ; mais
elle ne faisait que combiner entre eux des éléments
homogènes. Il n'en avait plus été de même dans les
trois souvenirs que je venais d'avoir et où au lieu de
me faire une idée plus flatteuse de mon moi j'avais au
contraire, presque douté de la réalité actuelle de ce
moi. De même que le jour où j'avais trempé la
madeleine dans l'infusion chaude, au sein de l'endroit
où je me trouvais, que cet endroit fût comme ce jour-là
ma chambre de Paris, ou comme aujourd'hui, en ce
moment, la bibliothèque du Prince de Guermantes,
un peu avant la cour de son hôtel, il y avait eu en moi
irradiant une petite zone autour de moi, une sensation
(goût de la madeleine trempée, bruit métallique,
sensation du pas) qui était commune à cet endroit où
je me trouvais et aussi à un autre endroit (chambre de
ma tante Octave, wagon du chemin de fer, baptistère
de Saint-Marc). Et au moment où je raisonnais ainsi le
bruit strident d'une conduite d'eau tout à fait pareil à
ces longs cris que parfois l'été les navires de plaisance
faisaient entendre le soir au large de Balbec, me fit
éprouver (comme me l'avait déjà fait une fois à Paris,
dans un grand restaurant, la vue d'une luxueuse salle à
manger à demi vide, estivale et chaude) bien plus
qu'une sensation simplement analogue à celle que
j'avais à la fin de l'après-midi à Balbec, quand toutes
les tables étant déjà couvertes de leur nappe et de leur
argenterie, les vastes baies vitrées restant ouvertes tout
en grand sur la digue, sans un seul intervalle, un seul
« plein » de verre ou de pierre, tandis que le soleil
descendait lentement sur la mer où commençaient à
crier les navires, je n'avais, pour rejoindre Albertine et
ses amies qui se promenaient sur la digue, qu'à
enjamber le cadre de bois à peine plus haut que ma

cheville, dans la charnière duquel on avait fait pour
l'aération de l'hôtel glisser toutes ensemble les vitres
qui se continuaient. Mais [92] le souvenir douloureux
d'avoir aimé Albertine ne se mêlait pas à cette
sensation. Il n'est de souvenir douloureux que des
morts. Or ceux-ci se détruisent vite, et il ne reste plus
autour de leurs tombes mêmes que la beauté de la
nature, le silence, la pureté de l'air. Ce n'était
d'ailleurs même pas seulement un écho, un double
d'une sensation passée que venait de me faire éprouver
le bruit de la conduite d'eau, mais cette sensation elle-
même. Dans ce cas-là comme dans tous les précédents
la sensation commune avait cherché à recréer autour
d'elle le lieu ancien, cependant que le lieu actuel qui
en tenait la place, s'opposait de toute la résistance de
sa masse à cette immigration dans un hôtel de Paris
d'une plage normande ou d'un talus d'une voie de
chemin de fer. La salle à manger marine de Balbec
avec son linge damassé préparé comme des nappes
d'autel pour recevoir le coucher du soleil, avait
cherché à ébranler la solidité de l'hôtel de Guermantes, à en forcer les portes et avait fait vaciller un
instant les canapés autour de moi, comme elle avait
fait un autre jour les tables du restaurant de Paris.
Toujours, dans ces résurrections-là, le lieu lointain
engendré autour de la sensation commune s'était
accouplé un instant comme un lutteur au lieu actuel.
Toujours le lieu actuel avait été vainqueur ; toujours
c'était le vaincu qui m'avait paru le plus beau ; si beau
que j'étais resté en extase sur le pavé inégal comme
devant la tasse de thé, cherchant à maintenir aux
moments où il apparaissait, à faire réapparaître dès
qu'il m'avait échappé, ce Combray, ce Venise, ce
Balbec envahissants et refoulés qui s'élevaient pour
m'abandonner ensuite au sein de ces lieux nouveaux,
mais perméables pour le passé [93]. Et si le lieu actuel
n'avait pas été aussitôt vainqueur, je crois que j'aurais
perdu connaisance ; car ces résurrections du passé,
dans la seconde qu'elles durent sont si totales qu'elles
n'obligent pas seulement nos yeux à cesser de voir la

chambre qui est près d'eux pour regarder la voie bordée d'arbres ou la marée montante. Elles forcent nos narines à respirer l'air de lieux pourtant lointains, notre volonté à choisir entre les divers projets qu'ils nous proposent, notre personne tout entière à se croire entourée par eux, ou du moins à trébucher entre eux et les lieux présents dans l'étourdissement d'une incertitude pareille à celle qu'on éprouve parfois devant une vision ineffable, au moment de s'endormir.

De sorte que ce que l'être par trois et quatre fois ressuscité en moi venait de goûter, c'était peut-être bien des fragments d'existence soustraits au temps, mais cette contemplation, quoique d'éternité était fugitive. Et pourtant je sentais que le plaisir qu'elle m'avait à de rares intervalles donné dans ma vie, était le seul qui fût fécond et véritable. Le signe de l'irréalité des autres ne se montre-t-il pas assez, soit dans leur impossibilité à nous satisfaire comme par exemple les plaisirs mondains qui causent tout au plus le malaise provoqué par l'ingestion d'une nourriture abjecte, l'amitié qui est une simulation puisque pour quelques raisons morales qu'il le fasse, l'artiste qui renonce à une heure de travail pour une heure de causerie avec un ami sait qu'il sacrifie une réalité pour quelque chose qui n'existe pas (les amis n'étant des amis que dans cette douce folie que nous avons au cours de la vie, à laquelle nous nous prêtons, mais que du fond de notre intelligence nous savons l'erreur d'un fou qui croirait que les meubles vivent et causerait avec eux), celui-là agit de même qu'un travailleur qui s'interrompt d'un chef-d'œuvre pour recevoir par politesse quelqu'un et ne répond pas comme Néhémie du haut de son échelle, soit dans la tristesse qui suit leur satisfaction, comme celle que j'avais eue, le jour où j'avais été présenté à Albertine de m'être donné un mal pourtant bien petit afin d'obtenir une chose — connaître cette jeune fille — qui ne me semblait petite que parce que je l'avais obtenue. Même un plaisir plus profond comme celui que j'aurais pu éprouver quand j'aimais Albertine, n'était en réalité perçu qu'inversement par l'angoisse que j'avais quand elle n'était pas là, car quand j'étais sûr qu'elle allait arriver, comme le jour où elle était revenue du Trocadéro, je n'avais pas cru éprouver plus qu'un vague ennui, tandis que je m'exaltais de plus en plus au fur et à mesure que j'approfondissais avec une joie croissante pour moi le bruit du couteau ou le goût de l'infusion qui avait fait entrer dans ma chambre la chambre de ma tante Léonie, et à sa suite tout Combray, et ses deux côtés. Aussi cette contemplation de l'essence des choses j'étais maintenant décidé à m'attacher à elle, à la fixer, mais comment, par quel moyen. Sans doute au moment où la raideur de la serviette m'avait rendu Balbec, pendant un instant avait caressé mon imagination, non pas seulement de la vue de la mer telle qu'elle était ce matin-là, mais de l'odeur de la chambre, de la vitesse du vent, du désir de déjeuner, de l'incertitude entre les diverses promenades, tout cela attaché à la sensation du linge comme les mille ailes des anges qui font mille tours à la minute (?). Sans doute au moment où l'inégalité des deux pavés avait prolongé les images desséchées et minces que j'avais de Venise et de Saint-Marc, dans tous les sens et toutes les dimensions, de toutes les sensations que j'y avais éprouvées, raccordant la place à l'église, l'embarcadère à la place, le canal à l'embarcadère, et à tout ce que les yeux voient le monde de désir qui n'est vu que de l'esprit, j'avais été tenté sinon, à cause de la saison, d'aller me repromener sur les eaux pour moi surtout printanières de Venise, du moins de retourner à Balbec. Mais je ne m'arrêtai pas un instant à cette pensée. Non seulement [94] je savais que les pays n'étaient pas tels que leur nom me les peignait, et il n'y avait plus guère que dans mes rêves, en dormant, qu'un lieu s'étendait devant moi, fait de la pure matière, entièrement distincte des choses communes qu'on voit, qu'on touche, et qui avait été la leur quand je me les représentais. Mais même en ce qui concernait ces images d'un autre genre encore, celles du souve-

nir, je savais que la beauté de Balbec, je ne l'avais pas
trouvée quand j'y étais et que celle même qu'il m'avait
laissée, ce n'était plus celle que j'avais retrouvée à mon
second séjour. J'avais trop expérimenté l'impossibilité
d'atteindre dans la réalité ce qui était au fond de moi-
même ; que ce n'était pas plus sur la place Saint-Marc
que ce n'avait été à mon second voyage à Balbec, où à
mon retour à Tansonville pour voir Gilberte, que je
retrouverais le Temps perdu, et que le voyage qui ne
faisait que me proposer une fois de plus l'illusion que
ces impressions anciennes existaient hors de moi-
même, au coin d'une certaine place, ne pouvait être le
moyen que je cherchais. Et je ne voulais pas [95] me
laisser leurrer une fois de plus, car il s'agissait pour
moi de savoir enfin s'il était vraiment possible d'atteindre ce que, toujours déçu comme je l'avais été en
présence des lieux et des êtres, j'avais (bien qu'une
fois la pièce pour concert de Vinteuil eût semblé me
dire le contraire) cru irréalisable. Je n'allais donc pas
tenter une expérience de plus dans la voie que je savais
depuis longtemps ne mener à rien. Des impressions
telles que celles que je cherchais à fixer ne pouvaient
que s'évanouir au contact d'une jouissance directe qui
a été impuissante à les faire naître. La seule manière
de les goûter davantage c'était de tâcher de les
connaître plus complètement, là où elles se trouvaient,
c'est-à-dire en moi-même, de les rendre claires jusque
dans leurs profondeurs. Je n'avais pu connaître ce
plaisir à Balbec, pas plus que celui de vivre avec
Albertine, lequel ne m'avait été perceptible qu'après
coup. Et la récapitulation que je faisais des déceptions
de ma vie, en tant que vécue, et qui me faisaient croire
que sa réalité devait résider ailleurs qu'en l'action, ne
rapprochait pas d'une manière purement fortuite et en
suivant les circonstances de mon existence, des désap-
pointements différents. Je sentais bien que la déception du voyage, la déception de l'amour n'étaient pas
des déceptions différentes, mais l'aspect varié que
prend, selon le fait auquel il s'applique, l'impuissance
que nous avons à nous réaliser dans la jouissance

matérielle, dans l'action effective. Et, repensant à cette joie extra-temporelle causée, soit par le bruit de la cuiller, soit par le goût de la madeleine, je me disais : « Était-ce cela, ce bonheur proposé par la petite phrase de la Sonate à Swann qui s'était trompée en l'assimilant au plaisir de l'amour et n'avait pas su le trouver dans la création artistique ; ce bonheur que m'avait fait pressentir comme plus supra-terrestre encore que n'avait fait la petite phrase de la Sonate, l'appel rouge et mystérieux de ce Septuor [96] que Swann n'avait pu connaître, étant mort comme tant d'autres avant que la vérité faite pour eux eût été révélée ? D'ailleurs, elle n'eût pu lui servir, car cette phrase pouvait bien symboliser un appel, mais non créer des forces et faire de Swann l'écrivain qu'il n'était pas. »

Cependant je m'avisai au bout d'un moment après avoir pensé à ces résurrections de la mémoire que d'une autre façon, des impressions obscures avaient quelquefois et déjà à Combray du côté de Guermantes, sollicité ma pensée, à la façon de ces réminiscences, mais qui cachaient non une sensation d'autrefois mais une vérité nouvelle, une image précieuse que je cherchais à découvrir par des efforts du même genre que ceux qu'on fait pour se rappeler quelque chose comme si nos plus belles idées étaient comme des airs de musique qui nous reviendraient sans que nous les eussions jamais entendus, et que nous nous efforcerions d'écouter, de transcrire. Je me souvins avec plaisir, parce que cela me montrait que j'étais déjà le même alors et que cela recouvrait un trait fondamental de ma nature, avec tristesse aussi en pensant que depuis lors je n'avais jamais progressé, que déjà à Combray je fixais avec attention devant mon esprit quelque image qui m'avait forcé à la regarder, un nuage, un triangle, un clocher, une fleur, un caillou, en sentant qu'il y avait peut-être sous ces signes quelque chose de tout autre que je devais tâcher de découvrir, une pensée qu'ils traduisaient à la façon de ces caractères hiéroglyphiques qu'on croirait représenter seulement des objets matériels. Sans doute ce déchiffrage était difficile mais seul il donnait quelque vérité à lire. Car les vérités que l'intelligence saisit directement à claire-voie dans le monde de la pleine lumière ont quelque chose de moins profond, de moins nécessaire que celles que la vie nous a malgré nous communiquées en une impression, matérielle parce qu'elle est entrée par nos sens, mais dont nous pouvons dégager l'esprit. En somme dans un cas comme dans l'autre, qu'il s'agît d'impressions comme celle que m'avait donnée la vue des clochers de Martinville, ou de réminiscences comme celle de l'inégalité des deux marches ou le goût de la madeleine, il fallait tâcher d'interpréter les sensations comme les signes d'autant de lois et d'idées, en essayant de penser c'est-à-dire de faire sortir de la pénombre ce que j'avais senti, de le convertir en un équivalent spirituel. Or, ce moyen qui me paraissait le seul, qu'était-ce autre chose que faire une œuvre d'art ? Et déjà les conséquences se pressaient dans mon esprit ; car qu'il s'agît de réminiscences dans le genre du bruit de la fourchette ou du goût de la madeleine, ou de ces vérités écrites à l'aide de figures dont j'essayais de chercher le sens dans ma tête où, clochers, herbes folles, elles composaient un grimoire compliqué et fleuri, leur premier caractère était que je n'étais pas libre de les choisir, qu'elles m'étaient données telles quelles. Et je sentais [97] que ce devait être la griffe de leur authenticité. Je n'avais pas été chercher les deux pavés inégaux de la cour où j'avais buté. Mais justement la façon fortuite, inévitable, dont la sensation avait été rencontrée, contrôlait la vérité du passé qu'elle ressuscitait, des images qu'elle déclenchait, puisque nous sentons son effort pour remonter vers la lumière, que nous sentons la joie du réel retrouvé. Elle est le contrôle aussi de la vérité de tout le tableau fait d'impressions contemporaines qu'elle ramène à sa suite avec cette infaillible proportion de lumière et d'ombre, de relief et d'omission, de souvenir et d'oubli que la mémoire ou l'observation conscientes ignoreront toujours.

Quant au livre intérieur de signes inconnus (de signes en relief, semblait-il, que mon attention explorant mon inconscient allait chercher, heurtait, contournait, comme un plongeur qui sonde) pour la lecture desquels personne ne pouvait m'aider d'aucune règle, cette lecture consistait en un acte de création où nul ne peut nous suppléer ni même collaborer avec nous [98]. Aussi combien se détournent de l'écrire. Que de tâches n'assume-t-on pas pour éviter celle-là. Chaque événement, que ce fût l'affaire Dreyfus, que ce fût la guerre, avait fourni d'autres excuses aux écrivains pour ne pas déchiffrer ce livre-là, ils voulaient assurer le triomphe du Droit, refaire l'unité morale de la nation, n'avaient pas le temps de penser à la littérature. Mais ce n'était que des excuses parce qu'ils n'avaient pas, ou plus, de génie, c'est-à-dire d'instinct. Car l'instinct dicte le devoir et l'intelligence fournit les prétextes pour l'éluder. Seulement les excuses ne figurent point dans l'art, les intentions n'y sont pas comptées, à tout moment l'artiste doit écouter son instinct, ce qui fait que l'art est ce qu'il y a de plus réel, la plus austère école de la vie, et le vrai Jugement dernier. Ce livre, le plus pénible de tous à déchiffrer, est aussi le seul que nous ait dicté la réalité, le seul dont « l'impression » ait été faite en nous par la réalité même. De quelque idée laissée en nous par la vie qu'il s'agisse, sa figure matérielle, trace de l'impression qu'elle nous a faite, est encore le gage de sa vérité nécessaire. Les idées formées par l'intelligence pure n'ont qu'une vérité logique, une vérité possible, leur élection est arbitraire. Le livre aux caractères figurés, non tracés par nous est notre seul livre. Non que ces idées que nous formons ne puissent être justes logiquement, mais nous ne savons pas si elles sont vraies. Seule l'impression, si chétive qu'en semble la matière, si insaisissable la trace, est un critérium de vérité, et à cause de cela mérite seule d'être appréhendée par l'esprit car elle est seule capable s'il sait en dégager cette vérité, de l'amener à une plus grande perfection et de lui donner une pure joie. L'impression est pour l'écrivain ce qu'est l'expérimentation pour le savant, avec cette différence que chez le savant le travail de l'intelligence précède et chez l'écrivain vient après. Ce que nous n'avons pas eu à déchiffrer, à éclaircir par notre effort personnel, ce qui était clair avant nous, n'est pas à nous. Ne vient de nous-même que ce que nous tirons de l'obscurité qui est en nous et que ne connaissent pas les autres.

Un rayon oblique du couchant me rappelle instantanément un temps auquel je n'avais jamais repensé et où dans ma petite enfance, comme ma tante Léonie avait une fièvre que le Dr Percepied avait crainte typhoïde, on m'avait fait habiter une semaine la petite chambre qu'Eulalie avait sur la place de l'Église, où il n'y avait qu'une sparterie par terre et à la fenêtre un rideau de percale, bourdonnant toujours d'un soleil auquel je n'étais pas habitué. Et en voyant comme le souvenir de cette petite chambre d'ancienne domestique ajoutait tout d'un coup à ma vie passée une longue étendue si différente du reste et si délicieuse, je pensai par contraste au néant d'impressions qu'avaient apporté dans ma vie les fêtes les plus somptueuses dans les hôtels les plus princiers. La seule chose un peu triste dans cette chambre d'Eulalie était qu'on y entendait le soir, à cause de la proximité du viaduc, les hululements des trains. Mais comme je savais que ces beuglements émanaient de machines réglées, ils ne m'épouvantaient pas comme auraient pu faire, à une époque de la préhistoire, les cris poussés par un mammouth voisin dans sa promenade libre et désordonnée.

Ainsi j'étais déjà arrivé à cette conclusion que nous ne sommes nullement libres devant l'œuvre d'art, que nous ne la faisons pas à notre gré, mais que préexistant à nous, nous devons, à la fois parce qu'elle est nécessaire et cachée, et comme nous ferions pour une loi de la nature, la découvrir. Mais cette découverte que l'art pouvait nous faire faire n'était-elle pas au fond celle de ce qui devrait nous être le plus précieux, et qui nous reste d'habitude à jamais inconnu, notre vraie vie, la réalité telle que nous l'avons sentie et qui diffère tellement de ce que nous croyons que nous sommes emplis d'un tel bonheur, quand un hasard nous apporte le souvenir véritable. Je m'en assurais par la fausseté même de l'art prétendu réaliste et qui ne serait pas si mensonger si nous n'avions pris dans la vie l'habitude de donner à ce que nous sentons une expression qui en diffère tellement et que nous prenons au bout de peu de temps pour la réalité même. Je sentais que je n'aurais pas à m'embarrasser des diverses théories littéraires qui m'avaient un moment troublé — notamment celles que la critique avait développées au moment de l'affaire Dreyfus et avait reprises pendant la guerre et qui tendaient à « faire sortir l'artiste de sa tour d'ivoire » et à traiter des sujets non frivoles ni sentimentaux, mais peignant de grands mouvements ouvriers et à défaut de foules à tout le moins non plus d'insignifiants oisifs (« J'avoue que la peinture de ces inutiles m'indiffère assez », disait Bloch) mais de nobles intellectuels, ou des héros.

D'ailleurs même avant de discuter leur contenu logique, ces théories me paraissaient dénoter chez ceux qui les soutenaient une preuve d'infériorité, comme un enfant vraiment bien élevé qui entend des gens chez qui on l'a envoyé déjeuner dire : « Nous avouons tout, nous sommes francs » sent que cela dénote une qualité morale inférieure à la bonne action pure et simple qui ne dit rien. L'art véritable n'a que faire de tant de proclamations et s'accomplit dans le silence. D'ailleurs ceux qui théorisaient ainsi employaient des expressions toutes faites qui ressemblaient singulièrement à celles d'imbéciles qu'ils flétrissaient. Et peut-être est-ce plutôt à la qualité du langage qu'au genre d'esthétique qu'on peut juger du degré auquel a été porté le travail intellectuel et moral.

Mais inversement cette qualité du langage dont croient pouvoir se passer les théoriciens, ceux qui admirent les théoriciens croient facilement qu'elle ne prouve pas une grande valeur intellectuelle, valeur qu'ils ont besoin pour la discerner, de voir exprimée directement et qu'ils n'induisent pas de la beauté d'une image. D'où la grossière tentation pour l'écrivain d'écrire des œuvres intellectuelles. Grande indélicatesse. Une œuvre où il y a des théories est comme un objet sur lequel on laisse la marque du prix[99]. On raisonne, c'est-à-dire on vagabonde, chaque fois qu'on n'a pas la force de s'astreindre à faire passer une impression par tous les états successifs qui aboutiront à sa fixation, à l'expression. La réalité à exprimer résidait je le comprenais maintenant non dans l'apparence du sujet mais à une profondeur où cette apparence importait peu, comme le symbolisaient ce bruit de cuiller sur une assiette, cette raideur empesée de la serviette, qui m'avaient été plus précieux pour mon renouvellement spirituel que tant de conversations humanitaires, patriotiques, internationalistes et métaphysiques. « Plus de style, avais-je entendu dire alors, plus de littérature, de la vie. » On peut penser combien même les simples théories de M. de Norpois contre les « joueurs de flûte » avaient refleuri depuis la guerre. Car tous ceux qui n'ont pas le sens artistique, c'est-à-dire la soumission à la réalité intérieure, peuvent être pourvus de la faculté de raisonner à perte de vue sur l'art. Pour peu qu'ils soient par surcroît diplomates ou financiers, mêlés aux « réalités » du temps présent, ils croient volontiers que la littérature est un jeu de l'esprit destiné à être éliminé de plus en plus dans l'avenir. Quelques-uns voulaient que le roman fût une sorte de défilé cinématographique des choses. Cette conception était absurde. Rien ne s'éloigne plus de ce que nous avons perçu en réalité qu'une telle vue cinématographique.

Justement comme en entrant dans cette bibliothèque, je m'étais souvenu de ce que les Goncourt disent des belles éditions originales qu'elle contient, je m'étais promis de les regarder tandis que j'étais enfermé ici[100]. Et tout en poursuivant mon raisonnement, je tirais un à un, sans trop y faire attention du reste les précieux volumes, quand, au moment où j'ouvrais distraitement l'un d'eux : *François le Champi* de George Sand je me sentis désagréablement frappé comme par quelque impression trop en désaccord avec mes pensées actuelles, jusqu'au moment où, avec une émotion qui allait jusqu'à me faire pleurer, je reconnus combien cette impression était d'accord avec elles. Tandis que dans la chambre mortuaire les employés des pompes funèbres se préparent à descendre la bière, le fils d'un homme qui a rendu des services à la patrie serre la main aux derniers amis qui défilent, si tout à coup retentit sous les fenêtres une fanfare, il se révolte, croyant à quelque moquerie dont on insulte son chagrin. Mais lui qui est resté maître de soi jusque-là ne peut plus retenir ses larmes ; car il vient de comprendre que ce qu'il entend c'est la musique d'un régiment qui s'associe à son deuil et rend honneur à la dépouille de son père. Tel je venais de reconnaître combien s'accordait avec mes pensées actuelles la douloureuse impression que j'avais éprouvée en lisant le titre d'un livre dans la bibliothèque du Prince de Guermantes ; titre qui m'avait donné l'idée que la littérature nous offrait vraiment ce monde de mystère que je ne trouvais plus en elle. Et pourtant ce n'étais pas un livre bien extraordinaire, c'était *François le Champi*. Mais ce nom-là, comme le nom de Guermantes, n'était pas pour moi comme ceux que j'avais connus depuis : le souvenir de ce qui m'avait semblé inexplicable dans le sujet de *François le Champi* tandis que maman me lisait le livre de George Sand, était réveillé par ce titre (aussi bien que le nom de Guermantes, quand je n'avais pas vu les Guermantes depuis longtemps contenait pour moi tant de féodalité — comme *François le Champi* l'essence du roman —) et se substituait pour un instant à l'idée fort commune de ce que sont les romans berrichons de George Sand. Dans un dîner, quand la pensée reste toujours à la surface, j'aurais pu sans doute parler de *François le Champi* et des Guermantes sans que ni l'un ni l'autre fussent ceux de Combray. Mais quand j'étais seul comme en ce moment c'est à une profondeur plus grande que j'avais plongé. A ce moment-là, l'idée que telle personne dont j'avais fait la connaissance dans le monde était cousine de Mme de Guermantes, c'est-à-dire d'un personnage de lanterne magique me semblait incompréhensible, et tout autant, que les plus beaux livres que j'avais lus fussent — je ne dis pas même supérieurs ce qu'ils étaient pourtant — mais égaux à cet extraordinaire *François le Champi*. C'était une impression bien ancienne, où mes souvenirs d'enfance et de famille étaient tendrement mêlés et que je n'avais pas reconnue tout de suite. Je m'étais au premier instant demandé avec colère quel était l'étranger qui venait me faire mal. Cet étranger c'était moi-même, c'était l'enfant que j'étais alors, que le livre venait de susciter en moi, car de moi ne connaissant que cet enfant, c'est cet enfant que le livre avait appelé tout de suite, ne voulant être regardé que par ses yeux, aimé que par son cœur, et ne parler qu'à lui. Aussi ce livre que ma mère m'avait lu haut à Combray presque jusqu'au matin avait-il gardé pour moi tout le charme de cette nuit-là. Certes, la « plume » de George Sand, pour prendre une expression de Brichot qui aimait tant dire qu'un livre était écrit « d'une plume alerte », ne me semblait pas du tout comme elle avait paru si longtemps à ma mère avant qu'elle modelât lentement ses goûts littéraires sur les miens, une plume magique. Mais c'était une plume que sans le vouloir j'avais électrisée comme s'amusent souvent à faire les collégiens, et voici que mille riens de Combray, et que je n'apercevais plus depuis longtemps, sautaient légèrement d'eux-mêmes et venaient à la queue leu leu se suspendre au bec aimanté, en une chaîne interminable et tremblante de souvenirs.

Certains esprits qui aiment le mystère veulent croire que les objets conservent quelque chose des yeux qui les regardèrent, que les monuments et les tableaux ne nous apparaissent que sous le voile sensible que leur ont tissé l'amour et la contemplation de tant d'adorateurs, pendant des siècles. Cette chimère deviendrait vraie s'ils la transposaient dans le domaine de la seule réalité pour chacun, dans le domaine de sa propre sensibilité. Oui, en ce sens-là, en ce sens-là seulement (mais il est bien plus grand), une chose que nous avons regardée autrefois, si nous la revoyons, nous rapporte avec elle le regard que nous y avons posé, toutes les images qui le remplissaient alors. C'est que les choses — un livre sous sa couverture rouge comme les autres — sitôt qu'elles sont perçues par nous, deviennent en nous quelque chose d'immatériel, de même nature que toutes nos préoccupations ou nos sensations de ce temps-là et se mêlent indissolublement à elles. Tel nom lu dans un livre autrefois, contient entre ses syllabes le vent rapide et le soleil brillant qu'il faisait quand nous le lisions. Dans la moindre sensation apportée par le plus humble aliment, l'odeur du café au lait, nous retrouvons cette vague espérance d'un beau temps qui, si souvent, nous sourit, quand la journée était encore intacte et pleine, dans l'incertitude du ciel matinal ; une lueur est un vase rempli de parfums, de sons, de moments ; d'humeurs variées, de climats. De sorte que la littérature qui se contente de « décrire les choses », d'en donner seulement un misérable relevé de lignes et de surfaces, est celle qui, tout en s'appelant réaliste, est la plus éloignée de la réalité, celle qui nous appauvrit et nous attriste le plus, car elle coupe brusquement toute communication de notre moi présent avec le passé dont les choses gardaient l'essence et l'avenir, où elles nous incitent à la goûter de nouveau. C'est elle que l'art digne de ce nom doit exprimer, et, s'il y échoue, on peut encore tirer de son impuissance un enseignement (tandis qu'on n'en tire aucun des réussites du réalisme), à savoir que cette essence est en partie subjective et incommunicable.

Bien plus, une chose que nous vîmes à une certaine époque, un livre que nous lûmes ne restent pas unis à jamais seulement à ce qu'il y avait autour de nous ; il le reste aussi fidèlement à ce que nous étions alors, il ne peut plus être ressenti, repensé que par la sensibilité, que par la pensée, par la personne que nous étions alors ; si je reprends dans la bibliothèque, *François le Champi,* immédiatement en moi un enfant se lève qui prend ma place, qui seul a le droit de lire ce titre : *François le Champi,* et qui le lit comme il le lut alors, avec la même impression du temps qu'il faisait dans le jardin, les mêmes rêves qu'il formait alors sur les pays et sur la vie, la même angoisse du lendemain. Que je revoie une chose d'un autre temps, c'est un jeune homme qui se lèvera. Et ma personne d'aujourd'hui n'est qu'une carrière abandonnée, qui croit que tout ce qu'elle contient est pareil et monotone, mais d'où chaque souvenir, comme un sculpteur de génie tire des statues innombrables. Je dis : chaque chose que nous revoyons, car les livres se comportent en cela comme des choses, la manière dont leur dos s'ouvrait, le grain du papier peut avoir gardé en lui un souvenir aussi vif, de la façon dont j'imaginais alors Venise et du désir que j'avais d'y aller, que les phrases mêmes des livres. Plus vif même car celles-ci gênent parfois comme ces photographies d'un être devant lesquelles on se le rappelle moins bien qu'en se contentant de penser à lui. Certes pour bien des livres de mon enfance, et hélas, pour certains livres de Bergotte lui-même, quand un soir de fatigue il m'arrive de les prendre, ce n'est pourtant que comme j'aurais pris un train dans l'espoir de me reposer par la vision de choses différentes et en respirant l'atmosphère d'autrefois. Mais il arrive que cette évocation recherchée se trouve entravée au contraire par la lecture prolongée du livre. Il en est un de Bergotte, qui dans la bibliothèque du Prince portait une dédicace d'une flagornerie et d'une platitude extrêmes, lu jadis un jour d'hiver où je ne pouvais voir Gilberte, et où je ne peux réussir à retrouver les phrases que j'aimais tant. Certains mots me feraient croire que ce sont elles, mais c'est impossible. Où serait donc la beauté que je leur trouvais ? Mais du volume lui-même la neige qui couvrait les Champs-Élysées le jour où je le lus n'a pas été enlevée, je la vois toujours.

Et c'est pour cela que si j'avais été tenté d'être bibliophile, comme l'était le Prince de Guermantes, je ne l'aurais été que d'une façon particulière. Même cette beauté indépendante de la valeur propre d'un livre, et qui lui vient pour les amateurs de connaître les bibliothèques par où il a passé, de savoir qu'il fut donné à l'occasion de tel événement, par tel souverain à tel homme célèbre, de l'avoir suivi, de vente en vente, à travers sa vie, cette beauté historique en quelque sorte d'un livre ne serait pas perdue pour moi. Mais c'est plus volontiers de l'histoire de ma propre vie, c'est-à-dire non pas en simple curieux, que je la dégagerais; et ce serait souvent non pas à l'exemplaire matériel que je l'attacherais mais à l'ouvrage comme à ce *François le Champi* contemplé pour la première fois dans ma petite chambre de Combray, pendant la nuit peut-être la plus douce et la plus triste de ma vie où j'avais hélas — dans un temps où me paraissaient bien inaccessibles les mystérieux Guermantes — obtenu de mes parents une première abdication d'où je pouvais faire dater le déclin de ma santé et de mon vouloir, mon renoncement chaque jour aggravé à une tâche difficile — et retrouvé aujourd'hui dans la bibliothèque des Guermantes précisément, par le jour le plus beau et dont s'éclairaient soudain non seulement les tâtonnements anciens de ma pensée, mais même le but de ma vie et peut-être de l'art. Pour les exemplaires eux-mêmes des livres, j'eusse été d'ailleurs capable de m'y intéresser, dans une acception vivante. La première édition d'un ouvrage m'eût été plus précieuse que les autres, mais j'aurais entendu par elle l'édition où je le lus pour la première fois. Je rechercherais les éditions originales, je veux dire celles où j'eus de ce livre une impression originale. Car les impressions suivantes ne le sont plus. Je collectionnerais pour les romans les reliures d'autrefois, celles du temps où je lus mes premiers romans et qui entendaient tant de fois papa me dire :

« Tiens-toi droit. » Comme la robe où nous vîmes pour la première fois une femme, elles m'aideraient à retrouver l'amour que j'avais alors, la beauté sur laquelle j'ai superposé tant d'images, de moins en moins aimées, pour pouvoir retrouver la première, moi qui ne suis pas le moi qui l'a vue et qui dois céder la place au moi que j'étais alors, s'il appelle la chose qu'il connut et que mon moi d'aujourd'hui ne connaît point. Mais même dans ce sens-là, le seul que je puisse comprendre, je ne serais pas tenté d'être bibliophile. Je sais trop pour cela combien les choses sont poreuses pour l'esprit et s'en imbibent.

La bibliothèque que je me composerais ainsi serait même d'une valeur plus grande encore ; car les livres que je lus jadis à Combray, à Venise, enrichis maintenant par ma mémoire de vastes enluminures représentant l'église Saint-Hilaire, la gondole amarrée au pied de Saint-Georges-le-Majeur sur le Grand Canal incrusté de scintillants saphirs, seraient devenus dignes de ces « livres à images », bibles historiées, livres d'heures que l'amateur n'ouvre jamais pour lire le texte mais pour s'enchanter une fois de plus des couleurs qu'y a ajoutées quelque émule de Foucquet et qui font tout le prix de l'ouvrage. Et pourtant, même n'ouvrir ces livres lus autrefois que pour regarder les images qui ne les ornaient pas alors me semblerait encore si dangereux que, même en ce sens, le seul que je puisse comprendre, je ne serais pas tenté d'être bibliophile. Je sais trop combien ces images laissées par l'esprit sont aisément effacées par l'esprit. Aux anciennes il en substitue de nouvelles qui n'ont plus le même pouvoir de résurrection. Et si j'avais encore le *François le Champi* que maman sortit un soir du paquet de livres que ma grand-mère devait me donner pour ma fête, je ne le regarderais jamais ; j'aurais trop peur d'y insérer peu à peu mes impressions d'aujourd'hui jusqu'à en recouvrir complètement celles d'autrefois, j'aurais trop peur de le voir devenir à ce point une chose du présent que quand je lui demanderais de susciter une fois encore l'enfant qui déchiffra son titre dans la petite chambre de Combray, l'enfant ne reconnaissant pas son accent, ne répondît plus à son appel et restât pour toujours enterré dans l'oubli.

L'idée d'un art populaire comme d'un art patriotique si même elle n'avait pas été dangereuse me semblait ridicule. S'il s'agissait de le rendre accessible au peuple, en sacrifiant les raffinements de la forme, « bons pour des oisifs », j'avais assez fréquenté de gens du monde pour savoir que ce sont eux les véritables illettrés et non les ouvriers électriciens. A cet égard, un art populaire par la forme eût été destiné plutôt aux membres du Jockey qu'à ceux de la Confédération générale du travail ; quant aux sujets les romans populaires ennuient autant les gens du peuple que les enfants ces livres qui sont écrits pour eux. On cherche à se dépayser en lisant et les ouvriers sont aussi curieux des princes que les princes, des ouvriers. Dès le début de la guerre, M. Barrès avait dit que l'artiste (en l'espèce le Titien) doit avant tout servir la gloire de sa patrie. Mais il ne peut la servir qu'en étant artiste c'est-à-dire qu'à condition, au moment où il étudie ces lois, institue ces expériences et fait ces découvertes, aussi délicates que celles de la science, de ne pas penser à autre chose — fût-ce à la Patrie — qu'à la vérité qui est devant lui. N'imitons pas les révolutionnaires qui par « civisme » méprisaient s'ils ne les détruisaient pas, les œuvres de Watteau et de La Tour, peintres qui honorent davantage la France que tous ceux de la Révolution. L'anatomie n'est peut-être pas ce que choisirait un cœur tendre si l'on avait le choix. Ce n'est pas la bonté de son cœur vertueux, laquelle était fort grande qui a fait écrire à Choderlos de Laclos *Les Liaisons dangereuses*, ni son goût pour la bourgeoisie petite ou grande qui a fait choisir à Flaubert comme sujet ceux de *Madame Bovary* et de *L'Éducation sentimentale*. Certains disaient que l'art d'une époque de hâte serait bref, comme ceux qui prédisaient avant la guerre qu'elle serait courte. Le chemin de fer devait ainsi tuer la contemplation, il était vain de regretter le temps des diligences, mais l'automobile remplit leur fonction et arrête à nouveau les touristes vers les églises abandonnées.

Une image offerte par la vie, nous apportait en réalité à ce moment-là des sensations multiples et différentes. La vue par exemple de la couverture d'un livre déjà lu a tissé dans les caractères de son titre les rayons de lune d'une lointaine nuit d'été. Le goût du café au lait matinal nous apporte cette vague espérance d'un beau temps qui jadis si souvent pendant que nous le buvions dans un bol de porcelaine blanche, crémeuse et plissée qui semblait du lait durci, quand la journée était encore intacte et pleine, se mit à nous sourire dans la claire incertitude du petit jour. Une heure n'est pas qu'une heure. C'est un vase rempli de parfums, de sons, de projets et de climats. Ce que nous appelons la réalité est un certain rapport entre ces sensations et ces souvenirs qui nous entourent simultanément — rapport que supprime une simple vision cinématographique, laquelle s'éloigne par là d'autant plus du vrai qu'elle prétend se borner à lui — rapport unique que l'écrivain doit retrouver pour en enchaîner à jamais dans sa phrase les deux termes différents. On peut faire se succéder indéfiniment dans une description les objets qui figuraient dans le lieu décrit ; la vérité ne commencera qu'au moment où l'écrivain prendra deux objets différents, posera leur rapport, analogue dans le monde de l'art à celui qu'est le rapport unique de la loi causale dans le monde de la science, et les enfermera dans les anneaux nécessaires d'un beau style. Même ainsi que la vie quand en rapprochant une qualité commune à deux sensations, il dégagera leur essence commune en les réunissant l'une et l'autre pour les soustraire aux contingences du temps, dans une métaphore. La nature ne m'avait-elle pas mis elle-même à ce point de vue sur la voie de l'art, n'était-elle pas commencement d'art elle-même, elle qui ne m'avait permis de connaître souvent la beauté d'une chose que dans une autre, midi à Combray que dans le bruit de ses cloches, les matinées de Doncières que dans les hoquets de notre calorifère à eau? La vérité ne commencera qu'au moment où l'écrivain prendra deux objets différents, posera leur rapport, et les enchaînera par le lien indestructible d'une alliance de mots. Le rapport peut être peu intéressant, les objets médiocres, le style mauvais, mais tant qu'il n'y a pas eu cela, il n'y a rien.

Mais il y avait plus [101]. Si la réalité était cette espèce de déchet de l'expérience, à peu près identique pour chacun, parce que quand nous disons : un mauvais temps, une guerre, une station de voitures, un restaurant éclairé, un jardin en fleurs tout le monde sait ce que nous voulons dire; si la réalité était cela, sans doute une sorte de film cinématographique de ces choses suffirait et le « style », la « littérature » qui s'écarteraient de leurs simples données seraient un hors-d'œuvre artificiel. Mais était-ce bien cela, la réalité. Si j'essayais de me rendre compte de ce qui se passe en effet au moment où une chose nous fait une certaine impression, soit comme ce jour où en passant sur le pont de la Vivonne, l'ombre d'un nuage sur l'eau m'avait fait crier « Zut alors! » en sautant de joie, soit qu'écoutant une phrase de Bergotte tout ce que j'eusse vu de mon impression c'est ceci qui ne lui convient pas spécialement : « C'est admirable », soit qu'irrité d'un mauvais procédé, Bloch prononçât ces mots qui ne convenaient pas du tout à une aventure si vulgaire : « Qu'on agisse ainsi, je trouve cela tout de même fffantastique », soit quand flatté d'être bien reçu chez les Guermantes, et d'ailleurs un peu grisé par leurs vins, je ne pouvais m'empêcher de dire à mi-voix, seul, en les quittant : « Ce sont tout de même des êtres exquis avec qui il serait doux de passer la vie », je m'apercevais que ce livre essentiel, le seul livre vrai, un grand écrivain n'a pas dans le sens courant à l'inventer, puisqu'il existe déjà en chacun de nous, mais à le traduire. Le devoir et la tâche d'un écrivain sont ceux d'un traducteur.

Or si, quand il s'agit du langage inexact de l'amour-propre par exemple, le redressement de l'oblique discours intérieur (qui va s'éloignant de plus en plus de l'impression première et centrale) jusqu'à ce qu'il se confonde avec la droite qui aurait dû partir de l'impression, si ce redressement est chose malaisée contre quoi boude notre paresse, il est d'autres cas, celui où il s'agit de l'amour par exemple, où ce même redressement devient douloureux. Toutes nos feintes indifférences, toute notre indignation contre ses mensonges si naturels, si semblables à ceux que nous pratiquons nous-mêmes, en un mot tout ce que nous n'avons cessé, chaque fois que nous étions malheureux ou trahis, non seulement de dire à l'être aimé, mais même en attendant de le voir de nous dire sans fin à nous-même, quelquefois à haute voix dans le silence de notre chambre troublé par quelques : « Non vraiment de tels procédés sont intolérables » et : « J'ai voulu te recevoir une dernière fois et je ne nierai pas que cela me fasse de la peine », ramener tout cela à la vérité ressentie dont cela s'était tant écarté, c'est abolir tout ce à quoi nous tenions le plus, ce qui a fait, seul à seul avec nous-même, dans des projets fiévreux de lettres et de démarches, notre entretien passionné avec nous-même.

Même dans les joies artistiques qu'on recherche pourtant en vue de l'impression qu'elles donnent, nous nous arrangeons le plus vite possible à laisser de côté comme inexprimable ce qui est précisément cette impression même et à nous attacher à ce qui nous permet d'en éprouver le plaisir sans le connaître jusqu'au fond et de croire le communiquer à d'autres amateurs avec qui la conversation sera possible parce que nous leur parlerons d'une chose qui est la même pour eux et pour nous, la racine personnelle de notre propre impression étant supprimée. Dans les moments mêmes où nous sommes les spectateurs les plus désintéressés de la nature, de la société, de l'amour, de l'art lui-même — comme toute impression est double, à demi engainée dans l'objet, prolongée en nous-même par une autre moitié que seul nous pourrions connaître, nous nous empressons de négliger celle-là, c'est-à-dire la seule à laquelle nous devrions nous attacher et nous ne tenons compte que de l'autre moitié qui ne pouvant pas être approfondie parce qu'elle est extérieure, ne sera cause pour nous d'aucune fatigue : le petit sillon que la vue d'une aubépine ou d'une église a creusé en nous, nous trouvons trop difficile de tâcher de l'apercevoir. Mais nous rejouons la symphonie, nous retournons voir l'église jusqu'à ce que — dans cette fuite loin de notre propre vie que nous n'avons pas le courage de regarder et qui s'appelle l'érudition — nous les connaissions aussi bien, de la même manière, que le plus savant amateur de musique ou d'archéologie. Aussi combien s'en tiennent là [102] qui n'extraient rien de leur impression, vieillissent inutiles et insatisfaits, comme des célibataires de l'Art. Ils ont les chagrins qu'ont les vierges et les paresseux, et que la fécondité ou le travail guérirait. Ils sont plus exaltés à propos des œuvres d'art que les véritables artistes, car leur exaltation n'étant pas pour eux l'objet d'un dur labeur d'approfondissement, elle se répand au-dehors, échauffe leurs conversations, empourpre leur visage. Ils croient accomplir un acte en hurlant à se casser la voix : « Bravo, bravo » après l'exécution d'une œuvre qu'ils aiment. Mais ces manifestations ne les forcent pas à éclaircir la nature de leur amour, ils ne la connaissent pas. Cependant celui-ci, inutilisé, reflue même sur leurs conversations les plus calmes, leur fait faire de grands gestes, des grimaces, des hochements de tête quand ils parlent d'art. « J'ai été à un concert où on jouait une [...]. Je vous avouerai que ça ne m'emballait pas. On commence le quatuor. Ah ! mais, nom d'une pipe, ça change (la figure de l'amateur à ce moment-là exprime une inquiétude anxieuse comme s'il pensait : « Mais je vois des étincelles, ça sent le roussi, il y a le feu »). Tonnerre de Dieu, ce que j'entends là c'est exaspérant, c'est mal écrit, mais c'est épastrouillant, ce n'est pas l'œuvre de tout le monde. » Encore si risibles soient-ils, ne sont-ils pas tout à fait à dédaigner. Ils sont les premiers essais de la nature qui veut créer l'artiste, aussi informes, aussi peu viables que ces premiers animaux qui précédèrent les espèces actuelles et qui n'étaient pas constitués pour durer. Ces amateurs velléitaires et stériles doivent nous toucher comme ces premiers appareils qui ne purent quitter la terre mais où résidait non encore le moyen secret et qui restait à découvrir, mais le désir du vol. « Et mon vieux, ajoute l'amateur en vous prenant par le bras, moi c'est la huitième fois que je l'entends et je vous jure bien que ce n'est pas la dernière. » Et en effet comme ils n'assimilent pas ce qui dans l'art est vraiment nourricier, ils ont tout le temps besoin de joies artistiques, en proie à une boulimie qui ne les rassasie jamais. Ils vont donc applaudir longtemps de suite la même œuvre, croyant de plus que leur présence réalise un devoir, un acte, comme d'autres personnes la leur à une séance de conseil d'administration, à un enterrement. Puis viennent des œuvres autres et même opposées, que ce soit en littérature, en peinture ou en musique; car la faculté de lancer des idées, des systèmes, et surtout de se les assimiler, a toujours été beaucoup plus fréquente, même chez ceux qui produisent, que le véritable goût, mais prend une extension plus considérable depuis que les revues, les journaux littéraires se sont multipliés (et avec eux les vocations factices d'écrivains et d'artistes). Aussi la meilleure partie de la jeunesse, la plus intelligente, la plus désintéressée n'aimait-elle plus que les œuvres ayant une haute portée morale et sociologique, même religieuse. Elle s'imaginait que c'était là le critérium de la valeur d'une œuvre, renouvelant ainsi l'erreur des David, des Chenavard, des Brunetière, etc. On préférait à Bergotte dont les plus jolies phrases avaient exigé en réalité un bien plus profond repli sur soi-même des écrivains qui semblaient plus profonds simplement parce qu'ils écrivaient moins bien. La complication de son écriture n'était faite que pour des gens du monde, disaient des démocrates qui faisaient ainsi aux gens du monde un honneur immérité. Mais dès que l'intelligence raisonneuse veut se mettre à juger des œuvres d'art, il n'y a plus rien de fixe, de certain, on peut démontrer tout ce qu'on veut. Alors que la réalité du talent est un bien, une acquisition universels, dont on doit avant tout constater la présence sous les modes apparentes de la pensée et du style, c'est sur ces dernières que la critique s'arrête pour classer les auteurs. Elle sacre prophète à cause de son ton péremptoire, de son mépris affiché pour l'école qui l'a précédé, un écrivain qui n'apporte nul message nouveau. Cette constante aberration de la critique est telle qu'un écrivain devrait presque préférer être jugé par le grand public (si celui-ci n'était incapable de se rendre compte même de ce qu'un artiste a tenté dans un ordre de recherches qui lui est inconnu). Car il y a plus d'analogie entre la vie instinctive du public et le talent d'un grand écrivain qui n'est qu'un instinct religieusement écouté, au milieu du silence imposé à tout le reste, un instinct perfectionné et compris, qu'avec le verbiage superficiel et les critères changeants des juges attitrés. Leur logomachie se renouvelle de dix ans en dix ans (car le kaléidoscope n'est pas composé seulement par les groupes mondains, mais par les idées sociales, politiques, religieuses, qui prennent une ampleur momentanée grâce à leur réfraction dans des masses étendues, mais restent limitées malgré cela à la courte vie des idées dont la nouveauté n'a pu séduire que des esprits peu exigeants en fait de preuves). Ainsi s'étaient succédé les partis et les écoles, faisant se prendre à eux toujours les mêmes esprits, hommes d'une intelligence relative, toujours voués aux engouements dont s'abstiennent des esprits plus scrupuleux et plus difficiles en fait de preuves. Malheureusement justement parce que les autres ne sont que de demi-esprits, ils ont besoin de se compléter dans l'action, ils agissent ainsi plus que les esprits supérieurs, attirent à eux la foule et créent autour d'eux non seulement les réputations surfaites et les dédains injustifiés mais les guerres civiles et les guerres extérieures, dont un peu de critique port-royaliste sur soi-même devrait préserver.

Et quant à la jouissance que donne à un esprit parfaitement juste, à un cœur vraiment vivant, la belle pensée d'un maître, elle est sans doute entièrement saine mais si précieux que soient les hommes qui la goûtent vraiment (combien y en a-t-il en vingt ans ?) elle les réduit tout de même à n'être que la pleine conscience d'un autre. Si tel homme a tout fait pour être aimé d'une femme qui n'eût pu que le rendre malheureux, mais n'a même pas réussi, malgré ses efforts redoublés pendant des années à obtenir un rendez-vous de cette femme, au lieu de chercher à exprimer ses souffrances et le péril auquel il a échappé il relit sans cesse en mettant sous elle « un million de mots » et les souvenirs les plus émouvants de sa propre vie, cette pensée de La Bruyère : « Les hommes souvent veulent aimer et ne sauraient y réussir, ils cherchent leur défaite sans pouvoir la rencontrer, et si j'ose ainsi parler, ils sont contraints de demeurer libres. » Que ce soit ce sens ou non qu'ait eu cette pensée pour celui qui l'écrivit (pour qu'elle l'eût, et ce serait plus beau, il faudrait « être aimés » au lieu d' « aimer »), il est certain qu'en lui ce lettré sensible la vivifie, la gonfle de signification jusqu'à la faire éclater, il ne peut la redire qu'en débordant de joie, tant il la trouve vraie et belle, mais il n'y a malgré tout rien ajouté, et il reste seulement la pensée de La Bruyère. [...]

De concerts en concerts passe sa vie ce stérile amateur, aigri et inassouvi quand il grisonne, sans vieillesse féconde, en quelque sorte le célibataire de l'Art. Mais cette gent fort haïssable, qui pue son mérite et n'a point reçu sa part de contentement, est touchante parce qu'elle est le premier essai informe du besoin de passer de l'objet variable du plaisir intellectuel à son organe permanent. Il en est de même pour le plaisir de l'amour (et sans doute tâcher d'enchaîner ici ce que je dis : que j'ai aimé Albertine, Gilberte, etc., mais que c'était toujours le même sentiment, et peut-être enchaîner à cela les poses de modèles pour l'amour, etc.).

Comment la littérature de notations aurait-elle une valeur quelconque puisque c'est sous de petites choses comme celles qu'elle note, que la réalité est contenue (la grandeur dans le bruit lointain d'un aéroplane, dans la ligne du clocher de Saint-Hilaire, le passé dans la saveur d'une madeleine, etc.) et qu'elles sont sans signification par elles-mêmes si on ne l'en dégage pas ? Peu à peu, conservée par la mémoire c'est la chaîne de toutes ces expressions inexactes où ne reste rien de ce que nous avons réellement éprouvé, qui constitue pour nous notre pensée, notre vie, la réalité et c'est ce mensonge-là que ne ferait que reproduire un art soi-disant « vécu », simple comme la vie, sans beauté, double emploi si ennuyeux et si vain de ce que nos yeux voient et de ce que notre intelligence constate qu'on se demande où celui qui s'y livre, trouve l'étincelle joyeuse et motrice, capable de le mettre en train et de le faire avancer dans sa besogne. La grandeur de l'art véritable au contraire, de celui que M. de Norpois eût appelé un jeu de dilettante, c'était de retrouver, de ressaisir, de nous faire connaître cette réalité loin de laquelle nous vivons, de laquelle nous nous écartons de plus en plus au fur et à mesure que prend plus d'épaisseur et d'imperméabilité la connaissance conventionnelle que nous lui substituons, cette réalité que nous risquerions fort de mourir sans avoir connue, et qui est tout simplement notre vie.

La vraie vie, la vie enfin découverte et éclaircie, la seule vie par conséquent réellement vécue, c'est la littérature. Cette vie qui en un sens, habite à chaque instant chez tous les hommes aussi bien que chez l'artiste. Mais ils ne la voient pas, parce qu'ils ne cherchent pas à l'éclaircir. Et ainsi leur passé est encombré d'innombrables clichés qui restent inutiles parce que l'intelligence ne les a pas « développés ». Notre vie ; et aussi la vie des autres car le style pour l'écrivain aussi bien que la couleur pour le peintre est une question non de technique mais de vision. Il est la révélation, qui serait impossible par des moyens directs et conscients de la différence qualitative qu'il y a dans la façon dont nous apparaît le monde, différence qui s'il n'y avait pas l'art resterait le secret éternel de chacun. Par l'art seulement nous pouvons sortir de nous, savoir ce que voit un autre de cet univers qui n'est pas le même que le nôtre et dont les paysages nous seraient restés aussi inconnus que ceux qu'il peut y avoir dans la lune. Grâce à l'art, au lieu de voir un seul monde, le nôtre, nous le voyons se multiplier et autant qu'il y a d'artistes originaux, autant nous avons de mondes à notre disposition, plus différents les uns des autres que ceux qui roulent dans l'infini, et bien des siècles après qu'est éteint le foyer dont il émanait, qu'il s'appelât Rembrandt ou Ver Meer, nous envoient encore leur rayon spécial.

Ce travail de l'artiste, de chercher à apercevoir sous de la matière, sous de l'expérience, sous des mots quelque chose de différent, c'est exactement le travail inverse de celui que à chaque minute quand nous vivons détourné de nous-même, l'amour-propre, la passion, l'intelligence, et l'habitude aussi accomplissent en nous, quand elles amassent au-dessus de nos impressions vraies, pour nous les cacher entièrement, les nomenclatures, les buts pratiques que nous appelons faussement la vie. En somme, cet art si compliqué est justement le seul art vivant. Seul il exprime pour les autres et nous fait voir à nous-même notre propre vie, cette vie qui ne peut pas s'« observer », dont les apparences qu'on observe ont besoin d'être traduites et souvent lues à rebours et péniblement déchiffrées. Ce travail qu'avaient fait notre amour-propre, notre passion, notre esprit d'imitation, notre intelligence abstraite, nos habitudes, c'est ce travail que l'art défera, c'est la marche en sens contraire, le retour aux profondeurs où ce qui a existé réellement gît inconnu de nous qu'il nous fera suivre.

Et sans doute c'était une grande tentation que de recréer la vraie vie[103], de rajeunir les impressions. Mais il y fallait du courage de tout genre et même sentimental. Car c'était avant tout abroger ses plus chères illusions, cesser de croire à l'objectivité de ce qu'on a élaboré soi-même, et au lieu de se bercer une centième fois de ces mots : « Elle était bien gentille », lire au travers : « J'avais du plaisir à l'embrasser ». Certes, ce que j'avais éprouvé dans ces heures d'amour tous les hommes l'éprouvent aussi. On éprouve, mais ce qu'on a éprouvé est pareil à certains clichés qui ne montrent que du noir tant qu'on ne les a pas mis près d'une lampe, et qu'eux aussi il faut regarder à l'envers, on ne sait pas ce que c'est tant qu'on ne l'a pas approché de l'intelligence. Alors seulement quand elle l'a éclairé, quand elle l'a intellectualisé, on distingue, et avec quelle peine, la figure de ce qu'on a senti. Mais je me rendais compte aussi que cette souffrance que j'avais connue d'abord avec Gilberte que notre amour n'appartient pas à l'être qui l'inspire est salutaire. Accessoirement comme moyen (car si peu que notre vie doive durer, ce n'est que pendant que nous souffrons que nos pensées, en quelque sorte agitées de mouvements perpétuels et changeants font monter comme dans une tempête, à un niveau d'où nous pouvons la voir, toute cette immensité réglée par des lois, sur laquelle, postés à une fenêtre mal placée, nous n'avons pas vue, car le calme du bonheur la laisse unie et à un niveau trop bas. Peut-être seulement pour quelques grands génies ce mouvement existe-t-il constamment sans qu'il y ait besoin pour eux des agitations de la douleur. Encore n'est-il pas certain, quand nous contemplons l'ample et régulier développement de leurs œuvres joyeuses que nous ne soyons trop portés à supposer d'après la joie de l'œuvre celle de la vie qui a peut-être été au contraire constamment douloureuse). Mais principalement parce que si notre amour n'est pas seulement d'une Gilberte (ce qui nous fait tant souffrir), ce n'est pas parce qu'il est aussi l'amour d'une Albertine, mais parce qu'il est une portion de notre âme plus durable que les moi divers qui meurent successivement en nous et qui voudraient égoïstement le retenir, et qui doit, quelque mal, quelque mal d'ailleurs utile que cela nous fasse — se détacher des êtres pour en restituer la généralité et donner cet amour, la compréhension de cet amour à tous, à l'esprit universel et non à telle, puis à telle, en lesquelles tel, puis tel, de ceux que nous avons été successivement voudraient se fondre.

Il me fallait rendre aux moindres signes qui m'entouraient (Guermantes, Albertine, Gilberte, Saint-Loup, Balbec, etc.) leur sens que l'habitude leur avait fait perdre pour moi. Et quand nous aurons atteint la réalité, pour l'exprimer, pour la conserver, nous écarterons ce qui est différent d'elle et que ne cesse de nous apporter la vitesse acquise de l'habitude. Plus que tout j'écarterais ces paroles que les lèvres plutôt que l'esprit choisissent, ces paroles pleines d'humour, comme on en dit dans la conversation et qu'après une longue conversation avec les autres on continue à s'adresser facticement à soi-même et qui nous remplissent l'esprit de mensonges, ces paroles toutes physiques qu'accompagne chez l'écrivain qui s'abaisse à les transcrire le petit sourire, la petite grimace qui altère à tout moment, par exemple, la phrase parlée d'un Sainte-Beuve, tandis que les vrais livres doivent être les enfants non du grand jour et de la causerie mais de l'obscurité et du silence. Et comme l'art recompose exactement la vie, autour des vérités qu'on a atteintes en soi-même flottera toujours une atmosphère de poésie, la douceur d'un mystère qui n'est que le vestige de la pénombre que nous avons dû traverser, l'indication, marquée exactement comme par un altimètre, de la profondeur d'une œuvre. (Car cette profondeur n'est pas inhérente à certains sujets comme le croient des romanciers matérialistement spiritualistes puisqu'ils ne peuvent pas descendre au-delà du monde des apparences et dont toutes les nobles intentions, pareilles à ces vertueuses tirades habituelles chez certaines personnes incapables du plus petit acte de bonté, ne doivent pas nous empêcher de remarquer qu'ils n'ont même pas eu la force d'esprit de se débarrasser de toutes les banalités de forme acquises par l'imitation.)

Quant aux vérités que l'intelligence — même des

plus hauts esprits — cueille à claire-voie, devant elle, en pleine lumière, leur valeur peut être très grande ; mais elles ont des contours plus secs et sont planes, n'ont pas de profondeur parce qu'il n'y a pas eu de profondeurs à franchir pour les atteindre, parce qu'elles n'ont pas été recréées. Souvent des écrivains au fond de qui n'apparaissent plus ces vérités mysté-rieuses n'écrivent plus à partir d'un certain âge qu'avec leur intelligence qui a pris de plus en plus de force ; les livres de leur âge mûr ont, à cause de cela, plus de force que ceux de leur jeunesse, mais ils n'ont plus le même velours.

Je sentais pourtant que ces vérités que l'intelligence dégage directement de la réalité ne sont pas à dédai-gner entièrement, car elles pourraient enchâsser d'une matière moins pure mais encore pénétrée d'esprit, ces impressions que nous apporte hors du temps l'essence commune aux sensations du passé et du présent, mais qui plus précieuses sont aussi trop rares pour que l'œuvre d'art puisse être composée seulement avec elles. Capables d'être utilisées pour cela, je sentais se presser en moi une foule de vérités relatives aux passions, aux caractères, aux mœurs. Leur perception me causait de la joie ; pourtant il me semblait me rappeler que plus d'une d'entre elles, je l'avais décou-verte dans la souffrance, d'autres dans de bien médio-cres plaisirs.

Chaque personne qui nous fait souffrir peut être rattachée par nous à une divinité dont elle n'est qu'un reflet fragmentaire et le dernier degré, divinité (Idée) dont la contemplation nous donne aussitôt de la joie au lieu de la peine que nous avions. Tout l'art de vivre c'est de nous servir des personnes qui nous font souffrir que comme d'un degré permettant d'accéder à leur forme divine et de peupler ainsi joyeusement notre vie de divinités.

Alors, moins éclatante sans doute que celle qui m'avait fait apercevoir que l'œuvre d'art était le seul moyen de retrouver le Temps perdu, une nouvelle lumière se fit en moi. Et je compris que tous ces

matériaux de l'œuvre littéraire, c'était ma vie passée ;
je compris qu'ils étaient venus à moi, dans les plaisirs
frivoles, dans la paresse, dans la tendresse, dans la
douleur, emmagasinés par moi sans que je devinasse
plus leur destination, leur survivance même, que la
graine mettant en réserve tous les aliments qui nourri-
ront la plante. Comme la graine je pourrais mourir
quand la plante se serait développée, et je me trouvais
avoir vécu pour elle sans le savoir, sans que ma vie me
parût devoir entrer jamais en contact avec ces livres
que j'aurais voulu écrire et pour lesquels, quand je me
mettais autrefois à ma table, je ne trouvais pas de
sujet. Ainsi toute ma vie jusqu'à ce jour aurait pu et
n'aurait pas pu être résumée sous ce titre : Une
vocation. Elle ne l'aurait pas pu en ce sens que la
littérature n'avait joué aucun rôle dans ma vie. Elle
l'aurait pu en ce que cette vie, les souvenirs de ses
tristesses, de ses joies, formaient une réserve pareille à
cet albumen qui est logé dans l'ovule des plantes et
dans lequel celui-ci puise sa nourriture pour se
transformer en graine, en ce temps où on ignore
encore que l'embryon d'une plante se développe,
lequel est pourtant le lieu de phénomènes chimiques
et respiratoires secrets mais très actifs. Ainsi ma vie
était-elle en rapport avec ce qu'amènerait sa maturation. Et ceux qui se nourriraient ensuite d'elle,
ignoreraient comme ceux qui mangent les graines
alimentaires que les riches substances qu'elles contiennent ont été faites pour leur nourriture, avaient
d'abord nourri la graine et permis sa maturation.

En cette matière, les mêmes comparaisons qui sont
fausses si on part d'elles peuvent être vraies si on y
aboutit. Le littérateur envie le peintre, il aimerait
prendre des croquis, des notes, il est perdu s'il le fait.
Mais quand il écrit, il n'est pas un geste de ses
personnages, un tic, un accent, qui n'ait été apporté à
son inspiration par sa mémoire, il n'est pas un nom de
personnage inventé sous lequel il ne puisse mettre
soixante noms de personnages vus, dont l'un a posé
pour la grimace, l'autre pour le monocle, tel pour la

colère, tel pour le mouvement avantageux du bras, etc. Et alors l'écrivain se rend compte que si son rêve d'être un peintre n'était pas réalisable d'une manière consciente et volontaire, il se trouve pourtant avoir été réalisé et que l'écrivain, lui aussi, a fait son carnet de croquis sans le savoir.

Car mû par l'instinct qui était en lui, l'écrivain, bien avant qu'il crût le devenir un jour, omettait régulièrement de regarder tant de choses que les autres remarquent, ce qui le faisait accuser par les autres de distraction et par lui-même de ne savoir ni écouter ni voir, pendant ce temps-là il dictait à ses yeux et à ses oreilles de retenir à jamais ce qui semblait aux autres des riens puérils, l'accent avec lequel avait été dite une phrase et l'air de figure et le mouvement d'épaules qu'avait fait à un certain moment telle personne dont il ne sait peut-être rien d'autre, il y a de cela bien des années et cela parce que cet accent il l'avait déjà entendu, ou sentait qu'il pourrait le réentendre, que c'était quelque chose de renouvelable, de durable ; c'est le sentiment du général qui dans l'écrivain futur choisit lui-même ce qui est général et pourra entrer dans l'œuvre d'art. Car il n'a écouté les autres que quand, si bêtes ou si fous qu'ils fussent, répétant comme des perroquets ce que disent les gens de caractère semblable, ils s'étaient faits par là même les oiseaux prophètes, les porte-parole d'une loi psychologique. Il ne se souvient que du général. Par de tels accents, par de tels mouvements de physionomie, eussent-ils été vus dans sa plus lointaine enfance, la vie des autres était représentée en lui et quand plus tard il écrirait viendrait composer d'un mouvement d'épaules commun à beaucoup, vrai comme s'il était noté sur le cahier d'un anatomiste, mais ici pour exprimer une vérité psychologique, et emmanchant sur ses épaules un mouvement de cou fait par un autre, chacun ayant donné son instant de pose.

Il n'est pas certain que pour créer une œuvre littéraire l'imagination et la sensibilité ne soient pas des qualités interchangeables et que la seconde ne puisse pas sans grand inconvénient être substituée à la première, comme des gens dont l'estomac est incapable de digérer chargent de cette fonction leur intestin. Un homme né sensible et qui n'aurait pas d'imagination pourrait malgré cela écrire des romans admirables. La souffrance que les autres lui causeraient, ses efforts pour la prévenir, les conflits qu'elle et la seconde personne cruelle créeraient, tout cela interprété par l'intelligence, pourrait faire la matière d'un livre non seulement aussi beau que s'il était imaginé, inventé, mais encore aussi extérieur à la rêverie de l'auteur s'il avait été livré à lui-même et heureux, aussi surprenant pour lui-même, aussi accidentel qu'un caprice fortuit de l'imagination.

Les êtres les plus bêtes, par leurs gestes, leurs propos, leurs sentiments involontairement exprimés, manifestent des lois qu'ils ne perçoivent pas, mais que l'artiste surprend en eux. A cause de ce genre d'observations le vulgaire croit l'écrivain méchant, et il le croit à tort, car dans un ridicule l'artiste voit une belle généralité, il ne l'impute pas plus à grief à la personne observée que le chirurgien ne la mésestimerait d'être affectée d'un trouble assez fréquent de la circulation. Aussi se moque-t-il moins que personne des ridicules. Malheureusement il est plus malheureux qu'il n'est méchant : quand il s'agit de ses propres passions, tout en en connaissant aussi bien la généralité, il s'affranchit moins aisément des souffrances personnelles qu'elles causent.

Sans doute [104], quand un insolent nous insulte nous aurions mieux aimé qu'il nous louât, et surtout quand une femme que nous adorons nous trahit que ne donnerions-nous pas pour qu'il en fût autrement. Mais le ressentiment de l'affront, les douleurs de l'abandon auraient alors été les terres que nous n'aurions jamais connues, et dont la découverte si pénible qu'elle soit à l'homme devient précieuse pour l'artiste. Aussi les méchants et les ingrats, malgré lui, malgré eux, figurent dans son œuvre. Le pamphlétaire associe involontairement à sa gloire la canaille qu'il a flétrie. On peut reconnaître dans toute œuvre d'art ceux que l'artiste a le plus haïs et hélas même celles qu'il a le plus aimées. Elles-mêmes n'ont fait que poser pour l'écrivain dans le moment même où bien contre son gré elles le faisaient le plus souffrir. Quand j'aimais Albertine, je m'étais bien rendu compte qu'elle ne m'aimait pas et j'avais été obligé de me résigner à ce qu'elle me fît seulement connaître ce que c'est qu'éprouver de la souffrance, de l'amour, et même au commencement du bonheur.

Et quand nous cherchons à extraire la généralité de notre chagrin, à en écrire, nous sommes un peu consolés, peut-être par une autre raison encore que toutes celles que je donne ici et qui est que penser d'une façon générale, qu'écrire est pour l'écrivain une fonction saine et nécessaire dont l'accomplissement rend heureux, comme pour les hommes physiques l'exercice, la sueur, le bain. A vrai dire contre cela je me révoltais un peu. J'avais beau croire que la vérité suprême de la vie est dans l'art, j'avais beau d'autre part n'être pas plus capable de l'effort de souvenir qu'il m'eût fallu pour aimer encore Albertine que pour pleurer encore ma grand-mère, je me demandais si tout de même une œuvre d'art dont elles ne seraient pas conscientes serait pour elles, pour le destin de ces pauvres mortes, un accomplissement. Ma grand-mère que j'avais, avec tant d'indifférence, vue agoniser et mourir près de moi ! O puissé-je, en expiation, quand mon œuvre serait terminée, blessé sans remède, souffrir de longues heures, abandonné de tous, avant de mourir. D'ailleurs j'avais une pitié infinie même d'êtres moins chers, même d'indifférents, et de tant de destinées dont ma pensée en essayant de les comprendre avait en somme utilisé la souffrance ou même seulement les ridicules. Tous ces êtres qui m'avaient révélé des vérités et qui n'étaient plus m'apparaissaient comme ayant vécu une vie qui n'avait profité qu'à moi, et comme s'ils étaient morts pour moi.

Il était triste pour moi de penser que mon amour auquel j'avais tant tenu, serait dans mon livre, si

dégagé d'un être que des lecteurs divers l'applique-
raient exactement à ce qu'ils avaient éprouvé pour
d'autres femmes. Mais devais-je me scandaliser de
cette infidélité posthume et que tel ou tel pût donner
comme objet à mes sentiments des femmes inconnues,
quand cette infidélité, cette division de l'amour entre
plusieurs êtres, avait commencé de mon vivant et
avant même que j'écrivisse. J'avais bien souffert
successivement pour Gilberte, pour Mme de Guermantes, pour Albertine. Successivement aussi je les
avais oubliées et seul mon amour dédié à des êtres
différents avait été durable. La profanation d'un de
mes souvenirs par des lecteurs inconnus, je l'avais
consommée avant eux. Je n'étais pas loin de me faire
horreur comme se le ferait peut-être à lui-même
quelque parti nationaliste au nom duquel des hostilités
se seraient poursuivies, et à qui seul aurait servi une
guerre où tant de nobles victimes auraient souffert et
succombé, sans même savoir, ce qui pour ma grand-
mère du moins eût été une telle récompense, l'issue de
la lutte. Et ma seule consolation qu'elle ne sût pas que
je me mettais enfin à l'œuvre était que, tel est le lot des
morts si elle ne pouvait jouir de mon progrès, elle avait
cessé depuis longtemps d'avoir conscience de mon
inaction, de ma vie manquée, qui avaient été une telle
souffrance pour elle. Et certes il n'y aurait pas que ma
grand-mère, pas qu'Albertine mais bien d'autres
encore dont j'avais pu assimiler une parole, un regard,
mais qu'en tant que créatures individuelles je ne me
rappelais plus ; un livre est un grand cimetière où sur
la plupart des tombes on ne peut plus lire les noms
effacés. Parfois au contraire on se souvient très bien
du nom mais sans savoir si quelque chose de l'être qui
le porta survit dans ces pages. Cette jeune fille aux
prunelles profondément enfoncées, à la voix traînante
est-elle ici ? et si elle y repose en effet, dans quelle
partie, on ne sait plus, et comment trouver sous les
fleurs ? Mais puisque nous vivons loin des êtres
individuels ; puisque nos sentiments les plus forts,
comme avait été mon amour pour ma grand-mère,

pour Albertine, au bout de quelques années nous ne les connaissons plus, puisqu'ils ne sont plus pour nous qu'un mot incompris, puisque nous pouvons parler de ces morts avec les gens du monde chez qui nous avons encore plaisir à nous trouver quand tout ce que nous aimions pourtant est mort, alors s'il est un moyen pour nous d'apprendre à comprendre ces mots oubliés, ce moyen ne devons-nous pas l'employer, fallût-il pour cela les transcrire d'abord en un langage universel mais qui du moins sera permanent, qui ferait de ceux qui ne sont plus, en leur essence la plus vraie, une acquisition perpétuelle pour toutes les âmes. Même, cette loi du changement qui nous a rendu ces mots inintelligibles, si nous parvenons à l'expliquer, notre infirmité ne devient-elle pas une force nouvelle ?

D'ailleurs, l'œuvre à laquelle nos chagrins ont collaboré peut être interprétée pour notre avenir à la fois comme un signe néfaste de souffrance et comme un signe heureux de consolation. En effet si on dit que les amours, les chagrins du poète lui ont servi, l'ont aidé à construire son œuvre, si les inconnues qui s'en doutaient le moins l'une par une méchanceté, l'autre par une raillerie ont apporté chacune leur pierre pour l'édification du monument qu'elles ne verront pas, on ne songe pas assez que la vie de l'écrivain n'est pas terminée avec cette œuvre, que la même nature qui lui a fait avoir telles souffrances, lesquelles sont entrées dans son œuvre, cette nature continuera de vivre après l'œuvre terminée, lui fera aimer d'autres femmes dans des conditions qui seraient pareilles, si ne les faisait légèrement dévier tout ce que le temps modifie dans les circonstances, dans le sujet lui-même, dans son appétit d'amour et dans sa résistance à la douleur. A ce premier point de vue l'œuvre doit être considérée seulement comme un amour malheureux qui en présage fatalement d'autres et qui fera que la vie ressemblera à l'œuvre, que le poète n'aura presque plus besoin d'écrire, tant il pourra trouver dans ce qu'il a écrit la figure anticipée de ce qui arrivera. Ainsi mon amour pour Albertine, tant qu'il en différât, était déjà inscrit dans mon amour pour Gilberte au milieu des jours heureux duquel j'avais entendu pour la première fois prononcer le nom et faire le portrait d'Albertine par sa tante, sans me douter que ce germe insignifiant, se développerait et s'étendrait un jour sur toute ma vie.

Mais à un autre point de vue, l'œuvre est signe de bonheur, parce qu'elle nous apprend que dans tout amour le général gît à côté du particulier, et à passer du second au premier par une gymnastique qui fortifie contre le chagrin en faisant négliger sa cause pour approfondir son essence. En effet comme je devais l'expérimenter par la suite, même au moment où l'on aime et où on souffre, si la vocation s'est enfin réalisée, dans les heures où on travaille on sent si bien l'être qu'on aime se dissoudre dans une réalité plus vaste qu'on arrive à l'oublier par instants et qu'on ne souffre plus de son amour en travaillant que comme de quelque mal purement physique où l'être aimé n'est pour rien, comme d'une sorte de maladie de cœur [105]. Il est vrai que c'est une question d'instant et que l'effet semble être le contraire, si le travail vient un peu plus tard. Car les êtres qui, par leur méchanceté, leur nullité, étaient arrivés malgré nous à détruire nos illusions, s'étaient réduits eux-mêmes à rien et séparés de la chimère amoureuse que nous nous étions forgée, si alors nous nous mettons à travailler, notre âme les élève de nouveau, les identifie, pour les besoins de notre analyse de nous-même à des êtres qui nous auraient aimé, et dans ce cas la littérature recommençant le travail défait de l'illusion amoureuse, donne une sorte de survie à des sentiments qui n'existaient plus. Certes nous sommes obligé de revivre notre souffrance particulière avec le courage du médecin qui recommence sur lui-même la dangereuse piqûre. Mais en même temps il nous faut la penser sous une forme générale qui nous fait dans une certaine mesure échapper à son étreinte, qui fait de tous les copartageants de notre peine, et qui n'est même pas exempte d'une certaine joie. Là où la vie emmure, l'intelligence perce une issue — car s'il n'est pas de remède à un amour non partagé on sort de la constatation d'une souffrance ne fût-ce qu'en en tirant les conséquences qu'elle comporte. L'intelligence ne connaît pas ces situations fermées de la vie sans issue.

Aussi fallait-il me résigner puisque rien ne peut durer qu'en devenant général et si l'esprit meurt à soi-même, à l'idée que même les êtres qui furent le plus chers à l'écrivain n'ont fait en fin de compte que poser pour lui comme chez les peintres.

En amour, notre rival heureux, autant dire notre ennemi est notre bienfaiteur. A un être qui n'excitait en nous qu'un insignifiant désir physique il ajoute aussitôt une valeur immense, étrangère mais que nous confondons avec lui. Si nous n'avions pas de rivaux le plaisir ne se transformerait pas en amour. Si nous n'en avions pas, ou si nous ne croyions pas en avoir. Car il n'est pas nécessaire qu'ils existent réellement. Suffisante pour notre bien est cette vie illusoire que donnent à des rivaux inexistants notre soupçon, notre jalousie.

Parfois quand un morceau douloureux est resté à l'état d'ébauche, une nouvelle tendresse, une nouvelle souffrance nous arrivent qui nous permettent de le finir, de l'étoffer. Pour ces grands chagrins utiles on ne peut pas encore trop se plaindre, car ils ne manquent pas, ils ne se font pas attendre bien longtemps. Tout de même il faut se dépêcher de profiter d'eux, car ils ne durent pas très longtemps : c'est qu'on se console, ou bien, quand ils sont trop forts, si le cœur n'est plus très solide, on meurt. Car le bonheur seul est salutaire pour le corps ; mais c'est le chagrin qui développe les forces de l'esprit. D'ailleurs ne nous découvrît-il pas à chaque fois une loi, qu'il n'en serait pas moins indispensable pour nous remettre chaque fois dans la vérité, nous forcer à prendre les choses au sérieux, arrachant chaque fois les mauvaises herbes de l'habitude, du scepticisme, de la légèreté, de l'indifférence. Il est vrai que cette vérité, qui n'est pas compatible avec le bonheur, avec la santé, ne l'est pas

toujours avec la vie. Le chagrin finit par tuer. A
chaque nouvelle peine trop forte, nous sentons une
veine de plus qui saillit, développe sa sinuosité
mortelle au long de notre tempe, sous nos yeux. Et
c'est ainsi que peu à peu se font ces terribles figures
ravagées, du vieux Rembrandt, du vieux Beethoven,
de qui tout le monde se moquait. Et ce ne serait rien
que les poches des yeux et les rides du front s'il n'y
avait la souffrance du cœur. Mais puisque les forces
peuvent se changer en d'autres forces, puisque l'ardeur qui dure devient lumière et que l'électricité de la
foudre peut photographier, puisque notre sourde
douleur au cœur peut élever au-dessus d'elle comme
un pavillon, la permanence visible d'une image, à
chaque nouveau chagrin acceptons le mal physique
qu'il nous donne pour la connaissance spirituelle qu'il
nous apporte ; laissons se désagréger notre corps,
puisque chaque nouvelle parcelle qui s'en détache,
vient, cette fois lumineuse et lisible, pour la compléter
au prix de souffrances dont d'autres plus doués n'ont
pas besoin, pour la rendre plus solide au fur et à
mesure que les émotions effritent notre vie, s'ajouter à
notre œuvre. Les idées sont des succédanés des
chagrins, au moment où ceux-ci se changent en idées
ils perdent une partie de leur action nocive sur notre
cœur, et même au premier instant, la transformation
elle-même dégage subitement de la joie. Succédanés
dans l'ordre du temps seulement, d'ailleurs, car il
semble que l'élément premier ce soit l'Idée, et le
chagrin, seulement le mode selon lequel certaines
Idées entrent d'abord en nous. Mais il y a plusieurs
familles dans le groupe des Idées, certaines sont tout
de suite des joies.

   Ces réflexions [106] me faisaient trouver un sens plus
fort et plus exact à la vérité que j'avais toujours
pressentie, notamment quand Mme de Cambremer se
demandait comment je pouvais délaisser pour Albertine un homme remarquable comme Elstir. Même au
point de vue intellectuel je sentais qu'elle avait tort
mais je ne savais pas que ce qu'elle méconnaissait

c'était les leçons avec lesquelles on fait son apprentissage d'homme de lettres. La valeur objective des arts
est peu de chose en cela ; ce qu'il s'agit de faire sortir
d'amener à la lumière, ce sont nos sentiments, nos
passions, c'est-à-dire les passions, les sentiments de
tous. Une femme dont nous avons besoin, qui nous
fait souffrir tire de nous des séries de sentiments
autrement profonds, autrement vitaux qu'un homme
supérieur qui nous intéresse. Il reste à savoir selon le
plan où nous vivons si nous trouvons que telle trahison
par laquelle nous a fait souffrir une femme est peu de
chose auprès des vérités que cette trahison nous a
découvertes et que la femme heureuse d'avoir fait
souffrir n'aurait guère pu comprendre. En tout cas ces
trahisons ne manquent pas. Un écrivain peut se mettre
sans crainte à un long travail. Que l'intelligence
commence son ouvrage, en cours de route surviien-
dront bien assez de chagrins qui se chargeront de le
finir. Quant au bonheur il n'a presque qu'une seule
utilité, rendre le malheur possible. Il faut que dans le
bonheur nous formions des liens bien doux et bien
forts de confiance et d'attachement pour que leur
rupture nous cause le déchirement si précieux qui
s'appelle le malheur. Si l'on n'avait pas été heureux,
ne fût-ce que par l'espérance les malheurs seraient
sans cruauté et par conséquent sans fruit.

Ce sont nos passions qui esquissent nos livres, le
repos d'intervalle qui les écrit. Et plus qu'au peintre, à
l'écrivain, pour obtenir du volume et de la consistance, de la généralité, de la réalité littéraire, comme il
lui faut beaucoup d'églises vues pour en peindre une
seule, il lui faut aussi beaucoup d'êtres pour un seul
sentiment. Car si l'art est long et la vie courte, on peut
dire en revanche que, si l'inspiration est courte les
sentiments qu'elle doit peindre ne sont pas beaucoup
plus longs. Quand elle renaît, quand nous pouvons
reprendre le travail, la femme qui posait devant nous
pour un sentiment ne nous le fait déjà plus éprouver.
Il faut continuer à le peindre d'après une autre, et si
c'est une trahison pour l'être, littérairement grâce à la

similitude de nos sentiments, qui fait qu'une œuvre
est à la fois le souvenir de nos amours passées et la
prophétie de nos amours nouvelles, il n'y a pas grand
inconvénient à ces substitutions. C'est une des causes
de la vanité des études où on essaye de deviner de qui
parle un auteur. Car une œuvre, même de confession
directe est pour le moins intercalée entre plusieurs
épisodes de la vie de l'auteur, ceux antérieurs qui l'ont
inspirée, ceux postérieurs qui ne lui ressemblent pas
moins, les amours suivantes, les particularités étant
calquées sur les précédentes. Car à l'être que nous
avons le plus aimé nous ne sommes pas si fidèle qu'à
nous-même, et nous l'oublions tôt ou tard pour
pouvoir — puisque c'est un des traits de nous-même
— recommencer d'aimer. Tout au plus à cet amour
celle que nous avons tant aimée a-t-elle ajouté une
forme particulière, qui nous fera lui être fidèle même
dans l'infidélité. Nous aurons besoin avec la femme
suivante des mêmes promenades du matin ou de la
reconduire de même le soir, ou de lui donner cent fois
trop d'argent. (Une chose curieuse que cette circulation de l'argent que nous donnons à des femmes qui à
cause de cela nous rendent malheureux c'est-à-dire
nous permettent d'écrire des livres — on peut presque
dire que les œuvres, comme dans les puits artésiens
montent d'autant plus haut que la souffrance a plus
profondément creusé le cœur.) Ces substitutions ajoutent à l'œuvre quelque chose de désintéressé, de plus
général, qui est aussi une leçon austère que ce n'est
pas aux êtres que nous devons nous attacher, que ce ne
sont pas les êtres qui existent réellement et sont par
conséquent susceptibles d'expression, mais les idées.
Encore faut-il se hâter et ne pas perdre de temps
pendant qu'on a à sa disposition ces modèles ; car ceux
qui posent pour le bonheur n'ont généralement pas
beaucoup de séances à donner, ni hélas, puisqu'elle
aussi, elle passe si vite, ceux qui posent la douleur.

D'ailleurs même quand elle ne fournit pas en nous
la découvrant la matière de notre œuvre, elle nous est
utile en nous y incitant. L'imagination, la pensée

peuvent être des machines admirables en soi mais elles peuvent être inertes. La souffrance alors les met en marche [107]. Et les êtres qui posent pour nous la douleur nous accordent des séances si fréquentes, dans cet atelier où nous n'allons que dans ces périodes-là et qui est à l'intérieur de nous-même. Ces périodes-là sont comme une image de notre vie avec ses diverses douleurs. Car elles aussi en contiennent de différentes, et au moment où on croyait que c'était calmé une nouvelle. Une nouvelle dans tous les sens du mot ; peut-être parce que ces situations imprévues nous forcent à entrer plus profondément en contact avec nous-même, ces dilemmes douloureux que l'amour nous pose à tout instant nous instruisent, nous découvrent successivement la matière dont nous sommes fait. Aussi quand Françoise voyant Albertine entrer par toutes les portes ouvertes chez moi comme un chien, mettre partout le désordre, me ruiner, me causer tant de chagrins, me disait (car à ce moment-là j'avais déjà fait quelques articles et quelques traductions) : « Ah ! si Monsieur à la place de cette fille qui lui fait perdre tout son temps avait pris un petit secrétaire bien élevé qui aurait classé toutes les paperoles de Monsieur ! » j'avais peut-être tort de trouver qu'elle parlait sagement. En me faisant perdre mon temps, en me faisant du chagrin, Albertine m'avait peut-être été plus utile, même au point de vue littéraire, qu'un secrétaire qui eût rangé mes paperoles. Mais tout de même quand un être est si mal conformé (et peut-être dans la nature cet être est-il l'homme) qu'il ne puisse aimer sans souffrir, et qu'il faille souffrir pour apprendre des vérités, la vie d'un tel être finit par être bien lassante. Les années heureuses sont les années perdues, on attend une souffrance pour travailler. L'idée de la souffrance préalable s'associe à l'idée du travail, on a peur de chaque nouvelle œuvre en pensant aux douleurs qu'il faudra supporter d'abord pour l'imaginer. Et comme on comprend que la souffrance est la meilleure chose

que l'on puisse rencontrer dans la vie, on pense sans
effroi, presque comme à une délivrance, à la mort.

Pourtant si cela me révoltait un peu, encore fallait-il
prendre garde que bien souvent nous n'avons pas joué
avec la vie, profité des êtres pour les livres mais tout le
contraire. Le cas de Werther, si noble, n'était pas,
hélas, le mien. Sans croire un instant à l'amour
d'Albertine j'avais vingt fois voulu me tuer pour elle,
je m'étais ruiné, j'avais détruit ma santé pour elle.
Quand il s'agit d'écrire on est scrupuleux, on regarde
de très près, on rejette tout ce qui n'est pas vérité.
Mais tant qu'il ne s'agit que de la vie, on se ruine, on
se rend malade, on se tue pour des mensonges. Il est
vrai que c'est de la gangue de ces mensonges-là que (si
l'âge est passé d'être poète) on peut seulement extraire
un peu de vérité. Les chagrins sont des serviteurs
obscurs, détestés, contre lesquels on lutte, sous l'empire de qui on tombe de plus en plus, des serviteurs
atroces, impossibles à remplacer et qui par des voies
souterraines nous mènent à la vérité et à la mort.
Heureux ceux qui ont rencontré la première avant la
seconde, et pour qui si proches qu'elles doivent être
l'une de l'autre, l'heure de la vérité a sonné avant
l'heure de la mort.

De ma vie passée je compris encore que les moindres épisodes avaient concouru à me donner la leçon
d'idéalisme dont j'allais profiter aujourd'hui. Mes
rencontres avec M. de Charlus, par exemple, ne
m'avaient-elles pas même avant que sa germanophilie
me donnât la même leçon permis, mieux encore que
mon amour pour Mme de Guermantes, ou pour
Albertine, que l'amour de Saint-Loup pour Rachel —
de me convaincre combien la matière est indifférente
et que tout peut y être mis par la pensée ; vérité que le
phénomène si mal compris, si inutilement blâmé, de
l'inversion sexuelle grandit plus encore que celui déjà
si intructif de l'amour. Celui-ci nous montre la beauté
fuyant la femme que nous n'aimons plus et venant
résider dans le visage que les autres trouveraient le
plus laid, qui à nous-même aurait pu, pourra un jour

déplaire ; mais il est encore plus frappant de la voir, obtenant tous les hommages d'un grand seigneur qui délaisse aussitôt une belle princesse, émigrer sous la casquette d'un contrôleur d'omnibus. Mon étonnement, à chaque fois que j'avais revu aux Champs-Élysées, dans la rue, sur la plage, le visage de Gilberte, de Mme de Guermantes, d'Albertine, ne prouvait-il pas combien un souvenir ne se prolonge que dans une direction divergente de l'impression avec laquelle il a coïncidé d'abord et de laquelle il s'éloigne de plus en plus.

Il n'est pas une heure de ma vie qui n'ait servi à m'apprendre que seule, la perception grossière et erronée place tout dans l'objet quand tout est dans l'esprit, fût-ce celle où je souffris pour la première fois que ma grand-mère fût morte seulement quand sa mort entra dans ma pensée, c'est-à-dire si longtemps après l'heure de sa mort.

L'écrivain [108] ne doit pas s'offenser que l'inverti donne à ses héroïnes un visage masculin. Cette particularité un peu aberrante permet seule à l'inverti de donner ensuite à ce qu'il lit toute sa généralité. Racine avait été obligé pour lui donner ensuite toute sa valeur universelle de faire un instant de la Phèdre antique une janséniste ; de même, si M. de Charlus n'avait pas donné à l' « infidèle » sur qui Musset pleure dans La Nuit d'Octobre ou dans Le Souvenir, le visage de Morel, il n'aurait ni pleuré, ni compris, puisque c'était par cette seule voie, étroite et détournée qu'il avait accès aux vérités de l'amour. L'écrivain ne dit que par une habitude prise dans le langage insincère des préfaces et des dédicaces, mon lecteur. En réalité, chaque lecteur est quand il lit le propre lecteur de soi-même. L'ouvrage de l'écrivain n'est qu'une espèce d'instrument optique qu'il offre au lecteur afin de lui permettre de discerner ce que sans ce livre, il n'eût peut-être pas vu en soi-même. La reconnaissance en soi-même, par le lecteur, de ce que dit le livre, est la preuve de la vérité de celui-ci et *vice versa*, au moins dans une certaine mesure, la diffé-

rence entre les deux textes pouvant être souvent
imputée non à l'auteur mais au lecteur. De plus, le
livre peut être trop savant, trop obscur pour le lecteur
naïf et ne lui présenter ainsi qu'un verre trouble avec
lequel il ne pourra pas lire. Mais d'autres particularités (comme l'inversion) peuvent faire que le lecteur a
besoin de lire d'une certaine façon pour bien lire ;
l'auteur n'a pas à s'en offenser mais au contraire à
laisser la plus grande liberté au lecteur en lui disant :
« Regardez vous-même si vous voyez mieux avec ce
verre-ci, avec celui-là, avec cet autre. »

Si je m'étais toujours tant intéressé aux rêves que
l'on a pendant le sommeil, n'est-ce pas parce que
compensant la durée par la puissance, ils vous aident à
mieux comprendre ce qu'a de subjectif par exemple
l'amour, par le simple fait que — mais avec une vitesse
prodigieuse — ils réalisent ce qu'on appellerait vulgai-
rement vous mettre une femme dans la peau, jusqu'à
nous faire passionnément aimer pendant un sommeil
de quelques minutes une laide, ce qui dans la vie réelle
eût demandé des années d'habitude, de collage — et
comme s'ils étaient, inventées par quelque docteur
miraculeux, des piqûres intraveineuses d'amour, aussi
bien qu'ils peuvent l'être aussi de souffrance ; avec la
même vitesse la suggestion amoureuse qu'ils nous ont
inculquée se dissipe, et quelquefois non seulement
l'amoureuse nocturne a cessé d'être pour nous comme
telle, étant redevenue la laide bien connue, mais
quelque chose de plus précieux se dissipe aussi, tout
un tableau ravissant de sentiments de tendresse, de
volupté, de regrets vaguement estompés, tout un
embarquement pour Cythère de la passion dont nous
voudrions noter pour l'état de veille les nuances d'une
vérité délicieuse mais qui s'efface comme une toile
trop pâlie qu'on ne peut restituer. Et bien plus c'était
peut-être aussi par le jeu formidable qu'il fait avec le
Temps que le Rêve m'avait fasciné. N'avais-je pas vu
souvent en une nuit, en une minute d'une nuit, des
temps bien lointains, relégués à ces distances énormes
où nous ne pouvons plus rien distinguer des senti-

ments que nous y éprouvions, fondre à toute vitesse sur nous nous aveuglant de leur clarté, comme s'ils avaient été des avions géants au lieu des pâles étoiles que nous croyions, nous faire revoir tout ce qu'ils avaient contenu pour nous, nous donnant l'émotion, le choc, la clarté de leur voisinage immédiat, qui ont repris une fois qu'on est réveillé la distance qu'ils avaient miraculeusement franchie jusqu'à nous faire croire, à tort d'ailleurs, qu'ils étaient un des modes pour retrouver le Temps perdu.

Je m'étais rendu compte que seule la perception grossière et erronée place tout dans l'objet, quand tout est dans l'esprit ; j'avais perdu ma grand-mère en réalité bien des mois après l'avoir perdue en fait, j'avais vu les personnes varier d'aspect selon l'idée que moi ou d'autres s'en faisaient, une seule être plusieurs selon les personnes qui la voyaient (divers Swann du début par exemple, Princesse de Luxembourg pour le premier président), même pour une seule au cours des années (nom de Guermantes, divers Swann pour moi). J'avais vu l'amour placer dans une personne ce qui n'est que dans la personne qui aime. Je m'en étais d'autant mieux rendu compte que j'avais fait s'étendre à l'extrême la distance entre la réalité objective et l'amour (Rachel pour Saint-Loup et pour moi, Albertine pour moi et Saint-Loup, Morel ou le conducteur d'omnibus pour Charlus ou d'autres personnes, et malgré cela tendresses de Charlus — vers de Musset, etc.) Enfin dans une certaine mesure la germanophilie de M. de Charlus, le regard de Saint-Loup sur la photographie d'Albertine m'avait aidé à me dégager pour un instant sinon de ma germanophobie du moins de ma croyance en la pure objectivité de celle-ci et à me faire penser que peut-être en était-il de la Haine comme de l'Amour et que dans le jugement terrible que portait en ce moment même la France à l'égard de l'Allemagne qu'elle jugeait hors de l'humanité, y avait-il surtout une objectivation de sentiments, comme ceux qui faisaient paraître Rachel et Albertine si précieuses, l'une à Saint-Loup, l'autre à moi. Ce qui

rendait possible en effet que cette perversité ne fût pas
entièrement intrinsèque à l'Allemagne est que de
même qu'individuellement j'avais eu des amours
successives après la fin desquelles l'objet de cet amour
m'apparaissait sans valeur, j'avais déjà vu dans mon
pays des haines successives qui avaient fait apparaître
par exemple comme des traîtres — mille fois pires que
les Allemands auxquels ils livraient la France — des
dreyfusards comme Reinach avec lequel collaboraient
aujourd'hui les patriotes contre un pays dont chaque
membre était forcément un menteur, une bête féroce,
un imbécile, exception faite des Allemands qui avaient
embrassé la cause française comme le Roi de Roumanie, le Roi des Belges ou l'Impératrice de Russie. Il est
vrai que les antidreyfusards m'eussent répondu : « Ce
n'est pas la même chose. » Mais en effet ce n'est
jamais la même chose, pas plus que ce n'est la même
personne sans cela devant le même phénomène, celui
qui en est la dupe ne pourrait accuser que son état
subjectif et ne pourrait croire que les qualités ou les
défauts sont dans l'objet. L'intelligence n'a point de
peine alors à baser sur cette différence une théorie
(enseignement contre nature des congréganistes selon
les radicaux, impossibilités de la race juive à se
nationaliser, haine perpétuelle de la race allemande
contre la race latine, la race jaune étant momentanément réhabilitée). Ce côté subjectif se marquait d'ailleurs dans les conversations des neutres, où les
germanophiles par exemple avaient la faculté de cesser
un instant de comprendre et même d'écouter quand
on leur parlait des atrocités allemandes en Belgique.
(Et pourtant elles étaient réelles, ce que je remarquais
de subjectif dans la haine comme dans la vue elle-
même n'empêchait pas que l'objet pût posséder des
qualités ou des défauts réels et ne faisait nullement
s'évanouir la réalité en un pur relativisme.) Et si après
tant d'années écoulées et de temps perdu, je sentais
cette influence capitale de l'aspect interne jusque dans
les relations internationales, tout au commencement
de ma vie ne m'en étais-je pas douté quand je lisais

dans le jardin de Combray un de ces romans de Bergotte que même aujourd'hui si j'en ai feuilleté quelques pages oubliées où je vois les ruses d'un méchant, je ne repose qu'après m'être assuré, en passant cent pages, que vers la fin ce même méchant est dûment humilié et vit assez pour apprendre que ses ténébreux projets ont échoué ? Car je ne me rappelais plus bien ce qui était arrivé à ces personnages, ce qui ne les différenciait d'ailleurs pas des personnes qui se trouvaient cet après-midi chez Mme de Guermantes et dont, pour plusieurs au moins, la vie passée était aussi vague pour moi que si je l'eusse lue dans un roman à demi oublié. Le Prince d'Agrigente avait-il fini par épouser Mlle X. Ou plutôt n'était-ce pas le frère de Mlle X qui avait dû épouser la sœur du Prince d'Agrigente. Ou bien faisais-je une confusion avec une ancienne lecture ou un rêve récent ?

Le rêve [109] était encore un de ces faits de ma vie, qui m'avait toujours le plus frappé, qui avait dû le plus servir à me convaincre du caractère purement mental de la réalité, et dont je ne dédaignerais pas l'aide dans la composition de mon œuvre. Quand je vivais, d'une façon un peu moins désintéressée, pour un amour, un rêve venait rapprocher singulièrement de moi, lui faisant parcourir de grandes distances de temps perdu, ma grand-mère, Albertine que j'avais recommencé à aimer parce qu'elle m'avait fourni, dans mon sommeil, une version, d'ailleurs atténuée de l'histoire de la blanchisseuse. Je pensai qu'ils viendraient quelquefois rapprocher ainsi de moi des vérités, des impressions, que mon effort seul, ou même les rencontres de la nature ne me présentaient pas, qu'ils réveilleraient en moi du désir, du regret de certaines choses inexistantes, ce qui est la condition pour travailler, pour s'abstraire de l'habitude, pour se détacher du concret. Je ne dédaignerais pas cette seconde muse, cette muse nocturne qui suppléerait parfois à l'autre (voir sur les rêves Cahier *Vénusté*).

J'avais vu les nobles devenir vulgaires quand leur esprit comme celui du Duc de Guermantes par exemple était vulgaire (« Vous n'êtes pas gêné », comme eût pu dire Cottard). J'avais vu dans l'affaire Dreyfus, pendant la guerre, dans la médecine croire que la vérité est un certain fait, que les ministres, le médecin possèdent, un oui ou non qui n'a pas besoin d'interprétation, qui fait que les gens du pouvoir *savaient* si Dreyfus était coupable, *savaient* (sans avoir besoin d'envoyer pour cela Roques [110] enquêter sur place) si Sarrail avait ou non les moyens de marcher en même temps que les Russes, autant qu'un cliché radiographique indique sans interprétation ce qu'a le malade. (Plutôt mettre en dernier dans ces exemples ma grand-mère.) Il n'est pas une heure de ma vie qui n'eût servi à m'apprendre que seule la perception grossière et erronée place tout dans l'objet quand tout au contraire est dans l'esprit.

Certes c'est au visage, tel que je l'avais aperçu pour la première fois devant la mer que je rattachais certaines choses que j'écrirais sans doute. En un sens j'avais raison de les lui rattacher car si je n'étais pas allé sur la digue ce jour-là, si je ne l'avais pas connue, toutes ces idées ne se seraient pas développées (à moins qu'elles l'eussent été par une autre). J'avais tort aussi, car ce plaisir générateur que nous avons à trouver rétrospectivement dans un beau visage de femme, vient de nos sens : il était bien certain en effet que ces pages que j'écrirais Albertine surtout l'Albertine d'alors ne les eût pas comprises. Mais c'est justement pour cela (et c'est une indication à ne pas vivre dans une atmosphère trop intellectuelle) parce qu'elle était si différente de moi, qu'elle m'avait fécondé par le chagrin, et même d'abord par le simple effort pour imaginer ce qui diffère de soi. Ces pages, si elle avait été capable de les comprendre, par cela même elle ne les eût pas inspirées.

Et maintenant je comprenais ce qu'était la vieillesse — la vieillesse qui de toutes les réalités est peut-être celle dont nous gardons le plus longtemps dans la vie une notion purement abstraite, regardant les calendriers, datant nos lettres, voyant se marier nos amis, les enfants de nos amis, sans comprendre, soit par peur, soit par paresse, ce que cela signifie jusqu'au jour où nous apercevons une silhouette inconnue comme celle de M. d'Argencourt laquelle nous apprend que nous vivons dans un nouveau monde, jusqu'au jour où le petit-fils d'une de nos amies, jeune homme qu'instinctivement nous traiterions en camarade sourit comme si nous nous moquions de lui, nous qui lui sommes apparus comme un grand-père ; je comprenais ce que signifiait la mort, l'amour, les joies de l'esprit, la vocation, etc. Et si les noms avaient perdu pour moi de leur individualité, les mots me découvraient tout leur sens. La beauté des images est logée à l'arrière des choses, celle des idées à l'avant. De sorte qu'on ne cesse de s'émerveiller quand on les a atteintes, mais qu'on ne comprend les secondes que quand on les a dépassées. Or à ces idées la cruelle découverte que je venais de faire tout à l'heure relativement au temps qui s'était écoulé ne pourrait que s'ajouter et me servir en ce qui concernait la matière même de mon livre. Puisque j'avais décidé qu'elle ne pouvait être uniquement constituée par les impressions véritablement pleines, celles qui sont en dehors du temps, parmi les vérités avec lesquelles je comptais les sertir, celles qui se rapportent au temps, au temps dans lequel baignent et s'altèrent les hommes, les sociétés, les nations, tiendraient une place plus importante.

En somme si j'y réfléchissais la matière de mon expérience laquelle serait la matière de mon livre me venait de Swann non pas seulement par tout ce qui le concernait lui-même et Gilberte mais c'était lui qui m'avait dès Combray donné le désir d'aller à Balbec, où sans cela mes parents n'eussent jamais eu l'idée de m'envoyer, et sans quoi je n'aurais pas connu Albertine mais même les Guermantes puisque ma grand-mère n'eût pas retrouvé Mme de Villeparisis, moi fait la connaissance de Saint-Loup et de M. de Charlus, ce qui m'avait fait connaître la Duchesse de Guermantes et par elle sa cousine, de sorte que ma présence même

en ce moment chez le Prince de Guermantes où venait
de me venir brusquement l'idée de mon œuvre (ce qui
faisait que je devais à Swann non seulement la matière
mais la décision), me venait aussi de Swann. Pédon-
cule un peu mince peut-être pour supporter ainsi
l'étendue de toute ma vie (le « côté de Guermantes »
s'étant trouvé en ce sens ainsi procéder du « côté de
chez Swann »). Mais bien souvent cet auteur des
aspects de notre vie, est quelqu'un de bien inférieur à
Swann, est l'être le plus médiocre. N'eût-il pas suffi
qu'un camarade quelconque m'indiquât quelque
agréable fille à y posséder (que probablement je n'y
aurais pas rencontrée) pour que je fusse allé à Balbec.
Souvent ainsi on rencontre plus tard un camarade
déplaisant, on lui serre à peine la main, et pourtant si
jamais on y réfléchit, c'est d'une parole en l'air qu'il
nous a dite, d'un « Vous devriez venir à Balbec » que
toute notre vie et notre œuvre sont sorties. Nous ne lui
en avons aucune reconnaissance, sans que cela soit
faire preuve d'ingratitude. Car en disant ces mots il
n'a nullement pensé aux énormes conséquences qu'ils
auraient pour nous. C'est notre sensibilité et notre
intelligence qui ont exploité les circonstances lesquelles sa première impulsion donnée se sont engendrées
les unes les autres sans qu'il eût pu prévoir la
cohabitation avec Albertine plus que la soirée masquée
chez les Guermantes. Sans doute son impulsion fut
nécessaire, et par là la forme extérieure de notre vie, la
matière même de notre œuvre dépendent de lui. Sans
Swann mes parents n'eussent jamais eu l'idée de
m'envoyer à Balbec. (Il n'était pas d'ailleurs responsa-
ble des souffrances que lui-même m'avait indirectement causées. Elles tenaient à ma faiblesse. La sienne
l'avait bien fait souffrir lui-même par Odette.) Mais en
déterminant ainsi la vie que nous avons menée, il a par
là même exclu toutes les vies que nous aurions pu
mener à la place de celle-là. Si Swann ne m'avait pas
parlé de Balbec je n'aurais pas connu Albertine, la
salle à manger de l'hôtel, les Guermantes. Mais je
serais allé ailleurs, j'aurais connu des gens différents,

ma mémoire comme mes livres serait remplie de tableaux tout autres, que je ne peux même pas imaginer et dont la nouveauté, inconnue de moi, me séduit et me fait regretter de n'être pas allé plutôt vers elle, et qu'Albertine et la plage de Balbec et Rivebelle et les Guermantes ne me fussent pas restés toujours inconnus.

La jalousie est un bon recruteur qui quand il y a un creux dans notre tableau va nous chercher dans la rue la belle fille qu'il fallait. Elle n'était plus belle, elle l'est redevenue car nous sommes jaloux d'elle, elle remplira ce vide. Une fois que nous serons morts, nous n'aurons pas de joie que ce tableau ait été ainsi complété. Mais cette pensée n'est nullement décourageante. Car nous sentons que la vie est un peu plus compliquée qu'on ne dit, et même les circonstances. Et il y a une nécessité pressante à montrer cette complexité. La jalousie si utile ne naît pas forcément d'un regard, ou d'un récit, ou d'une rétroflexion. On peut la trouver, prête à nous piquer, entre les feuillets d'un annuaire — ce qu'on appelle *Tout-Paris* pour Paris et pour la campagne *Annuaire des Châteaux*. Nous avions distraitement entendu dire par la belle fille devenue indifférente qu'il lui faudrait aller voir quelques jours sa sœur dans le Pas-de-Calais, près de Dunkerque ; nous avions aussi distraitement pensé autrefois que peut-être bien la belle fille avait été courtisée par M. E., qu'elle ne voyait plus jamais, car plus jamais elle n'allait dans ce bar où elle le voyait jadis. Que pouvait être sa sœur, femme de chambre peut-être. Par discrétion nous ne l'avions pas demandé. Et puis voici qu'en ouvrant au hasard l'*Annuaire des Châteaux* nous trouvons que M. E. a son château dans le Pas-de-Calais, près de Dunkerque. Plus de doute, pour faire plaisir à la belle fille, il a pris sa sœur comme femme de chambre, et si la belle ne le voit plus dans le bar, c'est qu'il la fait venir chez lui, habitant Paris presque toute l'année, mais ne pouvant se passer d'elle même pendant qu'il est dans le Pas-de-Calais. Les pinceaux ivres de fureur et d'amour peignent, peignent. Et pourtant si ce n'était pas cela. Si vraiment M. E. ne voyait plus jamais la belle fille mais par serviabilité avait recommandé la sœur de celle-ci à un frère qu'il a, lui habitant toute l'année le Pas-de-Calais. De sorte qu'elle va même peut-être par hasard voir sa sœur au moment où M. E. n'est pas là, car ils ne se soucient plus l'un de l'autre. Et à moins encore que la sœur ne soit pas femme de chambre dans le château ni ailleurs mais ait des parents dans le Pas-de-Calais. Notre douleur du premier instant cède devant ces dernières suppositions qui calment toute jalousie. Mais qu'importe, celle-ci, cachée dans les feuillets de l'*Annuaire des Châteaux* est venue au bon moment car maintenant le vide qu'il y avait dans la toile est comblé. Et tout se compose bien grâce à la présence suscitée par la jalousie de la belle fille dont déjà nous ne sommes plus jaloux et que nous n'aimons plus.

A ce moment [111] le maître d'hôtel vint me dire que le premier morceau étant terminé, je pouvais quitter la bibliothèque et entrer dans les salons. Cela me fit ressouvenir où j'étais. Mais je ne fus nullement troublé dans le raisonnement que je venais de commencer, par le fait qu'une réunion mondaine, le retour dans la société, m'eussent fourni ce point de départ vers une vie nouvelle que je n'avais pas su trouver dans la solitude. Ce fait n'avait rien d'extraordinaire, une impression qui pouvait ressusciter en moi l'homme éternel n'étant pas liée plus forcément à la solitude qu'à la société (comme j'avais cru autrefois, comme cela avait peut-être été pour moi autrefois, comme cela aurait peut-être dû être encore si je m'étais harmonieusement développé, au lieu de ce long arrêt qui semblait seulement prendre fin). Car trouvant seulement cette impression de beauté quand une sensation actuelle, si insignifiante fût-elle, une sensation semblable, renaissant spontanément en moi venait étendre la première sur plusieurs époques à la fois, et remplissait mon âme où les sensations particulières laissaient tant de vide, par une essence générale, il n'y avait pas de raison pour que je ne reçusse des sensations de ce genre dans le monde aussi bien que dans la nature, puisqu'elles sont fournies par le hasard, aidé sans doute par l'excitation particulière qui fait que les jours où on se trouve en dehors du train courant de la vie, les choses même les plus simples recommencent à nous donner des sensations dont l'Habitude fait faire l'économie à notre système nerveux. Que ce fût justement et uniquement ce genre de sensations qui dût conduire à l'œuvre d'art j'allais essayer d'en trouver la raison objective, en continuant les pensées que je n'avais cessé d'enchaîner dans la blibliothèque, car je sentais que le déclenchement de la vie spirituelle était assez fort en moi maintenant pour pouvoir continuer aussi bien dans le salon au milieu des invités, que seul dans la bibliothèque, il me semblait qu'à ce point de vue, même au milieu de cette assistance si nombreuse je saurais réserver ma solitude. Car pour la même raison que de grands événements n'influent pas du dehors sur nos puissances d'esprit et qu'un écrivain médiocre vivant dans une époque épique restera un tout aussi médiocre écrivain, ce qui était dangereux dans le monde c'était les dispositions mondaines qu'on y apporte. Mais par lui-même il n'était pas plus capable de vous rendre médiocre qu'une guerre héroïque de rendre sublime un mauvais poète. En tout cas qu'il fût théoriquement utile ou non que l'œuvre d'art fût constituée de cette façon, et en attendant que j'eusse examiné ce point comme j'allais le faire, je ne pouvais nier qu'en ce qui me concernait, quand des impressions vraiment esthétiques m'étaient venues, ç'avait toujours été à la suite de sensations de ce genre. Il est vrai qu'elles avaient été assez rares dans ma vie, mais elles la dominaient, je pouvais retrouver dans le passé quelques-uns de ces sommets que j'avais eu le tort de perdre de vue (ce que je comptais ne plus faire désormais). Et déjà je pouvais dire que si c'était chez moi, par l'importance exclusive qu'il prenait, un trait qui m'était personnel, cependant j'étais rassuré en découvrant qu'il s'apparentait à des traits moins marqués, mais discernables et au fond assez analogues chez certains écrivains. N'est-ce pas à une sensation du genre de celle de la madeleine[112] qu'est suspendue la plus belle partie des *Mémoires d'Outre-Tombe* : « Hier au soir je me promenais seul... je fus tiré de mes réflexions par le gazouillement d'une grive perchée sur la plus haute branche d'un bouleau. A l'instant, ce son magique fit reparaître à mes yeux le domaine paternel ; j'oubliai les catastrophes dont je venais d'être le témoin, et, transporté subitement dans le passé, je revis ces campagnes où j'entendis si souvent siffler la grive. » Et une des deux ou trois plus belles phrases de ces *Mémoires* n'est-elle pas celle-ci : « Une odeur fine et suave d'héliotrope s'exhalait d'un petit carré de fèves en fleurs ; elle ne nous était point apportée par une brise de la patrie, mais par un vent sauvage de Terre-Neuve, sans relation avec la plante exilée, sans sympathie de réminiscence et de volupté. Dans ce parfum, non respiré de la beauté, non épuré dans son sein, non répandu sur ses traces, dans ce parfum changé d'aurore, de culture et de monde, il y avait toutes les mélancolies des regrets, de l'absence et de la jeunesse. » Un des chefs-d'œuvre de la littérature française, *Sylvie*, de Gérard de Nerval a tout comme le livre des *Mémoires d'Outre-Tombe* relatif à Combourg, une sensation du même genre que le goût de la madeleine et « le gazouillement de la grive ». Chez Baudelaire enfin ces réminiscences plus nombreuses encore, sont évidemment moins fortuites et par conséquent à mon avis décisives. C'est le poète lui-même qui, avec plus de choix et de paresse, recherche volontairement, dans l'odeur d'une femme par exemple, de sa chevelure et de son sein, les analogies inspiratrices qui lui évoqueront « l'azur du ciel immense et rond » et « un port rempli de flammes et de mâts ». J'allais chercher à me rappeler les pièces de Baudelaire à la base desquelles se trouve ainsi une sensation transposée, pour achever de me replacer dans une filiation aussi noble, et me donner par là

l'assurance que l'œuvre que je n'avais plus aucune
hésitation à entreprendre méritait l'effort que j'allais
lui consacrer, quand étant arrivé au bas de l'escalier
qui descendait de la bibliothèque, je me trouvai tout à
coup dans le grand salon et au milieu d'une fête qui
allait me sembler bien différente de celles auxquelles
j'avais assisté autrefois, et allait revêtir pour moi un
aspect particulier et prendre un sens nouveau. En effet
dès que j'entrai dans le grand salon, bien que je tinsse
toujours ferme en moi, au point où j'en étais, le projet
que je venais de former, un coup de théâtre se
produisit qui allait élever contre mon entreprise la
plus grave des objections. Une objection que je
surmonterais sans doute, mais qui, tandis que je
continuais à réfléchir en moi-même aux conditions de
l'œuvre d'art, allait par l'exemple cent fois répété de la
considération la plus propre à me faire hésiter,
interrompre à tout instant mon raisonnement.

Au premier moment je ne compris pas pourquoi
j'hésitais à reconnaître le maître de maison, les invités,
et pourquoi chacun semblait s'être « fait une tête »,
généralement poudrée et qui les changeait complètement. Le Prince avait encore en recevant cet air
bonhomme d'un roi de féerie que je lui avais trouvé la
première fois mais cette fois, semblant s'être soumis
lui-même à l'étiquette qu'il avait imposée à ses invités,
il s'était affublé d'une barbe blanche, et traînant à ses
pieds qu'elles alourdissaient comme des semelles de
plomb semblait avoir assumé de figurer un des « Ages
de la Vie ». Ses moustaches étaient blanches aussi,
comme s'il restait après elles le gel de la forêt du Petit
Poucet. Elles semblaient incommoder la bouche raidie
et l'effet une fois produit, il aurait dû les enlever. A
vrai dire je ne le reconnus qu'à l'aide d'un raisonnement et en concluant de la simple ressemblance de
certains traits à une identité de la personne. Je ne sais
ce que le petit Fezensac avait mis sur sa figure, mais
tandis que d'autres avaient blanchi, qui la moitié de
leur barbe, qui leurs moustaches seulement lui sans
s'embarrasser de ces teintures avait trouvé le moyen

de couvrir sa figure de rides, ses sourcils de poils hérissés, tout cela d'ailleurs ne lui seyait pas, son visage faisait l'effet d'être durci, bronzé, solennisé, cela le vieillissait tellement qu'on n'aurait plus dit du tout un jeune homme. Je fus bien plus étonné au même moment en entendant appeler Duc de Châtellerault un petit vieillard aux moustaches argentées d'ambassadeur dans lequel seul un petit bout de regard resté le même me permit de reconnaître le jeune homme que j'avais rencontré une fois en visite chez Mme de Villeparisis. A la première personne que je parvins ainsi à identifier en tâchant de faire abstraction du travestissement et de compléter les traits restés naturels par un effort de mémoire, ma première pensée eût dû être et fut peut-être, bien moins d'une seconde, de la féliciter d'être si merveilleusement grimée qu'on avait d'abord avant de la reconnaître, cette hésitation que les grands acteurs, paraissant dans un rôle où ils sont différents d'eux-mêmes, donnent en entrant en scène, au public, qui même averti par le programme, reste un instant ébahi avant d'éclater en applaudissements.

A ce point de vue [113], le plus extraordinaire de tous était mon ennemi personnel, M. d'Argencourt, le véritable clou de la matinée. Non seulement au lieu de sa barbe à peine poivre et sel il s'était affublé d'une extraordinaire barbe d'une invraisemblable blancheur, mais encore (tant de petits changements matériels peuvent rapetisser, élargir un personnage et bien plus changer son caractère apparent, sa personnalité) c'était un vieux mendiant qui n'inspirait plus aucun respect qu'était devenu cet homme dont la solennité, la raideur empesée étaient encore présentes à mon souvenir, et qui donnait à son personnage de vieux gâteux une telle vérité que ses membres tremblotaient, que les traits détendus de sa figure, habituellement hautaine, ne cessaient de sourire avec une niaise béatitude. Poussé à ce degré l'art du déguisement devient quelque chose de plus, une transformation complète de la personnalité. En effet quelques riens

avaient beau me certifier que c'était bien Argencourt
qui donnait ce spectacle inénarrable et pittoresque,
combien d'états successifs d'un visage ne me fallait-il
pas traverser si je voulais retrouver celui de l'Argencourt que j'avais connu, et qui était tellement différent
de lui-même tout en n'ayant à sa disposition que son
propre corps. C'était évidemment la dernière extrémité où il avait pu le conduire sans en crever, le plus
fier visage, le torse le plus cambré n'était plus qu'une
loque en bouillie, agitée de-ci de-là. A peine en se
rappelant certains sourires d'Argencourt qui jadis
tempéraient parfois un instant sa hauteur pouvait-on
trouver dans l'Argencourt vrai, celui que j'avais vu si
souvent, pouvait-on comprendre que la possibilité de
ce sourire de vieux marchand d'habits ramolli existât
dans le gentleman correct d'autrefois. Mais à supposer
que ce fût la même intention de sourire qu'eût
Argencourt, à cause de la prodigieuse transformation
de son visage, la matière même de l'œil, par laquelle il
l'exprimait était tellement différente, que l'expression
devenait tout autre et même d'un autre. J'eus un fou
rire devant ce sublime gaga, aussi émollié dans sa
bénévole caricature de lui-même que l'était, dans la
manière tragique, M. de Charlus foudroyé et poli.
M. d'Argencourt, dans son incarnation de moribond-
bouffe, d'un Regnard exagéré par Labiche[114] était
d'un accès aussi facile, aussi affable que M. de Charlus
roi Lear qui se découvrait avec application devant le
plus médiocre salueur. Pourtant je n'eus pas l'idée de
lui dire mon admiration pour la vision extraordinaire
qu'il offrait. Ce ne fut pas mon antipathie ancienne
qui m'en empêcha, car précisément il était arrivé à
être tellement différent de lui-même que j'avais l'illusion d'être devant une autre personne, aussi bienveillante, aussi désarmée, aussi inoffensive que l'Argencourt habituel était rogue, hostile et dangereux.
Tellement une autre personne, qu'à voir ce personnage ineffablement grimaçant, comique et blanc, ce
bonhomme de neige simulant un général Dourakine
en enfance, il me semblait que l'être humain pouvait

subir des métamorphoses aussi complètes que celles de certains insectes. J'avais l'impression de regarder derrière le vitrage instructif d'un muséum d'histoire naturelle ce que peut être devenu l'insecte le plus rapide, le plus sûr en ses traits d'insecte, et je ne pouvais pas ressentir les sentiments que m'avait toujours inspirés M. d'Argencourt devant cette molle chrysalide, plutôt vibratile que remuante. Mais je me tus, je ne félicitai pas M. d'Argencourt d'offrir un spectacle qui semblait reculer les limites entre lesquelles peuvent se mouvoir les transformations du corps humain.

Certes dans les coulisses d'un théâtre ou pendant un bal costumé on est plutôt porté par politesse à exagérer la peine, presque à affirmer l'impossibilité qu'on a à reconnaître la personne travestie. Ici au contraire un instinct m'avait averti de les dissimuler le plus possible ; je sentais qu'elles n'avaient plus rien de flatteur parce que la transformation n'était pas voulue et m'avisais enfin, ce à quoi je n'avais pas songé en entrant dans ce salon, que toute fête, si simple soit-elle, quand elle a lieu longtemps après qu'on a cessé d'aller dans le monde et pour peu qu'elle réunisse quelques-unes des mêmes personnes qu'on a connues autrefois, vous fait l'effet d'une fête travestie, de la plus réussie de toutes, de celle où l'on est le plus sincèrement « intrigué » par les autres, mais où ces têtes, qu'ils se sont faites depuis longtemps sans le vouloir, ne se laissent pas défaire par un débarbouillage, une fois la fête finie. Intrigué par les autres ? Hélas aussi les intriguant nous-même. Car la même difficulté que j'éprouvais à mettre le nom qu'il fallait sur les visages, semblait partagée par toutes les personnes qui apercevant le mien, n'y prenaient pas plus garde que si elles ne l'eussent jamais vu, ou tâchaient de dégager de l'aspect actuel un souvenir différent.

Si M. d'Argencourt venait faire cet extraordinaire « numéro » qui était certainement la vision la plus saisissante dans son burlesque que je garderais de lui,

c'était comme un acteur qui rentre une dernière fois
sur la scène avant que le rideau tombe tout à fait au
milieu des éclats de rire. Si je ne lui en voulais plus
c'est parce qu'en lui qui avait retrouvé l'innocence du
premier âge, il n'y avait plus aucun souvenir des
notions méprisantes qu'il avait pu avoir de moi, aucun
souvenir d'avoir vu M. de Charlus me lâcher brusquement le bras ; soit qu'il n'y eût plus rien en lui de ces
sentiments, soit qu'ils fussent obligés pour arriver
jusqu'à nous de passer par des réfracteurs physiques si
déformants qu'ils changeaient en route absolument de
sens et que M. d'Argencourt semblât bon, faute de
moyens physiques d'exprimer encore qu'il était mauvais et de refouler sa perpétuelle hilarité invitante.
C'est trop de parler d'un acteur, et débarrassé qu'il
était de toute âme consciente, c'est comme une poupée
trépidante, à la barbe postiche de laine blanche, que je
le voyais agité, promené dans ce salon, comme dans
un guignol à la fois scientifique et philosophique où il
servait, comme dans une oraison funèbre ou un cours
en Sorbonne, à la fois de rappel à la vanité de tout et
d'exemple d'histoire naturelle [115].

Des poupées, mais que pour les identifier à celui
qu'on avait connu, il fallait lire sur plusieurs plans à la
fois, situés derrière elles et qui leur donnaient de la
profondeur et forçaient à faire un travail d'esprit
quand on avait devant soi ces vieillards fantoches, car
on était obligé de les regarder en même temps qu'avec
les yeux, avec la mémoire. Des poupées baignant dans
les couleurs immatérielles des années, des poupées
extériorisant le Temps, le Temps qui d'habitude n'est
pas visible, pour le devenir cherche des corps et
partout où il les rencontre, s'en empare pour montrer
sur eux sa lanterne magique. Aussi immatériel que
jadis Golo sur le bouton de porte de ma chambre de
Combray, ainsi le nouveau et si méconnaissable
Argencourt était là comme la révélation du Temps
qu'il rendait partiellement visible. Dans les éléments
nouveaux qui composaient la figure de M. d'Argencourt et son personnage, on lisait un certain chiffre

d'années, on reconnaissait la figure symbolique de la vie non telle qu'elle nous apparaît, c'est-à-dire permanente, mais réelle, atmosphère si changeante que le fier seigneur s'y peint en caricature le soir comme un marchand d'habits.

En d'autres êtres d'ailleurs ces changements, ces véritables aliénations semblaient sortir du domaine de l'histoire naturelle et on s'étonnait en entendant un nom, qu'un même être pût présenter non comme M. d'Argencourt les caractéristiques d'une nouvelle espèce différente mais les traits extérieurs d'un autre caractère. C'était bien comme pour M. d'Argencourt, des possibilités insoupçonnées que le temps avait tirées de telle jeune fille, mais ces possibilités, bien qu'étant toutes physiognomoniques ou corporelles, semblaient avoir quelque chose de moral. Les traits du visage s'ils changent, s'ils s'assemblent autrement, s'ils sont balancés de façon habituelle d'une façon plus lente, prennent, avec un aspect autre, une signification différente. De sorte qu'il y avait telle femme qu'on avait connue bornée et sèche, chez laquelle un élargissement des joues devenues méconnaissables, un busquage imprévisible du nez, causaient la même surprise, la même bonne surprise souvent, que tel mot sensible et profond, telle action courageuse et noble qu'on n'aurait jamais attendus d'elle. Autour de ce nez, nez nouveau, on voyait s'ouvrir des horizons qu'on n'eût pas osé espérer. La bonté, la tendresse, jadis impossibles devenaient possibles avec ces joues-là. On pouvait faire entendre devant ce menton ce qu'on n'aurait jamais eu l'idée de dire devant le précédent. Tous ces traits nouveaux du visage impliquaient d'autres traits de caractère, la sèche et maigre jeune fille était devenue une vaste et indulgente douairière. Ce n'est plus dans un sens zoologique comme pour M. d'Argencourt, c'est dans un sens social et moral qu'on pouvait dire que c'était une autre personne.

Par tous ces côtés une matinée comme celle où je me trouvais était quelque chose de beaucoup plus précieux qu'une image du passé, mais m'offrait comme toutes les images successives et que je n'avais jamais vues, qui séparaient le passé du présent, mieux encore, le rapport qu'il y avait entre le présent et le passé, elle était comme ce qu'on appelait autrefois une vue optique, mais une vue optique des années, la vue non d'un moment, non d'une personne située dans la perspective déformante du Temps.

Quant à la femme dont M. d'Argencourt avait été l'amant, elle n'avait pas beaucoup changé, *si l'on tenait compte du temps passé,* c'est-à-dire que son visage n'était pas trop complètement démoli pour celui d'un être qui se déforme tout le long de son trajet dans l'abîme où il est lancé, abîme dont nous ne pouvons exprimer la direction que par des comparaisons également vaines, puisque nous ne pouvons les emprunter qu'au monde de l'espace, et qui, que nous les orientions dans le sens de l'élévation, de la longueur ou de la profondeur, ont comme seul avantage de nous faire sentir que cette dimension inconcevable et sensible existe. La nécessité pour donner un nom aux figures, de remonter effectivement le cours des années, me forçait en réaction, de rétablir ensuite en leur donnant leur place réelle, les années auxquelles je n'avais pas pensé. A ce point de vue et pour ne pas me laisser tromper par l'identité apparente de l'espace, l'aspect tout nouveau d'un être comme M. d'Argencourt m'était une révélation frappante de cette réalité du millésime, qui d'habitude nous reste abstraite, comme l'apparition de certains arbres nains ou de baobabs géants nous avertit du changement de méridien.

Alors la vie nous apparaît comme la féerie où on voit d'acte en acte le bébé devenir adolescent, homme mûr et se courber vers la tombe. Et comme c'est par des changements perpétuels qu'on sent que ces êtres prélevés à des distances assez grandes sont si différents, on sent qu'on a suivi la même loi que ces créatures qui se sont tellement transformées qu'elles ne ressemblent plus, sans avoir cessé d'être, justement parce qu'elles n'ont pas cessé d'être, à ce que nous avons vu d'elles jadis [116].

Une jeune femme que j'avais connue autrefois, maintenant blanche et tassée en petite vieille maléfique semblait indiquer qu'il est nécessaire que dans le divertissement final d'une pièce les êtres fussent travestis à ne pas les reconnaître. Mais son frère était resté si droit, si pareil à lui-même qu'on s'étonnait que sur sa figure jeune il eût fait passer au blanc sa moustache bien relevée. Les parties de blancheur de barbes jusque-là entièrement noires rendaient mélancolique le paysage humain de cette matinée, comme les premières feuilles jaunes des arbres, alors qu'on croyait encore pouvoir compter sur un long été, et qu'avant d'avoir commencé d'en profiter, on voit que c'est déjà l'automne. Alors moi qui depuis mon enfance, vivais au jour le jour et avais d'ailleurs de moi-même et des autres une impression définitive, je m'aperçus pour la première fois d'après les métamorphoses qui s'étaient produites dans tous ces gens du temps qui avait passé pour eux, ce qui me bouleversa par la révélation qu'il avait passé aussi pour moi. Et indifférente en elle-même leur vieillesse me désolait en m'avertissant des approches de la mienne. Celles-ci me furent, du reste, proclamées coup sur coup par des paroles qui à quelques minutes d'intervalle vinrent me frapper comme les trompettes du Jugement. La première fut prononcée par la Duchesse de Guermantes ; je venais de la voir, passant entre une double haie de curieux qui, sans se rendre compte des merveilleux artifices de toilette et d'esthétique qui agissaient sur eux, émus devant cette tête rousse, ce corps saumoné émergeant à peine de ses ailerons de dentelle noire, et étranglé de joyaux, le regardaient, dans la sinuosité héréditaire de ses lignes, comme ils eussent fait de quelque vieux poisson sacré, chargé de pierreries, en lequel s'incarnait le Génie protecteur de la famille de Guermantes. « Ah ! me dit-elle, quelle joie de vous voir, vous mon plus vieil ami ». Et dans mon amour-propre de jeune homme de Combray qui ne m'étais jamais compté à aucun moment comme pouvant être un de ses amis, participant vraiment à la vraie vie mystérieuse qu'on menait chez les Guermantes, un de ses amis au même titre que M. de Bréauté, que M. de Forestelle, que Swann, que tous ceux qui étaient morts, j'aurais pu en être flatté, j'en étais surtout malheureux. « Son plus vieil ami me dis-je, elle exagère, peut-être un des plus vieux, mais suis-je donc... » A ce moment un neveu du Prince s'approcha de moi : « Vous qui êtes un vieux Parisien », me dit-il. Un instant après [117] on me remit un mot. J'avais rencontré en arrivant un jeune Létourville, dont je ne savais plus très bien la parenté avec la Duchesse mais qui me connaissait un peu. Il venait de sortir de Saint-Cyr et me disant que ce serait pour moi un gentil camarade comme avait été Saint-Loup, qui pourrait m'initier aux choses de l'armée, avec les changements qu'elle avait subis, je lui avais dit que je le retrouverais tout à l'heure et que nous prendrions rendez-vous pour dîner ensemble, ce dont il m'avait beaucoup remercié. Mais j'étais resté trop longtemps à rêver dans la bibliothèque et le petit mot qu'il avait laissé pour moi était pour me dire qu'il n'avait pu m'attendre et me laisser son adresse. La lettre de ce camarade rêvé finissait ainsi : « Avec tout le respect de votre petit ami, Létourville. » « Petit ami ! » C'est ainsi qu'autrefois j'écrivais aux gens qui avaient trente ans de plus que moi, à Legrandin par exemple. Quoi ! ce sous-lieutenant que je me figurais mon camarade comme Saint-Loup, se disait mon petit ami. Mais alors il n'y avait donc pas que les méthodes militaires qui avaient changé depuis lors et pour M. de Létourville j'étais donc, non un camarade, mais un vieux monsieur ; et de M. de Létourville, dans la compagnie duquel je me figurais, moi, tel que je m'apparaissais à moi-même, un bon camarade, étais-je donc séparé par l'écartement d'un invisible compas auquel je n'avais pas songé et qui me situait si loin du jeune sous-lieutenant qu'il semblait que, pour celui qui se disait mon « petit ami », j'étais un vieux monsieur ?

Presque aussitôt après quelqu'un parla de Bloch, je demandai si c'était du jeune homme ou du père (dont j'avais ignoré la mort, pendant la guerre, d'émotion avait-on dit de voir la France envahie). « Je ne savais pas qu'il eût des enfants, je ne le savais même pas marié me dit le Prince. Mais c'est évidemment du père que nous parlons, car il n'a rien d'un jeune homme ajouta-t-il en riant. Il pourrait avoir des fils qui seraient eux-mêmes déjà des hommes. » Et je compris qu'il s'agissait de mon camarade. Il entra d'ailleurs au bout d'un instant. Et en effet sur la figure de Bloch je vis se superposer cette mine débile et opinante, ces frêles hochements de tête qui trouvent si vite leur cran d'arrêt, et où j'aurais reconnu la docte fatigue des vieillards aimables, si d'autre part je n'avais reconnu devant moi mon ami et si mes souvenirs ne l'animaient pas de cet entrain juvénile et ininterrompu dont il semblait actuellement dépossédé. Pour moi qui l'avais connu au seuil de la vie et n'avais jamais cessé de le voir, il était mon camarade, un adolescent dont je mesurais la jeunesse par celle que n'ayant cru vivre depuis ce moment-là, je me donnais inconsciemment à moi-même. J'entendis dire qu'il paraissait bien son âge, je fus étonné de remarquer sur son visage quelques-uns de ces signes qui sont plutôt la caractéristique des hommes qui sont vieux. Je compris que c'est parce qu'il l'était en effet et que c'est avec des adolescents qui durent un assez grand nombre d'années que la vie fait des vieillards.

Comme quelqu'un entendant dire que j'étais souffrant demanda si je ne craignais pas de prendre la grippe qui régnait à ce moment-là, un autre bienveillant me rassura en me disant : « Non cela atteint plutôt les personnes encore jeunes. Les gens de votre âge ne risquent plus grand-chose. » Et on assura que le personnel m'avait bien reconnu. Ils avaient chuchoté mon nom, et même « dans leur langage » raconta une dame, elle les avait entendus dire : « Voilà le père » (cette expression était suivie de mon nom).

Et comme je n'avais pas d'enfant, elle ne pouvait se rapporter qu'à l'âge.

« Comment, si j'ai connu le maréchal me dit la Duchesse. Mais j'ai connu des gens bien plus représentatifs, la Duchesse de Galliera, Pauline de Périgord, Mgr Dupanloup. » En l'entendant, je regrettais naïvement de ne pas avoir connu ce qu'elle appelait un reste d'ancien régime. J'aurais dû penser qu'on appelle ancien régime ce dont on n'a pu connaître que la fin, c'est ainsi que ce que nous apercevons à l'horizon prend une grandeur mystérieuse et nous semble se refermer sur un monde qu'on ne reverra plus ; cependant nous avançons et c'est bientôt nous-même qui sommes à l'horizon pour les générations qui sont derrière nous ; cependant l'horizon recule, et le monde qui semblait fini, recommence. « J'ai même pu voir, quand j'étais jeune fille ajouta Mme de Guermantes, la Duchesse de Dino [118]. Dame, vous savez que je n'ai plus vingt-cinq ans. » Ces derniers mots me fâchèrent : « Elle ne devrait pas dire cela, ce serait bon pour une vieille femme. » Et aussitôt je pensai qu'en effet elle était une vieille femme. « Quant à vous reprit-elle vous êtes toujours le même. Oui, me dit-elle, vous êtes étonnant, vous restez toujours jeune », expression si mélancolique puisqu'elle n'a de sens que si nous sommes en fait, sinon d'apparence, devenus vieux. Et elle me donna le dernier coup en ajoutant : « J'ai toujours regretté que vous ne vous soyez pas marié. Au fond, qui sait, c'est peut-être plus heureux. Vous auriez été d'âge à avoir des fils à la guerre, et s'ils avaient été tués, comme l'a été ce pauvre Robert (je pense encore souvent à lui), sensible comme vous êtes vous ne leur auriez pas survécu. » Et je pus me voir, comme dans la première glace véridique que j'eusse rencontrée dans les yeux de vieillards restés jeunes, à leur avis, comme je le croyais moi-même de moi et qui quand je me citais à eux, pour entendre un démenti, comme exemple de vieux, n'avaient pas dans leurs regards qui me voyaient tel qu'ils ne se voyaient pas eux-mêmes et tel que je les voyais, une seule protestation. Car nous ne voyions pas notre propre aspect, nos propres âges, mais chacun, comme un miroir opposé voyait celui de l'autre. Et sans doute à découvrir qu'ils ont vieilli bien des gens eussent été moins tristes que moi. Mais d'abord il en est de la vieillesse comme de la mort. Quelques-uns les affrontent avec indifférence, non pas parce qu'ils ont plus de courage que les autres mais parce qu'ils ont moins d'imagination. Puis un homme qui depuis son enfance vise une même idée, auquel sa paresse même et jusqu'à son état de santé, en lui faisant remettre sans cesse les réalisations, annule chaque soir le jour écoulé et perdu, si bien que la maladie qui hâte le vieillissement de son corps retarde celui de son esprit, est plus surpris et plus bouleversé de voir qu'il n'a cessé de vivre dans le Temps, que celui qui vit peu en soi-même, se règle sur le calendrier, et ne découvre pas d'un seul coup le total des années dont il a poursuivi quotidiennement l'addition. Mais une raison plus grave expliquait mon angoisse ; je découvrais cette action destructrice du Temps au moment même où je voulais entreprendre de rendre claires, d'intellectualiser dans une œuvre d'art des réalités extra-temporelles.

Chez certains êtres le remplacement successif, mais accompli en mon absence, de chaque cellule par d'autres avait amené un changement si complet, une si entière métamorphose que j'aurais pu dîner cent fois en face d'eux dans un restaurant sans me douter plus que je les avais connus autrefois que je n'aurais pu deviner la royauté d'un souverain incognito ou le vice d'un inconnu. La comparaison devient même insuffisante, pour le cas où j'entendais leur nom, car on peut admettre qu'un inconnu assis en face de vous soit criminel ou roi, tandis qu'eux je les avais connus, ou plutôt j'avais connu des personnes portant le même nom mais si différentes que je ne pouvais croire que ce fussent les mêmes. Pourtant comme j'aurais fait de l'idée de souveraineté ou de vice qui ne tarde pas à donner un visage nouveau à l'inconnu avec qui on aurait fait si aisément quand on avait encore les yeux bandés la gaffe d'être insolent ou aimable, et dans les mêmes traits de qui on discerne maintenant quelque chose de distingué ou de suspect, je m'appliquais à introduire dans le visage de l'inconnue, entièrement inconnue l'idée qu'elle était Mme Sazerat et je finissais par rétablir le sens autrefois connu de ce visage, mais qui serait resté vraiment aliéné pour moi, entièrement celui d'une autre personne ayant autant perdu tous les attributs humains que j'avais connus, qu'un homme redevenu singe, si le nom et l'affirmation de l'identité ne m'avaient mis malgré ce que le problème avait d'ardu, sur la voie de la solution. Parfois pourtant l'ancienne image renaissait assez précise pour que je puisse essayer une confrontation ; et comme un témoin mis en présence d'un inculpé qu'il a vu, j'étais forcé tant la différence était grande de dire : « Non... je ne la reconnais pas. »

Gilberte de Saint-Loup me dit : « Voulez-vous que nous allions dîner tous les deux seuls au restaurant ? » Comme je répondais : « Si vous ne trouvez pas compromettant de venir dîner seule avec un jeune homme », j'entendis que tout le monde autour de moi riait, et je m'empressai d'ajouter : « ou plutôt avec un vieil homme ». Je sentais que la phrase qui avait fait rire était de celles qu'aurait pu, en parlant de moi, dire ma mère, ma mère pour qui j'étais toujours un enfant. Or je m'apercevais que je me plaçais pour me juger au même point de vue qu'elle. Si j'avais fini par enregistrer, comme elle, certains changements, qui s'étaient faits depuis ma première enfance, c'était tout de même des changements maintenant très anciens. J'en étais resté à celui qui faisait qu'on avait dit un temps, presque en prenant de l'avance sur le fait : « C'est maintenant presque un grand jeune homme. » Je le pensais encore, mais cette fois, avec un immense retard. Je ne m'apercevais pas combien j'avais changé. Mais au fait, eux, qui venaient de rire aux éclats, à quoi s'en apercevaient-ils ? Je n'avais pas un cheveu gris, ma moustache était noire. J'aurais voulu pouvoir leur demander à quoi se révélait l'évidence de la terrible chose.

Sans doute la cruelle découverte que je venais de faire ne pourrait que me servir en ce qui concernait la matière même de mon livre. Puisque j'avais décidé qu'elle ne pouvait être uniquement constituée par les impressions véritablement pleines, celles qui sont en dehors du temps, parmi les vérités avec lesquelles je comptais les sertir, celles qui se rapportent au temps, au temps dans lequel baignent et changent les hommes, les sociétés, les nations, tiendraient une place importante. Je n'aurais pas soin seulement de faire une place à ces altérations que subit l'aspect des êtres et dont j'avais de nouveaux exemples à chaque minute, car tout en songeant à mon œuvre, assez définitivement mise en marche pour ne pas se laisser arrêter par des distractions passagères, je continuais à dire bonjour aux gens que je connaissais et à causer avec eux. Le vieillissement, d'ailleurs, ne se marquait pas pour tous d'une manière analogue. Je vis quelqu'un qui demandait mon nom, on me dit que c'était M. de Cambremer [119]. Et alors pour me montrer qu'il m'avait reconnu : « Est-ce que vous avez toujours vos étouffements ? » me demanda-t-il et sur ma réponse affirmative : « Vous voyez que ça n'empêche pas la longévité », me dit-il comme si j'étais décidément centenaire. Je lui parlais les yeux attachés sur deux ou trois traits que je pouvais faire rentrer par la pensée dans cette synthèse pour le reste toute différente de mes souvenirs que j'appelais sa personne. Mais un instant il tourna à demi la tête. Et alors je vis qu'il était rendu méconnaissable par l'adjonction d'énormes poches rouges aux joues qui l'empêchaient d'ouvrir complètement la bouche et les yeux, si bien que je restais hébété, n'osant regarder cette sorte d'anthrax dont il me semblait plus convenable qu'il me parlât le premier. Mais comme un malade courageux, il n'y faisait pas allusion, riait et j'avais peur d'avoir l'air de manquer de cœur en ne lui demandant pas, de tact en lui demandant ce qu'il avait. « Mais ils ne vous

viennent pas plus rarement avec l'âge ? » me
demanda-t-il, en continuant à parler des étouffements.
Je lui dis que non. « Ah ! si, ma sœur en a sensiblement moins qu'autrefois », me dit-il d'un ton de
contradiction comme si cela ne pouvait pas être
autrement pour moi que pour sa sœur, et comme si
l'âge était un de ces remèdes dont il n'admettait pas
quand ils avaient fait du bien à Mme de Gaucourt,
qu'ils ne me fussent pas salutaires. Mme de Cambre-
mer-Legrandin s'étant approchée j'avais de plus en
plus peur de paraître insensible en ne déplorant pas ce
que je remarquais sur la figure de son mari et je n'osais
pas cependant parler de ça le premier. « Vous êtes
content de le voir ? » me dit-elle. — « Il va bien ? »
répliquai-je sur un ton incertain. — « Mais mon Dieu,
pas trop mal, comme vous voyez. » Elle ne s'était pas
aperçue de ce mal qui offusquait ma vue et qui n'était
autre qu'un des masques du Temps que celui-ci avait
appliqué à la figure du Marquis, mais peu à peu et en
l'épaississant si progressivement que la Marquise n'en
avait rien vu. Quand M. de Cambremer eut fini ses
questions sur mes étouffements, ce fut mon tour de
m'informer tout bas auprès de quelqu'un si la mère du
Marquis vivait encore. En effet, dans l'appréciation
du temps écoulé, il n'y a que le premier pas qui coûte.
On éprouve d'abord beaucoup de peine à se figurer
que tant de temps ait passé et ensuite qu'il n'en ait pas
passé davantage. On n'avait jamais songé que le XIIIe
siècle fût si loin, et après on a peine à croire qu'il
puisse subsister encore des églises du XIIIe siècle,
lesquelles pourtant sont innombrables en France. En
quelques instants s'était fait en moi ce travail plus lent
qui se fait chez ceux qui ayant eu peine à comprendre
qu'une personne qu'ils ont connue jeune ait soixante
ans, en ont plus encore quinze ans après à apprendre
qu'elle vit encore et n'a pas plus de soixante-quinze
ans. Je demandai à M. de Cambremer comment allait
sa mère. « Elle est toujours admirable », me dit-il,
usant d'un adjectif qui, par opposition aux tribus où
on traite sans pitié les parents âgés, s'applique dans

certaines familles aux vieillards chez qui l'usage des
facultés les plus matérielles comme d'entendre, d'aller
à pied à la messe, et de supporter avec insensibilité les
deuils, s'empreint, aux yeux de leurs enfants, d'une
extraordinaire beauté morale [120].

Chez d'autres dont le visage était intact, ils semblaient seulement embarrassés quand ils avaient à
marcher ; on croyait d'abord qu'ils avaient mal aux
jambes ; et ce n'est qu'ensuite qu'on comprenait que la
vieillesse leur avait attaché ses semelles de plomb. Elle
en embellissait d'autres comme le Prince d'Agrigente.
A cet homme long, mince, au regard terne, aux
cheveux qui semblaient devoir rester éternellement
rougeâtres, avait succédé, par une métamorphose
analogue à celle des insectes, un vieillard chez qui les
cheveux rouges, trop longtemps vus, avaient été
comme un tapis de table qui a trop servi, remplacés
par des cheveux blancs. Sa poitrine avait pris une
corpulence inconnue, robuste, presque guerrière, et
qui avait dû nécessiter un véritable éclatement de la
frêle chrysalide que j'avais connue ; une gravité
consciente d'elle-même baignait les yeux où elle était
teintée d'une bienveillance nouvelle qui s'inclinait
vers chacun. Et comme malgré tout une certaine
ressemblance subsistait entre le puissant prince actuel
et le portrait que gardait mon souvenir, j'admirais la
force de renouvellement original du Temps qui tout
en respectant l'unité de l'être et les lois de la vie sait
changer ainsi le décor et introduire de hardis
contrastes dans deux aspects successifs d'un même
personnage. Pour beaucoup de ces gens on les identifiait immédiatement, mais comme d'assez mauvais
portraits d'eux-mêmes réunis dans l'exposition où un
artiste inexact et malveillant durcit les traits de l'un,
enlève la fraîcheur du teint ou la légèreté de la taille à
celle-ci, assombrit le regard. Comparant ces images
avec celles que j'avais sous les yeux de ma mémoire,
j'aimais moins celles qui m'étaient montrées en dernier lieu. Comme souvent on trouve moins bonne et
on refuse une des photographies entre lesquelles un

ami vous a prié de choisir, à chaque personne et devant l'image qu'elle me montrait d'elle-même j'aurais voulu dire : « Non pas celle-ci vous êtes moins bien, ce n'est pas vous. » Je n'aurais pas osé ajouter : « Au lieu de votre beau nez droit on vous a fait le nez crochu de votre père que je ne vous ai jamais connu. » Et en effet c'était un nez nouveau et familial. Bref l'artiste, le Temps, avait « rendu » tous ces modèles de telle façon qu'ils étaient reconnaissables. Mais ils n'étaient pas ressemblants, non parce qu'il les avait flattés mais parce qu'il les avait vieillis. Cet artiste-là du reste travaille fort lentement. Ainsi cette réplique du visage d'Odette dont le jour où j'avais pour la première fois vu Bergotte, j'avais aperçu l'esquisse à peine ébauchée dans le visage de Gilberte, le Temps l'avait enfin poussée jusqu'à la plus parfaite ressemblance, pareil à ces peintres qui gardent longtemps une œuvre et la complètent année par année.

Si certaines femmes avouaient leur vieillesse en se fardant, elle apparaissait au contraire par l'absence du fard chez certains hommes sur le visage desquels je ne l'avais jamais expressément remarqué, et qui tout de même me semblaient bien changés depuis que découragés de chercher à plaire, ils en avaient cessé l'usage. Parmi eux était Legrandin. La suppression du rose que je n'avais jamais soupçonné artificiel, de ses lèvres et de ses joues donnait à sa figure l'apparence grisâtre et aussi la précision sculpturale de la pierre, sculptait ses traits allongés et mornes comme ceux de certains dieux égyptiens. Il avait perdu non seulement le courage de se peindre, mais de sourire, de faire briller son regard, de tenir des discours ingénieux. On s'étonnait de le voir si pâle, abattu, ne prononçant que de rares paroles qui avaient l'insignifiance de celles que disent les morts qu'on évoque. On se demandait quelle cause l'empêchait d'être vif, éloquent, charmant, comme on se le demande devant le « double » insignifiant d'un homme brillant de son vivant et auquel un spirite pose pourtant des questions qui prêteraient aux développements charmeurs. Et on se disait que cette cause qui avait substitué au Legrandin coloré et rapide un pâle et triste fantôme de Legrandin, c'était la vieillesse.

En plusieurs, je finissais par reconnaître, non seulement eux-mêmes, mais eux tels qu'ils étaient autrefois, et par exemple Ski pas plus modifié qu'une fleur ou un fruit qui a séché. Il était un essai informe confirmant mes théories sur l'art. (Il me prend par le bras : « Je l'ai entendue huit fois, etc. ») D'autres n'étaient nullement des amateurs, étaient des gens du monde. Mais eux aussi la vieillesse ne les avait pas mûris et même s'il s'entourait d'un premier cercle de rides et d'un arc de cheveux blancs, leur même visage poupin gardait l'enjouement de la dix-huitième année. Ils n'étaient pas des vieillards, mais des jeunes gens de dix-huit ans extrêmement fanés. Peu de chose eût suffi à effacer ces flétrissures de la vie, et la mort n'aurait pas plus de peine à rendre au visage sa jeunesse qu'il n'en faut pour nettoyer un portrait que seul un peu d'encrassement empêche de briller comme autrefois. Aussi je pensais à l'illusion dont nous sommes dupes quand entendant parler d'un célèbre vieillard nous nous fions d'avance à sa bonté, à sa justice, à sa douceur d'âme ; car je sentais qu'ils avaient été quarante ans plus tôt de terribles jeunes gens dont il n'y avait aucune raison pour supposer qu'ils n'avaient pas gardé la vanité, la duplicité, la morgue et les ruses.

Et pourtant, en complet contraste avec ceux-ci, j'eus la surprise de causer avec des hommes et des femmes jadis insupportables, et qui avaient perdu à peu près tous leurs défauts, soit que la vie en décevant ou comblant leurs désirs, leur eût enlevé de leur présomption ou de leur amertume. Un riche mariage qui ne vous rend plus nécessaire la lutte ou l'ostentation, l'influence même de la femme, la connaissance lentement acquise de valeurs autres que celles auxquelles croit exclusivement une jeunesse frivole, leur avaient permis de détendre leur caractère et de montrer leurs qualités. Ceux-là, en vieillissant, semblaient avoir une personnalité différente comme ces

arbres dont l'automne en variant leurs couleurs semble changer l'essence. Pour eux celle de la vieillesse se
manifestait vraiment, mais comme une chose morale.
Chez d'autres elle était plutôt physique et si nouvelle
que la personne (Mme d'Arpajon par exemple) me
semblait à la fois inconnue et connue. Inconnue car il
m'était impossible de soupçonner que ce fût elle et
malgré moi je ne pus en répondant à son salut,
m'empêcher de laisser voir le travail d'esprit qui me
faisait hésiter entre trois ou quatre personnes (parmi
lesquelles n'était pas Mme d'Arpajon) pour savoir à
qui je le rendais avec une chaleur du reste qui dut
l'étonner, car dans le doute, ayant peur d'être trop
froid si c'était une amie intime j'avais compensé
l'incertitude du regard par la chaleur de la poignée de
main et du sourire. Mais d'autre part, son aspect
nouveau ne m'était pas inconnu. C'était celui que
j'avais souvent vu au cours de ma vie à des femmes
âgées et fortes mais sans soupçonner alors qu'elles
avaient pu, beaucoup d'années avant ressembler à
Mme d'Arpajon. Cet aspect était si différent de celui
que j'avais connu à la Marquise qu'on eût dit qu'elle
était un être condamné comme un personnage de
féerie à apparaître d'abord en jeune fille, puis en
épaisse matrone, et qui reviendrait sans doute bientôt
en vieille branlante et courbée. Elle semblait comme
une lourde nageuse qui ne voit plus le rivage qu'à une
grande distance repousser avec peine les flots du
temps qui la submergeaient. Peu à peu pourtant à
force de regarder sa figure hésitante, incertaine
comme une mémoire infidèle qui ne peut plus retenir
les formes d'autrefois, j'arrivai à en retrouver quelque
chose en me livrant au petit jeu d'éliminer les carrés,
les hexagones que l'âge avait ajoutés à ses joues.
D'ailleurs ce qu'il mêlait à celles des femmes n'était
pas toujours seulement des figures géométriques.
Dans les joues restées si semblables pourtant de la
Duchesse de Guermantes et pourtant composites
maintenant comme un nougat, je distinguai une trace
de vert-de-gris, un petit morceau rose de coquillage

concassé, une grosseur difficile à définir, plus petite qu'une boule de gui et moins transparente qu'une perle de verre.

D'ailleurs ces particularités devais-je me dire qu'elles mourraient. J'avais bien considéré toujours notre individu, à un moment donné du temps comme un polypier où l'œil, organisme indépendant bien qu'associé, si une poussière passe cligne sans que l'intelligence le commande, bien plus où l'intestin parasite enfoui s'infecte sans que l'intelligence l'apprenne, et pareillement pour l'âme, mais aussi dans la durée de la vie, comme une suite de moi juxtaposés mais distincts qui mourraient les uns après les autres ou même alterneraient entre eux, comme ceux qui à Combray prenaient pour moi la place l'un de l'autre quand venait le soir. Mais aussi j'avais vu que ces cellules morales qui composent un être sont plus durables que lui. J'avais vu les vices, le courage des Guermantes revenir en Saint-Loup, comme en lui-même ses défauts étranges et brefs de caractère, comme le sémitisme de Swann. Je pouvais le voir encore en Bloch. Il avait perdu son père depuis quelques années et quand je lui avais écrit à ce moment n'avait pu d'abord me répondre car outre les grands sentiments de famille qui existent souvent dans les familles juives, l'idée que son père était un homme tellement supérieur à tous avait donné à son amour pour lui la forme d'un culte. Il n'avait pu supporter de le perdre et avait dû s'enfermer près d'une année dans une maison de santé. Il avait répondu à mes condoléances sur un ton à la fois profondément senti et presque hautain, tant il me jugeait enviable d'avoir approché cet homme supérieur dont il eût volontiers donné la voiture à deux chevaux à quelque musée historique. Et maintenant, à sa table de famille, la même colère qui animait M. Bloch contre M. Nissim Bernard animait Bloch contre son beau-père. Il lui faisait les mêmes sorties à table. De même qu'en écoutant parler Cottard, Brichot, tant d'autres, j'avais senti que, par la culture et la mode, une seule ondulation propage dans toute l'étendue de l'espace les mêmes manières de dire, de penser, de même dans toute la durée du temps de grandes lames de fond soulèvent des profondeurs des âges, les mêmes colères, les mêmes tristesses, les mêmes bravoures, les mêmes manies à travers les générations superposées, chaque section prise à plusieurs d'une même série offrant la répétition, comme des ombres sur des écrans successifs, d'un tableau aussi identique quoique souvent moins insignifiant que celui qui mettait aux prises de la même façon Bloch et son beau-père, M. Bloch père et M. Nissim Bernard, et d'autres que je n'avais pas connus.

Certains hommes boitaient dont on sentait bien que ce n'était pas par suite d'un accident de voiture mais à cause d'une première attaque et parce qu'ils avaient déjà comme on dit un pied dans la tombe. Dans l'entrebâillement de la leur à demi paralysées certaines femmes semblaient ne pas pouvoir retirer complètement leur robe restée accrochée à la pierre du caveau, et elles ne pouvaient se redresser, infléchies qu'elles étaient, la tête basse, en une courbe qui était comme celle qu'elles occupaient actuellement entre la vie et la mort, avant la chute dernière. Rien ne pouvait lutter contre le mouvement de cette parabole qui les emportait et dès qu'elles voulaient se lever elles tremblaient et leurs doigts ne pouvaient rien retenir.

Chez certains même les cheveux n'avaient pas blanchi. Ainsi je reconnus quand il vint dire un mot à son maître le vieux valet de chambre du Prince de Guermantes. Les poils bourrus qui hérissaient ses joues tout autant que son crâne étaient restés d'un roux tirant sur le rose et on ne pouvait le soupçonner de se teindre comme la Duchesse de Guermantes. Mais il n'en paraissait pas moins vieux. On sentait seulement qu'il existe chez les hommes, comme dans le règne végétal les mousses, les lichens et tant d'autres, des espèces qui ne changent pas à l'approche de l'hiver.

Certaines figures sous la cagoule de leurs cheveux blancs avaient déjà la rigidité, les paupières scellées de ceux qui vont mourir et leurs lèvres agitées d'un tremblement perpétuel semblaient marmonner la prière des agonisants. A un visage linéairement le même il suffisait, pour qu'il semblât autre, de cheveux blancs au lieu de cheveux noirs ou blonds. Les costumiers de théâtre savent qu'il suffit d'une perruque poudrée pour déguiser très suffisamment quelqu'un et le rendre méconnaissable. Le jeune Comte de [...] que j'avais vu dans la loge de Mme de Cambremer, alors lieutenant, le jour où Mme de Guermantes était dans la baignoire de sa cousine, avait toujours ses traits aussi parfaitement réguliers, plus même, la rigidité physiologique de l'artériosclérose exagérant encore la rectitude impassible de la physionomie du dandy et donnant à ces traits l'intense netteté presque grimaçante à force d'immobilité qu'ils auraient eue dans une étude de Mantegna ou de Michel-Ange. Son teint jadis d'une rougeur égrillarde était maintenant d'une solennelle pâleur ; des poils argentés, un léger embonpoint, une noblesse de doge, une fatigue qui allait jusqu'à l'envie de dormir, tout concourait chez lui à donner l'impression nouvelle et prophétique de la majesté fatale. Substitué au rectangle de sa barbe blonde, le rectangle égal de sa barbe blanche le transformait si parfaitement que remarquant que ce sous-lieutenant que j'avais connu avait cinq galons, ma première pensée fut de le féliciter non d'avoir été promu colonel mais d'être si bien en colonel, déguisement pour lequel il semblait avoir emprunté l'uniforme, l'air grave et triste de l'officier supérieur qu'avait été son père. Chez un autre la barbe blanche substituée à la barbe blonde, comme le visage était resté vif, souriant et jeune, le faisait paraître seulement plus rouge et plus militant, augmentait l'éclat des yeux, et donnait au mondain resté jeune l'air inspiré d'un prophète. La transformation que les cheveux blancs et d'autres éléments encore avaient opérée, surtout chez les femmes m'eût retenu avec moins de force si elle n'avait été qu'un changement de couleur, ce qui peut charmer les yeux, mais ce qui est troublant pour l'esprit un changement de personnes. En effet, « reconnaître » quelqu'un, et plus encore, après n'avoir pas pu le reconnaître, l'identifier, c'est penser sous une seule dénomination deux choses contradictoires, c'est admettre que ce qui était ici l'être qu'on se rappelle n'est plus, et que ce qui y est c'est un être qu'on ne connaissait pas ; c'est avoir à penser un mystère presque aussi troublant que celui de la mort dont il est, du reste comme la préface et l'annonciateur. Car ces changements je savais ce qu'ils voulaient dire ce à quoi ils préludaient. Aussi cette blancheur des cheveux impressionnait chez les femmes, jointe à tant d'autres changements. On me disait un nom et je restais stupéfait de penser qu'il s'appliquait à la fois à la blonde valseuse que j'avais connue autrefois et à la lourde dame à cheveux blancs qui passait pesamment près de moi. Avec une certaine roseur de teint ce nom était peut-être la seule chose qu'il y avait de commun entre ces deux femmes, plus différentes (celle de ma mémoire et celle de la matinée Guermantes) qu'une ingénue et une douairière de pièce de théâtre. Pour que la vie ait pu arriver à donner à la valseuse ce corps énorme, pour qu'elle eût pu alentir comme au métronome ses mouvements embarrassés, pour qu'avec peut-être comme seule parcelle commune, les joues plus larges certes mais qui dès la jeunesse étaient couperosées elle eût pu substituer à la légère blonde ce vieux maréchal ventripotent, il lui avait fallu accomplir plus de dévastations et de reconstructions que pour mettre un dôme à la place d'une flèche, et quand on pensait qu'un pareil travail s'était opéré non sur de la matière inerte mais sur une chair qui ne change qu'insensiblement, le contraste bouleversant entre l'apparition présente et l'être que je me rappelais, reculait celui-ci dans un passé plus que lointain, presque invraisemblable ; on avait peine à réunir les deux aspects, à penser les deux personnes sous une même dénomination ; car de même qu'on a peine à penser qu'un mort fut vivant, ou que celui qui était vivant est mort aujour-

d'hui, il est presque aussi difficile, et du même genre
de difficulté car l'anéantissement de la jeunesse, la
destruction d'une personne pleine de forces et de
légèreté est déjà un premier néant, de concevoir que
celle qui fut jeune est vieille, quand l'aspect de cette
vieille, juxtaposé à celui de la jeune, semble tellement
l'exclure que tour à tour c'est la vieille, puis la jeune,
puis la vieille encore qui vous paraissent un rêve, et
qu'on ne croirait pas que ceci peut avoir jamais été
cela, que la matière de cela est elle-même, sans se
réfugier ailleurs, grâce aux savantes manipulations du
temps, devenue ceci, que c'est la même matière —
n'ayant pas quitté le même corps — si l'on n'avait
l'indice du nom pareil et le témoignage affirmatif des
amis, auquel donne seule une apparence de vraisem-
blance la rose, étroite jadis entre l'or des épis, étalée
maintenant sous la neige.

Comme pour la neige d'ailleurs le degré de blancheur des cheveux semblait en général comme un
signe de la profondeur du temps vécu, comme ces
sommets montagneux qui même apparaissant aux
yeux sur la même ligne que d'autres, révèlent pourtant
le niveau de leur altitude au degré de leur neigeuse
blancheur. Et ce n'était pourtant pas exact de tous,
surtout pour les femmes. Ainsi les mèches de la
Princesse de Guermantes qui quand elles étaient grises
et brillantes comme de la soie semblaient d'argent
autour de son front bombé, ayant pris à force de
devenir blanches une matité de laine et d'étoupe,
semblaient au contraire à cause de cela être grises
comme une neige salie qui a perdu son éclat.

Et souvent ces blondes danseuses ne s'étaient pas
seulement annexé avec une perruque de cheveux
blancs, l'amitié de duchesses qu'elles ne connaissaient
pas autrefois. Mais n'ayant fait jadis que danser, l'art
les avait touchées comme la grâce. Et comme au
XVIIe siècle d'illustres dames entraient en religion elles
vivaient dans un appartement rempli de peintures
cubistes, un peintre cubiste ne travaillant que pour
elles et elles ne vivant que pour lui.

Il y avait des hommes que je savais parents d'autres sans avoir jamais pensé qu'ils eussent un trait commun ; en admirant le vieil ermite aux cheveux blancs qu'était devenu Legrandin, tout d'un coup je constatai, je peux dire que je découvris avec une satisfaction de zoologiste dans le méplat de ses joues, la construction de celles de son jeune neveu Léonor de Cambremer qui pourtant avait l'air de ne lui ressembler nullement ; à ce premier trait commun j'en ajoutai un autre que je n'avais pas remarqué chez Léonor de Cambremer, puis d'autres et qui n'étaient aucun de ceux que m'offrait d'habitude la synthèse de sa jeunesse, de sorte que j'eus bientôt de lui comme une caricature plus vraie, plus profonde, que si elle avait été littéralement ressemblante ; son oncle me semblait maintenant seulement le jeune Cambremer ayant pris pour s'amuser les apparences du vieillard qu'en réalité il serait un jour, si bien que ce n'était plus seulement ce qu'étaient devenus les jeunes d'autrefois mais ce que deviendraient ceux d'aujourd'hui qui me donnait avec tant de force la sensation du Temps.

Les traits où s'était gravée sinon la jeunesse, du moins la beauté ayant disparu chez les femmes, elles avaient cherché si avec le visage qui leur restait on ne pouvait s'en faire une autre. Déplaçant le centre sinon de gravité, du moins de perspective de leur visage, en composant les traits autour de lui suivant un autre caractère, elles commençaient à cinquante ans une nouvelle sorte de beauté, comme on prend sur le tard un nouveau métier, ou comme à une terre qui ne vaut plus rien pour la vigne on fait produire des betteraves. Autour de ces traits nouveaux on faisait fleurir une nouvelle jeunesse. Seules ne pouvaient s'accommoder de ces transformations les femmes trop belles, ou les trop laides. Les premières sculptées comme un marbre aux lignes définitives duquel on ne peut plus rien changer, s'effritaient comme une statue. Les secondes celles qui avaient quelque difformité de la face, avaient même sur les belles certains avantages. D'abord c'étaient les seules qu'on reconnaissait tout de suite. On savait qu'il n'y avait pas à Paris deux bouches pareilles et la leur me les faisait reconnaître dans cette matinée où je ne reconnaissais plus personne. Et puis elles n'avaient même pas l'air d'avoir vieilli. La vieillesse est quelque chose d'humain ; elles étaient des monstres, et elles ne semblaient pas avoir plus « changé » que des baleines.

Certains hommes, certaines femmes ne semblaient pas avoir vieilli ; leur tournure était aussi svelte, leur visage aussi jeune. Mais si pour leur parler on se mettait tout près de la figure lisse de peau et fine de contours, alors elle apparaissait tout autre comme il arrive pour une surface végétale, une goutte d'eau, de sang, si on la place sous le microscope. Alors je distinguais de multiples taches graisseuses sur la peau que j'avais crue lisse et dont elles me donnaient le dégoût. Les lignes ne résistaient pas à cet agrandissement. Celle du nez se brisait de près, s'arrondissait, envahie par les mêmes cercles huileux que le reste de la figure ; et de près les yeux rentraient sous des poches qui détruisaient la ressemblance du visage actuel avec celle du visage d'autrefois qu'on avait cru retrouver. De sorte que, à l'égard de ces invités-là, ils étaient jeunes vus de loin, leur âge augmentait avec le grossissement de la figure et la possibilité d'en observer les différents plans ; il restait dépendant du spectateur, qui avait à se bien placer pour voir ces figures-là et à n'appliquer sur elles que ces regards lointains qui diminuent l'objet comme le verre que choisit l'opticien pour un presbyte ; pour elles la vieillesse, comme la présence des infusoires dans une goutte d'eau, était amenée par le progrès moins des années que, dans la vision de l'observateur, du degré de l'échelle.

Pour les vieillards dont les traits avaient changé, ils tâchaient pourtant de garder fixée sur eux à l'état permanent une de ces expressions fugitives qu'on prend pour une seconde de pose, et avec lesquelles on essaye soit de tirer parti d'un avantage extérieur, soit de pallier un défaut ; ils avaient l'air d'être définitive-

ment devenus d'immutables instantanés d'eux-
mêmes.

Tous ces gens avaient mis tant de *temps* à revêtir
leur déguisement que celui-ci passait généralement
inaperçu de ceux qui vivaient avec eux. Même un délai
leur était souvent concédé où ils pouvaient continuer
assez tard à rester eux-mêmes. Mais alors le déguisement prorogé, se faisait plus rapidement ; de toute
façon il était inévitable. Je n'avais jamais trouvé
aucune ressemblance entre Mme X et sa mère, que je
n'avais connue que vieille, ayant l'air d'un petit Turc
tout tassé. Et en effet j'avais toujours connu Mme X,
charmante et droite, et pendant très longtemps en
effet elle l'était restée, pendant trop longtemps, car
comme une personne qui avant que la nuit n'arrive, a
à ne pas oublier de revêtir son déguisement de
Turque, elle s'était mise en retard, et aussi était-ce
précipitamment, presque tout d'un coup, qu'elle
s'était tassée et avait reproduit avec fidélité l'aspect de
vieille Turque revêtu jadis par sa mère.

Je retrouvai là un de mes anciens camarades que
pendant dix ans j'avais vu presque tous les jours. On
demanda à nous représenter. J'allai donc à lui et il me
dit d'une voix que je reconnus très bien : « C'est une
bien grande joie pour moi après tant d'années. » Mais
quelle surprise pour moi ! Cette voix semblait émise
par un phonographe perfectionné, car si c'était celle
de mon ami, elle sortait d'un gros bonhomme grison-
nant que je ne connaissais pas, et dès lors il me
semblait que ce ne pût être qu'artificiellement, par un
truc de mécanique, qu'on avait logé la voix de mon
camarade sous ce gros vieillard quelconque. Pourtant
je savais que c'était lui : la personne qui nous avait
présentés après si longtemps l'un à l'autre n'avait rien
d'un mystificateur. Lui-même me déclara que je
n'avais pas changé et je compris qu'il ne se croyait pas
changé. Alors je le regardai mieux. Et en somme sauf
qu'il avait tellement grossi il avait gardé bien des
choses d'autrefois. Pourtant je ne pouvais comprendre
que ce fût lui. Alors j'essayai de me rappeler. Il avait

dans sa jeunesse des yeux bleus, toujours riants, perpétuellement mobiles, en quête évidemment de quelque chose à quoi je n'avais pensé et qui devait être fort désintéressée, la Vérité sans doute, poursuivie en perpétuelle incertitude, avec une sorte de gaminerie, de respect errant pour tous les amis de sa famille. Or devenu homme politique influent, capable, despotique, ces yeux bleus qui d'ailleurs n'avaient pas trouvé ce qu'ils cherchaient s'étaient immobilisés, ce qui leur donnait un regard pointu, comme sous un sourcil froncé. Aussi l'expression de gaieté, d'abandon, d'innocence, s'était-elle changée en une expression de ruse et de dissimulation. Décidément, il me semblait que c'était quelqu'un d'autre, quand tout d'un coup j'entendis, à une chose que je disais son rire, son fou rire d'autrefois, celui qui allait avec la perpétuelle mobilité gaie du regard. Des mélomanes trouvent qu'orchestrée par X la musique de Z devient absolument différente. Ce sont des nuances que le vulgaire ne saisit pas. Mais un fou rire étouffé d'enfant sous un œil en pointe comme un crayon bleu bien taillé quoique un peu de travers, c'est plus qu'une différence d'orchestration. Le rire cessa, j'aurais bien voulu reconnaître mon ami mais comme dans *L'Odyssée* Ulysse s'élançant sur sa mère morte, comme un spirite essayant en vain d'obtenir d'une apparition une réponse qui l'identifie, comme le visiteur d'une exposition d'électricité qui ne peut croire que la voix que le phonographe restitue inaltérée soit tout de même spontanément émise par une personne, je cessai de reconnaître mon ami.

Il faut cependant faire cette réserve que les mesures du temps lui-même peuvent être pour certaines personnes accélérées ou ralenties. Par hasard j'avais rencontré dans la rue, il y avait quatre ou cinq ans, la Vicomtesse de Saint-Fiacre (belle-fille de l'amie des Guermantes). Ses traits sculpturaux semblaient lui assurer une jeunesse éternelle. D'ailleurs elle était encore jeune. Or je ne pus, malgré ses sourires et ses bonjours, la reconnaître en une dame aux traits tellement déchiquetés que la ligne du visage n'était pas restituable. C'est que depuis trois ans elle prenait de la cocaïne et d'autres drogues. Ses yeux profondément cernés de noir, étaient presque hagards. Sa bouche avait un rictus étrange. Elle s'était levée me dit-on, pour cette matinée, restant des mois sans quitter son lit ou sa chaise longue. Le Temps a ainsi des trains express et spéciaux qui mènent vite à une vieillesse prématurée. Mais sur la voie parallèle circulent des trains de retour, presque aussi rapides. Je pris M. de Courgivaux pour son fils, car il avait l'air plus jeune (il devait avoir dépassé la cinquantaine et semblait plus jeune qu'à trente ans). Il avait trouvé un médecin intelligent, supprimé l'alcool et le sel ; il était revenu à la trentaine et semblait même ce jour-là ne pas l'avoir atteinte. C'est qu'il s'était, le matin même, fait couper les cheveux.

Chose curieuse, le phénomène de la vieillesse semblait, dans ses modalités, tenir compte de quelques habitudes sociales. Certains grands seigneurs mais qui avaient toujours été revêtus du plus simple alpaga, coiffés de vieux chapeaux de paille que de petits bourgeois n'auraient pas voulu porter, avaient vieilli de la même façon que les jardiniers, que les paysans au milieu desquels ils avaient vécu. Des taches brunes avaient envahi leurs joues, et leur figure avait jauni, s'était foncée comme un livre.

Et je pensais aussi à tous ceux qui n'étaient pas là, parce qu'ils ne le pouvaient pas, que leur secrétaire cherchant à donner l'illusion de leur survie, avait excusés par une de ces dépêches qu'on remettait de temps à autre à la Princesse, à ces malades, depuis des années mourants, qui ne se lèvent plus, ne bougent plus, et, même au milieu de l'assiduité frivole de visiteurs attirés par une curiosité de touristes ou une confiance de pèlerins, les yeux clos, tenant leur chapelet, rejetant à demi leur drap déjà mortuaire, sont pareils à des gisants que le mal a sculptés jusqu'au squelette dans une chair rigide et blanche comme le marbre, et étendus sur leur tombeau.

Les femmes tâchaient à rester en contact avec ce qui avait été le plus individuel de leur charme, mais souvent la matière nouvelle de leur visage ne s'y prêtait plus. On était effrayé, en pensant aux périodes qui avaient dû s'écouler avant que s'accomplît une pareille révolution dans la géologie d'un visage, de voir quelles érosions s'étaient faites le long du nez, quelles énormes alluvions au bord des joues entouraient toute la figure de leurs masses opaques et réfractaires.

Sans doute certaines femmes étaient encore très reconnaissables, le visage était resté presque le même, et elles avaient seulement comme par une harmonie convenable avec la saison, revêtu les cheveux gris qui étaient leur parure d'automne. Mais pour d'autres, et pour des hommes aussi la transformation était si complète, l'identité si impossible à établir — par exemple entre un noir viveur qu'on se rappelait et le vieux moine qu'on avait sous les yeux — que plus même qu'à l'art de l'acteur, c'était à celui de certains prodigieux mimes, dont Fregoli reste le type que faisaient penser ces fabuleuses transformations. La vieille femme avait envie de pleurer en comprenant que l'indéfinissable et mélancolique sourire qui avait fait son charme ne pouvait plus arriver à irradier jusqu'à la surface ce masque de plâtre que lui avait appliqué la vieillesse. Puis tout à coup découragée de plaire, trouvant plus spirituel de se résigner, elle s'en servait comme d'un masque de théâtre pour faire rire ! Mais presque toutes les femmes n'avaient pas de trêve dans leur effort pour lutter contre l'âge et tendaient vers la beauté qui s'éloignait comme un soleil couchant et dont elles voulaient passionnément conserver les derniers rayons, le miroir de leur visage. Pour y réussir, certaines cherchaient à l'aplanir, à élargir la blanche superficie, renonçant au piquant de fossettes menacées, aux mutineries d'un sourire condamné et déjà à demi désarmé ; tandis que d'autres voyant la beauté définitivement disparue et obligées de se réfugier dans l'expression, comme on compense par l'art de la diction la perte de la voix, elles se raccrochaient à une moue, à une patte d'oie, à un regard vague, parfois à un sourire qui à cause de l'incoordination de muscles qui n'obéissaient plus, leur donnait l'air de pleurer.

D'ailleurs même chez les hommes qui n'avaient subi qu'un léger changement, dont la moustache était devenue blanche, etc., on sentait que ce changement n'était pas positivement matériel. C'était comme si on les avait vus à travers une vapeur colorante, un verre peint qui changeait l'aspect de leur figure mais surtout par ce qu'il y ajoutait de trouble, montrait que ce qu'il nous permettait de voir « grandeur nature » était en réalité très loin de nous, dans un éloignement différent, il est vrai, de celui de l'espace mais du fond duquel comme d'un autre rivage, nous sentions qu'ils avaient autant de peine à nous reconnaître que nous eux. Seule peut-être Mme de Forcheville, comme injectée d'un liquide, d'une espèce de paraffine qui gonfle la peau mais l'empêche de se modifier, avait l'air d'une cocotte d'autrefois à jamais « naturalisée ». « Vous me prenez pour ma mère », m'avait dit Gilberte. C'était vrai. C'eût été d'ailleurs presque aimable : On part de l'idée que les gens sont restés les mêmes et on les trouve vieux. Mais une fois que l'idée dont on part est qu'ils sont vieux, on les retrouve, on ne les trouve pas si mal. Pour Odette ce n'était pas seulement cela, son aspect, une fois qu'on savait son âge et qu'on s'attendait à une vieille femme, semblait un défi plus miraculeux aux lois de la chronologie que la conservation du radium à celles de la nature. Elle [121] si je ne la reconnus pas d'abord ce fut non parce qu'elle avait, mais parce qu'elle n'avait pas changé. Me rendant compte depuis une heure de ce que le temps ajoutait de nouveau aux êtres et qu'il fallait soustraire pour les retrouver tels que je les avais connus, je faisais maintenant rapidement ce calcul, et ajoutant à l'ancienne Odette le chiffre d'années qui avait passé sur elle, le résultat que je trouvai fut une personne qui me sembla ne pas pouvoir être celle que j'avais sous les yeux, précisément parce que celle-là était pareille à celle d'autrefois. Quelle était la part du fard, de la teinture ? Elle avait l'air, sous ses cheveux dorés tout plats — un peu un chignon ébouriffé de grosse poupée mécanique sur une figure étonnée et immuable de poupée aussi — auxquels se superposait un chapeau de paille plat aussi, de l'Exposition de 1878 (dont elle eût certes été alors et surtout si elle eût eu alors l'âge d'aujourd'hui la plus fantastique merveille) venant débiter son couplet dans une revue de fin d'année, mais de l'Exposition de 1878 représentée par une femme encore jeune.

A côté de nous, un ministre d'avant l'époque boulangiste, et qui l'était de nouveau passait lui aussi, en envoyant aux dames un sourire tremblotant et lointain, mais comme emprisonné dans les mille liens du passé, comme un petit fantôme qu'une main invisible promenait, diminué de taille, changé dans sa substance et ayant l'air d'une réduction en pierre ponce de soi-même. Cet ancien président du Conseil, si bien reçu dans le faubourg Saint-Germain avait jadis été l'objet de poursuites criminelles, exécré du monde et du peuple. Mais grâce au renouvellement des individus qui composent l'un et l'autre, et dans les individus subsistants, des passions et même des souvenirs, personne ne le savait plus, et il était honoré. Aussi n'y a-t-il pas d'humiliation si grande dont on ne devrait prendre aisément son parti, sachant qu'au bout de quelques années, nos fautes ensevelies ne seront plus qu'une invisible poussière sur laquelle sourira la paix souriante et fleurie de la nature. L'individu momentanément taré se trouvera par le jeu d'équilibre du temps pris entre deux couches sociales nouvelles qui n'auront pour lui que déférence et admiration et au-dessus desquelles il se prélassera aisément. Seulement c'est au temps qu'est confié ce travail ; et au moment de ses ennuis rien ne peut le consoler que la jeune laitière d'en face l'ait entendu appeler « chéquard » par la foule qui montrait le poing tandis qu'il entrait dans le « panier à salade », la jeune laitière qui ne voit pas les choses dans le plan du temps, qui ignore que les hommes qu'encense le journal du matin furent déconsidérés jadis, et que l'homme qui frise la prison en ce moment et peut-être en pensant à cette jeune laitière n'aura pas les paroles humbles qui lui concilieraient la sympathie, sera un jour célébré par la presse et recherché par les duchesses. Et le temps éloigne pareillement les querelles de famille. Et chez la Princesse de Guermantes on voyait un couple où le mari et la femme avaient pour oncles morts aujourd'hui deux hommes qui ne s'étaient pas contentés de se souffleter mais dont l'un pour plus humilier l'autre lui avait envoyé comme témoins son concierge et son maître d'hôtel, jugeant que des gens du monde eussent été trop bien pour lui. Mais ces histoires dormaient dans les journaux d'il y a trente ans et personne ne les savait plus. Et aussi le salon de la Princesse de Guermantes était illuminé, oublieux et fleuri, comme un paisible cimetière. Le temps n'y avait pas seulement défait d'anciennes créatures, il y avait rendu possible, il y avait créé des associations nouvelles.

Pour en revenir à cet homme politique, malgré son changement de substance physique, tout aussi profond que la transformation des idées morales qu'il éveillait maintenant dans le public, en un mot malgré tant d'années passées depuis qu'il avait été président du Conseil, il faisait partie du nouveau cabinet, dont le chef lui avait donné un portefeuille, un peu comme ces directeurs de théâtre confient un rôle à une de leurs anciennes camarades, retirées depuis longtemps, mais qu'ils jugent encore plus capables que les jeunes de tenir un rôle avec finesse, de laquelle d'ailleurs ils savent la difficile situation financière, et qui à près de quatre-vingts ans, montre encore au public l'intégrité de son talent presque intact avec cette continuation de la vie qu'on s'étonne ensuite d'avoir pu constater quelques jours avant la mort.

Pour Mme de Forcheville au contraire c'était si miraculeux, qu'on ne pouvait même pas dire qu'elle avait rajeuni mais plutôt qu'avec tous ses carmins, toutes ses rousseurs, elle avait refleuri. Plus même que l'incarnation de l'Exposition universelle de 1878, elle eût été, dans une exposition végétale d'aujourd'hui, la curiosité et le clou. Pour moi, du reste elle ne semblait pas dire : « Je suis l'Exposition de 1878 », mais plutôt : « Je suis l'allée des Acacias de 1892. » Il semblait qu'elle eût pu y être encore. D'ailleurs, justement parce qu'elle n'avait pas changé, elle ne semblait guère vivre. Elle avait l'air d'une rose stérilisée. Je lui dis bonjour, elle chercha quelque temps mon nom sur mon visage, comme un élève, sur celui de son examinateur, une réponse qu'il eût trouvée plus facilement dans sa tête. Je me nommai et aussitôt comme si j'avais perdu grâce à ce nom incantateur l'apparence d'arbousier ou de kangourou que l'âge m'avait sans doute donnée, elle me reconnut et se mit à me parler de cette voix si particulière que les gens qui l'avaient applaudie dans les petits théâtres étaient si émerveillés quand ils étaient invités à déjeuner avec elle, « à la ville », de retrouver dans chacune de ses paroles, pendant toute la causerie, tant qu'ils voulaient. Cette voix était restée la même, inutilement chaude, prenante, avec un rien d'accent anglais. Et pourtant de même que ses yeux avaient l'air de me regarder d'un rivage lointain, sa voix était triste, presque suppliante, comme celle des morts dans *L'Odyssée*. Odette eût pu jouer encore. Je lui fis des compliments sur sa jeunesse. Elle me dit : « Vous êtes gentil, *my dear*, merci » et comme elle donnait difficilement à un sentiment, même le plus vrai, une expression qui ne fût pas affectée par le souci de ce qu'elle croyait élégant, elle répéta à plusieurs reprises : « Merci tant, merci tant ». Mais moi qui avais jadis fait de si longs trajets pour l'apercevoir au Bois, qui avais écouté le son de sa voix tomber de sa bouche, la première fois que j'avais été chez elle, comme un trésor, les minutes passées maintenant auprès d'elle me semblaient interminables à cause de l'impossibilité de savoir que lui dire et je m'éloignai tout en me disant que les paroles de Gilberte « Vous me prenez pour ma mère » n'étaient pas seulement vraies, mais encore qu'elles n'avaient rien que d'aimable pour la fille.

D'ailleurs, il n'y avait pas que chez cette dernière qu'avaient apparu des traits familiaux qui jusque-là étaient restés aussi invisibles dans sa figure que ces parties d'une graine repliées à l'intérieur et dont on ne peut deviner la saillie qu'elles feront un jour au-dehors. Ainsi un énorme busquage maternel venait chez l'une ou chez l'autre transformer vers la cinquantaine un nez jusque-là droit et pur. Chez une autre fille de banquier, le teint d'une fraîcheur de jardinière, se roussissait, se cuivrait, et prenait comme le reflet de l'or qu'avait tant manié le père. Certains même avaient fini par ressembler à leur quartier, portaient sur eux comme le reflet de la rue de l'Arcade, de l'avenue du Bois, de la rue de l'Élysée. Mais surtout ils reproduisaient les traits de leurs parents.

Hélas[122], elle ne devait pas rester toujours elle. Moins de trois ans après, non pas en enfance, mais un peu ramollie je devais la voir à une soirée donnée par Gilberte, et devenue incapable de cacher sous un masque immobile ce qu'elle pensait — pensait est beaucoup dire — ce qu'elle éprouvait, hochant la tête, serrant la bouche, secouant les épaules à chaque impression qu'elle ressentait, comme ferait un ivrogne, un enfant, comme font certains poètes qui ne tiennent pas compte de ce qui les entoure, et, inspirés, composent dans le monde et tout en allant à table au bras d'une dame étonnée froncent les sourcils, font la moue. Les impressions de Mme de Forcheville — sauf une, celle qui l'avait fait précisément assister à la soirée, la tendresse pour sa fille bien-aimée, l'orgueil qu'elle donnât une soirée si brillante, orgueil que ne voilait pas chez la mère, la mélancolie de ne plus être rien — ces impressions n'étaient pas joyeuses, et commandaient seulement une perpétuelle défense contre les avanies qu'on lui faisait, défense timorée

comme celle d'un enfant. On n'entendait que ces
mots : « Je ne sais pas si Mme de Forcheville me
reconnaît, je devrais peut-être me faire présenter à
nouveau. » — « Çà par exemple vous pouvez vous en
dispenser répondait-on à tue-tête, sans songer que la
mère de Gilberte entendait tout, sans y songer, ou sans
s'en soucier. C'est bien inutile. Pour l'agrément
qu'elle vous apportera. On la laisse dans son coin. Du
reste, elle est un peu gaga. » Furtivement Mme de
Forcheville lançait un regard de ses yeux restés si
beaux, pour les interlocuteurs injurieux, puis vite
ramenait ce regard à elle de peur d'avoir été impolie,
et tout de même agitée par l'offense, taisant sa débile
indignation, on voyait sa tête branler, sa poitrine se
soulever, elle jetait un nouveau regard sur un autre
assistant aussi peu poli, et ne s'étonnait pas outre
mesure ; car ce sentant très mal depuis quelques jours
elle avait à mots couverts suggéré à sa fille de remettre
la fête mais sa fille avait refusé. Mme de Forcheville ne
l'en aimait pas moins ; toutes les duchesses qui
entraient, l'admiration de tout le monde pour le
nouvel hôtel inondaient de joie son cœur, et quand
entra la Marquise de Sabran qui était alors la dame où
menait si difficilement le plus haut échelon social,
Mme de Forcheville sentit qu'elle avait été une bonne
et prévoyante mère et que sa tâche maternelle était
achevée. De nouveaux invités ricaneurs la firent à
nouveau regarder et parler toute seule, si c'est parler
que tenir un langage muet qui se traduit seulement par
des gesticulations. Si belle encore elle était devenue —
ce qu'elle n'avait jamais été — infiniment sympathique ; car elle qui avait trompé Swann et tout le monde,
c'était l'univers entier maintenant qui la trompait ; et
elle était devenue si faible qu'elle n'osait même plus,
les rôles étant retournés, se défendre contre les
hommes. Et bientôt elle ne se défendrait pas contre la
mort. Mais après cette anticipation, revenons trois ans
en arrière, c'est-à-dire à la matinée où nous sommes
chez la Princesse de Guermantes.

J'eus de la peine à reconnaître mon camarade Bloch [123], lequel d'ailleurs maintenant avait pris non seulement le pseudonyme mais le nom de Jacques du Rozier sous lequel il eût fallu le flair de mon grand-père pour reconnaître la « douce vallée » de l'Hébron et les « chaînes d'Israël » que mon ami semblait avoir définitivement rompues. Un chic anglais avait en effet complètement transformé sa figure et passé au rabot tout ce qui se pouvait effacer. Les cheveux jadis bouclés coiffés à plat avec une raie au milieu brillaient de cosmétique. Son nez restait fort et rouge mais semblait plutôt tuméfié par une sorte de rhume permanent qui pouvait expliquer l'accent nasal dont il débitait paresseusement ses phrases car il avait trouvé, de même qu'une coiffure appropriée à son teint une voix à sa prononciation où le nasonnement d'autrefois prenait un air de dédain d'articuler qui allait avec les ailes enflammées de son nez. Et grâce à la coiffure, à la suppression des moustaches, à l'élégance du type, à la volonté, ce nez juif disparaissait comme semble presque droite une bosse bien arrangée. Mais surtout dès que Bloch apparaissait la signification de sa physionomie était changée par un redoutable monocle. La part de machinisme que ce monocle introduisait dans la figure de Bloch la dispensait de tous ces devoirs difficiles auxquels une figure humaine est soumise, devoir d'être belle, d'exprimer l'esprit, la bienveillance, l'effort. La seule présence de ce monocle dans la figure de Bloch dispensait d'abord de se demander si elle était jolie ou non, comme devant ces objets anglais dont un garçon dit dans un magasin que « c'est le grand chic » après quoi on n'ose plus se demander si cela vous plaît. D'autre part il s'installait derrière la glace de ce monocle dans une position aussi hautaine, distante et confortable que si ç'avait été la glace d'un huit-ressorts et pour assortir la figure aux cheveux plats et au monocle, ses traits n'exprimaient plus jamais rien.

Bloch me demanda de le présenter au Prince de Guermantes ; je ne fis à cela pas l'ombre des difficultés auxquelles je m'étais heurté le jour où j'avais été pour la première fois en soirée chez lui, qui m'avaient semblé naturelles, alors que maintenant cela me semblait si simple de lui présenter un de ses invités, et cela m'eût même paru simple de me permettre de lui amener et présenter à l'improviste quelqu'un qu'il n'eût pas invité. Était-ce parce que depuis cette époque lointaine j'étais devenu un « familier », quoique depuis quelque temps un « oublié » de ce monde où alors j'étais si nouveau ; était-ce au contraire parce que, n'étant pas un véritable homme du monde tout ce qui fait difficulté pour eux n'existait plus pour moi, une fois la timidité tombée ; était-ce parce que, les êtres ayant peu à peu laissé tomber devant moi leur premier (souvent leur second et leur troisième) aspect factice, je sentais derrière la hauteur dédaigneuse du Prince une grande avidité humaine de connaître des êtres, de faire la connaissance de ceux-là mêmes qu'il affectait de dédaigner. Était-ce parce qu'aussi le Prince avait changé comme tous ces insolents de la jeunesse et de l'âge mûr à qui la vieillesse apporte sa douceur (d'autant plus que les hommes débutants et les idées inconnues contre lesquels ils regimbaient, ils les connaissaient depuis longtemps de vue et les savaient reçus, autour d'eux), et surtout si la vieillesse a pour adjuvant quelque vertu, ou quelque vice, qui étende les relations, ou la révolution que fait une conversion politique, comme celle du Prince au drey-fusisme.

Bloch m'interrogeait comme moi je faisais autrefois en entrant dans le monde, comme il m'arrivait encore de faire sur les gens que j'y avais connus alors et qui étaient aussi loin, aussi à part de tout que ces gens de Combray qu'il m'était souvent arrivé de vouloir « situer » exactement. Mais Combray avait pour moi une forme si à part, si impossible à confondre avec le reste, que c'était un puzzle que je ne pouvais jamais arriver à faire rentrer dans la carte de France. « Alors le Prince de Guermantes ne peut me donner aucune idée ni de Swann, ni de M. de Charlus ? » me demandait Bloch, à qui j'avais longtemps emprunté sa manière de parler et qui maintenant imitait souvent la mienne. « Nullement. » — « Mais en quoi consistait la différence ? » — « Il aurait fallu vous faire causer avec eux, mais c'est impossible, Swann est mort et M. de Charlus ne vaut guère mieux. Mais ces différences étaient énormes. » Et tandis que l'œil de Bloch brillait en pensant à ce que pouvaient être ces personnages merveilleux, je pensais que je lui exagérais le plaisir que j'avais eu à me trouver avec eux, n'en ayant jamais ressenti que quand j'étais seul ; et l'impression des différenciations véritables n'ayant lieu que dans notre imagination. Bloch s'en aperçut-il ? « Tu me peins peut-être cela trop en beau, me dit-il ; ainsi la maîtresse de maison d'ici, la Princesse de Guermantes, je sais bien qu'elle n'est plus jeune, mais enfin il n'y a pas tellement longtemps que tu me parlais de son charme incomparable, de sa merveilleuse beauté. Certes je reconnais qu'elle a grand air, et elle a bien ces yeux extraordinaires dont tu me parlais, mais enfin je ne la trouve pas tellement inouïe que tu disais. Évidemment elle est très racée mais enfin. » Je fus obligé de dire à Bloch qu'il ne me parlait pas de la même personne. La Princesse de Guermantes en effet était morte et c'est l'ex-madame Verdurin que le Prince ruiné par la défaite allemande avait épousée. « Tu te trompes, j'ai cherché dans le Gotha de cette année me confessa naïvement Bloch et j'ai trouvé le Prince de Guermantes, habitant l'hôtel où nous sommes et marié à tout ce qu'il y a de plus grandiose attends un peu que je me rappelle, marié à Sidonie Duchesse de Duras, née des Baux. » En effet, Mme Verdurin peu après la mort de son mari avait épousé le vieux Duc de Duras, ruiné, qui l'avait faite cousine du Prince de Guermantes et était mort après deux ans de mariage. Il avait été pour Mme Verdurin une transition fort utile et maintenant celle-ci par un troisième mariage était Princesse de Guermantes et avait dans le faubourg Saint-Germain une grande situation qui eût fort étonné à Combray où les dames

de la rue de l'Oiseau, la fille de Mme Goupil et la
belle-fille de Mme Sazerat, toutes ces dernières
années, avant que Mme Verdurin ne fût Princesse de
Guermantes, avaient dit en ricanant « la Duchesse de
Duras » comme si c'eût été un rôle que Mme Verdurin
eût tenu au théâtre. Même le principe des castes
voulant qu'elle mourût Mme Verdurin, ce titre qu'on
ne s'imaginait lui conférer aucun pouvoir mondain
nouveau, faisait plutôt mauvais effet. « Faire parler
d'elle », cette expression qui dans tous les mondes est
appliquée à une femme qui a un amant, pouvait l'être
dans le faubourg Saint-Germain à celles qui publient
des livres, dans la bourgeoisie de Combray à celles qui
font des mariages, dans un sens ou dans l'autre
« disproportionnés ». Quand elle eut épousé le Prince
de Guermantes on dut se dire que c'était un faux
Guermantes, un escroc. Pour moi dans cette identité
de titre, de nom, qui faisait qu'il y avait encore une
Princesse de Guermantes et qu'elle n'avait aucun
rapport avec celle qui m'avait tant charmé et qui
n'était plus là et qui était comme une morte sans
défense à qui on l'eût volé, il y avait quelque chose
d'aussi douloureux qu'à voir les objets qu'avait possédés la Princesse Hedwige, comme son château,
comme tout ce qui avait été à elle et dont une autre
jouissait. La succession au nom est triste comme
toutes les successions, comme toutes les usurpations
de propriété ; et toujours sans interruption, viendrait
comme un flot de nouvelles princesses de Guermantes, ou plutôt, millénaire, remplacée d'âge en âge
dans son emploi par une femme différente, une seule
princesse de Guermantes, ignorante de la mort, indifférente à tout ce qui change et blesse nos cœurs, le
nom refermant sur celles qui sombrent de temps à
autre sa toujours pareille placidité immémoriale[124].
  Certes même ce changement extérieur dans les
figures que j'avais connues n'était que le symbole d'un
changement intérieur qui s'était effectué jour par jour.
Peut-être ces gens avaient-ils continué à accomplir les
mêmes choses mais jour par jour l'idée qu'ils se

faisaient d'elles et des êtres qu'ils fréquentaient ayant un peu dévié, au bout de quelques années, sous les mêmes noms c'était d'autres choses, d'autres gens qu'ils aimaient, et étant devenus d'autres personnes, il eût été étonnant qu'ils n'eussent pas eu de nouveaux visages. 〃

Parmi les personnes présentes se trouvait un homme considérable qui venait, dans un procès fameux de donner un témoignage dont la seule valeur résidait dans sa haute moralité devant laquelle les juges et les avocats s'étaient unanimement inclinés et qui avait entraîné la condamnation de deux personnes. Aussi y eut-il un mouvement de curiosité quand il entra et de déférence. C'était Morel. J'étais peut-être seul à savoir qu'il avait été entretenu par Saint-Loup et en même temps par un ami de Saint-Loup. Malgré ces souvenirs il me dit bonjour avec plaisir quoique avec réserve. Il se rappelait le temps où nous nous étions vus à Balbec, et ces souvenirs avaient pour lui la poésie et la mélancolie de la jeunesse.

Mais il y avait aussi des personnes que je ne pouvais pas reconnaître pour la raison que je ne les avais pas connues, car, aussi bien que sur les êtres eux-mêmes, le temps avait aussi, dans ce salon, exercé sa chimie sur la société. Ce milieu en la nature spécifique duquel définie par certaines affinités qui lui attiraient tous les grands noms princiers de l'Europe et la répulsion qui éloignait d'elle tout élément non aristocratique, j'avais trouvé comme un refuge matériel pour ce nom de Guermantes auquel il prêtait sa dernière réalité, ce milieu avait lui-même subi dans sa constitution intime et que j'avais crue stable, une altération profonde. La présence de gens que j'avais vus dans de tout autres sociétés et qui me semblaient ne devoir jamais pénétrer dans celle-là m'étonna moins encore que l'intime familiarité avec laquelle ils y étaient reçus, appelés par leur prénom. Un certain ensemble de préjugés aristocratiques, de snobisme qui jadis écartait automatiquement du nom de Guermantes tout ce qui ne s'harmonisait pas avec lui, avait cessé de fonctionner.

Certains qui, quand j'avais débuté dans le monde donnaient de grands dîners où ils ne recevaient que la Princesse de Guermantes, la Duchesse de Guermantes, la Princesse de Parme et étaient chez ces dames à la place d'honneur, passaient pour ce qu'il y avait de mieux assis dans la société d'alors, et l'étaient peut-être, avaient passé, sans laisser aucune trace. Étaient-ce des étrangers en mission diplomatique repartis pour leur pays ? Peut-être un scandale, un suicide, un enlèvement les avait-il empêchés de reparaître dans le monde, ou bien étaient-ils allemands. Mais leur nom ne devait son lustre qu'à leur situation d'alors et n'était plus porté par personne, on ne savait même pas qui je voulais dire si je parlais d'eux, et essayant d'épeler le nom on croyait à des rastaquouères.

Les personnes qui n'auraient pas dû, selon l'ancien code social, se trouver là, avaient, à mon grand étonnement, pour meilleures amies des personnes admirablement nées, lesquelles n'étaient venues s'embêter chez la Princesse de Guermantes qu'à cause de leurs nouvelles amies. Car ce qui caractérisait le plus cette société, c'était sa prodigieuse aptitude au déclassement.

Détendus ou brisés, les ressorts de la machine refoulante ne fonctionnaient plus, mille corps étrangers y pénétraient, lui ôtaient toute homogénéité, toute tenue, toute couleur. Le faubourg Saint-Germain comme une douairière gâteuse ne répondait que par des sourires timides à des domestiques insolents qui envahissaient ses salons, buvaient son orangeade et lui présentaient leurs maîtresses. Encore la sensation du temps écoulé et d'une petite partie disparue de mon passé, m'était-elle donnée moins vivement par la destruction de cet ensemble cohérent (qu'avait été le salon Guermantes) que par l'anéantissement même de la connaissance des mille raisons, des mille nuances qui faisait que tel qui s'y trouvait encore maintenant y était tout naturellement indiqué et à sa place, tandis que tel autre qui l'y coudoyait y présentait une nouveauté suspecte. Cette ignorance n'était pas que du monde, mais de la politique, de tout. Car la mémoire durait moins que la vie chez les individus, et d'ailleurs de très jeunes, qui n'avaient jamais eu les souvenirs abolis chez les autres, faisant maintenant une partie du monde, et très légitimement, même au sens nobiliaire, les débuts étant oubliés ou ignorés, ils prenaient les gens au point d'élévation ou de chute où ils se trouvaient, croyant qu'il en avait toujours été ainsi, que Mme Swann et la Princesse de Guermantes et Bloch avaient toujours eu la plus grande situation, que Clemenceau et Viviani avaient toujours été conservateurs[125]. Et comme certains faits ont plus de durée, le souvenir exécré de l'affaire Dreyfus persistant vaguement chez eux grâce à ce que leur avaient dit leurs pères, si on leur disait que Clemenceau avait été dreyfusard ils disaient : « Pas possible, vous confondez, il est juste de l'autre côté. » Des ministres tarés et d'anciennes filles publiques étaient tenus pour des parangons de vertu. Quelqu'un ayant demandé à un jeune homme de la plus grande famille s'il n'y avait pas eu quelque chose à dire sur la mère de Gilberte, le jeune seigneur répondit qu'en effet dans la première partie de son existence elle avait épousé un aventurier du nom de Swann mais qu'ensuite elle avait épousé un des hommes les plus en vue de la société, le Comte de Forcheville. Sans doute quelques personnes encore dans ce salon, la Duchesse de Guermantes par exemple, eussent souri de cette assertion (qui, niant l'élégance de Swann, me paraissait monstrueuse, alors que moi-même jadis à Combray j'avais cru avec ma grand-tante que Swann ne pouvait connaître des « princesses »), et aussi des femmes qui eussent pu se trouver là mais qui ne sortaient plus guère, les Duchesses de Montmorency, de Mouchy, de Sagan, qui avaient été les amies intimes de Swann et n'avaient jamais aperçu ce Forcheville non reçu dans le monde au temps où elles y allaient encore. Mais précisément c'est que la société d'alors, de même que les visages aujourd'hui modifiés et les cheveux blonds remplacés par des cheveux blancs, n'existait plus que dans la mémoire d'êtres dont le nombre diminuait tous les jours.

Bloch pendant la guerre, avait cessé de « sortir », de fréquenter ses anciens milieux d'autrefois où il faisait piètre figure. En revanche il n'avait cessé de publier de ces ouvrages dont je m'efforçais aujourd'hui, pour ne pas être entravé par elle de détruire l'absurde sophistique, ouvrages sans originalité mais qui donnaient aux jeunes gens et à beaucoup de femmes du monde l'impression d'une hauteur intellectuelle peu commune, d'une sorte de génie. Ce fut donc après une scission complète entre son ancienne mondanité et la nouvelle, que dans une société reconstituée, il avait fait, pour une phase nouvelle de sa vie, honorée, glorieuse, une apparition de grand homme. Les jeunes gens ignoraient naturellement qu'il fît à cet âge-là des débuts dans la société, d'autant que le peu de noms qu'il avait retenus dans la fréquentation de Saint-Loup lui permettaient de donner à son prestige actuel une sorte de recul indéfini. En tout cas il paraissait un de ces hommes de talent qui à toute époque ont fleuri dans le grand monde, et on ne pensait pas qu'il eût jamais vécu ailleurs.

Dès que j'eus fini de parler au Prince de Guermantes, Bloch se saisit de moi et me présenta à une jeune femme qui avait beaucoup entendu parler de moi par la Duchesse de Guermantes et qui était une des femmes les plus élégantes du jour. Or son nom m'était entièrement inconnu et celui des différents Guermantes ne devait pas lui être très familier car elle demanda à une Américaine à quel titre Mme de Saint-Loup avait l'air si intime avec toute la plus brillante société qui se trouvait là. Or cette Américaine était mariée au Comte de Farcy, parent obscur des Forcheville et pour lequel ils représentaient ce qu'il y a de plus grand au monde[126]. Aussi répondit-elle tout naturellement : « Quand ce ne serait que parce qu'elle est née Forcheville. C'est ce qu'il y a de plus grand. » Encore Mme de Farcy, tout en croyant naïvement le nom de Forcheville supérieur à celui de Saint-Loup, savait-elle du moins ce qu'était ce dernier. Mais la charmante amie de Bloch et de la Duchesse de Guermantes l'ignorait absolument, et, étant assez étourdie, répondit de bonne foi à une jeune fille qui lui demandait comment Mme de Saint-Loup était parente du maître de la maison, le Prince de Guermantes : « Par les Forcheville », renseignement que la jeune fille communiqua comme si elle l'avait possédé de tout temps à une de ses amies, laquelle ayant mauvais caractère et étant nerveuse, devint rouge comme un coq la première fois qu'un monsieur lui dit que ce n'était pas par les Forcheville que Gilberte tenait aux Guermantes, de sorte que le monsieur crut qu'il s'était trompé, adopta l'erreur et ne tarda pas à la propager. Les dîners, les fêtes mondaines, étaient pour l'Américaine une sorte d'École Berlitz. Elle entendait les noms et les répétait sans avoir connu préalablement leur valeur, leur portée exacte. On expliqua à quelqu'un qui demandait si Tansonville venait à Gilberte de son père M. de Forcheville, que cela ne venait pas du tout par là, que c'était une terre de la famille de son mari, que Tansonville était voisin de Guermantes, appartenait à Mme de Marsantes, mais, étant très hypothéqué avait été racheté en dot par Gilberte. Enfin un vieux de la vieille ayant évoqué Swann ami des Sagan et des Mouchy et l'Américaine amie de Bloch ayant demandé comment je l'avais connu, déclara que je l'avais connu chez Mme de Guermantes, ne se doutant pas du voisin de campagne jeune ami de mon grand-père qu'il représentait pour moi. Des méprises de ce genre ont été commises par les hommes les plus fameux et passent pour particulièrement graves dans toute société conservatrice. Saint-Simon [127] voulant montrer que Louis XIV était d'une ignorance qui « le fit tomber quelquefois, en public, dans les absurdités les plus grossières », ne donne de cette ignorance que deux exemples, à savoir que le Roi, ne sachant pas que Renel était de la famille de Clermont-Gallerande, ni Saint-Herem de celle de

Montmorin, les traita en hommes de peu. Du moins en ce qui concerne Saint-Herem avons-nous la consolation de savoir que le Roi ne mourut pas dans l'erreur, car il fut détrompé « fort tard » par M. de La Rochefoucauld. « Encore, ajoute Saint-Simon avec un peu de pitié, lui fallut-il expliquer quelles étaient ces maisons que leur nom ne lui apprenait pas. »

Si les gens des nouvelles générations tenaient la Duchesse de Guermantes pour peu de chose parce qu'elle connaissait des actrices, etc., les dames aujourd'hui vieilles de la famille la considéraient toujours comme un personnage extraordinaire, d'une part parce qu'elles savaient exactement sa naissance, sa primauté héraldique, ses intimités avec ce que Mme de Forcheville eût appelé des *royalties*, mais encore parce qu'elle dédaignait de venir dans la famille, s'y ennuyait et qu'on savait qu'on n'y pouvait jamais compter sur elle. Ses relations théâtrales et politiques, d'ailleurs mal sues, ne faisaient qu'augmenter sa rareté, donc son prestige. De sorte que tandis que dans le monde politique et artistique on la tenait pour une créature mal définie, une sorte de défroquée du faubourg Saint-Germain qui fréquente les sous-secrétaires d'État et les étoiles, dans ce même faubourg Saint-Germain si on donnait une belle soirée on disait : « Est-ce même la peine d'inviter Oriane. Elle ne viendra pas. Enfin pour la forme, mais il ne faut pas se faire d'illusions. » Et si vers 10 h 30, dans une toilette éclatante, paraissant de ses yeux, durs pour elles, mépriser toutes ses cousines entrait Oriane qui s'arrêtait sur le seuil avec une sorte de majestueux dédain, et si elle restait une heure c'était une plus grande fête pour la vieille grande dame qui donnait la soirée qu'autrefois, pour un directeur de théâtre, que Sarah Bernhardt qui avait vaguement promis un concours sur lequel on ne comptait pas, fût venue et eût, avec une complaisance et une simplicité infinies, récité au lieu du morceau promis vingt autres. La présence de cette Oriane à laquelle les chefs de cabinet parlaient de haut en bas et qui n'en continuait pas moins (l'esprit mène le monde) à chercher à en connaître de plus en plus, venait de classer la soirée de la douairière, où il n'y avait pourtant que des femmes excessivement chic, en dehors et au-dessus de toutes les autres soirées de douairières de la même *season* (comme aurait dit encore Mme de Forcheville) mais pour lesquelles soirées ne s'était pas dérangée Oriane.

Cet oubli si vivace qui recouvre si rapidement le passé le plus récent, cette ignorance si envahissante, crée par contre-coup un petit savoir d'autant plus précieux qu'il est peu répandu, s'appliquant à la généalogie des gens, à leurs vraies situations, à la raison d'amour, d'argent ou autre pour quoi ils se sont alliés à telle famille, ou mésalliés, savoir prisé dans toutes les sociétés où règne un esprit conservateur, savoir que mon grand-père possédait au plus haut degré, concernant la bourgeoisie de Combray et de Paris, savoir que Saint-Simon prisait tant qu'au moment où il célèbre la merveilleuse intelligence du Prince de Conti, avant même de parler des sciences, ou plutôt comme si c'était là la première des sciences, il le loue d'avoir été « un très bel esprit, lumineux, juste, exact, étendu, d'une lecture infinie, qui n'oubliait rien, qui connaissait les généalogies, leurs chimères et leurs réalités, d'une politesse distinguée selon le rang, le mérite, rendant tout ce que les princes du sang doivent et qu'ils ne rendent plus ; il s'en expliquait même et sur leurs usurpations. L'histoire des livres et des conversations lui fournissait de quoi placer ce qu'il pouvait de plus obligeant sur la naissance, les emplois, etc. » Pour un monde moins brillant, tout ce qui avait trait à la bourgeoisie de Combray et de Paris, mon grand-père ne le savait pas avec moins d'exactitude et ne le savourait pas avec moins de gourmandise. Ces gourmets-là, ces amateurs-là étaient déjà devenus peu nombreux qui savaient que Gilberte n'était pas Forcheville, ni Mme de Cambremer, Méséglise, ni la plus jeune une Valentinois. Peu nombreux, peut-être même pas recrutés dans la plus haute aristocratie (ce ne sont pas

forcément les dévots, ni même les catholiques, qui
sont le plus savants concernant la Légende dorée ou
les vitraux du XIIIe siècle), souvent dans une aristocratie secondaire plus friande de ce qu'elle n'approche
guère et qu'elle a d'autant plus le loisir d'étudier
qu'elle le fréquente moins ; mais se retrouvant avec
plaisir, faisant la connaissance les uns des autres,
donnant de succulents dîners de corps comme la
Société des Bibliophiles ou des Amis de Reims, dîners
où on déguste des généalogies. Les femmes n'y sont
pas admises, mais les maris en rentrant disent à la
leur : « J'ai fait un dîner intéressant. Il y avait un
M. de la Raspelière qui nous a tenus sous le charme en
nous expliquant que cette Mme de Saint-Loup qui a
cette jolie fille n'est pas du tout née Forcheville. C'est
tout un roman. »

L'amie de Bloch et de la Duchesse de Guermantes
n'était pas seulement élégante et charmante, elle était
intelligente aussi, et la conversation avec elle était
agréable, mais m'était rendue difficile par ce que ce
n'était pas seulement le nom de mon interlocutrice qui
était nouveau pour moi mais celui d'un grand nombre
de personnes dont elle me parla et qui formaient
actuellement le fond de la société. Il est vrai que
d'autre part comme elle voulait m'entendre raconter
des histoires, beaucoup de ceux que je lui citai ne lui
dirent absolument rien, ils étaient tous tombés dans
l'oubli, du moins ceux qui n'avaient brillé que de
l'éclat individuel d'une personne et n'étaient pas le
nom générique et permanent de quelque célèbre
famille aristocratique (dont la jeune femme savait
rarement le titre exact, supposant des naissances
inexactes sur un nom qu'elle avait entendu de travers
la veille dans un dîner), et elle ne les avait pour la
plupart jamais entendu prononcer, n'ayant commencé
à aller dans le monde (non seulement parce qu'elle
était encore jeune, mais parce qu'elle habitait depuis
peu la France et n'avait pas été reçue tout de suite) que
quelques années après que je m'en étais moi-même
retiré [...] [128]. Je ne sais comment le nom de Mme

Leroi tomba de mes lèvres et par hasard, mon interlocutrice, grâce à quelque vieil ami galant auprès d'elle, de Mme de Guermantes, en avait entendu parler. Mais inexactement, comme je le vis au ton dédaigneux dont cette jeune femme snob me répondit : « Si je sais qui est Mme Leroi, une vieille amie de Bergotte », un ton qui voulait dire « une personne que je n'aurais jamais voulu venir chez moi ». Je compris très bien que le vieil ami de Mme de Guermantes en parfait homme du monde imbu de l'esprit des Guermantes dont un des traits était de ne pas avoir l'air d'attacher d'importance aux fréquentations aristocratiques, avait trouvé trop bête et trop anti-Guermantes de dire : « Mme Leroi qui fréquentait toutes les altesses, toutes les duchesses » et il avait préféré dire : « Elle était assez drôle. Elle a répondu un jour à Bergotte ceci. » Seulement pour les gens qui ne savent pas, ces renseignements par la conversation équivalent à ceux que donne la Presse aux gens du peuple et qui croient alternativement selon leur journal que M. Loubet et M. Reinach sont des voleurs ou de grands citoyens. Pour mon interlocutrice, Mme Leroi avait été une espèce de Mme Verdurin première manière, avec moins d'éclat et dont le petit clan eût été limité au seul Bergotte. Cette jeune femme est d'ailleurs une des dernières qui, par un pur hasard, ait entendu le nom de Mme Leroi. Aujourd'hui personne ne sait plus qui c'est, ce qui est du reste parfaitement juste. Son nom ne figure même pas dans l'index des Mémoires posthumes de Mme de Villeparisis de laquelle Mme Leroi occupa tant l'esprit. La Marquise n'a d'ailleurs pas parlé de Mme Leroi moins parce que celle-ci de son vivant avait été peu aimable pour elle, que parce que personne ne pouvait s'intéresser à elle après sa mort, et ce silence est dicté moins par la rancune mondaine de la femme que par le tact littéraire de l'écrivain. Ma conversation avec l'élégante amie de Bloch fut charmante, car cette jeune femme était intelligente mais cette différence entre nos deux vocabulaires la rendait malaisée et en même temps instructive. Nous avons beau savoir que les années passent, que la jeunesse fait place à la vieillesse, que les fortunes et les trônes les plus solides s'écroulent, que la célébrité est passagère, notre manière de prendre connaissance et pour ainsi dire de prendre le cliché de cet univers mouvant, entraîné par le Temps, l'immobilise au contraire. De sorte que nous voyons toujours jeunes les gens que nous avons connus jeunes, que ceux que nous avons connus vieux nous les parons rétrospectivement dans le passé des vertus de la vieillesse, que nous nous fions sans réserve au crédit d'un milliardaire et à l'appui d'un souverain, sachant par le raisonnement mais ne croyant pas effectivement qu'ils pourront être demain des fugitifs dénués de pouvoir. Dans un champ plus restreint et de mondanité pure comme, dans un problème plus simple qui initie à des difficultés plus complexes mais de même ordre, l'inintelligibilité qui résultait dans notre conversation avec la jeune femme du fait que nous avions vécu dans un certain monde à vingt-cinq ans de distance, me donnait l'impression et aurait pu fortifier chez moi le sens de l'Histoire.

Du reste [129] il faut bien dire que cette ignorance des situations réelles qui tous les dix ans fait surgir les élus dans leur apparence actuelle et comme si le passé n'existait pas, qui empêche pour une Américaine fraîchement débarquée de voir que M. de Charlus avait eu la plus grande situation de Paris à une époque où Bloch n'en avait aucune, et que Swann qui faisait tant de frais pour M. Bontemps avait été traité avec la plus grande amitié, cette ignorance n'existe pas seulement chez les nouveaux venus, mais chez ceux qui ont fréquenté toujours des sociétés voisines, et cette ignorance chez ces derniers comme chez les autres est aussi un effet (mais cette fois s'exerçant sur l'individu et non sur la couche sociale) du Temps. Sans doute nous avons beau changer de milieu, de genre de vie, notre mémoire en retenant le fil de notre personnalité identique attache à elle, aux époques successives, le souvenir des sociétés où nous avons vécu fût-ce quarante ans plus tôt. Bloch chez le Prince de Guermantes savait parfaitement l'humble milieu juif où il avait vécu à dix-huit ans, et Swann quand il n'aima plus Mme Swann mais une femme qui servait du thé chez ce même Colombin où Mme Swann avait cru quelque temps qu'il était chic d'aller, comme au thé de la rue Royale, Swann savait très bien sa valeur mondaine, se rappelait Twickenham, n'avait aucun doute sur les raisons pour lesquelles il allait plutôt chez Colombin que chez la Duchesse de Broglie et savait parfaitement qu'eût-il été lui-même mille fois moins « chic », cela ne l'eût pas rendu un atome davantage d'aller chez Colombin ou à l'hôtel Ritz, puisque tout le monde peut y aller en payant. Sans doute les amis de Bloch ou de Swann se rappelaient eux aussi la petite société juive ou les invitations à Twickenham, et ainsi les amis comme des « moi » un peu moins distincts de Swann et de Bloch ne séparaient pas dans leur mémoire du Bloch élégant d'aujourd'hui le Bloch sordide d'autrefois, du Swann de chez Colombin des derniers jours le Swann de Buckingham Palace. Mais ces amis étaient en quelque sorte dans la vie les voisins de Swann ; la leur s'était développée sur une ligne assez voisine pour que leur mémoire pût être assez pleine de lui ; mais chez d'autres plus éloignés de Swann, à une distance plus grande de lui non pas précisément socialement mais d'intimité, qui avait fait la connaissance plus vague et les rencontres très rares, les souvenirs moins nombreux avaient rendu les notions plus flottantes. Or chez des étrangers de ce genre, au bout de trente ans on ne se rappelle plus rien de précis qui puisse prolonger dans le passé et changer de valeur l'être qu'on a sous les yeux. J'avais entendu dans les dernières années de la vie de Swann des gens du monde pourtant à qui on parlait de lui dire et comme si ç'avait été son titre de notoriété : « Vous parlez du Swann de chez Colombin ? », j'entendais maintenant des gens qui auraient pourtant dû savoir dire en parlant de Bloch : « Le Bloch-Guermantes ? Le fami-

lier des Guermantes ? » Ces erreurs qui scindent une
vie et en en isolant le présent font de l'homme dont on
parle un autre homme, un homme différent, une
création de la veille, un homme qui n'est que la
condensation de ses habitudes actuelles (alors que lui
porte en lui-même la continuité de sa vie qui le relie au
passé), ces erreurs dépendent bien aussi du Temps,
mais elles sont non un phénomène social mais un
phénomène de mémoire. J'eus dans l'instant même un
exemple, d'une variété assez différente il est vrai mais
d'autant plus frappante, de ces oublis qui modifient
pour nous l'aspect des êtres. Un jeune neveu de
Mme de Guermantes, le Marquis de Villemandois
avait été jadis pour moi d'une insolence obstinée qui
m'avait conduit par représailles à adopter à son égard
une attitude si insultante que nous étions devenus
tacitement comme deux ennemis. Pendant que j'étais
en train de réfléchir sur le Temps à cette matinée chez
la Princesse de Guermantes, il se fit présenter à moi,
en disant qu'il croyait que j'avais connu de ses
parents, qu'il avait lu des articles de moi et désirait
faire ou refaire connaissance. Il est vrai de dire qu'avec
l'âge il était devenu comme beaucoup, d'impertinent
sérieux, qu'il n'avait plus la même arrogance et que,
d'autre part on parlait de moi pour de bien minces
articles cependant, dans le milieu qu'il fréquentait.
Mais ces raisons de sa cordialité et de ses avances ne
furent qu'accessoires. La principale, ou du moins celle
qui permit aux autres d'entrer en jeu, c'est que, ou
ayant une plus mauvaise mémoire que moi, ou ayant
attaché une attention moins soutenue à mes ripostes
que je n'avais fait autrefois à ses attaques, parce que
j'étais alors pour lui un plus petit personnage qu'il
n'était pour moi, il avait entièrement oublié notre
inimitié. Mon nom lui rappelait tout au plus qu'il avait
dû me voir, ou quelqu'un des miens, chez une de ses
tantes. Et ne sachant pas au juste s'il se faisait
présenter ou représenter, il se hâta de me parler de sa
tante, chez qui il ne doutait pas qu'il avait dû me
rencontrer, se rappelant qu'on y parlait souvent de

moi, mais non de nos querelles. Un nom c'est tout ce qui reste bien souvent pour nous d'un être, non pas même quand il est mort mais de son vivant. Et nos notions sur lui sont si vagues ou si bizarres, et correspondent si peu à celles qu'il a de nous, que nous avons entièrement oublié que nous avons failli nous battre en duel avec lui mais nous rappelons qu'il portait enfant d'étranges guêtres jaunes aux Champs-Élysées, dans lesquels par contre, malgré que nous le lui assurions, il n'a aucun souvenir d'avoir joué avec nous.

Bloch était entré en sautant comme une hyène. Je pensais : « Il vient dans des salons où il n'eût pas pénétré il y a vingt ans. » Mais il avait aussi vingt ans de plus. Il était plus près de la mort. A quoi cela l'avançait-il ? De près dans la translucidité d'un visage où de plus loin et mal éclairé je ne voyais que la jeunesse gaie (soit qu'elle y survécût, soit que je l'y évoquasse), se tenait le visage presque effrayant, tout anxieux, d'un vieux Shylock attendant tout grimé dans la coulisse le moment d'entrer en scène, récitant déjà le premier vers à mi-voix. Dans dix ans dans ces salons où leur veulerie l'aurait imposé il entrerait en béquillant, devenu « maître », trouvant une corvée d'être obligé d'aller chez les La Trémoïlle. A quoi cela l'avancerait-il [130] ?

De changements produits dans la société je pouvais d'autant plus extraire des vérités importantes et dignes de cimenter une partie de mon œuvre qu'ils n'étaient nullement comme j'aurais pu être au premier moment tenté de le croire particuliers à notre époque. Au temps où, moi-même à peine parvenu, j'étais entré, plus nouveau que ne l'était Bloch lui-même aujourd'hui, dans le milieu des Guermantes, j'avais dû y contempler comme faisant partie intégrante de ce milieu des éléments absolument différents, agrégés depuis peu et qui paraissaient étrangement nouveaux à de plus anciens dont je ne les différenciais pas et qui eux-mêmes, crus par les ducs d'alors, membres de tout temps du Faubourg, y avaient eux, ou leurs

pères, ou leurs grands-pères été jadis des parvenus. Si
bien que ce n'était pas la qualité d'hommes du grand
monde qui rendait cette société si brillante mais le fait
d'avoir été assimilés plus ou moins complètement par
cette société qui faisait de gens qui cinquante ans plus
tard paraissaient tous pareils des gens du grand
monde. Même dans le passé où je reculais le nom de
Guermantes pour lui donner toute sa grandeur, et avec
raison du reste car sous Louis XIV les Guermantes,
quasi royaux, faisaient plus grande figure qu'aujour-
d'hui, le phénomène que je remarquais en ce moment
se produisait de même. Ne les avait-on pas vus alors
s'allier à la famille Colbert par exemple, laquelle
aujourd'hui il est vrai nous paraît très noble puisque
épouser une Colbert semble un grand parti pour un La
Rochefoucauld ? Mais ce n'est pas parce que les
Colbert, simples bourgeois alors étaient nobles que les
Guermantes s'allièrent avec eux, c'est parce que les
Guermantes s'allièrent avec eux qu'ils devinrent
nobles. Si le nom d'Haussonville s'éteint avec le
représentant actuel de cette maison, il tirera peut-être
son illustration de descendre de Mme de Staël, alors
qu'avant la Révolution M. d'Haussonville un des
premiers seigneurs du royaume tirait vanité auprès de
M. de Broglie de ne pas connaître le père de Mme de
Staël et de ne pas pouvoir plus le présenter que M. de
Broglie ne pouvait le présenter lui-même, ne se
doutant guère que leurs fils épouseraient un jour l'un
la fille, l'autre la petite-fille de l'auteur de *Corinne*. Je
me rendais compte d'après ce que me disait la
Duchesse de Guermantes que j'aurais pu faire dans ce
monde la figure d'homme élégant non titré mais qu'on
croit volontiers affilié de tout temps à l'aristocratie,
que Swann y avait faite autrefois, et avant lui M. Lebrun, M. Ampère, tous ces amis de la Duchesse de
Broglie qui elle-même était au début fort peu du grand
monde. Les premières fois que j'avais dîné chez
Mme de Guermantes, combien n'avais-je pas dû cho-
quer des hommes comme M. de Beauserfeuil, moins
par ma présence même que par des remarques témoi-

gnant que j'étais entièrement ignorant des souvenirs qui constituaient son passé et donnaient sa forme à l'image qu'il avait de la société. Bloch un jour [131] quand devenu très vieux il aurait une mémoire assez ancienne du salon Guermantes tel qu'il se présentait en ce moment à ses yeux, éprouverait le même étonnement, la même mauvaise humeur en présence de certaines intrusions et de certaines ignorances. Et d'autre part il aurait sans doute contracté et dispenserait autour de lui ces qualités de tact et de discrétion que j'avais crues le privilège d'hommes comme M. de Norpois se reformant et s'incarnant dans ceux qui nous paraissent entre tous, les exclure.

D'ailleurs le cas qui s'était présenté pour moi d'être admis dans la société des Guermantes m'avait paru quelque chose d'exceptionnel. Mais si je sortais de moi et du milieu qui m'entourait immédiatement je voyais que ce phénomène social n'était pas aussi isolé qu'il m'avait paru d'abord et que du bassin de Combray où j'étais né assez nombreux en somme étaient les jets d'eau qui symétriquement à moi s'étaient élevés au-dessus de la même masse liquide qui les avait alimentés. Sans doute les circonstances ayant toujours quelque chose de particulier et les caractères d'individuel, c'était d'une façon toute différente que Legrandin (par l'étrange mariage de son neveu) à son tour avait pénétré dans ce milieu, que la fille d'Odette s'y était apparentée, que Swann lui-même, et moi enfin y étions venus. Pour moi qui avais passé enfermé dans ma vie et la voyant du dedans, celle de Legrandin me semblait n'avoir aucun rapport et avoir suivi des chemins opposés de même qu'une rivière dans sa vallée profonde ne voit pas une rivière divergente qui pourtant malgré les écarts de son cours se jette dans le même fleuve. Mais à vol d'oiseau, comme fait le statisticien qui néglige les raisons sentimentales ou les imprudences évitables qui ont conduit telle personne à la mort, et compte seulement le nombre de personnes qui meurent par an, on voyait que plusieurs personnes parties d'un même milieu, dont la peinture a occupé le

début de ce récit étaient parvenues dans un autre tout
différent, et il est probable que comme il se fait par an
à Paris un nombre moyen de mariages, tout autre
milieu bourgeois cultivé et riche eût fourni une
proportion à peu près égale de gens comme Swann,
comme Legrandin, comme moi et comme Bloch,
qu'on retrouvait se jetant dans l'océan du « grand
monde ». Et d'ailleurs ils s'y reconnaissaient, car si le
jeune Comte de Cambremer émerveillait tout le
monde par sa distinction, son affinement, sa sobre
élégance, je reconnaissais en elles — en même temps
que dans son beau regard et dans son désir ardent de
parvenir — ce qui caractérisait déjà son oncle Legrandin, c'est-à-dire un vieil ami fort bourgeois, quoique
de tournure aristocratique, de mes parents.

La bonté, simple maturation qui a fini par sucrer
des natures plus primitivement acides que celle de
Bloch est aussi répandue que ce sentiment de la justice
qui fait que si notre cause est bonne nous ne devons
pas plus redouter un juge prévenu qu'un juge ami. Et
les petits-enfants de Bloch seraient bons et discrets
presque de naissance. Bloch n'en était peut-être pas
encore là. Mais je remarquai que lui qui jadis feignait
de se croire obligé à faire deux heures de chemin de fer
pour aller voir quelqu'un qui ne le lui avait guère
demandé, maintenant qu'il recevait tant d'invitations
non seulement à déjeuner et à dîner, mais à venir
passer quinze jours ici, quinze jours là, en refusait
beaucoup et sans le dire, sans se vanter de les avoir
reçues, de les avoir refusées. La discrétion, discrétion
dans les actions, dans les paroles, lui était venue avec
la situation sociale et l'âge, avec une sorte d'âge social,
si l'on peut dire. Sans doute Bloch était jadis indiscret
autant qu'incapable de bienveillance et de conseil.
Mais certains défauts, certaines qualités sont moins
attachés à tel individu, à tel autre, qu'à tel ou tel
moment de l'existence considéré au point de vue
social. Ils sont presque extérieurs aux individus,
lesquels passent dans leur lumière, comme sous des
solstices variés, préexistants, généraux, inévitables.

Les médecins qui cherchent à se rendre compte si tel médicament diminue ou augmente l'acidité de l'estomac, active ou ralentit ses sécrétions, obtiennent des résultats différents, non pas selon l'estomac sur les sécrétions duquel ils prélèvent un peu de suc gastrique, mais selon qu'ils le lui empruntent à un moment plus ou moins avancé de l'ingestion du remède.

Ainsi à tous les moments de sa durée, le nom de Guermantes, considéré comme un ensemble de tous les noms qu'il admettait en lui, autour de lui, subissait des déperditions, recrutait des éléments nouveaux comme ces jardins où à tout moment des fleurs à peine en bouton, et se préparant à remplacer celles qui se flétrissent déjà, se confondent dans une masse qui semble pareille, sauf à ceux qui n'ont pas toujours vu les nouvelles venues et gardent dans leur souvenir l'image précise de celles qui ne sont plus.

Plus d'une des personnes que cette matinée réunissait ou dont elle m'évoquait le souvenir par les aspects qu'elle avait tour à tour présentés pour moi, par les circonstances différentes, opposées, d'où elle avait, les unes après les autres, surgi devant moi, faisait ressortir les aspects variés de ma vie, les différences de perspective, comme un accident de terrain, colline ou château, qui apparaît tantôt à droite, tantôt à gauche, semble d'abord dominer une forêt, ensuite sortir d'une vallée, et révèle ainsi au voyageur des changements d'orientation et des différences d'altitude dans la route qu'il suit. En remontant de plus en plus haut, je finissais par trouver des images d'une même personne séparées par un intervalle de temps si long, conservées par des moi si distincts, ayant elles-mêmes des significations si différentes, que je les omettais d'habitude quand je croyais embrasser le cours passé de mes relations avec elles, que j'avais même cessé de penser qu'elles étaient les mêmes que j'avais connues autrefois et qu'il me fallait le hasard d'un éclair d'attention pour les rattacher, comme à une étymologie, à cette signification primitive qu'elles avaient eue pour moi. Mlle Swann me jetait, de l'autre côté de la haie d'épines roses, un regard dont j'avais dû d'ailleurs rétrospectivement retoucher la signification, qui était de désir. L'amant de Mme Swann, selon la chronique de Combray, me regardait derrière cette même haie d'un air dur qui n'avait pas non plus le sens que je lui avais donné alors, et ayant d'ailleurs tellement changé depuis que je ne l'avais nullement reconnu à Balbec dans le monsieur qui regardait une affiche près du Casino, et dont il m'arrivait une fois tous les dix ans de me souvenir en me disant : « Mais c'était M. de Charlus, déjà, comme c'est curieux. » —, Mme de Guermantes au mariage du Dr Percepied, Mme Swann en rose chez mon grand-oncle, Mme de Cambremer sœur de Legrandin, si élégante qu'il craignait que nous le priions de nous donner une recommandation pour elle, c'étaient ainsi que tant d'autres concernant Swann, Saint-Loup, etc., autant d'images que je m'amusais parfois quand je les retrouvais à placer comme frontispice au seuil de mes relations avec ces différentes personnes, mais qui ne me semblaient en effet qu'une image, et non déposée en moi par l'être lui-même, auquel rien ne la reliait plus. Non seulement certaines gens ont de la mémoire et d'autres pas (sans aller jusqu'à l'oubli constant où vivent les ambassadrices de Turquie et autres, ce qui leur permet de trouver toujours — la nouvelle précédente s'étant évanouie au bout de huit jours, ou la suivante ayant le don de l'exorciser — de trouver toujours de la place pour la nouvelle contraire qu'on leur dit), mais même à égalité de mémoire, deux personnes ne se souviennent pas des mêmes choses. L'une aura prêté peu d'attention à un fait dont l'autre gardera grand remords, et en revanche aura saisi à la volée comme signe sympathique et caractéristique une parole que l'autre aura laissé échapper sans presque y penser. L'intérêt de ne pas s'être trompé quand on a émis un pronostic faux abrège la durée du souvenir de ce pronostic et permet d'affirmer très vite qu'on ne l'a pas émis. Enfin un intérêt plus profond, plus désintéressé, diversifie les mémoires si bien que le poète qui a presque tout oublié des faits qu'on lui rappelle retient une impression fugitive. De tout cela vient qu'après vingt ans d'absence on rencontre au lieu de rancunes présumées, des pardons involontaires, inconscients, et en revanche tant de haines dont on ne peut s'expliquer (parce qu'on a oublié à son tour l'impression mauvaise qu'on a faite) la raison. L'histoire même des gens qu'on a le plus connus, on en a oublié les dates. Et parce qu'il y avait au moins vingt ans qu'elle avait vu Bloch pour la première fois, Mme de Guermantes eût juré qu'il était né dans son monde et avait été bercé sur les genoux de la Duchesse de Chartres quand il avait deux ans.

Et combien de fois ces personnes étaient revenues devant moi au cours de leur vie, dont les diverses circonstances semblaient présenter les mêmes êtres, mais sous des formes, pour des fins variées ; et la diversité des points de ma vie par où avait passé le fil de celle de chacun de ces personnages avait fini par mêler ceux qui semblaient le plus éloignés, comme si la vie ne possédait qu'un nombre limité de fils pour exécuter les dessins les plus différents. Quoi de plus séparé par exemple dans mes passés divers que mes visites à mon oncle Adolphe, que le neveu de Mme de Villeparisis cousine du maréchal, que Legrandin et sa sœur, que l'ancien giletier ami de Françoise, dans la cour. Et aujourd'hui tous ces fils différents s'étaient réunis pour faire la trame, ici du ménage Saint-Loup, là du jeune ménage Cambremer, pour ne pas parler de Morel, et de tant d'autres dont la conjonction avait concouru à former une circonstance qu'il me semblait que la circonstance était l'unité complète, et le personnage seulement une partie composante. Et ma vie était déjà assez longue pour qu'à plus d'un des êtres qu'elle m'offrait, je trouvasse dans des régions opposées de mes souvenirs pour le compléter un autre être ; jusqu'aux Elstir que je voyais ici à une place qui était un signe de sa gloire, je pouvais ajouter les plus anciens souvenirs des Verdurin, les Cottard, la conversation dans le restaurant de Rivebelle, la matinée où j'avais connu Albertine, et tant d'autres. Ainsi un amateur d'art à qui on montre le volet d'un retable se rappelle dans quelle église, dans quels musées, dans quelle collection particulière les autres sont dispersés (de même qu'en suivant les catalogues des ventes ou en fréquentant les antiquaires il finit par trouver l'objet jumeau de celui qu'il possède et qui fait avec lui la paire); il peut reconstituer dans sa tête la prédelle, l'autel tout entier. Comme un seau montant le long d'un treuil vient toucher la corde à diverses reprises et sur des côtés opposés, il n'y avait pas de personnage, presque pas même de choses ayant eu place dans ma vie, qui n'y eût joué tour à tour des rôles différents. Une simple relation mondaine, même un objet matériel, si je le retrouvais au bout de quelques années dans mon souvenir, je voyais que la vie n'avait pas cessé de tisser autour de lui des fils différents qui finissaient par le feutrer de ce beau velours inimitable des années, pareil à celui qui dans les vieux parcs enveloppe une simple conduite d'eau d'un fourreau d'émeraude [132].

Ce n'était pas que l'aspect de ces personnes qui donnait l'idée de personnes de songe. Pour elles-mêmes la vie, déjà ensommeillée dans la jeunesse et l'amour, était de plus en plus devenue un songe. Elles avaient oublié jusqu'à leurs rancunes, leurs haines, et pour être certaines que c'était à la personne qui était là qu'elles n'adressaient plus la parole il y a dix ans, il eût fallu qu'elles se reportassent à un registre, mais qui était aussi vague qu'un rêve où on a été insulté on ne sait plus par qui. Tous ces songes formaient les apparences contrastées de la vie politique, où on voyait dans un même ministère des gens qui s'étaient accusés de meurtre ou de trahison. Et ce songe devenait épais comme la mort chez certains vieillards dans les jours qui suivaient celui où ils avaient fait l'amour. Pendant ces jours-là, on ne pouvait plus rien demander au président de la République, il oubliait tout. Puis, si on le laissait se reposer quelques jours, le souvenir des affaires publiques lui revenait, fortuit comme celui d'un rêve.

Parfois ce n'était pas en une seule image qu'apparaissait cet être si différent de celui que j'avais connu depuis. C'est pendant des années que Bergotte m'avait paru un doux vieillard divin, que je m'étais senti paralysé comme par une apparition devant le chapeau gris de Swann, le manteau violet de sa femme, le mystère dont le nom de sa race entourait la Duchesse de Guermantes jusque dans un salon ; origines presque fabuleuses, charmante mythologie de relations devenues si banales ensuite mais qu'elles prolongeaient dans le passé comme en plein ciel, avec un éclat pareil à celui que projette la queue étincelante d'une comète. Et même celles qui n'avaient pas commencé dans le mystère, comme mes relations avec Mme de Souvré [133], si sèches et si purement mondaines aujourd'hui gardaient à leurs débuts, leur premier sourire, plus calme, plus doux, et si onctueusement tracé dans la plénitude d'un après-midi au bord de la mer, d'une fin de journée de printemps à Paris, bruyante d'équipages, de poussière soulevée, et de soleil remué comme de l'eau. Et peut-être Mme de Souvré n'eût-elle pas valu grand-chose si on l'eût détachée de ce cadre, comme ces monuments — la Salute par exemple — qui sans grande beauté propre font admirablement là où ils sont situés, mais elle faisait partie d'un lot de souvenirs que j'estimais à un certain prix « l'un dans l'autre » sans me demander pour combien exactement la personne de Mme de Souvré y figurait.

Une chose me frappa plus encore chez tous ces êtres que les changements physiques, sociaux qu'ils avaient subis, ce fut celui qui tenait à l'idée différente qu'ils avaient les uns des autres. Legrandin méprisait Bloch et ne lui adressait jamais la parole. Il fut très aimable avec lui. Ce n'était pas du tout à cause de la situation plus grande qu'avait prise Bloch, ce qui dans ce cas ne mériterait pas d'être noté car les changements sociaux amènent forcément des changements respectifs de position entre ceux qui les ont subis. Non ; c'était que les gens — les gens, c'est-à-dire ce qu'ils sont pour nous — n'ont pas dans notre mémoire l'uniformité d'un tableau. Au gré de notre oubli ils évoluent. Quelquefois nous allons jusqu'à les confondre avec d'autres : « Bloch, c'est quelqu'un qui venait à Combray » et en disant Bloch c'était moi qu'on voulait dire. Inversement, Mme Sazerat était persuadée que de moi était telle thèse historique sur Philippe II (laquelle était de Bloch). Sans aller jusqu'à ces interventions, on oublie les crasses que l'un vous a faites, ses défauts, la dernière fois où on s'est quitté sans se serrer la main et en revanche on s'en rappelle une plus ancienne, où on était bien ensemble. Et c'est à cette fois plus ancienne que les manières de Legrandin répondaient, dans son amabilité avec Bloch, soit qu'il eût perdu la mémoire d'un certain passé, soit qu'il le jugeât prescrit, mélange de pardon, d'oubli, d'indifférence qui est aussi un effet du Temps. D'ailleurs les souvenirs que nous avons les uns des autres, même dans l'amour, ne sont pas les mêmes. J'avais vu Albertine se rappeler à merveille telle parole que je lui avais dite dans nos premières rencontres et que j'avais complètement oubliée. D'un autre fait enfoncé à jamais dans ma tête comme un caillou elle n'avait aucun souvenir. Notre vie parallèle ressemblait à ces allées où de distance en distance des vases de fleurs sont placés symétriquement, mais non en face des autres. A plus forte raison est-il compréhensible que pour des gens qu'on connaît peu on se rappelle à peine qui ils sont, ou on s'en rappelle autre chose, même de plus ancien, que ce qu'on en pensait autrefois, quelque chose qui est suggéré par les gens au milieu de qui on les retrouve, qui ne les connaissent que depuis peu, parés de qualités et d'une situation qu'ils n'avaient pas autrefois, mais que l'oublieux accepte d'emblée.

Sans doute la vie en mettant à plusieurs reprises ces personnes sur mon chemin, me les avait présentées dans des circonstances particulières qui en les entourant de toutes parts, avaient rétréci la vue que j'avais eue d'elles, et m'avait empêché de connaître leur essence. Ces Guermantes même qui avaient été pour

moi l'objet d'un si grand rêve, quand je m'étais
approché d'abord de l'un d'eux, m'étaient apparus
sous l'aspect, l'une d'une vieille amie de ma grand-
mère, l'autre d'un monsieur qui m'avait regardé d'un
air si désagréable à midi dans les jardins du Casino.
(Car il y a entre nous et les êtres un liséré de
contingences, comme j'avais compris dans mes lectures de Combray qu'il y en a un de perception et qui
empêche la mise en contact absolue de la réalité et de
l'esprit.) De sorte que ce n'était jamais qu'après coup,
en les rapportant à un nom, que leur connaissance
était devenue pour moi la connaissance des Guermantes. Mais peut-être cela même me rendait-il la vie
plus poétique de penser que la race mystérieuse aux
yeux perçants, au bec d'oiseau, la race rose, dorée,
inapprochable, s'était trouvée si souvent, si naturellement, par l'effet de circonstances aveugles et différentes, s'offrir à ma contemplation, à mon commerce,
même à mon intimité, au point que quand j'avais
voulu connaître Mlle de Stermaria ou faire faire des
robes à Albertine, c'était comme aux plus serviables
de mes amis, à des Guermantes que je m'étais adressé.
Certes cela m'ennuyait d'aller chez eux autant que
chez les autres gens du monde que j'avais connus
ensuite. Même pour la Duchesse de Guermantes,
comme pour certaines pages de Bergotte, son charme
ne m'était visible qu'à distance et s'évanouissait quand
j'étais près d'elle car il résidait dans ma mémoire et
dans mon imagination. Mais enfin malgré tout les
Guermantes comme Gilberte aussi, différaient des
autres gens du monde en ce qu'ils plongeaient plus
avant leurs racines dans un passé de ma vie où je rêvais
davantage et croyais plus aux individus. Ce que je
possédais avec ennui, en causant en ce moment avec
l'une et avec l'autre, c'était du moins celles des
imaginations de mon enfance que j'avais trouvées le
plus belles et crues le plus inaccessibles, et je me
consolais en confondant comme un marchand qui
s'embrouille dans ses livres, la valeur de leur possession avec le prix auquel les avait cotées mon désir.

Mais pour d'autres êtres, le passé de mes relations avec eux était gonflé de rêves plus ardents formés sans espoir, où s'épanouissait si richement ma vie d'alors, dédiée à eux tout entière, que je pouvais à peine comprendre comment leur exaucement était ce mince, étroit et terne ruban d'une intimité indifférente et dédaignée où je ne pouvais plus rien retrouver de ce qui avait fait leur mystère, leur fièvre et leur douceur.

« Que devient la Marquise d'Arpajon ? demanda Mme de Cambremer [134]. » — « Mais elle est morte, répondit Bloch. — « Vous confondez avec la Comtesse d'Arpajon qui est morte l'année dernière. » La Princesse d'Agrigente se mêla à la discussion ; jeune veuve d'un vieux mari très riche et porteur d'un grand nom, elle était beaucoup demandée en mariage et en avait pris une grande assurance. « La Marquise d'Arpajon est morte aussi il y a à peu près un an. » — « Ah ! un an je vous réponds que non, répondit Mme de Cambremer, j'ai été à une soirée de musique chez elle, il y a moins d'un an. » Bloch pas plus que les « gigolos » du monde ne pouvait prendre part utilement à la discussion, car toutes ces morts de personnes âgées étaient à une distance d'eux trop grande, soit par la différence énorme des années, soit par la récente arrivée (de Bloch, par exemple) dans une société différente qu'il abordait de biais, au moment où elle déclinait, dans un crépuscule où le souvenir d'un passé qui ne lui était pas familier ne pouvait l'éclairer. Et pour les gens du même âge et du même milieu, la mort avait perdu de sa signification étrange. D'ailleurs on faisait tous les jours prendre des nouvelles de tant de gens à l'article de la mort, et dont les uns s'étaient rétablis tandis que d'autres avaient « succombé » qu'on ne se souvenait plus au juste si telle personne qu'on avait jamais l'occasion de voir s'était sortie de sa fluxion de poitrine ou avait trépassé. La mort se multipliait et devenait plus incertaine dans ces régions âgées. A cette croisée de deux générations et de deux sociétés qui en vertu de raisons différentes, mal placées pour distinguer la mort, la confondaient presque avec la vie, la première s'était mondanisée, était devenue un incident qui qualifiait plus ou moins une personne sans que le ton dont on parlait eût l'air de signifier que cet incident terminait tout pour elle. On disait : « Mais vous oubliez un tel est mort », comme on eût dit : « Il est décoré », « il est de l'Académie », ou — et cela revenait au même puisque cela empêchait aussi d'assister aux fêtes — « il est allé passer l'hiver dans le Midi », « on lui a ordonné les montagnes ». Encore pour des hommes connus, ce qu'ils laissaient en mourant aidait à se rappeler que leur existence était terminée. Mais pour les simples gens du monde très âgés, on s'embrouillait sur le fait qu'ils fussent morts ou non, non seulement parce qu'on connaissait mal ou qu'on avait oublié leur passé, mais parce qu'ils ne tenaient en quoi que ce soit à l'avenir. Et la difficulté qu'avait chacun de faire un triage entre les maladies, l'absence, la retraite à la campagne, la mort des vieilles gens du monde, consacrait, tout autant que l'indifférence des hésitants, l'insignifiance des défunts.

« Mais si elle n'est pas morte comment se fait-il qu'on ne la voie plus jamais, ni son mari non plus ? » demanda une vieille fille qui aimait faire de l'esprit. — « Mais je te dirai, reprit sa mère qui quoique quinquagénaire ne manquait pas une fête, que c'est parce qu'ils sont vieux, à cet âge-là on ne sort plus. » Il semblait qu'il y eût avant le cimetière toute une cité close des vieillards, aux lampes toujours allumées dans la brume. Mme de Saint-Euverte trancha le débat en disant que la Comtesse d'Arpajon était morte, il y avait un an, d'une longue maladie, mais que la Marquise d'Arpajon était morte aussi depuis, très vite, « d'une façon tout à fait insignifiante ». Mort qui par là ressemblait à toutes ces vies, et par là aussi expliquait qu'elle eût passé inaperçue, excusait ceux qui confondaient. En entendant que Mme d'Arpajon était vraiment morte la vieille fille jeta sur sa mère un regard alarmé, car elle craignait que d'apprendre la mort d'une de ses « contemporaines » ne « frappât sa

mère », elle croyait entendre d'avance parler de la
mort de sa propre mère avec cette explication : « Elle
avait été très *frappée* par la mort de Mme d'Arpajon. »
Mais la mère de la vieille fille au contraire se faisait à
elle-même l'effet de l'avoir emporté dans un concours
sur des concurrents de marque, chaque fois qu'une
personne de son âge « disparaissait ». Leur mort était
la seule manière dont elle prît encore agréablement
conscience de sa propre vie. La vieille fille s'aperçut
que sa mère qui n'avait pas semblé fâchée de dire que
Mme d'Arpajon était recluse dans les demeures d'où
ne sortent plus guère les vieillards fatigués, l'avait été
moins encore d'apprendre que la Marquise était entrée
dans la cité d'après, celle d'où on ne sort plus. Cette
constatation de l'indifférence de sa mère amusa l'esprit caustique de la vieille fille. Et pour faire rire ses
amies, elle faisait un récit désopilant de la manière
allègre, prétendait-elle, dont sa mère avait dit en se
frottant les mains : « Mon Dieu, il est bien vrai que
cette pauvre Madame d'Arpajon est morte. » Même
pour ceux qui n'avaient pas besoin de cette mort pour
se réjouir d'être vivants, elle les rendit heureux. Car
toute mort est pour les autres une simplification
d'existence, ôte le scrupule de se montrer reconnaissant, l'obligation de faire des visites. Ce n'est pas ainsi
que la mort de M. Verdurin avait été accueillie par
Elstir.

Une dame sortit, car elle avait d'autres matinées et
devait aller goûter avec deux reines. C'était cette
grande cocotte du monde que j'avais connue autrefois,
la Princesse de Nassau. Si sa taille n'avait pas diminué
ce qui lui donnait l'air par sa tête située à une bien
moindre hauteur qu'elle n'était autrefois, d'avoir ce
qu'on appelle *un pied dans la tombe*, on aurait à peine
pu dire qu'elle avait vieilli. Elle restait une Marie-
Antoinette au nez autrichien, au regard délicieux,
conservée, embaumée grâce à mille fards adorable-
ment unis qui lui faisaient une figure lilas. Il flottait
sur elle cette expression confuse et tendre d'être
obligée de partir, de promettre tendrement de revenir,

de s'esquiver discrètement, qui tenait à la foule des
réunions d'élite où on l'attendait. Née presque sur les
marches d'un trône, mariée trois fois, entretenue
longtemps et richement par de grands banquiers, sans
compter les mille fantaisies qu'elle s'était offertes, elle
portait légèrement sous sa robe mauve comme ses
yeux admirables et ronds et comme sa figure fardée,
les souvenirs un peu embrouillés de ce passé innombrable. Comme elle passait devant moi en se sauvant *à
l'anglaise*, je la saluai. Elle me reconnut, elle me serra
la main et fixa sur moi les rondes prunelles mauves de
l'air qui voulait dire : « Comme il y a longtemps que
nous ne nous sommes vus ! Nous parlerons de cela une
autre fois. » Elle me serrait la main avec force, ne se
rappelant pas au juste si en voiture un soir qu'elle me
ramenait de chez la Duchesse de Guermantes, il y
avait eu ou non une passade entre nous. A tout hasard
elle sembla faire allusion à ce qui n'avait pas été, chose
qui ne lui était pas difficile puisqu'elle prenait un air
de tendresse pour une tarte aux fraises, et mettait si
elle était obligée de partir avant la fin de la musique
l'air désespéré d'un abandon qui ne serait pas définitif. Incertaine d'ailleurs sur la passade avec moi, son
serrement de main furtif ne s'attarda pas et elle ne me
dit pas un mot. Elle me regarda seulement comme j'ai
dit, d'une façon qui signifiait « Qu'il y a longtemps ! »
et où repassaient ses maris, les hommes qui l'avaient
entretenue, deux guerres, et ses yeux stellaires semblables à une horloge astronomique taillée dans une
opale marquèrent successivement toutes ces heures
solennelles du passé si lointain qu'elle retrouvait à tout
moment quand elle voulait vous dire un bonjour qui
était toujours une excuse. Puis m'ayant quitté, elle se
mit à trotter vers la porte, pour qu'on ne se dérangeât
pas pour elle, pour me montrer que si elle n'avait pas
causé avec moi c'est qu'elle était pressée, pour rattra-
per la minute perdue à me serrer la main afin d'être
exacte chez la Reine d'Espagne qui devait goûter seule
avec elle, même, près de la porte je crus qu'elle allait

prendre le pas de course. Et elle courait en effet à son tombeau.

Une grosse dame me dit un bonjour pendant la courte durée duquel les pensées les plus différentes se pressèrent dans mon esprit [135]. J'hésitai un instant à lui répondre, craignant que ne reconnaissant pas les gens mieux que moi, elle eût cru que j'étais quelqu'un d'autre, puis son assurance me fit au contraire, de peur que ce fût quelqu'un avec qui j'avais été très lié exagérer l'amabilité de mon sourire, pendant que mes regards continuaient à chercher dans ses traits le nom que je ne trouvais pas. Tel un candidat au baccalauréat attache ses regards sur la figure de l'examinateur et espère vainement y trouver la réponse qu'il ferait mieux de chercher dans sa propre mémoire, tel tout en lui souriant, j'attachais mes regards sur les traits de la grosse dame. Ils me semblèrent être ceux de Mme Swann, aussi mon sourire se nuança-t-il de respect pendant que mon indécision commençait à cesser. Alors j'entendis la grosse dame me dire, une seconde plus tard : « Vous me preniez pour Maman, en effet je commence à lui ressembler beaucoup. » Et je reconnus Gilberte. Nous parlâmes beaucoup de Robert, Gilberte en parlait sur un ton déférent comme si c'eût été un être supérieur qu'elle tenait à me montrer qu'elle avait admiré et compris. Nous nous rappelâmes l'un à l'autre combien les idées qu'il exposait jadis sur l'art de la guerre (car il lui avait souvent redit à Tansonville les mêmes thèses que je lui avais entendu exposer à Doncières et plus tard) s'étaient souvent, et en somme sur un grand nombre de points trouvées vérifiées par la dernière guerre.

« Je ne puis pas vous dire à quel point la moindre des choses qu'il me disait à Doncières me frappe maintenant, et aussi pendant la guerre. Les dernières paroles que j'ai entendues de lui quand nous nous sommes quittés pour ne plus nous revoir étaient qu'il attendait Hindenburg, général napoléonien, à un des types de la bataille napoléonienne celle qui a pour but de séparer deux adversaires, peut-être avait-il ajouté les Anglais et nous. Or, à peine un an après la mort de Robert, un critique pour lequel il avait une profonde admiration et qui exerçait visiblement une grande influence sur ses idées militaires, M. Henry Bidou disait que l'offensive d'Hindenburg en mars 1918, c'était « la bataille de séparation d'un adversaire massé contre deux adversaires en ligne, manœuvre que l'Empereur a réussie en 1796 sur l'Apennin et qu'il a manquée en 1815 en Belgique ». Quelques instants auparavant Robert comparait devant moi les batailles à des pièces où il n'est pas toujours facile de savoir ce qu'a voulu l'auteur, où lui-même a changé son plan en cours de route. Or, pour cette offensive allemande de 1918, sans doute en l'interprétant de cette façon Robert ne serait pas d'accord avec M. Bidou. Mais d'autres critiques pensent que c'est le succès d'Hindenburg dans la direction d'Amiens, puis son arrêt forcé, son succès dans les Flandres, puis l'arrêt encore qui ont fait, accidentellement en somme, d'Amiens, puis de Boulogne, des buts qu'il ne s'était pas préalablement assignés. Et chacun pouvant refaire une pièce à sa manière, il y en a qui voient dans cette offensive l'annonce d'une marche foudroyante sur Paris, d'autres des coups de boutoir désordonnés pour détruire l'armée anglaise. Et même si les ordres donnés par le chef s'opposent à telle ou telle conception, il restera toujours aux critiques le loisir de dire comme Mounet-Sully à Coquelin qui l'assurait que *Le Misanthrope* n'était pas la pièce triste, dramatique qu'il voulait jouer (car Molière au témoignage des contemporains, en donnait une interprétation comique et y faisait rire) : « Hé bien, c'est que Molière se trompait. »

Et sur les avions vous rappelez-vous quand il disait, il avait de si jolies phrases : « Il faut que chaque armée soit un Argus aux cent yeux » ? Hélas, il n'a pu voir la vérification de ses dires. » — « Mais si répondis-je, à la bataille de la Somme, il a bien su qu'on a commencé par aveugler l'ennemi en lui crevant les yeux, en détruisant ses avions et ses ballons captifs. » — « Ah !

oui c'est vrai. » Et comme depuis qu'elle ne vivait plus que pour l'Intelligence, elle était devenue un peu pédante : « Et lui prétendait qu'on revenait aux anciens moyens. Savez-vous que les expéditions de Mésopotamie dans cette guerre (elle avait dû lire cela, à l'époque dans les articles de Brichot) évoquent à tout moment, inchangée, la Retraite de Xénophon. Et, pour aller du Tigre à l'Euphrate le commandement anglais s'est servi de bellones, bateau long et étroit, gondole de ce pays, et dont se servaient déjà les plus antiques Chaldéens. » Ces paroles me donnaient bien le sentiment de cette stagnation du passé qui dans certains lieux par une sorte de pesanteur spécifique s'immobilise indéfiniment si bien qu'on peut le retrouver tel quel. Mais j'avoue qu'à cause des lectures que j'avais faites à Balbec non loin de Robert [136], j'étais plus impressionné, comme dans la campagne de France de retrouver la tranchée de Mme de Sévigné en Orient à propos du siège de Kout-el-Amara (Kout-l'émir, « comme nous disons Vaux-le-Vicomte et Bailleau-l'Évêque », aurait dit le curé de Combray s'il avait étendu sa soif d'étymologie aux langues orientales), de voir revenir auprès de Bagdad ce nom de Bassorah dont il est tant question dans *Les Mille et une Nuits* et que gagne chaque fois, après avoir quitté Bagdad ou avant d'y rentrer, pour s'embarquer ou pour débarquer, bien avant le général Townshend et le général Gorringer, aux temps des Khalifes, Simbad le Marin.

« Il y a un côté de la guerre qu'il commençait, je crois, à apercevoir, lui dis-je, c'est qu'elle est humaine, se vit comme un amour ou comme une haine, pourrait être racontée comme un roman et que par conséquent si tel ou tel va répétant que la stratégie est une science, cela ne l'aide en rien à comprendre la guerre, parce que la guerre n'est pas stratégique. L'ennemi ne connaît pas plus nos plans que nous ne savons le but poursuivi par la femme que nous aimons et ces plans peut-être ne les savons-nous pas nous-mêmes. Les Allemands, dans l'offensive de mars

1918, avaient-ils pour but de prendre Amiens. Nous n'en savons rien. Peut-être ne le savaient-ils pas eux-mêmes et est-ce l'événement, leur progression à l'ouest vers Amiens qui détermina leur projet. A supposer que la guerre soit scientifique encore faudrait-il la peindre comme Elstir peignait la mer, par l'autre sens, et partir des illusions, des croyances qu'on rectifie peu à peu, comme Dostoïevsky raconterait une vie. D'ailleurs il est trop certain que la guerre n'est point stratégique, mais plutôt médicale, comportant des accidents imprévus que le clinicien pouvait espérer d'éviter, comme la Révolution russe. »

Dans toute cette conversation, Gilberte m'avait parlé de Robert avec une déférence qui semblait plus s'adresser à mon ancien ami qu'à son époux défunt. Elle avait l'air de me dire : « Je sais combien vous l'admiriez. Croyez bien que j'ai su comprendre l'être supérieur qu'il était. » Et pourtant l'amour que certainement elle n'avait plus pour son souvenir était peut-être encore la cause lointaine de particularités de sa vie actuelle. Ainsi Gilberte avait maintenant pour amie inséparable Andrée. Quoique celle-ci commençât, surtout à la faveur du talent de son mari et de sa propre intelligence, à pénétrer non pas certes dans le milieu des Guermantes, mais dans un monde infiniment plus élégant que celui qu'elle fréquentait jadis, on fut étonné que la Marquise de Saint-Loup condescendît à devenir sa meilleure amie. Le fait sembla être un signe, chez Gilberte de son penchant pour ce qu'elle croyait une existence artistique, et pour une véritable déchéance sociale. Cette explication peut être la vraie. Une autre pourtant vint à mon esprit toujours fort pénétré que les images que nous voyons assemblées quelque part sont généralement le reflet, ou d'une façon quelconque l'effet, d'un premier groupement assez différent quoique symétrique d'autres images, extrêmement éloigné du second. Je pensais que si on voyait tous les soirs ensemble Andrée, son mari et Gilberte, c'était peut-être parce que tant d'années auparavant on avait pu voir le futur mari d'Andrée vivant avec Rachel, puis la quittant pour Andrée. Il est probable que Gilberte alors, dans le monde trop distant, trop élevé, où elle vivait n'en avait rien su. Mais elle avait dû l'apprendre plus tard, quand Andrée avait monté et qu'elle-même avait descendu assez pour qu'elles pussent s'apercevoir. Alors avait dû exercer sur elle un grand prestige la femme pour laquelle Rachel avait été quittée par l'homme pourtant séduisant sans doute qu'elle avait préféré à Robert. Ainsi peut-être la vue d'Andrée rappelait à Gilberte ce roman de jeunesse qu'avait été son amour pour Robert, et inspirait aussi à Gilberte un grand respect pour Andrée de laquelle était toujours amoureux un homme, tant aimé par cette Rachel que Gilberte sentait avoir été plus aimée de Saint-Loup qu'elle ne l'avait été elle-même. Peut-être au contraire ces souvenirs ne jouaient-ils aucun rôle dans la prédilection de Gilberte pour ce ménage artiste et fallait-il y voir simplement, comme faisaient beaucoup les goûts habituellement inséparables chez les femmes du monde de s'instruire et de s'encanailler. Gilberte avait peut-être autant oublié Robert que moi Albertine, et si même elle savait que c'était Rachel que l'artiste avait quittée pour Andrée, ne pensait-elle jamais quand elle les voyait à ce fait qui n'avait jamais joué aucun rôle dans son goût pour eux. On n'aurait pu décider si mon explication première n'était pas seulement possible, mais était vraie, que grâce au témoignage des intéressés seul recours qui reste en pareil cas s'ils pouvaient apporter dans leurs confidences de la clairvoyance et de la sincérité. Or la première s'y rencontre rarement et la seconde jamais. En tout cas la vue de Rachel, devenue aujourd'hui une actrice célèbre ne pouvait pas être bien agréable à Gilberte. Je fus donc ennuyé d'apprendre qu'elle récitait des vers dans cette matinée et avait-on annoncé *Le Souvenir* de Musset et des fables de La Fontaine.

On entendait la Princesse de Guermantes répéter d'un air exalté et d'une voix de ferraille que lui faisait son râtelier : « Oui c'est cela, nous ferons clan ! nous

ferons clan ! J'aime cette jeunesse si intelligente, si
participante, ah ! quelle mugichienne vous êtes ! » Et
elle plantait son gros monocle dans son œil rond, mi-
amusé, mi-s'excusant de ne pouvoir soutenir la gaieté
longtemps, mais jusqu'au bout elle était décidée à
« participer », à « faire clan [137] ».

« Mais comment venez-vous dans des matinées si
nombreuses ? me demanda Gilberte. Vous retrouver
dans une grande tuerie comme cela, ce n'est pas ainsi
que je vous schématisais. Certes, je m'attendais à vous
voir partout ailleurs qu'à un des grands tralalas de ma
tante, puisque tante il y a », ajouta-t-elle d'un air fin,
car étant Mme de Saint-Loup depuis un peu plus
longtemps que Mme Verdurin n'était entrée dans la
famille, elle se considérait comme une Guermantes de
tout temps et atteinte par la mésalliance que son oncle
avait faite en épousant Mme Verdurin et que il est vrai
elle avait entendu railler mille fois devant elle dans la
famille, tandis que naturellement ce n'était que hors
de sa présence qu'on avait parlé de la mésalliance
qu'avait faite Saint-Loup en l'épousant. Elle affectait
d'ailleurs d'autant plus de dédain pour cette tante
mauvais teint que par l'espèce de perversion qui
pousse les gens intelligents à s'évader du chic habituel,
par le besoin aussi de souvenirs qu'ont les gens âgés,
pour tâcher enfin de donner un passé à son élégance
nouvelle, la Princesse de Guermantes aimait à dire en
parlant de Gilberte : « Je vous dirai que ce n'est pas
pour moi une relation nouvelle, j'ai énormément
connu la mère de cette petite-là tenez c'était une
grande amie à ma cousine Marsantes. C'est chez moi
qu'elle a connu le père de Gilberte. Quant au pauvre
Saint-Loup, je connaissais d'avance toute sa famille,
son propre oncle était mon intime autrefois à la Raspelière. » — « Vous voyez que les Verdurin n'étaient
pas du tout des bohèmes me disaient les gens qui
entendaient parler ainsi la Princesse de Guermantes,
c'étaient des amis de tout temps de la famille de
Mme de Saint-Loup. » J'étais peut-être seul, par mon
grand-père, à savoir qu'en effet les Verdurin n'étaient

pas des bohèmes. Mais ce n'était pas précisément
parce qu'ils avaient connu Odette. Mais on arrange
aisément les récits du passé que personne ne connaît
plus comme ceux des voyages dans les pays où
personne n'est jamais allé. « Enfin conclut Gilberte,
puisque vous sortez quelquefois de votre tour d'ivoire,
des petites réunions intimes chez moi, où j'inviterais
des esprits sympathiques ne vous conviendraient-elles
pas mieux ? Ces grandes machines comme ici sont bien
peu faites pour vous. Je vous voyais causer avec ma
tante Oriane qui a toutes les qualités qu'on voudra
mais à qui nous ne ferons pas tort n'est-ce pas en
déclarant qu'elle n'appartient pas à l'élite pensante. »
   Je ne pouvais mettre Gilberte au courant des
pensées que j'avais depuis une heure mais je crus que,
sur un point de pure distraction elle pourrait servir
mes plaisirs, lesquels en effet ne me semblaient pas
devoir être de parler littérature avec la Duchesse de
Guermantes plus qu'avec Mme de Saint-Loup. Certes
j'avais l'intention de recommencer dès demain, bien
qu'avec un but cette fois, à vivre dans la solitude.
Même chez moi, je ne laisserais pas de gens venir me
voir dans mes instants de travail car le devoir de faire
mon œuvre primait celui d'être poli ou même bon. Ils
insisteraient sans doute, eux qui ne m'avaient pas vu
depuis si longtemps, venant de me retrouver et me
jugeant guéri, venant quand le labeur de leur journée
ou de leur vie était fini ou interrompu, et ayant alors
ce même besoin de moi que j'avais eu autrefois de
Saint-Loup ; et parce que, comme je m'en étais déjà
aperçu à Combray quand mes parents me faisaient des
reproches au moment où je venais de prendre à leur
insu les plus louables résolutions, les cadrans intérieurs qui sont départis aux hommes ne sont pas tous
réglés à la même heure. L'un sonne celle du repos en
même temps que l'autre celle du travail, l'un celle du
châtiment par le juge quand chez le coupable celle du
repentir et du perfectionnement intérieur est sonnée
depuis longtemps. Mais j'aurais le courage de répondre à ceux qui viendraient me voir ou me feraient

chercher, que j'avais pour des choses essentielles au
courant desquelles il fallait que je fusse mis sans
retard, un rendez-vous urgent, capital, avec moi-
même. Et pourtant bien qu'il y ait peu de rapport
entre notre moi véritable et l'autre, à cause de
l'homonymat et du corps commun aux deux, l'abnéga-
tion qui vous fait faire le sacrifice des devoirs plus
faciles, même des plaisirs, paraît aux autres de
l'égoïsme.

Et d'ailleurs n'était-ce pas pour m'occuper d'eux
que je vivrais loin de ceux qui se plaindraient de ne pas
me voir, pour m'occuper d'eux plus à fond que je
n'aurais pu le faire avec eux, pour chercher à les
révéler à eux-mêmes, les réaliser. A quoi eût servi que
pendant des années encore, j'eusse perdu des soirées à
faire glisser sur l'écho à peine expiré de leurs paroles le
son tout aussi vain des miennes, pour le stérile plaisir
d'un contact mondain qui exclut toute pénétration.
Ne valait-il pas mieux que, ces gestes qu'ils faisaient,
ces paroles qu'ils disaient, leur vie, leur nature,
j'essayasse d'en décrire la courbe et d'en dégager la
loi ? Malheureusement j'aurais à lutter cont. cette
habitude de se mettre à la place des autres qui, si en
favorise la conception d'une œuvre en retarde l'exécution. Car par une politesse supérieure elle pousse à
sacrifier aux autres non seulement son plaisir mais son
devoir, quand se mettant à la place des autres ce
devoir — quel qu'il soit, fût-ce pour quelqu'un qui ne
peut rendre aucun service au front, de rester à l'arrière
où il est utile, apparaît comme, ce qu'il n'est pas en
réalité, notre plaisir.

Et bien loin de me croire malheureux de cette vie
sans amis, sans causerie, comme il est arrivé aux plus
grands de le croire, je me rendais compte que les
forces d'exaltation qui se dépensent dans l'amitié sont
une sorte de porte-à-faux visant une amitié particulière qui ne mène à rien et se détournant d'une vérité
vers laquelle elles étaient capables de nous conduire.
Mais enfin [138] quand des intervalles de repos et de
société me seraient nécessaires, je sentais que plutôt

que les conversations intellectuelles que les gens du monde croient utiles aux écrivains, de légères amours avec des jeunes filles en fleurs seraient un aliment choisi que je pourrais à la rigueur permettre à mon imagination semblable au cheval fameux qu'on ne nourrissait que de roses. Ce que tout d'un coup je souhaitais de nouveau, c'est ce dont j'avais rêvé à Balbec, quand sans les connaître encore, j'avais vu passer devant la mer Albertine, Andrée et leurs amies. Mais hélas je ne pouvais plus chercher à retrouver celles que justement en ce moment je désirais si fort. L'action des années qui avait transformé tous les êtres que j'avais vus aujourd'hui, et Gilberte elle-même, avait certainement fait de toutes celles qui survivaient, comme elle eût fait d'Albertine si elle n'avait pas péri, des femmes trop différentes de ce que je me rappelais. Je souffrais d'être obligé de moi-même à atteindre celles-là, car le temps qui change les êtres ne modifie pas l'image que nous avons gardée d'eux. Rien n'est plus douloureux que cette opposition entre l'altération des êtres et la fixité du souvenir, quand nous comprenons que ce qui a gardé tant de fraîcheur dans notre mémoire n'en peut plus avoir dans la vie, que nous ne pouvons, au-dehors, nous rapprocher de ce qui nous paraît si beau au-dedans de nous, de ce qui excite en nous un désir pourtant si individuel de le revoir, qu'en le cherchant dans un être du même âge, c'est-à-dire dans un autre être. C'est que comme j'avais pu souvent le soupçonner, ce qui semble unique dans une personne qu'on désire ne lui appartient pas. Mais le temps écoulé m'en donnait une preuve plus complète, puisque, après vingt ans, spontanément, je voulais chercher au lieu des filles que j'avais connues celles qui possédaient maintenant cette jeunesse que les autres avaient alors. (D'ailleurs ce n'est pas seulement le réveil de nos désirs charnels qui ne correspond à aucune réalité parce qu'il ne tient pas compte du temps perdu. Il m'arrivait parfois de souhaiter que par un miracle entrassent auprès de moi, restées vivantes contrairement à ce que j'avais cru, ma grand-mère,

Albertine. Je croyais les voir, mon cœur s'élançait vers elles. J'oubliais seulement une chose. C'est que si elles vivaient en effet Albertine aurait à peu près maintenant l'aspect que m'avait présenté à Balbec Mme Cottard, et que ma grand-mère ayant plus de quatre-vingt-quinze ans, ne me montrerait rien du beau visage calme et souriant avec lequel je l'imaginais encore maintenant, aussi arbitrairement qu'on donne une barbe à Dieu le Père, ou qu'on représentait au XVIIᵉ siècle les héros d'Homère avec un accoutrement de gentilshommes et sans tenir compte de leur antiquité.)

Je regardais Gilberte et je ne pensais pas, je voudrais la revoir, mais je lui dis qu'elle me ferait toujours plaisir en m'invitant avec de très jeunes filles, pauvres s'il était possible pour qu'avec de petits cadeaux je puisse leur faire plaisir, sans leur rien demander d'ailleurs que de faire renaître en moi les rêveries, les tristesses d'autrefois, peut-être, un jour improbable, un chaste baiser. Gilberte sourit et eut ensuite l'air de chercher sérieusement dans sa tête.

Comme Elstir aimait à voir incarnée devant lui, dans sa femme, la beauté vénitienne, qu'il avait souvent peinte dans ses œuvres, je me donnais l'excuse d'être attiré par un certain égoïsme esthétique vers les belles femmes qui pouvaient me causer de la souffrance, et j'avais un certain sentiment d'idolâtrie pour les futures Gilberte, les futures duchesses de Guermantes, les futures Albertine que je pourrais rencontrer, et qui me semblait-il, pourraient m'inspirer, comme un sculpteur qui se promène au milieu de beaux marbres antiques. J'aurais dû pourtant penser qu'antérieur à chacune était mon sentiment du mystère où elles baignaient et qu'ainsi plutôt que de demander à Gilberte de me faire connaître des jeunes filles, j'aurais mieux fait d'aller dans ces lieux où rien ne nous rattache à elles, où entre elles et soi on sent quelque chose d'infranchissable, où à deux pas, sur la plage, allant au bain, on se sent séparé d'elles par l'impossible. C'est ainsi que mon sentiment du mys-

tère avait pu s'appliquer successivement à Gilberte, à
la Duchesse de Guermantes, à Albertine, à tant
d'autres. Sans doute l'inconnu, et presque l'inconnais-
sable était devenu le connu, le familier, indifférent ou
douloureux, mais retenant de ce qu'il avait été un
certain charme. Et à vrai dire comme dans ces
calendriers que le facteur nous apporte pour avoir ses
étrennes, il n'était pas une de mes années qui n'eût eu
à son frontispice ou intercalée dans ses jours, l'image
d'une femme que j'y avais désirée ; image souvent
d'autant plus arbitraire que parfois je n'avais jamais vu
cette femme, quand c'était par exemple la femme de
chambre de Mme Putbus, Mlle d'Orgeville, ou telle
jeune fille dont j'avais vu le nom dans le compte rendu
mondain d'un journal parmi l'essaim des charmantes
valseuses. Je la devinais belle, m'éprenais d'elle, et lui
composais un corps idéal dominant de toute sa
hauteur un paysage de la province où j'avais lu, dans
L'Annuaire des Châteaux, que se trouvaient les pro-
priétés de sa famille. Pour les femmes que j'avais
connues ce paysage était au moins double. Chacune
s'élevait, à un point différent de ma vie, dressée
comme une divinité protectrice et locale d'abord au
milieu d'un de ces paysages rêvés dont la juxtaposition
quadrillait ma vie et où je m'étais attaché à l'imaginer,
ensuite vue du côté du souvenir, entourée des sites où
je l'avais connue et qu'elle me rappelait, y restant
attachée car si notre vie est vagabonde, notre mémoire
est sédentaire, et nous avons beau nous élancer sans
trêve, nos souvenirs eux, rivés aux lieux dont nous
nous détachons, continuent à y combiner leur vie
casanière, comme ces amis momentanés que le voyageur s'était faits dans une ville et qu'il est obligé
d'abandonner quand il la quitte parce que c'est là
qu'eux qui ne partent pas finiront leur journée et leur
vie comme s'il était là encore, au pied de l'église,
devant le port et sous les arbres du cours. Si bien que
l'ombre de Gilberte s'allongeait non seulement devant
une église de l'Ile-de-France où je l'avais imaginée,
mais aussi sur l'allée d'un parc du côté de Méséglise,

celle de Mme de Guermantes dans un chemin humide où montaient en quenouilles des grappes violettes et rougeâtres, ou sur l'or matinal d'un trottoir parisien. Et cette seconde personne, celle née non du désir, mais du souvenir, n'était pas pour chacune de ces femmes, unique. Car chacune je l'avais connue à diverses reprises, en des temps différents, où elle était une autre pour moi, où moi-même j'étais autre, baignant dans des rêves d'une autre couleur. Or la loi qui avait gouverné les rêves de chaque année maintenait assemblés autour d'eux les souvenirs d'une femme que j'y avais connue, tout ce qui se rapportait par exemple à la Duchesse de Guermantes au temps de mon enfance était concentré, par une force attractive, autour de Combray, et tout ce qui avait trait à la Duchesse de Guermantes qui allait tout à l'heure m'inviter à déjeuner, autour d'un être sensitif tout différent, il y avait plusieurs duchesses de Guermantes, comme il y avait eu depuis la Dame en rose, plusieurs madame Swann, séparées par l'éther incolore des années, et de l'une à l'autre desquelles je ne pouvais pas plus sauter que si j'avais eu à quitter une planète pour aller dans une autre planète que l'éther en sépare. Non seulement séparée, mais différente, parée des rêves que j'avais en des temps si différents, comme d'une flore particulière, qu'on ne retrouvera pas dans une autre planète ; au point qu'après avoir pensé que je n'irais déjeuner ni chez Mme de Forcheville, ni chez Mme de Guermantes, je ne pouvais me dire, tant cela m'eût transporté dans un monde autre, que l'une n'était pas une personne différente de la Duchesse de Guermantes qui descendait de Geneviève de Brabant, et l'autre de la Dame en rose, que parce qu'en moi un homme instruit me l'affirmait avec la même autorité qu'un savant qui m'eût affirmé qu'une voie lactée de nébuleuses était due à la segmentation d'une seule et même étoile. Telle Gilberte à qui je demandais pourtant sans m'en rendre compte de me permettre d'avoir des amies comme elle avait été autrefois, n'était plus pour moi que Mme de Saint-

Loup. Je ne songeais plus en la voyant au rôle qu'avait eu jadis dans mon amour, oublié lui aussi par elle, mon admiration pour Bergotte, pour Bergotte redevenu simplement pour moi l'auteur de ses livres, sans que je me rappelasse que dans des souvenirs rares et entièrement séparés l'émoi d'avoir été présenté à l'homme, la déception, l'étonnement de sa conversation, dans le salon aux fourrures blanches, plein de violettes, où on apportait si tôt, sur tant de consoles différentes, tant de lampes. Tous les souvenirs qui composaient la première Mlle Swann étaient en effet retranchés de la Gilberte actuelle, retenus bien loin par les forces d'attraction d'un autre univers, autour d'une phrase de Bergotte avec laquelle ils faisaient corps et baignés d'un parfum d'aubépine.

La fragmentaire Gilberte d'aujourd'hui écouta ma requête en souriant[139]. Puis, en se mettant à y réfléchir, elle prit un air sérieux. Et j'en étais heureux car cela l'empêchait de faire attention à un groupe dont la vue n'eût pu certes lui être agréable. On y remarquait la Duchesse de Guermantes en grande conversation avec une affreuse vieille femme que je regardais sans pouvoir du tout deviner qui elle était : je n'en savais absolument rien. En effet c'était avec Rachel c'est-à-dire avec l'actrice, devenue célèbre, qui allait, au cours de cette matinée, réciter des vers de Victor Hugo et de La Fontaine, que la tante de Gilberte, Mme de Guermantes causait en ce moment. Car la Duchesse, consciente depuis trop longtemps d'occuper la première situation de Paris (ne se rendant pas compte qu'une telle situation n'existe que dans les esprits qui y croient et que beaucoup de nouvelles personnes si elles ne la voyaient nulle part, si elles ne lisaient son nom dans le compte rendu d'aucune fête élégante, croiraient qu'elle n'occupait en effet aucune situation), ne voyait plus, qu'en visites aussi rares et aussi espacées qu'elle pouvait et dans un bâillement, le faubourg Saint-Germain qui disait-elle l'ennuyait à mourir, et en revanche se passait la fantaisie de déjeuner avec telle ou telle actrice qu'elle trouvait délicieuse. Dans les milieux nouveaux qu'elle fréquentait, restée bien plus la même qu'elle ne croyait elle continuait à croire que s'ennuyer facilement était une supériorité intellectuelle mais elle l'exprimait avec une sorte de violence qui donnait à sa voix quelque chose de rauque. Comme je lui parlais de Brichot : « Il m'a assez embêtée pendant vingt ans », et comme Mme de Cambremer disait : « Relisez ce que Schopenhauer dit de la musique », elle nous fit remarquer cette phrase en disant avec violence : « *Relisez* est un chef-d'œuvre ! Ah ! non çà par exemple, il ne faut pas nous la faire. » Le vieux d'Albon sourit en reconnaissant une des formes de l'esprit Guermantes. Gilberte plus moderne resta impassible. Quoique fille de Swann, comme un canard couvé par une poule, elle était plus lakiste, disait : « Je trouve ça d'un touchant ; il a une sensibilité charmante [140]. »

Je dis à Mme de Guermantes que j'avais rencontré M. de Charlus [141]. Elle le trouvait plus « baissé » qu'il n'était les gens du monde faisant des différences, en ce qui concerne l'intelligence, non seulement entre divers gens du monde chez lesquels elle est à peu près semblable mais même chez une même personne à différents moments de sa vie. Puis elle ajouta : « Il a toujours été le portrait de ma belle-mère ; mais c'est encore plus frappant maintenant. » Cette ressemblance n'avait rien d'extraordinaire. On sait en effet que certaines femmes se projettent en quelque sorte elles-mêmes en un autre être avec la plus grande exactitude, la seule erreur est dans le sexe. Erreur dont on ne peut pas dire : *felix culpa,* car le sexe réagit sur la personnalité et chez un homme le féminisme devient afféterie, la réserve susceptibilité, etc. N'importe, dans la figure fût-elle barbue dans les joues même congestionnées sous les favoris, il y a certaines lignes superposables à quelque portrait maternel. Il n'est guère un vieux Charlus qui ne soit une ruine où l'on ne reconnaisse avec étonnement sous tous les empâtements de la graisse et de la poudre de riz quelques fragments d'une belle femme en sa jeunesse

éternelle. A ce moment, Morel entra ; la Duchesse fut
avec lui d'une amabilité qui me déconcerta un peu.
« Ah ! je ne prends pas parti dans les querelles de
famille, dit-elle. Est-ce que vous ne trouvez pas que
c'est ennuyeux, les querelles de famille ? »

Car si dans ces périodes de vingt ans les conglomérarats de coteries se défaisaient et se reformaient selon
l'attraction d'astres nouveaux destinés d'ailleurs eux
aussi à s'éloigner, puis à reparaître, des cristallisations
puis des émiettements suivis de cristallisations nouvelles avaient lieu dans l'âme des êtres. Si pour moi
Mme de Guermantes avait été bien des personnes,
pour Mme de Guermantes, pour Mme Swann, etc.
telle personne donnée avait été un favori d'une époque
précédant l'affaire Dreyfus, puis un fanatique ou un
imbécile à partir de l'affaire Dreyfus qui avait changé
pour eux la valeur des êtres et classé autrement les
partis, lesquels s'étaient depuis encore défaits et
refaits. Ce qui y sert puissamment et y ajoute son
influence aux pures affinités intellectuelles, c'est le
temps écoulé, qui nous fait oublier nos antipathies,
nos dédains, les raisons mêmes qui expliquaient nos
antipathies et nos dédains. Si on avait analysé l'élégance de la jeune Mme de Cambremer, on y eût trouvé
qu'elle était la fille du marchand de notre maison,
Jupien, et que ce qui avait pu s'ajouter à cela pour la
rendre brillante, c'était que son père procurait des
hommes à M. de Charlus. Mais tout cela combiné
avait produit des effets scintillants alors que les causes
déjà lointaines, non seulement étaient inconnues de
beaucoup de nouveaux, mais encore que ceux qui les
avaient connues les avaient oubliées, pensant beaucoup plus à l'éclat actuel qu'aux hontes passées car on
prend toujours un nom dans son acception actuelle. Et
c'était l'intérêt de ces transformations de salons qu'elles étaient aussi un effet du temps perdu et un
phénomène de mémoire.

La Duchesse hésitait encore par peur d'une scène
de M. de Guermantes, devant Balthy et Mistinguett
qu'elle trouvait adorable mais avait décidément

Rachel pour amie. Les nouvelles générations en concluaient que la Duchesse de Guermantes malgré son nom devait être quelque demi-castor qui n'avait jamais été tout à fait du gratin. Il est vrai que pour quelques souverains, dont l'intimité lui était disputée par deux autres grandes dames, Mme de Guermantes se donnait encore la peine de les avoir à déjeuner. Mais d'une part ils viennent rarement, connaissent des gens de peu, et la Duchesse par la superstition des Guermantes à l'égard du vieux protocole (car à la fois les gens bien élevés l'*assommaient* et elle tenait à la bonne éducation), faisait mettre : « Sa Majesté a ordonné à la Duchesse de Guermantes, a daigné », etc. Et les nouvelles couches, ignorantes de ces formules, en concluaient que la position de la Duchesse était d'autant plus basse. Au point de vue de Mme de Guermantes cette intimité avec Rachel pouvait signifier que nous nous étions trompés quand nous croyions Mme de Guermantes hypocrite et menteuse dans ses condamnations de l'élégance, quand nous croyions qu'au moment où elle refusait d'aller chez Mme de Saint-Euverte, ce n'était pas au nom de l'intelligence mais du snobisme qu'elle agissait ainsi, ne la trouvant bête que parce que la Marquise laissait voir qu'elle était snob, n'ayant pas encore atteint son but. Mais cette intimité avec Rachel pouvait signifier aussi que l'intelligence était en réalité chez la Duchesse, médiocre, insatisfaite et désireuse sur le tard quand elle était fatiguée du monde, de réalisations, par ignorance totale des véritables réalités intellectuelles et une pointe de cet esprit de fantaisie qui fait à des dames très bien qui se disent : « comme ce sera amusant », finir leur soirée d'une façon à vrai dire assommante en faisant la farce d'aller réveiller quelqu'un, à qui finalement on ne sait que dire, près du lit de qui on reste un moment dans son manteau de soirée, après quoi, ayant constaté qu'il est fort tard, on finit par aller se coucher.

Il faut ajouter que l'antipathie qu'avait depuis peu pour Gilberte la versatile Duchesse pouvait lui faire

prendre un certain plaisir à recevoir Rachel, ce qui lui
permettait en plus de proclamer une des maximes des
Guermantes à savoir qu'ils étaient trop nombreux
pour épouser les querelles (presque pour prendre le
deuil) les uns des autres, indépendance du « je n'ai pas
à » qu'avait renforcée la politique qu'on avait dû
adopter à l'égard de M. de Charlus lequel, si on l'avait
suivi, vous eût brouillé avec tout le monde.

Quant à Rachel si elle s'était en réalité donné une
grande peine pour se lier avec la Duchesse de Guermantes (peine que la Duchesse n'avait pas su démêler
sous des dédains affectés, des impolitesses voulues,
qui l'avaient piquée au jeu et lui avaient donné grande
idée d'une actrice si peu snob), sans doute cela tenait
d'une façon générale à la fascination que les gens du
monde exercent à partir d'un certain moment sur les
bohèmes les plus endurcis, parallèle à celle que ces
bohèmes exercent eux-mêmes sur les gens du monde,
double reflux qui correspond à ce qu'est dans l'ordre
politique la curiosité réciproque et le désir de faire
alliance entre peuples qui se sont combattus. Mais le
désir de Rachel pouvait avoir une raison plus particulière. C'est chez Mme de Guermantes, c'est de
Mme de Guermantes, qu'elle avait reçu jadis sa plus
terrible avanie. Rachel l'avait peu à peu non pas
oubliée ni pardonnée, mais le prestige singulier qu'en
avait reçu à ses yeux la Duchesse ne devait s'effacer
jamais. L'entretien de l'attention duquel je désirais
détourner Gilberte, fut du reste interrompu, car la
maîtresse de maison cherchait l'actrice dont c'était le
moment de réciter et qui bientôt, ayant quitté la
Duchesse, parut sur l'estrade.

Or pendant ce temps avait lieu à l'autre bout de
Paris un spectacle bien différent [142]. La Berma comme
je l'ai dit avait convié quelques personnes à venir
prendre le thé pour fêter son fils et sa belle-fille. Mais
les invités ne se pressaient pas d'arriver. Ayant appris
que Rachel récitait des vers chez la Princesse de
Guermantes (ce qui scandalisait fort la Berma grande

artiste pour laquelle Rachel était restée une grue qu'on laissait figurer dans les pièces où elle-même la Berma jouait le premier rôle parce que Saint-Loup lui payait ses toilettes pour la scène — scandale d'autant plus grand que la nouvelle avait couru dans Paris que les invitations étaient au nom de la Princesse de Guermantes, mais que c'était Rachel qui en réalité recevait chez la Princesse), la Berma avait récrit avec insistance à quelques fidèles pour qu'ils ne manquassent pas à son goûter car elle les savait aussi amis de la Princesse de Guermantes qu'ils avaient connue Verdurin. Or les heures passaient et personne n'arrivait chez la Berma. Bloch à qui on avait demandé s'il voulait y venir, avait répondu naïvement : « Non j'aime mieux allez chez la Princesse de Guermantes. » Hélas c'est ce qu'au fond de soi chacun avait décidé. La Berma, atteinte d'une maladie mortelle qui la forçait à fréquenter peu le monde, avait vu son état s'aggraver quand, pour subvenir aux besoins de luxe de sa fille, besoins que son gendre souffrant et paresseux ne pouvait satisfaire, elle s'était remise à jouer. Elle savait qu'elle abrégeait ses jours mais voulait faire plaisir à sa fille à qui elle rapportait de gros cachets, à son gendre qu'elle détestait mais flattait, car le sachant adoré par sa fille, elle craignait si elle le mécontentait qu'il la privât, par méchanceté de voir celle-ci. La fille de la Berma aimée en secret par le médecin qui soignait son mari, s'était laissé persuader que ces représentations de *Phèdre* n'étaient pas bien dangereuses pour sa mère. Elle avait en quelque sorte forcé le médecin à le lui dire, n'ayant retenu que cela de ce qu'il lui avait répondu, et parmi les objections dont elle ne tenait pas compte en effet, le médecin avait dit ne pas voir grand inconvénient aux représentations de la Berma. Il l'avait dit parce qu'il avait senti qu'il ferait ainsi plaisir à la jeune femme qu'il aimait, peut-être aussi par ignorance, parce qu'aussi il savait de toute façon la maladie inguérissable et qu'on se résigne volontiers à abréger le martyre des malades quand ce qui est destiné à l'abréger nous profite à nous-même, peut-être aussi par la bête conception que cela faisait plaisir à la Berma et devait donc lui faire du bien, bête conception qui lui avait paru justifiée quand ayant reçu une loge des enfants de la Berma et ayant pour cela lâché tous ses malades, il l'avait trouvée aussi extraordinaire de vie sur la scène qu'elle semblait moribonde à la ville. Et en effet nos habitudes nous permettent dans une large mesure, permettent même à nos organes de s'accommoder d'une existence qui semblerait au premier abord ne pas être possible. Qui n'a vu un vieux maître de manège cardiaque faire toutes les acrobaties auxquelles on n'aurait pu croire que son cœur résisterait une minute ? La Berma n'était pas une moins vieille habituée de la scène aux exigences de laquelle ses organes étaient si parfaitement adaptés qu'elle pouvait donner en se dépensant avec une prudence indiscernable pour le public l'illusion d'une bonne santé troublée seulement par un mal purement nerveux et imaginaire. Après la scène de la déclaration à Hippolyte, la Berma avait beau sentir l'épouvantable nuit qu'elle allait passer, ses admirateurs l'applaudissaient à toute force, la déclarant plus belle que jamais. Elle rentrait dans d'horribles souffrances mais heureuse d'apporter à sa fille les billets bleus, que par une gaminerie de vieille enfant de la balle elle avait l'habitude de serrer dans ses bas, d'où elle les sortait avec fierté, espérant un sourire, un baiser. Malheureusement ces billets ne faisaient que permettre au gendre et à la fille de nouveaux embellissements de leur hôtel contigu à celui de leur mère, d'où d'incessants coups de marteau qui interrompaient le sommeil dont la grande tragédienne aurait tant eu besoin. Selon les variations de la mode, et pour se conformer au goût de M. de X ou de Y qu'ils espéraient recevoir, ils modifiaient chaque pièce. Et la Berma sentant que le sommeil qui seul aurait calmé sa souffrance, s'était enfui, se résignait à ne pas se rendormir non sans un secret mépris pour ces élégances qui avançaient sa mort, rendaient atroces ses derniers jours. C'est sans doute un peu à cause de cela qu'elle les méprisait, vengeance naturelle contre ce qui nous fait mal et que nous sommes impuissants à empêcher. Mais c'est aussi parce qu'ayant conscience du génie qui était en elle, ayant appris dès son plus jeune âge l'insignifiance de tous ces décrets de la mode, elle était quant à elle restée fidèle à la Tradition qu'elle avait toujours respectée, dont elle était l'incarnation, qui lui faisait juger les choses et les gens comme trente ans auparavant, et par exemple juger Rachel non comme l'actrice à la mode qu'elle était aujourd'hui, mais comme la petite grue qu'elle avait connue. La Berma n'était pas du reste meilleure que sa fille, c'est en elle que sa fille avait puisé, par l'hérédité et par la contagion de l'exemple qu'une admiration trop naturelle rendait plus efficace, son égoïsme, son impitoyable raillerie, son inconsciente cruauté. Seulement tout cela, la Berma l'avait immolé à sa fille et s'en était ainsi délivrée. D'ailleurs la fille de la Berma n'eût-elle pas eu sans cesse des ouvriers chez elle, qu'elle eût tout de même fatigué sa mère, comme les forces attractives, féroces et légères de la jeunesse fatiguent la vieillesse, la maladie qui se surmènent à vouloir les suivre. Tous les jours c'était un déjeuner nouveau et on eût trouvé la Berma égoïste d'en priver sa fille, même de ne pas assister au déjeuner où on comptait, pour attirer bien difficilement quelques relations récentes et qui se faisaient tirer l'oreille, sur la présence prestigieuse de la mère illustre. On la « promettait » à ces mêmes relations, pour une fête au-dehors, afin de leur faire une politesse. Et la pauvre mère gravement occupée dans son tête-à-tête avec la mort installée en elle, était obligée de se lever de bonne heure, de sortir. Bien plus comme à la même époque Réjane, dans tout l'éblouissement de son talent donna à l'étranger des représentations qui eurent un succès énorme, le gendre trouva que la Berma ne devait pas se laisser éclipser, voulut que la famille ramassât la même profusion de gloire et força la Berma à des tournées où on était obligé de la piquer à la morphine, ce qui pouvait la faire mourir à cause de l'état de ses reins. Ce même attrait de l'élégance, du prestige social, de la vie, avait le jour de la fête chez la Princesse de Guermantes, fait pompe aspirante et avait amené là-bas, avec la force d'une machine pneumatique même les plus fidèles habitués de la Berma, où par contre et en conséquence, il y avait vide absolu et mort. Un jeune homme qui n'était pas certain que la fête chez la Berma ne fût, elle aussi, brillante, était venu. Quand la Berma vit l'heure passer et comprit que tout le monde la lâchait elle fit servir le goûter et on s'assit autour de la table mais comme pour un repas funéraire. Rien dans la figure de la Berma ne rappelait plus celle dont la photographie m'avait, un soir de mi-carême, tant troublé. La Berma avait comme dit le peuple la mort sur le visage. Cette fois c'était bien d'un marbre de l'Erechtéion qu'elle avait l'air. Ses artères durcies étant déjà à demi pétrifiées, on voyait de longs rubans sculpturaux parcourir les joues, avec une rigidité minérale. Les yeux mourants vivaient relativement par constraste avec ce terrible masque ossifié et brillaient faiblement comme un serpent endormi au milieu des pierres. Cependant le jeune homme qui s'était mis à table par politesse regardait sans cesse l'heure attiré qu'il était par la brillante fête chez les Guermantes. La Berma n'avait pas un mot de reproche à l'adresse des amis qui l'avaient lâchée et qui espéraient naïvement qu'elle ignorerait qu'ils étaient allés chez les Guermantes. Elle murmura seulement : « Une Rachel donnant une fête chez la Princesse de Guermantes. Il faut venir à Paris pour voir ces choses-là. » Et elle mangeait silencieusement et avec une lenteur solennelle, des gâteaux défendus, ayant l'air d'obéir à des rites funèbres. Le « goûter » était d'autant plus triste que le gendre était furieux que Rachel que lui et sa femme connaissaient très bien ne les eût pas invités. Son crève-cœur fut d'autant plus grand que le jeune homme invité lui avait dit connaître assez bien Rachel pour que s'il partait tout de suite chez les Guermantes, il pût lui demander d'inviter aussi en dernière heure, le couple frivole. Mais la fille de la Berma savait trop à quel niveau infime sa mère situait Rachel et qu'elle l'eût tuée de désespoir en sollicitant de l'ancienne grue une invitation. Aussi avait-elle dit au jeune homme et à son mari que c'était chose impossible. Mais elle se vengeait en prenant pendant ce goûter des petites mines exprimant le désir des plaisirs, l'ennui d'être privée d'eux par cette gêneuse qu'était sa mère. Celle-ci faisait semblant de ne pas voir les moues de sa fille et adressait de temps en temps, d'une voix mourante une parole aimable au jeune homme, le seul invité qui fût venu. Mais bientôt la chasse d'air qui emportait tout vers les Guermantes, et qui m'y avait entraîné moi-même, fut la plus forte, il se leva et partit, laissant Phèdre ou la mort, on ne savait trop laquelle des deux c'était, achever de manger, avec sa fille et son gendre, les gâteaux funéraires.

Nous fûmes interrompus par la voix de l'actrice qui venait de s'élever. Le jeu de celle-ci était intelligent car il présupposait la poésie que l'actrice était en train de dire comme un tout existant avant cette récitation et dont nous n'entendions qu'un fragment, comme si l'artiste passant sur un chemin s'était trouvée pendant quelques instants à portée de notre oreille.

L'annonce de poésies que presque tout le monde connaissait avait fait plaisir. Mais quand on vit l'actrice avant de commencer chercher partout des yeux d'un air égaré, lever les mains d'un air suppliant et pousser comme un gémissement chaque mot, chacun se sentit gêné, presque choqué de cette exhibition de sentiments. Personne ne s'était dit que réciter des vers pouvait être quelque chose comme cela. Peu à peu on s'habitue, c'est-à-dire qu'on oublie la première sensation de malaise, on dégage ce qui est bien, on compare dans son esprit diverses manières de réciter, pour se dire ceci c'est mieux, ceci moins bien. Mais la première fois, de même que quand dans une cause simple on voit un avocat s'avancer, lever en l'air un bras d'où retombe la toge, commencer d'un ton

menaçant, on n'ose pas regarder ses voisins. Car on se
figure que c'est grotesque mais après tout c'est peut-
être magnifique et on attend d'être fixé.

Néanmoins, les auditeurs furent stupéfaits en
voyant cette femme avant d'avoir émis un seul son,
plier les genoux, tendre les bras, en berçant quelque
être invisible, devenir cagneuse, et tout d'un coup
pour dire des vers fort connus prendre un ton
suppliant. Tout le monde se regardait ne sachant trop
quelle tête faire, quelques jeunesses mal élevées
étouffèrent un fou rire, chacun jetait à la dérobée sur
son voisin le regard furtif que dans les repas élégants,
quand on a auprès de soi un instrument nouveau,
fourchette à homard, râpe à sucre, etc., dont on ne
connaît pas le but et le maniement, on attache sur un
convive plus autorisé qui espère-t-on s'en servira avant
vous et vous donnera ainsi la possibilité de l'imiter.
Ainsi fait-on encore quand quelqu'un cite un vers
qu'on ignore mais qu'on veut avoir l'air de connaître
et à qui, comme en cédant le pas devant une porte on
laisse à un plus instruit, comme une faveur le plaisir
de dire de qui il est. Tel en écoutant l'actrice chacun
attendait, la tête baissée et l'œil investigateur que
d'autres prissent l'initiative de rire ou de critiquer, ou
de pleurer ou d'applaudir.

Mme de Forcheville, revenue exprès de Guermantes d'où la Duchesse était à peu près expulsée,
avait pris une mine attentive, tendue, presque carré-
ment désagréable, soit pour montrer qu'elle était
connaisseuse et ne venait pas en mondaine, soit par
hostilité pour les gens moins versés dans la littérature
qui eussent pu lui parler d'autre chose, soit par
contention de toute sa personne afin de savoir si elle
« aimait » ou si elle n'aimait pas, ou peut-être parce
que tout en trouvant cela « intéressant », elle n' « aimait » pas, du moins la manière de dire certains vers.
Cette attitude eût dû être plutôt adoptée semble-t-il
par la Princesse de Guermantes[143]. Mais comme
c'était chez elle et que, devenue aussi avare que riche
elle était décidée à ne donner que cinq roses à Rachel,

elle faisait la claque. Elle provoquait l'enthousiasme et faisait la presse en poussant à tous moments des exclamations ravies. Là seulement elle se retrouvait Verdurin, car elle avait l'air d'écouter les vers pour son propre plaisir, d'avoir eu l'envie qu'on vînt les *lui* dire à elle toute seule, et qu'il y eût par hasard là cinq cents personnes, ses amis, à qui elle avait permis de venir comme en cachette assister à son propre plaisir.

Cependant je remarquai sans aucune satisfaction d'amour-propre, car elle était vieille et laide, que l'actrice me faisait de l'œil, avec une certaine réserve d'ailleurs. Pendant toute la récitation elle laissa palpiter dans ses yeux un sourire réprimé et pénétrant qui semblait l'amorce d'un acquiescement qu'elle eût souhaité venir de moi. Cependant quelques vieilles dames peu habituées aux récitations poétiques, disaient à un voisin : « Vous avez vu ? » faisant allusion à la mimique solennelle, tragique, de l'actrice, et qu'elles ne savaient comment qualifier. La Duchesse de Guermantes sentit le léger flottement et décida de la victoire en s'écriant : « C'est admirable ! » au beau milieu du poème qu'elle crut peut-être terminé. Plus d'un invité alors tint à souligner cette exclamation d'un regard approbateur et d'une inclinaison de tête, pour montrer moins peut-être leur compréhension de la récitante que leurs relations avec la Duchesse. Quand le poème fut fini, comme nous étions à côté de l'actrice, j'entendis celle-ci remercier Mme de Guermantes et en même temps, profitant de ce que j'étais à côté de la Duchesse, elle se tourna vers moi et m'adressa un gracieux bonjour. Je compris alors que c'était une personne que je devais connaître et qu'au contraire des regards passionnés du fils de M. de Vaugoubert que j'avais pris pour le bonjour de quelqu'un qui se trompait, ce que j'avais pris chez l'actrice pour un regard de désir n'était qu'une provocation contenue à se faire reconnaître et saluer par moi. Je répondis par un salut souriant au sien. « Je suis sûre qu'il ne me reconnaît pas », dit la récitante à la Duchesse. — « Mais si dis-je avec assurance, je vous

reconnais parfaitement. » — « Hé bien, qui suis-je ? »
Je n'en savais absolument rien et ma position devenait
délicate. Heureusement, si pendant les plus beaux
vers de La Fontaine cette femme qui les récitait avec
tant d'assurance n'avait pensé, soit par bonté, ou
bêtise, ou gêne, qu'à la difficulté de me dire bonjour,
pendant les mêmes beaux vers Bloch n'avait songé
qu'à faire ses préparatifs pour pouvoir dès la fin de la
poésie bondir comme un assiégé qui tente une sortie,
et passant sinon sur le corps du moins sur les pieds de
ses voisins, venir féliciter la récitante, soit par une
conception erronée du devoir, soit par désir d'ostentation. « Comme c'est drôle de voir ici Rachel » me dit-il
à l'oreille. Ce nom magique rompit aussitôt l'enchantement qui avait donné à la maîtresse de Saint-Loup la
forme inconnue de cette immonde vieille. Sitôt que je
sus qui elle était je la reconnus parfaitement. « C'était
bien beau », dit-il à Rachel, et ayant dit ces simples
mots, son désir étant satisfait, il repartit et eut tant de
peine et fit tant de bruit pour regagner sa place que
Rachel dut attendre plus de cinq minutes avant de
réciter la seconde poésie. Quand elle eut fini celle-ci,
Les Deux Pigeons, Mme de Morienval s'approcha de
Mme de Saint-Loup qu'elle savait fort lettrée sans se
rappeler assez qu'elle avait l'esprit subtil et sarcastique
de son père : « C'est bien la fable de La Fontaine,
n'est-ce pas ? » lui demanda-t-elle, croyant bien l'avoir
reconnue mais n'étant pas absolument certaine, car
elle connaissait fort mal les fables de La Fontaine et de
plus croyait que c'était des choses d'enfant qu'on ne
récitait pas dans le monde. Pour avoir un tel succès
l'artiste avait sans doute pastiché des fables de La
Fontaine, pensait la bonne dame. Or, Gilberte l'en-
fonça sans le vouloir dans cette idée car n'aimant pas
Rachel et voulant dire qu'il ne restait rien des fables
avec une diction pareille, elle le dit de cette manière
trop subtile qui était celle de son père et qui laissait les
personnes naïves dans le doute sur ce qu'il voulait
dire : « Un quart est de l'invention de l'interprète, un
quart de la folie, un quart n'a aucun sens, le reste est

de La Fontaine », ce qui permit à Mme de Morienval de soutenir que ce qu'on venait d'entendre n'était pas *Les Deux Pigeons* de La Fontaine, mais un arrangement où tout au plus un quart était de La Fontaine, ce qui n'étonna personne, vu l'extraordinaire ignorance de ce public.

Mais un des amis de Bloch étant arrivé en retard, celui-ci eut la joie de lui demander s'il n'avait jamais entendu Rachel, de lui faire une peinture extraordinaire de sa diction, en exagérant et en trouvant tout d'un coup à raconter, à révéler à autrui cette diction moderniste, un plaisir étrange qu'il n'avait nullement éprouvé à l'entendre. Puis Bloch, avec une émotion exagérée félicita Rachel sur un ton de fausset et présenta son ami qui déclara n'admirer personne autant qu'elle ; et Rachel qui connaissait maintenant des dames de la haute société et sans s'en rendre compte les copiait répondit : « Oh ! je suis très flattée, très honorée par votre appréciation. » L'ami de Bloch lui demanda ce qu'elle pensait de la Berma. « Pauvre femme, il paraît qu'elle est morte dans la dernière misère. Elle n'a pas été je ne dirai pas sans talent, car ce n'était pas au fond du vrai talent, elle n'aimait que des horreurs, mais enfin elle a été utile, certainement, elle jouait d'une façon plus vivante que les autres, et puis c'était une brave personne, généreuse, elle s'est ruinée pour les autres, et comme voilà bien longtemps qu'elle ne fait plus un sou, parce que le public depuis bien longtemps n'aime pas du tout ce qu'elle fait... Du reste ajouta-t-elle en riant je vous dirai que mon âge ne m'a permis de l'entendre, naturellement, que tout à fait dans les derniers temps et quand j'étais moi-même trop jeune pour me rendre compte. » — « Elle ne disait pas très bien les vers ? » hasarda l'ami de Bloch pour flatter Rachel qui répondit : « Oh ça elle n'a jamais su en dire un ; c'était de la prose, du chinois, du volapük, tout excepté un vers. »

Mais je me rendais compte que le temps qui passe n'amène pas forcément le progrès dans les arts. Et de même que tel auteur du XVIIe siècle qui n'a connu ni la

Révolution française ni les découvertes scientifiques, ni la Guerre, peut être supérieur à tel écrivain d'aujourd'hui et que peut-être même Fagon était un aussi grand médecin que du Boulbon (la supériorité du génie compensant ici l'infériorité du savoir), de même la Berma était comme on dit, à cent pics au-dessus de Rachel, et le temps en la mettant en vedette en même temps qu'Elstir avait surfait une médiocrité et consacré un génie.

Il ne faut pas s'étonner que l'ancienne maîtresse de Saint-Loup débinât la Berma. Elle l'eût fait quand elle était jeune. Ne l'eût-elle pas fait alors qu'elle l'eût fait maintenant. Qu'une femme du monde de la plus haute intelligence, de la plus grande bonté, se fasse actrice, déploie dans ce métier nouveau pour elle de grands talents, n'y rencontre que des succès, on s'étonnera si on se trouve auprès d'elle après longtemps d'entendre non son langage à elle, mais celui des comédiennes, leur rosserie spéciale envers les camarades, ce qu'ajoutent à l'être humain quand ils ont passé sur lui « trente ans de théâtre ». Rachel les avait et ne sortait pas du monde.

« On peut dire ce qu'on veut, c'est admirable, cela a de la ligne, du caractère, c'est intelligent, personne n'a jamais dit les vers comme ça », dit la Duchesse craignant que Gilberte ne débinât. Celle-ci s'éloigna vers un autre groupe pour éviter un conflit avec sa tante. Mme de Guermantes, au déclin de sa vie, avait senti s'éveiller en soi des curiosités nouvelles [144]. Le monde n'avait plus rien à lui apprendre. L'idée qu'elle y avait la première place était aussi évidente pour elle que la hauteur du ciel bleu par-dessus la terre. Elle ne croyait pas avoir à affirmer une position qu'elle jugeait inébranlable. En revanche, lisant, allant au théâtre, elle eût souhaité avoir un prolongement de ces lectures, de ces spectacles; comme jadis dans l'étroit petit jardin où on prenait de l'orangeade tout ce qu'il y avait de plus exquis dans le grand monde, venait familièrement parmi les brises parfumées du soir et les nuages de pollen entretenir en elle le goût du grand monde, de même maintenant un autre appétit lui faisait souhaiter savoir les raisons de telles polémiques littéraires, connaître les auteurs, voir les actrices. Son esprit fatigué réclamait une nouvelle alimentation. Elle se rapprocha pour connaître les uns et les autres, des femmes avec qui jadis elle n'eût pas voulu échanger de cartes et qui faisaient valoir leur intimité avec le directeur de telle revue dans l'espoir d'avoir la Duchesse. La première actrice invitée crut être la seule dans un milieu extraordinaire lequel parut plus médiocre à la seconde quand elle vit celle qui l'y avait précédée. La Duchesse parce qu'à certains soirs elle recevait des souverains croyait que rien n'était changé à sa situation. En réalité elle, la seule d'un sang vraiment sans alliage, elle qui étant née Guermantes pouvait signer : Guermantes-Guermantes quand elle ne signait pas : La Duchesse de Guermantes, elle qui à ses belles-sœurs même semblait quelque chose de plus précieux comme un Moïse sauvé des eaux, un Christ échappé en Égypte, un Louis XVII enfui du Temple, le pur du pur, maintenant sacrifiant sans doute à ce besoin héréditaire de nourriture spirituelle qui avait fait la décadence sociale de Mme de Villeparisis, elle était devenue elle-même une Mme de Villeparisis chez qui les femmes snobs redoutaient de rencontrer telle ou tel, et de laquelle les jeunes gens constatant le fait accompli sans savoir ce qui l'a précédé croyaient que c'était une Guermantes d'une moins bonne cuvée, d'une moins bonne année, une Guermantes déclassée.

Mais puisque les meilleurs écrivains cessent souvent aux approches de la vieillesse ou après un excès de production, d'avoir du talent, on peut bien excuser les femmes du monde de cesser à partir d'un certain moment, d'avoir de l'esprit. Swann ne retrouvait plus dans l'esprit dur de la Duchesse de Guermantes le « fondu » de la jeune Princesse des Laumes. Sur le tard, fatiguée au moindre effort, Mme de Guermantes disait énormément de bêtises. Certes à tout moment et bien des fois au cours même de cette matinée elle redevenait la femme que j'avais connue et parlait des choses mondaines avec esprit. Mais à côté de cela bien souvent il arrivait que cette parole pétillante sous un beau regard et qui pendant tant d'années avait tenu sous son sceptre spirituel les hommes les plus éminents de Paris, scintillât encore mais pour ainsi dire à vide. Quand le moment de placer un mot venait, elle s'interrompait pendant le même nombre de secondes qu'autrefois, elle avait l'air d'hésiter, de produire, mais le mot qu'elle lançait alors ne valait rien. Combien peu de personnes d'ailleurs s'en apercevaient, la continuité du procédé leur faisait croire à la survivance de l'esprit, comme il arrive à ces gens qui superstitieusement attachés à une marque de pâtisserie, continuent à faire venir leurs petits fours d'une même maison sans s'apercevoir qu'ils sont devenus détestables. Déjà pendant la guerre la Duchesse avait donné des marques de cet affaiblissement. Si quelqu'un disait le mot culture, elle l'arrêtait, souriait, allumait son beau regard, et lançait : « la KKKKultur », ce qui faisait rire les amis qui croyaient retrouver là l'esprit des Guermantes. Et certes c'était le même moule, la même intonation, le même sourire qui avaient ravi Bergotte, lequel, du reste avait aussi gardé ses mêmes coupes de phrase, ses interjections, ses points suspensifs, ses épithètes, mais pour ne rien dire. Mais les nouveaux venus s'étonnaient et parfois disaient, s'ils n'étaient pas tombés un jour où elle était drôle et « en pleine possession de ses moyens » : « Comme elle est bête ! »

La Duchesse d'ailleurs s'arrangeait pour canaliser son encanaillement et ne pas le laisser s'étendre à celles des personnes de sa famille desquelles elle tirait une gloire aristocratique. Si au théâtre, elle avait pour remplir son rôle de protectrice des arts, invité un ministre ou un peintre et que celui-ci ou celui-là lui demandât naïvement si sa belle-sœur ou son mari n'étaient pas dans la salle, la Duchesse timorée avec les superbes apparences de l'audace, répondait insolemment : « Je n'en sais rien. Dès que je sors de chez moi, je ne sais plus ce que fait ma famille. Pour tous les hommes politiques, pour tous les artistes, je suis veuve. » Ainsi s'évitait-elle que le parvenu trop empressé s'attirât des rebuffades — et lui attirât à elle-même des réprimandes — de Mme de Marsantes et de Basin.

« Je ne peux pas vous dire comme ça me fait plaisir de vous voir [145]. Mon Dieu quand est-ce que je vous avais vu la dernière fois ? » — « En visite chez Mme d'Agrigente où je vous trouvais souvent. » — « Naturellement j'y allais souvent mon pauvre petit, comme Basin l'aimait à ce moment-là. C'est toujours chez sa bonne amie du moment qu'on me rencontrait le plus parce qu'il me disait : « Ne manquez pas d'aller lui faire une visite. » Au fond cela me paraissait un peu inconvenant cette espèce de « visite de diges-tion » qu'il m'envoyait faire une fois qu'il avait consommé. J'avais fini assez vite par m'y habituer, mais ce qu'il y avait de plus ennuyeux c'est que j'étais obligée de garder des relations après qu'il avait rompu les siennes. Ça me faisait toujours penser au vers de Victor Hugo :

> Emporte le bonheur et laisse-*moi* l'ennui.

Comme dans la même poésie, j'entrais tout de même avec un sourire, mais vraiment ce n'était pas juste, il aurait dû me laisser à l'égard de ses maîtresses, le droit d'être volage, car en accumulant tous ses laissés pour compte, j'avais fini par ne plus avoir une après-midi à moi. D'ailleurs ce temps me semble doux relativement au présent. Mon Dieu qu'il se soit remis à me tromper, ça ne pourrait que me flatter parce que ça me rajeunit. Mais je préférais son ancienne manière. Dame il y avait trop longtemps qu'il ne m'avait trompée, il ne se rappelait plus la manière de s'y prendre ! Ah ! mais nous ne sommes pas mal ensemble tout de même, nous nous parlons, nous nous aimons même assez », me dit la Duchesse, craignant que je n'eusse compris qu'ils étaient tout à fait séparés et comme on dit de quelqu'un qui est très malade : « Mais il parle encore très bien, je lui ai fait la lecture ce matin pendant une heure », elle ajouta : « Je vais lui dire que vous êtes là, il voudra vous voir. » Et elle alla près du Duc qui assis sur un canapé auprès d'une dame causait avec elle. J'admirais qu'il était presque le même et seulement plus blanc étant toujours aussi majestueux et aussi beau. Mais en voyant sa femme venir lui parler, il prit un air si furieux qu'elle ne put que se retirer. « Il est occupé, je ne sais pas ce qu'il fait, vous verrez tout à l'heure », me dit Mme de Guermantes préférant me laisser me débrouiller. Bloch s'étant approché de nous et ayant demandé de la part de son Américaine qui était une jeune duchesse qui était là, je répondis que c'était la nièce de M. de Bréauté, nom sur lequel Bloch à qui il ne disait rien demanda des explications. « Ah ! Bréauté s'écria Mme de Guermantes en s'adressant à moi, vous vous rappelez ça, comme c'est vieux, comme c'est loin ! Eh bien, c'était un snob. C'était des gens qui habitaient près de chez ma belle-mère. Cela ne vous intéresserait pas, monsieur Bloch ; c'est amusant pour ce petit qui a connu tout ça autrefois en même temps que moi », ajouta Mme de Guermantes en me désignant, et par ces paroles me montrant de bien des manières le long temps qui s'était écoulé. Les amitiés, les opinions de Mme de Guermantes s'étaient tant renouvelées depuis ce moment-là qu'elle considérait rétrospectivement son charmant Babal comme un snob. D'autre part il ne se trouvait pas seulement reculé dans le temps mais, chose dont je ne m'étais pas rendu compte quand à mes débuts dans le monde je l'avais cru une des notabilités essentielles de Paris qui resterait toujours associée à son histoire mondaine comme Colbert à celle du règne de Louis XIV, il avait lui aussi sa marque provinciale, il était un voisin de campagne de la vieille Duchesse avec lequel la Princesse des Laumes s'était liée comme tel. Pourtant ce Bréauté dépouillé de son esprit, relégué dans des années si lointaines qu'il datait (ce qui prouvait qu'il avait été entièrement oublié depuis par la Duchesse) et dans les environs de Guermantes, était ce que je n'eusse jamais cru le premier soir à l'Opéra-Comique quand il m'avait paru un dieu nautique habitant son antre marin, un lien entre la Duchesse et moi, parce qu'elle se rappelait que je l'avais connu, donc que j'étais son ami à elle, sinon sorti du même monde qu'elle, du moins vivant dans le même monde qu'elle depuis bien plus longtemps que bien des personnes présentes, qu'elle se le rappelait, et assez imparfaitement cependant pour avoir oublié certains détails qui m'avaient à moi semblé alors essentiels, que je n'allais pas à Guermantes et n'étais qu'un petit bourgeois de Combray au temps où elle venait à la messe de mariage de Mlle Percepied, qu'elle ne m'invitait pas, malgré toutes les prières de Saint-Loup, dans l'année qui suivit son apparition à l'Opéra-Comique. A moi cela me semblait capital, car c'est justement à ce moment-là que la vie de la Duchesse de Guermantes m'apparaissait comme un Paradis où je n'entrerais pas. Mais pour elle, elle lui apparaissait comme sa même vie médiocre de toujours, et puisque j'avais à partir d'un certain moment dîné souvent chez elle, que j'avais d'ailleurs été avant cela même un ami de sa tante et de son neveu, elle ne savait plus exactement à quelle époque notre intimité avait commencé et ne se rendait pas compte du formidable anachronisme qu'elle faisait en faisant commencer cette amitié quelques années trop tôt. Car cela faisait que j'eusse connu la Mme de Guermantes du nom de Guermantes, impossible à connaître, que j'eusse été reçu dans le nom aux syllabes dorées, dans le faubourg Saint-Germain, alors que tout simplement j'étais allé dîner chez une dame qui n'était déjà plus pour moi qu'une dame comme une autre, et qui m'avait quelquefois invité non à descendre dans le royaume sous-marin des Néréides mais à passer la soirée dans la baignoire de sa cousine. « Si vous voulez des détails sur Bréauté qui n'en valait guère la peine, ajouta-t-elle en s'adressant à Bloch demandez-en à ce petit-là (qui le vaut cent fois) il a dîné cinquante fois avec lui chez moi. N'est-ce pas que c'est chez moi que vous l'avez connu ? En tout cas

c'est chez moi que vous avez connu Swann. » Et j'étais
aussi surpris qu'elle pût croire que j'avais peut-être
connu M. de Bréauté ailleurs que chez elle, donc que
j'allasse dans ce monde-là avant de la connaître que de
voir qu'elle croyait que c'était chez elle que j'avais
connu Swann. Moins mensongèrement que Gilberte
quand elle disait de Bréauté : « C'est un vieux voisin
de campagne, j'ai plaisir à parler avec lui de Tansonville », alors qu'autrefois à Tansonville il ne les
fréquentait pas, j'aurais pu dire : « C'était un voisin
de campagne qui venait souvent nous voir le soir » de
Swann qui en effet me rappelait tout autre chose que
les Guermantes. « Je ne saurais pas vous dire. C'était
un homme qui avait tout dit quand il avait parlé
d'altesses. Il avait un lot d'histoires assez drôles sur
des gens de Guermantes, sur ma belle-mère, sur
Mme de Varambon avant qu'elle fût auprès de la
Princesse de Parme. Mais qui sait aujourd'hui qui
était Mme de Varambon ? Ce petit-là, oui il a connu
tout ça, mais tout ça c'est fini, ce sont des gens dont le
nom même n'existe plus et qui d'ailleurs ne méritaient
pas de survivre. » Et je me rendais compte malgré
cette chose une que semble le monde, et où en effet les
rapports sociaux arrivent à leur maximum de concentration et où tout communique, comme il y reste des
provinces, ou du moins comme le Temps en fait qui
changent de nom, qui ne sont plus compréhensibles
pour ceux qui y arrivent seulement quand la configu-
ration a changé. « C'était une bonne dame qui disait
des choses d'une bêtise inouïe », reprit la Duchesse
qui insensible à cette poésie de l'incompréhensible qui
est un effet du temps, dégageait en toute chose
l'élément drôle, assimilable à la littérature genre
Meilhac, esprit des Guermantes. « A un moment elle
avait la manie d'avaler tout le temps des pastilles
qu'on donnait dans ce temps-là contre la toux et qui
s'appelaient (ajouta-t-elle en riant elle-même d'un
nom si spécial, si connu autrefois, si inconnu aujour-
d'hui des gens à qui elle parlait) des pastilles Géraudel [146]. « Madame de Varambon, lui disait ma belle-

mère, en avalant tout le temps comme cela des pastilles Géraudel vous vous ferez mal à l'estomac. » — « Mais Madame la Duchesse, répondit Mme de Varambon, comment voulez-vous que cela fasse mal à l'estomac puisque cela va dans les bronches ? » Et puis c'est elle qui disait : « La Duchesse a une vache si belle, si belle qu'on la prend toujours pour étalon. » Et Mme de Guermantes eût volontiers continué à raconter des histoires de Mme de Varambon, dont nous connaissions des centaines, mais nous sentions bien que ce nom n'éveillait dans la mémoire ignorante de Bloch aucune des images qui se levaient pour nous sitôt qu'il était question de Mme de Varambon, de M. de Bréauté, du Prince d'Agrigente et à cause de cela même excitait peut-être chez lui un prestige que je savais exagéré mais que je trouvais compréhensible, non pas parce que je l'avais moi-même subi, nos propres erreurs et nos propres ridicules ayant rarement pour effet de nous rendre, même quand nous les avons percés à jour, plus indulgents à ceux des autres.

La réalité d'ailleurs insignifiante de ce temps lointain était tellement perdue que quelqu'un ayant demandé non loin de moi si la terre de Tansonville venait à Gilberte de son père M. de Forcheville, quelqu'un répondit : « Mais pas du tout cela vient de la famille de son mari. Tout cela c'est du côté de Guermantes. Tansonville est tout près de Guermantes. Cela appartenait à Mme de Marsantes, la mère du Marquis de Saint-Loup. Seulement c'était très hypothéqué. Aussi on l'a donné en dot au fiancé et la fortune de Mlle de Forcheville l'a racheté. » Et une autre fois, quelqu'un à qui je parlais de Swann pour faire comprendre ce que c'était qu'un homme d'esprit de ce temps-là, me dit : « Oh ! oui, la Duchesse de Guermantes m'a raconté des mots de lui ; c'est un vieux monsieur que vous aviez connu chez elle, n'est-ce pas ? » Peut-être [147] la personne qui me dit cela avait-elle mal compris, ou bien la Duchesse elle-même croyait-elle que j'avais connu Swann. J'aurais pu dire comme Gilberte pour le Prince d'Agrigente : « Non,

c'était un de nos voisins de campagne; du reste, il
venait souvent nous voir après le dîner. Il me rappelle
Combray. » Ce n'était pas seulement le côté Guermantes que je vois en lui, mais un autre Swann,
beaucoup de Swann; à la vérité, un jour je revois l'un,
un jour l'autre.

Le passé s'était tellement transformé dans l'esprit
de la Duchesse (ou bien les démarcations qui existaient dans le mien avaient été toujours si absentes du
sien que ce qui avait été événement pour moi avait
passé inaperçu d'elle) qu'elle pouvait supposer que
j'avais connu Swann chez elle et M. de Bréauté
ailleurs, me faisant ainsi un passé d'homme du monde
qu'elle reculait même trop loin. Car cette notion du
temps écoulé que je venais d'acquérir, la Duchesse
l'avait aussi, et même avec une illusion inverse de celle
qui avait été la mienne de le croire plus court qu'il
n'était, elle au contraire elle exagérait, elle le faisait
remonter trop haut, notamment sans tenir compte de
cette infinie ligne de démarcation entre le moment où
elle était pour moi un nom, puis l'objet de mon amour
— et le moment où elle n'avait été pour moi qu'une
femme du monde quelconque. Or je n'étais allé chez
elle que dans cette seconde période où elle était pour
moi une autre personne. Mais à ses propres yeux ces
différences échappaient et elle n'eût pas trouvé plus
singulier que j'eusse été chez elle deux ans plus tôt, ne
sachant pas qu'elle était une autre personne, ayant un
autre paillasson, et sa personne n'offrant pas pour elle-
même, comme pour moi, de discontinuité.

Je lui dis : « Cela me rappelle la première soirée où
je suis allé chez la Princesse de Guermantes, où je
croyais ne pas être invité et qu'on allait me mettre à la
porte, et où vous aviez une robe toute rouge et des
souliers rouges. » — « Mon Dieu, que c'est vieux tout
cela », dit la Duchesse de Guermantes, accentuant
ainsi pour moi l'impression du temps écoulé. Elle
regardait dans le lointain avec mélancolie et pourtant
insista particulièrement sur la robe rouge. Je lui
demandai de me la décrire, ce qu'elle fit complaisam-

ment. « Maintenant cela ne se porterait plus du tout. C'était des robes qui se portaient dans ce temps-là. » — « Mais est-ce que ce n'était pas joli ? » lui dis-je. Elle avait toujours peur de donner un avantage contre elle par ses paroles, de dire quelque chose qui la diminuât. « Mais si moi je trouvais cela très joli. On n'en porte pas parce que cela ne se fait plus en ce moment. Mais cela se reportera, toutes les modes reviennent, en robes, en musique, en peinture », ajouta-t-elle avec force, car elle croyait une certaine originalité à cette philosophie. Cependant la tristesse de vieillir lui rendit sa lassitude qu'un sourire lui disputa : « Vous êtes sûr que c'était des souliers rouges ? Je croyais que c'était des souliers d'or. » J'assurai que cela m'était infiniment présent à l'esprit, sans dire la circonstance qui me permettait de l'affirmer. « Vous êtes gentil de vous rappeler cela », me dit-elle d'un air tendre car les femmes appellent gentillesse se souvenir de leur beauté comme les artistes admirer leurs œuvres. D'ailleurs, si lointain que soit le passé, quand on est une femme de tête comme était la Duchesse, il peut ne pas être oublié. « Vous rappelez-vous, me dit-elle en remerciement de mon souvenir pour sa robe et ses souliers, que nous vous avons ramené, Basin et moi ? Vous aviez une jeune fille qui devait venir vous voir après minuit. Basin riait de tout son cœur en pensant qu'on vous faisait des visites à cette heure-là. » En effet ce soir-là Albertine était venue me voir après la soirée de la Princesse de Guermantes. Je me le rappelais aussi bien que la Duchesse, moi à qui Albertine était maintenant aussi indifférente qu'elle l'eût été à Mme de Guermantes, si Mme de Guermantes eût su que la jeune fille à cause de qui je n'avais pas pu entrer chez eux était Albertine. C'est que longtemps après que les pauvres morts sont sortis de nos cœurs, leur poussière indifférente continue à être mêlée, à servir d'alliage, aux circonstances du passé. Et sans plus les aimer il arrive qu'en évoquant une chambre, une allée, un chemin, où ils furent à une certaine heure, nous

sommes obligés, pour que la place qu'ils occupaient
soit remplie, de faire allusion à eux, même sans les
regretter, même sans les nommer, même sans permettre qu'on les identifie. (Mme de Guermantes n'identifiait guère la jeune fille qui devait venir ce soir-là, ne
l'avait jamais su et n'en parlait qu'à cause de la
bizarrerie de l'heure et de la circonstance.) Telles sont
les formes dernières et peu enviables de la survivance.

Si les jugements que la Duchesse porta sur Rachel
étaient en eux-mêmes médiocres, ils m'intéressèrent
en ce que, eux aussi, marquaient une heure nouvelle
sur le cadran. Car la Duchesse n'avait pas plus
complètement que Rachel perdu le souvenir de la
soirée que celle-ci avait passée chez elle, mais ce
souvenir n'y avait pas subi une moindre transformation. « Je vous dirai, me dit-elle, que cela m'intéresse
d'autant plus de l'entendre, et de l'entendre acclamer,
que je l'ai dénichée, appréciée, prônée, imposée à une
époque où personne ne la connaissait et où tout le
monde se moquait d'elle. Oui mon petit, cela va vous
étonner, mais la première maison où elle s'est fait
entendre en public, c'est chez moi ! Oui pendant que
tous les gens prétendus d'avant-garde comme ma
nouvelle cousine, dit-elle en montrant ironiquement
la Princesse de Guermantes qui pour Oriane restait
Mme Verdurin [148], l'auraient laissée crever de faim
sans daigner l'entendre, je l'avais trouvée intéressante
et je lui avais fait offrir un cachet pour venir jouer chez
moi devant tout ce que nous faisons de mieux comme
gratin. Je peux dire d'un mot un peu bête et préten-
tieux car au fond le talent n'a besoin de personne, que
je l'ai lancée. Bien entendu elle n'avait pas besoin de
moi. » J'esquissai un geste de protestation et je vis que
Mme de Guermantes était toute prête à accueillir la
thèse opposée : « Si ? Vous croyez que le talent a
besoin d'un appui ? de quelqu'un qui le mette en
lumière ? Au fond vous avez peut-être raison. C'est
curieux, vous dites justement ce que Dumas me disait
autrefois. Dans ce cas je suis extrêmement flattée si je
suis pour quelque chose, pour si peu que ce soit, non

pas évidemment dans le talent, mais dans la renom-
mée d'une telle artiste. » Mme de Guermantes préférait abandonner son idée que le talent perce tout seul
comme un abcès parce que c'était plus flatteur pour
elle, mais aussi parce que depuis quelque temps
recevant des nouveaux venus, et étant du reste
fatiguée, elle s'était faite assez humble, interrogeant
les autres, leur demandant leur opinion pour s'en
former une. « Je n'ai pas besoin de vous dire, reprit-
elle, que cet intelligent public qui s'appelle le monde
ne comprenait absolument rien à cela. On protestait,
on riait. J'avais beau leur dire : « C'est curieux, c'est
intéressant, c'est quelque chose qui n'a encore jamais
été fait », on ne me croyait pas, comme on ne m'a
jamais crue pour rien. C'est comme la chose qu'elle
jouait, c'était une chose de Maeterlinck, maintenant
c'est très connu, mais à ce moment-là tout le monde
s'en moquait, eh bien moi je trouvais ça admirable. Ça
m'étonne même quand j'y pense qu'une paysanne
comme moi, qui n'a eu que l'éducation des filles de sa
province, ait aimé du premier coup ces choses-là.
Naturellement je n'aurais pas su dire pourquoi, mais
ça me plaisait, ça me remuait, tenez Basin qui n'a rien
d'un sensible avait été frappé de l'effet que ça me
produisait. Il m'avait dit : « Je ne veux plus que vous
entendiez ces absurdités, ça vous rend malade. » Et
c'était vrai, parce qu'on me prend pour une femme
sèche et que je suis au fond, un paquet de nerfs. »

A ce moment se produisit un incident inattendu [149].
Un valet de pied vint dire à Rachel que la fille de la
Berma et son gendre demandaient à lui parler. On a vu
que la fille de la Berma avait résisté au désir qu'avait
son mari de faire demander une invitation à Rachel.
Mais après le départ du jeune homme invité, l'ennui
du jeune couple auprès de leur mère s'était accru, la
pensée que d'autres s'amusaient les tourmentait, bref,
profitant d'un moment où la Berma s'était retirée dans
sa chambre, crachant un peu de sang, ils avaient
quatre à quatre revêtu des vêtements plus élégants,

fait appeler une voiture et étaient venus chez la
Princesse de Guermantes sans être invités. Rachel se
doutant de la chose et secrètement flattée prit un ton
arrogant et dit au valet de pied qu'elle ne pouvait pas
se déranger, qu'ils écrivissent un mot pour dire l'objet
de leur démarche insolite. Le valet de pied revint
portant une carte où la fille de la Berma avait griffonné
qu'elle et son mari n'avaient pu résister au désir
d'entendre Rachel et lui demandaient de les laisser
entrer. Rachel sourit de la niaiserie de leur prétexte et
de son propre triomphe. Elle fit répondre qu'elle était
désolée mais qu'elle avait terminé ses récitations. Déjà
dans l'antichambre où l'attente du couple s'était
prolongée, les valets de pied commençaient à se
gausser des deux solliciteurs éconduits. La honte
d'une avanie, le souvenir du rien qu'était Rachel
auprès de sa mère, poussèrent la fille de la Berma à
poursuivre à fond une démarche que lui avait fait
risquer d'abord le simple besoin de plaisir. Elle fit
demander comme un service à Rachel, dût-elle ne pas
avoir à l'entendre la permission de lui serrer la main.
Rachel était en train de causer avec un prince italien
séduit, disait-on, par l'attrait de sa grande fortune
dont quelques relations mondaines dissimulaient un
peu l'origine ; elle mesura le renversement des situations qui mettait maintenant les enfants de l'illustre
Berma à ses pieds. Après avoir narré à tout le monde
d'une façon plaisante cet incident, elle fit dire au jeune
couple d'entrer, ce qu'il fit sans se faire prier, ruinant
d'un seul coup la situation sociale de la Berma comme
il avait détruit sa santé. Rachel l'avait compris, et que
son amabilité condescendante donnerait dans le
monde la réputation, à elle de plus de bonté, au jeune
couple de plus de bassesse que n'eût fait son refus.
Aussi les reçut-elle les bras ouverts avec affectation,
disant d'un air de protectrice en vue et qui sait oublier
sa grandeur : « Mais je crois bien ! c'est une joie. La
Princesse sera ravie. » Ne sachant pas qu'on croyait au
théâtre que c'était elle qui invitait, peut-être avait-elle
craint qu'en refusant l'entrée aux enfants de la Berma,

ceux-ci doutassent, au lieu de sa bonne volonté, ce qui lui eût été bien égal, de son influence. La Duchesse de Guermantes s'éloigna instinctivement, car au fur et à mesure que quelqu'un avait l'air de rechercher le monde, il baissait dans l'estime de la Duchesse. Elle n'en avait plus en ce moment que pour la bonté de Rachel et eût tourné le dos aux enfants de la Berma si on les lui eût présentés. Rachel cependant composait déjà dans sa tête la phrase gracieuse dont elle accablerait le lendemain la Berma dans les coulisses : « J'ai été navrée, désolée, que votre fille fasse antichambre. Si j'avais compris. Elle m'envoyait bien cartes sur cartes. » Elle était ravie de porter ce coup à la Berma. Peut-être eût-elle reculé si elle eût su que ce serait un coup mortel. On aime à faire des victimes, mais sans se mettre précisément dans son tort, en les laissant vivre. D'ailleurs où était son tort. Elle devait dire en riant quelques jours plus tard : « C'est un peu fort j'ai voulu être plus aimable pour ses enfants qu'elle n'a jamais été pour moi, et pour un peu on m'accuserait de l'avoir assassinée. Je prends la Duchesse à témoin. » Il semble que tous les mauvais sentiments des acteurs et tout le factice de la vie de théâtre passent en leurs enfants sans que chez eux le travail obstiné soit un dérivatif comme chez la mère, les grandes tragédiennes meurent souvent victimes des complots domestiques noués autour d'elles, comme il leur arrivait tant de fois à la fin des pièces qu'elles jouaient.

La vie de la Duchesse ne laissait pas d'ailleurs d'être très malheureuse et pour une raison qui par ailleurs avait pour effet de déclasser parallèlement la société que fréquentait M. de Guermantes [150]. Celui-ci qui depuis longtemps calmé par son âge avancé, et quoiqu'il fût encore robuste, avait cessé de tromper Mme de Guermantes s'était épris de Mme de Forcheville sans qu'on sût bien les débuts de cette liaison. Quand on pensait à l'âge que devait avoir maintenant Mme de Forcheville, cela semblait extraordinaire. Mais peut-être avait-elle commencé la vie de

femme galante très jeune. Et puis il y a des femmes
qu'à chaque décade on retrouve en une nouvelle
incarnation, ayant de nouvelles amours, parfois alors
qu'on les croyait mortes, faisant le désespoir d'une
jeune femme que pour elle abandonne son mari.

Mais celle-ci avait pris des proportions telles que le
vieillard, imitant dans ce dernier amour, la manière de
ceux qu'il avait eu autrefois, séquestrait sa maîtresse
au point que si mon amour pour Albertine avait répété
avec de grandes variations, l'amour de Swann pour
Odette, l'amour de M. de Guermantes rappelait celui
que j'avais eu pour Albertine. Il fallait qu'elle déjeu-
nât, qu'elle dînât avec lui, il était toujours chez elle ;
elle s'en paraît auprès d'amis qui sans elle n'eussent
jamais été en relation avec le Duc de Guermantes et
qui venaient là pour le connaître, un peu comme on va
chez une cocotte pour connaître un souverain son
amant. Certes Mme de Forcheville était depuis longtemps devenue une femme du monde. Mais recommençant à être entretenue sur le tard, et par un si
orgueilleux vieillard qui était tout de même chez elle le
personnage important, elle se diminuait à chercher
seulement à avoir les peignoirs qui lui plussent, la
cuisine qu'il aimait, à flatter ses amis en leur disant
qu'elle lui avait parlé d'eux comme elle disait à mon
grand-oncle qu'elle avait parlé de lui au Grand-Duc
qui lui envoyait des cigarettes, en un mot elle tendait
malgré tout l'acquis de sa situation mondaine, et par la
force de circonstances nouvelles à redevenir, telle
qu'elle était apparue à mon enfance, la Dame en rose.
Certes il y avait bien des années que mon oncle
Adolphe était mort. Mais la substitution autour de
nous d'autres personnes aux anciennes nous empêche-
t-elle de recommencer la même vie ? Ces circonstances
nouvelles, elle s'y était prêtée sans doute par cupidité,
aussi parce que, assez recherchée dans le monde
quand elle avait une fille à marier, laissée de côté dès
que Gilberte eut épousé Saint-Loup, elle sentit que le
Duc de Guermantes, qui eût tout fait pour elle lui
amènerait nombre de duchesses peut-être enchantées

de jouer un tour à leur amie Oriane, peut-être enfin piquée au jeu par le mécontentement de la Duchesse sur laquelle un sentiment féminin de rivalité la rendait heureuse de prévaloir. Jusqu'à sa mort Saint-Loup y avait fidèlement mené sa femme. N'étaient-ils pas tous deux les héritiers à la fois de M. de Guermantes et d'Odette, laquelle d'ailleurs serait sans doute la principale héritière du Duc ? D'ailleurs même des neveux Courvoisier fort difficiles, Mme de Marsantes, la Princesse de Trania y allaient dans un espoir d'héritage, sans s'occuper de la peine que cela pouvait faire à Mme de Guermantes, dont Odette, piquée par ses dédains, disait du mal.

Cette liaison avec Mme de Forcheville, liaison qui n'était qu'une imitation de ses liaisons plus anciennes venait de faire perdre au Duc de Guermantes, pour la deuxième fois, la présidence du Jockey et un siège de membre libre à l'Académie des Beaux-Arts, comme la vie de M. de Charlus, publiquement associée à celle de Jupien, lui avait fait manquer la présidence de l'Union et celle aussi de la Société des amis du Vieux Paris. Ainsi les deux frères, si différents dans leurs goûts étaient arrivés à la déconsidération à cause d'une même paresse, d'un même manque de volonté, lequel était sensible mais agréablement, chez le Duc de Guermantes leur grand-père, membre de l'Académie française mais qui chez les deux petits-fils, avait permis à un goût naturel et à un autre qui passe pour ne l'être pas, de les désocialiser.

Le vieux Duc de Guermantes ne sortait plus, car il passait ses journées et ses soirées avec elle. Mais aujourd'hui il vint un instant pour la voir, malgré l'ennui de rencontrer sa femme. Je ne l'avais pas aperçu et je ne l'eusse sans doute pas reconnu, si on ne me l'avait clairement désigné. Il n'était plus qu'une ruine mais superbe, et moins encore qu'une ruine, cette belle chose romantique que peut être un rocher dans la tempête. Fouettée de toutes parts par les vagues de souffrance, de colère de souffrir, d'avancée montante de la mort qui la circonvenaient, sa figure,

effritée comme un bloc gardait le style, la cambrure
que j'avais toujours admirés ; elle était rongée comme
une de ces belles têtes antiques trop abîmées mais dont
nous sommes trop heureux d'orner un cabinet de
travail. Elle paraissait seulement appartenir à une
époque plus ancienne qu'autrefois, non seulement à
cause de ce qu'elle avait pris de rude et de rompu dans
sa matière jadis plus brillante, mais parce qu'à l'expression de finesse et d'enjouement avait succédé une
involontaire, une inconsciente expression, bâtie par la
maladie, de lutte contre la mort, de résistance, de
difficulté à vivre. Les artères ayant perdu toute
souplesse avaient donné au visage jadis épanoui une
dureté sculpturale. Et sans que le Duc s'en doutât, il
découvrait des aspects de nuque, de joue, de front, où
l'être comme obligé de se raccrocher avec acharne-
ment à chaque minute semblait bousculé dans une
tragique rafale, pendant que les mèches blanches de sa
magnifique chevelure moins épaisse venaient souffleter de leur écume le promontoire envahi du visage. Et
comme ces reflets étranges, uniques, que seule l'approche de la tempête où tout va sombrer donne aux
roches qui avaient été jusque-là d'une autre couleur, je
compris que le gris plombé des joues raides et usées, le
gris presque blanc et moutonnant des mèches soule-
vées, la faible lumière encore départie aux yeux qui
voyaient à peine, étaient des teintes non pas irréelles,
trop réelles au contraire, mais fantastiques, et
empruntées à la palette, à l'éclairage inimitable dans
ses noirceurs effrayantes et prophétiques, de la vieillesse, de la proximité de la mort.

Le Duc ne resta que quelques instants, assez pour
que je comprisse qu'Odette, toute à des soupirants
plus jeunes se moquait de lui. Mais, chose curieuse lui
qui jadis était presque ridicule quand il prenait l'allure
d'un roi de théâtre, avait pris un aspect véritablement
grand, un peu comme son frère, à qui la vieillesse en le
désencombrant de tout l'accessoire le faisait ressembler. Et comme son frère, lui jadis orgueilleux, bien
que d'une autre manière, semblait presque respec-

tueux, quoique aussi d'une autre façon. Car il n'avait
pas subi la déchéance de son frère, réduit à saluer avec
une politesse de malade oublieux ceux qu'il eût jadis
dédaignés. Mais il était très vieux, et quand il voulut
passer la porte et descendre l'escalier pour sortir, la
vieillesse qui est tout de même l'état le plus misérable
pour les hommes et qui les précipite de leur faîte le
plus semblablement aux rois des tragédies grecques, la
vieillesse en le forçant à s'arrêter dans le chemin de
croix que devient la vie des impotents menacés, à
essuyer son front ruisselant, à tâtonner en cherchant
des yeux une marche qui se dérobait, parce qu'il aurait
eu besoin pour ses pas mal assurés, pour ses yeux
ennuagés, d'un appui lui donnant à son insu l'air de
l'implorer doucement et timidement des autres, la
vieillesse l'avait fait encore, plus qu'auguste suppliant.

Ne pouvant pas se passer d'Odette, toujours installé
chez elle dans le même fauteuil d'où la vieillesse et la
goutte le faisaient difficilement lever, M. de Guermantes la laissait recevoir des amis qui étaient trop
contents d'être présentés au Duc, de lui laisser la
parole, de l'entendre parler de la vieille société, de la
Marquise de Villeparisis, du Duc de Chartres.

Ainsi dans le faubourg Saint-Germain, ces positions
en apparence imprenables du Duc et de la Duchesse
de Guermantes, du Baron de Charlus avaient perdu
leur inviolabilité, comme toutes choses changent en ce
monde, par l'action d'un principe intérieur auquel on
n'avait pas pensé chez M. de Charlus l'amour de
Charlie qui l'avait rendu esclave des Verdurin, puis le
ramollissement, chez Mme de Guermantes, un goût
de nouveauté et d'art, chez M. de Guermantes un
amour exclusif, comme il en avait déjà eu de pareils
dans sa vie mais que la faiblesse de l'âge rendait plus
tyrannique et aux faiblesses duquel la sévérité du salon
de la Duchesse, où le Duc ne paraissait plus et qui
d'ailleurs ne fonctionnait plus guère, n'opposait plus
son démenti, son rachat mondain. Ainsi change la
figure des choses de ce monde, ainsi le centre des
empires, et le cadastre des fortunes, et la charte des

situations, tout ce qui semblait définitif est-il perpétuellement remanié et les yeux d'un homme qui a vécu
peuvent-ils contempler le changement le plus complet
là où justement il lui paraissait le plus impossible.

Par moments, sous le regard des tableaux anciens
réunis par Swann dans un arrangement de « collectionneur » qui achevait le caractère démodé, ancien,
de cette scène, avec ce Duc si « Restauration » et cette
cocotte tellement « Second Empire », dans un de ses
peignoirs qu'il aimait, la Dame en rose l'interrompait
d'une jacasserie, il s'arrêtait net et plantait sur elle un
regard féroce. Peut-être s'était-il aperçu qu'elle aussi
comme la Duchesse disait quelquefois des bêtises ;
peut-être dans une hallucination de vieillard croyait-il
que c'était un trait d'esprit intempestif de Mme de
Guermantes qui lui coupait la parole et se croyait-il à
l'hôtel de Guermantes, comme ces fauves enchaînés
qui se figurent un instant être encore libres dans les
déserts de l'Afrique. Et levant brusquement la tête, de
ses petits yeux ronds et jaunes qui avaient l'éclat
d'yeux de fauves, il fixait sur elle un de ses regards qui
quelquefois chez Mme de Guermantes, quand celle-ci
parlait trop, m'avaient fait trembler. Ainsi le Duc
regardait-il un instant l'audacieuse Dame en rose.
Mais celle-ci lui tenant tête, ne le quittait pas des
yeux, et au bout de quelques instants qui semblaient
longs aux spectateurs le vieux fauve dompté se
rappelant qu'il était non pas libre chez la Duchesse
dans ce Sahara dont le paillasson du palier marquait
l'entrée, mais chez Mme de Forcheville dans la cage
du Jardin des Plantes, il rentrait dans ses épaules sa
tête d'où pendait encore une épaisse crinière dont on
n'aurait pu dire si elle était blonde ou blanche et
reprenait son récit. Il semblait n'avoir pas compris ce
que Mme de Forcheville avait voulu dire et qui
d'ailleurs généralement n'avait pas grand sens. Il lui
permettait d'avoir des amis à dîner avec lui, par une
manie empruntée à ses anciennes amours, qui n'était
pas pour étonner Odette habituée à avoir eu la même
de Swann, et qui me touchait moi en me rappelant ma

vie avec Albertine, il exigeait que ces personnes se retirassent de bonne heure afin qu'il pût dire bonsoir à Odette le dernier. Inutile de dire qu'à peine était-il parti, elle allait en rejoindre d'autres. Mais le Duc ne s'en doutait pas ou préférait ne pas avoir l'air de s'en douter. La vue des vieillards baisse comme leur oreille devient plus dure, leur clairvoyance s'obscurcit, la fatigue même fait faire relâche à leur vigilance. Et à un certain âge c'est en un personnage de Molière — non pas même en l'olympien amant d'Alcmène mais en un risible Géronte — que se change inévitablement Jupiter. D'ailleurs Odette trompait M. de Guermantes, et aussi le soignait, sans charme, sans grandeur. Elle était médiocre dans ce rôle comme dans tous les autres. Non pas que la vie ne lui en eût souvent donné de beaux. Mais elle ne savait pas les jouer.

Et de fait chaque fois que je voulus la voir dans la suite je n'y pus réussir, car M. de Guermantes voulant à la fois concilier les exigences de son hygiène et de sa jalousie, ne lui permettait que les fêtes de jour à condition encore que ce ne fussent pas des bals. Cette réclusion où elle était tenue, elle me l'avoua avec franchise, pour diverses raisons. La principale est qu'elle s'imaginait bien que je n'eusse écrit que des articles ou publié que des études que j'étais un auteur connu, ce qui lui faisait même naïvement dire, se rappelant le temps où j'allais avenue des Acacias pour la voir passer et plus tard chez elle : « Ah ! si j'avais pu deviner que ce serait un jour un grand écrivain ! » Or, ayant entendu dire que les écrivains se plaisent auprès des femmes pour se documenter, se faire raconter des histoires d'amour, elle redevenait maintenant avec moi simple cocotte pour m'intéresser. Elle me racontait : « Tenez une fois il y avait un homme qui s'était toqué de moi et que j'aimais éperdument aussi. Nous vivions d'une vie divine. Il avait un voyage à faire en Amérique, je devais y aller avec lui. La veille du départ, je trouvai que c'était plus beau de ne pas laisser diminuer un amour qui ne pourrait pas rester toujours à ce point. Nous eûmes une dernière soirée où il était persuadé que je partais, ce fut une nuit folle, j'avais près de lui des joies infinies et le désespoir de sentir que je ne le reverrais pas. Le matin même j'étais allée donner mon billet à un voyageur que je ne connaissais pas. Il voulait au moins me l'acheter. Je lui répondis : « Non vous me rendez un tel service en me le prenant, je ne veux pas d'argent. » Puis c'était une autre histoire : « Un jour j'étais dans les Champs-Élysées, M. de Bréauté que je n'avais vu qu'une fois se mit à me regarder avec une telle insistance que je m'arrêtai et lui demandai pourquoi il se permettait de me regarder comme ça. Il me répondit : « Je vous regarde parce que vous avez un chapeau ridicule. » C'était vrai. C'était un petit chapeau avec des pensées, les modes de ce temps-là étaient affreuses. Mais j'étais en fureur, je lui dis : « Je ne vous permets pas de me parler ainsi. » Il se mit à pleuvoir. Je lui dis : « Je ne vous pardonnerais que si vous aviez une voiture. » — « Hé bien, justement j'en ai une et je vais vous accompagner. » — « Non je veux bien de votre voiture, mais pas de vous. » Je montai dans la voiture, il partit sous la pluie. Mais le soir il arrive chez moi. Nous eûmes deux années d'un amour fou. Venez prendre une fois le thé avec moi je vous raconterai comment j'ai fait la connaissance de M. de Forche-ville. Au fond dit-elle d'un air mélancolique j'ai passé ma vie cloîtrée parce que je n'ai eu de grands amours que pour des hommes qui étaient terriblement jaloux de moi. Je ne parle pas de M. de Forcheville car au fond c'était un médiocre et je n'ai jamais pu aimer véritablement que des gens intelligents. Mais voyez-vous M. Swann était aussi jaloux que l'est ce pauvre Duc ; pour celui-ci je me prive de tout parce que je sais qu'il n'est pas heureux chez lui. Pour M. Swann c'était parce que je l'aimais follement, et je trouve qu'on peut bien sacrifier la danse et le monde et tout le reste à ce qui peut faire plaisir ou seulement éviter des soucis à un homme qui vous aime. Pauvre Charles, il

était si intelligent, si séduisant, exactement le genre
d'hommes que j'aimais. » Et c'était peut-être vrai. Il y
avait eu un temps où Swann lui avait plu, justement
celui où elle n'était pas « son genre ». A vrai dire « son
genre » même plus tard elle ne l'avait jamais été. Il
l'avait pourtant alors tant et si douloureusement
aimée. Il était surpris plus tard de cette contradiction.
Elle ne doit pas en être une si nous songeons combien
est forte dans la vie des hommes la proportion des
souffrances par des femmes « qui n'étaient pas leur
genre ». Peut-être cela tient-il à bien des causes ;
d'abord, parce qu'elles ne sont pas « votre genre » on
se laisse d'abord aimer sans aimer, par là on laisse
prendre sur sa vie une habitude qui n'aurait pas eu
lieu avec une femme qui eût été « notre genre » et qui,
se sentant désirée, se fût disputée, ne nous aurait
accordé que de rares rendez-vous, n'eût pas pris dans
notre vie cette installation dans toutes nos heures qui
plus tard si l'amour vient et qu'elle vienne à nous
manquer, pour une brouille, pour un voyage où on
nous laisse sans nouvelles, ne nous arrache pas un seul
lien mais mille. Ensuite cette habitude est sentimentale parce qu'il n'y a pas grand désir physique à la
base, et si l'amour naît le cerveau travaille bien
davantage, il y a un roman au lieu d'un besoin. Nous
ne nous méfions pas des femmes qui ne sont pas
« notre genre », nous les laissons nous aimer et si nous
les aimons ensuite, nous les aimons cent fois plus que
les autres, sans avoir même près d'elles la satisfaction
du désir assouvi. Pour ces raisons et bien d'autres le
fait que nous ayons nos plus gros chagrins avec les
femmes qui ne sont pas « notre genre » ne tient pas
seulement à cette dérision du destin qui ne réalise
notre bonheur que sous la forme qui nous plaît le
moins. Une femme qui est « notre genre » est rarement dangereuse, car elle ne veut pas de nous, nous
contente, nous quitte vite, ne s'installe pas dans notre
vie, et ce qui est dangereux et procréateur de souffrances dans l'amour, ce n'est pas la femme elle-
même, c'est sa présence de tous les jours, la curiosité

de ce qu'elle fait à tous moments; ce n'est pas la femme, c'est l'habitude.

J'eus la lâcheté de dire que c'était gentil et noble de sa part mais je savais combien c'était faux et que sa franchise se mêlait de mensonges. Je pensais avec effroi au fur et à mesure qu'elle me racontait des aventures à tout ce que Swann avait ignoré, dont il aurait tant souffert parce qu'il avait fixé sa sensibilité sur cet être-là, et qu'il devinait, à en être sûr, rien qu'à ses regards quand elle voyait un homme, ou une femme, inconnus et qui lui plaisaient. Au fond elle le faisait seulement pour me donner ce qu'elle croyait des sujets de nouvelles. Elle se trompait, non qu'elle n'eût de tout temps abondamment fourni les réserves de mon imagination mais d'une façon bien plus involontaire et par un acte émané de moi-même qui dégageais d'elle à son insu les lois de sa vie.

M. de Guermantes ne gardait ses foudres que pour la Duchesse sur les libres fréquentations de laquelle Mme de Forcheville ne manquait pas d'attirer l'attention irritée de M. de Guermantes. Aussi la Duchesse était-elle fort malheureuse. Il est vrai que M. de Charlus à qui j'en avais parlé une fois prétendait que les premiers torts n'avaient pas été du côté de son frère, que la légende de pureté de la Duchesse était faite en réalité d'un nombre incalculable d'aventures habilement dissimulées. Je n'avais jamais entendu parler de cela. Pour presque tout le monde Mme de Guermantes était une femme toute différente. L'idée qu'elle avait été toujours irréprochable gouvernait les esprits. Entre ces deux idées je ne pouvais décider laquelle était conforme à la vérité, cette vérité que presque toujours les trois quarts des gens ignorent. Je me rappelais bien certains regards bleus et vagabonds de la Duchesse de Guermantes dans la nef de Combray mais vraiment aucune des deux idées n'était réfutée par eux, et l'une et l'autre pouvaient leur donner un sens différent et aussi acceptable. Dans ma folie, enfant je les avais pris un instant pour des regards d'amour, adressés à moi. Depuis j'avais compris qu'ils n'étaient que les regards bienveillants d'une suzeraine pareille à celle des vitraux de l'église pour ses vassaux. Fallait-il maintenant croire que c'était ma première idée qui avait été la vraie, et que si plus tard jamais la Duchesse ne m'avait parlé d'amour c'est parce qu'elle avait craint de se compromettre avec un ami de sa tante et de son neveu plus qu'avec un enfant inconnu rencontré par hasard à Saint-Hilaire de Combray.

La Duchesse avait pu un instant être heureuse de sentir son passé plus consistant parce qu'il était partagé par moi mais à quelques questions que je lui posai sur le provincialisme de M. de Bréauté, que j'avais à l'époque peu distingué de M. de Sagan, ou de M. de Guermantes, elle reprit son point de vue de femme du monde, c'est-à-dire de contemptrice de la mondanité. Tout en me parlant la Duchesse me faisait visiter l'hôtel[151]. Dans des salons plus petits on trouvait des intimes qui pour écouter la musique avaient préféré s'isoler. Dans un petit salon Empire où quelques rares habits noirs écoutaient assis sur un canapé, on voyait à côté d'une psyché supportée par une Minerve une chaise longue placée de façon rectiligne, mais à l'intérieur incurvée comme un berceau et où une jeune femme était étendue. La mollesse de sa pose, que l'entrée de la Duchesse ne lui fit même pas déranger, contrastait avec l'éclat merveilleux de sa robe Empire en une soierie nacarat devant laquelle les plus rouges fuchsias eussent pâli et sur le tissu nacré de laquelle des insignes et des fleurs semblaient avoir été enfoncés longtemps car leur trace y restait en creux. Pour saluer la Duchesse elle inclina légèrement sa belle tête brune. Bien qu'il fît grand jour comme elle avait demandé qu'on fermât les grands rideaux, en vue de plus de recueillement pour la musique, on avait, pour ne pas se tordre les pieds allumé sur un trépied une urne où s'irisait une faible lueur. En réponse à ma demande, la Duchesse de Guermantes me dit que c'était Mme de Saint-Euverte. Alors je voulus savoir ce qu'elle était à la madame de

Saint-Euverte que j'avais connue. Mme de Guermantes me dit que c'était la femme d'un de ses petits-
neveux, parut supporter l'idée qu'elle était née La
Rochefoucauld, mais nia avoir elle-même connu des
Saint-Euverte. Je lui rappelai la soirée (que je n'avais
sue il est vrai que par ouï-dire) où, Princesse des
Laumes elle avait retrouvé Swann. Mme de Guermantes affirma n'avoir jamais été à cette soirée. La
Duchesse avait toujours été un peu menteuse et l'était
devenue davantage. Mme de Saint-Euverte était pour
elle un salon — d'ailleurs assez tombé avec le temps —
qu'elle aimait à renier. Je n'insistai pas. « Non qui
vous avez pu entrevoir chez moi parce qu'il avait de
l'esprit c'est le mari de celle dont vous parlez et avec
qui je n'étais pas en relations. » — « Mais elle n'avait
pas de mari. » — « Vous vous l'êtes figuré parce qu'ils
étaient séparés mais il était bien plus agréable
qu'elle. » Je finis par comprendre qu'un homme
énorme, extrêmement grand, extrêmement fort, avec
des cheveux tout blancs, que je rencontrais un peu
partout et dont je n'avais jamais su le nom était le mari
de Mme de Saint-Euverte. Il était mort l'an passé.
Quant à la nièce, j'ignore si c'est à cause d'une maladie
d'estomac, de nerfs, d'une phlébite, d'un accouche-
ment prochain, récent ou manqué, qu'elle écoutait la
musique étendue sans se bouger pour personne. Le
plus probable est que fière de ses belles soies rouges,
elle pensait faire sur sa chaise longue un effet genre
Récamier. Elle ne se rendait pas compte qu'elle
donnait pour moi la naissance à un nouvel épanouisse-
ment de ce nom Saint-Euverte qui à tant d'intervalle
marquait la distance et la continuité du Temps. C'est
le Temps qu'elle berçait dans cette nacelle où fleuris-
saient le nom de Saint-Euverte et le style Empire en
soies de fuchsias rouges. Ce style Empire Mme de
Guermantes déclarait l'avoir toujours détesté ; cela
voulait dire qu'elle le détestait maintenant, ce qui était
vrai car elle suivait la mode bien qu'avec quelque
retard. Sans compliquer en parlant de David qu'elle
connaissait peu, toute jeune elle avait cru M. Ingres le

plus ennuyeux des poncifs, puis brusquement le plus savoureux des maîtres de l'Art nouveau, jusqu'à détester Delacroix. Par quels degrés elle était revenue de ce culte à la réprobation importe peu, puisque ce sont là nuances du goût que le critique d'art reflète dix ans avant la conversation des femmes supérieures. Après avoir critiqué le style Empire elle s'excusa de m'avoir parlé de gens aussi insignifiants que les Saint-Euverte et de niaiseries comme le côté provincial de Bréauté car elle était aussi loin de penser pourquoi cela m'intéressait que Mme de Saint-Euverte-La Rochefoucauld cherchant le bien de son estomac ou un effet ingresque, était loin de soupçonner que son nom m'avait ravi, celui de son mari non celui plus glorieux de ses parents, et que je lui voyais comme fonction dans cette pièce pleine d'attributs de bercer le Temps.

« Mais comment puis-je vous parler de ces sottises, comment cela peut-il vous intéresser ? » s'écria la Duchesse. Elle avait dit cette phrase à mi-voix et personne n'avait pu entendre ce qu'elle disait. Mais un jeune homme (qui m'intéressa dans la suite par un nom bien plus familier de moi autrefois que celui de Saint-Euverte) se leva d'un air exaspéré et alla plus loin pour écouter avec plus de recueillement. Car c'était la *Sonate à Kreutzer* qu'on jouait, mais s'étant trompé sur le programme il croyait que c'était un morceau de Ravel qu'on lui avait déclaré être beau comme du Palestrina mais difficile à comprendre. Dans sa violence à changer de place il heurta à cause de la demi-obscurité un bonheur-du-jour ce qui n'alla pas sans faire tourner la tête à beaucoup de personnes pour qui cet exercice si simple de regarder derrière soi interrompait un peu le supplice d'écouter « religieusement » la *Sonate à Kreutzer*. Et Mme de Guermantes et moi, causes de ce petit scandale, nous nous hâtâmes de changer de pièce. « Oui, comment ces riens-là peuvent-ils intéresser un homme de votre mérite ? C'est comme tout à l'heure quand je vous voyais causer avec Gilberte de Saint-Loup. Ce n'est pas digne de vous. Pour moi c'est exactement rien cette femme-là, ce n'est même pas une femme, c'est ce que je connais de plus factice et de plus bourgeois au monde (car même à sa défense de l'Intellectualité la Duchesse mêlait ses préjugés d'aristocrate). D'ailleurs devriez-vous venir dans des maisons comme ici ? Aujourd'hui encore je comprends, parce qu'il y avait cette récitation de Rachel, ça peut vous intéresser. Mais si belle qu'elle ait été, elle ne se donne pas devant ce public-là. Je vous ferai déjeuner seul avec elle. Alors vous verrez l'être que c'est. Mais elle est cent fois supérieure à tout ce qui est ici. Et après le déjeuner elle vous dira du Verlaine. Vous m'en direz des nouvelles. Mais dans des grandes machines comme ici, non, ça me passe que vous veniez. A moins que ce ne soit pour faire des études... », ajouta-t-elle d'un air de doute, de méfiance, et sans trop s'aventurer car elle ne savait pas très exactement en quoi consistait le genre d'opérations improbables auquel elle faisait allusion.

Elle me vanta surtout ses après-déjeuners où il y avait tous les jours X et Y. Car elle en était arrivée à cette conception des femmes à « salons » qu'elle méprisait autrefois (bien qu'elle le niât aujourd'hui) et dont la grande supériorité, le signe d'élection selon elle, étaient d'avoir chez elles « tous les hommes ». Si je lui disais que telle grande dame à « salons » ne disait pas du bien, quand elle vivait de Mme Howland, la Duchesse éclatait de rire devant ma naïveté : « Naturellement l'autre avait chez elle tous les hommes et celle-ci cherchait à les attirer. »

« Est-ce que vous ne croyez pas, dis-je à la Duchesse, que ce soit pénible à Mme de Saint-Loup d'entendre ainsi comme elle vient de le faire l'ancienne maîtresse de son mari ? » Je vis se former dans le visage de Mme de Guermantes cette barre oblique qui relie par des raisonnements ce qu'on vient d'entendre à des pensées peu agréables. Raisonnements inexprimés il est vrai mais toutes les choses graves que nous disons ne reçoivent jamais de réponse ni verbale, ni écrite. Les sots seuls sollicitent en vain dix fois de suite une réponse à une lettre qu'ils ont eu le tort d'écrire et qui était une gaffe ; car à ces lettres-là il n'est jamais répondu que par des actes, mais la correspondante qu'on croit inexacte vous dit Monsieur quand elle vous rencontre au lieu de vous appeler par votre prénom. Mon allusion à la liaison de Saint-Loup avec Rachel n'avait rien de si grave et ne put mécontenter qu'une seconde Mme de Guermantes en lui rappelant que j'avais été l'ami de Robert et peut-être son confident au sujet des déboires qu'avait procurés à Rachel sa soirée chez la Duchesse. Mais celle-ci ne persista pas dans ses pensées, la barre orageuse se dissipa, et Mme de Guermantes répondit à ma question relative à Mme de Saint-Loup : « Je vous dirai je crois que ça lui est d'autant plus égal, que Gilberte n'a jamais aimé son mari. C'est une petite horreur [152]. Elle a aimé la situation, le nom, être ma nièce, sortir de sa fange, après quoi elle n'a pas eu d'autre idée que d'y rentrer. Je vous dirai que ça me faisait beaucoup de peine à cause du pauvre Robert parce qu'il avait beau ne pas être un aigle, il s'en apercevait très bien, et d'un tas de choses. Il ne faut pas le dire parce qu'elle est malgré tout ma nièce, je n'ai pas la preuve positive qu'elle le trompait, mais il y a eu un tas d'histoires, mais si, je vous dis, que je le sais, avec un officier de Méséglise, Robert a voulu se battre. Mais c'est pour tout ça que Robert s'est engagé, la guerre lui est apparue comme une délivrance de ses chagrins de famille, si vous voulez ma pensée, il n'a pas été tué, il s'est fait tuer. Elle n'a eu aucune espèce de chagrin, elle m'a même étonnée par un rare cynisme dans l'affectation de son indifférence, ce qui m'a fait beaucoup de chagrin, parce que j'aimais bien le pauvre Robert. Ça vous étonnera peut-être parce qu'on me connaît mal, mais il m'arrive encore de penser à lui : je n'oublie personne. Il ne m'a jamais rien dit, mais il avait bien compris que je devinais tout. Mais voyons si elle avait aimé tant soit peu son mari, pourrait-elle supporter avec ce flegme de se trouver dans le même salon que la femme dont il a été l'amant éperdu pendant tant d'années ? on peut

dire toujours, car j'ai la certitude que ça n'a jamais
cessé, même pendant la guerre. Mais elle lui sauterait
à la gorge » s'écria la Duchesse, oubliant qu'elle-
même, en faisant inviter Rachel et en rendant possible
la scène qu'elle jugeait inévitable si Gilberte eût aimé
Robert, agissait peut-être cruellement. « Non, voyez-
vous conclut-elle, c'est une cochonne. » Une telle
expression était rendue possible à Mme de Guermantes par la pente qu'elle descendait du milieu des
Guermantes agréable à la société des comédiennes, et
aussi parce qu'elle greffait cela sur un genre XVIIIe siècle qu'elle jugeait plein de verdeur, enfin parce qu'elle
se croyait tout permis. Mais cette expression lui était
dictée par la haine qu'elle éprouvait pour Gilberte, par
un besoin de la frapper, à défaut de matériellement, en
effigie. Et en même temps la Duchesse pensait
justifier par là toute la conduite qu'elle tenait à l'égard
de Gilberte ou plutôt contre elle, dans le monde, dans
la famille, au point de vue même des intérêts et de la
succession de Robert. Mais comme parfois les jugements qu'on porte reçoivent de faits qu'on ignore et
qu'on n'eût pu supposer une justification apparente,
Gilberte qui tenait sans doute un peu de l'ascendance
de sa mère (et c'est bien cette facilité que j'avais sans
m'en rendre compte escomptée, en lui demandant de
me faire connaître de très jeunes jeunes filles), tira
après réflexion, de la demande que j'avais faite, et sans
doute pour que le profit ne sortît pas de la famille, une
conclusion plus hardie que toutes celles que j'avais pu
supposer, elle me dit : « Si vous le permettez, je vais
aller vous chercher ma fille pour vous la présenter [153].
Elle est là-bas qui cause avec le petit Mortemart et
d'autres bambins sans intérêt. Je suis sûre qu'elle sera
une gentille amie pour vous. »

Je lui demandai si Robert avait été content d'avoir
une fille. « Oh ! il était très fier d'elle. Mais naturellement je crois tout de même qu'étant donné ses goûts,
dit naïvement Gilberte, il aurait préféré un garçon. »
Cette fille, dont le nom et la fortune pouvaient faire
espérer à sa mère qu'elle épouserait un prince royal et

couronnerait toute l'œuvre ascendante de Swann et de sa femme, choisit plus tard comme mari un homme de lettres obscur, car elle n'avait aucun snobisme et fit redescendre cette famille plus bas que le niveau d'où elle était partie. Il fut alors extrêmement difficile de faire croire aux générations nouvelles que les parents de cet obscur ménage avaient eu une grande situation. Les noms de Swann et d'Odette de Crécy ressuscitèrent miraculeusement pour permettre aux gens de vous apprendre que vous vous trompiez, que ce n'était pas du tout si étonnant que cela comme famille [154].

Et on croyait que Mme de Saint-Loup avait fait en somme le meilleur mariage qu'elle avait pu faire, que celui de son père avec Odette de Crécy n'était rien, en cherchant à s'élancer vainement alors qu'au contraire, du moins au point de vue [...], son mariage avait été [...] des théories comme celles qui purent pousser au XVIII⁰ siècle des grands seigneurs, disciples de Rousseau, ou des pré-révolutionnaires, à vivre de la vie de la nature et à abandonner leurs privilèges.

L'étonnement de ces paroles et le plaisir qu'elles me firent furent bien vite remplacés, tandis que Mme de Saint-Loup s'éloignait vers un autre salon, par cette idée du Temps passé, qu'elle aussi à sa manière, me rendait et sans même que je l'eusse vue, Mlle de Saint-Loup. Comme la plupart des êtres d'ailleurs, n'était-elle pas comme sont dans les forêts les « étoiles » des carrefours où viennent converger des routes venues, pour notre vie aussi, des points les plus différents ? Elles étaient nombreuses pour moi celles qui aboutissaient à Mlle de Saint-Loup et qui rayonnaient autour d'elle. Et avant tout venaient aboutir à elle les deux grands « côtés » où j'avais fait tant de promenades et de rêves — par son père Robert de Saint-Loup le côté de Guermantes, par Gilberte sa mère le côté de Méséglise qui était le « côté de chez Swann ». L'une, par la mère de la jeune fille et les Champs-Élysées, me menait jusqu'à Swann, à mes soirs de Combray, au côté de Méséglise, l'autre, par son père à mes après-midi de Balbec où je le revoyais près de la mer

ensoleillée. Déjà entre ces deux routes des transversales s'établissaient. Car ce Balbec réel où j'avais
connu Saint-Loup, c'était en grande partie à cause de
ce que Swann m'avait dit sur les églises, sur l'église
persane surtout que j'avais tant voulu y aller, et
d'autre part, par Robert de Saint-Loup neveu de la
Duchesse de Guermantes, je rejoignais, à Combray
encore le côté de Guermantes. Mais à bien d'autres
points de ma vie encore conduisait Mlle de Saint-
Loup, à la Dame en rose, qui était sa grand-mère et
que j'avais vue chez mon grand-oncle. Nouvelle
transversale ici car le valet de chambre de ce grand-
oncle qui m'avait introduit ce jour-là et qui plus tard
m'avait par le don d'une photographie permis d'identifier la Dame en rose, était le père du jeune homme
que non seulement M. de Charlus, mais le père même
de Mlle de Saint-Loup avait aimé, pour qui il avait
rendu sa mère malheureuse [155]. Et n'était-ce pas le
grand-père de Mlle de Saint-Loup, Swann, qui
m'avait le premier parlé de la musique de Vinteuil de
même que Gilberte m'avait la première parlé d'Albertine. Or, c'est en parlant de la musique de Vinteuil à
Albertine que j'avais découvert qui était sa grande
amie et commencé avec elle cette vie qui l'avait
conduite à la mort et m'avait causé tant de chagrins.
C'était du reste aussi le père de Mlle de Saint-Loup
qui était parti tâcher de faire revenir Albertine. Et
même toute ma vie mondaine, soit à Paris dans le
salon des Swann ou des Guermantes, soit tout à
l'opposé chez les Verdurin, et faisant ainsi s'aligner à
côté des deux côtés de Combray, des Champs-Élysées,
la belle terrasse de la Raspelière. D'ailleurs quels êtres
avons-nous connus qui pour raconter notre amitié
avec eux ne nous obligent à les placer successivement
dans tous les sites les plus différents de notre vie. Une
vie de Saint-Loup peinte par moi se déroulerait dans
tous les décors et intéresserait toute ma vie, même les
parties de cette vie où il fut le plus étranger, comme
ma grand-mère où comme Albertine. D'ailleurs si à
l'opposé qu'ils fussent, les Verdurin tenaient à Odette

était si intelligent, si séduisant, exactement le genre
d'hommes que j'aimais. » Et c'était peut-être vrai. Il y
avait eu un temps où Swann lui avait plu, justement
celui où elle n'était pas « son genre ». A vrai dire « son
genre » même plus tard elle ne l'avait jamais été. Il
l'avait pourtant alors tant et si douloureusement
aimée. Il était surpris plus tard de cette contradiction.
Elle ne doit pas en être une si nous songeons combien
est forte dans la vie des hommes la proportion des
souffrances par des femmes « qui n'étaient pas leur
genre ». Peut-être cela tient-il à bien des causes ;
d'abord, parce qu'elles ne sont pas « votre genre » on
se laisse d'abord aimer sans aimer, par là on laisse
prendre sur sa vie une habitude qui n'aurait pas eu
lieu avec une femme qui eût été « notre genre » et qui,
se sentant désirée, se fût disputée, ne nous aurait
accordé que de rares rendez-vous, n'eût pas pris dans
notre vie cette installation dans toutes nos heures qui
plus tard si l'amour vient et qu'elle vienne à nous
manquer, pour une brouille, pour un voyage où on
nous laisse sans nouvelles, ne nous arrache pas un seul
lien mais mille. Ensuite cette habitude est sentimentale parce qu'il n'y a pas grand désir physique à la
base, et si l'amour naît le cerveau travaille bien
davantage, il y a un roman au lieu d'un besoin. Nous
ne nous méfions pas des femmes qui ne sont pas
« notre genre », nous les laissons nous aimer et si nous
les aimons ensuite, nous les aimons cent fois plus que
les autres, sans avoir même près d'elles la satisfaction
du désir assouvi. Pour ces raisons et bien d'autres le
fait que nous ayons nos plus gros chagrins avec les
femmes qui ne sont pas « notre genre » ne tient pas
seulement à cette dérision du destin qui ne réalise
notre bonheur que sous la forme qui nous plaît le
moins. Une femme qui est « notre genre » est rarement dangereuse, car elle ne veut pas de nous, nous
contente, nous quitte vite, ne s'installe pas dans notre
vie, et ce qui est dangereux et procréateur de souffrances dans l'amour, ce n'est pas la femme elle-
même, c'est sa présence de tous les jours, la curiosité

par rapport à moi. Et sans doute tous ces plans différents suivant lesquels le Temps depuis que je venais de le ressaisir dans cette fête, disposait ma vie, en me faisant songer que dans un livre qui voudrait en raconter une, il faudrait user, par opposition à la psychologie plane dont on use d'ordinaire, d'une sorte de psychologie dans l'espace, ajoutaient une beauté nouvelle à ces résurrections que ma mémoire opérait tant que je songeais seul dans la bibliothèque, puisque la mémoire, en introduisant le passé dans le présent sans le modifier, tel qu'il était au moment où il était le présent, supprime précisément cette grande dimension du Temps suivant laquelle la vie se réalise.

Je vis Gilberte s'avancer. Moi pour qui le mariage de Saint-Loup, les pensées qui m'occupaient alors et qui étaient les mêmes ce matin, étaient d'hier, je fus étonné de voir à côté d'elle une jeune fille d'environ seize ans, dont la taille élevée mesurait cette distance que je n'avais pas voulu voir. Le temps incolore et insaisissable s'était, pour que pour ainsi dire je puisse le voir et le toucher, matérialisé en elle, il l'avait pétrie comme un chef-d'œuvre, tandis que parallèlement sur moi hélas il n'avait fait que son œuvre. Cependant Mlle de Saint-Loup était devant moi [157]. Elle avait les yeux profondément forés et perçants, et aussi son nez charmant légèrement avancé en forme de bec et courbé, non point peut-être comme celui de Swann mais comme celui de Saint-Loup. L'âme de ce Guermantes s'était évanouie ; mais la charmante tête, aux yeux perçants de l'oiseau envolé, était venue se poser sur les épaules de Mlle de Saint-Loup, ce qui faisait longuement rêver ceux qui avaient connu son père. Je la trouvais bien belle : pleine encore d'espérances, riante, formée des années mêmes que j'avais perdues, elle ressemblait à ma Jeunesse.

Je fus frappé que son nez, fait comme sur le patron de celui de sa mère et de sa grand-mère s'arrêtât juste par cette ligne tout à fait horizontale sous le nez, sublime quoique pas assez courte. Un trait aussi particulier eût fait reconnaître une statue entre des milliers, n'eût-on vu que ce trait-là, et j'admirais que la nature fût revenue à point nommé pour la petite-fille, comme pour la mère, comme pour la grand-mère, donner en grand et original sculpteur ce puissant et décisif coup de ciseau.

Enfin cette idée du Temps avait un dernier prix pour moi, elle était un aiguillon, elle me disait qu'il était temps de commencer, si je voulais atteindre ce que j'avais quelquefois senti au cours de ma vie, dans de brefs éclairs, du côté de Guermantes, dans mes promenades en voiture avec Mme de Villeparisis et qui m'avait fait considérer la vie comme digne d'être vécue. Combien me le semblait-elle davantage, maintenant qu'elle me semblait pouvoir être éclaircie, elle qu'on vit dans les ténèbres, ramenée au vrai de ce qu'elle était, elle qu'on fausse sans cesse, en somme réalisée dans un livre[158]. Que celui qui pourrait écrire un tel livre serait heureux, pensais-je ; quel labeur devant lui. Pour en donner une idée c'est aux arts les plus élevés et les plus différents qu'il faudrait emprunter des comparaisons ; car cet écrivain, qui d'ailleurs pour chaque caractère en ferait apparaître les faces opposées, pour montrer son volume, devrait préparer son livre, minutieusement, avec de perpétuels regroupements de forces, comme une offensive, le supporter comme une fatigue, l'accepter comme une règle, le construire comme une église, le suivre comme un régime, le vaincre comme un obstacle, le conquérir comme une amitié, le suralimenter comme un enfant, le créer comme un monde sans laisser de côté ces mystères qui n'ont probablement leur explication que dans d'autres mondes et dont le pressentiment est ce qui nous émeut le plus dans la vie et dans l'art. Et dans ces grands livres-là, il y a des parties qui n'ont eu le temps que d'être esquissées, et qui ne seront sans doute jamais finies, à cause de l'ampleur même du plan de l'architecte. Combien de grandes cathédrales restent inachevées. On le nourrit, on fortifie ses parties faibles, on le préserve, mais ensuite c'est lui qui grandit, qui désigne notre tombe, la protège

contre les rumeurs et quelque temps contre l'oubli.
Mais pour en revenir à moi-même, je pensais plus
modestement à mon livre, et ce serait même inexact
que de dire en pensant à ceux qui le liraient, à mes
lecteurs. Car ils ne seraient pas, selon moi, mes
lecteurs, mais les propres lecteurs d'eux-mêmes, mon
livre n'étant qu'une sorte de ces verres grossissants
comme ceux que tendait à un acheteur l'opticien de
Combray ; mon livre grâce auquel je leur fournirais le
moyen de lire en eux-mêmes. De sorte que je ne leur
demanderais pas de me louer ou de me dénigrer, mais
seulement de me dire si c'est bien cela, si les mots
qu'ils lisent en eux-mêmes sont bien ceux que j'ai
écrits (les divergences possibles à cet égard ne devant
pas du reste, provenir toujours de ce que je me serais
trompé, mais quelquefois de ce que les yeux du lecteur
ne seraient pas de ceux à qui mon livre conviendrait
pour bien lire en soi-même). Et changeant à chaque
instant de comparaison selon que je me représentais
mieux, et plus matériellement, la besogne à laquelle je
me livrerais, je pensais que sur ma grande table de
bois blanc, regardé par Françoise, comme tous les
êtres sans prétention qui vivent à côté de nous ont une
certaine intuition de nos tâches (et j'avais assez oublié
Albertine pour avoir pardonné à Françoise ce qu'elle
avait pu faire contre elle), je travaillerais auprès d'elle,
et presque comme elle (du moins comme elle faisait
autrefois : si vieille maintenant elle n'y voyait plus
goutte) ; car en épinglant ici un feuillet supplémen-
taire, je bâtirais mon livre, je n'ose pas dire ambitieu-
sement comme une cathédrale, mais tout simplement
comme une robe. Quand je n'aurais pas auprès de moi
toutes mes paperoles comme disait Françoise, et que
me manquerait juste celle dont j'aurais besoin, Françoise comprendrait bien mon énervement, elle qui
disait toujours qu'elle ne pouvait pas coudre si elle
n'avait pas le numéro de fil et les boutons qu'il fallait.
Et puis parce qu'à force de vivre de ma vie, elle s'était
fait du travail littéraire une sorte de compréhension
instinctive, plus juste que celle de bien des gens

intelligents, à plus forte raison que celle des gens bêtes. Ainsi quand j'avais autrefois fait mon article pour *Le Figaro,* pendant que le vieux maître d'hôtel avec ce genre de commisération qui exagère toujours un peu ce qu'a de pénible un labeur qu'on ne pratique pas, qu'on ne conçoit même pas, et même une habitude qu'on n'a pas comme les gens qui vous disent : « Comme ça doit vous fatiguer d'éternuer comme ça », plaignait sincèrement les écrivains en disant : « Quel casse-tête ça doit être ». Françoise au contraire devinait mon bonheur et respectait mon travail. Elle se fâchait seulement que je racontasse d'avance mon article à Bloch, craignant qu'il me devançât et disant : « Tous ces gens-là, vous n'avez pas assez de méfiance, c'est des copiateurs. » Et Bloch se donnait en effet un alibi rétrospectif en me disant chaque fois que je lui avais esquissé quelque chose qu'il trouvait bien : « Tiens, c'est curieux, j'ai fait quelque chose de presque pareil, il faudra que je te lise cela. » (Il n'aurait pas pu me le lire encore, mais allait l'écrire le soir même.)

A force de coller les uns aux autres ces papiers que Françoise appelait mes paperoles, ils se déchiraient çà et là. Au besoin Françoise ne pourrait-elle pas m'aider à les consolider de la même façon qu'elle mettait des pièces aux parties usées de ses robes ou qu'à la fenêtre de la cuisine, en attendant le vitrier comme moi l'imprimeur, elle collait un morceau de journal à la place d'un carreau cassé ?

Françoise me dirait, en me montrant mes cahiers rongés comme le bois où l'insecte s'est mis : « C'est tout mité, regardez, c'est malheureux, voilà un bout de page qui n'est plus qu'une dentelle » et l'examinant comme un tailleur : « je ne crois pas que je pourrai la refaire, c'est perdu. C'est dommage, c'est peut-être vos plus belles idées. Comme on dit à Combray, il n'y a pas de fourreurs qui s'y connaissent aussi bien comme les mites. Ils se mettent toujours dans les meilleures étoffes ».

D'ailleurs comme les individualités (humaines ou

non) sont dans un livre faites d'impressions nombreuses, qui prises de bien des jeunes filles, de bien
des églises, de bien des sonates, servent à faire une
seule sonate, une seule église, une seule jeune fille, ne
ferais-je pas mon livre de la façon que Françoise faisait
ce bœuf mode, apprécié par M. de Norpois, et dont
tant de morceaux de viande ajoutés et choisis enrichis-
saient la gelée. Et je réaliserais enfin ce que j'avais tant
désiré dans mes promenades du côté de Guermantes et
cru impossible, comme j'avais cru impossible, en
rentrant, de m'habituer jamais à me coucher sans
embrasser ma mère ou plus tard à l'idée qu'Albertine
aimait les femmes, idée avec laquelle j'avais fini par
vivre sans même m'apercevoir de sa présence ; car nos
plus grandes craintes comme nos plus grandes espérances, ne sont pas au-dessus de nos forces, et nous
pouvons finir par dominer les unes et réaliser les
autres.

Oui à cette œuvre cette idée du Temps que je venais
de former disait qu'il était temps de me mettre. Il était
grand temps ; mais et cela justifiait l'anxiété qui s'était
emparée de moi dès mon entrée dans le salon quand
les visages grimés m'avaient donné la notion du temps
perdu, était-il temps encore et même étais-je encore en
état ? L'esprit a ses paysages dont la contemplation ne
lui est laissée qu'un temps. J'avais vécu comme un
peintre montant un chemin qui surplombe un lac dont
un rideau de rochers et d'arbres lui cache la vue. Par
une brèche il l'aperçoit, il l'a tout entier devant lui, il
prend ses pinceaux. Mais déjà vient la nuit où l'on ne
peut plus peindre et sur laquelle le jour ne se relève
pas.

Seulement une condition de mon œuvre telle que je
l'avais conçue tout à l'heure dans la bibliothèque était
l'approfondissement d'impressions qu'il fallait
d'abord recréer par la mémoire. Or celle-ci était usée.

D'abord du moment que rien n'était commencé, je
pouvais être inquiet, même si je croyais avoir encore
devant moi, à cause de mon âge quelques années, car
mon heure pouvait sonner dans quelques minutes. Il

fallait partir en effet de ceci que j'avais un corps, c'est-à-dire que j'étais perpétuellement menacé d'un double danger, extérieur, intérieur. Encore ne parlais-je ainsi que pour la commodité du langage. Car le danger intérieur, comme celui d'hémorragie cérébrale, est extérieur aussi étant du corps. Et avoir un corps c'est la grande menace pour l'esprit, la vie humaine et pensante, dont il faut sans doute moins dire qu'elle est un miraculeux perfectionnement de la vie animale et physique, mais plutôt qu'elle est une imperfection, encore aussi rudimentaire qu'est l'existence commencée des protozoaires en polypiers, que le corps de la baleine, etc., dans l'organisation de la vie spirituelle. Le corps enferme l'esprit dans une forteresse ; bientôt la forteresse est assiégée de toutes parts et il faut à la fin que l'Esprit se rende.

Mais pour me contenter de distinguer les deux sortes de dangers menaçant l'esprit et pour commencer par l'extérieur, je me rappelais que souvent déjà dans ma vie il m'était arrivé dans des moments d'excitation intellectuelle où quelque circonstance avait suspendu chez moi toute activité physique, par exemple quand je quittais en voiture, à demi gris, le restaurant de Rivebelle pour aller à quelque casino voisin, de sentir très nettement en moi l'objet présent de ma pensée, et de comprendre qu'il dépendait d'un hasard non seulement que cet objet n'y fût pas encore entré, mais qu'il fût avec mon corps même, anéanti. Je m'en souciais peu alors ; mon allégresse n'était pas prudente, pas inquiète. Que cette joie finît dans une seconde et entrât dans le néant peu m'importait. Il n'en était plus de même maintenant ; c'est que le bonheur que j'éprouvais ne venait pas d'une tension purement subjective des nerfs qui nous isole du passé, mais au contraire d'un élargissement de mon esprit en qui se reformait, s'actualisait ce passé et me donnait, mais hélas momentanément une valeur d'éternité. J'aurais voulu léguer celle-ci à ceux que j'aurais pu enrichir de mon trésor. Certes ce que j'avais éprouvé dans la bibliothèque et que je cherchais à protéger,

c'était plaisir encore, mais non plus égoïste ; ou du
moins d'un égoïsme (car tous les altruismes féconds de
la nature se développent selon un mode égoïste,
l'altruisme humain qui n'est pas égoïste est stérile,
c'est celui de l'écrivain qui s'interrompt de travailler
pour recevoir un ami malheureux, pour accepter une
fonction publique, pour écrire des articles de propa-
gande) d'un égoïsme utilisable pour autrui. Je n'avais
plus mon indifférence des retours de Rivebelle, je me
sentais accru de cette œuvre que je portais en moi
(comme par quelque chose de précieux et de fragile
qui m'eût été confié et que j'aurais voulu remettre
intact aux mains auxquelles il était destiné et qui
n'étaient pas les miennes). Maintenant me sentir
porteur d'une œuvre rendait pour moi un accident où
j'aurais trouvé la mort, plus redoutable, même (dans
la mesure où cette œuvre me semblait nécessaire et
durable) absurde, en contradiction avec mon désir,
avec l'élan de ma pensée, mais pas moins possible
pour cela, puisque (comme il arrive chaque jour dans
les incidents les plus simples de la vie, où, pendant
qu'on désire de tout son cœur ne pas faire de bruit à
un ami qui dort, une carafe placée trop au bord de la
table tombe et le réveille) les accidents, étant produits
par des causes matérielles peuvent parfaitement avoir
lieu au moment où des volontés fort différentes, qu'ils
détruisent sans les connaître, les rendent détestables.
Je savais très bien que mon cerveau était un riche
bassin minier, où il y avait une étendue immense et
fort diverse de gisements précieux. Mais aurais-je le
temps de les exploiter ? J'étais la seule personne
capable de le faire. Pour deux raisons, avec ma mort
eût disparu non seulement le seul ouvrier mineur
capable d'extraire ces minerais, mais encore le gise-
ment lui-même ; or tout à l'heure quand je rentrerais
chez moi, il suffirait de la rencontre de l'auto que je
prendrais avec une autre pour que mon corps fût
détruit et que mon esprit d'où la vie se retirerait, fût
forcé d'abandonner à tout jamais les idées nouvelles
qu'en ce moment même, n'ayant pas eu le temps de les

mettre plus en sûreté dans un livre, il enserrait anxieusement de sa pulpe frémissante, protectrice, mais fragile. Or par une bizarre coïncidence, cette crainte raisonnée du danger naissait en moi à un moment où, depuis peu, l'idée de la mort m'était devenue indifférente. La crainte de n'être plus moi m'avait fait jadis horreur, et à chaque nouvel amour que j'éprouvais (pour Gilberte, pour Albertine), parce que je ne pouvais supporter l'idée qu'un jour l'être qui les aimait n'existerait plus, ce qui serait comme une espèce de mort. Mais à force de se renouveler, cette crainte s'était naturellement changée en un calme confiant.

L'accident cérébral n'était même pas nécessaire. Ses symptômes, sensibles pour moi par un certain vide dans la tête et par un oubli de toutes choses que je ne retrouvais plus que par hasard comme quand en rangeant des affaires on en trouve une qu'on avait oublié qu'on avait même à chercher faisaient de moi comme un thésauriseur dont le coffre-fort crevé eût laissé fuir au fur et à mesure les richesses. Quelque temps il exista un moi qui déplora de perdre ces richesses et s'opposait à elle, à la mémoire, et bientôt je sentis que la mémoire en se retirant emportait aussi ce moi.

Si l'idée de la mort dans ce temps-là m'avait, on l'a vu, assombri l'amour, depuis longtemps déjà le souvenir de l'amour m'aidait à ne pas craindre la mort. Car je comprenais que mourir n'était pas quelque chose de nouveau, mais qu'au contraire depuis mon enfance j'étais déjà mort bien des fois. Pour prendre la période la moins ancienne, n'avais-je pas tenu à Albertine plus qu'à ma vie ? Pouvais-je alors concevoir ma personne sans qu'y continuât mon amour pour elle ? Or je ne l'aimais plus, j'étais, non plus l'être qui l'aimait, mais un être différent qui ne l'aimait pas, j'avais cessé de l'aimer quand j'étais devenu un autre. Or je ne souffrais pas d'être devenu cet autre, de ne plus aimer Albertine ; et certes ne plus avoir un jour mon corps ne pouvait me paraître en aucune façon quelque chose

d'aussi triste que m'avait paru jadis de ne plus aimer
un jour Albertine. Et pourtant, combien cela m'était
égal maintenant de ne plus l'aimer. Ces morts successives, si redoutées du moi qu'elles devaient anéantir, si
indifférentes, si douces, une fois accomplies, et quand
celui qui les craignait n'était plus là pour les sentir,
m'avaient fait depuis quelque temps comprendre
combien il serait peu sage de m'effrayer de la mort. Or
c'était maintenant qu'elle m'était depuis peu devenue
indifférente, que je recommençais de nouveau à la
craindre, sous une autre forme, il est vrai, non pas
pour moi, mais pour mon livre, à l'éclosion duquel,
était au moins pendant quelque temps indispensable
cette vie que tant de dangers menaçaient. Victor Hugo
dit :

> Il faut que l'herbe pousse et que les enfants meurent [159].

Moi je dis que la loi cruelle de l'art est que les êtres
meurent et que nous-mêmes mourions en épuisant
toutes les souffrances pour que pousse l'herbe non de
l'oubli mais de la vie éternelle, l'herbe drue des
œuvres fécondes, sur laquelle les générations vien-
dront faire gaiement, sans souci de ceux qui dorment
en dessous, leur « déjeuner sur l'herbe ».

J'ai dit des dangers extérieurs ; des dangers intérieurs aussi. Si j'étais préservé d'un accident venu du
dehors, qui sait si je ne serais pas empêché de profiter
de cette grâce par un accident survenu au-dedans de
moi, par quelque catastrophe interne, avant que
fussent écoulés les mois nécessaires pour écrire ce
livre.

Quand tout à l'heure je reviendrais chez moi par les
Champs-Élysées, qui me disait que je ne serais pas
frappé par le même mal que ma grand-mère, un après-
midi où elle était venue y faire avec moi une promenade qui devait être pour elle la dernière, sans qu'elle
s'en doutât, dans cette ignorance qui est la nôtre,
d'une aiguille arrivée sur le point ignoré par elle où le
ressort déclenché de l'horlogerie va sonner l'heure.
Peut-être la crainte d'avoir déjà parcouru presque tout

entière la minute qui précède le premier coup de l'heure, quand déjà celui-ci se prépare, peut-être cette crainte du coup qui serait en train de s'ébranler dans mon cerveau, cette crainte était-elle comme une obscure connaissance de ce qui allait être, comme un reflet dans la conscience de l'état précaire du cerveau dont les artères vont céder, ce qui n'est pas plus impossible que cette soudaine acceptation de la mort qu'ont des blessés, qui quoique le médecin et le désir de vivre cherchent à les tromper disent, voyant ce qui va être : « Je vais mourir, je suis prêt » et écrivent leurs adieux à leur femme.

Et en effet [160] ce fut là la chose singulière qui arriva avant que je n'eusse commencé mon livre, ce qui arriva sous une forme dont je ne me serais jamais douté. On me trouva un soir où je sortis, meilleure mine qu'autrefois, on s'étonna que j'eusse gardé tous mes cheveux noirs. Mais je manquai trois fois de tomber en descendant l'escalier. Ce n'avait été qu'une sortie de deux heures ; mais quand je fus rentré, je sentis que je n'avais plus ni mémoire, ni pensée, ni force, ni aucune existence. On serait venu pour me voir, pour me nommer roi, pour me saisir, pour m'arrêter, que je me serais laissé faire sans dire un mot, sans rouvrir les yeux, comme ces gens atteints au plus haut degré du mal de mer et qui traversant sur un bateau la mer Caspienne, n'esquissent même pas une résistance si on leur dit qu'on va les jeter à la mer. Je n'avais à proprement parler aucune maladie, mais je sentais que je n'étais plus capable de rien comme il arrive à des vieillards alertes la veille et qui s'étant fracturé la cuisse ou ayant eu une indigestion, peuvent mener encore quelque temps dans leur lit une existence qui n'est plus qu'une préparation plus ou moins longue à une mort désormais inéluctable. Un des moi, celui qui jadis allait dans ces festins de barbares qu'on appelle dîners en ville et où, pour les hommes en blanc, pour les femmes à demi nues et emplumées, les valeurs sont si renversées que quelqu'un qui ne vient pas dîner après avoir accepté, ou seulement n'arrive

qu'au rôti commet un acte plus coupable que les
actions immorales dont on parle légèrement pendant
ce dîner, ainsi que des morts récentes, et où la mort ou
une grave maladie sont les seules excuses à ne pas
venir, à condition qu'on eût fait prévenir à temps pour
l'invitation d'un quatorzième, qu'on était mourant, ce
moi-là en moi avait gardé ses scrupules et perdu sa
mémoire. L'autre moi, celui qui avait conçu son
œuvre, en revanche se souvenait. J'avais reçu une
invitation de Mme Molé et appris que le fils de
Mme Sazerat était mort. J'étais résolu à employer une
de ces heures après lesquelles je ne pouvais plus
prononcer un mot, la langue liée comme ma grand-
mère pendant son agonie, ou avaler du lait, à adresser
mes excuses à Mme Molé et mes condoléances à Mme
Sazerat. Mais au bout de quelques instants j'avais
oublié que j'avais à le faire. Heureux oubli car la
mémoire de mon œuvre veillait et allait employer à
poser mes premières fondations l'heure de survivance
qui m'était dévolue. Malheureusement, en prenant un
cahier pour écrire, la carte d'invitation de Mme Molé
glissait près de moi. Aussitôt le moi oublieux mais qui
avait la prééminence sur l'autre, comme il arrive chez
tous ces barbares scrupuleux qui ont dîné en ville,
repoussait le cahier, écrivait à Mme Molé (laquelle
d'ailleurs m'eût sans doute fort estimé si elle l'eût
appris, d'avoir fait passer ma réponse à son invitation
avant mes travaux d'architecte). Brusquement un mot
de ma réponse me rappelait que Mme Sazerat avait
perdu son fils, je lui écrivais aussi, puis ayant ainsi
sacrifié un devoir réel à l'obligation factice de me
montrer poli et sensible, je tombais sans forces, je
fermais les yeux, ne devant plus que végéter pour huit
jours. Pourtant si tous mes devoirs inutiles auxquels
j'étais prêt à sacrifier le vrai, sortaient au bout de
quelques minutes de ma tête, l'idée de ma construction ne me quittait pas un instant. Je ne savais pas si ce
serait une église où des fidèles sauraient peu à peu
apprendre des vérités et découvrir des harmonies, le
grand plan d'ensemble, ou si cela resterait — comme

un monument druidique au sommet d'une île quelque chose d'infréquenté à jamais. Mais j'étais décidé à y consacrer mes forces qui s'en allaient, comme à regret et comme pour pouvoir me laisser le temps d'avoir, tout le pourtour terminé, fermé « la porte funéraire ». Bientôt je pus montrer quelques esquisses. Personne n'y comprit rien. Même ceux qui furent favorables à ma perception des vérités que je voulais ensuite graver dans le temple, me félicitèrent de les avoir découvertes au « microscope » quand je m'étais au contraire servi d'un télescope pour apercevoir des choses, très petites en effet, mais parce qu'elles étaient situées à une grande distance et qui étaient chacune un monde. Là où je cherchais les grandes lois on m'appelait fouilleur de détails. D'ailleurs à quoi bon faisais-je cela j'avais eu de la facilité jeune et Bergotte avait trouvé mes pages de collégien « parfaites [161] ». Mais au lieu de travailler j'avais vécu dans la paresse, dans la dissipation des plaisirs, dans la maladie, les soins, les manies, et j'entreprenais mon ouvrage à la veille de mourir, sans rien savoir de mon métier. Je ne me sentais plus la force de faire face à mes obligations avec les êtres, ni à mes devoirs envers ma pensée et mon œuvre, encore moins envers tous les deux. Pour les premières l'oubli des lettres à écrire, etc. simplifiait un peu ma tâche. Mais tout d'un coup, l'association des idées ramenait au bout d'un mois le souvenir de mes remords, et j'étais accablé du sentiment de mon impuissance. Je fus étonné d'y être indifférent, mais c'est que depuis le jour où mes jambes avaient tellement tremblé en descendant l'escalier, j'étais devenu indifférent à tout, je n'aspirais plus qu'au repos, en attendant le grand repos qui finirait par venir. Ce n'était pas parce que je reportais après ma mort l'admiration qu'on devait me semblait-il avoir pour mon œuvre, que j'étais indifférent aux suffrages de l'élite actuelle. Celle d'après ma mort pourrait penser ce qu'elle voudrait, cela ne me souciait pas davantage. En réalité, si je pensais à mon œuvre et point aux lettres auxquelles je devais répondre, ce n'était plus que je misse entre les deux choses,

comme au temps de ma paresse, et ensuite au temps
de mon travail jusqu'au jour où j'avais dû me retenir à
la rampe de l'escalier, une grande différence d'importance. L'organisation de ma mémoire, de mes préoccupations était liée à mon œuvre, peut-être parce que
tandis que les lettres reçues étaient oubliées l'instant
d'après, l'idée de mon œuvre était dans ma tête,
toujours la même, en perpétuel devenir. Mais elle
aussi m'était devenue importune. Elle était pour moi
comme un fils dont la mère mourante doit encore
s'imposer la fatigue de s'occuper sans cesse, entre les
piqûres et les ventouses. Elle l'aime peut-être encore,
mais ne le sait plus que par le devoir excédant qu'elle a
de s'occuper de lui. Chez moi les forces de l'écrivain
n'étaient plus à la hauteur des exigences égoïstes de
l'œuvre. Depuis le jour de l'escalier, rien du monde,
aucun bonheur, qu'il vînt de l'amitié des gens, des
progrès de mon œuvre, de l'espérance de la gloire, ne
parvenait plus à moi que comme un si pâle grand
soleil, qu'il n'avait plus la vertu de me réchauffer, de
me faire vivre, de me donner un désir quelconque, et
encore était-il trop brillant, si blême qu'il fût, pour
mes yeux qui préféraient se fermer, et je me retournais
du côté du mur. Il me semble pour autant que je
sentais le mouvement de mes lèvres, que je devais
avoir un petit sourire d'un coin infime de la bouche
quand une dame m'écrivait : « J'ai été *très surprise* de
ne pas recevoir de réponse à ma lettre. » Néanmoins,
cela me rappelait sa lettre et je lui répondais. Je voulais
tâcher pour qu'on ne pût me croire ingrat de mettre
ma gentillesse actuelle au niveau de la gentillesse que
les gens avaient pu avoir pour moi. Et j'étais écrasé
d'imposer à mon existence agonisante les fatigues
surhumaines de la vie. La perte de la mémoire
m'aidait un peu en faisant des coupes dans mes
obligations ; mon œuvre les remplaçait.

Cette idée de la mort s'installa définitivement en
moi comme fait un amour. Non que j'aimasse la mort,
je la détestais. Mais après y avoir songé sans doute de
temps en temps comme à une femme qu'on n'aime pas

encore, maintenant sa pensée adhérait à la plus profonde couche de mon cerveau si complètement, que je ne pouvais m'occuper d'une chose sans que cette chose traversât d'abord l'idée de la mort et même si je ne m'occupais de rien et restais dans un repos complet l'idée de la mort me tenait une compagnie aussi incessante que l'idée du moi. Je ne pense pas que le jour où j'étais devenu un demi-mort, c'était les accidents qui avaient caractérisé cela, l'impossibilité de descendre un escalier, de me rappeler un nom, de me lever, qui avaient causé par un raisonnement même inconscient l'idée de la mort, que j'étais déjà à peu près mort, mais plutôt que c'était venu ensemble, qu'inévitablement ce grand miroir de l'esprit reflétait une réalité nouvelle. Pourtant je ne voyais pas comment des maux que j'avais on pouvait passer sans être averti à la mort complète. Mais alors je pensais aux autres, à tous ceux qui chaque jour meurent sans que le hiatus entre leur maladie et leur mort nous semble extraordinaire. Je pensais même que c'était seulement parce que je les voyais de l'intérieur (plus encore que par les tromperies de l'espérance) que certains malaises ne me semblaient pas mortels pris un à un, bien que je crusse à ma mort, de même que ceux qui sont le plus persuadés que leur terme est venu sont néanmoins persuadés aisément que s'ils ne peuvent pas prononcer certains mots cela n'a rien à voir avec une attaque, l'aphasie, etc., mais vient d'une fatigue de la langue, d'un état nerveux analogue au bégaiement, de l'épuisement qui a suivi une indigestion.

Moi c'était autre chose que j'avais à écrire, de plus long, et pour plus d'une personne. Long à écrire. Le jour tout au plus pourrais-je essayer de dormir. Si je travaillais, ce ne serait que la nuit. Mais il me faudrait beaucoup de nuits, peut-être cent, peut-être mille. Et je vivrais dans l'anxiété de ne pas savoir si le Maître de ma destinée, moins indulgent que le sultan Sheriar, le matin quand j'interromprais mon récit, voudrait bien surseoir à mon arrêt de mort et me permettrait de reprendre la suite le prochain soir. Non pas que je prétendisse refaire en quoi que ce fût les *Mille et Une Nuits*, pas plus que les *Mémoires* de Saint-Simon écrits eux aussi la nuit, pas plus qu'aucun des livres que j'avais aimés dans ma naïveté d'enfant, superstitieusement attaché à eux comme à mes amours, ne pouvant sans horreur imaginer une œuvre qui serait différente d'eux. Mais, comme Elstir Chardin, on ne peut refaire ce qu'on aime qu'en le renonçant. Sans doute mes livres eux aussi, comme mon être de chair, finiraient un jour par mourir. Mais il faut se résigner à mourir. On accepte la pensée que dans dix ans soi-même, dans cent ans ses livres, ne seront plus. La durée éternelle n'est pas plus promise aux œuvres qu'aux hommes. Ce serait un livre aussi long que les *Mille et Une Nuits* peut-être, mais tout autre. Sans doute quand on est amoureux d'une œuvre, on voudrait faire quelque chose de tout pareil mais il faut sacrifier son amour du moment, ne pas penser à son goût mais à une vérité qui ne vous demande pas vos préférences et vous défend d'y songer. Et c'est seulement si on la suit qu'on se trouve parfois rencontrer ce qu'on a abandonné, et avoir écrit, en les oubliant, les *Contes arabes* ou les *Mémoires* de Saint-Simon d'une autre époque. Mais était-il encore temps pour moi n'était-il pas trop tard.

Je me disais non seulement : « Est-il encore temps » mais « Suis-je en état ? » La maladie qui, en me faisant comme un rude directeur de conscience mourir au monde, m'avait rendu service « car si le grain de froment ne meurt après qu'on l'a semé il restera seul, mais s'il meurt, il portera beaucoup de fruits », la maladie qui, après que la paresse m'avait protégé contre la facilité allait peut-être me garder contre la paresse la maladie avait usé mes forces, et comme je l'avais remarqué depuis longtemps notamment au moment où j'avais cessé d'aimer Albertine, les forces de ma mémoire. Or la recréation par la mémoire d'impressions qu'il fallait ensuite approfondir, éclairer, transformer en équivalents d'intelligence, n'était-elle pas une des conditions, presque l'essence même de l'œuvre d'art telle que je l'avais conçue tout à l'heure dans la bibliothèque. Ah ! si j'avais encore les forces qui étaient intactes encore dans la soirée que j'avais alors évoquée en apercevant *François le Champi*. C'était de cette soirée, où ma mère avait abdiqué, que datait, avec la mort lente de ma grand-mère, le déclin de ma volonté, de ma santé. Tout s'était décidé au moment où ne pouvant plus supporter d'attendre au lendemain pour poser mes lèvres sur le visage de ma mère, j'avais pris ma résolution, j'avais sauté du lit et étais allé en chemise de nuit m'installer à la fenêtre par où entrait le clair de lune jusqu'à ce que j'eusse entendu partir M. Swann. Mes parents l'avaient accompagné, j'avais entendu la porte du jardin s'ouvrir, sonner, se refermer...

Alors je pensai tout d'un coup que si j'avais encore la force d'accomplir mon œuvre, cette matinée — comme autrefois à Combray certains jours qui avaient influé sur moi — qui m'avait aujourd'hui même donné à la fois l'idée de mon œuvre et la crainte de ne pouvoir la réaliser, marquerait certainement avant tout dans celle-ci, la forme que j'avais pressentie autrefois dans l'église de Combray, et qui nous reste habituellement invisible, celle du Temps.

Certes il est bien d'autres erreurs de nos sens, on a vu que divers épisodes de ce récit me l'avaient prouvé, qui faussent pour nous l'aspect réel de ce monde. Mais enfin je pourrais à la rigueur, dans la transcription plus exacte que je m'efforcerais de donner, ne pas changer la place des sons, m'abstenir de les détacher de leur cause à côté de laquelle l'intelligence les situe après coup, bien que faire chanter doucement la pluie au milieu de la chambre et tomber en déluge dans la cour l'ébullition de notre tisane, ne dût pas être en somme plus déconcertant que ce qu'ont fait si souvent les peintres quand ils peignent très près ou très loin de nous, selon que les lois de la perspective, l'intensité des couleurs et la première illusion du regard nous les font apparaître, une voile ou un pic que le raisonnement déplacera ensuite de distances quelquefois énormes. Je pourrais, bien que l'erreur soit plus grave continuer comme on fait à mettre des traits dans le visage d'une passante, alors qu'à la place du nez, des joues et du menton, il ne devrait y avoir qu'un espace vide sur lequel jouerait tout au plus le reflet de nos désirs. Et même si je n'avais pas le loisir de préparer, chose déjà bien plus importante les cent masques qu'il convient d'attacher à un même visage, ne fût-ce que selon les yeux qui le voient et le sens où ils en lisent les traits, et pour les mêmes yeux selon l'espérance ou la crainte, ou au contraire l'amour et l'habitude qui cachent pendant trente années les changements de l'âge, même enfin si je n'entreprenais pas, ce dont ma liaison avec Albertine suffisait pourtant à me montrer que sans cela tout est factice et mensonger, de représenter certaines personnes non pas au-dehors mais au-dedans de nous où leurs moindres actes peuvent amener des troubles mortels, et de faire varier aussi la lumière du ciel moral, selon les différences de pression de notre sensibilité, ou quand troublant la sérénité de notre certitude sous laquelle un objet est si petit, un simple nuage de risque en multiplie en un moment la grandeur, si je ne pouvais apporter ces changements et bien d'autres (dont la nécessité, si on veut peindre le réel, a pu apparaître au cours de ce récit) dans la transcription d'un univers qui était à redessiner tout entier, du moins ne manquerais-je pas d'y décrire l'homme comme ayant la longueur non de son corps mais de ses années, comme devant tâche de plus en plus énorme et qui finit par le vaincre, les traîner avec lui quand il se déplace.

◊ D'ailleurs que nous occupions une place sans cesse accrue dans le Temps, tout le monde le sent, et cette universalité ne pouvait que me réjouir puisque c'est la vérité, la vérité soupçonnée par chacun que je devais chercher à élucider. Non seulement tout le monde sent que nous occupons une place dans le Temps, mais cette place, le plus simple la mesure approximativement comme il mesurerait celle que nous occupons dans l'espace, puisque des gens sans perspicacité spéciale, voyant deux hommes qu'ils ne connaissent pas, tous deux à moustaches noires ou tout rasés, disent que ce sont deux hommes l'un d'une vingtaine, l'autre d'une quarantaine d'années. Sans doute on se trompe souvent dans cette évaluation, mais qu'on ait cru pouvoir la faire, signifie qu'on concevait l'âge comme quelque chose de mesurable. Au second homme à moustaches noires, vingt années de plus se sont effectivement ajoutées.

Si c'était cette notion du temps évaporé, des années passées non séparées de nous, que j'avais maintenant l'intention de mettre si fort en relief, c'est qu'à ce moment même, dans l'hôtel du Prince de Guermantes, ce bruit des pas de mes parents reconduisant M. Swann, ce tintement rebondissant, ferrugineux, intarissable, criard et frais de la petite sonnette qui m'annonçait qu'enfin M. Swann était parti et que maman allait monter, je les entendis encore, je les entendis eux-mêmes, eux situés pourtant si loin dans le passé. Alors — pensant à tous les événements qui se plaçaient forcément entre l'instant où je les avais entendus et la matinée Guermantes je fus effrayé de penser que c'était bien cette sonnette qui tintait encore en moi, sans que je pusse rien changer aux criaillements de son grelot, puisque ne me rappelant plus bien comment ils s'éteignaient, pour le réapprendre, pour bien l'écouter, je dus m'efforcer de ne plus entendre le son des conversations que les masques tenaient autour de moi. Pour tâcher de l'entendre de plus près, c'est en moi-même que j'étais obligé de redescendre. C'est donc que ce tintement y était toujours et aussi, entre lui et l'instant présent tout ce passé indéfiniment déroulé que je ne savais que je portais. Quand elle avait tinté j'existais déjà et depuis, pour que j'entendisse encore ce tintement il fallait qu'il n'y eût pas eu discontinuité, que je n'eusse pas un instant cessé d'exister, de penser, d'avoir conscience de moi, puisque cet instant ancien tenait encore à moi, que je pouvais encore le retrouver, retourner jusqu'à lui, rien qu'en descendant plus

profondément en moi. Et c'est parce qu'ils contiennent ainsi les heures du passé que les corps humains
peuvent faire tant de mal à ceux qui les aiment, parce
qu'ils contiennent tant de souvenirs de joies et de
désirs déjà effacés pour eux, mais si cruels pour celui
qui contemple et prolonge dans l'ordre du temps le
corps chéri dont il est jaloux, jaloux jusqu'à en
souhaiter la destruction. Car après la mort le Temps se
retire du corps, et les souvenirs — si indifférents, si
pâlis — sont effacés de celle qui n'est plus et le seront
bientôt de celui qu'ils torturent encore, mais en qui ils
finiront par périr quand le désir d'un corps vivant ne
les entretiendra plus. Profonde Albertine que je voyais
dormir et qui était morte.

J'éprouvais un sentiment de fatigue et d'effroi à
sentir que tout ce temps si long, non seulement avait,
sans une interruption, été vécu, pensé, sécrété par
moi, qu'il était ma vie, qu'il était moi-même, mais
encore que j'avais à toute minute à le maintenir
attaché à moi, qu'il me supportait, moi, juché à son
sommet vertigineux, que je ne pouvais me mouvoir
sans le déplacer. La date à laquelle j'entendais le bruit
de la sonnette du jardin de Combray, si distant et
pourtant intérieur était un point de repère dans cette
dimension énorme que je ne me savais pas avoir.
J'avais le vertige de voir au-dessous de moi, en moi
pourtant, comme si j'avais des lieues de hauteur, tant
d'années.

Je venais de comprendre [162] pourquoi le Duc de
Guermantes dont j'avais admiré en le regardant assis
sur une chaise combien il avait peu vieilli bien qu'il
eût tellement plus d'années que moi au-dessous de lui,
dès qu'il s'était levé et avait voulu se tenir debout avait
vacillé sur des jambes flageolantes comme celles de ces
vieux archevêques sur lesquels il n'y a de solide que
leur croix métallique et vers lesquels s'empressent des
jeunes séminaristes gaillards, et ne s'était avancé qu'en
tremblant comme une feuille, sur le sommet peu
praticable de quatre-vingt-trois années, comme si les
hommes étaient juchés sur de vivantes échasses,

grandissant sans cesse, parfois plus hautes que des clochers, finissant par leur rendre la marche difficile et périlleuse, et d'où tout d'un coup ils tombaient. (Était-ce pour cela que la figure des hommes d'un certain âge était, aux yeux du plus ignorant, si impossible à confondre avec celle d'un jeune homme et n'apparaissait qu'à travers le sérieux d'une espèce de nuage ?) Je m'effrayais que les miennes fussent déjà si hautes sous mes pas, il ne me semblait pas que j'aurais encore la force de maintenir longtemps attaché à moi ce passé qui descendait déjà si loin. Du moins, si elle m'était laissée assez longtemps pour accomplir mon œuvre, ne manquerais-je pas d'abord d'y décrire les hommes (cela dût-il les faire ressembler à des êtres monstrueux) comme occupant une place si considérable, à côté de celle si restreinte qui leur est réservée dans l'espace, une place au contraire prolongée sans mesure — puisqu'ils touchent simultanément comme des géants plongés dans les années, à des époques si distantes, entre lesquelles tant de jours sont venus se placer — dans le Temps.

FIN

NOTES

1. Cahier XV, N.A.fr. 16722, f° 78. Ce premier alinéa est une addition marginale, donc postérieure au premier jet, qui forme l'Ouverture du *Temps retrouvé,* par la reprise volontaire des principaux motifs combraysiens : la chambre, la sieste, les deux promenades, le côté de chez Swann, l'église de Combray et son clocher. C'est principalement ce motif des chambres, qui structure tous les volumes de la *Recherche,* qui permet de découper *Le Temps retrouvé.* Le manuscrit n'offre qu'une maigre solution de continuité : une demi-page blanche.

2. Une addition concernant Albertine vient rompre le fil du récit. Mais dans les pages qui suivent, Proust ajoute, dans les marges ou sur papiers collés (« paperoles »), des développements sur Rachel, sur Jupien surtout, mais aussi sur Charlus, sur Morel (« Santois »), pour resserrer l'intrigue de son roman autour du motif de l'homosexualité.

3. Charlie Morel est toujours nommé Bobby Santois dans le manuscrit, sauf dans quelques additions tardives. L'onomastique proustienne s'est fixée très lentement.

4. Victorien Sardou (1831-1908) avait écrit pour Sarah Bernhardt une pièce intitulée *Théodora* (1884), sur le sujet de l'actrice byzantine qui devint l'épouse de l'empereur Justinien.

5. Une phrase est illisible dans cette paperole qui présente une anticipation, comme on en trouvera de plus en plus dans *Le Temps retrouvé.* Elle est exactement symétrique au *Côté de Guermantes.* Voici le texte à demi reconstitué qu'il faudrait replacer dans le fil du développement : « Tout ce retour d'ailleurs à l'élégance volatile des Guermantes au bec pointu, aux yeux [...] que son vice nouveau que le [...] se servait. Plus il se [...] plus il paraissait ce que Balzac appelle tante. »

6. Allusion à la Guerre des Balkans (1912-1913). C'est en novembre 1912 qu'a eu lieu la bataille de Loullé-Bourgas. Ce

pourrait donc être à la rigueur la date du séjour à Tansonville. Mais cette remarque de Saint-Loup figure dans une addition interlinéaire tirée des épreuves de *Guermantes I* (voir n° 135) et ne peut donc pas servir à la datation. Gilberte ne semble pas avoir d'enfant, alors qu'elle est enceinte dans *La Fugitive* (GF, p. 344) et que sa fille a seize ans dans la dernière matinée. Interne ou externe, la chronologie proustienne est toujours périlleuse.

7. Proust écrit Fourier avec deux r. Tobolsk est la ville de détention de la famille impériale après la révolution russe de 1917. L'allusion est donc anachronique. Ces allusions figurent sur une paperole, comme celles relatives à Combray juste avant sont des additions marginales. Le temps du récit comme celui de l'écriture ne cessent de se télescoper.

8. L'allusion à *La Fille aux yeux d'or,* roman de Balzac sur l'homosexualité féminine, fait partie du premier jet de la rédaction. Mais l'alinéa suivant est ajouté sur une paperole et remplace trois pages qui présentaient le pastiche de Goncourt et le problème de la vérité littéraire. Ces pages sont biffées et récrites immédiatement. Proust voulait placer ces réflexions littéraires avant le pastiche rédigé à la fin du Cahier XV et au début du Cahier XVI. Quand il se ravise, il les change de place, sans l'indiquer expressément, par des corrections marginales. On trouve des brouillons de ce pastiche dans le Cahier 55, au milieu d'autres sur Tansonville et sur la littérature. La présentation et le montage ont visiblement posé des problèmes. Pour ce problème du pastiche de Goncourt, on peut lire Jean Milly, *Proust dans le Texte et l'Avant-texte,* Flammarion, 1985, chapitre 7.

9. Le pastiche de Goncourt mériterait un glossaire alphabétique ; nous nous contenterons de relever les principales difficultés, page après page.
La Revue : la Revue des Deux Mondes.
Whistler : James Whistler (1834-1903), peintre portraitiste américain mais vivant, dont Proust a volontiers écorché le nom dans son manuscrit.
     Fromentin : Eugène Fromentin (1820-1876), écrivain français, dont l'œuvre la plus célèbre reste *Dominique.* L'héroïne de ce roman s'appelle Madeleine.
     Charles Blanc (1813-1882), historien d'art et fondateur de *La Gazette des Beaux-Arts.*
     Saint-Victor : Paul de Saint-Victor (1827-1881), critique d'art, dont le nom apparaît souvent dans le *Journal* des Goncourt.
     Burty : Philippe Burty (1830-1890), critique d'art qui aida les Goncourt à créer la mode du japonisme en France.
     Goncourt : il s'agit d'Edmond (1822-1896) puisque son frère Jules est mort en 1870. Edmond continua le *Journal* commencé en 1851, et c'est en 1903 que le héros semble lire quelques pages de ce volume inédit.
     Gautier : Théophile Gautier (1811-1872), poète, romancier et

journaliste dont le nom apparaît souvent dans le *Journal* des Goncourt.

Eugène Fromentin, *Les Maîtres d'autrefois*, 1876, étude sur les peintres néerlandais. Proust souligne par Verdurin interposé la médiocrité de cet ouvrage, même si les *Salons* de celui-ci ne sont pas plus attestés que l'hôtel des Ambassadeurs de Venise, quai Conti.

Sansovino : Jacob Sansovino (1486-1570), sculpteur italien, travailla à Saint-Marc et au Palais des Doges principalement. Mais ces références artistiques sont ici moins importantes que la réflexion proustienne, et post-ruskinienne, sur l'utilisation moderne et utilitaire des chefs-d'œuvre du passé, sur la juxtaposition des témoins du passé et de la contemporanéité et sur le parallèle entre Paris et Venise qui reproduit faiblement celui établi entre Combray et la cité des Doges.

10. Guardi : Francesco Guardi (1712-1793), peintre vénitien et peintre de Venise. Proust fait allusion ici au « Doge se rendant à l'église de la Salute », qui à cette époque était exposé dans la Galerie du Louvre.

Courmont : Mme Jules Lebas de Courmont (1802-1844) était la tante des frères Goncourt et une de leurs initiatrices en matière esthétique.

Le Petit Dunkerque : un magasin de modes qui exista de 1780 à 1913, au 3 du quai Conti, près de la demeure fictive des Verdurin.

Gabriel de Saint-Aubin : dessinateur, peintre et graveur du XVIIIe siècle (1724-1780).

L'Huître et les Plaideurs : fable de La Fontaine, IX, 9. L'édition des Fermiers généraux n'existe pas pour les *Fables* (il y a une édition des *Contes*), mais Mme Verdurin intervient immédiatement, pour chasser les références italiennes ou dix-huitiémistes de son époux au profit du japonisme qui, à la fin du siècle dernier, caractérise aussi les goûts d'Odette. Swann est d'ailleurs présent à cette réception, qui semble donc dater de sa liaison avec Odette (1879).

Viradobetski : Ski est le diminutif de ce sculpteur polonais ami des Verdurin, dont le nom est ici pour la première fois révélé dans son intégralité.

11. Sherbatoff : si la princesse n'a vraisemblablement pas tiré sur l'archiduc Rodolphe, fils unique de l'empereur François-Joseph d'Autriche (1858-1889), retrouvé mort avec sa maîtresse à Mayerling, elle fait partie de longue date avec Brichot et Cottard, du clan Verdurin. La rédaction du *Journal* posthume est ici datée d'après 1889, mais de façon contradictoire, la présence de Charles Swann nous ramène à l'époque d' « Un amour de Swann », dix ans plus tôt. Chronologies interne et externe ne correspondent pas.

La Faustin : roman d'Edmond Goncourt (1882), qui décrit une actrice sacrifiant son métier à son amant.

Yung-Tsching : empereur de Chine (1723-1735) dont le règne coïncida avec une étape importante dans le développement de la porcelaine chinoise.

Luciennes (ou Louveciennes) : nom du château construit par

Louis XV pour Madame du Barry. L'orfèvre Jacques Roettiers de la Tour (1707-1784) avait créé pour elle un service de table décoré de roses et de myrtes.

12. Jean d'Heurs : un château sur la Meuse où fut reçu Edmond Goncourt, le mercredi 13 juillet 1881. Il s'agit ici d'une référence plus explicite que les autres au *Journal*, Imprimerie nationale, 1956, XII, 123.

Léoville : cru de bordeaux, dont les Verdurin semblent avoir acheté quelques bouteilles à la vente du comte de Montalivet (1801-1880), ancien ministre de Louis-Philippe. Les dates concordent, et Montalivet est cité dans le *Journal* authentique.

Tching-Hon : empereur de Chine de la dynastie Ming (XIVe-XVIe siècle). C'est pendant cette dynastie qu'apparurent les pre-mières porcelaines.

Marli : bord intérieur d'un plat ou d'une assiette.

13. Lawrence : Sir Thomas Lawrence (1769-1830), portraitiste anglais. Tous ces noms sont cités plus ou moins rapidement dans le *Journal* de Goncourt.

Gouthière : Pierre Gouthière (1732-1814), graveur et orfèvre qui travailla à la décoration du château de Louveciennes pour Madame du Barry. Cette Normandie des Verdurin est celle, transfigurée, de *Sodome et Gomorrhe*.

14. Nymphenbourg : manufacture de porcelaine dans la ville bavaroise du même nom.

Althæa : comme la passe-rose, il s'agit de variétés de la rose trémière, fleur nervalienne.

Fantin-Latour : Henri Fantin-Latour (1836-1904), peintre de fleurs qui a notamment exposé au Salon de 1899.

15. Floche : amas floconneux.

Début du Cahier XVI, N.A.fr. 16723.

Henriette d'Angleterre : duchesse d'Orléans (1644-1670) en tant que belle-sœur de Louis XIV. Madame de La Fayette était son amie, et rédigea sa biographie : *Histoire d'Henriette d'Angleterre* (1720).

Beausergent : Mme de Beausergent, auteur fictif de *Mémoires* qui ne seraient pas sans devoir beaucoup, si on les connaissait, à celles de Mme de Boigne, apparaît donc ici pour la première fois comme la tante du duc de Guermantes, comme la sœur de la marquise de Villeparisis et de la princesse de Hanovre. Proust resserre dans le dernier volume les liens entre ses personnages.

16. Barberini : Le palais Barberini, un des plus beaux palais romains, construit de 1625 à 1633, dans la rue des Quatre-Fontaines.

17. Fin du Cahier XVI, f° 6r^o et retour au Cahier XV, f° 91r^o. Proust a changé l'emplacement du pastiche, le montage et la disposition des parties introductives. De nombreuses additions

marginales lui permettent de placer après le pastiche ce développement, rédigé auparavant.

18. Mlle de Champlâtreux devint la belle-mère d'Anna de Noailles en 1897. Elle avait été auparavant l'égérie de Sainte-Beuve, dans un poème intitulé « La Fontaine de Boileau, Épître à Madame la Comtesse de Molé », *Pensées d'Août* (1843). Le personnage de Mme de Beausergent est fictif, comme le sont ses *Mémoires*.

19. L'éditeur Charpentier et sa femme Madeleine tenaient un salon rue de Grenelle où ils recevaient les peintres impressionnistes. A partir de 1876, ils reçurent le peintre Renoir qui fit leur portrait.
Charles Chaplin (1825-1891) fit un portrait de la comtesse de La Rochefoucauld en 1878. Il est plus difficile en revanche d'identifier le portraitiste Cotte, peut-être Pierre Cot (1837-1883), ou de retrouver un portrait de la princesse de Sagan qui intervient souvent dans le roman dans le personnage de la tante de Mme de Guermantes.

20. Ici Proust a laissé inachevée une phrase : « Peut-être pourtant ce côté mensonger, ce faux jour n'existe-t-il dans les mémoires que quand ils sont trop récents, quand les réputations qui s'anéantissent si vite, aussi bien intellectuelles que mondaines (car si l'érudition essaye ensuite de réagir contre cet ensevelissement parvient-elle à détruire un sur mille de ces oublis qui vont s'entassant). » Il raye ensuite un premier enchaînement qui devait introduire le pastiche à sa place primitive : « Voici quelques pages de Goncourt que je lus avant de m'endormir, la veille de mon départ, à Tansonville : « Avant hier tombe ici ».

21. Reprise du Cahier XVI, f° 6r°. Ce retour à Paris en 1916 a connu de nombreuses rédactions (ff[os] 6 à 8), avant de trouver sa forme « définitive ». L'articulation entre le séjour de 1914 et celui de 1916 n'était pas évidente. On trouve notamment, parmi les premières rédactions biffées : « Un soir j'étais sorti, pour aller voir Bergotte que je ne trouvais pas, dans ce Paris de la Guerre. » Bergotte semble le premier objet de la promenade du héros, avant la visite chez les Verdurin.

22. Dans cette addition marginale concernant Chateaubriand, Proust note : « Vérifier Montboissier, le nom de l'oiseau et le nom de la fleur. » Cf. *Mémoires d'Outre-tombe*, Flammarion, 1948, I, 103.

23. Le Parti des Ducs regroupait à cette époque la partie noble de l'Académie française, autour du salon du comte d'Haussonville (1843-1924), arrière-petit-fils de Mme de Staël.

24. Proust écrit « Lévy-Mirepois » pour désigner cette grande famille dont les représentants dans le roman sont purement fictifs.

25. Proust écrit « Péloponèse ». Constantin de Grèce (1868-1923) soutint pendant la Grande Guerre les puissances de l'Axe, ce qui le força à abdiquer en 1917.

26. De nombreuses additions et paperoles viennent enrichir le récit de cette visite chez Mme Verdurin. Elles concernent la guerre du Péloponnèse, Mme Bontemps, Morel et Odette principalement. Elles nous ont obligé à changer la disposition des parties par rapport aux précédentes éditions.

27. L'introduction d'Albertine, comme souvent dans le manuscrit, est une addition marginale qui vient rappeler l'intrigue des précédents volumes.

28. Début du Cahier XVII, N.A.fr. 16724. Il faut noter que les pages 6 et 7 du Cahier XVI (« Ces idées tendant les unes à diminuer, les autres à accroître mon regret de ne pas avoir de dons pour la littérature ») sont reprises au début du Cahier XVII. Proust a hésité avant de monter les deux retours à Paris, en commençant par le second (celui de 1916).

29. Taubes : transcription française du mot allemand qui désigne les pigeons et qui signifiait « avions » pour les contemporains.

30. Proust oppose deux générations de généraux, ceux qui ont fait la guerre de 1870, les guerres coloniales et qui ont participé à l'affaire Dreyfus, et la nouvelle génération montante de la guerre de 1914.

31. Proust écrit « Netche ». Romain Rolland était pacifiste et antisémite. Pierre Quillard (1864-1912), poète et journaliste, auteur d'un poème dramatique, *La Fille aux mains coupées* (1886), témoigna pour Dreyfus lors du procès.

32. Proust revient ici, sans solution de continuité, au second retour à Paris (il biffe au Cahier XVII, f° 30r° : « au début de 1916 »). On note la tendance proustienne à dédoubler les épisodes de son récit : les deux retours à Paris mais aussi la double évocation du second retour ; les lettres de Gilberte ; les visites chez Mme Verdurin, comme plus tard les deux conversations avec Charlus ; les rencontres avec Saint-Loup.

33. Ici encore, deux importantes paperoles et de nombreuses additions marginales rendent difficile le montage de scènes coupées en deux morceaux : la conversation avec Saint-Loup et la description de Paris. Nous changeons la disposition par rapport aux précédentes éditions, sans peur des répétitions causées par la double rédaction. François Ferrari était rédacteur mondain au *Gaulois* puis au *Figaro*. Les allusions à Wagner se font plus précises, comme au séjour à Doncières qui reprend *Le Côté de Guermantes I*. Notons enfin la citation du *Balcon* de Baudelaire (vers 27-29), et un anachronisme, sur une paperole : les avions « gothas » n'entreront en service qu'en 1918.

34. Jean-Baptiste Bressant (1815-1886) était comédien à la Comédie-Française (il inventa la coiffure que portait Swann dans le premier volume). Louis Delaunay (1826-1903) fut l'un des plus

vieux « jeunes premiers » du Français. Arthur Meyer (1844-1924) fonda *Le Gaulois* qui fut d'abord un quotidien monarchiste.

35. Comme Constantin de Grèce, Ferdinand de Saxe-Cobourg-Gotha (1861-1948) eut une attitude favorable aux Empires centraux pendant son règne (1908-1918). Mais il changea souvent de position et, après avoir rejoint la Grèce et la Serbie en 1912 contre l'Empire ottoman, il se retourna contre ses alliés en 1913 lors des Guerres balkaniques et se rallia aux Empires centraux en 1915.

36. Proust commence ici une addition qui se termine en note de régie et qui sera reprise plus loin : « Même les gens du monde pas bêtes étaient tout de même moins intelligents que M. de Charlus. Quand dans les articles de M. de Norpois qu'il avait dès longtemps jugé ou comme eût dit celui-ci, jaugé, il lisait : « Les États-Unis ne sauraient » (ou bien il dira cela en causant avec moi). » C'est ce qui se produit en effet, ce qui montre bien que Proust ne fait que recopier un fragment déjà préparé.

37. A partir d'ici, dans l'évocation de l'écrivain polémiste et du journaliste militariste, Proust a tendance à confondre Brichot et Norpois. Cette confusion est encore aggravée par l'insertion d'une longue paperole sur les rapports entre Charlus et Santois (Morel), et nous devons rétablir le nom de Norpois au lieu de Brichot quand le contexte l'exige. Face à l'état de guerre, le diplomate et le professeur confondent leurs valeurs respectives. Début du Cahier XVIII.

38. Carl Spitteler (1845-1924), poète et romancier de la Suisse alémanique, favorable à l'Entente cordiale, fut rapidement traduit en français. Les références au dragon et au Fol Étudiant sont tirées de sa nouvelle, *Die Mädchenfeinde* (1907).

39. Le baron Louis (1755-1837) fut ministre des Finances sous Louis XVIII et sous Louis-Philippe. Son mot célèbre et peut-être apocryphe est cité par Guizot dans ses *Mémoires* (1858).

C'est dans une paperole que Proust oppose Charlus et son frère. Joseph Caillaux (1863-1944) se fit beaucoup d'ennemis dans les classes aisées en inventant l'imposition directe (1906-1909). Il négocia avec l'Allemagne la question du Maroc et fut soupçonné pendant la Guerre de collaboration avec l'ennemi. Giovanni Giolitti (1842-1928), l'homme d'État italien, connut à peu près le même destin, mais ce n'est pas pour cette seule raison que Proust les rapproche : il rappelle ici sa théorie des révolutions psychologiques.

40. A partir d'ici, une très longue paperole précise le discours sur la Guerre (Norpois et Brichot se confondent plus que jamais), sur l'homosexualité (Charlus) et sur le journalisme (dans les brouillons du *Temps retrouvé*, le Cahier 55 notamment, Bergotte devient journaliste anti-allemand pendant la Guerre). Les rapports entre Brichot et les Verdurin se trouvent aussi développés. Il semble que Brichot doive remplacer Swann et Charlus comme souffre-douleur des Verdurin. La Guerre achève la confusion entre la diplomatie et le journalisme.

41. La comtesse Molé, souffre-douleur de M. de Charlus mais devenue une des reines de la société par l'effacement de la duchesse de Guermantes, meurt dans *La Prisonnière,* mais ressuscite maintenant pour défendre Brichot, à sa manière.

42. L'influence grandissante de Mme Verdurin sur le faubourg Saint-Germain s'affirme dans ce discrédit de Brichot. L'Allemand Clausewitz (1780-1831), le Suisse Jomini (1779-1869) écrivirent des traités militaires, ce qui est moins vrai d'Ovide, le poète latin de *L'Art d'aimer* ou d'Apollonius de Tyane, philosophe pythagoricien.

43. La très longue paperole se termine ici, et la conversation entre le héros et Charlus se poursuit. Le père Didon n'est pas celui de Virgile, mais Henri Didon (1840-1900), prédicateur dominicain célèbre par ses sermons à la Madeleine. Charlus fait aussi allusion au bouillon Duval, mais surtout à la destruction de la cathédrale de Reims, qui commença par l'incendie de septembre 1914 et se poursuivit par un bombardement durant presque toute la durée des hostilités, catastrophe qui parut considérable aux contemporains. Paul Morand est cité pour la nouvelle « Clarisse » qui fait partie de *Tendres Stocks,* 1922, que Proust avait préfacé.

44. Début d'une paperole sur les ravages de la guerre et sur les conclusions philosophico-esthétiques que l'on peut en tirer. On y voit le héros, encore enfermé dans la sociologie de Combray, incapable de comprendre la déploration de Charlus, qui détourne les théories de Swann, de Ruskin ou de Mâle en les mettant sur le compte du nationaliste Barrès.

45. La paperole est terminée mais Charlus continue son discours ambigu, qui veut cacher l'homosexualité et la germanophilie (« charlisme »). Maurice Barrès (1862-1923), écrivain et politicien nationaliste, Charles Maurras (1868-1952), écrivain monarchiste qui rendit compte dans *La Gazette de France* des *Mémoires d'Aimée de Coigny* (1729-1820), égérie royaliste de Talleyrand qui le poussa à trahir Napoléon (les *Mémoires* sont parues en 1902), le général Pau (1848-1932) et Gabriel Syveton, député nationaliste de la Seine, sont renvoyés dos à dos au nom du charlisme.

46. Une des composantes du charlisme est le respect des valeurs aristocratiques et mondaines. Henri Becque (1837-1899) en fait ici les frais, dramaturge réaliste qui donnait dans ses pièces une image peu flatteuse de la femme, élément essentiel de la mondanité, comme dans sa pièce *La Parisienne* (1885).

47. Une dernière paperole complète le tableau du charlisme (contre la noblesse d'Empire), par opposition à l'attitude timorée du héros.

48. Saint-Vallier, le père de Diane de Poitiers, apparaît dans le drame historique de Victor Hugo, *Le Roi s'amuse;* Saint-Mégrin dans celui d'Alexandre Dumas père, *Henri III et sa Cour,* où il séduit la duchesse de Guise. La théorie de l'esthétique de la Guerre

continue d'être développée, et les opinions de Charlus et de Saint-Loup se rapprochent : la beauté du ballet des avions et des projecteurs dans le ciel étoilé.

49. Une nouvelle paperole répète le motif de l'esthétique de la guerre, la comparaison entre le Paris de 1914 et celui de 1916, les rapports entre Morel et les Verdurin, Morel et Charlus. Quant au clair de lune, c'est celui des promenades nocturnes à Combray en compagnie de la femme aimée, Mme de Guermantes dans les brouillons, Gilberte dans les dernières pages de *La Fugitive*.

50. Proust ajoute entre parenthèses : « Rendre tout cela plus Montesquiou de ton. Mon Dieu, ce serait une espèce d'Herculanum. Voyez-vous Sosthène dans les livres d'art de l'avenir ? » Morel est systématiquement ajouté à cette conversation avec Charlus, de même que la relation de l'état de guerre.

51. Début d'une très longue paperole. Proust profite souvent de ces paperoles pour faire des anticipations, des décrochements chronologiques qui mènent ici à l'absurde. Charlus est encore vivant quand le héros se rend à la matinée.

52. Fin de la longue paperole, qui contient la lettre de Charlus, ainsi que tout ce qui concerne la Guerre et Morel.

53. L'avenue « Sous les tilleuls » se trouve à Berlin. Suit une nouvelle évocation de la nuit parisienne, parallèle aux promenades nocturnes de Combray. Le héros ne respecte pas le black-out et une fois le baron disparu, il semble avoir oublié le but de sa promenade : aller chez les Verdurin.

54. Avec la rencontre inopinée de Saint-Loup commence une longue séquence sur l'hôtel de Jupien, que gonflent de longues paperoles et de nombreux ajouts marginaux, qui accentuent le caractère militaire, populaire et homosexuel du récit. Par exemple, l'implication de Saint-Loup dans une affaire d'espionnage est une addition marginale, qui donne un caractère policier à l'intervention du héros.

55. Julot remplace Robert biffé.

56. Comme à son habitude, Proust redouble les scènes : le héros avait déjà une conversation avec Charlus dans *Le Côté de Guermantes II*. Le rendez-vous de Jupien avec Charlus ne fait que répéter, sur un mode plus tragique, la première scène de *Sodome et Gomorrhe I*. Le manuscrit est mieux structuré qu'il ne paraît au premier abord.

57. Une addition marginale complétée par une paperole vient ici présenter un député de l'Action libérale, mouvement politique fondé par Jacques Piou dans une inspiration catholique, et qui finit par rejoindre le Bloc national en 1919. Mais le plus important dans la paperole est l'assimilation à laquelle procède Jupien, entre la maison de passe et la maison de santé.

58. Rappelons que Mlle d'Oloron est la nièce de Jupien.

59. Une paperole sur le lien entre l'amour et la guerre, sur les lois générales de l'amour, donne un sens plus aigu à l'épisode de l'hôtel de Jupien. Proust répète ici la psychologie amoureuse développée dans « Un amour de Swann ». Cette paperole est en fait un résumé d' « Un amour », inséré dans le manuscrit du *Temps retrouvé* pour l'actualiser par rapport au reste du roman publié.

60. Il ne s'agit pas d'une allusion au *Canard enchaîné*, mais à *L'Homme libre,* périodique créé par Clemenceau et qui, à partir d'août 1914, pris le titre de *L'Homme enchaîné.*

61. Proust ajoute dans une série de paperoles et de petites additions sa théorie des émotions, une anecdote sur Albertine qui illustre cette théorie, et des réflexions sur les goûts des différents clients, dont M. de Courvoisier. Le monde des Courvoisier, dans ce dernier volume comme dans l'ensemble du roman, s'oppose à celui des Guermantes, dans des domaines communs (ils sont parents).

62. Dans cette paperole, « barbeaux » signifie souteneurs, une « thune » est une pièce de cinq francs. Il est plus important de souligner que cet ajoutage reprend les théories sur le sadisme, développées à Montjouvain dans *Du côté de chez Swann.*

63. Nouvel ajoutage sur le sadisme, où l'on trouve une référence à Boissier et à Gouache, deux confiseurs dont la boutique était sise, pour le premier boulevard des Capucines, pour le second boulevard de la Madeleine. Une fois encore, Proust tourne en dérision le sadisme de ces débauchés. L'hôtel de Jupien serait-il plus innocent que l'univers de Combray ?

64. Une autre paperole annonce la mort et dénonce les habitudes vicieuses du prince de Foix, qui apparaissait dans *Le Côté de Guermantes.*

65. Proust ajoute dans une paperole cette sorte de conclusion sur les liens entre le snobisme et le sadisme, la mondanité et l'homosexualité. *Les Saltimbanques* est une comédie en trois actes de Théophile Dumersan (1831).

66. Une addition marginale explique la répétition de l'anecdote de Saint-Simon. Pandemonium est le terme le plus savant que l'on puisse trouver pour désigner un lieu de désordre. Dans cette conversation avec Jupien, le héros s'identifie au narrateur dans ses citations des *Mille et Une Nuits,* une œuvre qui parcourt et qui structure l'ensemble du roman. Jupien, plus habile, identifie le narrateur à l'auteur, qui a signé la traduction de *Sésame et les Lys.* Cette addition marginale se prolonge par une longue paperole qui forme une conclusion définitive, par la comparaison entre le métro et les catacombes. Pompéi représente finalement l'effacement du critère social par le vice.

67. Cette addition est peut-être antérieure à la paperole précédente. Si elle lie la maison de Jupien aux maisons pompéiennes, elle

se signale en effet par le rapport de ces lieux de débauches avec l'époque du Directoire, et par le camouflage provisoire des idées pacifistes, deux thèmes déjà relevés dans le manuscrit.

68. Proust ajoute en marge cette phrase importante, qui assimile l'homosexualité à une maladie mortelle et qui rappelle les rapports de Charlus avec les Verdurin dans *La Prisonnière*.

69. Barre de justice : fers utilisés dans la marine.

Gothas : avions allemands en service en 1918, pour le bombardement de Paris.

In pace : prison perpétuelle créée par l'Église pour les délits scandaleux.

Berloque : sonnerie militaire.

C'est dans une addition marginale que Charlus évoque à nouveau Sodome.

70. Nous avons déjà évoqué les événements de Grèce. Le ministre Venizelos, qui était aussi intervenu dans les guerres balkaniques en 1912, succéda en 1917, après son abdication, au roi Constantin favorable aux Empires centraux. Après le retour au pouvoir de Constantin, en 1920, il dut s'exiler en France.

71. Zeppelins : grands dirigeables que les Allemands construisirent de 1900 à 1930. Une paperole permet à Proust de reprendre les angoisses militaristes de Françoise à Combray, et rappeler la politique du roi Constantin, défavorable à l'Entente cordiale.

72. Berry-au-Bac : première attaque, dans le département de l'Aisne, des tanks français, le 16 avril 1917. Larivière : c'est le nom de la belle-famille de la sœur d'Odilon Albaret. Étrange évocation. Comme le mauvais prêtre évoqué plus haut, mais encore plus que lui, ce couple exemplaire pose le problème de l'intervention de l'auteur sur son texte, pour exprimer une opinion patriotique et moralisante que le narrateur au contraire tente de dépasser. Elle intervient dans le premier jet du manuscrit. Mais il faut voir que c'est l'occasion pour le narrateur de réintroduire le leitmotiv des Français « selon Saint-André-des-Champs ». Le retour à la fiction est rapide, et c'est ici le Combray de Françoise qui se rappelle à notre souvenir. Immédiatement après, une addition revient sur les discussions entre Françoise et le maître d'hôtel. *Lectures pour tous* est le titre d'un magazine dont la publication commença en 1898 et prit fin en 1939.

73. Une addition sur la mort de Saint-Loup. « En entraînant ses hommes à l'attaque » est biffé et remplacé par « en protégeant la retraite de ses hommes ». L'aristocratie du cœur est la vraie noblesse et elle dépasse les passions de la guerre. Saint-Loup, par la modestie, par le silence, dépasse ainsi Charlus et le charlisme. Sa mort est évoquée juste après la dernière diatribe de Charlus.

74. Ces rappels sur la vie de Saint-Loup sont de premier jet.

75. Deux petites additions concernent Françoise ; l'une présente des réflexions symétriques à la germanophilie de Saint-Loup, l'autre rappelle les mauvaises relations entre la servante et Albertine.

76. Cette page est copiée, comme il arrive parfois dans le manuscrit, par Céleste Albaret semble-t-il. Ce manuscrit a été rédigé par un homme exténué et malade, rappelons-le, et qui souvent ne faisait que monter ensemble des fragments de récit ou de discours antérieurs.

77. Proust ajoute en marge une note de régie qu'il ne semble pas avoir utilisée : « Capitalissime et probablement pour mettre tout à la fin quand je parle du désir de ne pas mourir pour faire mon œuvre. Odette dira pendant la guerre (Capital et si elle ne paraît pas je pourrai dire comme entre parenthèses rétrospectivement Mme de Forcheville. Ce serait peut-être le mieux au moment de la mort de Saint-Loup et permettrait de mettre cela en beauté et la critique de Gregh). »

78. Un brouillon du *Côté de Guermantes*, le Cahier 49, contient sur les ff[os] 1r° à 3v° une première esquisse, en addition, sur l'attitude de la duchesse envers Saint-Loup.

79. Ici commence une longue paperole, qui comme beaucoup d'autres contient des anticipations. Elle est d'ailleurs assez tardive puisque le nom de Morel apparaît en toutes lettres (et non « Santois »), et qu'il y est fait référence à la révolution russe (1917), à la désertion de Morel et surtout à la politique du Bloc national (1919).

80. La paperole se termine ici, mais elle semble bien incomplète. Un morceau de papier a pu se décoller et s'en détacher.

81. A partir d'ici, le manuscrit s'inspire de sources et reprend des fragments qui se retrouvent facilement dans les cahiers de brouillon et dans les autres documents de rédaction : les papiers Sainte-Beuve pour ce qui est des principaux exemples de mémoire involontaire, pour l'exposé de la théorie esthétique et de la critique littéraire ; les cahiers de préparation aux premiers volumes du roman pour ce qui est du développement de la critique et de la théorie. Enfin, deux versions à peu près complètes, celle du Cahier 51 pour la rencontre avec Charlus vieilli, déchu et malade et pour une soirée finale au théâtre, et celle des Cahiers 58, 57, 11 et 13 pour ce qui concerne l' « Adoration perpétuelle » et le « Bal de têtes ». Voir *Matinée chez la Princesse de Guermantes*, Gallimard, 1982. Mais il faudrait citer aussi les carnets et les notes contenues dans les Cahiers 58, 57 et « Babouche ». Voir notre introduction.

82. Cette halte du train apparaît dans le Carnet 1, dans le Cahier 26 et dans le Cahier 58 notamment. Un peu plus loin se place une paperole sur le reflet rose du soleil, qui intervient déjà dans plusieurs cahiers de brouillon du début de l'année 1909

(Cahiers 2, 1), comme exemple d'impression esthétique, analogue au souvenir involontaire.

83. Une addition sur Mme Sazerat souligne le souvenir de Combray. Faut-il rappeler que l'avenue du Bois est devenue l'avenue Foch ? Potel et Chabot était une épicerie fine du boulevard des Italiens, au début du siècle. Nous sommes en 1919. Bernheim jeune avait une galerie d'art, avenue de l'Opéra.

84. Proust récupère ici un portrait du baron de Charlus vieilli qui était esquissé dans le Cahier 51. Il oppose cette scène à la précédente rencontre du baron.

85. Le mot subconscient, qui apparaît en 1897 dans la littérature spécialisée, figure ici dans une addition, avec aphasie qui est plus ancien. Le premier mot apparaît une fois, le second deux fois dans *Le Temps retrouvé* (et pas du tout dans le reste de l'œuvre).

86. Cette prosopopée de la mondanité défunte et l'intervention de la duchesse de Létourville font partie d'une paperole. Ce nom de Létourville n'apparaît que dans *Le Temps retrouvé*, pas même dans les brouillons.

87. Cette critique de la photographie et du cinéma, opposés aux phénomènes de la mémoire involontaire, apparaissait déjà dans le Carnet 1 (Venise : la photographie de Saint-Marc), dans les brouillons préparatoires à « Combray » et surtout dans ceux du *Temps retrouvé* (Cahier 57).

88. La remarque de Bergotte sur les joies de l'esprit est reprise de la problématique du Sainte-Beuve (où il s'agit des lois de l'intelligence), du Cahier 29 notamment. Elle apparaissait aussi dans *A l'ombre des jeunes filles en fleurs* et dans le Cahier 58. Bergotte se trompe évidemment, car le héros doit découvrir d'autres plaisirs que les joies intellectuelles.

89. L'expérience des pavés reprend la situation du Cahier 58, mais il faut signaler que Proust ajoute en marge l'allusion aux dernières œuvres de Vinteuil, comme souvenir de *La Prisonnière*.

90. Plus guère de paperoles ni d'additions ici (mais cette disparition est très momentanée). C'est que Proust recopie les brouillons, ici les Cahiers 26 et 57 pour ce qui concerne le bruit de la cuiller et l'empois de la serviette.

91. Tout ce développement est recopié du Cahier 57, mais aussi des cahiers de brouillon pour ce qui deviendra *Du côté de chez Swann*. Proust, par exemple, découpe en deux la relation de l'épisode de la madeleine qui figurait entier dans les Cahiers 8, 25 et dans les dactylographies. Il laisse dans le premier volume ce qui concerne l'expérience physique de la madeleine pour placer ici les théories qui servaient de conclusion. Mais ce travail était déjà fait au stade du Cahier 57.

92. Comme toujours, le souvenir d'Albertine apparaît dans une addition marginale.

93. Proust supprime ici une page entière du manuscrit (Cahier XVIII). Nous la reproduisons en note :

[F° 129] Plus beau : seulement aurais-je dis hier encore comme paraît plus belle la femme qu'on ne peut pas avoir, qui est au loin, qui est inaccessible, pour laquelle on donnerait cent fois [f° 130] cette chose médiocre qu'elle-même pourra devenir à son tour, ou peut-être a été autrefois : la femme possédée. Non ce n'était pas seulement ce même désir d'impossible qui m'élançait vers la brise marine et le coucher de soleil au bout des vitres de la salle à manger, vers la chambre de ma tante Léonie, vers Saint-Marc. Ce n'était pas tellement eux que j'aimais que la partie de sensation qui leur était commune avec l'endroit où je me trouvais. Et en l'éprouvant je ne me disais pas comme dans la cour de notre maison, quand je regardais à mon gré, dans ma mémoire, la campagne ou la mer, avec un plaisir égoïste de collectionneur : « J'ai tout de même vu de belles choses dans ma vie », je n'élevais pas plus haut l'idée de mon moi, bien plus je doutais de ce moi. Ou plutôt le moi différent que j'étais n'était plus soumis au temps. J'avais déjà eu l'impression d'en être affranchi et que le temps perdu peut être retrouvé, d'être omniprésent à diverses minutes quand sans comprendre la raison de mon ineffable joie j'avais goûté et identifié la saveur [f° 131] de la madeleine imbibée.

94. Proust ajoute en marge ce qui fait la problématique de *Swann* et des *Jeunes Filles :* noms de pays, le nom et le pays. Plus loin, dans le Bal de têtes, il reprendra la problématique de *Guermantes :* noms de personnes, le nom et la personne.

95. Dans deux additions marginales, Proust revient sur cette double déception, des lieux et des personnes. Le Cahier XVIII s'achève, et commence le Cahier XIX et avant-dernier du *Temps retrouvé*.

96. Le manuscrit porte « Sextuor » au lieu de « Septuor », et cette allusion à la sonate en rouge est l'objet d'une addition marginale, qui renvoie elle-même à *La Prisonnière*. Voir l'article de Yoshikawa cité dans la bibliographie.

97. Proust ajoute dans la marge cette réflexion importante sur le rôle du hasard et celui de la joie comme critères de la vérité.

98. Pour introduire la paperole qui suit, Proust a biffé la phrase suivante : « Ce livre, le plus pénible de tous à déchiffrer, est aussi le seul que nous ait vraiment dicté la réalité, le seul dont l'impression ait été faite en nous par la réalité même. »

99. Additions et paperoles réapparaissent à partir d'ici, et elles se bousculent. Il n'est pas inintéressant de savoir que le motif du « prix », de la marque du prix sur une œuvre théorique figure sur une paperole.

100. Nous reprenons ici en partie la reconstitution hypothétique du texte, proposée par Volker Roloff (voir la bibliographie). Dans cet épisode de *François le Champi*, il corrige en effet le manuscrit défectueux du *Temps retrouvé* d'après le manuscrit et les dactylographies de « Combray » d'où ce développement est tiré. cette théorie de la lecture dont le prétexte est *Champi* apparaissait déjà dans l'évocation de l'enfance à Combray, et c'est par un redécoupage et par un transfert analogues à ceux qui ont affecté l'épisode de la madeleine que Proust a finalement inséré dans le dernier volume les réflexions qui suivaient immédiatement, dans le premier, la lecture du roman de George Sand. En reprenant la reconstitution de Roloff, nous avons bien la conviction de créer un texte qui n'est ni celui du manuscrit du *Temps retrouvé*, ni celui du manuscrit de « Combray ». Mais le collationnement des deux sources permet peut-être de se faire une petite idée de ce que Proust aurait fait, s'il avait eu le temps de réviser, de transformer et de publier lui-même son texte.

101. Paperole, que suit immédiatement la copie, dictée ou réécrite, du Cahier 57, après les Cahiers 26 et 11.

102. Ici commence une longue paperole sur les amateurs, sur les dilettantes.

103. Une paperole sur les lois de l'amour réunit maintenant Gilberte et Albertine, comme dans *La Fugitive*.

104. A partir d'ici, une série d'additions et de paperoles sur le chagrin de la trahison ou de la mort de la femme aimée, renvoie à Gilberte, à la grand-mère (rappel de *Guermantes*), à Mme de Guermantes ou à Albertine.

105. A la fin de cette série d'additions et de paperoles sur le rôle du chagrin dans la création littéraire, Proust ajoute une note de régie : « A mettre avant si j'ai l'occasion de dire plus tôt que cela les aura fait renoncer. » Ces notes de régie indiquent la possibilité d'une organisation future du manuscrit, et qui n'a pas été. Elles soulignent l'inachèvement du texte que nous essayons de reproduire.

106. Toujours sur ce thème de l'importance du chagrin d'amour dans l'effort d'écriture, Proust ajoute une paperole sur la critique fondamentale que le héros a dû supporter dans *A l'ombre des jeunes filles en fleurs* : pourquoi avoir sacrifié Elstir à Albertine ?

107. Encore une paperole sur la douleur, sur la création, sur Albertine.

108. Les paperoles se bousculent maintenant, avec la fin de l' « Adoration perpétuelle », sur l'inversion, sur le rêve (reprenant l'ouverture du *Côté de chez Swann*), sur la vérité des perceptions et sur la guerre. Joseph Reinach (1856-1921), fut un homme politique dreyfusard ; il perdit dans cette affaire son mandat de député en 1898.

109. Une nouvelle paperole sur le rêve introduit la référence au cahier de brouillon que Marcel Proust appelait le Cahier « Vénusté », c'est-à-dire le Cahier 54.

110. Pierre Roques (1856-1920), général en chef de la première armée, fut ministre de la Guerre en 1916. Maurice Sarrail (1856-1929), commandant en chef des armées françaises en Orient, fut à la tête des forces expéditionnaires envoyées à Salonique en 1916. Nous rétablissons ensuite dans le fil du récit, des passages supprimés par les précédents éditeurs pour des raisons de double emploi. Mais nous avons déjà montré que le double emploi n'était qu'une conséquence de la relecture et de la réécriture qu'avait subies le manuscrit. Il faut lire *Le Temps retrouvé* dans le temps de la rédaction autant que dans celui du récit.

111. Après un bref retour au Cahier XVIII (N. A. fr. 16728, f° 137), où le maître d'hôtel invite le héros à entrer (et ce retour en arrière, matériel et textuel, montre que Proust n'a pas rédigé les cahiers du *Temps retrouvé* dans le « bon ordre », celui du récit, qui n'est qu'un accident de la rédaction), nous arrivons au Cahier XX et dernier du manuscrit qui a servi à composer *Le Temps retrouvé*, cahier qui contient le « Bal de têtes ».

112. La citation des *Mémoires d'Outre-Tombe* est copiée par Céleste.

113. Une très longue paperole concerne principalement M. d'Argencourt, le vieil ennemi du héros puisqu'il l'avait rencontré pour la première fois chez Mme de Villeparisis. Proust lui réserve un traitement spécial.

114. Jean-François Regnard (1655-1709), homme de lettres qui dépensa un magnifique héritage à voyager, et que Proust compare ici au M. Perrichon de Labiche.

115. La suite de cette paperole, qui intervient après : « parce que la transformation n'était pas voulue » est annulée par une note de régie de Proust, en marge de la page suivante : « Tout cela, c'est-à-dire la marge, puis le haut du papier, puis le papier d'en bas, mieux plus tard, pour ne pas affaiblir la fête travestie qu'il vaut mieux laisser comme c'était : n'était pas voulue, je m'avisais enfin. » Nous la maintenons cependant, ne sachant pas où la placer « plus tard ». Nous ne pouvons refaire le travail de l'écrivain.

116. Fin de la paperole sur M. d'Argencourt. La duchesse de Guermantes apparaît alors, sur le premier jet de la rédaction.

117. Le jeune Létourville est ajouté en marge, comme sa parente la duchesse de Létourville l'avait été lors de la nouvelle rencontre avec M. de Charlus.

118. Comme beaucoup de personnages du « Bal de têtes », la duchesse de Dino apparaît ici pour la première fois, et dans une paperole. De la même manière, toutes les allusions à la vieillesse du

héros figurent sur les additions, comme l'allusion à la grippe espagnole (1919).

119. Cambremer apparaît ici sur une paperole.

120. A partir d'ici et sur une dizaine de pages, nous essayons de remettre un peu d'ordre dans la masse des additions et des paperoles, qui n'ont pas de place bien fixée souvent et qui rendent incohérent le fil du récit de la matinée. Mais cette reconstitution ne peut être qu'hypothétique.

121. C'est en marge que Proust ajoute l'allusion à Odette qui ne change pas, qui ne vieillit pas. La personnalité du ministre boulangiste est développée sur une paperole, comme si Proust voulait insister davantage, pour chacun de ses exemples, sur les bouleversements apportés par le temps. L'homme politique est intercalé dans le tableau d'Odette, comme pour opposer deux types de destinée. « Boulangiste » et « chéquard » renvoient aux deux plus graves scandales de la Troisième République : les désordres nationalistes autour de la personne du général Boulanger (en 1887-1889) et l'affaire de Panama (1891).

122. Une paperole en forme d'anticipation développe encore la personnalité d'Odette, son brusque déclin et sa mort en 1921, « moins de trois ans après », si la matinée se place en 1919. Proust ajoute en marge une note de régie que nous ne pouvons placer mais qui est importante en ce qu'elle montre chez l'écrivain le souci du détail dans la description de la vieillesse, souci qui de paperole en « ajoutage » apparaît comme de plus en plus paranoïaque. Voici cette note de régie : « Quand je dis ailleurs que dès qu'on me nommait les hommes l'enchantement cessait et que je les reconnaissais : Pourtant il y en eut un que même nommé je ne pus reconnaître, et je crus à un homonyme, car il n'avait aucune espèce de rapport avec celui que non seulement j'avais connu autrefois mais que j'avais retrouvé il y a quelques années. C'était pourtant lui, blanchi seulement et engraissé, mais il avait rasé ses moustaches et cela avait suffi pour lui faire perdre sa personnalité. »

123. La promotion sociale de Bloch commence par une page copiée et se poursuit sur une paperole. Celle de Mme Verdurin aussi figure sur une paperole, ce qui explique peut-être que la transformation de la patronne en princesse de Guermantes puisse passer inaperçue, alors qu'elle est le « clou » de cette matinée, après l'apparition de la duchesse de Guermantes. Il faut noter que la nouvelle princesse a maintenant un âge encore plus invraisemblable que celui d'Odette, puisqu'elle était déjà plus âgée qu'elle dans « Un amour de Swann ».

124. Proust ajoute une note de régie que nous ne savons où replacer : « Quand je parle de changement social (selon Rohan, conversation avec S. de Gaigneron sur les Fels, Blumenthal, etc.) : les anciens assuraient que dans le monde tout était changé, qu'on y recevait des gens que jamais de leur temps on n'aurait reçus, et,

comme on dit, c'était vrai et ce n'était pas vrai. Ce n'était pas vrai parce qu'ils ne se rendaient pas compte de la courbe du temps qui faisait que ceux d'aujourd'hui voyaient ces gens à leur point d'arrivée tandis qu'eux se les rappelaient à leur point de départ. Et quand eux, les anciens, étaient entrés dans le monde, il y avait là des gens arrivés dont d'autres se rappelaient le départ. Une génération suffit pour que s'y ramène le changement qui en des siècles s'est fait pour le nom bourgeois d'un Colbert devenu nom noble. Et, d'autre part, cela pourrait être vrai, car si les personnes changent de situation, les idées et les coutumes les plus indéracinables (de même que les fortunes et les alliances de pays et les haines de pays) changent aussi, parmi lesquelles même celles de ne recevoir que des gens chic. Non seulement le snobisme change de forme, mais il pourrait disparaître comme la guerre même, les radicaux, les juifs être reçus au Jockey. »

125. Georges Clemenceau (1841-1929), journaliste et homme politique, fut un ardent défenseur de Dreyfus. Mais il fut aussi ministre de l'Intérieur à plusieurs reprises, et notamment pendant la Guerre.

René Viviani (1863-1925), président du Conseil qui fit adopter en 1912 la loi de trois ans pour le service militaire et qui décréta la mobilisation générale le 1er août 1914.

Bloch devenu écrivain constitue aussi une addition.

126. Mme de Farcy est un nom qui n'est pas attesté auparavant dans le texte.

127. C'est sur une paperole qu'apparaît Saint-Simon pour illustrer le phénomène de l'oubli social.

128. Le développement se poursuit de la façon suivante : « De sorte que si nous avions en commun un même vocabulaire de mots, pour les noms celui de chacun de nous était différent. Et l'inintelligibilité qui en résultait donnait le sens de l'Histoire, je ne sais ». Proust reprendra cette idée plus loin.

129. Ici commence une longue paperole sur le changement des valeurs mondaines. Colombin était un salon de thé à la mode de la rue Cambon. Villemandois apparaît pour la première fois sur cette paperole. Mais Bloch fait ici une seconde apparition.

130. La paperole se termine ici. Le premier jet de la rédaction reprend l'analyse d'une des lignes de force de ce « Bal de têtes » : les lois évolutives de la société. Les deux autres temps forts étant l'apparition de la duchesse et de la princesse de Guermantes. Les autres personnages, Argencourt, Cambremer, Bloch, Odette, Gilberte ne font que graviter autour.

131. De nouvelles additions et paperoles sur le personnage de Bloch soulignent à partir d'ici le rôle qu'il tient dans cette société et qui est celui que jouait le héros invité chez la duchesse ou chez la princesse de Guermantes : celui du néophyte. Proust reprend

Guermantes mais aussi « Combray » quand il associe à celle de Bloch la promotion de Legrandin.

132. Cette évocation du kaléidoscope psychologique et social, de la circularité que le temps introduit dans les changements des personnes et de la société, reprise du Cahier 57 encore, avec l'image du treuil d'un puits, est enrichie de nombreuses additions et paperoles. Elle se poursuit par une addition marginale sur le songe, qui comprend une allusion aux fantaisies de Paul Deschanel, président de la Troisième République qui devint fou pendant l'exercice de son mandat (1920).

133. Mme de Souvré apparaissait dans *Guermantes* et surtout dans *Sodome* où elle montrait une étrange incapacité à présenter le héros au prince de Guermantes. La Salute est une des principales églises de Venise. Tout ce développement est de premier jet.

134. Ici commence une longue paperole sur la marquise d'Arpajon, confondue avec la comtesse qui fut la maîtresse du duc de Guermantes. Ici encore Proust écrit *Le Temps retrouvé* en correspondance avec *Guermantes* et surtout *Sodome*. Il réintroduit aussi, avec insistance, les motifs de l'erreur et de la mort. Le changement des générations apparaît comme le facteur double des transformations et de la survivance de la société mondaine.

135. Fin de la paperole et deuxième apparition de Gilberte (après la page 331). Proust reproduit ensuite, sur une paperole, une partie des épreuves de *Guermantes I*, imprimée par erreur sur le placard 10. Cette paperole montre l'estime que Gilberte porte à son mari disparu, mais surtout la méthode de composition de l'écrivain. Proust supprime dans les épreuves de *Guermantes* ce qu'il rajoute dans *Le Temps retrouvé*, dans un mouvement d'écriture simultané et symétrique. Voici le texte biffé sur les placards de *Guermantes* : « *Nota Bene :* L'exemple que je mettrai en regard de cela dans la guerre de 1916, sera la manœuvre de Falkenhayn sur Cracovie, voir Bidou *Débats* du 23 et 24 novembre 1916 à relire entièrement. D'autre part avant la guerre Saint-Loup me comparera Loullé-Bourgas à Ulm, au début de la guerre, Charleroi à Ulm. Enfin pour les principes il les croira altérés par la guerre du Transvaal et la guerre de Mandchourie (et la guerre balkanique ?). Je montrerai à sa femme qu'il se trompait à demi (peut-être [...] général de la Croix). Mais pourtant un peu de vrai ! (Pétain : c'est de la guerre d'avant la guerre). (La feinte de Falkenhayn — manœuvre par le Prehovember en direction de Campolny trompe même après coup jusqu'à Bidou qui appelle le 23 échec de cette manœuvre ce qu'il découvre feinte le lendemain 24 novembre 1916). L'enfoncement par le centre à Rivoli c'est ce qu'a essayé Kluck à la bataille de la Marne, voir dans les *Débats* du 1ᵉʳ ou 2 février 1917 la conférence de Bidou ou mieux la conférence de [...]. » Bel exemple de travail parallèle, de relecture et d'addition, dans *Le Temps retrouvé*, de fragments du manuscrit de *Guermantes I* : les conversations entre Saint-Loup et le héros sur les problèmes stratégiques.

136. Proust ajoute ici une note de régie : « (dire en son temps qu'il s'intéresse aux deux. « Ta grand-mère lit-elle toujours Mme de Sévigné ? » Mais d'ailleurs c'est inutile et je peux même ne pas dire « non loin de Robert ». C'est dans une paperole que se situe ce rapprochement entre l'univers de Mme de Sévigné, de Combray et des *Mille et Une Nuits,* et les allusions aux campagnes orientales de la Première Guerre mondiale. La campagne de Mésopotamie fut désastreuse pour les Anglais conduits par les généraux Townshend et Gorringer (Proust estropie le nom de ce dernier sur le manuscrit, comme il fait souvent). Townshend fut battu à Bagdad, forcé de se replier sur Kout-el-Amara et se rendit dans cette place en 1916.

Dans une addition à cette paperole, et qui continue la conversation avec Gilberte, l'écrivain compare à nouveau les lois de l'amour et celles de la guerre.

137. Dans cette addition Proust annonce l'apparition de la princesse de Guermantes (p. 408) qui jusqu'à présent est simplement évoquée dans les conversations entre le héros et Bloch ou Gilberte. C'est de manière allusive, et sur paperoles, que Proust introduit la dernière transformation de Mme Verdurin.

138. Une longue paperole introduit le motif de l'importance de la femme dans la rédaction du roman. Ce désir impalpable de la femme, ou plutôt de la jeune fille, apparaissait dès les premiers cahiers de brouillon, ceux du *Contre Sainte-Beuve,* et était repris dans *La Fugitive.* Il sert ici à détruire complètement et définitivement l'image de Gilberte qui, après une hésitation, propose au héros de le présenter à sa fille.

139. L'édition originale, celle de la N.R.F. en 1927 (II, 161) présente à partir d'ici un enchaînement plus logique des additions et paperoles avec le premier jet, mais que l'on ne retrouve pas (ou plus) dans le manuscrit. Nous suivons donc le document qui nous sert de référence.

140. « Lakiste » est une allusion, ou un rappel, qui est un souvenir d'*Un amour de Swann* (brouillons). Après « sensibilité charmante », Proust continue : « Le dire plutôt à un autre endroit. Et du reste pour ce que je viens de dire de Mme de Guermantes il n'y a pas lieu de le rattacher au nom de Swann entendu par Châtellerault (Bagès-Pagès). Mais quand je dis ailleurs que Mme de Guermantes n'a plus le même idéal social qu'autrefois dire ceci qui est capitalissime : Car si dans ces périodes de vingt ans. » Proust ajoute : « Ce serait d'un plus beau plan de dire : elle aussi, ces recompositions de salons dont nous avons parlé, etc. Ils étaient eux aussi des phénomènes de mémoire ». L'allusion aux périodes de vingt ans renvoie au plan général du roman, qui peut apparaître comme une organisation cyclique, de vingt ans en vingt ans. Voir à ce sujet les articles de Willy Hachez dans la bibliographie.

141. Nous introduisons ici une addition augmentée d'une paperole que nous n'avons pas pu placer avant. Elle s'inscrit dans le

cadre de la conversation entre la duchesse de Guermantes et le héros.

142. La nouvelle apparition de la duchesse de Guermantes est liée à celle de Rachel. Elle devait donc logiquement s'accompagner de celle de la Berma, renouant dans *Le Temps retrouvé* des fils nombreux avec les précédents volumes du roman. Depuis long-temps, la duchesse s'est déclassée en fréquentant des milieux artistes. Le héros lui-même apparaît ainsi comme l'ethnologue qui détruit par sa présence le champ de son investigation. L'épisode de la Berma est ajouté dans une longue paperole.

143. C'est à nouveau sur une longue paperole consacrée à Rachel, que Mme Verdurin apparaît comme la nouvelle princesse de Guermantes.

144. Le déclassement, l'encanaillement de la duchesse de Guer-mantes, à cause de son amour pour les beaux-arts, est encore ici le résultat de nouvelles paperoles.

145. Une longue paperole reprend la conversation entre la duchesse de Guermantes et le héros. La citation de Victor Hugo est tirée des *Contemplations* (15 février 1843).

146. C'est *Le Petit Journal,* un quotidien né en 1863 et qui survécut jusqu'en 1944, qui publiait des réclames pour les pastilles Géraudel. La conversation continue avec la duchesse, sur paperole.

147. Nous remettons à sa place ce fragment copié de la main de Céleste Albaret, sans doute sous la dictée de Proust.

148. C'est dans le premier jet de la rédaction, pendant la conversation entre la duchesse de Guermantes et le héros, que reparaît Mme Verdurin. Mais, une fois encore, il s'agit d'une allusion.

149. L'incident de la fille de la Berma est ajouté sur une paperole, et il vient rompre cette conversation de la duchesse. En effet, la page 423 (après « je suis au fond un paquet de nerfs ») se poursuivait au folio suivant (il s'agit des ff^{os} 80-81 du manuscrit) de la façon suivante : « Robert agissait peut-être assez cruellement. Il n'était pas facile de prendre devant Mme de Guermantes la défense de la fille d'Odette, car la manière nouvelle dont la duchesse m'avait dit être trompée était la manière dont le duc la trompait, si extraordinaire que cela pût paraître à qui savait l'âge d'Odette, avec Mme de Forcheville. » Ce passage enchaînait avec la page 425 : « La vie de la duchesse [...] » mais l'insertion de la paperole sur l'incident de la fille de la Berma empêche de le garder dans le texte.

150. Le portrait du vieux duc de Guermantes, et en particulier sa liaison avec Odette, figure en grande partie sur des additions marginales et des paperoles. Le duc commence à ressembler à son frère Charlus. Mais dans sa passion jalouse il est explicitement rapproché de Swann et dans sa réclusion suspicieuse il aligne sa

conduite sur celle du héros avec Albertine. Proust souligne les
permanences psychologiques et les transformations psychologiques
à travers les personnages d'Odette, de Mme Verdurin et des
Guermantes. Deux pages sont copiées, pour former le lien entre les
différentes paperoles, ce qui semble indiquer une importante
intervention de Céleste Albaret.

151. La visite de l'hôtel, sous la direction de la duchesse de
Guermantes, l'apparition d'une nouvelle Mme de Saint-Euverte et
l'allusion à « Un amour de Swann » font l'objet d'une longue
paperole.

152. Décidément la duchesse n'aime pas Gilberte. Mais tout ce
qui concerne Robert dans les passages qui suivent figure sur des
papiers collés.

153. L'allusion à la fille de Gilberte et de Robert apparaît sur une
paperole. Rappelons que Gilberte était enceinte dans La Fugitive.

154. Nous ajoutons une addition marginale presque illisible,
mais qui fait partie du texte et qu'il n'y a aucune raison de reléguer
en note (la reconstitution étant à peu près complète).

155. Il s'agit de Morel.

156. Proust ajoute en marge de cette addition : « Remettre ces
quelques lignes plutôt au moment des Étoiles et quand cette fête est
une horloge astronomique. » Peu après, la phrase sur la psychologie
plane opposée à la psychologie dans l'espace est une copie collée sur
le manuscrit.

157. La présentation de la fille de Gilberte est constituée de deux
additions. Elle a seize ans. On peut alors reconstituer une hypothétique chronologie externe du volume : la fille de Gilberte serait née en
1903. C'est peu après cette date et jusqu'en 1916 que le héros
s'enferme dans des maisons de santé. Il rentre à Paris en 1914, 1916
et en 1919, pour assister à la matinée chez la princesse de
Guermantes. Quant au manuscrit du Temps retrouvé, il a été rédigé,
dans ses grandes lignes, de 1917 à 1919, et complété jusqu'en 1922
par les additions, les paperoles et les Cahiers complémentaires.

158. La description du travail matériel du narrateur et de
Françoise est ajouté sur une longue paperole.

159. Victor Hugo, Les Contemplations, Livre IV, Poème XV,
vers 71.

160. Le travail du narrateur, lié à l'angoisse de la mort, est
évoqué à nouveau sur une longue paperole, semblable à la
précédente.

161. Une note de l'écrivain indique : « Allusion au premier livre
de l'auteur, Les Plaisirs et les Jours ». Proust tente ici de confondre
le narrateur et l'écrivain, mais ce n'est pas la première fois.

162. La dernière phrase du Temps retrouvé est à elle seule le plus

parfait exemple de l'inachèvement du volume, auquel il a manqué une révision complète, sur dactylographies et sur épreuves. Proust a remanié considérablement les dernières pages de son manuscrit, en insérant des additions marginales, des paperoles et des feuillets supplémentaires. Le f° 123 du manuscrit se poursuivait d'abord en 125 (c'est-à-dire que le contenu de la page 462 suivait d'abord la page 460). Mais Proust intercale ensuite ce qui fait le contenu des pages 461 et 462, c'est-à-dire l'allusion aux périodes de vingt années, qui structurent grossièrement tout le roman proustien, le rappel de toutes les années écoulées entre la scène fondamentale du *Côté de chez Swann (François le Champi)* et la matinée chez la princesse de Guermantes, et la reprise de l'image des échasses et des tours reprise du Cahier 11. Cette réorganisation l'oblige à refaire la phrase finale, en l'allongeant à plusieurs reprises. Toutes ces transformations expliquent les différences qui peuvent exister entre les deux éditions de référence : celle de la N.R.F. et celle de la Bibliothèque de la Pléiade (1954).

ANNEXE

TEXTES DE MARCEL PROUST

Nous donnons un choix de textes : d'additions, d' « intercalages », d' « ajoutages » contenus dans les Cahiers 59 à 62, et que Proust avait rédigés, de 1920 à 1922, pour compléter son manuscrit du *Temps retrouvé*. Mais comme il ne l'a pas fait pour la plupart, ou qu'il les a traités comme des brouillons et transformés complètement en les insérant dans son manuscrit, nous les transcrivons à la fin du volume et non pas en tête de cette édition. On aura ainsi une petite idée de la manière proustienne de composer, de ce qu'il appelait lui-même la « surnourriture ». Et surtout une idée plus précise de l'état d'inachèvement du manuscrit. Ces textes, en effet, diffèrent totalement des notes rédigées dans les cahiers de brouillon du roman, et plus encore dans ceux du *Temps retrouvé* (Cahiers 58, 57, « Babouche »). Ce ne sont pas des préparations, mais des additions. Il ne faut pas en conclure que Proust travaillait selon ce seul système des additions. *Le Temps retrouvé*, au contraire, a été préparé pendant des années (surtout de la fin de 1908 jusqu'en 1917) par des notes sur la critique littéraire et sur l'esthétique, sur la mémoire involontaire, dans les œuvres de jeunesse, dans les papiers Sainte-Beuve, dans les cahiers de brouillon du roman, pas seulement pour le premier volume, mais pour toutes les parties de l'œuvre. En rédigeant *Le Temps retrouvé* (1917-1919), Proust avait déjà derrière lui, dans ses dossiers de travail et avant la publication progressive du roman, l'ensemble de son œuvre. Il pouvait ainsi, en relisant ses papiers, introduire des séries de rappels thématiques, narratifs ou théoriques, qui expliquent l'homogénéité de la *Recherche*, à travers les transformations successives et l'extraordinaire gonflement du projet romanesque initial.

Cahier 61

[76rº] Mme de Forcheville continuait à se croire de la compétence sur les lettres et les arts. Si l'on rendait justice devant elle, avec elle, à un peintre fameux, elle disait : « *Je* n'ai pas beaucoup *aimé* sa décoration pour la salle à manger de X ». Et sa remarque dite d'un ton de regret sourcilleux et aussi péremptoire, avait à la fois quelque chose d'extrêmement subjectif et objectif puisque l'impression qu'elle avait eue, en n'*aimant* pas beaucoup, était un verdict sans appel rendu contre l'œuvre.

Cahier 61

[86rº] Peut-être pour le commencement du Cahier XVIII. « Pourquoi ne venez-vous pas me voir » me demanda M. de Charlus. Et comme je disais que j'étais déjà allé chez lui, que je ne voulais pas venir trop souvent. « Mais puisque c'est moi qui vous le demande, si je trouvais que vous venez trop souvent il n'y a que moi qui pourrais m'en *formaliser* » ajouta-t-il avec cette impropriété de termes si habituelle chez les gens du monde, mais qui ne l'était pas chez lui. Le langage de M. de Charlus était autrement artiste que celui de son [87rº] milieu. « Se formaliser » (qu'on vînt le voir !) aurait très bien pu être dit par son frère. Il est probable que c'était une façon habituelle de parler chez leur père, le feu Duc de Guermantes, et que M. de Charlus, bien que Charlus et bien que lettré, tenait tout de même à certains moments, de son père.

Cahier 60

[4r°] Capital pour ajouter dans le Cahier 19 je crois quand je dis que nos œuvres successives se ressemblent parce que nous nous ressemblons

Et cette ressemblance des œuvres, laquelle vient en partie de la vie, projette à son tour dans la vie une ressemblance à laquelle les écrivains ne songent pas assez. Si différents modèles posent l'un après l'autre par exemple pour la femme qui excite la jalousie, l'écrivain quand il peint, en souffrant, devant le premier modèle ne se soucie pas des amours futurs. Mais il livre dans son ouvrage, un secret dont les femmes suivantes profiteront. Il leur assurera qu'il n'est pas jaloux. Elles seront prêtes de le croire, tout d'un coup elles ouvrent son [5r°] livre, il semble écrit d'après elles ; [...]. Mais il s'est peint avec trop de vérité, elles ne s'y trompent pas si peu intelligentes soient-elles, elles ont pu être dupes de ses paroles, le livre inspiré par la femme précédente les éclaire (quelquefois d'un jour faux car l'homme varie) et elles lui disent maîtresses enfin de la puissance qui leur échappait : « Ce jaloux, c'est toi ! ». Et c'est pourquoi les seuls livres vraiment dangereux, dont nous devrions défendre la lecture à une femme que nous aimons, ce sont nos livres.

Cahier 60

[26r°] Ne pas oublier quand il y a de la musique à la fin chez la Princesse de Guermantes-Verdurin (Cahier 19) de dire, car comme cela continuait d'être ennuyeux chez Mme Sazerat, de même l'ex-Verdurin continuait après tant d'années d'avoir un petit pianiste, toujours à peu près du même âge, par conséquent toujours différent.

Cahier 60

[48r°] Pour le Cahier XX sur mon livre. M'abaissant à penser aux autres et à parler de moi, je voulais d'un mot réfuter les doctrines esthétiques qui auraient pu condamner mon livre. Mais elles changèrent si souvent — pour la littérature comme pour la peinture et la musique — tandis que je l'écrivais, les nouveaux venus de la veille étant déjà les démodés du lendemain, et avec eux, leurs idées, que je renonçai à suivre ces changements dans leur vitesse aussi grande que leur insanité.

Cahier 62

[42r°] Pour le dernier Cahier

Ils étaient des hommes connus. En exceptant les cas inverses où l'on voit des gens connus très jeunes, plonger ensuite dans la nuit, la notoriété, la célébrité même est une question d'années. C'est une sorte de palme fugitive dont on décore les gens qui furent inconnus et médiocres pendant leur existence; aux hommes comme aux arbres, [43 r°] l'automne confère une dorure, un éclat momentanés. [...]

Pour ce même Cahier. Je revis là de mes amis d'autrefois. Ils ne m'aimaient pas moins, mais ne s'approchaient pas, me parlaient de loin, sans vivacité. Il y avait entre nous, malgré le meilleur souvenir l'écart des années.

A côté de cela, car la vie est pleine de contradictions, de temps en temps quelqu'un que je ne reconnaissais pas, apprenant que j'étais là était brusquement empourpré d'un afflux de souvenir, se jetait sur moi en hurlant mon nom, au lieu du sien qui m'eût peut-être aidé à le reconnaître. J'étais malgré moi assez froid devant l'exaltation de ces « reconnaissances » comme il y en a au dernier acte des comédies de Molière. Elles finissaient par une invitation à déjeuner où on me promettait d'inviter tous les membres de la famille qui paraît-il se souvenaient de moi mais que j'avais oubliés, invitation que je refusais car je sentais que pour moi aussi c'était le dernier acte commençant hélas juste au moment où j'aurais voulu écrire ou [44r°] pour le moins ébaucher toute la comédie. [...]

A un endroit où je suis malade. O chers médicaments ! (j'emploie ce mot pour éviter les termes scientifiques) ils sont les amis de nos maux que nous nous ne connaissons pas et de qui la pensée qui peut soumettre l'univers n'est même pas entendue par eux. Ces maux nous demandons aux chers médicaments de venir leur faire une visite d'amis, de leur proposer une promenade, de les emmener hors de notre corps. Et les médicaments, entrés seuls dans notre corps, en ressortent comme des abeilles, traînant après eux, l'un notre rhumatisme, l'autre notre insomnie, un troisième notre constipation ou notre colique.

Cahier 59

[1r°] Pour ajouter (intercaler) dans le dernier volume.

Du reste il n'y a pas lieu de s'occuper de la critique (celle des écrivains de profession et celle des lecteurs). Car les explications qu'on leur fournirait sur son propre dessein, il les auraient trouvées — fût-ce imparfaitement — d'eux-mêmes, s'ils avaient été capables d'entendre celles que nous leur donnerions. Et s'ils ne les ont pas soupçonnées, s'ils n'ont pas aimé ce qui nous semble aimable, c'est qu'ils appartiennent à une famille d'esprit qui ne nous entendraient pas.

En écrivant nos livres nous avons fait appel à des facultés qui n'existent pas chez eux puisqu'elles n'ont pas répondu. Nos explications seraient de même nature donc également incomprises. Il en est dans ce cas de la compréhension littéraire comme d'un grand amour non partagé. Il est inutile de répéter sans cesse toutes les raisons qu'elle a de nous aimer à celle qui ne nous aime pas.

Cahier 59

[16v°] *Capitalissime*

Pour ici ou pour le dernier Cahier (même si la même idée figure déjà ce sera bien mieux ainsi comme belle fin de phrase).

On peut ne déjà plus pouvoir se rappeler les faits pratiques et journaliers, oublier les réponses urgentes, même ne pas trouver le mot qui veut dire telle chose et le nom qui veut dire telle personne, qu'on peut encore faire jouer sa pensée sur les plus hauts sommets. L'esprit est pareil à ces régions montagneuses où les cimes brillent encore, quand la vallée est dans l'ombre. Aussi les médecins ont-ils bien tort de tenir tant compte de la lucidité de l'esprit, d'en tirer un pronostic. Ils feraient mieux de voir si on prononce bien et à volonté tel mot. On peut être envié de tous et, attaqué en bas par la mort, être déjà bien à plaindre. La consolation — c'est que la marée progressive de la mort se faisant de bas en haut, comme un blessé qui serait couché à terre, ce que nous gardons sinon jusqu'à la fin du moins le plus longtemps, c'est la contemplation du ciel.

Cahier 59

[71r°] Pour le dernier Cahier Capitalissime

Dostoïevski cite parmi les malheurs les plus effroyables de sa vie de détenu de ne pouvoir être jamais seul, pendant quatre ans. Or il semble que même au milieu de présences constantes on puisse s'isoler, s'abstraire. Cela est possible à chacun et il semble que cela aurait dû l'être plus qu'à personne à Dostoïevski, lui qui par la puissance hallucinante de l'imagination devait être si bien [capable de] supprimer ce qui était autour de lui. En tout cas il y a des présences plus gênantes à écarter que celle des hommes qui au moins vous sont extérieurs, peuvent gêner, non empêcher le travail de la pensée. Ce sont les présences intérieures. [...]

[72r°] Il est probable que les travaux forcés furent pour Dostoïevski le coup favorable du sort qui ouvrit en lui la vie intérieure. Il est curieux comme dès ce moment-là sa correspondance ressemble à celle de Balzac, demandes d'argent, promesses de remboursement au centuple fondée sur des espérances de gloire (*L'Idiot* sera un beau livre comme *Le Lys dans la Vallée*), car il sent un nouvel homme s'éveiller en lui. Quoi qu'en dise Gide il y a des morceaux intellectuels interpolés dans le récit, par exemple dans *L'Idiot* les longues réflexions sur la peine de mort [1].

Tous les romans de D. pourraient s'appeler *Crime et Châtiment* (comme tous [73r°] ceux de Flaubert *Madame Bovary* et surtout *L'Éducation sentimentale*). Mais il est probable qu'il divise en deux personnes ce qui a été en réalité d'une seule. Il y a certainement un crime dans sa vie et un châtiment (qui n'a peut-être pas de rapport avec ce crime) mais il a préféré distribuer en deux, mettre les impressions du Châtiment sur lui-même au besoin (Maison des Morts) et le Crime sur d'autres. Son originalité n'est pas celle que Rivière dit, mais dans la composition [2].

1. Proust a dû lire Dostoïevski dans les traductions de Bienstock. Et André Gide, dans sa conférence au Vieux-Colombier, en 1921 : André Gide, *Dostoïevski*, Gallimard, 1964 (édition originale : Plon, 1923).

2. Allusion à la *Nouvelle Revue Française*, 1er février 1922. Voir la réaction de Gide, p 143 de l'édition 1964.

Cahier 59

[94r°] *Capitalissime* pour le dernier Cahier. Certaines impressions agréables de grande chaleur, de jours frais, de feuillages me [95r°] revenaient. Mais où les avais-je éprouvées ? Une nuit absolue recouvrait tous les noms. Je me rappelais très bien que j'étais avec Albertine. Elle-même s'en serait-elle souvenue ? Notre passé glisse dans l'ombre. Pourtant voyons ces jours si brûlants, où elle allait peindre au frais dans une cavée. Voyons ce n'était pas Incarville. Le nom ne devait pas être très différent Incar, Inc, non, j'ai beau caresser la nuit de mes souvenirs, aucune probabilité de nom n'apparaît. A la fin, exténué, sentant que je ne trouverai pas, je pense à chercher dans un dictionnaire géographique, mais c'est trop peu important. Le nom n'y sera pas. [...]. Quel don inattendu de la mémoire. Mais pourquoi avais-je cherché quelque chose qui ressemblait à Incarville. Ah ! c'est qu'en revenant nous nous arrêtions souvent devant les clochers de [97r°] Martinville. Je vais chercher (noter le nom de l'église et de la cavée) dans un dictionnaire. C'est trop peu important. Miracle ! le dictionnaire lui consacre dix lignes. Il y a là plus d'habitants que je n'avais cru. Mais le plus étonnant c'est que c'est au bord de la mer (de la baie de Balbec). Cela vraiment je crois que même au temps où j'y allais je ne m'en rendais pas compte, à cause d'un chemin terrien que nous prenions, nous éloignant de la baie. Sans doute elle avait un enfoncement là qui baignait un côté de cet endroit, enfoncement que j'avais probablement ignoré. Car j'ai le souvenir d'un paysage champêtre, avec une herbe très verte, des bois profonds. [...]

Et [...] comment s'appelait donc la jeune fille de la petite bande par qui je me croyais aimé, si bien que j'avais voulu partir avec elle comme j'avais cru qu'elle [98r°] me l'avait demandé par signes et que je serais parti en effet, si d'une minute, je n'avais manqué le train. Toute la matinée, toute la journée, je suis resté à chercher le prénom de cette jeune fille (son nom de famille l'avais-je même jamais su ?). Enfin le soir je n'y ai plus tenu et j'ai voulu demander à Françoise de faire téléphoner à Madame XXX (Andrée mère de famille maintenant) de venir me voir, car avec elle, en confrontant nos souvenirs (bien que je remarque que tout le monde oublie, mais sans, comme moi, le savoir) peut-être arriverai-je à lui faire retrouver ce prénom. [...] Ce n'est pas la peine que Françoise téléphone, à côté de la première étoile (Gisèle) qui ne me suffisait pas, une seconde s'est allumée :

Et ce n'est pas comme je croyais la même année que mes promenades avec Albertine car Gisèle c'est la première année, j'en suis sûr car elle a envoyé à ses amies sa composition, une lettre de Sophocle à Racine. La mémoire devrait plus tendrement nous entourer de tous ces doux souvenirs sans lesquels nous sommes bien seuls ; sans nom, une jeune fille nous apparaît aussi vague que l'ombre qui accompagnait un soir dans les Champs-Elysées la fille de Swann. La fille de Swann. Mais quel est son prénom. Oh ! cet oubli-là ne vient pas de l'éloignement, [100r°] je le savais hier encore, comment ne puis-je le retrouver. Mais quand on perd la mémoire un nom est le lieu géométrique de tant de lignes d'oubli, non seulement des longitudinales indéfiniment prolongées, mais d'une latérale qui l'a assailli d'hier seulement, d'hier seulement ce nom que je connais mieux qu'aucun, que je ne peux pas retrouver, mais que tout d'un coup voici : Gilberte.

RÉSUMÉ

Fin du séjour à Tansonville

Ouverture. Ma chambre à Tansonville résume l'espace et le temps de Combray (59).

L'homosexualité. Gilberte pendant les promenades et Robert pendant ses visites esquivent la discussion sur ce sujet (60). Mais je me rappelle Françoise comparant les relations entre Charlus et Jupien avec celles entre Saint-Loup et Morel (63). L'attitude des Guermantes et des Courvoisier face à l'homosexualité (67). L'église de Combray me fait en vain un dernier signe (70). J'interroge Gilberte sur Albertine, mais je renonce à savoir la vérité, comme à lire *La Fille aux Yeux d'Or* (72).

Le pastiche de Goncourt. Avant de partir, la lecture du journal inédit de Goncourt confirme paradoxalement que je ne sais pas écrire ni voir, et que la littérature ne parvient pas à saisir la réalité (73). J'ai un autre but : rechercher le point commun aux êtres et aux choses. Les *Mémoires* embellissent les salons, mais ceux-ci inspirent les artistes (83).

La Guerre

Second retour à Paris. Je passe de nombreuses années dans une maison de santé, mais je rentre à Paris trois fois, la seconde fois en 1916 (89). Je rends visite aux Verdurin qui (avec Mme Bontemps) tiennent le haut du pavé d'une société qui ressemble à celle du Directoire. Les modes vestimentaires et artistiques. La Guerre produit sur cette société le même effet que l'affaire Dreyfus (93). Morel déserte impunément. Octave épouse Andrée et il est devenu un grand écrivain (98). Le discours de la Guerre. Les Verdurin ont déménagé (100). Je compare à Combray le Paris nocturne transfiguré (103).

Premier retour à Paris. En 1914 j'avais déjà passé deux mois à Paris et rencontré Charlus, Bloch et deux fois Saint-Loup (105). L'attitude de Saint-Loup devant la Guerre est différente de celle de Bloch et elle me rappelle les discussions de Doncières. Les homosexuels pendant la Guerre (105). Le maître d'hôtel continue à torturer Françoise qui surveille toujours mes fréquentations féminines (117).

De retour dans la maison de santé je reçois une lettre de Gilberte revenue à Tansonville réquisitionné par les Allemands (121). Je reçois aussi une lettre de Saint-Loup discutant de la Guerre non plus d'un point de vue stratégique (il s'était trompé en croyant à une guerre courte), mais esthétique (122). La mort du fils Vaugoubert. Les limites de l'intelligence de Saint-Loup.

Second retour à Paris. Il est en tous points symétrique au précédent. Je reçois une lettre de Gilberte qui se vante d'avoir sauvé Tansonville (125) et m'informe de la destruction de Combray. Saint-Loup me rend visite, et il me parle de Morel, de la Guerre d'un point de vue esthétique, diplomatique, social (127). Les limites de son intelligence.

Rencontre avec Charlus. Je traverse à pied Paris pour me rendre chez les Verdurin (voir 89). Le Paris nocturne est transfiguré : à l'évocation du Directoire succède celle de 1815 et de l'Orient (136).

Mais je rencontre Charlus (137). Sa déchéance mondaine résulte principalement de la haine que lui portent Mme Verdurin et Morel : il est accusé d'être démodé, germanophile, homosexuel. Cottard et M. Verdurin sont morts (138). Mme Verdurin continue à recevoir et Charlus à satisfaire ses désirs (144 et 148). Leurs réactions devant le discours sur la Guerre et la réalité de celle-ci (148).

J'engage une longue conversation avec Charlus (155). Il minimise la gravité de sa brouille avec Morel (156). Il critique le discours sur la Guerre que tiennent maintenant Cottard, Cambremer, Brichot, Norpois. Il m'apprend la mort de Mme de Villeparisis (159). Les raisons qui expliquent l'anglophilie de son frère le duc de Guermantes (159). Charlus m'explique le style de Norpois et de Brichot, et critique les effets désastreux du journalisme (160). Odette de Forcheville me donne un bon exemple de cette intoxication par la presse (166). Mme Verdurin rejoint d'ailleurs d'une certaine manière les opinions de Charlus en ridiculisant les articles de Brichot (167).

Je discute avec Charlus des destructions de la Guerre, physiques et artistiques (172). Je compare à nouveau les différents visages du Paris nocturne transfiguré par la Guerre, tel que je l'avais vu en 1914 et en 1916 (182). Charlus me demande implicitement de le réconcilier avec Morel (183).

En 1918 je rencontre Morel qui m'explique la vérité sur ses relations avec Charlus (184). A la mort du baron, plusieurs années après, je reçois une lettre de lui-même, qui m'éclaire sur sa folie, le processus d'autodestruction qui l'animait et sur la peur de Morel (185).

Charlus poursuit son discours faussement esthétique sur la Guerre, sur la destruction et sur le Sodome pompéien (186). Il me quitte en constatant que la bande de voyous qui le suivait depuis un moment a disparu (189).

L'hôtel de Jupien. Je marche dans le Paris nocturne transfiguré par la Guerre, et j'y vois une transposition de l'univers oriental des *Mille et Une Nuits* (190). J'entre me reposer et me désaltérer dans un hôtel (191). J'en vois sortir précipitamment un officier qui ressemble vaguement à Saint-Loup (191). Les conversations des clients me font penser à une association de criminels et à un hôtel louche. Je monte et j'épie par la fenêtre intérieure d'une chambre, pour découvrir Charlus enchaîné et flagellé (192). Jupien fait alors son apparition dans la chambre, un moment dérangé par un autre client (un député de l'Action libérale). Charlus se plaint du manque de perversité et de sadisme des acteurs de cette scène (197). C'est lui qui possède cette maison et qui la fait gérer par l'intermédiaire de Jupien. Tous ses bourreaux ressemblent à Morel. Comparaison entre Charlus et son neveu Saint-Loup, Morel et Rachel (199).

Je descends : un soldat a perdu sa croix de guerre (203). Les deux clients russes (205). Jupien découvre ma présence et m'offre une nouvelle cachette pour observer sans être vu. Ma chambre est maintenant occupée par un Courvoisier cousin de Charlus, mais dont le vice est ignoré de lui (207). Charlus descend aussi, mais il se montre de plus en plus déçu devant l'innocence des habitués de l'hôtel (207). Il sort (212). Jupien cherche à se justifier auprès de moi, en invoquant *Les Mille et Une Nuits* et le Ruskin de *Sésame et les Lys* (214).

Je veux sortir également, mais une alerte m'en empêche momentanément. La comparaison avec le côté pompéien de Sodome s'impose à mon esprit, comme avec les catacombes du métro (217). Le vice rapproche les classes sociales (218).

La mort de Saint-Loup. Je rentre chez moi (226). Françoise m'avertit de la seconde visite de Saint-Loup venu en mon absence chercher chez moi la croix de guerre qu'il pensait y avoir perdue. Le maître d'hôtel continue à torturer Françoise à propos de la Guerre. J'apprends la mort au front de Robert de Saint-Loup (226). Je me rappelle nos différentes rencontres, à Balbec, à Doncières : toute une vie (233). Le deuil de Françoise (235). J'écris à Gilberte (238). Le deuil de la duchesse de Guermantes (238). Morel recherché pour désertion parce que Saint-Loup avait tenté de retrouver sa trace, est sauvé par la mort héroïque de celui-ci, et par les révélations qu'il peut faire sur Charlus et Argencourt (240).

L'Adoration perpétuelle

Troisième retour à Paris. Après un séjour de nombreuses années dans une deuxième maison de santé, je rentre à Paris après la Guerre (242). Un arrêt inopiné du train en pleine campagne me révèle un rideau d'arbres éclairés par le soleil couchant, mais sans aucune joie ni inspiration particulières. Cet échec confirme la certitude que j'avais eue autrefois à Tansonville d'être incapable de création littéraire (242). Je suis invité à une matinée chez le prince de Guermantes (244). Je peux y aller, puisque mon travail est vain. La traversée de Paris en voiture est déjà un voyage dans le temps (246). Ce troisième retour est analogue aux deux précédents.

Rencontre avec Charlus. Je rencontre Charlus en compagnie de Jupien (247). Rendu méconnaissable par la vieillesse, il salue Mme de Saint-Euverte autrefois méprisée de lui (248). Je converse avec lui. Il évoque les étapes de notre vie écoulée et il dresse la liste des morts (250). La duchesse de Létourville gronde le baron comme un enfant. Je parle avec Jupien de la santé et du vice de Charlus (251).

En entrant dans la cour de l'hôtel, je repense à la vanité de ma vocation, de mon voyage à Venise, des paroles de Bergotte sur les joies de l'intelligence (254). Mais en trébuchant sur les pavés, je retrouve un souvenir de Venise et le bonheur que me donnaient les différentes impressions esthétiques et poétiques qui ont jalonné ma vie. Pourquoi (255) ?

En attendant dans la bibliothèque du prince la fin du morceau de musique qui m'empêche d'entrer, je découvre le souvenir d'autres sensations, accompagné d'une joie sans mélange : le bruit d'une cuiller contre une assiette évoque celui d'un marteau contre une roue du train pendant la halte où j'avais été tant déçu (257). Une serviette empesée évoque Balbec (258). J'essaie de comprendre. Le rapprochement par la mémoire involontaire de deux sensations ne révèle pas uniquement le passé, mais l'essence des choses, le lien entre le sujet que je suis et le monde qui m'entoure (259). Il révèle une réalité située hors du temps (263). Le souvenir n'est donc qu'un moyen de saisir cette réalité (269). Ce n'est pas l'intelligence qui peut nous la donner (271).

La découverte dans la bibliothèque du prince d'un exemplaire de *François le Champi* me conforte dans cette théorie (274). Je me rappelle la nuit passée avec maman à Combray. Critique de la littérature engagée (281). La réalité est faite du rapport entre la sensation et le souvenir, dégagée par le travail du style, par la métaphore (282). Critique de l'esthétisme (284). Critique de la littérature engagée et réaliste (289). L'expérience vécue est la matière dont l'artiste extrait les signes de la réalité (292). Les vérités de l'intelligence ne sont cependant pas à dédaigner : elles font partie elles aussi des matériaux de l'œuvre littéraire. Il faut extraire de notre expérience, de la vie passée, la généralité (293). L'imagination, la sensibilité, le rêve sont des moyens pour écrire ce Livre de vérité (304).

Le Bal de têtes

Le maître d'hôtel m'avertit que je peux entrer (316). Je sais maintenant que le monde me fournira lui aussi la matière de mon Livre. J'ai la caution de Chateaubriand, de Nerval et de Baudelaire (318).

Mais dans ce salon tout est transfiguré par le vieillissement. Transformation du prince de Guermantes et de M. d'Argencourt, mon vieil ennemi (319). Pour la duchesse de Guermantes qui bavarde avec moi (326), aux yeux de Létourville comme des serviteurs, je suis moi-même un vieux monsieur (327). Bloch apparaît (328). J'ai du mal à accommoder, à situer leur âge et le mien : je ne reconnais pas Mme Sazerat (331). Gilberte m'invite au restaurant (331).

Le Livre n'est pas fait uniquement des vérités extra-temporelles mais des signes de l'expérience (332). Les Cambremer en portent la marque. J'esquisse une typologie du vieillissement sur ce personnel mondain (333). Ski reste intact (336). Mme d'Arpajon (337). Le blanc et le rose composent ces visages transformés selon le sexe et l'âge (339). L'individu est une série d'êtres successifs mais il possède une continuité qui le dépasse : Bloch en vieillissant est devenu son père, Legrandin ressemble à son neveu Cambremer (343). Le Temps opère ses ravages à des vitesses variables : Courgivaux et la vicomtesse de Saint-Fiacre (346).

Les efforts pour lutter contre le vieillissement (348). Odette est un miracle de longévité (351). Mais elle s'effondre trois ans après. Bloch écrivain est transfiguré par l'anglophilie et son pseudonyme de Jacques du Rozier (353). Je le présente au prince de Guermantes et je lui explique la société. Mme Verdurin est devenue princesse de Guermantes (357).

Les changements physiques correspondent à des changements de personnalité, et à ceux de la société mondaine (359). Le faubourg Saint-Germain que j'avais connu s'est altéré par l'adjonction d'éléments nouveaux, et le système des valeurs mondaines s'est transformé. L'oubli joue un rôle très important (361). Mme Leroi (367). Villemandois (370). Ces changements ne représentent pas une déchéance du Faubourg, mais une redistribution des rôles, un déplacement des éléments de base les uns par rapport aux autres, un kaléidoscope (371). C'est pourquoi cette société pourra aussi servir de matière à mon Livre. Legrandin est aimable avec Bloch maintenant (375). Les différentes étapes, dans le temps, de nos relations avec les autres (380). Mme de Cambremer, Bloch, la princesse d'Agrigente et moi discutons sur la mort de Mme d'Arpajon (382). Les erreurs : Sortie de la princesse de Nassau (384). Les quiproquos : je reconnais difficilement Gilberte qui fait une seconde apparition (386). Elle me parle de Robert et de la Guerre. La guerre est comme une stratégie amoureuse. L'amitié entre Gilberte, Andrée et son mari Octave qui avait vécu avec Rachel (387).

Je bavarde avec Gilberte (391), tout en me déterminant à ne plus voir personne pour commencer mon Livre (392). Je lui demande cependant de me faire connaître des petites filles, pour me distraire (394). Une théorie de la femme. La duchesse de Guermantes parle avec Rachel (395). Mme de Cambremer recommande de lire les pages de Schopenhauer sur la musique (399). Le kaléidoscope mondain explique le déclin de la duchesse de Guermantes (400).

Le goûter de la Berma. Les invités de la Berma préfèrent la récitation de Rachel chez la princesse de Guermantes (402). La Berma malade est achevée par sa fille et son gendre. Le jeune homme invité qui est le seul à être venu (406).

Le jeu de Rachel récitant des poèmes (407). J'ai du mal à la reconnaître (409). L'appréciation de la princesse de Guermantes, de Mme de Morienval, de Gilberte, de Bloch (410). Il n'y a pas de progrès dans les arts (411). La duchesse de Guermantes est en train de se déclasser pour les mêmes raisons que Mme de Villeparisis (412). Elle me parle de l'infidélité du duc (415). La nièce de Bréauté (416). Le souvenir de Mme de Varambon (418). Le Temps transforme la mémoire : la première récitation de Rachel chez la duchesse (422).

La fille et le gendre de la Berma se font inviter chez la princesse de Guermantes, abandonnant leur mère (423). Le duc de Guermantes a une liaison avec Mme de Forcheville (425). Odette redevient la Dame en rose, le duc ressemble à son frère Charlus, et il séquestre Odette comme j'avais fait pour Albertine (426). Elle me parle de Swann et de Forcheville : elle a toujours aimé des hommes jaloux (431). Gloire inattendue de la petite-nièce de Mme de Saint-Euverte, en style Empire (435). La duchesse de Guermantes me dit du mal de Gilberte (437). Gilberte, se rappelant ce que je lui disais tout à l'heure, me présente sa fille (440).

Gilberte, et tout ce salon en général me donnent une idée du temps passé, comme un système de relations, une série de transversales entre les événements et les êtres (441). Sa fille a seize ans (444). Le Temps, matière de mon livre, est également une incitation à écrire avant qu'il ne soit trop tard (445). Françoise m'aidera à bâtir ce Livre (446) comme une cathédrale ou comme une robe, à recoller mes paperoles (447). Je crains un accident (449). Rappel de la distinction entre le moi social et le moi profond (453). Je me sers d'un télescope et non pas d'un microscope (455). L'idée de la

mort s'installe en moi. J'aurai besoin de mille et une nuits.
Mais le Temps juche les hommes sur des échasses de plus en
plus hautes, et c'est dans ce Temps qu'il me faut inscrire
mon œuvre (456).

L'ACCUEIL DE LA CRITIQUE

Ce dossier de presse tente d'être complet, mais sans donner d'extrait. Les critiques sont posthumes comme le dernier volume et n'ont eu donc aucune influence sur la manière de l'écrivain. Par ailleurs, très vite, dès cette époque, elles visent une appréhension générale de l'œuvre dans ses principaux aspects. Dès l'année 1929 se dessine une véritable littérature critique.

De janvier à septembre 1927 des fragments du *Temps retrouvé* paraissent en feuilleton dans la *N.R.F.* (n⁰ˢ 160 à 168). Il s'agit d'abord des épisodes de la guerre, puis de la fin de l'œuvre. La presse ne couvre guère cet événement sauf pour souligner l'amoralité du roman. Gonzague Truc compare Proust et Gide. Louis Bertrand tient l'auteur pour un malade. Mais Charles Du Bos est séduit par la théorie esthétique, qui commence à apparaître à la fin de l'année.

Le Temps retrouvé est publié en volumes en novembre 1927. Il faut suivre ce dossier de presse pendant un an, jusqu'à la fin de 1928. Les réactions sont aussi vives, mais plus nombreuses. Elles portent sur les problèmes moraux autant qu'esthétiques. Peut-être même plus. Gabriel Marcel regrette l'inversion sexuelle mais voit dans *Le Temps retrouvé* une « technique du salut ». Le jugement est semblable chez Paul Souday, qui n'aime pas la germanophilie de Charlus. Robert Kemp n'apprécie pas non plus l'hôtel de Jupien, et note : « L'art proustien fait des adolescents prolongés et des demi-femmes. » J. Ernest-Charles reproche à Proust son manque de goût dans la peinture de l'inversion et lui préfère François Porché, l'auteur de *L'Amour qui n'ose pas dire son nom*. Une polémique s'engage autour de ces deux romanciers. Edmond Jaloux défend Proust et la scène de la flagellation de Charlus : « Une des pages capitales de l'œuvre de Proust. » Pierre Loewel dément une insinuation qui commence à se répandre : Albertine est-elle vraiment une jeune fille ? On voit l'effet de scandale et l'embarras de la critique, qui apparaît encore chez Henri de Régnier, qui loue cependant les vues sociales, morales et esthétiques de l'écrivain. Charlus gêne.

A partir de 1928, une vision moins étroite du volume se dessine. L'œuvre de Proust est un système moral pour André Berge, Henri Bonnet et Pierre Quesnoy. La peinture de l'homosexualité n'est qu'une partie de ce système. Raphaël Cor distingue la rigueur de Proust et la complaisance de Gide dans ce débat qui porte à la fois sur l'homosexualité, sur le freudisme et sur la morale laïque. Proust est perçu comme freudien et, à ce titre, implicitement critiqué par Camille Mauclair.

Peu à peu, dans le courant de l'année, cette problématique s'estompe au profit d'une lecture plus philosophique du *Temps retrouvé*. Mais les progrès sont lents. Ramon Fernandez souligne le progrès intellectuel de l'œuvre. Gonzague Truc revient sur son jugement moral défavorable. C'est le contraire chez François Mauriac, qui avait admiré Proust sept ans auparavant. L'abbé Louis Bethléem le range parmi les romanciers à proscrire : les deux volumes du *Temps retrouvé* sont « particulièrement répugnants ». André Billy déplore la peinture trop insistante de personnages anormaux et, plus curieusement, l'absence d'un véritable arrière-plan philosophique. Benjamin Crémieux conteste cette appréciation et reproche à Billy de n'avoir pas lu *Le Temps retrouvé*. L'examen des questions esthétiques commence à peine à s'esquisser vers la fin de l'année. La suite est du domaine de la bibliographie.

1927

17 mai : Gonzague Truc, « Marcel Proust et le Monde », *Comœdia*, p. 1.

30 juin : Louis Bertrand, « Les Snobismes littéraires. De l'œuvre proustienne », *Candide*, p. 3.

1er juillet : Georges Girard, « Voyages à travers l'édition et la librairie », *Bulletin de la Maison du Livre français*, n° 102, p. 133.

15 juillet : André Maurois, « Charles Du Bos : *Approxi-*

mations. Deuxième série », *La Revue de Paris*, tome IV, p. 470-471.

25 octobre : Émile Henriot, « Un dernier Proust », *Le Temps*.

12 novembre : Gabriel Marcel, « *Le Temps retrouvé* », *L'Europe nouvelle*, n° 509, p. 1501-1502.

17 novembre : Paul Souday, « *A la recherche du temps perdu*, tome VIII, *Le Temps retrouvé, Chroniques, Hommage à Marcel Proust* », *Le Temps*, p. 3.

24 novembre : Paul Souday, « Quelques théories de Proust », *La Dépêche de Toulouse*.

27 novembre : Victor Margueritte, « La Chambre close, Marcel Proust, *Le Temps retrouvé* », *Rumeur*.

28 novembre : « A French Epic Closes, *Le Temps retrouvé* », *Paris Times*.

Décembre : Roger Secrétain, « *Le Temps retrouvé* », *The Mail*, n° 45, p. 7.

Décembre, Ernst Robert Curtius, « Sur Marcel Proust, Classicisme et esthéticisme » (Trad. Armand Pierhal), *Revue nouvelle*, n° 37, p. 7-9.

1er décembre : Louis Laloy, « *Le Temps retrouvé, Chroniques, Hommage à Marcel Proust* », *Ère nouvelle*.

1er décembre : Robert Kemp, « *Le Temps retrouvé* », *La Liberté*, p. 2.

3 décembre : « *Le Temps retrouvé* », *Information*.

3 décembre : Edmond Jaloux, « *Le Temps retrouvé* », *Nouvelles littéraires*, p. 3 (continué dans le numéro du 10 décembre).

7 décembre : Pierre Loewel, « *Le Temps retrouvé* », *L'Avenir*, p. 2.

7 décembre : J. Ernest-Charles, « De Marcel Proust à François Porché », *Le Quotidien*, p. 2.

9 décembre : « *Le Temps retrouvé* et *Chroniques, Hommage à Marcel Proust* », *Le Progrès de Lyon*.

17 décembre : « Images du monde et de la ville au début de la Guerre » (extraits du *Temps retrouvé*) », *l'Humanité*.

17 décembre : Olivier Béliard, « *Le Temps retrouvé* », *Le Journal du Peuple*.

18 décembre : Georges Rency, « *Le Temps retrouvé, Chroniques, Hommage à Marcel Proust* », *L'Indépendance belge*.

20 décembre : « *Le Temps retrouvé* », *Le Bien public*.

21 décembre : Henri de Régnier, « *Le Temps retrouvé* », *Le Figaro*, p. 2.

28 décembre : « Le Courrier des Treize » (une lettre de François Porché sur Marcel Proust), *L'Intransigeant*, p. 2.

28 décembre : Jean Nicollier, « La Fin d'un grand Roman : *Le Temps retrouvé* », *La Gazette de Lausanne*.

1928

Janvier : Léon Pierre-Quint, « Après *Le Temps retrouvé*, Proust est-il un mystique ? », *Bibliothèque universelle et Revue de Genève*, tome I, p. 38-51.

Janvier : Denis Saurat, « *Le Temps retrouvé* », *Marsyas*, p. 401-402.

1er janvier : Benjamin Crémieux, « *Le Temps retrouvé* », *Nouvelle Revue française*, p. 113-118.

1er janvier : André Rousseaux, « *Le Temps retrouvé* », *Revue universelle*, p. 92-98.

9 janvier : Les Treize, « *Le Temps retrouvé* », *L'Intransigeant*.

15 janvier : Pierre Audiat, « *Le Temps retrouvé*, par Marcel Proust », *La Revue de France*, p. 383.

15 janvier : John Charpentier, « *Le Temps retrouvé* », *Mercure de France*, p. 419-422.

15 janvier : Charles Bourdon, « *Le Temps retrouvé* », *Revue des Lectures*, p. 23-26.

29 janvier ; Eugène Langevin, « *Le Temps retrouvé, Chroniques* », *Revue française*, p. 116.

Février : Claude Barjac, « *Le Temps retrouvé, Chroniques* », *Grande Revue*, p. 691.

29 février : Henri Rambaud, « La Conclusion de l'œuvre de Marcel Proust », *Correspondance universelle*.

Mars : Ernst Robert Curtius, « Sur Marcel Proust, La Critique de la Vie et de l'Amour, Platonisme » (trad. Pierhal), *Cahiers du Sud*, n° 99, p. 169-179.

3 mars : Ernst Robert Curtius, « Perspectives, Du relativisme proustien », *Les Nouvelles littéraires*.

15 mars : Léon Pierre-Quint, « Après *Le Temps retrouvé* », *Europe*, p. 406-414.

31 mars : Léon Savary, « Vient de Paraître », *La Tribune de Genève*.

15 avril : André Berge, « Marcel Proust et André Gide » (p. 27-30); Henri Bonnet, « Le Sens de la Recherche proustienne » (p. 37-48); Louis Emié, « Langage et Humour » (p. 82-93); Pierre Quesnoy, « Le Moralisme de

Proust » (p. 94-98), *Le Rouge et le Noir*, Numéro spécial sur Proust.

15 mai : Raphaël Cor, « Marcel Proust ou l'Indépendant, Réflexions sur *Le Temps retrouvé* », *Mercure de France*, n° 718, p. 55-74.

2 juin : François Mauriac, « La Responsabilité du Romancier », *La Revue hebdomadaire*, n° 22, p. 5-26.

1er août : Ramon Fernandez, « Note sur l'Esthétique de Proust », *N.R.F.*, n° 179, p. 272-280.

21 septembre : Camille Mauclair, « Pour l'honneur des Lettres », *Le Figaro*, p. 1.

23 octobre : Gonzague Truc, « Grandeurs et Faiblesses de Marcel Proust », *Comœdia*, p. 3.

1er novembre : Benjamin Crémieux, « Les Livres, Histoire littéraire contemporaine », *Les Annales politiques et littéraires*, n° 2321, p. 405-406.

Abbé Louis Bethléem, *Romans à lire et Romans à proscrire, Essai de Classification au point de vue des principaux romans et romanciers de notre époque*, La Revue des Lectures, 10e édition (p. 163-164).

André Billy, *La Littérature française contemporaine*, Armand Colin, p. 76-78.

22 novembre : P.L., « Quand l'auteur mort ne peut signer lui-même », *Comœdia*.

BIBLIOGRAPHIE SOMMAIRE

Les documents de rédaction utilisés
Le manuscrit au net : Cahiers XV à XX (Bibliothèque nationale, N.A.fr. 16723 à 16727).
Le Cahier 55 (N.A.fr. 16695).
Les Cahiers 59 à 62 (N.A.fr. 16699 à 16702).

La prépublication
Nouvelle Revue française, n°s 160 à 168, janvier à septembre 1927.

Les éditions
Le Temps retrouvé, N.R.F., Gallimard, 1927, deux volumes.
Le Temps retrouvé, *A la recherche du temps perdu*, tome III, édition établie et annotée par Pierre Clarac et André Ferré, Gallimard, Bibliothèque de la Pléiade, 1954.
Le Temps retrouvé, Le Livre de Poche, 1967.
Le Temps retrouvé, Gallimard, Collection Folio, 1977 (le texte des trois dernières éditions est le même).

Ouvrages et articles portant en totalité ou en partie sur Le Temps retrouvé
Maurice Bardèche, *Marcel Proust romancier*, Les Sept Couleurs, 1971, deux volumes.
Samuel Beckett, *Proust*, New York, Grove Press, 1931.
Henri Bonnet, *Proust de 1907 à 1914*, Nizet, 1959.

Henri Bonnet, « *Le Temps retrouvé* dans les Cahiers », *Études proustiennes I*, Gallimard, 1973.

Henri Bonnet (en collaboration avec Bernard Brun) *Matinée chez la Princesse de Guermantes*, Gallimard, 1982.

Germaine Brée, *Du temps perdu au temps retrouvé*, Belles Lettres, 1950.

Bernard Brun, « Quelques Éléments de la démonstration proustienne dans les brouillons de *Swann* », *Bulletin d'Informations proustiennes*, Presses de l'École normale supérieure, n° 10, 1979.

Bernard Brun, « Note sur la Genèse du *Temps retrouvé* », *B.I.P.* n° 11, 1980.

Bernard Brun, « *Le Temps retrouvé* dans les Avant-textes de Combray », *B.I.P.* n° 12, 1981.

Bernard Brun, « Le Dormeur éveillé, Genèse d'un roman de la mémoire », *Études proustiennes IV*, Gallimard, 1982.

Alain De Lattre, *La Doctrine de la Réalité chez Proust*, José Corti, trois volumes, 1978, 1981, 1985.

Gilles Deleuze, *Proust et les Signes*, Presses universitaires de France, 1964 et 1976 (édition augmentée).

David R. Ellison, *The Reading of Proust*, Baltimore, John Hopkins University Press, 1984.

Ramon Fernandez, *Proust*, N.R.F., 1943.

Gérard Genette, *Figures III*, Seuil, 1972.

Willy Hachez, « Retouches à une chronologie », *Bulletin de la Société des Amis de Marcel Proust*, n° 11, 1961. « Les faits historiques indiscutables et la chronologie de la *Recherche* », *ibid.*, n° 35, 1985.

Ryoji Hayashi, « Sur la période que recouvre le mot « Longtemps » au début de la *Recherche* », *Études de langue et de littérature françaises*, n° 46, Tokyo, 1985.

Anne Henry, *Marcel Proust, Théories pour une esthétique*, Klincksieck, 1981.

Anne Henry, *Proust romancier, Le Tombeau égyptien*, Flammarion, 1983.

Louis Martin-Chauffier, « Proust et le double je de quatre personnages », *Confluences*, 1943.

André Maurois, *A la recherche de Marcel Proust*, Hachette, 1949.

Jean Milly, *Les Pastiches de Proust*, Armand Colin, 1970.

Jean Milly, *Proust dans le texte et l'avant-texte*, Flammarion, 1985.

Marcel Muller, *Les voix narratives dans « A la recherche du temps perdu »*, Droz, 1965.

Michel Raimond, *Proust romancier*, S.E.D.E.S. 1984.

Paul Ricœur, *Temps et Récit*, tome II, Seuil, 1984.

Brian G. Rogers, *Proust's Narrative Techniques*, Droz, 1965.

Brian G. Rogers, « Deux Sources littéraires d'*A la recherche du temps perdu* : L'Évolution d'un Personnage », *Francofonia*, Bologne, 1983.

Volker Roloff, « *François le Champi* et le Texte retrouvé », *Études proustiennes III*, Gallimard, 1979.

Roger Shattuck, *Proust's Binoculars*, New York, Random House, 1963.

Jean-Yves Tadié, *Proust et le Roman*, Gallimard, 1971.

Jean-Yves Tadié, *Proust*, Belfond, 1983.

Kasuyoshi Yoshikawa, « Vinteuil ou la Genèse du Septuor », *Études proustiennes III*, Gallimard, 1979.

CHRONOLOGIE

1871 (10 juillet) : Naissance à Paris de Marcel Proust, fils du docteur Adrien Proust, agrégé de médecine (1834-1903), lui-même fils d'un épicier d'Illiers (Eure-et-Loir), et de Jeanne Weil (1849-1905), fille d'un riche agent de change juif d'origine messine.

1873 (24 mai) : Naissance de Robert, frère de Marcel, à Paris. Il deviendra chirurgien, et lui aussi professeur à la faculté de médecine.

1880 : Première crise d'asthme de Marcel. Il souffrira sa vie durant de cette maladie.

1882-1889 : Études secondaires au lycée Condorcet à Paris. Attiré très tôt par la littérature et curieux du Symbolisme, Marcel Proust rédige avec ses condisciples la *Revue Lilas*, sur des cahiers d'écolier, en 1888. Il a pour professeur de philosophie Alphonse Darlu, qu'il admire vivement (voir M. Beulier dans *Jean Santeuil*). Premières expériences mondaines.

1889-1890 : Volontariat au 76e régiment d'infanterie à Orléans.

1890 : S'inscrit à la faculté de droit de Paris et à l'École des sciences politiques, sans conviction. Mène une vie surtout mondaine.

1892 : Collabore à la revue symboliste *Le Banquet*.

1893 : Collabore à *La Revue blanche*. Fait la connaissance de Robert de Montesquiou.

1894 : Fait la connaissance du musicien Reynaldo Hahn.

1895 : Obtient la licence ès lettres. Entre comme assistant non rémunéré à la Bibliothèque Mazarine, où il se fera accorder congé sur congé jusqu'en 1900, date où on le considère comme démissionnaire. Commence à Beg-Meil, pendant l'été, un projet de roman autobiographique qui l'occupera jusqu'en 1899 et auquel il renoncera ; les ébauches en seront publiées sous le nom du héros, *Jean Santeuil*. Se lie d'amitié avec Lucien, fils d'Alphonse Daudet.

1896 : Publication des *Plaisirs et les Jours,* préfacé par Anatole France, recueil d'essais remontant pour la plupart à la collaboration au *Banquet* et à *La Revue blanche.*

1897 (6 juillet) : Duel avec le journaliste Jean Lorrain, à la suite d'insinuations de celui-ci sur ses relations avec Lucien Daudet.

1898 : Proust ardent dreyfusard.

1899 : Passionné depuis 1893 par Ruskin, dont il lit tous les articles traduits en revues, il entreprend la traduction et le commentaire de *La Bible d'Amiens*, avec l'aide de sa mère et de Marie Nordlinger.

1900 : Mort de Ruskin. Proust donne des articles d'hommage à cette occasion. Voyages à Venise en mai, avec sa mère, et en octobre.

1903 : Mort du professeur Adrien Proust, père de Marcel.

1904 : Publication par Proust de la traduction annotée de *La Bible d'Amiens*, de Ruskin.

1905 : Mort de Jeanne Proust, mère de Marcel.

1906 : Publication de la traduction de *Sésame et les Lys,* de Ruskin, avec une importante préface de Proust sur la lecture.

1907 : Article important dans *Le Figaro* du 1ᵉʳ février :
« Sentiments filiaux d'un parricide. » Vacances à
Cabourg. Excursions en automobile à travers la Norman-
die, avec Alfred Agostinelli pour chauffeur.

1908 : Dans *Le Figaro*, série de pastiches littéraires, en
février-mars, à propos d'une affaire d'escroquerie aux
faux diamants, l'Affaire Lemoine. A partir de l'été,
Proust travaille à un projet d'ouvrage mi-romanesque, mi-
critique, où il compte évoquer une matinée avec sa mère,
et se livrer à une étude sur la méthode de Sainte-Beuve.

1909-1912 : L'ouvrage de Proust prend de l'ampleur, et
devient uniquement un projet de roman. Proust le
propose tour à tour, mais en vain, au Mercure de France,
au *Figaro*, à Fasquelle, à la NRF. Il en fait paraître des
extraits dans *Le Figaro* et au *Gil Blas*. Il songe à deux
volumes de 700 pages, dont le titre général sera *A la
recherche du temps perdu*.

1913 : Il négocie avec Grasset l'édition à compte d'auteur de
son roman, dont la première partie, *Du côté de chez
Swann*, paraît le 13 novembre. Il a repris à son service,
comme secrétaire-dactylographe, son ancien chauffeur
Agostinelli.

1914 : Le 30 mai, mort d'Agostinelli dans un accident
d'avion. Néanmoins, Proust prépare l'édition du second
volume, qui doit s'intituler *Le Côté de Guermantes*,
l'ensemble de l'ouvrage devant désormais comporter trois
parties.
Le 1ᵉʳ août, la guerre est déclarée. Le projet d'édition est
arrêté.

1914-1918 : Proust, malade et dégagé du service militaire,
continue de travailler à son roman, qu'il développe
considérablement.

1919 (mars) : Proust publie à la NRF un volume de
Pastiches et Mélanges où il reprend et développe, entre
autres, ses pastiches de 1908-1909 dans *Le Figaro*.
(Juin) : Mise en vente (malgré un achevé d'imprimer
daté du 30 novembre 1918) du deuxième tome du roman,
intitulé cette fois *A l'ombre des jeunes filles en fleurs*.

L'éditeur de Proust est désormais la NRF. Le Prix Goncourt lui est attribué en décembre.

1920 : Publication du *Côté de Guermantes I*.

1921 : *Le Côté de Guermantes II, Sodome et Gomorrhe I*. Violent malaise de Proust, en mai, tandis qu'il visite au Musée du Jeu de Paume une exposition de peinture hollandaise.

1922 (avril) : *Sodome et Gomorrhe II*. Proust travaille ensuite fiévreusement, pendant les répits que lui laisse sa maladie, à la préparation de *La Prisonnière*; mais il n'a le temps de revoir que le début des dactylographies.
(18 novembre) : Il meurt d'une pneumonie.

1923 (novembre) : *La Prisonnière*, publiée par Robert Proust et Jacques Rivière.

1925 : *Albertine disparue*, ou *La Fugitive*.

1927 : *Le Temps retrouvé*, dernier tome de la *Recherche*. *Chroniques*, recueil d'articles.

1952 : Publication, par les soins de Bernard de Fallois, sous le titre de *Jean Santeuil*, du projet de roman auquel Proust avait travaillé en 1895-1899.

1954 : Publication, par le même critique, de fragments antérieurs à la *Recherche*, sous le titre de *Contre Sainte-Beuve*. Publication en 3 volumes d'*A la recherche du temps perdu*, dans la collection de la Pléiade (Gallimard), par P. Clarac et A. Ferré.

1962 : Acquisition, par la Bibliothèque nationale, du fonds manuscrit conservé par les héritiers de Proust.

1971 : Année du centenaire, marquée par de nombreuses manifestations et publications, dont *Jean Santeuil* (par les soins de P. Clarac et Y. Sandre) et *Contre Sainte-Beuve* (par les soins des mêmes) dans la collection de la Pléiade.

1984 : Acquisition, par la Bibliothèque nationale, de treize nouveaux cahiers de brouillon appartenant à la collection de Jacques Guérin.

TABLE

DERNIÈRES PARUTIONS

GF Flammarion

03/02/99109-II-2003 – Impr. MAURY Eurolivres, 45300 Manchecourt.
N° d'édition FG044910. – Mai 1986. – Printed in France.